The Presidents' Mothers

The Presidents' Mothers

위대한
대통령의 어머니들

도리스 페이버 지음 / 이강래 편역

위대한 대통령의 어머니들

The President's Mothers

1978년 5월 10일 초판 발행
1983년 4월 5일 증보판
1991년 6월 10일 개정판
2009년 1월 5일 증보개정판
2023년 6월 30일 신증보개정판

지은이 | 도리스 페이버
편 역 | 이강래
펴낸이 | 홍철부
펴낸곳 | 문지사
등록번호 제2510-2002-000038호

주소 | 서울특별시 은평구 갈현로 312
전화 | 02) 386-8451/2
팩스 | 02) 386-8453

ISBN 978-89-8308-590-0 (03840)
값 22,500원

한 여성의 역사에 가장 귀중한 가치는
어머니만이 가진 모성이라 말할 수 있
을 것이다. -트롤로프 부인

차례

• 이 책을 읽는 분들을 위하여

도리스 페이버(Doris Faber)는 이 활달하고 도전 정신 넘치는 책 속에서 역대 미국의 대통령들은 거의 예외 없이 '어머니의 아들'이었다고 말하고 있다. 그럼 과연 대통령의 어머니들은 어떤 여성들이었을까? 미국 대통령의 어머니가 된 여성들에게는 어떤 특정한 여인상이 깃들어 있는 것일까?

작가 도리스 페이버는 범상한 작가들에게서는 도저히 찾아볼 수 없는 넘치는 통찰력과 위트를 지녔고, 장구한 시간에 걸친 어마어마한 정성을 들인 연구와 조사 끝에 실로 매혹적인 몇 가지 결론을 얻었다. 대통령의 어머니들은 한결같이 육체적으로나 정신적으로 대단히 강인한 여성의 일단이었다는 점이다.

그 어머니들은 한 사람도 예외 없이 깊은 종교적 신앙을 가졌고, 그들 세대의 평범한 다른 여성들에 비해 훌륭한 가정교육을 받았으며, 결혼은 오히려 늦은 편이었다. 대체로 이 어머니들은 아들의 일상생활과 교육, 그리고 사회적인 입신출세에 지대한 관심과 정성을 쏟아 부었다.

특히, 외아들의 경우에 이런 노력은 더욱 평범한 사람들의 상상을 초월하는 것이었다. 지금까지 백악관을 차지했던 주인공 중 대부분은 외아들이었

거나, 아니면 생존해 있는 아들 중에서는 가장 연장자의 위치에 있었다.

그런가 하면 역대 대통령의 동생 중에는 놀랄 만큼 많은 숫자가 심각한 알코올 중독자 내지는 주정뱅이들이 있었다는 사실도 밝혀지고 있다.

여기에 소개되는 대통령의 어머니들은 작자 도리스 페이버로 하여금, 이 책을 쓰기 위한 배경으로서 큰 역할을 했고, 또 여러 가지 인터뷰를 할 수 있도록 도와주었던 릴리안 카터 여사를 비롯하여 하나 존슨, 로즈 피츠제럴드 케네디, 사라 일리노어 루스벨트, 낸시 행크스 링컨, 애비게일 아담스, 그리고 메리 워싱턴 등의 주요 14인의 여성을 망라하고 있다.

결론적으로 이 책은 그들의 아들을 백악관의 정상까지 올려보냈던 여성들에 관하여 독창적이면서도 유려하고, 또 한편으로는 그 여성들의 개인적 입장과 상황을 가장 치밀하고 자세한 필치로 그려 낸 일대의 역작이라 아니할 수 없다.

끝으로 평범한 사람들에게 더 없는 용기와 힘을 준, 칠순에 미국 최대 영광의 자리에 오른 레이건 대통령의 어머니 넬리 윌슨 레이건 여사의 인내와 용기로 가득 찬 생애를 추록追錄한 것은 이 책을 위해 다행한 일이다.

• 작자 소개 •

작자 도리스 페이버는 전 뉴욕 타임스(The New York Times)의 기자로 어린이들과 십 대 소년소녀들을 위한 수많은 책을 저술했다. 그 대부분은 훌륭한 여성들에 관한 전기였다. 현재 도리스 페이버는 남편(뉴욕 타임스 시절 바로 옆자리를 차지하고 있던 기자였다)과 뉴욕 서북부의 평온한 전원도시에서 행복한 나날을 보내고 있다.

지은이의 말

필자가 이 책을 쓰려고는 전혀 생각지도 않고 뉴욕 5 번가에 있는 공립도서관에 들른 적이 있다. 『미국전기백과사전(美國傳記百科事典 : the Dictionary of American Biography)』을 훑어보고 싶어서였다.

그때 필자는 애비게일 아담스(Abigail Adams)의 이름만 명기된 표제 아래 경의를 표한 유일한 대통령의 어머니라는 사실을 알았다. 다른 대통령들의 어머니는 모두 한결같이 그들의 아들 항목에 아주 간략하게 언급되어 있을 뿐이었다.

필자는 이래선 안 되겠다고 생각했다. 당연히 모든 어머니는 존경받아야 한다고 생각했다.

"왜요? 그런 어머니들이 뭐, 한 일이 있나요?"

참고도서 열람실의 젊은 직원이 의아하다는 듯 물었다.

"대통령을 만들어 냈잖아요?"

"그야, 뭐 단순한 우연의 일치겠죠?"

하고 젊은 아가씨는 대수롭지 않게 말했다.

그러나 필자는 그녀의 말을 이제는 단호히 부정하고 싶다. 왜냐하면 역대 대통령의 어머니들은 하나같이 육체적으로든 정신적으로든 놀랄 만큼 강인한 여인들이었기 때문이다.

윌리엄 태프트(William Taft) 대통령은 법과대학 시절 고향 집에 보내는 편지에 이렇게 쓴 적이 있다.

'어머니, 만일 여성의 분야가 점점 넓어지면, 어머님은 분명 철도 회사 사장쯤은 되셔야 할 겁니다.'

과연 대통령의 어머니라면 누구에게나 이와 유사한 평을 해주어도 조금도 지나치지 않으리라고 필자는 생각한다. 그러나 대통령의 어머니들은 누구 할 것 없이 성경에서는 물론 프로이트(Freud)까지 여성에 대한 유일한 구원책으로 제시하고 있는 오직 한 가지 길에 전념했다는 사실을 필자는 짚어 두고 싶다.

더구나 그들은 모두 그 일을 훌륭히 해냈다. 심지어 하나 밀 하우스 닉슨(Hannah Milhous Nixon)까지도.

지금까지 미국 역사상 불과 서른여덟 명의 여성만이 미합중국에 행정부 최고 수뇌인 대통령을 안겨 주었다. 이것은 결코 평범한 업적이라고 할 수 없다. 실제로 이 여성들이야말로 미국 사회에서 진정한 성공스토리를 남긴 영웅이며, 비유컨대 호레이쇼 알거(Horasio Alger)의 이야기 속 여성이라 해도 좋으리라.

어머니의 담력이 있고 행운이 따른다면 별다른 도움 없이도 대통령을 만들어 낼 수 있다는 가정은 분명 빗발

치는 논쟁의 화살을 피할 수 없을지 모른다.

필자도 그러한 견해에는 반박하고 싶다. 그러나 이들 대통령의 어머니들은 사람들이 일반적으로 알고 있는 것보다 훨씬 많은 일을 했다.

특히 백악관의 주인공으로 등장했던 인물 중에서도 특징을 보이는 몇몇 대통령이 있다. 그들은 하나같이 장남으로 태어났다는 사실이다. 이 사실은 우리가 흥미를 느끼기에 충분하다.

이런 묘하고도 허접한 통계 결과를 내놓아 독자 여러분을 익살로 웃기려는 것은 아니다.

지난 백여 년간에 걸쳐서 여러 단체와 학회는 물론 수많은 연구원이, 왜 장남이 차남이나 그 아래의 동생들보다 뛰어난 인물로 성장할 가능성이 큰가를 규명해 보려는 연구를 거듭해 왔다. 그 연구의 결과, 부분적인 해답을 내놓았다. 그것은 적어도 장남이 동생들보다 대체로 더 훌륭한 교육 기회를 가진 경우가 많았다는 사실이 한 가지 이유로 드러났다.

그러나 필자는 이 책에서 모성의 자극과 촉구라는 관점에서 조지 워싱턴이나 프랭클린 루스벨트, 윌 태프트 대통령 같은 분들 이상의 더 깊고 진지한 눈길을 줄 필요가 있다고 주장하고 싶다.

이들에게는 나이 많은 이복형들이 있었다. 모두 따지고

보면 아주 강인한 심성을 지닌 두 번째 부인의 몸에서 태어난 장남이라는 사실에 주목해야 할 것이다.

그러나 역사의 흐름에 따라서 가족적인 특질이나 개성이 우리의 정치사에 더 큰 영향을 미친 것은 별개로 치고라도, 하나의 집단으로서 역대 대통령의 어머니들은 그저 신문사 사설 편집인들이 어머니 날에 써대는 정도의 지각 없는 예우를 받을 정도로밖에 치부하지 않았다.

그러나 반드시 그렇지만도 않다. 스테이튼 아일랜드(Staten Island) 출신 목사 윌리엄 자슨 햄프턴(William Judson Hampton)은 아주 유쾌하고 빅토리아 왕조 풍의 면모를 지녔는데, 흥미를 끄는 그의 습관 중에 대통령과 그의 가족 친지들에게 편지를 쓴 것이 있다.

그는 편지를 보내, 한 대통령으로서의 인격과 개성을 형성하는 데 어머니의 종교적 신념이 어떤 역할을 했는가 하는 문제에 대한 질의를 계속해 나갔다.

그 결과 그는 오랜 세월에 걸친 조사를 바탕으로 『대통령과 그 어머니들(Our Presidents and Their Mothers)』이라는 제목의 소책자를 1922년 출판하였다.

이 책에서 그는 대통령 한 사람 한 사람의 성장 배경을 주의 깊고 끈기 있게 묘사했다. 그러면서 그는 누구건 종교적 신념이 대단히 깊은 여인들의 손에 양육되었다는 사실을 밝혀냈다.

심지어 안나 피어스(Anna Pierce)도 비록 평소에는 술을 마시고 발목에다 빨간색 리본을 매기도 한 것으로 평이 나 있지만, 교회만은 아주 착실하게 다녔다고 한다.

햄프턴 목사의 서술은 아주 정밀한 조사와 관찰 후 이루어졌다는 점에 필자는 놀라지 않을 수 없었다. 다시 생각해 보면 대통령의 어머니들이 종교적 믿음과 그 실천에 헌신적이었던 사실은 조금도 이상할 게 없다.

왜냐하면 그들의 믿음이야말로 바로 그들이 몸담은 우주의 주춧돌이기 때문이었다. 또 이것이 릴리안 카터(Lillian Carter)를 포함하여 그들 중 누구도 어머니의 역할보다도 더 중요한 일은 이 세상에 없다는 신념을 가질 수 있었던 근본 요소였다.

이 어머니들은 독립 정신이 대단히 강했던 것으로 알려졌고, 그들에게는 그들의 근본 역할이 무엇인가를 배워야 할 정신분석학자나 국교 폐지론자도 필요치 않았다.

그러나 야심만만하고 유능한 사람들이 자발적으로 자기의 이상이 다른 인격체를 통해 구현되기를 바랄 때는, 놀라운 크기와 깊이의 에너지가 어머니로서의 사명과 함께 쏟아져 들어가는 법이다.

지배적인 성격을 가진 압도적 숫자의 남성 정치 분석가들은 이 점을 곧잘 무시하는 경향이 있다. 타당하게 판결할 수 있을 만큼 증거가 충분히 남아 있는 경우, 미합중국 역대 대통령들은 거의 예외 없이 아주 솔직한 어린 아이들의 표현 그대로 소위 '엄친아'들이었다.

어떤 대통령은 성장 과정에서 어머니의 지배를 아주 유순하게 받아들였고, 다른 대통령은 그들의 일생 전반에 걸쳐 어머니의 영향에 반기를 들고 저항한 예도 있다.

조지 워싱턴만 해도 그는 평생 할 수 있는 한 어머니 곁을 떠나있었다. 그러나 실제로는 어머니에게 지대한 영향을 받았다. 그러므로 그 역시도 결국 이 부류에 포함할 수 있다.

지미 카터도 마찬가지이다. 만약 릴리안 카터의 끈질긴 유도로 아침마다 식탁에서 책을 읽고, 두 사람이 플레인스를 떠나 많은 것을 배우고 느끼지 않았다면, 카터는 그의 아버지처럼 그저 부유한 땅콩 농장주로 그의 일생을 마쳤을 공산이 크다.

그러나 그렇다고 해서 필자가 메리 볼 워싱턴(Mary Ball Washington)이나 릴리안 고디 카터(Lillian Gordy Carter)를 한없이 추켜세울 의도가 없다는 점을 분명히 밝혀두고 싶다.

수많은 여성이 이와 유사한 지침에 따라서 노력했지만, 결과적으로는 비견할 만한 결과를 얻지 못한 예가 무수히 많고, 이들 두 여인도 물론 과실이 전혀 없는 완벽한 존재는 아니었다.

왜 그런가 하면 그들도 그들의 장남에게서 거둔 빛나는 성공의 결과를 다른 아들들에게는 전혀 기대하지 못했다. 그뿐만 아니라, 오히려 비참한 실패의 고배를 마셨음을 지적하고 싶다.

의아한 일이긴 하지만, 구체적인 사실 한 가지를 지적한다면, 꽤 놀랄 만큼 많은 수의 대통령들이 지독한 술주정뱅이 동생들을 두었다는 사실이다.

또 어떤 특정한 아들—늘 그런 것은 아니지만, 대체로 장남—이 어머니의 눈에 각별하게 띄는 이유도 도저히 설명할 수 없다. 이런 편애나 선택의 과정에는 어떤 우수한 능력이나 자질이 관련될 가능성도 없지는 않다.

그리하여 자연과 양육이라는 두 가지 원동력이 결합하여 선택받은 큰 그릇의 인물로 키우고 고양하는 것이 아닐까? 물론 아버지와 어머니 어느 쪽이든 다 훌륭한 부모라면 이런 편애 같은 것이 나타나서는 안 된다고 하지만, 전통적으로 보면 아버지들 대부분이 장남을 좋아하는 본능적인 성향은 어쩔 수 없는 것 같다.

그럼 잠시 대통령의 아버지들 쪽으로 관심을 돌려보자. 이 아버지 중 많은 이들이 자기의 시대에 각각의 지역 사회에서 상당히 두드러지는 특별한 인물이었거나 존경받는 시민이었다는 점은 의심할 여지가 없다.

그런 식민지 시절부터 오늘날에 이르기까지, 심지어 조

셉 P. 케네디(Joseph P. Kennedy) 같이 그토록 훌륭하고 강력한 아버지가 있는 가정에서도 자녀를 한 남성으로 양육하는 일은 대부분 어머니가 담당했다.

로즈 케네디(Rose Kennedy) 여사도 아들들뿐만 아니라, 딸들도 태어나서 열 살 혹은 열두 살까지는 전적으로 그녀가 책임지고 길렀다.

물론 필자는 아버지의 영향력이 중요하지 않다고 주장할 의향은 없다. 그러나 적어도 대통령을 배출한 가정에서도 그들의 아버지가 끼친 영향이란, 대체로 아들들이 정치 분야에 큰 흥미와 관심을 가지도록 한 정도에 지나지 않는다는 느낌을 받지 않을 수 없다.

개괄해 볼 때 많은 숫자의 어머니들은 아들들이 목사나 다른 성직자가 되기를 원했던 것 같다. 공공에 봉사하는 활동을 중요시하여, 아들이 이 방면으로 방향을 정하기를 바랐던 어머니는 불과 몇 명뿐이다. 이런 점까지도 극명한 상황 설명이 필요한 것 같다.

에리히 프롬(Erich Fromm)은 다음과 같이 주장했다.

정치적으로 입신출세하기를 추구하는 사람들은 사실 그들의 어린 시절 어머니에게서 받은 관심과 애정을 대체하는 방법으로 군중의 환호와 아첨을 얻고 싶어 하는 감정을 그 무의식의 저변에 깔고 있으며, 비록 완벽하거나 성숙한 모습은 아니라도 일단 군중의 반응을 얻으면 이런 사람들은 심각한 성격상의 결함 때문에 고통받는 일은 좀처럼 없다고 한다.

그러므로 이런 사람들이 어린 시절 어머니가 보여주었던 것과 같이 깊이가 있고 자기에게 확신을 불어 넣어주는 부인을 만날 수만 있다면 그야말로 금상첨화라는 것이다.

어쨌거나 어린아이의 기본적인 교육은 사춘기 이전에 대부분 이루어진다고 한다. 사춘기에 접어들면 아버지들은 아들딸을 이미 기정사실화된 존재로서 바라보게 된다.

그 압도적이고 당당한 존재를 도저히 간과할 수 없었던 시어도어 루스벨트 1세의 예를 제외한 대통령의 아버지들 대부분은, 아들의 중요한 형성기에 그리 강력한 인상이나 영향을 주지 못했던 것 같다. 전혀 아무런 인상도 주지 못한 아버지들도 있었다.

이런 아버지 중에는 부인에 비해 짧은 생애로 인생을 마감한 사람이 훨씬 많다. 마치 세속적인 의미에서 도저히 어쩔 수 없는 실패작이기라도 한 것처럼 말이다.

그래서 이러한 논리적 귀결로 다음과 같은 결론을 끌어낼 수 있는 근거가 된다. 즉 많은 경우 아버지들이 아들들에게 이바지한 주된 공헌이란 간접적이다. 그리고 바로 이런 점에서 아버지들은 오히려 자신이 한 일을 능가해야 만족한 것으로 받아들일 수밖에 없는 본보기를 부인과 아들들에게 남겨주는 것일 뿐이다.

그러나 본문에서 독자 여러분이 분명하게 느꼈으리라 생각되지만, 개중에는 더 직선적이고 직접적인 양식으로 아들의 양심과 포부에 크게 작용한 아버지들도 있었다.

필자가 의도한 대상들에 관해서는 아주 가까운 거리에서 치밀하게 관찰을 할 수 있었으므로 이 책에 소개된 어머니들에 대한 묘사가 결코 비합리적인 조사에서 나온 것이라 여겨지지는 않으리라 자부한다.

여기에 등장하는 여성들의 모습은 한 여성이 아들을 대통령으로 양육하기 위해서 어떤 방식의 양육과 교육 태도를 보였는가를 보여준다기보다는 차라리 이미 지금까지 그렇게 해 왔던 평범한 여성의 모습과 태도를 보여 준 것이다.

무릇 어떤 사실에 대한 지침을 얻고자 하는 사람이라면 아주 희망적이지는 못하더라도 단순한 몇 가지 힌트를 얻는 것만으로 만족해야 할 것이다.

예를 들자면 대통령의 어머니들은 보편적인 여성보다 더 훌륭한 교육을 받은 경향이 있다든가, 정상적인 평균 연령보다 약간 늦은 나이에 결혼했다든가, 그들의 아들들이 가능한 한 최선의 학교 교육을 받을 수 있도록 지대한 관심을 기울여 돌본다든가 하는 등등이 그것이다.

그리고 약간 이상한 이야기이긴 하지만, 릴리안 카터

여사를 제외하고는 지금까지 대통령이 된 아들을 병원에서 낳은 여성은 한 명도 없었다는 사실을 덧붙여 이야기하고 싶다. 오늘날까지 대통령들에게서 일관성 있고 안정된 어떤 흐름과 관계있는 것을 찾았다면, 아무리 작고 사소한 힌트일지라도 결코 무시해 버릴 수는 없었음을 밝혀둔다.

그 외에 대통령의 어머니들은 불과 몇 사람만 부유한 삶을 누렸을 뿐 대부분은 그렇지 못했다. 또 명랑하고 밝은 성품의 소유자가 있었는가 하면 지독히 음울한 기질의 여성도 있었다.

다만 한 가지 공통적인 사실은 그들 모두 쉽사리 사물을 일반화시키지 않는 경향이 있었다는 점이다.

그러나 아주 적은 숫자의 여성들만이 미국 사회의 국가적 체험이 흘러가는 역사의 거센 강줄기 속에서 전기 작가들의 관심과 질문의 초점이 될 만한 생애를 살았을 뿐이었다.

한편으로 나머지 여성들 대부분은 한 권의 책은커녕 한 장을 채울 만한 이야깃거리도 남기지 못하고 있다.

이들 서른여덟 명의 여성들은 공통으로 모두 잘 알려진 국가적 명사의 지위를 누리고 있었고 대통령을 배출한 가문과 관련되거나 증거로서 가치가 있는 서류와 사료들이 다행히 오늘날까지 보존되어 있었던 덕분에 감히 이 책을 꾸밀 수 있었다.

어쩌면 그보다도 미국의 여성들에 관한 진실이 그들에게 당연히 요구되는 바가 아니라, 실제 행해지고 이루어진 실제 모습 그대로 오늘날까지 보존되었기 때문에 이 기록 역시 가능할 수 있었다고 필자는 믿는다.

가장 낮은 목소리로 들려주는 위대한 삶

메리 볼 워싱턴 여사

조지 워싱턴(재임 : 1789.4.30 ~1797.3.4)

메리 볼 워싱턴(Mary Ball Washington) 여사

가장 낮은 목소리로 들려주는 위대한 삶

메리 볼 워싱턴 여사
Mary Ball Washington

주 하나님의 섭리와 계율에 따라 적절한 순종의 도리를 지
키는 것이 남은 가족들의 의무이다. 지난번에 내가 프레데
릭스버그에 마지막으로 들렀을 때, 난 이제 더 이상 어머니
를 보게 되리라고는 정말 기대하지 않았다. 그것이 어머니
에 대한 마지막 작별 인사였다.

그녀의 이름은 메리(Mary)였다. 그리고 그녀가 아들을
낳았던 집은 방이 네 칸밖에 없는 단층집이었던 것 같다.
그래서 지금까지 어떤 사람은 그녀가 살았던 집을 아주
형편없는 오두막집으로 묘사하기도 했다.

이런 이야기를 좀 더 진전시켜 나가면, 더 사실적으로
관찰한 사람들은 이 아들을 낳은 아버지까지도 어두운
그늘에 묻혀 신비의 베일에 가려진 인물이었다는 사실에
크게 주목하고 있다.

그러나 그의 이름은 분명 오거스틴(Augustine)이었고, 통상 거스(Gus)라는 애칭으로 불린 것 같다. 이들 성스러운 가족의 신화로는 잘 어울리는 이름인지도 모르겠다.

지금까지 전해 온 메리 볼 워싱턴에 관한 전설적 이야기들은 모두 참으로 허무하게 그 진실성이 무너진 예가 많았다. 슬픈 사실은 그녀의 생애에 관해서는 누구도 그 전부를 이야기할 수 없다는 사실이다. 믿을 만한 출처로는 몇 통의 편지와 법원 기록이 그녀에 관한 전기를 쓰는 데 근거가 될 만한 자료를 찾아 나선 수많은 작가에게 돌아온 보답이었다.

그러나 그런데도 역사의 여신 클리오(Clio)를 상대로 심술궂은 역사의 장난을 비난하고 고소를 제기할 만큼의 자료는 충분히 있다. 하나님께서는 적어도 아메리카의 여성에게는 정당한 섭리를 베풀어 주신 것 같지 않다는 징후가 엿보일 뿐이다.

조지 워싱턴은 결코 자기의 어머니를 사랑하지 않았다.

그렇게도 고고하고 품격 높은 정신의 소유자가 막상 효성이 지극하지 않았던 이유는 그의 일생에 걸친 최대의 수수께끼로 낙인이 붙었다. 무엇보다도 윔즈 목사(Parson Weems)가 주장하는 이야기 — 두 사람이 너무 극단적이고 위엄에 넘친 성격 차이에서 생길 수 있는 자연스러운 반목과 갈등에 관한 이야기 — 보다는 훨씬 더 인간적이라고 말해 주는 단서들이 남아 있다.

그것은 영국의 토호였던 윌리엄 볼(William Ball) 장군이 1650년경 버지니아로 이주하여 상륙한 데서부터 시작된다.

윌리엄 볼 장군은 영국에서 올리버 크롬웰(Oliver Cromwell)에게 대항하여 싸우다 지친 나머지 영국을 탈출하여 새 삶을 찾아 신대륙으로 온 사람이다. 그는 가족을 모두 이끌고 대서양을 건너 코로토만 강 하구에서 농장을 개간하여 정착했다. 이곳에서 그는 담배 재배로 번성했다.

그의 아들 조셉은 두 번 결혼하였다. 첫 번째 부인이 세상을 떠났을 때 조셉은 이미 점잖은 중년에 이르러 있었고, 이미 모두 성장한 여러 자식을 거느린 대가족을 형성하고 있었다. 단 한 번의 축복은 그에겐 부족했던 모양이었고, 때마침 미망인이었던 존슨 부인(Widow Johnson)도 아직 젊었던지라, 동병상련을 앓은 모양이다.

두 사람이 결혼식을 올리고 두 손을 잡고 사랑을 맹세하기 전부터 존슨 부인이 조셉 집안의 가정부로 일하고 있었다는 설도 있으나 확인할 길은 없다. 하긴 그 당시의 전통적인 사회 풍습으로 보아 이 설을 뒷받침할 만한 근거가 전혀 없는 것은 아니다.

또 다른 설에 의하면 이 존슨 부인은 몬테규(Montague) 공작 집안의 직계 후손이라는 설도 있다. 냉철한 학자들은 그녀가 고귀한 집안에서 태어났다는 사실을 입증할 증거가 보존되어 있지 않다는 사실을 들어 이 설에 반박하고 있다.

그녀가 X라는 알파벳 한 글자로 서명한 서류가 지금도 남아 있는데, 당시의 사회상으로 보아 문맹이 그다지 큰 욕은 아니었다고 하더라도, 그래도 요조숙녀라면 자기 이름 정도는 쓸 수 있어야 할 게 아니냐는 것도 그녀의 출생을 추적하는 불리한 자료 중의 하나다.

요컨대 오늘날 가장 타당성 있는 추리는 그녀의 첫 번째 남편은 어린 두 아이를 남기고 떠났고, 그녀는 도저히 혼자서 양육할 능력이 없었기 때문에 물질적인 이유로 나이 많은 구혼자의 청을 받아들였을 것이라는 추측이다.

고귀한 태생이든 천박한 가문 출신이든 이 미망인은 조셉 볼의 성장한 자식들에게는 계모로서 환영받지 못했다. 조셉 볼의 자식들은 이미 아버지의 재산 상속에 관해 어느 정도의 액수가 누구에게 할당될 것이라 계산하고 있었기 때문에 이런 그들의 생각을 바꾸기란 몹시 어려웠다.

조셉 볼은 그의 자식들이 훗날 분쟁을 일으키지 않고 원만하게 해결할 수 있도록 자신의 건강이 쇠하기 전에 이미 법적 절차를 통하여 아들딸 하나 하나에게 물려줄 그의 부동산 분배를 명확히 해 두었다. 게다가 조셉은 미망인 존슨 부인과의 사이에서 딸 하나를 더 낳았는데, 바로 이 딸이 훗날 조지 워싱턴의 어머니가 된 분이다.

메리 볼은 에핑 숲(Epping Forest)의 조셉 농장에서 태어났을 것이다. 논리적으로 출생연대를 측정해 보면, 그녀는 1708년에 태어났다. 물론 이런 세부적인 일들은 도저히 확인할 길이 없지만, 어쨌든 조셉의 장성한 아이들이 그들의 공동 관심사인 상속 문제를 둘러싸고 커다란 반발을 일으켰던 것은 분명한 것 같다.

두 번째로 결혼한 지 3년도 채 안 되어 조셉 볼은 이 부인을 버려야 했고, 존슨 부인은 또 미망인의 신세로 전락하였다. 그러나 그녀의 입장은 한결 나아져 있었다. 볼이 소유하고 있던 토지의 상당 부분이 결국 그녀의 소유가 되었고, 또 그 결과 그녀와 조셉 사이에서 난 딸에게 이 재산을 물려주게 되었다.

그래서 어린 메리는 상당한 재산 상속녀로 자라게 되었지만, 그녀를 낳아준 아버지가 남긴 유언을 두고 누가 무엇을 얼마만큼 차지하느냐 하는 아귀다툼의 소용돌이 속에서 자라야 했던 것은 사실인 듯하다. 이 문제는 꼬리에 꼬리를 물고 분쟁을 유발하여 제대로 해결을 볼 때까지는 여러 해가 걸렸다.

물론 이런 문제는 충분히 있을 수 있는 가족 간의 분쟁이긴 하다. 그러나 그동안 어린 메리는 여러 차례의 이사와 추방을 견뎌내야 했고, 추악한 싸움을 더 복잡하게 만들었다.

어머니는 메리의 친아버지가 세상을 떠난 일 년 후 세 번째 남편을 만나 결혼했다. 참 아이러니하게도 이 남편은 자기 부인이 물려받아야 할 재산이 완전히 그녀의 수중에 안전하게 들어오는 것을 지켜보지도 못하고 세상을 떠났다.

이 무렵 두 모녀는 더욱 모진 세월을 겪어야 했고, 메리가 열두 살 때 어머니 역시 열병에 걸려 죽음을 맞이하였다.

메리는 이제 갈 곳도 의지할 곳도 없는 천애 고아가 되고 말았다. 하지만 메리는 한없이 슬픔에만 잠겨 있는 가련한 소녀는 아니었다. 그래도 그녀는 물려받을 재산이 있었고, 또 고통 때문에 생활에 찌들지도 않았다. 이 무렵 메리는 승마용 말의 비단 벨벳 안장에 익숙해져 있었던 듯하다.

그녀가 그다음 십여 년간 어떻게 살았는지 정확한 이야기는 전해지지 않고 있다. 아마 먼 친척 집에서 살거나, 어머니가 남긴 유언에 따라서 변호사의 집에서 교육과 감독을 받으며 자랐을 것 같다.

그 변호사는 조지 에스커리지(George Eskeridge)였는데, 이 이름을 두고 약간의 이론異論이 있긴 하다. 그래서 또 다른 추정을 가능하게 해준다.

즉 그녀가 첫아들을 낳아 이름을 지을 때, 이젠 기억조차 나지 않는 친아버지의 이름 대신 이 변호사의 이름을 딴 것이 아니었을까 하는 점이다.

전기傳記 작가들은 메리의 결혼에 대한 설명 첫머리에 데니슨의 그것과 같이 아름다운 로맨스를 이야기한다. 그러니 메리가 아주 아름다운 처녀로 기록되는 것도 당연하다.

그들의 표현을 빌리자면, '에핑 숲의 장미(The Rose of Epping Forest)'라고나 할까? 우리는 지금까지 메리에 관한 단 한 줄의 출처나 믿을 만한 단 한 장의 초상화도 발견하지 못했다는 사실에 주목해야 한다.

훗날 구전口傳하는 증언을 토대로 그녀를 묘사하자면, 메리는 키가 크고 아주 기품 있는 여성상을 지녔고, 몸매가 호리호리하다든가 가냘픈 편은 분명 아니었던 것 같다. 그런데도 아름다운 메리로 전해지는 이야기에 따르면, 사업차 영국으로 가 있던 의붓오빠를 만나기 위해 영국까지 배를 타고 갔다고 한다.

그리고 이곳 창문 가에 묵묵히 앉아 뜨개질하다가 창밖 저쪽에서 잘생긴 신사가 마구 날뛰는 말을 진정시키려고 몹시 애쓰는 모습을 보았다고 한다. 말은 여전히 미친 듯이 날뛰었고, 마침내 뒷발질하여 타고 있던 신사는 땅에 거꾸로 곤두박질치고 말았다. 신사는 자기도 모르는 사이에 메리의 의붓오빠 집으로 기어들어 왔다.

자, 이 젊고 아름다운 메리가 잘생긴 신사의 상처가 회복될 때까지 지칠 줄 모르고 간호한 것이 필연 아닐까?

그렇다. 정녕 그녀는 신사를 정성껏 간호해 주었다. 게다가 영국을 방문 중이던 두 사람이 버지니아 출신이라는 기묘한 우연의 일치가 그들에겐 오묘한 하나님의 섭리로 느껴진 것 아닐까?

분명 그랬던 것 같다. 두 사람은 오색찬란한 유서 깊은 영국의 교회에서 결혼식을 올리고, 함께 배를 타고 버지니아로 돌아왔다.

어쩌면 이런 환상적인 이야기에는 일말의 진실이 섞여 있을지도 모르겠다.

왜냐하면 메리의 의붓오빠 중 하나가 실제로 오랜 세월을 해외에서 보냈고, 비록 날짜가 그의 만년에 쓴 것으로 되어 있긴 하지만, 메리에게 보낸 여러 통의 편지가 오늘날까지도 남아 있기 때문이다.

오거스틴 워싱턴 역시 사업에 흥미를 크게 가지고 있어서 거의 주기적으로 영국행을 하곤 했었다. 그래서 오거스틴 워싱턴이 영국에서 메리 볼을 만났을 가능성은 아주 그럴듯한 논리적 귀결로 수긍할 수 있을 것 같다.

그러나 막상 이들이 만난 곳은 조지 에스커리지 집의 응접실이었을 가능성이 오히려 훨씬 크다.

두 가지 중 어떤 것이 진실이었건 간에 예의 신사에게 선택받았을 때 메리는 스물세 살이었다. 당시의 시대적 상황과 장소의 여건으로 보아서 꽤 이상하리만치 과년한 처녀였음은 부인하지 못할 것이다.

무엇보다도 그녀에겐 질병도 없고 가난뱅이 신세도 아니었는데, 왜 좀 더 일찍 결혼하지 않았던가 하는 점은 참 수수께끼 같다.

그러나 실제로 그녀의 성미와 기질이 다른 남성들을 놀라게 하여 쫓아버렸는지도 모르지만, 오거스틴은 그런 정도의 이유로 주저할 것은 없었다.

왜냐하면 그에게는 부인의 내조라는 현실적인 도움이 절실한 때였기 때문이다. 그는 당시 이미 두 아들과 딸 하나를 둔 홀아비였고, 이 아들에게는 가르치고 돌보아 줄 새어머니가 너무나 아쉬웠다.

그 무렵 오거스틴의 나이는 이미 40에 가까웠지만, 또 한편으로는 훌륭한 체격과 용모를 갖춘 남성으로서 그 지역의 존경을 받는 사람이었다.

그의 아버지나 할아버지는 물론 영국에서 살던 선조들도 분명 그랬으리라 짐작되지만, 오거스틴 워싱턴은 농촌의 지주라는 지위에서 아주 점잖고 고상하게 신사의 품격을 훌륭히 지켜나갔다.

그는 지역 사회에서 치안 판사의 업무를 수행하기도 했고, 교구 대표로서도 훌륭한 활동을 전개했다.

훗날까지 남아 있는 기록에 의하면, 그의 천재성은 물론 어떤 재능도 도저히 유추할 만한 근거가 없어 보인다. 그는 능력이 닿는 한 많은 땅을 소유하려고 혈안이 되어 있었다.

당시 버지니아에는 이런 토지 소유 붐이 한창 고조되어 있었고, 재산이라면 누구 못지않은 열정을 품은 오거스틴도 맹렬한 기세로 토지 구매에 나섰을 터였다.

그러나 그가 평생 긁어모은 토지는 그의 동년배들 몇몇이 소유하고 있던 광대한 면적에 비하면 보잘것없었다.

오거스틴은 그의 한 농장에서 우연히 발견한 철광석을 채굴하여 이용하려고 여러 가지 시도와 계획에 노력을 많이 기울였지만, 이윤을 남기지는 못했다.

하지만 그가 굉장한 체력을 가지고 있었던 것은 분명하다. 보통 사람의 두 배나 되는 힘으로 마차를 거뜬히 들어 올려 자기의 힘을 과시하곤 했다.

한편 그는 성격적으로 매우 관대하고 부드러운 기질이었던 것으로 생각된다. 그래서 그와 메리가 서로 잘 어울렸는지도 모르겠다.

그들 가족의 연보에 기록된 바로는 두 사람의 결혼식

은 1731년 3월 6일에 올렸다.

오거스틴은 결혼 후 포토맥(Potomac)으로 흘러 들어가는 넓은 시내를 끼고 오거스틴이라는 이름이 붙은 도시가 건립되어 있던 지역에서 남쪽으로 약 백여 마일 떨어진 곳에 그들의 보금자리를 마련했다.

원래의 집은 이미 오래전 불타 없어졌지만, 집요한 골동품 수집가들이 아주 반듯하게 보이는 집의 토대와 부서진 벽돌 조각들을 발견하였다. 이 발굴 작업의 결과로 추리하건대, 이들의 첫 번째 집은 웅장한 건물은 아니었으나 몹시 억척스러운 것 같은 시골풍의 이층 벽돌집이었고, 본채 옆에는 여러 채의 부속 건물이 함께 붙어 있었던 것 같다.

1930년대에 이르러서 애국 열정으로 넘치는 한 위원회가 이 일대를 성역으로 지정하여 원형을 다시 복원해 놓았고, 그 이후부터 사람들은 이곳을 성지로 순례하게 되었다.

다시 옛날이야기로 돌아가서 결혼하고 11개월이 지난 어느 날, 메리 워싱턴은 몸집이 크고 잘생긴 아들을 낳았다. 아기의 생일은 미국 시민이라면 모를 사람이 없을 것이다. 1732년 2월 22일이다.

조지 워싱턴이 탄생한 포프스 시내(Pope's Creek) 근처에 자리 잡은 이곳의 자연경관보다 더 아름답고 은혜로운 곳은 아마 상상하기 힘들 것이다.

집으로 들어가는 작은 길은 숲으로 이어져 있었다. 이 숲속에 한 발자국만 들어서 보면 마치 태곳적 원시의 모습으로 되돌아간 듯한 느낌이 든다. 하늘을 찌를 듯 우뚝우뚝 솟은 참나무에 아코리 나무 같은 거대한 수목이 왕자들처럼 위풍 당당히 늘어서 있는가 하면, 아주 예쁜 말채나무와 박태기나무도 있다.

나무들의 짙은 그림자를 뚫고 번쩍번쩍 비쳐 드는 눈부신 햇살, 기막히게 아름다운 새들의 코러스, 집 쪽으로 가까이 다가가면 앞이 훤하게 트인 목초지와 들판이 나타나고, 그 너머로는 햇빛을 받아 흰빛으로 반짝거리는 시냇물이 포토맥을 향해 반 마일씩이나 굽이굽이 흘러가고 있다. 포토맥은 이곳에서 멀리 메릴랜드 해변 쪽으로 5마일은 더 흘러간다.

그러나 이런 자연경관에서 보이는 평온한 정경을 두고, 이 미국 최대의 영웅이 어린 시절 목가적인 환경에서 자랐다고 무턱대고 판단해서는 안 된다. 사실 우리의 영웅이 자란 가정은 아주 혼란스럽고 곧잘 싸움의 도가니에 빠졌었다.

오거스틴이 첫 번째 부인에게서 얻은 아이들은 진작부터 집을 떠나있었다. 두 아들—로렌스(Lawrence)와 오거스틴 2세—은 이때 10대에 접어들었고, 영국에서 공부하기 위해 대서양 건너편에 가 있었다.

그러나 어리고 가냘픈 딸은 조지가 세 살 때 죽었다.

이 무렵 두 번째 워싱턴 부인은 아기를 또 낳았다. 메리 워싱턴은 불과 1년 남짓한 터울로 딸 베티(Betty)를 낳고, 둘째 아들 사무엘(Samuel)을 잇달아 낳았다.

아마도 메리가 넷째 아이를 가졌을 때 가족이 이사한 것으로 보인다. 이들이 이사한 집은 오히려 더 작고 불편했다.

포프스 시내를 흐르는 물길은 눈으로 보기에는 아름다웠지만, 수심이 너무 얕아 영국 무역선들이 들어오지 못했다. 그래서 이사를 결심한 것 같다.

오거스틴은 처자를 데리고 포토맥 상류에 자리 잡은 그의 또 다른 집으로 옮겼다. 이곳에서 가족은 조그마한 농가 오두막에 살았는데, 훗날 이 집을 확장하고 시설도 훌륭하게 고쳐서 마운트 버넌(Mount Vernon)이라고 이름 붙였다.

그 후로 몸집이 유달리 크고 건장한 존 오거스틴이 태어나고, 이어서 찰스(Charles John Augustine)까지 태어나자, 식구들은 그러지 않아도 비좁은 집에서 몹시 옹색하게 생활했을 것이 틀림없다.

오거스틴이 집에 있는 시간은 그리 많지 않았던 것으로 보인다. 집에서 약 50여 마일 떨어진 프레데릭스버그

근교에 자리 잡고 있던 그의 철광석 용광로에 대한 집착과 열의는 날이 갈수록 더 심혈을 기울이느라 침식마저 잊을 정도였다.

포토맥에서의 새 생활을 시작한 지 몇 년 후 가족은 또 이사하였다. 이번에는 라파하녹(Rappahannock)에 새로 생긴 마을의 외곽 지대였다.

그로부터 3년이 흘러 조지가 열한 살이 되었을 때, 그의 아버지는 급성 위장병으로 앓아누웠고, 오래지 않아 숨을 거두었다.

오거스틴은 그의 재산을 실용적으로 쓸 수 있도록 모두 세 가지로 나누어 남겨주었다. 확실하고 구체적인 재산은 전처가 낳은 두 아들의 몫으로 배분하고, 나머지는 어린아이들이 법정 성년에 이를 때까지 부인이 관장하도록 했다. 그리고 나머지 부동산을 어떻게 처분할 것인가를 설명한 뒤, 오거스틴은 부인 메리에게 혹시 생길지도 모를 일에 대비하여 미리 충분히 예측하여 말해 주었다.

"그러나 만약 아내 메리가 정말로 원한다면……."

이 지분을 다른 용도로 써도 좋다는 마지막 말을 남긴 것이다.

오거스틴은 유언으로 어딘지 애매하고 불분명한 용어를 썼다. 그것은 결국 메리가 소녀 시절 겪은 소동의 불씨가 되었다.

그러나 그의 가족에 대해서 더 이상의 영향을 주거나 간섭한 것 같지는 않다. 심지어 그가 죽고 난 후에도 그는 자신이 신격화되는 것을 원치 않았다. 그를 성화聖化하려는 운동이 불길처럼 일어났을 때도, 그를 개인적으로 알고 있거나 기억을 더듬어 낼 수 있는 생존자는 오직 한 사람뿐이었다.

그 나이 많은 증인은 노신사 위더즈 씨다. 그는 오거스틴을 금발의 거인이었다고만 묘사할 뿐, 그 이상 시적이거나 아름다운 세세한 묘사는 도저히 할 능력이 없었다.

조지 워싱턴도 그의 아버지는 키가 크고 피부색이 희며 체격이 당당했고, 아이들을 몹시 귀여워했다는 정도밖에 기억하지 못했다.

물론 개인적인 문제들에 대해서 조지 워싱턴이 자세하게 이야기하기를 미루고 발표를 꺼렸을지도 모른다는 가능성을 배제할 수는 없다. 실제로 오거스틴은 집에서 멀리 떠나있을 때가 너무 많았기 때문에, 그의 아들조차 그에 대해서는 그리 깊은 인상을 가지지 못했던 듯하다.

메리 워싱턴이 아들 넷과 딸 하나를 거느리고 양육 책임을 지고 홀몸이 된 것은 그녀의 나이 서른다섯 살 때였다. 그녀의 두 어깨에 사정없이 내리 덮인 책임의 무게는 실로 막중했다. 그러나 메리는 결코 책임을 회피하려 하지 않았다. 이것만은 정말 그녀를 위해서 빼놓을 수 없는 이야기다.

메리는 결코 누구도 흠잡을 수 없는 완벽한 의무감을 지닌 여성이었다. 그리고 결과적으로 그녀는 정말로 공작의 핏줄을 물려받았던 것이 틀림없다. 왜냐하면 그녀는 품격이 지고한 공작부인 같은 몸가짐과 행적을 보였기 때문이다. 그러나 경건하면서도 어처구니없는 난센스가 모든 제약으로부터 해방되기 시작한 것은 그녀의 전 생애에 걸쳐 바로 이때부터 비롯되었다.

이 문제에 관해서는 1856년에 워싱턴 어빙(Washington Irving)이 쓴 자료를 읽어볼 필요가 있다.

이 미망인의 생애에 관해서 우리는 오랜 전통에 비추어 깊은 흥미를 느끼지 않을 수 없다. 메리 여사는 어린 아이들을 둘러앉혀 놓고 책 읽어주기를 일과처럼 끈기 있게 했다. 그러나 그녀가 아이들에게 읽어주었던 내용은 어떤 표준적인 고전이나 작품에서 뽑아낸 종교적, 도덕적 교훈들이 대부분이었다. 그녀가 가장 좋아한 책은 매튜 해일(Sir Matthew Hale) 경이 쓴 『명상과 도덕과 신성』이었다.

이 문제의 책은 표지 뒷면에 메리 볼 워싱턴이란 서명이 오거스틴의 첫 번째 부인이 서명 한 바로 아래에 또박

또박 씌어 있고 오늘날에는 마운트 버넌(Mount Vernon)에 보관되어 있다.

이 책을 그녀가 소유했었다는 사실에는 논쟁의 여지가 있을 수 없고, 그녀가 이 책을 읽었던 것 또한 사실이 틀림없다.

메리 여사의 종교적 도덕적 확신은 엄격한 정통 교리와 이론에 입각한 것을 부인할 수 없다. 그러나 여사는 모든 원리나 신념을 초월하여 자기 자신에게는 절대로 과실이 있을 수 없다고 너무 굳게 믿었고, 이런 자기 신앙을 괴롭힌 장본인이었던 것으로도 보인다.

조지는 열한 살 되던 해부터 빠져나갈 수만 있다면 어떻게 해서라도 어머니와 함께 있지 않으려고 애썼다.

하지만 이런 조지도 이따금 집에 머물렀다는 사실을 그와 거의 동년배인 한 사촌이 증명하였다. 이 친척은 그의 긴 생애가 종말을 향해서 서서히 다가갈 무렵 한때 라파하녹을 굽어보는 언덕에 자리 잡은 워싱턴 농장으로 조지를 찾아갔던 일을 회고했다.

당시 워싱턴 농장은 창고 건물이 서 있는 언덕 아래에 나룻배가 곧잘 정박했기 때문에 '나룻배 농장(Ferry Farm)'이라고도 불렸다.

이 사촌이 묘사한 메리 워싱턴의 특성과 용모에 관한 주장은 19세기를 몸서리치게 할 만큼 정곡을 찌른 표현이었고, 20세기에 들어서서는 더욱더 가공할 모습의 여인으로 부각하기에 충분하였다. 그는 이렇게 말했다.

"그의 어머니는 내 친부모 두 분을 합친 것보다 열 배나 더 무서웠습니다."

메리 여사가 나타나기만 하면 동네 개구쟁이나 거친 머슴애들도 생쥐처럼 온순하게 서서 어쩔 줄 몰라 했다. 메리 여사는 집안의 가계를 꾸려나가면서 너무 위압적이고 완강한 분위기와 태도를 굳게 견지했다. 만약 아이들이 그녀의 명령에 순종하지 않으면 호되게 벌을 내렸다. 아이들에게는 어머니가 무시무시한 공포의 대상이었고, 그녀의 의사를 거스른다는 것은 도저히 상상조차 할 수 없는 일이었다.

결과적으로 여사는 조지에게 하나의 본보기를 보여준 셈이었다. 조지가 큰 시련과 함께 질책받고 그 자신의 재치와 수완을 보강하여 훗날 조국의 형제자매들에게 보여주었던 그 강인한 자세도 실은 어머니에게서 배운 것이었다. 이 웅대하고 굽힐 줄 모르는 태도 덕분에 그의 동포들이 얼마나 큰 혜택을 입었는가 짐작할 수 있으리라.

어쨌든 조지는 그의 어머니를 많이 닮았다. 그래서 그는 몇 달씩 두 의붓형의 집을 피난처로 삼기도 했다.

형들은 영국에서 학교생활을 마치고 미국으로 돌아온 직후 결혼하여 그들 나름대로 안정된 생활을 영위하고 있었다. 둘 다 아버지가 물려준 재산에다 좋은 배우자까지 생겼기에, 어린 조지를 반가이 맞이할 만한 충분한 능력이 있었다.

특히 오늘날에는 마운트 버넌으로 알려졌지만, 당시에는 그저 포토맥으로만 불렸던 이 일대의 넓은 땅을 상속받은 로렌스에게서 조지는 헤아릴 수 없이 많은 도움과 혜택을 받았다.

특히 독서를 한다든지 예의 바르고 바람직한 사교 활동에는 더욱 그러했다. 실제로 조지가 받은 정규 학교 교육은 기껏 몇몇 시골 훈장님들에게 받은 수업뿐이었다. 그것도 아주 짧은 기간에 불과했다.

메리 워싱턴 여사는 어머니처럼 읽지도 쓰지도 못하는 바보는 아니었다. 여사는 읽기와 쓰기의 기초를 어디선가 귀동냥으로 배웠다. 그녀의 필적은 당시 평균 수준에 조금도 뒤떨어지지 않았다.

그러나 그녀에게는 다른 대통령의 어머니들에게서 볼 수 있는 교육에 대한 열성은 보이지 않았다.

물론 메리 여사도 조지를 영국에 유학시키겠다는 생각에 조금도 반대할 의사는 없었다. 그녀의 맏아들을 자신의 통제에서 완전히 떼어놓기 위하여 여러 가지 다른 계획을 세웠기 때문에 이런 아이디어가 떠오를 때마다 반대한 것으로 보인다. 이러한 계획 중 첫 번째가 그를 영국 해군에 입대하게 하는 일이었고 주위에서는 이미 온갖 세부 계획을 짜두고 있었다.

로렌스 워싱턴과 그의 장인 — 저 교양 높은 윌리엄 패어팩스(William Fairfax) 장군 — 과 스펜서(Spencer) 박사 | 이 사람은 미망인이 된 메리 워싱턴 여사를 끌어들이기 위하여 나름대로 계획하였던 것으로 짐작된다 | 가 합심하여, 열네 살이 된 조지가 이 모험적 진로를 선택할 수 있도록 어머니 메리 여사의 동의를 얻어내려고 갖은 설득을 했다.

하지만 여사는 이들에 대항하며 오직 혼자만 자기주장을 굽히려 들지 않았다. 그렇다고 해서 오늘날 그녀가 틀렸다고 말할 수 있는 사람이 과연 있을까? 결과적으로 공동 모의한 세 사람 중 누군가가 표현했듯이, 여사의 '하찮은 반대' 때문에 조지 워싱턴은 영국 해군의 제복을 입지 않았다.

그 대신 그는 측량 기사로 일하기 시작했고, 그 후 군인으로 전쟁터에 나가게 되었다. 그가 프랑스와 인도군에 맞서 싸우려 광야로 뛰어들었을 때, 어머니에게 보낸 편지 두 통이 오늘날까지 남아 있다. 그중 하나는 전투 상황과 전망에 대하여 아주 사실적으로 묘사했고, 다른 한 통에는 대단히 유쾌한 이야기를 담고 있다.

워싱턴 부인 귀하

존경하는 부인께 드립니다.

미스터 딕크(Mr. Dick) 편을 통해 편지를 보내주신 호의는 잊지 않겠습니다. 귀하의 소망에 대하여 만족스러운 보답을 해드리지 못하는 제 형편이 대단히 유감스럽습니다. 귀하에게 네덜란드인 하인도, 버터도 구해 드릴수 없음을 밝힙니다. 지금 저희는 이 나라에서 귀하의 소망을 들어줄 수 있는 지역으로부터 아주 멀리 떨어져 있어 두 가지 중 어느 것도 구할 수가 없습니다. 지금 저희가 진지로 삼고 있는 곳은 주민이라고 해야 손가락에 꼽을 정도밖에 안 되며, 군 보급용 버터조차 구할 수 없습니다.

제가 윌리엄스버그로 갔다가 돌아오는 길에 귀하를 방문할 여유가 도저히 없었음을 말씀드리며 깊은 용서를 내리시길 빕니다. 제가 그곳에 간 목적은 군자금을 조달하기 위해서였고, 단 한 시간도 지체할 수 없는 절박한 상황이었습니다.

병사들 약 5백 명이 현재의 진지에서 알레가니 쪽으로 이동 중입니다. 그곳에서 도로 작업 등을 할 예정입니다. 주력 부대는 약 5일 뒤 이동할 것으로 예상됩니다.

이외의 다른 특별한 일은 아직 일어난 바가 없으니, 이로써 문안 인사를 마치고 펜을 놓을까 합니다(부디 모든

친구와 친지들에게 제 사랑과 경의를 전달해 주시기를
부탁드립니다).

사랑하는 부인께, 당신의 가장 자랑스럽고 의무감에
넘치는 아들.

Camp, at Will's
Creek, 7th June, 1755

편지는 대단히 냉철하고 의연한 기품을 보인다. 그래도
이 편지에는 조지 워싱턴이 그의 어머니에게 보낸 편지
중에서 따뜻한 애정이 가장 많이 엿보인다.

그는 여전히 될 수 있는 한 어머니 곁을 떠나있으려 했
고, 그가 써 보낸 편지는 모두 반드시 그 사본을 만들어
보관했다. 서류로 남아 있는 그의 모든 자료 중 편지는
겨우 여섯 통밖에 찾아볼 수 없다. 무려 반세기 이상 장
구한 세월에 걸쳐서 말이다. 그나마 어머니에 대한 끊임
없는 실망과 도피하려는 면이 갈수록 더 심하게 나타난
다. 그 이유를 찾기란 그리 어렵지 않다.

메리 워싱턴 여사는 그녀의 맏아들이 전쟁터에서 늘
승승장구하고 더 위대한 업적을 이루도록 채찍질하고 뒤
에서 밀어주지는 않고, 오히려 온 힘을 다하여 그의 두
날개를 붙잡아 매어두려고만 애쓴 것이다.

메리 여사가 1795년 한 친척에게 써 보낸 편지에는 이

런 구절이 있다.

조지가 군대에 있는 동안은 도무지 걱정이 끝일 날이 없었어요. 하지만 이제는 그도 완전히 두 손 들었지요.

이 편지는 학자들이 그녀의 친필이라고 조금도 의심하지 않는 네댓 통의 현존하는 편지 중 하나이다.

더구나 메리 여사가 만약 나이 들어서도 지배욕을 그대로 간직했다면, 그건 탐욕이라고 간주할 수밖에 없다.

여사는 매사에 독선적이고 자기 마음대로 마구 휘둘렀다. 그뿐만 아니라 금전 문제에서는 점점 더 철저해지고 한 치의 양보도 없었다.

여사는 아버지가 물려준 농장을 여전히 소유하고 있었고, 죽은 남편 오거스틴이 그녀에게 비록 호화롭지는 않아도 아주 안락하게 살 수 있을 정도의 재산을 물려주었음에도 여전히 만족하지 못하였다.

조지 워싱턴은 청년 시절부터 끊임없이 재정적인 문제를 놓고 어머니와 늘 다투었다.

그녀는 농장을 마음대로 다루었고, 다른 재산도 오로지 자기의 의지대로 관장했다.

'나룻배 농장(Ferry Farm)'은 조지가 스물한 번째 생일을 맞은 날부터 법적으로는 이미 조지의 소유물로 귀속되어 있었다. 그러나 이 농장 역시 메리 여사가 완강히 지휘권을 휘두르며 마음대로 운영했다.

1760년대가 지나는 동안 그녀의 아들이 쓴 금전 출납부를 보면, 당시에 그가 얼마나 억울하고 부당한 대우를 받았는지 곳곳에 여실히 드러나 있다.

불행하게도 로렌스 워싱턴이 젊은 나이로 그의 일생을 마치고, 조금 후에 그의 미망인까지 세상을 떠나자, 조지는 마운트 버넌을 물려받았다.

그러니 조지가 살아야 할 곳이 반드시 나룻배 농장이어야 할 필요는 없어졌다.

그러나 그의 어머니가 해온 부당한 처사가 그의 마음을 괴롭혔다. 사실 조지가 그의 어머니를 아주 효성스럽게 봉양하였다.

그에 반하여 메리 여사는 아들이 그의 소유인 나룻배 농장의 땅을 단 한 치도 찾아갈 수 없다는 인식을 심어주려고 부심腐心할 뿐이었다.

어디 그뿐이랴. 아들이 프레데릭스버그를 거쳐서 갈 일이 있을 땐 항상 어머니에게 들르곤 했는데, 이럴 때마다 메리 여사는 그에게 돈을 요구하며 그를 몹시 괴롭힌 것 같다.

그러니 조지도 나중엔 더 참지 못하고, 어머니에게 돈을 건네줄 때 옆에서 지켜본 사람의 이름이라도 반드시 기록해두는 버릇이 생겼다.

이건 어머니가 돈 받은 일이 없다고 잡아뗄 수 없게 아예 증인으로 내세우기 위해서였을 것이다.

조지의 일기를 보아도, 그가 윌리엄스버그 하원 의회 회기 동안 프레데릭스버그를 거쳐서 가게 될 때도 어머니의 집보다는 시집간 누이동생 베티의 집에 들르는 걸 훨씬 더 좋아했음을 알 수 있다.

워싱턴 대통령의 일대기에 대해 열정을 품고 연구하는 역사가들의 눈에 이런 증거들이 소홀히 다루어질 리가 없었다.

미국의 역사 전기류 중 가장 우수하고 대표적인 작품으로 꼽히는 더글라스 사우달 프리만(Douglas Southall Freeman)이 쓴 기념비적인 전기 『조지 워싱턴』에도 당시 메리 여사가 일삼았던 좋지 않은 습관을 낱낱이 폭로하고 있다.

여사는 양고기 한 점도 버리지 않고 저장 창고에다 악착스럽게 보관해 두곤 했는데, 때론 너무 오래되어 완전히 썩어도 내다 버릴 줄 몰랐다. 그래서 여사는 식사 때마다 음식을 먹기 전에 꼭 접시에다 코를 대고 한 조각 한 조각 냄새를 맡아보곤 했다.

1920년대에 이르러 자유로운 사고가 널리 퍼지자, 작가들은 대담하게도 여사를 단정치 못하고 파이프 담배나 좋아하는 심술궂은 노파로 묘사하기도 했다.

어떤 작가는 농장의 일꾼들이 감히 그녀의 비위를 건드리면 열쇠 꾸러미로 머리통을 된통 후려갈겼다고 하면서 그녀를 은근히 비난했다.

그러나 이런 모든 것에도 불구하고 메리 볼 워싱턴 여사는 그 성스러운 이미지를 잃지 않았다.

여사가 만년을 보낸 프레데릭스버그의 작은 집은 오늘날 성지로서 원형을 그대로 복원하여 관광객들을 위해 개방하고 있다.

이 성지에서 관광객들을 안내하는 매력적인 아가씨들도 메리 여사가 왜 '나룻배 농장'을 버리고 이곳으로 이사했는지 그 전후 사정을 생각해 보지는 않았으리라.

조지 워싱턴이 남긴 글 속에 숨은 내용을 잘 살펴보면, 1770년대 초 그의 어머니가 도무지 이해할 수 없는 괴상한 사업 감각으로 저지른 끊임없는 경제적 파탄에 대해 도저히 성질을 죽이고 참지 못했던 것 같다.

하긴 그가 어머니의 성미를 그대로 물려받은 만큼 화를 내는 것도 이해할 수 있는 대목이다.

이런 점에서 메리 여사는 통치술에 대한 아주 실질적인 훈련을 그에게 시켰다고 볼 수 있다. 특히 금전 문제에 관한 한 한층 더 그의 어머니를 닮아 갔다.

어쨌든 그는 어머니를 어떻게 해야 할지 마지막 결정

을 내리기 위하여 가족회의를 소집했다.

가족회의 참석자로는 우선 그의 동생 찰스가 있었으나, 별 도움이 되지는 않았다. 그는 이 대통령 집안에서 유일하게 술주정뱅이이었다.

그리고 그의 매부, 그러니까 하나밖에 없는 여동생 베티의 남편인 피일딩 루이스(Fielding Lewis) 장군이 참석했다. 이들 두 사람은 조지가 제의한 해결 방안에 정면으로 맞섰다.

조지의 의견은 켄모아(Kenmore) 루이스의 저택에서 걸어서 쉽게 왕래할 수 있을 만한 거리에 작은 집을 한 채 구매한다는 것이었다. 결국 조지의 제안을 채택하여 실현하게 되었다.

그리고 베티 루이스의 집 정원 돌계단에서부터 어머니를 위해 새로 구매한 작은 집의 보잘것없는 정원까지 벽돌을 깔아 보도를 단장하였다.

오늘날에도 수많은 방문객이 이 벽돌 보도에 남아 있는 흔적을 보고 가슴 뭉클하게 감동하고 있다. 그리고 마침내 두 집 모두 원형 그대로 완전히 복구하였다.

짐작하건대 조지 워싱턴은 분명 대단히 미묘하고 끈기 있게 협상을 벌여 '나룻배 농장'을 팔아넘기자고 제안하고, 결국엔 어머니의 동의를 얻었을 것이다. 아마도 그가 좋아했던 형 잭(Jack)도 이 모든 일에 한몫 거들었던 것 같다. 잭은 웨스트 모어랜드 카운티(West moreland C-ounty)에서 아주 성공한 플랜테이션의 주인으로 번영을 누리고 있었다.

그러나 형 사무엘은 도저히 의논 상대가 되질 못했다. 그의 방탕한 낭비벽은 조지에게 큰 실망을 안겨 주었다. 사무엘은 죽기 전까지 무려 다섯 번이나 결혼했고, 또 다른 여러 가지 면에서 헨리 8세를 닮았던 것 같다. 그의 형제들조차도 그가 낳은 조카와 질녀들을 제대로 분간하지 못했고, 누가 어디서 무엇을 하는지도 모르고 지내는 예가 많았다.

조지는 한 사람이 자신의 경제적 문제들을 이렇게 복잡하게 얽어놓을 수 있을까 하고 경악할 수밖에 없었다.

"하나님께서는 사무엘 형님이 어떻게 이렇게 어마어마한 부채를 짊어지게 되셨는지, 그 비결을 말씀해 주시겠습니까?"
하고 잭에게 쓴 적도 있다.

어머니를 위해서 조그맣고 안락한 집을 장만해 드린다는 계획은 아주 그럴듯하게 보였다. 그러나 여전히 근본 문제를 해결하지는 못했다.

심지어 1775년 조지가 위대한 역사의 무대에 등장하려 할 때도 메리 여사의 불평은 그칠 줄 몰랐다.

조지는 마운트 버넌을 떠나면서, 그의 대리인으로 먼

친척을 눌러 앉혀 놓았다. 그에게 어머니를 돌보는 과제와 함께 그가 맡았던 의무 전부를 그에게 주었다.

결국 이 친척도 메리 여사의 끝없는 불평불만을 참아내야만 하는 고초를 겪었다.

1778년 메리 여사가 어느 친척에게 쓴 편지에,

"내 평생 이렇게 비참하고 답답하게 산 적이 없어요."

하고 몹시 노여워하고 있다. 그러면서도 그의 아들이 벌이는 대단히 고통스러운 투쟁에 관해서는 단 한마디도 언급하지 않았다.

그로부터 삼 년 후에는 그녀가 노여움에 찬 언성을 점점 더 높여, 마침내 버지니아 국민회의에서 미합중국 총사령관 워싱턴 장군의 생모가 공공 연금을 받지 못하여 굶어 죽을 처지에 놓여 있다는 이야기까지 듣게 했다.

조지 워싱턴이 의회의 한 친구로부터 그의 어머니에게 이런 연금을 지급하는 것을 고려 중이라는 이야기를 담은 편지를 받고 얼마나 노여워했을지는 굳이 말로 표현하지 않아도 될 것이다.

조지는 즉시 답장을 써 보내어, 자기의 어머니는 어린 아이도 하나 없을뿐더러, 자신은 '어머니를 진정한 고통으로부터 구제하기 위해서라도' 단 한 푼도 나누어 주지 않겠노라고 했다.

이 무렵 메리 워싱턴 여사의 나이가 일흔을 넘긴 고령

이었다는 사실을 상기하면, 그녀의 몰염치한 주장도 노인네의 변덕스러운 말에 불과하지 않겠느냐고 관대하게 받아넘길지 모른다. 그러나 그녀가 젊은 시절부터 지독하게 탐욕스러웠던 점에 대하여 관대하게 이해하기에는 적절한 변명조차 찾을 길이 없다.

언젠가 어떤 사람이 이런 말을 한 적이 있다.

즉, 여사의 근본적인 동기는 아주 훌륭한 것으로 마치 제왕의 그것과 같고, 그녀의 다정다감하고 상냥한 성품은 가히 완벽에 가까운 것이라고 말할 수 있다.

하지만 이상하게도 오늘날 그녀가 다정하다든가 남을 아끼고 사랑하는 성품이라는 것을 뒷받침해 줄 만한 증거로 남아 있는 것이 거의 없다.

오직 한 가지 증언이 있다면, 그녀 손자의 말이다.

그가 어릴 때 손을 붙잡고 그녀가 가장 좋아하는 곳이었던 라파하녹의 거품이 불꽃처럼 예쁘게 퍼지는 강가로 산책 다닌 일이 많았다는 것이다.

그곳에는 커다란 바위 두 개가 있어서 천연 벤치 역할을 해주었고, 두 사람은 이 바위에 걸터앉아 장엄한 자연 경관을 즐겼다는 것이다. 게다가 이곳에서 할머니는 강 건너 저편 언덕에 보이는 숲을 가리키며, 저 나무는 어떤 나무와 다르고, 어떤 특징을 가지고 있다는 등의 이야기를 들려주었고, 그러는 동안 다른 무엇보다도 창조주 하나님의 권능을 그에게 가르쳐 주었다고 한다.

'하나님을 사랑하는 것'이 사랑스러운 인간보다도 덜 중요하고 덜 소중하게 여겨지게 된 것은 아주 최근의 일이다.

공작부인의 신분으로 사랑스러운 자태와 언행을 가꿀 필요가 있었거나, 그런 선례가 과연 있었을까? 오랜 역사와 전통을 가진 명문에서조차 공작부인의 아들이, 비록 어머니가 노년이라도, 지나치게 괄괄하고 잔소리가 심한 여인에게 진정한 애정을 느낄 수 있을까?

메리 워싱턴 여사가 여든이 되던 해에, 아들에게 상당한 액수의 돈을 또 요구하였다. 그러자 조지는 도저히 더 이상 참을 수 없었던지 그녀에게 편지를 써 보냈다. 이 편지를 보면, 어머니에게 아들로서의 애정이라곤 조금도 느끼지 못했음을 확연히 알 수 있을 것이다.

저에게서 찾을 수 있는 열성과 힘을 다하여 어머니께 충고드립니다.

부디 집안일을 그만하십시오. 하인은 남자 하나, 하녀 하나만 남기고 나머지는 모두 해고하십시오.

그다음엔 우리 남매 중 어느 집에서 함께 살도록 하십시오.

오직 이것만이 어머님께서 이 세상의 모든 근심과 걱

정으로부터 완전히 벗어나는 길이고, 마음을 편안히 가다듬고 다가올 운명을 큰 괴로움 없이 받아들일 수 있게 해줄 것입니다.

제집은 언제든 어머니 마음대로 계실 수 있고, 또 언제나 가장 열성적이고 헌신적으로 어머님을 대할 것이니 제발 저의 청을 들어주십시오.

정말 솔직하게 말씀드려서, 만일 어머님께서 저의 집에서 어떠한 형태의 어떤 목적으로라도 일을 꾸미시려고 한다면, 저의 집에는 절대로 오실 수 없다는 것을 분명히 말씀드립니다.

왜냐하면 진실로 제집은 잘 꾸며져 편히 쉴 수 있는 주막에 비유할 수 있는 곳으로 길가는 어떤 사람이라도, 북에서 남으로 가든, 남에서 북으로 가든 하루나 이틀씩 머무는 일은 좀체 없습니다.

이렇게 말씀드리는 것은 만약 어머님께서 제집에서 살고 싶은 마음이 있다면 다음 세 가지 중 적어도 한 가지는 꼭 지켜주시기를 부탁드리고 싶어서입니다.

우선 그 첫째는 언제나 옷을 단정하게 입고 사람들을 대하도록 하실 것, 두 번째는 실내복 차림으로 사람들과 어울리실 것, 세 번째는 오직 어머님 방 안에서 죄수처럼 꼼짝도 하지 말고 계실 것.

이중 첫 번째라면 어머님 같은 연세가 있는 분은 너무

지치고 힘든 일이어서 좋아하지 않으실 것이고, 두 번째는 제가 지켜본 바로는 이곳에 자주 드나드는 사람들은 대체로 이 나라에서 첫손가락에 꼽히는 명사들뿐이어서 제가 못마땅하고, 마지막 세 번째라면 아마 어머님도 저도 기분 좋은 일은 못 될 것 같습니다.

게다가 어머님께서는 집 안에 드나드는 수많은 사람이 방문하고 떠나고 하는 동안 떠들썩한 소리며, 하인들이 법석대는 소란통에 저의 집 어느 방에서라도 편안히 은거할 수는 없을 것입니다.

게다가 어머님은 많은 일들을 즐기실 수 없을 터이니, 제가 생각하기에는, 이제 어머님께서는 남은 인생에서 다른 문제에 관한 관심보다도 당연히 더 좋아하고 마땅히 찾으셔야 할 마음의 평정과 화평을 찾으셔야 할 줄 압니다.

요컨대 조지 워싱턴은 그의 어머니가 베티의 집으로 이사해서 함께 살기를 바랐다.

그러나 메리 여사도 여동생 베티도 그의 생각과는 달랐다.

메리 워싱턴 여사는 자기가 머무는 곳에서 떠나려 하질 않았고, 오래지 않아 유방암으로 기력이 모두 쇠진한 후로는 더욱더 불평과 성화를 부려댔다.

그러던 그녀도 마침내 1789년 8월 25일, 그녀의 여생을 보내던 작은 집에서 최후를 맞았다. 당시 그녀의 나이 여든둘이었다.

조지는 그녀가 가지고 있던 강한 특질을 여러 가지 면에서 많이 물려받았다. 그러나 어떤 이상하고 신비스러운 일종의 연금술로 적절히 변모된 모습으로 세상을 살아온 아들은 일주일 후에야 어머니의 부음訃音을 받았다.

당시 그는 대통령의 지위에 올라 있었고, 역사상 가장 고결한 사람 중 하나라는 찬탄을 한 몸에 받고 있었다. 그러나 어머니의 죽음에 대해서는 그저 형식적이고 의무적으로만 애도의 정을 표했을 뿐이다.

그는 베티에게 보내는 편지에 이렇게 썼다.

…… 주 하나님의 섭리와 계율에 따라 적절한 순종의 도리를 지키는 것이 남은 가족들의 의무이다. 지난번 내가 프레데릭스버그에 마지막으로 들렀을 때, 정말로 난 결코 이제 더 이상 어머니를 보게 되리라고는 기대하지 않았다. 그것이 어머니에 대한 나의 마지막 작별 인사가 될 것이다.

그리고 여기서 그는 한 줄을 띄우고 문장을 새로 시작하면서 어머니가 남긴 유언에 따라 뒤처리를 어떻게 할 것인가에 관해 논의하고 있다.

만약 윔즈 목사와 몇몇이 미국 시민들에게 초대 대통령의 성격 중 이런 결함을 밝혀내어 보여주지 않았더라면 전설적 사가史家들은 미합중국을 위하여 지대한 공헌을 할 수 있었을 것이다.

사실 심리학에 관한 고매한 식견을 가지고 있는 역사학자들은 전설적인 가공할 만한 빛나는 진정한 한 가지 필요성 — 즉, 새로 성립된 국가라면 어느 나라건 국가적 영웅이 절대적으로 불가결한 한 요소라는 것 — 을 충족시키는 절대적인 신의 모습을 원할 것이라고 짐작한다.

만약 사실이 그러하다면 19세기 조지 워싱턴의 어머니를 성화聖化하는 기념사업을 위하여 헌신적으로 기금을 모으느라 애썼던 마음씨 고운 아가씨들 역시 우리 미국 국민에게 크게 공헌했다고 할 것이다.

그로버 클리블랜드(Grover Cleveland)의 시대가 도래할 때까지 메리 워싱턴 여사가 누렸던 숭경崇敬의 범위는 아주 제한적이었다.

비록 많은 애국적 작가들과 연설가들이 이미 오래전부터 여사를 성스러운 어머니의 모습으로 묘사하면서 사람들을 감동하게 해 왔다.

그러나 실제로는 여사에게 기념관 하나도 세워 주지 못했다.

여사는 생전에 그녀가 가장 사랑한 프레데릭스의 라파하녹 상류에 묻혔다. 그러나 그 당시 비석이 세워졌는지, 어떤 비석이 세워졌는지는 알 수 없으나, 그 비석조차 오래전에 사라지고 남아 있지 않다.

1894년에 이르러서야 여사의 묘터에서 전형적인 대리석 묘비를 발견하였고, 비로소 미국 역사상 그 모성의 영역에서만큼은 가장 신선하고 가장 고결한 분의 영원한 잠자리가 제대로 갖추어졌다. 대리석 묘비 기둥 아랫부분에 새겨진 글은 간단한 몇 개의 단어뿐이었다.

워싱턴의 어머니 메리
Mary the Mother of Washington

어둠 속에서 찾은 영혼의 등불

애비게일 스미드 애덤스 여사

존 퀸시 애덤스(재임 1825.3.4 ~ 1829.3.4)

애비게일 스미드 애덤스 (Abigail Smith Adams) 여사

어둠 속에서 찾은 영혼의 등불

애비게일 스미드 애덤스 여사
Abigail Smith Adams

하늘이 한 번 찡그린 표정을 하면 왜 이토록 무시무시한가?
아니다. 하늘은 유쾌한 모습일 때도 역시 무서운 것이다.

애비게일 애덤스 여사 같은 분을 미합중국 역사에서
또 기대할 수 있을까? 그녀가 남긴 찬연한 등불은 우리
현대사의 첫 장을 어는 진보의 우렁찬 쇠망치 소리와 함
께 영원히 그 빛을 다하지 않을 것이다.

만약 그녀가 세상에 다시 태어난다면 신문 칼럼니스트
로 기고만 해도 거액을 벌 수 있으리라. 세상 사람들을
위한 충고나 상담역이 아니더라도 말이다 ｜ 하긴 그녀는 그
런 상담역으로서도 대단히 훌륭한 자질을 갖추고 있긴 하지만 ｜ .

그보다는 아마 어쩌면 바로 백악관의 주인으로 들어앉
게 될지도 모를 일이다.

이렇듯 애비게일 애덤스는 그녀의 역량만으로도 족히

백악관에 이를 수 있을 만했다.

미합중국이 여자 대통령을 맞이한다면 애비게일은 분명 그녀에게 가장 알맞고 잘 어울릴 간접적인 루트를 통해 그 자리에 도달했을 것이다.

애비게일은 아주 여성스러운 여성이었다. 훌륭한 부인이라면 누구나 당연히 그래야 하겠지만, 애비게일은 늘 남편의 일과 이익을 첫째로 생각했다. 그러나 그녀 자신이 남편 못지않게 정치에 커다란 관심을 두고 있었기에 남편에게는 이상적인 동반자요, 조력자가 될 수 있었다.

지난 반세기를 더듬어 볼 때, 평범한 여성으로서의 사고와 행동을 넘어서서 선거에서 이겼던 미망인 몇 명도 애비게일과 같은 태도를 지니고 있었음을 알 수 있다.

만약 다시 태어난 애비게일이 그녀의 남편보다 더 오래 산다고 가정하면, 어떤 여성도 그녀를 물리치기는 쉽지 않을 것이다.

실제로 애비게일은 미합중국 초기 미국 사회를 풍미하던 여러 가지 제한된 여건 속에서도 다른 어떤 여성보다 — 허세 없이 — 훌륭한 생을 살았다.

애비게일 애덤스 여사가 생애를 마치고 22년이 흐른 뒤, 손자 찰스 프랜시스 애덤스(Charles Francis Adams)가 그녀의 편지들을 모아 조그만 책자를 펴냈다.

이때까지 일반 대중에게 그녀의 존재는 베일에 가려져

있었다. 초판은 두 달 만에 완전히 매진되었고, 그 이후 그녀에 관한 이야기는 수많은 독자의 마음을 충분히 사로잡았다.

손자 찰스가 이 때문에 겪은 전율을 우리는 감히 상상도 할 수 없으리라. 그는 매사 분명하였고, 훌륭한 지위에 있는 애덤스 가문의 한 사람으로서 그가 한 일에 대해서 깊은 걱정과 불안을 느꼈다고 한다.

"저의 시도는 적어도 미합중국에서는 최초의 것이라고 믿습니다. 출판되리라고는 꿈에도 생각지 못하고, 한 여인이 사랑하는 남편에게, 또 가깝고 다정한 친척들에게 쓴 편지들을 대중에게 공개하는 것이……."

그러나 그의 할머니가 진정 자신의 편지가 훗날 책자로 공개될 것을 전혀 짐작하지 못했을 것인가 하는 점에는 분명 이의가 있을 법하다. 애비게일도 그녀의 남편도 그들의 후손에 대하여 강한 의무감을 느끼고 있었다.

애비의 남편 존 애덤스(John Adams)는 그가 미국의 독립 선언을 채택하자고 떨치고 일어나 열정 넘치는 탄원을 하기 닷새 전, 애비게일에게 편지 한 통을 보냈다. 이 편지에서 존 애덤스는 자신은 아무것도 씌어 있지 않은 책 한 권을 가지고 있는데, 여기에다 앞으로 자기가 쓰는 모든 편지를 복사하여 보관해 두겠다면서 그의 아내에게도 똑같이 해줄 것을 강력하게 청했다.

"왜 그런 말을 하는지 아시오? 난 정말이지, 당신의 편지야말로 내 편지보다 훨씬 훌륭하고 훗날까지 보존할 가치를 지니고 있다고 믿기 때문이오."

찰스 프랜시스 애덤스도 약간 불안하기는 했지만, 할아버지의 생각과 같았을 게 틀림없다. 할머니의 편지들을 모아서 먼저 출판한 다음에야, 할아버지를 위해서 유사한 형식으로 출판한 것을 보아도 짐작할 수 있다.

그러나 찰스는 이 책의 출판을 한동안 주저하지 않을 수 없었다. 독자에 따라서는 어쩌면 바람직하지 못한 위험한 결론을 내릴 수도 있겠다는 우려 때문이었다.

그는 그 책 속에 조심스럽게 적고 있다.

'두 분이 살아 계실 적에는 진실에 바탕을 둔 명확한 근거도 없이 할머니가 할아버지의 공적인 활동에 끼친 영향을 터무니없이 높게 평가한 사람들이 많았습니다. 그래서 이번 기회에 그릇된 판단에 주목했던 것이 오히려 이 책을 만드는 큰 동기가 되었습니다.'

찰스는 써나가면서 사람들의 오류를 통렬히 반박한다. 그는 지극히 양심적인 태도로 대여섯 대목에 걸쳐서 길고 자상하게 설명하며 진실을 알리려고 노력했다.

찰스는 사실 이런 압박감을 느끼지 않아도 되었을지 모른다. 미스 애비게일 스미드가 결혼한, 요령도 재치도 없고 화 잘 내고 고집 센 사나이 역시 헤아릴 수 없는 신의 섭리에 의해서였던지, 1774년 이후 미합중국 정치의 중심지 필라델피아가 절실히 필요로 하는 재능을 고스란히 갖추고 있었다. 그의 격렬한 태도를 누그러뜨릴 수 있는 사람은 아마 없었으리라.

이것은 당시의 인물들이 남긴 기록을 통해서도 분명히 알 수 있고, 심지어 애비게일도 그에게 더 큰 영향력을 행사할 수는 없었다.

만약 애비게일의 영향을 그대로 받았더라면, 그는 더 훌륭하고 성공한 대통령이 되었을 것이다.

그러나 애비게일이야말로 그의 힘과 열정의 원천이었고, 그가 약해질 때마다 그의 정신을 새롭게 고취하여 백절불굴의 강인한 사나이로 거듭나게 했다.

둘의 이야기는 일생을 통해 이어온 완벽한 하나의 러브스토리였는데, 진정한 로맨스를 추구하는 역사가들에게 그들의 스토리는 귀중한 자료가 되지 않을 수 없었다.

장차 대통령의 지위에 오를 사람과 결혼하고, 훗날에는 또 다른 대통령의 어머니가 된 유일한 여성이, 다른 여성의 역할에 대해 시공을 초월한 깊은 식견을 가지고 있었다는 사실을 알고는 참으로 통쾌하고 짜릿한 기쁨을 맛보았다.

애비게일 애덤스는 미국 독립의 배경에 주요 인물로 자리 잡고, 그저 가정만 충실히 이끌어간 것은 아니다.

애비게일은 분명 천재적인 무엇인가를 지니고 있었다. 그녀가 쓴 편지들이 이것을 입증해 준다. 생애 마지막 날까지 그녀가 착수하고 관계했던 어떤 일에서나 늘 자신의 존재와 신분을 확고하게 깨닫고 성취해 나갔다.

그녀는 자신이 연출해야 할 역할에 대해서 한 점의 의구심도 갖지 않았다. 그녀가 산 시대가 아무리 오늘날과 달랐다고는 해도, 그녀가 한 것과 같은 일은 웬만큼 깊은 지성을 갖춘 여성이라도 분명 히스테리 증상을 일으킬만한 내용이었다.

애비게일은 보기 드물게 훌륭한 지성을 갖추었고, 그녀가 탐조해 나가는 일마다 그녀 특유의 연금술로 모든 일을 처리하면서 매사에 독특한 개성을 충분히 발휘했다.

애비게일은 열아홉 살에 이미 약혼자에게 기지에 찬 편지를 써 보내기도 했다.

친구에게

매일같이 편지를 쓰는 것 같군요. 제가 보낸 편지가 너무 싸구려 같아선 안 되겠죠? 혹시 친구께서는 제 편지로 파이프 담배나 말아 피우시는 건 아니겠죠? 설령 친구께서 그러신다 해도 전 기분 나빠하지 않겠어요.

전 편지를 써 보낼 수 있다는 것만도 큰 즐거움이에요. 하지만 전 참 이상한 생각이 들어요. 이렇게 생각나는 대로 거리낌 없이 쓸 수 있다는 게 말이에요. 비평을 두려워한다면 세상의 다른 어떤 사람보다도 전 친구를 두려워하거든요. 제가 지금까지 친구를 두려워했거나 두렵게 생각할 것이라곤 오직...

이게 제 마음이에요. 뭐라고 하시겠어요? 제 말을 인정해 주지 않을래요? 제가 아주 용기 있는 사람이라고 생각하지 않으세요? 용기란 친구께서 속해 있는 남성 세계에서는 찬양받을 기꺼운 미덕 아닌가요? 하지만 제가 속해 있는 세계라 해서 다를 바 있겠어요? 제 생각에는요, 친구께서 저의 용기를 칭찬해주실 거라 믿고 싶어요.

그러고 나서 애비게일은 몇 페이지에 걸쳐 더 엄숙하게 계속 서술해 나간다. 그리곤 마침내 차분하게 편지를 끝맺고 있다.

아듀 — 당신의 애정을 다해서 절 기억해 주세요. 당신께도 당신을 사랑하는 애비 스미드의 한없는 마음이 언제나 함께 할 거예요.

분명히 이 편지에는 청교도 집안 규수로는 보기 드문 다양한 면이 드러나 있음을 엿볼 수 있다. 그러나 백 년 이상에 걸친 정통파 청교도의 전통은 여러 종교적 인물과 함께 현세의 비종교적인 큰 인물들도 배출했고, 마침내 한 여성 애비게일 스미드를 길러내기도 했다.

그녀의 외할아버지는 초기 식민지 정부에서 여러 요직을 두루 맡았던 존 퀸시(John Quincy) 장군이었다. 애비게일의 아버지는 윌리엄 스미드(William Smith)로 매사추세츠주 웨이마우스 조합 교회에서 40여 년 이상 목사로 봉직했다.

애비게일은 이 훌륭한 가문에서 1744년 11월 11일에 태어났다.

초기 뉴잉글랜드 신권 정치 체제 아래라고 해서 세속적 지위를 가늠하는 요소들을 무시했으리라고는 생각할 수 없다. 하지만 존 애덤스(John Adams)는 그의 선조가 3대에 걸쳐 모두 농부였고, 하버드 대학에서는 그의 클래스 스물다섯 명 가운데 열네 번째를 차지하였다. 이마저도 그의 어머니가 만일 보일스톤(Boylston) 가문 출신이 아니었더라면, 훨씬 더 낮은 서열에 머물렀을 것이다.

하버드에서는 학생들의 서열을 정할 때, 학업 성적이 아니라, 사회적 지위에 근거를 두었다.

애비게일에게는 오빠가 하나 있었는데, 그가 만일 하버드에 입적했더라면 분명 훨씬 더 높은 서열을 차지했을 것이다. 그러나 실제로 이 오빠는 하버드를 다닌 적이 없다. 짐작하건대 그는 아주 쓸모없고 무능력한 젊은이가 아니었나 생각된다. 그래서 애비게일의 어머니에게는 이런 사실이 중요했다.

그러나 다행히 이 어머니는 딸의 훈육에는 그다지 주의도 노력도 기울이지 않았다. 애비게일의 언니를 우선에 두고 이 큰딸에게 여성으로서의 소양과 부덕을 가르치기에 바쁜 데다, 애비게일 아래로 또 딸이 태어났다.

그래서 장차 애덤스 부인(Mrs Adams)이 될 이 딸은 할머니 퀸시 집에서 몇 달씩 지내기도 했다. 주위 사람들에겐 애비게일이 병약하게 보였고, 그래서였는지 그녀는 정규 학교 교육이라고는 받아본 적이 없었다. 그런데도 애비게일은 젊은 처녀들에게 필요하고 적합하다고 인정되는 이상으로 훨씬 많은 것을 배웠다.

이렇듯 퀸시 할머니는 애비게일에게 셰익스피어는 물론 스위프트(Swift)까지 읽게 했고, 이 둘의 세대 간의 여러 가지 차이점에 대한 문화적 토론을 진개하기도 했다.

그러는 동안 애비게일은 나이에 비해 꽤 성숙한 소녀로 성장했다. 외부 사물에 대해서는 묘하게 진지하고 심각하게 반응을 보이기 시작했고, 내적으로는 굳게 닫힌 감정이 축적되어 가득 차 있었다.

존 애덤스가 처음 그녀의 집을 방문했을 때, 애비게일은 이제 겨우 열일곱 살이었다. 그러나 그녀의 언행에는 이미 대단히 우수한 여성임을 입증하는 여러 면모가 분명하게 드러났다.

애덤스는 그녀보다 아홉 살 연상이었다. 그러나 자기 자신 이외의 다른 사람에 대해서는 도무지 성격을 파악하지 못하고, 인간적 면모를 제대로 식별하지 못하였다.

이런 애덤스까지도 자기가 선택한 여성에게 굉장히 훌륭한 면모가 있음을 깊이 느꼈던 듯하다.

애비게일 역시 겉보기엔 아주 무뚝뚝하고 거친 이 사나이의 내면에 깔린 모습을 쉽게 꿰뚫어 보았다.

우선 지성적 분위기에 친숙해지자, 두 사람 사이에는 사랑의 불꽃이 타오르기 시작했다.

그러나 애비게일의 어머니에게 이 둘의 결합을 허락받기까지는 여러 달에 걸친 끈질긴 설득이 필요했다.

그 후 1764년 10월 25일, 신부의 스무 번째 생일을 불과 몇 주일 앞두고 두 사람은 결혼식을 올렸다.

신부 애비게일의 아버지는 설교의 한 대목을 통하여 아주 교묘한 방식으로 자신은 이 결혼을 어떻게 생각하는지 드러냈다. 그는 설교의 주제로 누가복음 7장 33절을 소리 높여 읽었다.

"세례 요한이 와서 떡도 먹지 아니하며, 포도주도 마시지 아니하매 너희 말이 귀신이 들렸다 하더니……."

애비게일 애덤스가 결혼한 후의 삶은 일련의 시나리오처럼 몇 장으로 구분할 수 있다. 처음 10년간 그녀의 일과는 오로지 가정에만 충실한 것이었다. 아이를 다섯 낳았는데 그중 한 아이를 잃고 네 아이는 어른으로 성장시켰다. 그러는 동안 애비게일은 시골 생활에서는 물론 나중의 보스턴 생활에서도 오직 아이들과 남편의 뒷바라지에만 전념했다. 우여곡절도 많고 파란도 많았다. 이것은 주로 존의 변덕스러운 기질 때문이었다.

그러나 이 시절 그녀의 대체적인 행적을 더듬어 보노라면 그 위대함이 마치 셰익스피어의 한 작품을 읽는 듯한 느낌을 받는다.

애비게일은 진정 위대하다고 해야 할 세계관과 인생관을 지니고 있었다. 태어날 때부터 천성적으로 위대한 여성으로 태어났었나? 아니면, 그렇게 만들어 나간 것일까? 그도 아니라면 그렇게 되도록 특별한 충동을 받고 각별한 노력을 기울인 덕분일까?

만약 미국 독립전쟁이 일어나지 않았더라면 애비게일과 존도 그들의 역량을 유감없이 쏟아놓을 위대한 역사의 무대를 만나지는 못했을 터이다. 그러나 동서고금을 통한 여러 시대에도 영웅이 탄생할 배경과 소지는 반드시 있지 않았던가?

애비게일이 존과 같이 집요하고 지칠 줄 모르는 명예욕을 가진 사람과 결혼했다는 사실도 결코 우연으로만 보이지는 않는다. 애비게일은 진실로 겸손의 미덕을 알

왔고, 자신의 가치와 진면목眞面目을 자기 자신도 잘 알고 있었다.

애비게일은 비록 존이 일시적으로 법률 사무를 보기 위해 잠시 떠나있곤 할 때, 형식적이고 피상적으로 쓴 짤막한 쪽지를 제외하고는 근 십여 년간 편지를 쓴 적이 거의 없었다.

그러나 이 시절은 분명 그녀에게 준비와 예비를 위한 기간이었다.

애비게일은 아이들 뒤치다꺼리를 하는 동안에도 때가 오기를 참고 기다렸다. 존은 당시 적어도 보스턴 정계에서는 최고 지도자의 위치에서 군림하고 있었다. 그러나 그는 이 정도로는 도저히 만족하지 못하는 사내였다.

적어도 당대 보스턴 사람들의 안목으로 볼 때, 보스턴 시장 자리는 훌륭한 이성을 갖춘 사람이라면 마땅히 감지덕지할 최고의 직위였다. 그러나 존의 엄청난 야심은 이런 차원을 벗어났고, 이것은 또 멀지 않아 애비게일에게 더 많은 기회를 약속하기도 했다.

타운센드(Townshend) 차茶에 불법 중과세가 매겨진 것을 비롯하여, 애비게일에게는 예상보다 훨씬 빨리 기회가 찾아왔다.

애비게일은 서른 살 때 진정한 생애의 막을 열었다.

존이 제1차 및 제2차 대륙회의에 참석하기 위해 말을

타고 떠날 때, 애비게일이 남편을 따라 필라델피아까지 가지 않았던 사실이나, 그녀가 그편을 훨씬 더 좋아한다는 공언처럼, 그냥 가정을 지키며 남아 있었던 예를 들어 이의를 제기할지도 모른다.

하지만 그녀는 뒤로 한 발 물러나 표면에 나서지 않고 있을 성격은 아니었다. 어머니로서 본분을 다하는 외에도 정치는 늘 잊지 않았다.

당시 보스턴은 이런 훌륭한 정치적 기술을 발휘하는 무대로서 필라델피아에 비해도 별 손색이 없었다. 이 도시의 방어를 총지휘하기 위해 워싱턴 장군이 도착하자마자, 애덤스 여사는 그를 최대의 성의로 환영하며 맞아들였다. 그녀의 외교적 수완이나 태도는 그 무렵 남편에게서 보낸 보고서에 잘 나타나 있다.

전 워싱턴 장군을 만나보고 경악하지 않을 수 없었어요. 워싱턴 장군에 대해서는 그전부터 이미 당신이 아주 호의적인 말씀을 여러 번 하셔서 호감을 품고 대할 수 있었습니다. 그러나 막상 실제로 접하고 보니, 당신 이야기의 절반에도 미치지 못하는 듯하더군요. 드라이든이 쓴 시詩 구절이 번개처럼 제 뇌리를 스치고 지나갔어요.

아! 그 당당한 웅자雄姿에 눈을 감을지니

그는 바로 히나의 성 사원

신성한 분의 섭리로 그가 세상에 나섰고

지고의 손길로 그가 지어졌나니

그의 영혼은 바로 신성한 하나님의 모습이 깃든 곳

저 성스러운 사원 어느 곳에 마귀의 손길이 침범하리.

버고인 | Burgoyne : John 1722~1792 영국의 장군, 극작가. 미국 독립전쟁 때 Saratoga에서 항복했다 | 에 대해서라면, 그 사나이가 얼마나 끔찍하고 흉악한 인물인지 제대로 묘사할 말을 찾을 수 없을 것 같아요.

애비게일은 그런 훌륭한 인물들을 그녀의 아주 다정한 친구로 만드는 일 외에도, 남편에게 필요한 모든 소식을 끊임없이 전해 주었다. 물가 변동과 세금에 관해서, 보스턴의 시가지 상황이나 시민의 보건 문제 등을 편지로 소상히 써 보냈다.

애비게일은 궁금한 일을 직접 나서서 알아볼 수 없을 때는 사람을 시켜 철저히 조사하도록 했다.

그러나 전쟁이 점차 가열되어 마침내 포화의 화염이 보스턴 천지를 뒤흔들던 1776년 3월, 저 참극의 일주일 동안 애비게일도 자신이 직접 관찰한 바를 토대로 간신히 대체적 상황을 전달할 수밖에 없었다.

전 지금 막 펜스 힐(Penn's Hill)에서 돌아왔어요. 펜스 힐에서 귀청이 찢어지고 눈이 멀 것 같은 포격 소리를 들으며 앉아 있었죠. 떨어지는 포탄 하나하나 빼놓지 않고 지켜보았어요."

애비게일이 20년간 사랑하는 남편과 자리를 함께했던 것은 불과 몇 주밖에 되지 않았다. 이 시간 중에서도 특히 후반부에는 존 애덤스가 국가의 일로 해외에 나가 있었기 때문에, 그 모습을 아예 한순간도 보지 못할 때도 있었다.

애비게일에게는 즐거움도 위안도 찾을 수 없는 힘든 고통의 세월이었다. 희생이란 결코 쉬운 것이 아니었다.

그녀가 자신의 감정을 더 이상 숨길 수 없어 털어놓은 것을 한 번 읽어보는 것이 좋을 듯하다.

이 세상에서 가장 사랑하는 나의 친구에게.

하늘과 땅, 제가 사는 이곳의 모든 것이 이렇게도 쓸쓸하고 죽음같이 적막할 수가 없어요. 식탁에 앉아도 음식을 넘길 수가 없어요. 오, 제발 하느님! 전 왜 이렇게 마음이 여리게 태어났죠? 왜 이런 마음을 제게 주셔서 이렇게 고통스럽게 투쟁하도록 하시는 거죠? 당신이 보고파요, 당신의 모습이⋯⋯

그런데도 마음 깊은 곳에 면면히 흐르고 있는 정교도 정신이 그녀에게 굉장한 스케일의 자기 양보와 희생정신을 가지게 했다. 그녀는 오히려 적절한 이유를 찾아내어 고통을 즐기려고 많이 노력했다.

　애비게일은 모든 면에서 자신을 엄격하게 지키고, 유럽에 머무는 존에게는 이렇게 편지를 써 보냈다.

　며칠 전에, 누군가가 저에게 말하더군요.

　"만약 여사께서 남편 애덤스 씨가 이렇게 오랫동안 해외에 머물 줄 알았다면 그가 떠나야 한다는 데 기꺼이 동의했겠습니까?"

　그 말에 전 잠시 마음을 가다듬었어요. 그리곤 제 가슴속에서 우러나오는 진실한 대답을 해주었죠.

　"만약 애덤스가 자신이 지금까지 해온 일들을 이렇게 효율적으로 해 나갈 수 있다는 걸 알았더라면, 전 그가 제 곁을 떠나고 없는 동안 어떤 슬픔이나 고통도 견딜 수 있고 또 견뎌야 해요. 비록 슬픔과 고통이 아무리 대단하다 해도 말이죠. 게다가 그가 갈 길을 조금도 반대하지 않을 거예요. 설사 3년을 더 기다려야만 한다 해도요ㅣ정말 끔찍한 일이겠지만ㅣ. 전 제가 대중의 이익을 위해 저의 개인적이고 이기적인 감정들을 희생하는 데서 즐거움을 느껴요.

그래요, 위대한 분들의 본보기를 따라서, 저나 가족은 이 거대한 사회의 영역에 비하면 그저 모래알 같은 미미한 존재에 불과하다고 생각하려 애쓰고 있어요."

당시에 쓴 그녀의 편지들을 훑어보면 대부분이 이런 내용이고, 즐거움도 잠시 번갯불처럼 스쳐 지나가는 것은 어쩔 수 없었던 것 같다.

같은 시기에 애덤스 여사가 아들에게 보낸 편지에도 그녀의 마음은 여지없이 드러나 있다.

첫아이는 딸이었다. 엄마 이름을 따서 역시 애비게일이란 이름을 붙여주었는데, 실제로는 네비(Nabby)라고 불렀다. 네비는 당시의 상황이나 환경에서라면 응당 그럴 법하지만, 애교 넘치고 다루기 힘든 말괄량이로 자랐다.

두 부모가 혼신의 정열을 쏟아 기른 것은 맏아들 존 퀸시였다.

존 퀸시는 1767년 7월 11일에 태어났고, 아버지는 이 아들을 가는 곳마다 데리고 다니려 했다.

존이 파리로 갈 때, 존 퀸시는 열한 살도 채 되지 않은 어린 몸으로 아버지를 따라 먼 길을 떠났다.

너의 아버님이 남겨주신 모든 계율과 가르침을 언제나 한결같이 끈기 있게 지켜나가도록 노력해라. 나도 항상 널 지켜보며 돕고 함께 노력하마.

　애비게일은 아들에게 이렇게 써 보냈다. 여러 페이지에 걸쳐서 아들에게 주의 주고 훈계하는 것은 어머니이기에 어쩔 수 없었다.

　해외에 나가 여행하노라면, 물론 큰 도움이 되는 여러 가지 교양이나 지식을 얻게 되는 것은 부인할 수 없다. 그러나 외국 사회에 만연된 괴물 같은 악습과 나쁜 사조에 물들지 않도록 자신을 굳게 지켜야 한다고 여사는 누누이 강조했다.

　이런 엄한 훈계와 함께 따뜻하고 고무적인 이야기를 하는 것도 잊지 않았다.

　오늘날은 천재를 필요로 하는 시대란다. 넌 훌륭한 자질을 갖추고 있어 노력만 하면 꼭 성공하리라고 난 믿는단다.

　여사는 아들을 격려하고 북돋아 주었다. 위대한 역사적 사건들을 바로 눈앞에서 지켜보는 굉장한 특혜를 누리고 있는 이 아들이 그에 상응하는 발전과 성장을 이룩하지 못했다면, 애덤스 여사도 크게 실망하리라는 사실을 아들의 가슴 속 깊이 심어 주었다.

존 퀸시에게서 천재성을 찾는 것은 무리였다. 그래도 그는 자신의 교육을 위해 부모가 쏟은 온갖 노력과 열성에 분명히 보답하였다.

마침내 자신의 차례가 왔을 때, 그는 더 훌륭한 차원에서 국민의 복지를 위해 전념했다. 미합중국 역사상 그토록 엄격하고 독선적인 사람이 백악관의 주인으로 군림한 적은 한 번도 없었다. 그러나 이것은 결코 놀라운 일이 아니다.

애덤스 여사도 다른 두 아들에게는 크게 기대하지 않았다. 그런 만큼 여사의 실망은 더 컸다.

찰스(Charles)도 토머스(Tomas)도 집안의 모든 사람이 지켜나가던 엄격하고 고매한 도덕적 분위기에서 마음의 위안을 얻지 못한 것 같다.

찰스는 꽃을 한 번 제대로 피워보지도 못하고, 서른 살의 젊은 나이로 알코올 중독으로 죽었다. 애덤스 여사가 남편이 떠나고 없는 동안 이 아들의 교육을 위해 얼마나 정열적이고 끈질기게 헌신했던가를 생각하면, 훗날 이런 불행한 날을 맞이하기가 정녕 참담했으리라.

애덤스 여사는 가족의 물질적 부를 위해서도 아주 끈기 있고 성공적으로 집안을 이끌었다.

존은 그의 아버지에게 훗날 혈육이라는 이유로 퀸시 (Quincy)라고 알려진 브레인트리(Braintree) 지방 땅 약간과 작은 집 한 채를 물려받았다.

이 재산이 그리 대단한 것은 아니었지만, 만약 주인을 잘못 만났더라면 존이 떠나고 없는 10여 년 사이 모두 바람처럼 흩어져 버렸을지도 모를 일이었다.

그러나 막상 이 농토의 주인 애덤스 여사는 농장 경영에 비범한 수완을 보여주었다. 이것에 대해서 그녀의 손자는 참 미묘하게 표현하며 설명한다.

여사는 미국 독립전쟁 기간, 나아가 그녀의 남편이 공적인 일에 온 힘을 쏟는 동안 늘 깊은 사려와 분별심으로 만년에 그녀의 남편이 수모와 고통을 겪지 않아도 되도록 대비하였다. 이런 일은 물론 그녀에게 찬사가 되지는 않을 테지만, 종종 존 애덤스처럼 국가 최고의 직위에 선출되어 영광을 누린 사람들이 사전에 이러한 적절한 주의를 기울이지 않은 탓으로 만년에 수모를 겪는 일이 많았던 것을 우리는 기억할 필요가 있습니다.

애덤스 여사는 다른 여러 가지 일에도 남편의 뒷바라지를 위해 정성을 아끼지 않았다. 남편에게 영향을 줄 여지가 있는 일이라면 그 중요성의 정도를 막론하고 어떤 일이든 커다란 관심을 가지고 지켜보았고, 만일 필요하다고 생각될 때는 직접 행동으로 보였다.

언젠가 필라델피아의 미국 철학협회에서 존 애덤스와 존 제이(John Jay)를 협회 최고 직위에 올려놓고 싶어 했다. 그때도 여사는 대단히 기뻐하면서도 한편으론 불만을 표시했다.

왜냐하면 협회에서 발표한 성명서에, 존 제이의 칭호는 'The Honorable John Jay'라고 되어 있는 데에 반해서, 남편은 그저 'Mr. John Adams'라고 한 것이었다.

애덤스 여사는 즉각 협회 사무관에게 네 페이지에 걸쳐 빽빽하게 쓴 항의문을 보냈다.

여사는 이 편지에서 존 애덤스는 다른 어떤 명사보다도 의회에서 오랫동안 활동해 왔고, 동시에 국가를 대표하여 해외 우방들과의 외교 일선에서 분투奮鬪 노력한 공과를 아주 자세하게 지적했다.

그 당시 남편은 이런 사소한 문제에 대해서 화를 낼 수 없는 처지였고, 국내에 있지도 않았기 때문에, 여사가 대신 나선 것이다.

이 시기 10년에 걸친 외롭고 쓰라린 혼자만의 투쟁을 거친 뒤 애덤스 여사는 마침내 그녀 생애의 최고의 단계로 돌입하였다.

여사는 마흔 살 되던 해에 눈물을 흘리며 친지들과 이웃을 떠나게 되었다. 나이 많은 시어머니를 두고 멀리 떠난다는 것은 대단히 고통스러웠다.

그렇듯 사랑스럽고 헌신적인 며느리가 여행 떠날 차림을 하고 나타난 것을 보고, 마음씨 착한 노부인은 갑자기 복받치는 눈물에 한없이 울기 시작했다.

"네가 이렇게도 빨리 떠나야만 한다는 이야기를 왜 진작 나한테 해주지 않았니? 운명의 날이 찾아오고 말았구나! 이것이 너한테 주는 마지막 허락이로구나. 난 이제 다시는 널 만날 수 없을 거야. 내 마지막 축복을 아들에게 잘 전해 주렴."

이 말은 애덤스 여사가 1784년 여름 보스턴을 떠나 런던으로 가는 항해 도중 하루도 빠짐없이 쓴 일기의 첫 대목에 기록되어 있다.

남편 존 애덤스가 이젠 독립전쟁을 종결짓는 평화조약이 체결되었는데도 해외에 더 머물러 있어야 했기 때문에, 여사는 그와 함께하기 위해 대서양을 건너간 것이다.

여사의 일기에는 아무리 샅샅이 찾아보아도, 증기선이 나오기도 전인 당시에 감히 대서양을 건너려는 용감한 시도를 한 데 대한 추호의 불안이나 회의가 보이지 않는다. 더구나 그 항해는 여름철이었고, 딱 한 달이 걸리는 대단히 고통스러운 여정이었다.

애덤스 여사의 기록에 따르면, 배가 보스턴 항구를 빠져나가 등대를 지나칠 무렵, 선장은 승객들에게 이렇게 말했다고 한다.

"모두 항해용 의복으로 갈아입고 바다 여행 중에 생길 병에 대비하십시오. 우리 모두 한꺼번에 병에 걸릴 위험도 있습니다. 지금 곧 선장님의 지시에 따라 주십시오."

이 일기는 당시 대서양을 항해할 때, 항구에서의 출발부터 화물 운송 양식이나 선상의 생활에 관해 자세히 기록하고 있어, 당시의 상황을 그림 보듯 생생하게 엿볼 수 있다.

그리고 그 외의 또 다른 관점에서 매우 흥미롭다. 이유는 분명치 않지만, 어쨌든 이 일기는 그녀의 언니 ─ 메리 크런치(Mary Cranch) 여사, 애덤스 여사가 유럽에 체재하는 동안 이 언니에게 많은 편지를 써 보냈었다 ─ 에게 보여주기 위해 기록한 듯하다.

그래서인지 그녀의 '모험'에 대해 유려한 묘사로 아낌없이 제공하고 있다.

아마도 애덤스 여사는 고향 브레인트리(Braintree)에서 매우 훌륭한 문장가로 명성을 누렸던 듯하다. 언니에게 보내는 이 편지들이 여러 사람에게 전달되어 두루 읽히기를 기대한 것 같기도 하다.

그러나 분명히 직감할 수 있는 한 가지는, 여사는 마음속으로 더 많은 청중이 그녀의 말에 귀 기울이고 있다고 느꼈던 것 같다.

왜 그런가 하면, 여사의 기록에는 '바다 여행을 한 번도 해 본 적 없는 사람이라면, 도저히 이런 느낌을 받을 수 없을 거예요.'라든지, '바다를 떠다녀 본 적 없는 분들에게는……' 하는 식의 구절이 여러 차례 반복되고 있다.

한편 애덤스 여사는 편지를 추려서 책자로 출판하는 것이 어떠냐는 제의를 받은 적이 여러 차례 있었다. 그러나 그럴 때마다 여사는 항상 완강하게 거절하곤 했다.

언젠가 한 출판사로부터 출판 제의를 받았을 때 여사는 이렇게 대답했다.

"전 예쁜 여성으로 남고 싶어요. 그래서 안 돼요. 이런 제 말을 글로 인쇄하여 내보이고 싶은 야심은 추호도 없어요. 저는 사려 깊지도 못하고 신중하지도 못할뿐더러 정확도 낮기 때문이에요. 또 그래요. 사람들 앞에 모습을 드러내어 제 명예를 손상하고 싶지도 않아요. 그만큼 전 '허영'이 많은지도 모르죠."

적어도 그녀가 유럽에 머물던 시절에 쓴 글들을 보면, 그녀의 마음 한구석에는 훗날 손자가 시도한 계획과 아주 유사한 그 무엇인가가 숨어 있었다는 결론을 내리지 않을 수 없다. 그리고 바로 그런 소망이 그녀의 심중에 한 가닥 도사리고 있었기 때문에, 지금까지 보아온 어떤 작가보다도 더 빈틈없고 세심하게 문장을 쓸 수 있었던 게 아닐까?

개인적으로야 어쨌든 여사는 여전히 훗날 그녀의 후손

들이 자신의 편지와 글을 읽고 환호와 갈채를 보내줄 것을 적이 기대했던 것 같다. 이보다 더 유쾌한 일이 또 어디 있겠는가?

그러나 애덤스 여사는 유럽에 체류하는 동안 당시 세인의 눈길을 한 몸에 받던 명사들의 찬탄을 받았다. 파리나 런던 사람들이 미국 매사추세츠 출신의 애비게일 애덤스 여사에 관해 어떻게 생각하고 어떤 평가를 하든, 당대의 유명한 정치인 토머스 제퍼슨(Thomas Jefferson)은 그녀에게 완전히 매료되었다.

토머스 제퍼슨이 이 국제 정치의 두 중심지에서 미합중국 대표로 활약할 동안, 존 애덤스 역시 다른 한쪽에서 똑같은 지위로 활동하고 있었다. 그리하여 이들 세 사람 사이에는 지속적인 서신 왕래가 이루어졌고, 역사상 외교 연대기로는 가장 철저하고 훌륭한 매력적인 기록을 탄생시켰다.

파리에 잠시 머물다가 런던으로 돌아온 애덤스 여사는 지체하지 않고 제퍼슨에게 이렇게 써 보냈다.

슬픈 마음을 갖지 않고 파리를 떠날 수 있는 사람은 아무도 없을 거예요.

그 후 언젠가 여사가 한 차례 실로 날카롭고 통렬한 논평을 한 일이 있다. 런던의 신문들이 대사로서의 애덤스에 관하여 쓴 기사 때문이었다. 이런 일이 있고 난 후 여사는 드디어 발 벗고 나서서 직접 행동을 전개했다.

그녀는 제퍼슨에게 편지로 그녀의 식탁을 장식하기 위해서 장식용 작은 조각상 한 세트만 주문해 줄 수 있겠느냐고 부탁했다.

그러자 제퍼슨에게서 농담 섞인 기분 좋은 답이 왔다.

그는 미네르바(Minerva), 다이애나(Diana), 아폴로(A-pollo) 등 애덤스 여사가 부탁한 것들을 모두 구해 놓았을 뿐 아니라, 미합중국이 치른 최근의 독립전쟁에서 승리한 이후 어떤 애국 파티 석상에라도 잘 어울릴 마르스(Mars)까지 구해 놓았다고 알려 왔다.

그리고 이번에는 반대로 제퍼슨이 런던 시장에서 테이블 보 두 세트와 냅킨 20인분의 시세를 알아봐 줄 수 있겠느냐고 부탁해왔다. 그와 동시에 그가 파리에서 구한 표본을 동봉해 보냈다. 런던에서라면 더 멋지고 값싼 물품을 구할 수 있는지 판단에 맡기겠노라고 했다.

그 후 오래지 않아 애덤스 여사는 제퍼슨에게 보낼 셔츠를 런던에서 사들였고, 반대로 제퍼슨은 여사를 위해서 멋진 파리 제 구두를 주문했다.

이런 일이 계속되자 누가 얼마나 빚을 더 졌는지 셈이 몹시 복잡해졌다.

그러던 중 한 젊은 미국인 신사가 나타나 여사의 외동
딸 네비의 마음을 매료시키고 끝내는 결혼에 성공하였다.

그러자 애덤스 여사는 제퍼슨에게 아주 색다른 거래를
제의하기에 이르렀다.

그 거래란 다름이 아니고, 여사의 아들과 제퍼슨의 딸
을 바꾸자는 것이었다. 그러면서 여사는 기지에 넘치는
기막힌 설명을 덧붙였다.

저는 아메리카 합중국을 더 강력하고 훌륭한 국가로
키우는 일이라면 전심전력을 아끼지 않을 작정이에요.
이 제안에 대해 제퍼슨 씨는 반드시 회답을 보낼 의무가
있다고 전 생각해요.

그래서 제퍼슨은 애덤스 여사의 제안에 회답을 보내지
않을 수 없었다. 그는 이런 내용의 편지를 보내왔다.

귀하의 아들과 본인의 딸을 서로 바꾸자는 제안에 대
해 본인은 당황하였습니다. 귀하의 아들을 본인의 아들
로 맞이하게 되는 것은 더할 수 없는 영광이고 즐거움이
지만, 본인은 딸과 헤어지고 싶은 마음은 전혀 없음을 말
씀드립니다.

제퍼슨은 아주 친근하기는 하지만 지극히 개인적인 문제들에는 조롱을 담은 농담이나 아주 좋은 의도라 할지라도 간섭하기를 허락하지 않았다. 이런 점에서 애덤스 여사는 약간 참담한 기분을 맛보아야 했다.

또 다른 에피소드를 소개할까 한다.

제퍼슨은 당시 부인을 잃고 홀아비 신세가 되어 있었는데, 그에게는 딸이 하나 더 있었다. 그는 딸이 너무 어려서 만리타국까지 함께 데려올 수 없다고 생각했다.

그러나 이 딸이 여덟 살이 되자, 제퍼슨은 지금까지 돌보아 주던 친척들의 품에서 떼어내 다른 사람에게 맡기기로 결심했다. 영국행 여객선의 관대한 선장에게 이 딸을 맡겨 보호받는 게 좋을 것 같다는 결론을 내렸다. 그런 후 그는 애덤스 여사에게 편지를 보냈다.

이건 아주 외람된 부탁이긴 합니다만, 친척들에게 당분간 이 아이를 귀하의 슬하에서 길러주시리라고 말했습니다. 제가 사람을 보내 딸을 도로 데리러 갈 때까지 부디 한동안만 보호해 주실 수 있겠습니까?

제퍼슨의 어린 딸 폴리(Polly)가 애덤스 여사에게 인도되었을 때, 여사는 깜짝 놀라지 않을 수 없었다. 낯익은 모든 환경과 사람들로부터 떨어져나와서인지 너무나 슬프고 정신이 멍한 모습을 보였다.

폴리가 선장에게 매달리는 모습을 보면서 애덤스 여사의 마음속에는 갑자기 뭉클한 모성애가 일었다. 이 아이에게는 그 배의 선장이 과거와 연결 지을 수 있는 유일한 마지막 끄나풀이었다. 그러나 애덤스 여사에겐 이런 일을 아름답게 처리할 만한 능력이 충분히 있었다. 여사는 불과 하루 뒤 제퍼슨에게 이렇게 편지를 써 보냈다.

귀하의 예쁜 따님은 어제는 그렇게도 비참한 모습을 보이더니, 오늘은 또 그만큼 안심하는 만족스러운 모습을 하고 있습니다.

물론 당연히 예상한 일이긴 했지만, 파리에서 한 낯선 사람이 도착했다. 그는 임무대로 이 어린아이를 새로 사귄 친구 애덤스 여사의 품에서 빼앗아 갔다. 한 여인과 계집아이는 모두 눈물을 터뜨리며 슬퍼했다.

애덤스 여사는 황급히 펜을 들어 제퍼슨에게 호소하는 편지를 써서 보냈다.

저는 귀하의 어린 딸을 본인의 의사를 거슬러 가면서 억지로 마차에 태울 수는 없습니다. 그리고 게다가 제가 도저히 떼어놓을 수가 없군요. 정말 마음이 아픕니다. 미칠 것 같아요."

그러나 제퍼슨은 자신의 계획을 도저히 바꿀 수 없노라는 회답을 보냈다. 그리하여 폴리는 마침내 두 사람의 의지를 무시하고 떠나야 했고, 애덤스 여사는 격정에 사로잡힌 편지를 또 보냈다.

전 지금까지 이토록 짧은 시간에 한 어린아이에게 이렇게 애틋한 정을 느껴본 적이 없습니다. 일생을 두고 제가 슬퍼한 적도 드물었습니다. 이렇게 강렬하고 애절한 감수성을 지닌 사람을 찾기란, 귀하도 쉽지 않을 것입니다. 저는 이 아이가 수도원 울타리 속에서 활달하고 어여쁜 정신을 잃지 말기를 바랍니다. 수도원이나 수녀원에 대해서라면 저는 정말이지, 행여 잘못된 것일지는 모르겠으나, 좋게 생각할 수가 없습니다.

폴리의 아버지가 딸을 위해 계획한 것은 파리에 있는 자기 집이 아니라, 천주교 계통의 어느 학교에 도움을 청하는 일이었다. 그러나 제퍼슨은 이 문제에 관한 한 더 이상 거론하지 말기를 바란다며 논의도 일절 거절하였다.

애덤스 여사, 지금은 그 아이가 수도원에 있는 것이 행복할 수 있는 유일한 해결책입니다.

제퍼슨이 애덤스 여사에게 매력이라 느끼던 감정은, 그녀가 이 문제에 대해서 꽤 집요하게 간섭한 결과로 서서히 무너지기 시작했다. 그리고 두 사람 사이의 우애 넘치던 관계는 또 다른 문제와 함께 오래지 않아 와해瓦解되기 시작했다. 그것은 정치였다. 양측의 냉혹한 정치적 파벌주의가 그들 사이를 완전히 갈라놓았다.

이윽고 애덤스 여사는 미합중국 부통령의 부인이 되었고, 그 후 4년간 퍼스트레이디로서 미국 사회에 군림하게 되었다. 그러자 그들 사이는 급속도로 악화했다. 심지어 두 사람 사이는 기본적이고 의무적인 예의를 갖추어도 대하기가 불가능할 만큼 멀어졌다.

존 애덤스 대통령을 수장으로 하고 들어선 신정부의 측근들은 애덤스 대통령 부인이 그녀의 절정기인 이 시기에 국가 공공 차원에서 남편에게 지대한 영향을 미치고 있다고들 생각했다.

그러나 이런 판단이 반드시 정확하다고 말할 수는 없을 것 같다. 왜냐하면 애덤스 대통령은 일단 특정한 문제에 관하여 자기의 행동 지침을 결정하고 나면 그 누구라도, 심지어 그가 세상에서 가장 사랑하는 부인 애비 여사라도 그의 결심을 바꿀 수 없었기 때문이다. 그 대신 애비 여사가 해 나간 일은 정치가의 평범한 부인이라면 당연히 수행해야 한다고 여겨지는 일들을 초월한 훨씬 광범위하고 깊이 내조한 것뿐이다.

새 연방공화국을 수립하는 거대한 작업의 진통 속에서 헌법 기초자들과 그 측근들은 누구랄 것도 없이 인간에게 알려진 어떠한 형태의 정부 체제하에서도 여성이라는 존재가 어떤 형태로든 상당한 권능을 보여왔다는 사실을 미처 모르고 있었다. 여성의 정치적 권능을 행사하는 데에 아메리카식 방법을 창조해 낸 공로는 당연히 애비게일 애덤스 여사에게 돌려야 할 것이다.

마사 워싱턴(Martha Washington)도 이런 일을 수행해 내지는 못했다. 마사 워싱턴은 근본적으로 너무 가정적이기만 하였고, 공공사업이나 정치적인 일에는 거의 관심이 없었다.

게다가 조지 워싱턴(George Washington)이 너무 우뚝하고 권위에 찬 모습으로 버티고 서 있어서 정치적 울타리를 넘어 들어가 마사가 꼭 해야 할 필요가 있는 일은 부탁받지도 못했다. 그녀는 그저 통통하고 귀여운 자상한 할머니 같았을 뿐, 정치라는 어렵고 체질에 맞지 않는 분야로 뛰어들 만한 모티브를 도저히 찾지 못했다.

그러나 애덤스 여사는 사뭇 달랐다. 여사는 뉴욕에서

부통령 공관의 여주인으로 자리 잡고 들어앉자, 곧 거의 본능에 가깝게 애덤스 부통령의 심복이자 충신으로서 기능을 발휘했다.

"난 진작부터 기회를 보아 워싱턴 여사를 찾아뵙고 경의를 표했어요."

하고 여사는 언니에게 편지를 썼다. 그리고 이 일에 관해서, 그다음에 따라온 여러 가지 사회적 이벤트에 대해서도 천부天賦의 재능을 갖춘 작가적 안목으로 아주 선명하고 자세하게 묘사했다. 덕분에 그녀는 이미 자기 등 뒤로 훗날 후손들이 흥미와 관심 넘치는 시선이 쏟고 있음을 알 수 있었다.

그러나 애비게일 애덤스에게는 더 시급하고 중요한 목표가 있었다. 그것은 전직 대통령의 부인과 친밀하고도 우호적인 인간관계를 수립해 나가는 일이었다.

애덤스 여사가 워싱턴 부인과 함께 자리하기를 얼마나 즐기고 흐뭇해했는가에 대한 그녀의 주장은 참으로 진지했다. 만약 워싱턴 부인의 남편 워싱턴 대통령이 그토록 뛰어난 인물이 아니었던들 그녀와의 지면을 돈독히 하기 위해 그토록 열정적으로 대했을 것인가 하는 의문의 여지는 충분히 있다.

뉴욕에서 6개월을 생활한 뒤 애덤스 여사는 대단히 만족스러운 투로 언니에게 자신의 생활에 관한 이야기를 써 보냈다.

그녀에 의하면 공식적이건 비공식적이건 어떤 모임에서라도 언제나 그녀가 차지하는 자리는 '워싱턴 부인의 바로 오른쪽 옆자리'였다고 한다. 그러면서 여사는 감히 어떤 사람도 그녀의 지위를 강탈할 수는 없으리라고 의기양양하게 덧붙였다.

실제로 워싱턴 대통령까지도 애덤스 여사의 끈기 있고 열정적인 태도에 도무지 다른 마음을 먹을 여지가 없었던 모양이다.

워싱턴 부부의 관심과 호감을 얻은 일이 한 남자의 부인으로서 애덤스 여사가 공헌한바 전부는 아니었다. 그녀에게는 정치적 문제들이 대단히 깊은 흥밋거리였기 때문에 다른 여성에게서 기대할 수 있는 이상으로 자신이 듣고 보고 느끼는 문제들에 대하여 깊은 주의를 기울였다. 그러면서도 여사는 담담하게 말한다.

"제 생각에, 다음 의회에서 최대 안건으로 부각할 문제는 합중국의 부채를 모두 청산하자는 게 아닐까 해요." 하는 식으로 그녀는 언니에게 써 보냈다.

"전 이곳에서 많은 일을 걱정하고 있고 주위의 반대와 비난도 받고 있지만, 이 모든 것이 국민 대중의 공익을 위해서 잘 해결되리라고 굳게 믿어요."

그러나 애덤스 여사가 뉴욕 생활을 그토록 즐긴 이면

에는 단순한 정치적 이유 이상의 진실이 있었다. 출가한 딸이 바로 뉴욕 근처에 살고 있다는 것이었다. 네비는 그녀와 결혼한 스미드 장군이 돈 문제에는 고통스러우리만큼 무능했기 때문에 큰 시련을 겪으면서 불안한 생활을 영위하고 있었다.

이 시절 네비의 어머니는 이러한 생활 속에서 대단히 차원 높고 고매한 인품을 지닌 사람으로서의 충고를 그녀의 능력이 닿는 범위 내에서 딸에게 해주었다. 게다가 네비가 쉼 없이 낳은 손자 손녀들을 힘자라는 데까지 아낌없이 도와주었다.

아들 톰은 인정과 인품이 고매한 사람으로 자신의 진로를 택하는데 약간의 오류誤謬를 범하긴 했지만, 그래도 큰 고통을 안겨주지는 않았다. 그러나 찰스 여사에게는 많은 걱정을 안겨 주었다. 그 무렵 그는 이미 술독에 빠지는 근성을 도저히 근절하지 못했다. 그녀의 네 아이 중 오직 존 퀸시만 그녀에게 완벽할 만큼 만족을 주었다.

애덤스 부처가 어떠한 노력을 기울이거나 제의한 바가 없는데도, 워싱턴 대통령은 오직 자신의 판단으로 이 스물일곱 살 난 젊은 존 퀸시를 폴란드 주재 미국 영사로 파견할 것을 고려하고 있었다.

우연인지 행운인지는 모르나, 이 자리는 바로 존 퀸시의 아버지가 처음 부여받은 외교 과업 중 하나였고, 이를

시작으로 그때부터는 오로지 존 퀸시의 능력을 바탕으로 하고, 행운도 따라주어 끈기 있게 성장하여 마침내는 아버지가 이르렀던 정상까지 도전하기에 이른다 | 훗날 존 퀸시의 아들 찰스 프랜시스 애덤스는 외교 분야에서 천재적인 수완가가 되었고, 역사학자 헨리 애덤스를 낳기도 했다 | .

존 퀸시가 해외로 떠났을 때, 할아버지 존 애덤스는 그때까지도 부통령에 머물러 있었다. 그러나 워싱턴 대통령은 오래지 않아 세 번째 임기는 절대 받아들이지 않겠다고 명백히 밝혔다.

그러자 곧 애덤스 상원의원이 워싱턴 대통령의 부름을 받아 사실상 그의 후계자로 지목되는 최대의 영광을 맞았다. 이것은 충분히 예상한 일이긴 했다. 애덤스가 막상 후계자로 역사의 무대를 떠맡았을 때는 많은 오류와 명예롭지 못한 기록을 남겼다.

워싱턴이 초대 대통령으로 취임하는 취임식장에서 좌중을 압도하던 친밀감이 오히려 불화와 반목으로 바뀌어 있었다. 합중국 헌법은 이런 정치적 알력과 갈등을 해소할 만한 권위와 채비를 갖추고 있지 못했다.

애덤스에 반대하는 정치적 신념을 가진 일단의 지도자 토머스 제퍼슨이 대통령 간접선거에서 두 번째 다수 득표자가 되었다. 바로 정적이 부통령이 된 것이었다.

존 애덤스 대통령의 통치를 그대로 반영하는 국내외의

온갖 음모와 술책이 애덤스 여사에게 영향을 준 것을 빼고는 이 지면에서 일일이 논술할 수 없다. 결론적으로 이런 모든 술책이 마침내 여사의 건강에 심각한 해를 끼쳤다는 데에는 의문의 여지가 없다.

연방 정부의 수도가 새로운 연방 도시에 주민들을 완전히 수용할 수 있을 때까지 필라델피아로 옮겨졌다. 이곳의 기후는 여사에게 몹시 나쁜 영향을 미쳤다. 여사는 필라델피아에 머물던 8개월 동안 언니에게 끊임없이 괴로움을 호소했다.

이 퀘이커 교도의 도시 주민들은 얼어붙거나 힘없이 늘어지는 기후 속에서 살아야 한다고 여사는 투덜댔다. 이미 아주 어린 시절 그녀에게 발병했던 류머티즘이 재발하여 때를 가리지 않고 괴롭혔다. 그래서 여사는 오랜 기간 퀸시에서 몸을 보양하며 머물러야 했다. 이곳은 바로 그녀가 태어나서 자란 곳이기도 했기에, 남편 애덤스는 경관이 좋은 곳에 있는 훌륭한 집 한 채를 사들여 여사가 머물 수 있도록 배려해 주었다. 이 집은 일대에서는 손꼽히는 저택으로, 애덤스 여사의 할아버지가 소유했던 저택을 제외하면 가장 훌륭한 건축물이었다.

그러나 다른 많은 해로운 환경에서 생활해오는 동안 애덤스 여사의 건강에는 이미 큰 위험이 따르고 있었고, 필라델피아의 지독히 덥고 얼어붙듯이 추운 날씨뿐 아니라 다른 요소가 여사의 안정을 저해한 것이 아닌가 싶다.

여사는 언니에게 보낸 편지에서 셰익스피어의 한 구절을 인용하여 자신의 괴로움을 짐작하게 하는 단서를 보여주기도 했다.

하늘이 한 번 찡그린 표정을 하면 이토록 무시무시한가? 아니다. 분명한 것은 하늘은 유쾌한 모습일 때도 역시 무서운 것이다.

세속적인 목표를 추구하며 끊임없이 투쟁을 전개하는 수많은 사람과 마찬가지로 애덤스 여사도 자신의 목표가 실현되고부터는 몸도 마음도 무너져 갔다. 그만큼 그녀의 정성과 노력은 지나치게 과중하였다.

그러나 애비게일 애덤스는 의무에 — 특히 자신의 의무, 그것은 이 세상에서 가장 사랑하는 그녀의 한 친구를 향한 것이었지만 — 등을 돌리기에는 청교도주의에 너무 철저했다.

매사추세츠에서의 휴양 기간에도 원기를 약간만 회복하면 여사는 곧장 필라델피아로 달려오곤 했다. 그리하여 사랑하는 친구들을 비방하는 정적들에게 무서운 혼란을 주며 언제나 따끔한 맛을 보여주곤 했다. 때로는 남편 애덤스 대통령보다도 여사가 정적의 행동과 술책을 통렬히 비난하는 일이 많았다.

애덤스 대통령은 두려운 사나이, 옛날 친구였던 제퍼슨을 압도하려는 노력을 전개하는 동안 그의 부인 이외에는 도저히 확실하고 믿을 만한 동지를 찾지 못했다.

하지만 애비게일 애덤스 여사의 가장 널리 알려진 공적이 정치적이었다고는 말할 수 없다. 1800년 가을 새 정부의 터전을 남쪽으로 옮겼을 때, 애덤스 여사는 미국 역사상 워싱턴에 새로 지은 대통령 관저의 첫 번째 여주인이 되는 영예를 안았다. 이때 여사는 관저의 이스트룸에다 손수 빤 빨래를 말리려고 내다 널어놓아서 전 주민의 가슴에 영원히 잊지 못할 인상과 깊은 감명을 주었다.

이 대통령 관저는 아직 완공되지 않아서 습기가 지독하게 많았다. 집무실 중 어느 한 방의 활활 타오르는 불 앞에 앉아야만 따뜻함과 안락함을 겨우 얻을 수 있었다.

또 애덤스 대통령이 두 번째 임기를 위한 선거에서 재임의 야심이 좌절된 것도 애덤스 여사에게는 전적으로 유감스럽기만 한 일은 아니었다.

그러나 퀸시로 돌아가 은거를 시작하고 나서도 정치적 행정적인 문제들에 관한 여사의 관심은 도무지 식을 줄 몰랐다. 검은 비단으로 온몸을 감은 그녀의 모습은 위풍당당했다. 이 고귀한 노부인이 현실에 아직도 얼마나 폭넓은 관심을 두고 있느냐를 보여주기에는 조금도 손색이 없었다. 그녀의 손자 손녀들에게 마치 백과사전 같은 해박한 지식과 다양한 면모를 보여주었다.

여사는 예순네 살 무렵 펜을 들어 다음과 같은 편지를 딸에게 써 보낸 적이 있다.

이번 시즌에는 하나님께서 너무나 풍성한 은혜를 우리에게 내려주셔서 초목이 얼마나 무성하게 자랐는지, 도무지 헤아릴 길이 없구나. 이 초목을 베어 없앨 일꾼을 구하기란 너무 어렵고, 또 보관할 만큼 큰 곳간도 준비할 수가 없단다. 우리는 지금까지 거의 50톤에 가까운 잉글리쉬 해이(English Hay)를 가지런하게 잘라서 건초로 만들었는데, 아마 아직 백 톤 정도는 더 만들어야 할 것 같다. 이렇게도 초목이 많이 자란 계절을 난 평생 본 적이 없단다. 참 불행하게도 내가 지금껏 느껴왔던 어떤 것보다도 노동이 이렇게도 고귀하다는 사실도 처음 알았단다. 일꾼의 손이 너무나 아쉽고 건초는 톤당 겨우 7달러밖에 쳐주지 않는구나. 지난 3주 동안 우린 열두 명을 고용했는데, 그것도 20마일 이상이나 떨어진 먼 데까지 가서 겨우 구했단다. 앞으로 일주일 안에 모든 일을 마쳤으면 좋으련만, 이번엔 비가 너무 많이 와서 농부들이 건초를 만들기에는 지독히도 재수가 없단다. 올해는 과일이 아주 귀할 거다. 한

편으로는 심한 비 때문이기도 하지만, 철 늦게 서리가 내려서 과일들이 나무에서 다 떨어지고 말았어. 다행히도 옥수수는 괜찮아 보인다. 하지만 보리는 그다지 신통치 않을 것 같구나. 하나님이 우리에게 풍성함과 축복을 내려주시고, 또 아주 건강한 한철을 보낼 수 있도록 축복해 주시는구나. 그래, 그동안 우린 우리의 통치자에 대한 불만을 터뜨리기도 하고, 마구 논쟁하기도 하지. 그들의 법률이나 여러 가지 제한에 대해서 말이야. 우리가 지금껏 아주 유약하고 소심하며 겁많은 행정부를 가졌다는 건 정말 분명한 사실이야. 이런 결함들이 있기에, 결국 오늘날 우리가 겪는 것과 같은 어려움과 고통 속으로 우리 모두 밀려 들어온 거라고 나는 믿어 의심치 않아. 오늘의 정치가들이 만일 이런 상태로 밀고 나간다면 틀림없이 해외 무역은 발이 묶이고, 우리 경제는 치명적인 타격을 입게 될 거다. 이미 해양 업계는 도산하여 흩어져 버렸잖니? 정말 전 국가적으로 커다란 경제적 위기를 몰고 오지나 않을지 걱정이다. 이러다가 국법에 항거하는 사태가 속출할지도 모르고, 마침내는 반역과 내란으로까지 번질지도 모를 일이야. 만약 해외 어딘가에서 전쟁이 일어나서 국내의 소요를 다행히 막아준다면 이야기는 달라지겠지만 말이다.

이 편지는 여기 쓴 분량의 두 배 정도 더 되는데, 1808
년에 쓴 것으로 알려져 있다.

여사는 1818년 10월 28일 일흔네 살의 나이로 위대한
생애의 종말을 맞이했다. 그녀의 '사랑하는 친구'는 아내
가 죽은 후에도 거의 8년이나 더 살았음을 덧붙여 말해
야 할 것 같다. 존 애덤스는 1826년 7월 4일 아흔의 나
이로 세상을 떠났다.

그러니까 애비게일 애덤스는 미망인의 슬픔과 고통을
이겨 나갈 기회는 못 얻은 셈이지만, 그녀가 살았던 나라
에 여사와 같은 여성이 또 태어나서 더 안정된 권한을 유
지할 수 있게 된다면, 그 여성은 어떤 선거에서도 물리치
기 어려운 강력한 후보로 등장하지 않을까?

침묵 속의 위대한 꿈

낸시 행크스 링컨 여사

에이브러햄 링컨(재임 1861.3.4~1865.4.15)

낸시 행크스 링컨(Nancy Hanks Lincoln) 여사의 묘비

침묵 속의 위대한 꿈

낸시 행크스 링컨 여사
Nancy Hanks Lincoln

나의 존재, 내가 바라고 이루고자 하는 모든 것은 오직 내
어머니에게서 비롯되었습니다. 하나님! 부디 어머니를 축복
해 주소서.

동굴에서 스며 나오는 냉기같이 차가운 샘 곁에 통나
무 오두막집 한 채가 서 있다. — 낸시 행크스가 자란 이
집에 대해 전문가들 대부분은 이 견해에 동의하고 있다.

켄터키주 호젠빌(Hodgenville) 마을에서 남쪽으로 2.5
마일가량 떨어진 지점에 자리 잡고 있었는데, 이곳에는
아직도 전설처럼 바위틈에서 솟아 나오는 작은 샘이 남
아 있다. 그래서 요즈음도 경건한 관광객이나 순례자들
은 에이브러햄 링컨의 탄생지에 대해 신뢰를 느끼며 바
라볼 수 있다.

그러나 그 옛날 통나무 오두막집에 대해서는 그리 깊이 확신할 수가 없다. 현존하는 통나무집은 대리석으로 둘러싸 사원처럼 성지로 보존하고 있고, 그 주위 사면에는 대리석 계단을 쌓아놓았다.

링컨의 어머니라는 여성에 관한 전설도 확신하여 말하기는 매우 어렵다.

링컨의 어머니 낸시 행크스는 아들이 겨우 아홉 살 때 세상을 떠났다.

이 사실 외에 그녀임을 확인할 수 있는 사실의 범주에 포함할 수 있는 기록이 별로 남아 있지 않다. 그녀는 성녀처럼 고결했는지도 모른다. 수많은 선량한 사람이 그녀에게 성자의 후광을 씌워주려고 했다.

그런가 하면 그녀가 살아 있던 무렵, 그 일대에는 추잡한 호색녀라고 낙인찍힌 낸시 행크스라는 여자가 또 한 사람 살았었다.

어쨌든 이런 주변 정황으로 미루어 그녀의 성품에 대해서는 간접적인 추리밖에 할 수 없다. 아마도 그녀는 사생아였던 것 같다는 이야기가 전한다.

그러나 그녀의 아들은 그렇지 않았던 것 같다.

학자풍의 한 목사와 여러 학자가 오랫동안 끈기 있게 탐색하여 방대하게 조사한 결과에 따르면, '정확한 에이브(Ave : 에이브러햄의 애칭)'는 합법적인 결혼으로 명예롭게 태어났다는 것이 정설로 굳어졌다.

에이브러햄 링컨 자신은 이 사실을 결코 증명해 보일 수가 없었다. 그의 부모의 결혼을 합법적으로 증명할 수 있는 기록이 전혀 나타나지 않은 것이다.

그러다가 그가 암살당한 후, 어떤 순회 설교자가 간직하고 있던 개인 대장을 발견하였다.

그 후 충분히 신뢰를 얻을 만한 위치에 있는 한 사람은, 미합중국 제16대 대통령에게 평생을 변치 않고 따라다녔던 그 우울한 표정은 그의 어머니와 그 자신이 사생아라고 믿었던 데서 기인한다고 보았다.

그 사람은 빌리 허언던(Billy Herndon)으로, 링컨이 백악관으로 들어가기 전까지 함께 법률 활동을 했다. 빌리 허언던은 링컨이 암살당한 후 몇 년간, 선의로 링컨의 어머니 낸시 행크스 링컨에 관해 여러 가지 의문점을 제기했었다. 그리고 바로 이 의문들이 미국 역사상 가장 오랜 기간 끌어온 풀지 못한 수수께끼 중 하나로 남아 있다.

링컨의 어머니에 관한 이야기는 대체로, 허언던의 보고가 정확하다면, 실로 막중한 노력 — 한편으론 엄숙하고 또 한편으론 우스꽝스러운 — 에 대한 이야기뿐이다.

허언던이 남긴 노력을 제쳐놓고라도, 낸시 행크스의 생애에 관한 신빙성 있는 자료는 모두 다 합쳐도 너무 빈약하다.

대통령 선거를 위한 자서전 같은 기록에서 링컨은 그의 선조에 관한 설명으로 기껏 한 단락밖에 준비하지 못했던 것 같다.

나는 켄터키주 하딘 카운티(Hardin County)에서 1809년 2월 12일에 태어났다. 나의 부모님들은 두 분 다 버지니아주에서 출생하셨는데, 두 분의 가문은 별로 두드러진 집안이 아니었던 것 같다. 아마 하류 가문이었는지도 모르겠다. 어머니는 내가 열 살 때 돌아가셨는데, 행크스(Hanks)라는 이름의 가문 출신이었고......

이것이 바로 허언던이 나중에 숱한 말썽을 불러일으킬 때까지 세상 사람들이 알고 있던 전부였다. 허언던은 순수한 호의, 어쩌면 애정으로 한 일이었지 악의는 결코 아니었을 것이다.

허언던은 자칭 위메즈 목사단(Parson Weemes)이라는 한 무리가 링컨 대통령을 '맥 빠진 도덕가'로 묘사하는 링컨 전기를 출판하려고 서두르고 있다는 소리를 전해 듣고 격노하여 소리쳤다.

"하나님, 맙소사! '이 성스러운 사람'에게서 세상의 모든 빛도 꺼버리고 인간의 온갖 동정심도 얼어붙게 하소서! 안 된다. 안 돼. 절대로 안 돼!"

허언던은 링컨에 관한 이런 책들이 나오기 훨씬 전부터 이미 그의 귀중한 친구에게 더 훌륭한 기념물을 만들어 줄 계획을 세우고 있었다. 허언던은 사비를 아낌없이 털어서 우선 직접적인 추억을 되살려가며 링컨의 어린 시절을 추적했다.

일리노이주 시절의 에이브 링컨에 대한 그의 기억을 보충하기 위하여 그는 여기저기에다 수백 통의 편지를 써서 문의하고 확인을 거듭했다.

그러나 그 자신도 생계를 꾸려 나가야 했고, 또 어떤 사람에게 도움을 청하여 그가 입수한 모든 자료를 책으로 만들어 내기까지는 상당한 시일이 걸렸다. 그는 이런 공백을 이용하여 링컨에 대해서 알고 싶어 하는 많은 사람 앞에서 강연도 하고, 또 그가 새로 알게 된 사실을 전파하기도 했다. 그러던 중에 링컨의 어머니에 관한 문제를 끌어냈다.

허언던의 회고에 따르면, 그와 링컨은 1851년경 일리노이주 메나드 카운티 피터즈버그(Petersburg) 순회 재판소 법정에서 한 사생아 소송 문제를 논의한 적이 있다고 했다.

그때 링컨의 나이는 마흔둘인가 셋이었고, 스프링필드(Springfield)에서 마차를 몰고 오면서 표정은 몹시도 우울했다.

링컨의 젊은 파트너 허언던은 그 사건을 마음속에 새겨두려 애쓰고 있었기 때문에 기록으로 이 사실을 남겨두었다. 그리고 그때 길을 따라 3마일쯤 더 나아가던 중 시냇물이 길로 넘쳐서 타고 있던 마차의 바퀴가 물에 잠겨 더 이상 앞으로 나아갈 수가 없었다.

그러자 링컨이 갑자기 말문을 열며 자기의 신상에 관해 이야기한 것이다.

"빌리, 자네한테 얘기할 게 있네. 하지만 내가 이 세상에 살아있는 동안은 제발 비밀로 해주게……."

허언던은 비밀을 지켰다.

그러나 훗날 링컨이 암살당한 뒤 위대한 미국의 지도자를 겉으로만 번지르르하게 신성화하는 짓이 몹시 불쾌했다. 심지어 별로 해롭지 않은 링컨의 습관적인 속어들 — 예를 들어 '여자'를 '계집'('gal' for 'girl')이라고 한다든지 하는 — 까지도 그의 일화에서 가려내어 편집하곤 했다.

그러자 허언던은 세상을 향해 나아가 그 옛날 링컨이 애기했던 비밀을 털어놓았다.

그것은 링컨의 외할머니가 버지니아에서 소녀 시절을 보낼 때 너무 가난하고 남의 말을 곧이곧대로 믿는 순진한 처녀였던 나머지, 이웃의 부유한 농장 주인에게 치욕적으로 농락당했다는 것이었다. 그래서 링컨의 어머니가 이 세상에 태어난 것인데, 말하자면 자연의 뒷문을 통해서 태어났다고 할 수 있겠다.

허언던도 이 이야기를 처음 들었을 땐 꽤 충격을 받았지만, 그 후 이 점에 관해서만은 그의 소신을 굽히지 않았다.

당시 그들이 처리하기로 했던 소송사건은, 성격이나 체질에 이르기까지 부모에게서 물려받은 핏줄이 맞는지를 검토할 필요가 있었고, 그래서 링컨이 그의 비밀을 털어놓고 싶었던 것 같다.

허언던의 말에 의하면, 링컨은 계속해서, 자기를 낳아준 어머니는 알지도 못하는 아버지 즉 '외할아버지'의 불륜으로 태어났고, 그에게서 유전적으로 많은 것을 물려받았고, 링컨 역시 같은 이유로 어머니의 성격을 많이 이어받았다고 말했다고 한다.

"내가 이렇게 존재하고 있고, 또 내가 처해 있는 지위며 희망 같은 것은 결국 나의 어머니로부터 물려받은 것이야. 하나님, 어머님을 축복해 주소서. — 그래, 자넨 사생아들이 대체로 다른 사람들에 비해 더 똑똑하고, 더 꾀가 많고, 더 지성적이라는 사실을 모르나? 그건 모든 것을 빼앗겼기 때문에 그런 것 아닌가?"

그때 허언던의 친구들은 그가 가진 이런 소신을 대중에게 알리지 말도록 말렸다. 그러나 허언던은 들은 척도 하지 않았다.

"유럽과 아메리카 대륙에서 그리스도를 사랑하는 것이 무엇 때문입니까?"

하고 그는 역설을 퍼부었다.

"그 근본 바탕에 있는 것은 우리의 동정이고, 우리의 공명입니다. 내가 설마 아브라함에게서 그의 관을 빼앗고 그의 십자가를 탈취하려고 하겠습니까? 만약 그렇게 한다면 그건 무서운 죄악일 것입니다. 하지만 그를 슬프게 만들고, 언제나 우울한 표정을 짓게 하고, 또 때로는 끔찍하리만큼 강인한 그의 성격이 무엇으로부터 생겨났겠습니까? 무엇이 그에게 그토록 다정다감하고 선량하고 정직하게 만들었겠습니까? 그렇게 공평무사하고, 고귀하고, 순수하고, 숭고하고, 자유주의 정신에 투철한 것은 그

바탕에 또 무엇이 있었기 때문 아니겠습니까? 그가 또 그토록 관대하고, 도량이 깊고, 신성하기까지 한 것은 어떻게 된 것입니까? 그것은 하나님이 그를 보내서 불길 같은 고통의 가시밭길을 걸어 나오게 한 덕분입니다. 그러나 세상 사람들은 이런 것을 전혀 모르는 게 분명합니다. 기막힌 일 아닙니까?"

허언던의 격렬한 주장은, 그가 켄터키주에 있을 때 연구하고 조사한 바에 큰 힘을 입었다. 켄터키주에서 들은 모든 이야기를 근거로 하여 낸시 링컨이 그녀의 어머니와 같은 전철을 밟았다는 결론을 내리고 싶은 것이었다. 그 지방 사람들 사이에는 기괴한 소문들이 무척 많이 나돌았다.

낸시가 아브라함 엔로에(Abraham Enloe)를 좋아했는데, 이 사내는 자기가 낸시의 아들 에이브의 아버지라고 자랑삼아 떠벌리고 다녔다.

그러던 어느 날, 톰 링컨(Tom Lincoln)이 이 엔로에가 자기 아내와 함께 있는 것을 보고 이 불륜남을 덮쳐 코를 물어뜯었다는 소문도 있었다.

또 톰 링컨이 인디애나주로 가려고 켄터키를 떠나기 전, 아니 어쩌면 훨씬 더 전에 이미 허언던이 표현한 것처럼, '거시기를 잘려 거세되어 여자처럼 납작한' 신세가 되었다는 소문도 파다하게 돌았다.

이런 유형의 뜬소문은 너무 많았다. 결국 그런 이야기를 종합해 보면 에이브 링컨은 합법적으로 결혼한 여인의 몸에서 태어나긴 했으나, 그 여자의 남편은 이 아기와 아무런 연관도 없다는 것이다.

그러나 이런 소문은 도저히 증명할 수 없었고, 따라서 허언던도 이 사실을 책자로 출판하지는 않았다. 결국 허언던은 낸시에 관한 모든 소문을 선의로 해석하기로 마음먹었다.

그 결과 커다란 손실을 초래하고 말았다. 허언던은 낸시 행크스의 아버지에 관한 이야기를 공개한 데다, 앤 러틀리지(Ann Rutledge)가 죽은 후 링컨이 거의 미칠 만큼 심한 충격을 받았다든가, 처음엔 메리 토드(Mary Todd)와의 결혼을 포기하고 떠나려 했다든가 하는 깜짝 놀랄 에피소드를 사람들에게 털어놓았다. 그럼으로써 점잖은 미국 신사 숙녀들의 커다란 관심을 불러일으켰고, 순수하고 합법적인 결혼관에 일대 센세이션을 불러일으켰다.

이때 『시카고 트리뷴(the Chicago Tribune)』지는 이를 잔학무도한 큰 실책이라고 떠들어 댔다. 아무리 줄여서 보더라도 바람직한 인간의 존엄성을 위배하는 크나큰 죄악이라는 것이었다.

허언던은 지독한 술꾼으로 악평이 나 있었다. 사실 그는 한때 심한 술주정뱅이 짓을 한 적이 있긴 있었다. 또 트리뷴 지는, 허언던은 지독한 엽관獵官 운동자로 옛날 그가 모시던 위인에게 그로서는 도저히 미치지 못할 영광을 돌리고 싶어 하지 않는다고 퍼부었다.

그러나 허언던의 편지를 읽어본 사람이라면 누구나 알겠지만, 트리뷴 지의 이야기는 사실이 아니었다. 빌리 허언던은 링컨을 무척 존중하고 또 하늘처럼 숭배하였다.

허언던은 결과적으로 그에게 가장 중대한 의미를 지닌 캠페인을 발판으로 당당히 올라섰다. 허언던은 링컨에 관해서 그가 알고 있는 모든 것을 세상 사람들에게 널리 퍼뜨렸고, 때로는 그저 알고 있는 것이라는 생각만 들어도 대중에게 털어놓았다.

그 덕분에 위메즈파 목사도 위대한 해방자였던 이 흠집투성이의 인간을 생명 없는 동상으로 바꾸어 놓지는 못했다. 그저 참고 서적 정도가 아니라 옛 대통령 링컨에 관해서 자세하게 언급한 책이라면 어떤 내용이건 허언던의 덕을 약간이나마 보지 않을 수 없었다.

왜냐하면 허언던이 아니었다면 링컨의 초창기는 그야말로 순수하게 공백 상태를 면할 수 없기 때문이다. 허언던은 자료를 수집했을 뿐 아니라, 경악과 분노에 찬 열화 같은 질문과 조사의 열풍까지 모두 그가 불러일으켰기 때문에 일어난 일이었다.

허언던이 아니었다면 에이브러햄 링컨 어머니의 출생이 적법한지, 또 그녀의 정절에 관해서 그렇게 많은 사람이 정성을 쏟아 조사하지는 않았을 것이다.

허언던과 그의 동료들은 이 문제에 관해서만은 공개적으로 발표하지 않고 지나가려 했다. 그러나 수많은 이들의 문의 편지가 쇄도해 들어오는 통에 견딜 수 없었다. 게다가 허언던 자신이 여기저기서 수집한 바와 같은 자료에 입각한 소문들이 꼬리에 꼬리를 물고 일어났고, 특히 남부 지방에서는 걷잡을 수 없게 되었다.

그러나 허언던이 다른 사실에 대해서는 책자로 출판하여 공개적으로 폭로하면서도 링컨 어머니에 관한 기사는 거의 쓰지 않았기 때문에, 이 미묘하고도 착잡한 화제를 두고 문제가 그렇게 크게 야기될 것 같지는 않았다.

그러나 그 후 캐롤라인 행크스 히치콕(Mrs. Caroline Hanks Hitchcock)이라는 여자가 학자들도 감히 발 디디기 두려워하는 영역으로 팔을 걷어붙이고 들어섰다.

히치콕 여사는 행크스 여사의 명예를 회복하고 싶은 강렬한 열정을 불태우고 있었다. 그리하여 히치콕 여사는 오랫동안 광범위한 계보 추적과 유전적 탐구를 계속하던 중 거의 비슷한 시기에 버지니아에서 합법적으로 결혼한 부모 사이에서 태어난 낸시 행크스라는 이름을 발견하였고, 환희에 찬 탄성을 터뜨렸다.

히치콕 여사는 이 낸시가 훗날 링컨의 어머니가 된 낸시라는 사실을 입증해 보이려고 1899년 조그만 책자를 발간했다. 그러나 그녀가 추리하여 이끌어가는 연역적 전개의 줄기에는 어쩐지 세세한 부분에서 정확성이 많이 떨어졌다.

요컨대 히치콕 여사가 주장하는 낸시는 한 세대쯤 앞선 연대의 사람이었고, 진짜 낸시의 아주머니뻘쯤이라도 되었던 게 아닐까 생각된다. 히치콕 여사에게는 천적과 같은 존재로 등장한 수염을 길게 늘어뜨린 목사는 이렇게 말했다.

"이 얄팍한 책을 두고 놀랄 사실이 두 가지 있는바, 첫째는 이렇게 조그만 책 속에 이렇게 많은 오류와 오전이 담길 수 있는가 하는 점이고, 둘째는 식별력이 있는 사람조차 그 엉터리 진술에 속아 넘어갈 수 있다는 점이다."

마치 로마 교황과 같이 권위가 넘치는 풍모를 보이는 이 윌리엄 엘리저 바튼(William Eleazor Barton) 목사는, 자신은 링컨에게 굉장한 흠모의 정을 가지고 있으며, 이미 오래전부터 링컨의 어머니가 사생아인지 아닌지 분명히 밝혀 후세에 영원한 진실을 가르쳐 주고 싶어 한 것은 사실이다.

그는 그가 존경하는 위대한 영웅이 발자취를 남겼을 만한 곳은 빠짐없이 돌아다녔고, 특히 말을 타고 링컨이 어린 시절 살았던 고향의 울퉁불퉁한 산골짜기 길을 몸소 누비고 다니며 샅샅이 조사했다. 그 결과 그가 얻은 결론은 히치콕 여사의 주장과는 정반대되는 것이었다.

이에 격분한 히치콕 여사는 자기 교회의 목사를 동원하여 바튼이 쓴 책을 긁어모아서는 모조리 불살라 버리고 말았다. 그러면서도 히치콕 여사의 책은 여전히 세상 사람들 손에 남겨두었다. 도대체 굴복할 기미를 보이지 않았다.

그러나 역사학자들 대부분은 바튼의 결론을 받아들이고 있다.

자, 그럼 바튼이 내린 결론이 어떤 것인지 살펴보자.

낸시 행크스의 어머니는 실제로 사도邪道를 걸었고, 따라서 허언던이 링컨과 나눈 대화의 진실성을 충분히 신뢰할 수 있다.

링컨은 자신의 출생에 얽힌 주변 정황을 늘 심각하게 생각했지만, 실은 그럴 필요가 없었던 것 같다. 바튼이 법정 기록을 체계적이고 조직적으로 조사하기 시작할 무렵, 지금까지 사실이 밝혀져 코가 납작해진 저 엔로에(Enloe)뿐 아니라, 자기가 에이브러햄 링컨의 친부라고 나서는 사람이 수두룩했다.

"그 일대 숲에는 링컨의 아버지들이 우글거린다네."

하고 바튼이 친구에게 써 보내기도 했다.

그러나 그의 성미는 무슨 일에든 철저해서, 아버지라고 주장하는 사람들을 일일이 찾아다니며 사실을 추적해 나갔다. 마침내 그가 내린 결론은 톰 링컨의 주장 외에는 어떤 것도 사실상 근거가 없고 논리적 전개가 불가능한 허위에 입각하고 있다는 것이었다.

당시 링컨에 관한 기념비적인 전기를 쓰기 위해 자료 수집에 골몰하던 칼 샌드버그(Cal Sandburg)는 바튼의 추적에 감탄하면서 자신은 마치 볼링 챔피언을 보고 있는 듯한 느낌이라고 허심탄회한 찬사의 편지를 보냈다.

"귀하께서는 빈틈없고 명쾌한 논리로 모든 이들의 입을 다물게 하셨습니다."

하고 샌드버그는 덧붙여 말했다.

일단 이 문제를 해결하자, 바튼을 비롯한 여러 사람은 과거 링컨의 어린 시절에 관해서 늘 이야기되어오던 것과 같이 단순한 개척자 시절의 고난과 시련을 배경으로 삼는 것을 탈피하여 더 자세하고 분명한 성장 과정을 밝혀내려고 열정을 쏟기 시작했다.

하지만 막상 이런 일은 불가능에 가까우리만큼 어려웠다. 행크스 가문도, 링컨 가문도 분명한 기록이나 발자취를 도무지 남긴 바가 없기 때문이었다. 따라서 기록이나 문서를 토대로 전기를 쓰는 사람은 크게 실망하였다.

그러나 샌드버그는 그의 천부적 재질을 발휘하여 황혼이 무르익어가는 저녁 무렵 노을이 물드는 통나무 오두막 곁에서 나직한 소리로 노래를 읊조리는 날씬한 한 소녀의 모습을 그려냈다. 그의 묘사에는 참으로 서정적인 향취가 있었다.

샌드버그는 누구도 제대로 해내지 못한 것을 성공적으로 이룬바, 낸시 링컨이 된 한 여인에 대해서 지금까지 밝혀진 몇 안 되는 빈약한 자료에다 활기 넘치는 생명력을 불어넣었다.

버지니아의 행크스 가문은 약 5대에 걸쳐서 실존했던 것으로 보인다. 이 가문의 주요 무대는 조지 워싱턴, 제임스 매디슨, 제임스 몬로, 그리고 로버트 E 리이 등을 배출한 풍요로운 은혜의 땅에서 멀지 않은 곳이었다. 그러나 링컨이 표현한 것처럼, 그들의 가문은 '천한 하류 집안' 중 하나였고, 행크스네 사람들은 공직에 선출된 적이 한 번도 없었을뿐더러 토지 청구권 하나도 제대로 가진 게 없었고, 유산 한 번 물려준 적도 없었다.

심지어 군대에 복무한 이력이 있는 사람도 드물고, 가정용 성서(가족의 출생, 결혼, 사망 따위를 기록할 여백이 있는 큰 성서)에 이름이 남아 있는 사람도 많지 않은 것으로 보인다.

따라서 이런 상황에서 합리적인 방법으로 그들의 계보를 추적하기란 거의 불가능한 노릇이었다.

다행히 조셉 행크스(Joseph Hanks)에 대해서는 꽤 많은 사실을 밝혀낼 수 있었다. 조셉 행크스에게는 다섯 아들과 네 딸이 있었는데, 장녀가 루시(Lucy)였다.

물론 전쟁을 치르고 난 후엔 으레 그렇지만, 미국 독립전쟁을 겪은 뒤 한동안 전 국민에게는 도덕적 기준과 절제의 정신이 무너져 있었다. 이런 사정에서 루시도 불륜이라는 쾌락의 길을 헤맨 것 같다.

어떤 사내가 루시에게 깊은 쾌락의 맛을 가르쳐 주었는지는 아무도 모른다. 그 사내는 자신이 저지른 환락의 책임을 질 기회도 분명히 있었지만, 결국 책임지지 않은 것 같다.

바튼 목사의 거침없는 주장에도 이 사내의 신분과 이름은 지금까지 밝혀지지 않았다. 그래서 그의 사후에라도 불명예의 낙인을 찍힐 여지는 남지 않았다.

행크스 집안의 속사정이야 어떻든 아버지 조셉은 맏딸 루시가 저지른 불륜에 깊은 치욕을 느낀 것 같다. 당시의 인구 조사에 나타난 기록과 토지 대장 등으로 미루어 보건대, 조셉 행크스는 그 후 버지니아 서쪽 변방 — 오늘날의 웨스트버지니아 — 으로 이주한 게 틀림없다. 그리고 얼마 되지 않아 루시의 아이가 태어났다.

이런 일련의 사건은 1784년에 일어난 것으로 학자들은 보고 있다. 그 후 불과 1년 남짓한 세월이 흐르고, 조셉은 농장을 팔고 더 멀리 켄터키로 이주했다.

여기서 다시 살펴보면, 누구도 자신 있게 단정할 수는 없지만, 갓난아이 낸시는 열두 세 살 먹을 때까지 할아버지네 통나무집에서 산 것 같고, 할아버지와 할머니는 이 어린 낸시가 태어나 불명예스러운 치욕을 씻어버리기 위해 고심한 것으로 보인다.

자, 그럼 어떤 이들의 주장처럼 그녀가 몹시 까다롭고 우울한 처녀로 성장했다는 것도 이상할 게 없지 않은가?

그녀를 낳은 어머니마저 낸시 곁을 떠나고 없었다. 이 기간에 행크스 농장과 상당히 멀리 떨어진 한 도회지에 루시 행크스라는 여자가 간통죄로 기소된 기록이 있다. 그러나 그 사건은 재판받지 않았다.

헨리 스패로우(Henry Sparrow)가 루시에게 깊이 속죄하고 다시 좋은 여인이 될 자질이 있다고 믿고 그녀와 결혼한 것이다. 그리하여 루시는 천만다행으로 법의 심판을 면했고, 헨리와 결혼한 후로는 아주 훌륭한 아내로 착실하게 생활하며 아이를 아홉이나 낳은 것으로 전해진다.

그러나 남편 헨리가 아무리 관대하다고는 해도, 루시가 철없이 저지른 불륜의 씨앗을 자신의 아이들과 함께 키우게 할 수는 없었나 보다. 그래서 낸시는 언제나 할아버지 할머니와 함께 살았다.

그 후 할아버지가 돌아가시자, 할머니는 옛 고향 버지니아로 돌아가 그곳에서 여생을 마치고 싶어 했다. 그래서 집안은 두 개로 쪼개졌고, 낸시는 친어머니 루시의 품으로 돌아갔다. 그러나 이것도 아주 짧은 동안이었고, 스패로우 집안의 다른 남자와 결혼한 루시의 동생이 낸시를 대신 맡아 길렀다고 전해진다.

그러니까 낸시는 이모 밑에서 소녀 시절을 보낸 셈이다. 이 무렵 그녀는 자신의 이름자도 아직 제대로 쓰지 못했다. 그러나 성경은 거의 읽을 수 있을 정도였다.

낸시는 자신의 생계는 혼자서라도 꾸려갈 수 있도록 재봉 일을 배웠다. 그 후 낸시는 베리(Berry) 집안에서 수 주일간 침모針母 일한 적이 있다.

이 무렵 어떤 젊은 목수가 그녀가 사는 동네로 들어왔다. 낸시가 이 젊은이를 어린 시절부터 알고 있었는지 어떤지는 모르지만, 두 사람이 함께 살았던 이곳과는 전혀 다른 장소에서 다시 만난 것이 틀림없다.

그들이 먼저 살던 동네에서 결혼 이력이 있었는지 어떤지 기록에 남아 있지 않으나, 1806년 6월 10일 낸시 행크스와 토머스 링컨이 합법적으로 결혼식을 올린 데에는 의문의 여지가 없다.

토머스 링컨은 머릿결이 새까맣고 아주 건장하였다. 이력으로 말하자면 대체로 낸시와 크게 다를 바가 없었다. 두 사람 다 진흙 범벅이 된 오두막집을 떠나서 살아본 기억이 없고, 수풀로 뒤덮인 미개척지의 농장이나 조그맣고 보잘것없는 개척지의 마을을 벗어나 본 적도 없었다. 게다가 떳떳이 내놓고 얘기할 만한 교육을 받은 적도 없었다.

그러나 어쩐 일인지는 모르겠지만 주위 사람들에게 토머스 링컨은 변변치 않고 무능한 사람으로 보였고, 낸시는 오히려 강인한 인상을 주었다. 아마도 사실이 그러했는지 모르지만, 최근 발견된 세금 장부 따위를 보아 미루어 짐작하건대, 적어도 젊은 시절에는 링컨도 꽤 야심 만만했던 것 같다.

하지만 그는 결혼한 지 약 40여 년 후 죽음을 맞는 날까지 하는 일마다 실패를 거듭했다. 그는 영락과 쇠퇴를 거듭하다가 생애 후반에 이르러서는 공공문서에 이름도 제대로 써넣지 못하고 X라고 사인만 겨우 할 만큼 쇠락했다.

그와 낸시가 결혼하여 켄터키의 엘리자베스 타운에 살림을 차렸을 때만 해도, 세상의 자연스러운 추이에 따라 그들도 뭔가 상당한 희망을 품고 있었을 게 틀림없다.

톰은 이곳에서 목수로 일했고, 결혼한 지 꼭 8개월이 되던 날 낸시는 계집아이 사라(Sarah)를 낳았다. 그 당시만 해도 누구든 톱질이며 도끼질까지 하던 개척지의 마을에서 목수 일이란 거의 수익이 없는 직업이었을 게 분명하다. 아마 그래서 토머스 링컨도 농장을 이루기 위해 곧 발 벗고 나선 것 같다.

불행하게도 톰은 운이 나빴다. 그가 농장을 세우려고 골랐던 땅은 이백 에이커가 넘는 넓이였지만, 경작하기는 어려운 쓸모없는 땅이 대부분이었다. 게다가 그 토지에 관한 톰의 권리도 애매하여 점점 더 어려운 수렁에 빠졌다.

이 땅이 가진 유일한 매력이라면, 바위틈으로 솟아 나왔다가 일종의 배수구 같은 데로 떨어져 흘러 들어가는 샘물이었다. 이 샘은 사람들에게 그 특성에 따라 '석잠천 |石潛泉 Sinking Spring |'으로 알려졌다.

훗날 낸시가 에이브러햄 링컨을 낳은 것이 바로 이 샘물 근처였기 때문에 오늘날에도 매년 여름이면 수많은 미국 시민이 이곳을 방문하여 이 샘을 지켜보곤 한다.

국립 공원 관리청의 설명에 따르면, 이 샘물은 오염되어 근처에 다음과 같은 경고판이 붙어 있다고 한다.

— 이 샘물은 마실 수 없음 —

그러나 에이브러햄 링컨이 태어났을 때 이 샘물은 아마도 순수했던 것 같다. 어머니 낸시가 주위 환경 중 손꼽을 수 있는 편리한 설비라곤 몇 되지 않았고, 그중에서도 이 샘물이 으뜸이었다.

에이브가 자라서 어머니 대신 물을 길어 나를 때까지는 늘 낸시가 손수 물을 길었기 때문에 최초로 이 농장에 있을 때가 그녀에게는 가장 편한 시절이었다.

아들 에이브가 이제 겨우 두 살 남짓 되었을 때 가족은 다른 농장으로 이주했다. 새 농장의 토양은 훨씬 나았고, 통나무 오두막집이 컴벌랜드 트레일(Cumberland Trail) 바로 맞은편에 자리 잡고 있어서 덜컹거리며 오가는 마차들과 가축 떼를 언제든 볼 수 있어 외롭지 않아 한결 좋았다.

그러나 물은 훨씬 멀리서 가져오지 않으면 안 되어 불

편을 감수해야 했다.

이 농장에서 낸시는 둘째 아들 토머스를 낳았지만, 얼마 살지 못하고 죽었다.

그 후 토지 및 경작권 문제로 또 한 차례 말썽이 생겼다. 이 말썽을 해결하려면 엄청난 돈이 필요했고, 톰 링컨은 차라리 농장을 통째로 사는 게 낫겠다고 생각했다.

한편 멀리 인디애나주는 토지 구매가 더 쉽다고 알려졌다. 그래서 톰은 가족을 이끌고 또 한 번 오하이오 강을 향하여 서북쪽으로 이주의 길을 떠났다.

상상해 보건대, 그 무렵 열 살쯤 된 사라는 어머니가 탄 말 뒤에 타고, 여덟 살 먹은 에이브는 아버지와 함께 말을 타고 떠났을 듯하다. 임시로 만든 엉성한 나룻배로 오하이오 강을 건너고 톰이 점찍어 둔 지점을 향해 빽빽하게 늘어선 수풀 사이를 뚫고 나아갔을 것이다.

톰은 훨씬 전에 이미 혼자 여러 지역을 답사하였고, 그런 끝에 한 지역을 농장 건립을 위한 터전으로 점찍어 심중에 두었다.

그는 야트막한 산밑 양지바른 곳을 부삽으로 파내고 그야말로 가장 원시적인 움막을 만들었다.

오랜 뒤 통나무집을 만들어 세울 때까지 가족은 모두 이 움막에서 간신히 눈과 비를 피했다.

낸시 링컨은 이제 이곳 통나무집에서 한 발자국도 다

른 데로 옮기지 못할 운명에 처했다.

바로 그다음엔 낸시가 자랄 동안 줄곧 돌봐주었던 아저씨네 가족이 이곳으로 이주해 와서 함께 살게 되었다.

이때 스패로우 부부는 젖소 몇 마리를 함께 몰고 왔다. 이 지역에 들어서 있는 몇몇 새로운 정착지의 사람들은 소를 몹시 조심했다. 거기에는 이유가 있었다. 아직 수풀과 나무들을 완전히 벌목하기 전이었던지라 가축들의 여물로 종종 키가 크고 즙이 많은 풀을 주는 예가 많았는데, 이 풀을 먹은 소는 곧잘 덜덜 몸을 떠는 기괴한 병에 걸리곤 했다. 사람도 이렇게 병든 소의 우유를 잘못 먹고 곧 기괴한 병에 걸리면 불과 수일 내에 목숨을 잃었다.

이는 결코 미신이 아니었다. 개척지의 많은 사람이 변을 당했고, 마침내 링컨 일가에게도 참변이 덮쳤다.

먼저 스패로우의 가족 두 사람이 이 병에 걸려 앓아누웠다.

낸시가 그들을 지성으로 간호했지만, 두 사람은 차례로 세상을 뜨고 말았다.

기괴한 '젖소 병'은 실로 가공할 사건이었다. 때로는 이 병이 온 마을을 휩쓸고 지나갈 때도 있었다.

스패로우네 두 친척에 이어 새로 온 다른 이웃 사람들 여럿이 이 악질에 희생되었다. 그리고 마침내 낸시에게까지 악마의 손길이 뻗쳐왔다.

1818년 10월 5일, 낸시가 서른다섯 고개를 겨우 넘겼을 무렵, 남편 톰 링컨과 아들 둘은 그녀의 관 뚜껑에 마지막 못질을 했다.

낸시의 무덤에는 묘비 하나 세워지지 않았다.

훗날 빌리 허언던이 낸시의 묘를 찾기 위해 1865년 이 지역을 찾아왔다. 그는 전전긍긍하며 여기저기 찾아 헤매던 끝에, 겨우 여든두 살 노파를 만나 묘의 위치를 찾았다.

당시는 낸시의 아들이 불의의 총격에 쓰러져, 허언던의 뇌리는 아직 격렬한 충격에 사로잡혀 있을 때였다.

그는 이 탐색 여행에 관해 이렇게 썼다.

묘터 주위에는 울타리도 없었다. 묘지 판도 묘터의 구획도 제대로 없었다. 비석도 묘판도 여하한 종류의 어떤 설비도 없었다. 에이브러햄 링컨의 어머니가 누워 있는 곳을 알려줄 만한 표식이 아무것도 없다니, 이건 정말 이상한 일 아닌가? 빽빽이 늘어선 짙은 수목만 웅장하고 거친 모습으로 주위를 뒤덮고 있을 뿐이다.

그 이후 낸시의 무덤은 사람들에게 알려지긴 했으나 여전히 초라한 모습 그대로였다. 그로부터 10여 년 후, 사우스 벤드 출신의 한 시인이 개인 자격으로 허언던이

말한 위치에 놓아 달라며 다음과 같이 새긴 비석을 기증
했다.

낸시 행크스 링컨
링컨 대통령의 어머니
AD 1818년 10월 5일
서른다섯의 나이로 잠들다

1879년 암살당한 아들의 한 친구에 의해 세워짐.

세월은 흘렀다. 인디애나주 젠트리빌(Gentryville) 가
까이 있는 링컨 농장과 그 일대를 둘러싼 공원이 건립되
었고, 이곳에서 아주 잠깐 살다 떠난 슬픈 한 여인을 기
리려는 몇 가지 시도가 있었다.

그녀의 무덤이 있는 곳이라고 추정되는 언덕 밑에 커
다란 바위 비문 하나가 자리 잡고 있다. 이곳을 찾는 방
문객들은 이런 기록을 접하게 된다.

여러분은 낸시 행크스 링컨 여사가 잠들어 있는 수풀
우거진 언덕을 향해 서 있습니다. 여사는 제16대 미합중
국 대통령 에이브러햄 링컨의 어머니였습니다. 대통령께
서는 1816년부터 1830년까지 그의 생애에 있어 형성기
대부분을 이곳 후지어(Hoosier : 인디애나주 골짜기들)의

환경에서 자랐습니다. 눈을 들어 북쪽으로 보시면, 여사께서 아들의 어린 시절 대통령이라는 위대한 인물로 성장해 나가는 과정을 한동안이나마 지켜보았던 통나무 오두막집이 서 있던 자리를 보실 수 있을 겁니다.

이 외에 그녀에 관해서 이야기할 수 있는 내용이 더 이상 전해지지 않는다. 그녀는 키가 컸던가? 아니면, 작았던가?

낸시를 기억하는 몇 사람이 두 편으로 갈려서 어느 것이 옳은지 알 수가 없다.

그럼 낸시는 명랑했던가? 아니면 침울한 표정이었던가? 이에 대해서도 결정적인 답을 얻을 수가 없다.

그녀가 사람들 사이에 얼굴을 드러낸 적이 몇 번 없기 때문이다.

낸시에 관한 증언들이 공식 기록으로 남겨질 무렵에는, 이미 커다란 영광이 아들의 몸에 둘러 있는 덕분인지 모르겠으나, 옛적 낸시네 이웃 사람들은 입을 모아 그녀는 지적이고 신앙심이 깊었으며 늘 다정한 마음씨를 가졌다고 말한다.

그러나 다행히 그녀가 자상한 마음씨를 가진 의붓어머니를 만나기 전까지 면모가 어떤 처녀였는가에 관해서는 도무지 확실한 증언을 들을 길이 없다. 아들 에이브러햄 링컨에게조차 남긴 말이 없다.

에이브러햄 링컨이 대통령으로서 막 승리의 영광을 안은 순간 불의의 손에 의해 쓰러지지 않았더라면, 그의 영광도 그토록 지대하지 않았을 것이라고 말하는 사람들이 있다.

그리고 이 아들과 마찬가지로 낸시 링컨 역시 진작 세상을 떠났기 때문에 보다 큰 영예를 훗날 얻게 된 것 아닐까? 비록 제아무리 훌륭한 환경이라도 그녀의 아들과 같은 특별한 인물을 어떻게 양육할 수 있었는지는 도저히 설명할 길이 없을 것이다.

결국 이 모든 이야기는 그녀의 위대한 아들 링컨이 빌리 허언던에게 건넨 한마디 말속에 영원한 신비로 남아 있게 될 것이다.

"나의 존재, 내가 바라고 이루고자 하는 모든 것은 오직 내 어머니에게서 비롯되었소. 하나님, 어머니를 축복해 주소서."

고난의 항해, 그 피안에 내린 닻

엘리자 밸로우 가필드 여사

제임스 A 가필드(재임 1881.3.4. ~ 1881.9.19)

엘리자 밸로우 가필드 (Eliza Ballou Garfield) 여사

고난의 항해, 그 피안에 내린 닻

엘리자 밸로우 가필드 여사
Eliza Ballou Garfield

난 평생 걸어온 그날들을 자세히 묘사하고 싶다. 어느 날 내
육신이 저 묘지의 흙으로 뒤덮인 사랑하는 아이들의 모습을
세상 사람들의 기억 속에 올바르게 남겨주기 위하여……
1868년 11월 13일 씀

예순일곱 살 엘리자 밸로우 가필드(Eliza Ballou Garf-
ield) 여사는 이렇게 그녀의 이야기를 쓰기 시작했다.

비록 그의 아들은 이젠 흘러간 기억 속의 잊힌 대통령
중 하나가 되고 말았지만, 여사 자신은 더 훌륭한 모습으
로 사람들의 기억 속에 생생히 남을 수 있을 것이다.

엘리자 밸로우 여사는 모든 역경을 딛고 오직 혼자만
의 외롭고 험난한 투쟁을 전개해 나간 불행한 미망인의
전형적인 예라 아니할 수 없다. 한 올의 순수를 간직한
사람이라면 여사의 생애를 전해 듣고 가슴 뭉클해지지

않을 수 없을 것이다.

엘리자 여사는 이런 오랜 옛날부터의 거룩한 모성애에 새로운 한 가지 차원을 더해 승화했다. 그녀는 몸소 펜을 들어 자신과 아이들에 대한 생생한 기록을 남김으로써 자신의 생애에 큰 의미를 부여했다. 이와 함께 그녀는 두드러진 개성의 소유자이기도 해서 이 기록은 일종의 신화와 같은 면모를 띠기도 한다.

별로 놀랄 일은 아니지만, 여사의 원고는 성경 한 편을 보는 듯한 편린片鱗도 없지 않다. 만약 『구약성서』의 욥기가 19세기의 오하이오주를 배경으로 했더라면, 아마 똑같았으리라는 느낌이 들 것이다.

엘리자 여사에게는 그녀의 하나님이 비록 생애 전반을 거쳐 만년에 이를수록 풍성한 은혜와 축복을 내리긴 했지만, 사실 평생 치렀던 시련 중 가장 큰 시련은 그녀의 나이 여든에 가까웠을 무렵부터였다.

엘리자 여사는 인생의 막바지 고비에서 다른 대통령의 어머니들이 겪지 않았던 어마어마한 시련을 견뎌야 했다. 아들이 대통령 취임식에서 그녀의 뺨에 정성 어린 키스를 한 지 불과 몇 달 후, 어떤 불만에 찬 엽관獵官 운동자의 총격에 쓰러지고 만 것이다.

미국 민주주의 발달사에 수치스러운 한 페이지를 남긴 이 사건은 훗날 피츠제럴드 케네디 여사가 느낀 것과 같은 분노와 충격을 엘리자 여사에게 안겨 주었다.

엘리자 가필드의 아들은 약 80일에 걸쳐 이루 말할 수 없는 고통을 받으며 죽음과 삶의 경계에서 헤매다가 결국 죽음의 시꺼먼 손에 굴복하고 말았다.

그는 당시 마흔아홉이었고, 어머니 엘리자 여사는 여든 번째 생일을 이틀 앞두고 있었다. 여사가 그 끔찍한 오랜 시간 동안 어떻게 견딜 수 있었는지, 어디서 그런 용기와 인내를 얻었는지는 오직 상상에 맡길 수밖에 없다.

그 부분에 관한 기록은 여사가 전혀 남기지 않았기 때문이다. 그녀가 자서전을 쓰려고 했던 것도 제임스를 기쁘게 해주기 위해서였는데, 제임스는 이미 그녀가 쓴 글을 읽을 수도 없게 되었다.

엘리자는 어린 시절에도 몹시 힘겨운 나날을 보냈다. 그녀는 매사추세츠주 경계에서 그리 멀지 않은 뉴햄프셔 리치몬드에서 1801년 9월 21일에 태어났다.

아버지의 집안은 대대로 지성을 간직한 것으로 명망이 높았다. 밸로우 가의 친척 중에는 성직자나 교육자로 이름이 널리 알린 사람이 많았다.

그러나 엘리자가 여섯 살 때, 아버지가 돌아가셨다. 엘리자는 마음속으로는 아버지 밸로우 가의 가풍을 훨씬 존경했지만, │ 밸로우 가 사람들은 작고 아담하면서도 사려분별이 깊었기 때문에 마을 사람들은 그들을 '프랑스 조랑말의 혈통'이라

고 비유해서 말했다 | 필요에 따라 어머니 쪽 혈통인 앵글로 색슨계의 건강하고 강인한 체질의 기품을 더 많이 보여 주었다.

이 세상에 혼자 남게 된 메히타벨 밸로우(Mehitabel Ballou)는 친척들이 있는 뉴욕으로 다섯 아이를 거느리고 이주했다. 이곳 뉴욕에서라면 친척들이 일자리를 구해 주고 도움도 줄 것 같았기 때문이다.

"어머니는 베 짜는 직공이었어요. 어머니는 힘든 노동을 하는 것을 조금도 부끄럽게 여기지 않았어요."
하고 훗날 엘리자는 여러 번 썼다.

엘리자는 이런 환경에서 어린 나이에 베 짜는 일을 배우는 외에 학교 공부를 할 기회가 거의 없었다. 가정 형편상 정규 교육을 제대로 받지 못한 것이 그녀의 마음을 늘 심하게 압박했던 것 같다.

그래서인지 엘리자는, 다른 대통령의 어머니들도 다 그랬지만, 교육에 대해서만은 굉장히 열성적인 태도를 생애의 마지막 날까지 고수했다.

엘리자는 그 후 혼자 노력하여 보통 작가가 지닌 역량 이상의 탄탄한 문장력과 표현 능력을 길렀다. 아마도 그것은 성경에서 얻은 지혜가 아닌가 생각된다.

그녀의 필체는 상당히 훌륭했다. 다만 구두점을 찍는 데서 가끔 실수하긴 했지만, 그래도 그것이 크게 불쾌감을 주지는 않았다.

엘리자는 글을 써나가면서 곳곳에 느낌표를 찍기 좋아했고, 느낌표를 거꾸로 찍기도 했다.

하지만 이런 것이 오히려 그녀가 지닌 강렬한 의지가 예기치 못한 데서 드러난 흔적으로 볼 수도 있을 것이다.

아이젠하워 여사처럼 엘리자는 낙천적이고 명랑한 기질을 갖고 태어났다.

엘리자는 노래 부르기를 무척 좋아하여 찬송가와 민요, 1812년 전쟁 때 숱한 해전에서 고취된 군가까지 즐겨 불렀다.

그녀의 기억력은 놀랄 만큼 비상했다. 훗날 아들의 표현에 의하면, 어머니 엘리자는 연속 48시간 노래를 불러도 꼭 같은 음조로 반복해서 부를 수 있으리라고 장담할 정도였다.

어린 시절 엘리자가 어머니를 도와 가사에 충실할 무렵, 엄청난 레퍼토리가 쌓였다. 그러면서도 한편으로는 다른 소년 소녀들과 어울려 놀 시간이 없지도 않았다. 엘리자는 늘 어린 시절 천진난만하던 개구쟁이 친구들을 떠올리고는 즐거워했다.

수십 년이 흐른 어느 날, 아들에게 보낸 편지에도 이런 구절을 찾아볼 수 있다.

애야, 너한테만 하는 얘기지만, 난 아주 어린 시절부터 너의 아버지랑 잘 알고 지냈단다. 글쎄, 그러니깐 거의 4년 가까이나 같이 어울려서 뛰어다니고 장난도 하면서 놀았거든⋯⋯

뉴욕주에서 살던 이 시절 뉴잉글랜드 출신의 가필드 가족과 가까운 이웃으로 아주 다정하게 지냈다. 특히 엘리자에게는 세월이 무척 빨리 흐르는 것 같았다.

전쟁이 끝난 직후 큰오빠의 강력한 주장으로 밸로우가는 오하이오주로 다시 이주하였다.

가족은 젠스빌(Zanesville) 근처에 자리 잡았고, 뉴욕에서 이웃으로 친하게 지내던 가필드 집안 일부가 뒤이어 이곳으로 와서 옛정을 새로이 하며 더욱 다정한 벗으로 지내게 되었다.

스무 살이 된 아브람 가필드(Abram Garfield)는 꼭 엘리자만큼이나 책 한 권 제대로 끝까지 읽어본 적이 없었지만, 아주 잘생긴 청년으로 성장했다.

엘리자는 당시 그의 모습을 한시도 잊지 않았다.

"너의 아버진 키가 5피트 11인치에 머리가 크고 어깨와 가슴이 떡 벌어졌단다. 이마는 우뚝했고, 머리는 갈색, 눈은 푸른색이었고 피부는 꽤 흰 편이었지. 그런 데다가 누구보다도 가지런하고 아름다운 치아를 가지고 있었단다. 아, 너의 아버지만큼 하얗고 보기 좋은 치아를 가진 사람을 난 본 적이 없다. 두 뺨은 또 붉은 빛을 띠고, 입술은 꽤 두툼했지만, 나한테는 그 두꺼운 입술까지 그렇게 멋있게 보일 수가 없더구나. 그런데도 그의 손발은 체구답지 않게 조그마했어. 내 기억으론 그의 부츠는 8인치짜리였고, 그의 몸가짐은 늘 점잖고 당당했지. 인정이 많아서 어려운 사람들을 잘 도와주었고, 친구들을 참 좋아했지. 그래서 그이를 좋아하지 않는 사람이 없었단다. 그이의 판단은 늘 올발랐고, 도무지 그이와 같은 사람은 찾아볼 수가……."

아브람 가필드는 아직 스물한 살이 채 되기 전이었고, 엘리자는 열여덟 살 때였다.

"그래 우린 우리 생애 초반부터 서로의 즐거움도 슬픔도 함께 나누기 시작했지."

1820년 2월 3일 두 사람은 결혼했다. 그리고 엘리자는 어머니 곁을 떠나 남편과 함께 멀리 북쪽으로 떠나게 되었다.

"너의 아버지는 쿠야호가강 근처에 토지를 조금 구해놓았었단다. 강 아래쪽에 15에이커, 나머지는 산등성이에 있었단다. 모두 합치면 40에이커 정도였지. 너의 아버지는 강가에다 통나무로 아늑한 집을 한 채 지으셨고, 우리가 그 집으로 들어간 것은 8월이었어……."

하지만 당시만 해도 개척자들을 괴롭히는 두통거리가 많았다. 특히 오늘날 클리블랜드 교외에 해당하는 이 일대에는 말라리아가 극성이었다.

엘리자는 한 달도 채 안 되어 학질에 걸려 두 주일 내내 와들와들 떨면서 지냈다.

그 무렵 엘리자는 또 담즙 이상으로 고열이 동반되어 앓아누웠다. 혈기 왕성하던 남편까지 병마에 시달렸다.

두 사람은 몸이 너무 쇠약해져서 통나무집을 버리고 친지들이 사는 곳으로 도로 이사하지 않으면 안 되었다. 그리하여 친척들은 무려 대여섯 해나 이들 부부를 멀리 해야 했다.

"우린 매년 가을만 되면 돌림병 때문에 드러누웠단다." 하고 엘리자는 술회한다.

그러나 이런 어려운 상황에서도 엘리자는 거의 매년, 아니면 2년에 한 번은 아기를 가졌다. 아버지가 건강을 회복하여 이젠 돈도 좀 벌어야겠다고 나섰을 무렵, 엘리자는 이미 두 딸과 한 아들의 어머니가 되어 있었다.

아브람은 몇몇 동업자들과 어울려 일종의 도급업자가 되었다. 여러 수로나 운하의 한 부분을 건설하는 책임을 도급받는 일이었다. 이런 계획에는 막대한 돈이 들기 마련이었고, 아브람 가필드도 처음에는 상당한 수익을 올릴 것처럼 보였다.

그러나 모든 물가가 너무 빨리 치솟아 아브람은 지탱하기가 어려웠다. 간신히 농장 하나를 사들일 만큼의 돈을 마련하자, 그는 이 사업을 청산했다.

그들이 처음 자리 잡았던 곳에서 약간 동쪽으로 치우친 곳에 지대가 더 높고 건강에도 좋은 토지를 구매했다.

엘리자는 이 무렵까지도 직물 짜는 일을 계속하며 가사에 보탰다.

두 부부가 새로운 희망을 걸고 다시 지은 통나무집으로 이사했을 때, 엘리자는 이미 네 아이의 엄마가 되어 있었다.

이 새 농장에서 한결 훌륭한 나날을 보낸 것으로 보인다. 아브람은 땅 20에이커를 세내어 나무와 초목을 베어내고 곡식을 갈아 수확을 풍성하게 거두었다. 이제 가족들은 더 나은 생활을 누릴 터전을 마련하였다.

"우린 이제 이웃 사람들에게 부끄럽지 않을 만큼 잘살게 되었단다. 아침 식사로 육류와 감자 요리를 먹었고, 그 외에 버터 바른 빵과 차를 마시거나 가끔은 커피를 마셨고, 게다가 팬케이크를 자주 먹었단다. 점심때는 익힌 음식을 주로 먹었고, 콩 요리나 푸딩을 먹곤 했지. 저녁엔 차, 버터 바른 빵이나 비스킷, 그리고 이따금 애플 소스에 복숭아, 그리고 너희 아버지가 무척 좋아하시던 끓인 다음 차게 식힌 음식들을 곧잘 먹었었지……."

이런 식사를 했으니 아브람이 다른 사람은 이틀 걸려할 일을 하루에 해치우면서 정열적인 노력을 기울일 수 있었다는 것도 수긍이 간다.

엘리자 역시 고된 일을 아무 말 없이 열심히 해 냈다. 그녀는 그저 만족스러웠다.

"우리 가족의 생활은 늘 한결같아 흐트러지지 않았단다. 우린 사랑하는 어린것들과 함께 지내는 것이 그렇게 즐거웠단다. 어느 부모라도 다 그렇겠지만……."

그러나 그로부터 1년이 지나기도 전에 아들딸을 거느린 부모로서의 기쁨이 한순간에 깊은 슬픔으로 변하였다.

엘리자는 그때의 일을 이렇게 썼다.

그러나 죽음이란 언제나 행복에 겨워하는 사람들을 사랑하는 법인가 보다. 우리의 보금자리에 죽음의 시꺼먼 그림자가 소리도 없이, 너무나도 급작스럽게 찾아들었단다. 우리 아빠, 엄마 품에서 우리 가족의 귀염둥이를 빼앗아 갔단다. 사랑하는 우리 지미를…….

지미(Jimmy)는 엘리자가 낳은 첫아들이었다. 통통하게 살 오른 모습은 언제 보아도 사랑스럽고 귀여웠다. 이 아이가 어느 날 밤 어머니 엘리자의 침대 속으로 기어들어와 몸이 아프다고 칭얼거리다가 갑자기 그녀의 품에 힘없이 쓰러졌다. 그리고는 영원히 숨을 거두고 말았다.

"난 미친 듯 울부짖었단다. 자비를 내리소서. 자비를……."

엘리자는 이렇게 쓰고 있다.

자비를 내리소서, 하나님! 불쌍한 이 어미에게 정녕 당신은 원수입니까? 노여운 신의 손길은 이 몸을 갈가리 찢었나이다. 하나님, 제발 자비를 내리소서.

엘리자는 아들의 죽음을 도저히 이해할 수도, 용납할 수도 없었다. 그녀는 심지어 창조주 하나님에게 증오의 눈길까지 보냈다. 그러나 마침내는 이 모든 것이 하나님에 대한 죄악이자 크나큰 불경임을 깨달았다.

"한동안 시간이 흐른 뒤 한 복음 전도사가 몇 차례 설교해 주었단다. 그의 이름은 머독(Murdoch)이었고, 그의 설교가 우리가 들은 최초의 사도 복음이었다. 우린 그가 하는 진리의 설명과 복음 이야기를 듣고 큰 위안을 얻었고 기쁜 마음을 갖게 되었단다. 얼마 후 벤틀리 씨(Mr. Bently)가 이곳으로 이주해 와서 이웃집이나 자기 집에서 설교했었지. 우린 거의 일요일마다 집회에 참석했고, 우리가 해야 할 의무와 본분을 깨닫게 되었단다. 하지만 다른 많은 이들처럼 우린 그 의무를 뒤로 미룰 수밖에 없었는데……."

엘리자가 그녀의 '의무'를 훗날로 미룬 이유는 아마도 그녀가 아기를 또 가졌기 때문인 것 같다. 첫아들 지미를 잃은 지 채 2년이 흐르기 전에 엘리자는 또 아들을 낳았다. 1831년 11월 19일이었고, 그 무렵 이미 임종을 기다리던 아이의 아버지를 위해서, 또 죽은 형을 위해서 아기의 이름을 제임스 아브람 가필드(James Abram Garfield)라고 지어주었다.

그 후 엘리자와 남편 제임스는 함께 교회로 나가 세례 받았고, 이에 따라 '그리스도의 종도'라고 알려진 한 종파에서 훌륭한 지위까지 받아 중요한 교우로 대우받았다.

"그 무렵 우린 아주 행복했다."

하고 엘리자는 썼다.

그러나 그로부터 몇 달 지난 어느 날, 하나님은 그녀에게서 남편 아브람을 또 앗아갔다.

아브람은 학질에 잘 걸리는 체질이었지만, 그래도 늘 황소처럼 건장해 보였다. 그는 씨름꾼으로도 유명했다.

그러나 언젠가 집에 불이 났고, 이 불길을 잡으려고 억척스럽게 기운을 쓴 나머지 기진맥진하여 드러누웠다가 곧 지독한 독감에 걸렸다. 그리고 불과 이틀 만에 세상을 떠났다.

그는 임종을 맞기 직전 자리에서 벌떡 일어나 앉아 아

내 엘리자를 뚫어져라 보면서 이렇게 말했다고 전한다.

"엘리자, 난 당신을 위해서 이 황량한 숲에 묘목을 네 그루 가져왔소. 이 어린나무들을 잘 부탁하오."

엘리자 가필드는 너무 성급히 찾아온 불행에 망연자실하여 어찌할 바를 몰랐다. 어린 네 아이를 거느린 젊은 미망인으로 세상의 역경을 헤쳐 나가기란 정말로 어려울 것 같았다. 막내는 이제 겨우 18개월 남짓한 아기였다.

다행히 오하이오주에는 가필드 가와 밸로우 가의 친척들이 여기저기 흩어져 살고 있어, 그들이 엘리자를 도와주겠다고 나섰다. 친척들은 엘리자에게 이제 몸도 정신도 모두 쇠약해져서 농장에서 더 이상 머물 수 없을 것이라고 의논한 다음, 다섯 가족을 뿔뿔이 흩어지게 하는 편이 생활에 훨씬 도움이 되며, 그렇게 하면 한 사람 한 사람에게 적당한 거처를 만들어 주기도 쉬울 거라고 했다.

게다가 엘리자는 이제 겨우 서른하나의 젊은 나이였으므로 혹시 점잖고 능력 있는 홀아비라도 나서서 그녀의 가족을 다시 불러 모아 아기자기한 새 생활을 꾸리게 해줄 수 있을지도 모른다는 것이 친척들의 한결같은 의견이었다.

그러나 엘리자의 혈통 속에는 프랑스와 영국 두 혈통으로부터 물려받은 강인한 반항 정신이 면면히 흐르고 있었다. 그녀는 거의 본능적으로 독립의 길을 택했다.

장례식을 치른 며칠 뒤, 엘리자는 아직 열한 살도 채 안 된 아들 토머스를 불러 그들에게 남은 재산을 조사하기 시작했다.

　밀 이삭이 잘 영글어 훌륭한 결실을 거둘 것이 분명했지만, 아브람 가필드는 들판을 헤매고 다니는 짐승들로부터 밀밭을 온전히 보호할 수가 없었다. 통나무 한 무더기가 땅바닥에 뒹굴고 그냥 있었다. 아브람은 이 통나무로 밀밭 울타리를 세우려 했다.

　미망인이 된 엘리자와 어린 토머스는 그날 중으로 통나무를 얇게 쪼개어 울타리를 만들어 세웠다. 얼마 후 엘리자는 검소하게 꾸려나가면 식구가 먹고살 만큼의 땅만 남기고 토지의 절반 이상을 팔아 버렸다.

　한편으로 톰이 밀밭 경작하는 것을 돕고, 또 한편으로는 딸 메리(Mary)와 힛티(Hitty)에게 양털을 깎고 빗질하여 보풀 일으키는 일을 가르쳤다. 마을 구두장이네 가족에게 옷을 짜 주고, 대신 아이들이 신을 신발을 얻기도 했다.

　이런 불요불굴의 강인한 의지는 무엇인가 특별한 활력이 원천이 되어 나오는 것이었다.

　엘리자는 이 모든 인고와 노력의 까닭이 바로 막내아들에 대한 희망 때문이라는 걸 알았다.

　엘리자는 다른 아이들에게도 이와 같은 자기의 희망을

잘 알아듣게 이야기하고, 온 가족이 오직 제임스가 그들의 고통과 노력의 대가를 훌륭하게 수확할 수 있도록 밑받침하기로 마음먹었다.

이렇듯 제임스는 갓난아기 때부터 어머니 엘리자에게는 각별한 관심과 애정을 받았다.

"제임스는 내가 낳은 아이 중 체격이 가장 훌륭했단다. 그 애는 혈색 좋은 아일랜드 사람처럼, 언제나 불그레한 빛을 띠고 있었지. 머리와 어깨도 크고 몸도 그에 못지않게 컸단다. 게다가 성격도 아주 착한 아이였지. 9개월 때부터 걷기 시작했는데, 10개월째부터는 울타리를 기어오르기도 하고 하루에도 여남은 번씩 사다리를 오르내리기도 했지. 그래, 우리 제임스는 평생 단 1분도 가만히 있은 적이 없었단다."

그러나 이 제임스에게도 집안의 허드렛일이나 심부름을 시켜야 할 때가 되자, 엘리자도 '일하기를 몹시 싫어하고 그렇게 놀기만 좋아하는 애는 처음 보았다.'라고 실토하였다.

하지만 제임스는 무슨 일이든 빨리 배웠고, 어머니는 자식을 위해 여러 가지 훌륭한 계획을 세웠다.

제임스가 겨우 세 살이 되었을 때, 엘리자는 힛티에게 아이의 손을 잡고 가장 가까운 학교로 데려가도록 했다.

그 학교는 집에서 1마일 반쯤 떨어져 있었다. 이 학교에서 그를 테스트해 본 결과 놀랄만한 지능을 갖추고 있다는 것을 알았다.

그녀는 기뻐서 어쩔 줄 몰랐다. 언제나 아들에게 즐겨 어린 시절의 얘기를 하곤 했지만, 이 학교에서의 첫 테스트를 한 이후 몇 달이 지나자, 제임스는 성경 여기저기를 술술 읽었다.

그녀는 일요일이면 아이들을 데리고 숲을 지나 3마일이나 떨어진 교회로 예배보러 갔다.

그러나 이 무렵부터는 해가 바뀌어도 예배보는 주일날만 빼고 제임스는 공부에만 열중하도록 한결같이 채찍질했다. 다른 아이들은 모두 일할 때도 제임스만은 공부해야 했다.

이런 과정은 톰에게도 분명 어울리는 일이었다.

톰은 아버지를 똑 닮아서 책에 관한 한 도무지 흥미를 느끼지 못했다. 그 대신 아주 어릴 때부터 집안의 대들보로 대우받게 된 것을 오히려 더 값진 보상으로 여겼다.

두 누나도 어머니만큼이나 제임스를 귀여워하고 아껴주었다.

두 누나는 결혼하고 나서도 제임스와 긴밀한 유대를 지켜나갔다.

그러나 제임스의 앞날을 위한 엘리자의 헌신적인 노력도, 오랫동안 해온 계획도 그녀의 의지가 아닌 다른 이유로 난관에 봉착하였다.

그것은 제임스가 열 살 때였다.

그 무렵 알프레드 벨딩(Alfred Belding)이라는 사내가 엘리자의 마음을 몹시 어수선하게 했고, 엘리자는 결국 그와의 재혼을 승낙하고 말았다. 놀라운 일이었지만, 그 후에 일어난 결과는 더 충격적이었다.

6년 후 어느 날, 그녀가 어떤 일로 알프레드의 기분을 몹시 상하게 했고, 그 결과 무정하게도 이혼당하였다.

이 에피소드에 관해서는 그런 일이 있었다는 사실 외에 알려진 바가 거의 없다.

가정법원 소송 기록에도 엘리자가 벨딩 부인으로 되어 있던 짧은 기간에 대한 증거만 볼 수 있을 뿐, 자세한 내용은 전혀 언급되어 있지 않다.

막내아들 제임스에 대한 그녀의 헌신적 애정이 이 결혼의 실패와 필경 관계가 있었으리라 짐작된다.

이 수수께끼의 사내 알프레드에게 제임스가 무슨 일이든 욕을 퍼붓고 싶어했던 것은 분명하다.

30년이 지난 어느 날, 제임스는 한때는 의붓아버지였던 이 사내의 부음을 전해 듣고, 그의 일기에다 이 사내에게 여전히 '분노와 모욕을 느끼지 않고는' 도저히 생각조차 할 수 없다고 기록했다.

엘리자도 이 결혼에 관한 이야기는 자신이 기록하지도,

한마디 언급하지도 않았다. 그러나 이 불행한 결혼의 역사가 사춘기 시절의 제임스에게는 지대한 영향을 미쳤을 게 분명하다. 그는 어떻게든 어디서나 반항적 언동을 거침없이 하고 다닌 것 같다.

그는 몸집이 크고 건장한 데다, 운동선수이기도 했다. 그를 다루기란 마치 억센 황소를 부리는 것처럼 버거웠다. 하지만 그는 마음씨가 너무 착해서 말썽이나 싸움을 일으킨 적은 별로 없었다.

그러나 세월이 흐르는 동안 제임스는, 친아버지가 있는 다른 소년들은 그들의 아버지를 등에 업고 어떤 일에서든 유리한 위치에 서 있으나, 자신은 늘 열등감을 느껴야 한다는 사실을 깊이 깨달았다. 그래서 누군가가 그의 기분을 조금만 건드리면, 그는 곧 성을 내며 덤벼들었다.

마침내 제임스는 동네에서는 아무도 이길 수도 없고, 도저히 말릴 수도 없는 '싸움꾼'이란 불명예스러운 평판을 듣기에 이르렀다. 어머니 엘리자에게는 너무 큰 슬픔이었다.

하지만 제임스에게는 더 큰 불행이 기다리고 있었다. 농장 일도 하고, 나무를 베고 쪼개기도 하고, 또 온갖 허드렛일이나 괴상한 일까지 하면서 쉴 새 없이 힘겨운 하루하루를 보내던 제임스는, 어머니 엘리자가 이혼당할 무렵 도망쳤다.

당시 그의 나이 열여섯이었다. 여러 해가 지난 훗날, 그는 그때의 상황을 이렇게 설명한다.

나는 선원이 되려 결심하고 있었다. 해양소설이 나에게 가르쳐 주었다. 나는 수많은 해양소설을 읽었다. 동네에서 구할 수 있는 것이라면 닥치는 대로 밤을 새우며 읽었다. 어머니는 나의 관심을 다른 방향으로 돌려보려고 무척 애쓰셨다. 그러나 난 이런 소설이 나쁘다는 것만으로도 충분히 매력을 느꼈다. 나는 특히 소설『해적 일지』에 깊은 감명을 받았다. 이 책은 당시 나에게는 마치 성경처럼 굉장한 권위가 있게 느껴졌다.

오하이오주는 해적 생활을 하기에는 무대가 너무 좁았다. 그래서 제임스는 그 대안으로 운하 화물선을 타기로 했다. 그때 클리블랜드와 피츠버그를 왕래하는 화물신을 타고 다니며, 그는 생애 중 가장 어렵고 고된 12주를 보냈다. 목재 캠프를 제외하고 당시 그가 처해 있던 주위 환경보다 더 거칠고 험악한 분위기는 없었을 것이다.

그리하여 몇 가지 맹세를 한 후 자기가 약탈 생활을 맛보고 싶은 생각이 들었다. 그러나 제임스는 그 본성이 어머니를 닮아서인지 단시간에 나쁜 인간으로 전락하기란 쉽지 않았다.

제임스는 자신의 체험을 자랑삼아 늘어놓을 때면 늘 세상 온갖 종류의 죄악을 위해 건배할 각오가 되어 있었다고 주장했다. 하지만 실제로 건배하지는 않았다.

그는 거의 아버지뻘이나 되는 나이 든 거구의 악당과 치고받는 격투를 벌인 적이 있다. 그의 억센 체력과 고난을 극복해야 한다는 당시의 강한 정신력 때문이었던지 싸움은 나이 어린 짐 | 제임스의 애칭 | 이 승리했다.

이보다 더 위험한 일로, 제임스는 곧잘 갑판 너머 바다에 처넣어졌다. 수영을 전혀 못 하는 그는 매번 누군가가 구명 로프를 던져주기 전에는 바닷물 속에서 허우적댈 수밖에 없었다.

이런 일이 그가 해상에서 보낸 몇 달 동안 무려 열네 차례나 있었다. 마침내 하나님이 그에게 중요한 교훈을 가르치고 있다는 결론을 얻었다.

"난 하나님이 적어도 나에게 주의를 기울이신다고 조금도 믿을 수 없었습니다."
하고 그는 훗날 이야기했다.

"하지만 난 하나님께서 어머니를 위해서 나를 구해 주셨고, 뭔가 더 훌륭하고 큰일을 하라고 살려주셨다고 생각하지 않을 수 없었습니다."

그래서 짐은 집으로 돌아왔다. 그것은 멜로드라마를 즐기는 사람이라면 누구나 눈물을 머금고 감동할 극적인 장면을 연출하기에 딱 알맞은 타이밍이었고.

  그날 밤 아홉 시쯤 우리 집 문 앞에 다가섰을 때, 난 문 안에서 들려오는 어머니의 기도 소리를 들었습니다. 어머니는 기도하시면서 내 얘기를 하고 계셨습니다. 아들이 당신의 곁을 떠나 멀리 사라졌고, 어디에 있는지 하나님이 알고 계신다면, 아들이 언제까지라도 건강하게 있다가 엄마 품에 다시 돌아오게 해 달라고 애원하고 있었습니다. 오랜 세월이 흘러 당신이 늙고 지쳤을 때라도 오직 한 번만 아들을 다시 만나 마음을 놓을 수 있게 해 달라고 하셨습니다. 어머니가 기도를 마치자, 난 살며시 빗장을 벗기고 집 안으로 들어갔습니다. 그리고...... 그 후에 일어난 일에 대해선 난 차마 더 쓸 수가 없습니다.

  모자의 극적 재회라는 멜로드라마를 연출한 이후 제임스가 한 일은, 집에 돌아온 그날 밤부터 쓰러져 누워 몹시 앓는 것이었다. 무려 5개월이라는 긴 시간 동안 엘리자 가필드는 이 아들이 회복할 때까지 지극 정성으로 간호했다.
  제임스는 위기를 벗어나자 더 겸손해졌고, 그동안 어머니와 형 톰이 근근이 한두 푼씩 저축해 놓았던 17달러를 받아, 동쪽으로 조금 떨어진 도회지의 어떤 학교에 다니기 시작했다. 그것은 힘든 고학의 첫걸음이었다. 그 뒤로 그의 진로는 쭉 곧은 일직선은 아니었지만, 그래도 한결같고 끈기 있는 행보였다.

설교자가 될 준비를 하던 그는 방향을 일대 전환하여 멀리 매사추세츠주에까지 가서 윌리엄즈 대학(Williams College)을 다녔다.

비교적 권위 있는 동부의 학사 학위를 받자, 오하이오주 히람(Hiram)의 웨스턴 리저브 이클렉틱 학교 교장으로 임명받는 특혜를 누렸다.

이 학교에서 첫 근무를 하는 동안 그는 또 법률을 공부를 시작했고, 법률 사무를 볼 수 있는 자격을 획득했다. 그리고 곧 오하이오주 상원의원으로 당선되었다.

제임스가 클리블랜드에서 법률사무소 개설을 깊이 고려하던 중 남북전쟁이 발발했다. 그는 법률사무소를 포기하고 전날의 학생들을 규합하여 일단의 부대를 조직했다. 그 이후 그는 마치 로켓처럼 부상하였다.

"제군들! 미국 국가를 소리 높이 불러라! 저 바보들을 위대한 미국으로 통일시키자!"

그는 늠름한 오하이오 청년 부대를 이끌고 반란군을 맞이하여 전투를 거듭했다. 그의 전술에 대한 지략은 실로 면도날처럼 예리하여서 드디어 육군 소장까지 뛰어올랐고, 테네시주 북군 사령부 참모장으로 임명받았다.

어머니 엘리자는 당연히 그가 싸움터에 나가 있다는 생각으로 두려움에 몸을 떨었다. 그러나 아들을 전선으로 이끈 차원 높은 동기를 인정하지 않을 수 없었다. 노예제도는 인간에 대한 반역으로 절대로 미워해야 할 나쁜 짓이라고 제임스에게 가르친 것은 바로 그녀였다.

이 무렵 제임스는 이미 한 여인의 남편이 되어 있었다. 그의 아내는 전직 교사 출신으로 아주 다정하고 진실하였다. 엘리자와는 마치 친딸처럼 굴며, 고부간의 사이도 좋았다.

아들이고 남편인 제임스를 전선에 내보낸 두 여인은 걱정과 불안 속에 나날을 보내며 함께 지냈다.

그러나 1년 남짓 뒤 가필드 장군은 부상 하나 없이 그들 곁으로 돌아왔다. 단지 야영지에 퍼진 열병으로 몸이 쇠약해졌기 때문에 고향에서 건강을 회복할 때까지 휴가를 얻은 것이다.

그런데 막상 그가 두 여인의 따뜻한 손길을 받으며 쉬는 동안 그에게 재미있는 제의가 들어왔다. 서른 살에 그는 장군직을 사퇴하고 의회에 진출하였다.

제임스 가필드는 18년에 걸친 의회 생활 중 그 지적인 내용과 유창하고 화려하기 그지없는 연설로 수많은 박수 갈채를 받았다. 이것만은 어머니 엘리자도 꺼리는 기색이 없었다.

엘리자는 아들 제임스에게 위대한 능력이 있음을 믿어 의심치 않았고, 그의 선량한 마음씨 역시 애써 드러내 보일 필요가 없었다. 이 세상에 이 아들보다도 더 깊은 애정과 헌신적인 어머니의 손길을 받은 이는 또 없으리라.

엘리자는 결혼한 딸들과 미시간주에서 자기 소유의 농장을 개척하고, 정착한 맏아들 톰을 찾아보기도 했다.

그러나 그녀가 늘 애정을 느끼며 함께 머무른 곳은 제임스네였다. 제임스는 늙은 어머니의 기분과 비위를 잘 맞춰 주었다.

그녀의 출생지 뉴햄프셔를 돌아보는 '성지 순례'에 그가 함께 모시고 가기도 했다.

"어머니가 무려 60년 전 옛날에 떠난 먼 고향에 와서 어릴 적 놀던 곳을 둘러보시는 것을 지켜보는 것이 얼마나 신기하고 얼마나 가슴 뭉클한지 당신에겐 제대로 이야기할 수도 없구려……."

하고 제임스는 부인에게 써 보내기도 했다.

"어머닌 옛날 당신께서 태어나셨던 낡고 허물어진 집을 샅샅이 둘러보셨소. 그래, 어머니의 표정엔 여덟 살 소녀의 천진난만하고 즐겁기만 한 모습과 일흔 살이나 된 가엽고 서글픈 백발 여인의 모습이 묘하게 뒤섞여있었다오. 난 가슴 저 밑바닥부터 메어오는 감동을 누를 수가 없었지요. 늙으신 어머니를 어릴 적 놀던 잔디밭으로 모시고 다니면서 다시 한번 어린 소녀 시절로 되돌아갈 수 있도록 도와드리는 것이 이리도 큰 기쁨인 줄 난 미처 몰랐소."

엘리자가 제임스에게 가진 긍지가 너무 열정적이어서, 아들이 백악관의 주인으로 등장하게 되는 과정은 깊이 생각해 보지 못한 것 같다.

1880년 공화당 전당 대회에서 절충 후보로 제임스를 선발하려면 36개의 밸러트 | 투표용의 작은 공 | 가 필요했다. 제임스는 전직 장군이었던 윈필드 스코트 핸콕(Winfield Scott Hancock)을 근소한 차로 물리쳤다.

그해 11월에 한 일반 투표의 결과였다. 하지만 이런 모든 일도 다음 해 3월 의사당 계단 위 성조기가 드리워진 플랫폼에 앉아 있는 순간만큼 엘리자의 마음속에 크게 자리 잡을 여지는 없었으리라.

엘리자 가필드는 미합중국 대통령으로 취임 선서하는 아들의 모습을 지켜보았다. 그녀 이전에도 다섯 여인이 아들과 같은 직위에 오르는 날까지 살았다. 그러나 아들의 곁에서 취임식을 지켜본 것은 엘리자가 처음이었다.

4개월 후 엘리자는 대통령인 아들이 암살자의 손에 쓰러졌다는 비보를 접한 최초의 어머니가 되었다.

그날부터 시작된 80일간의 공포는 그해 여름의 각종 신문에 소상히 기록되어 남아 있다. 7월 초부터 9월 중순까지 제임스 가필드 대통령이 살아서, 다시 일어서기 위한 가공스러운 투쟁을 전개하는 동안 미합중국은 지도자 없이 표류하고 있었다.

당시의 의학이 그를 위해서 할 수 있는 최상의 기술도 아무 도움이 되질 못했다. 전염병에 감염까지 되어 그의 체력은 시시각각 떨어져 갔다. 날이면 날마다 희망적인 기사가 게재되었지만, 이것은 모두 거짓말이었다.

제임스 가필드가 훌륭한 대통령이 되었을지 어떨지는 모르지만, 어쨌든 그는 위대한 인내를 보여주었다. 적어도 그는 병중에 있는 환자로는 성스럽다고 하지 않을 수 없었다. 극심한 고통 속에서 한 달여를 보낸 그는 의지력을 다하여 펜을 들어 어머니께 편지까지 썼다.

어머니 엘리자는 오하이오를 방문하려고 봄에 백악관을 떠났다. 아들 제임스에게 닥친 이 엄청난 시련의 시기에 그녀는 그곳 오하이오에 쭉 머물러 있었다.

아마도 사람들이 그녀에게 '제임스는 어머니에게 티끌만 한 충격도 주고 싶어 하지 않는다.'라고 말했던 것 같다. 피습되던 바로 그날부터 제임스의 얼굴은 공포에 질려 있었다. 불과 몇 주도 되기 전에 그의 체중은 무려 백 파운드 이상 줄었다. 하지만 그는 어머니께 이렇게 편지를 써 보냈다.

사랑하는 어머님께.

저의 병세에 대해서 혹 마음에 걸리는 어떤 보도가 있
더라도 아무 염려 마세요. 제가 아직 체력이 몹시 쇠약하
여 일어나지 못하고 있는 것은 사실이지만, 매일매일 저
의 건강은 호전되고 있습니다. 저의 완전한 회복은 오직
시간과 인내심만 가지면 됩니다.

모든 친지 여러분들과 친구들, 그리고 특히 힛티와 메
리 두 누님에게 저의 변함없는 사랑을 전해 주세요.

사랑하는 아들. 제임스 A 가필드

의사들이 더 이상 그의 고통을 도저히 줄여줄 수가 없
어 속수무책일 때, 철도 종업원들이 나서서 극적인 시도
를 했다. 찌는 듯 더운 워싱턴의 여름 날씨는 대통령의
병세를 악화시킬 게 뻔했다.

그렇다고 그를 다른 곳으로 이송하는 것도 대단히 위
험하고 고통스러울 것 같았다. 그래서 백악관에서부터
유니언 스테이션까지 특수 철도 레일을 놓고, 뉴저지 바
닷가 휴양지 엘베론(Elberon) 정거장에서부터 아주 작고
아늑한 주택의 문간 바로 앞까지 특수 레일을 깔았다.

엘리자의 아들 제임스의 이송은 무사히 마쳤다. 그러나
그는 불과 2주 후 바닷가에서 마지막 숨을 거두었다.

엘리자는 어느 기자에게 그녀도 곧 아들의 뒤를 따를

수 있게 해 달라고 기도하고 있노라고 말했다. 하지만 그 녀의 소망은 세월이 좀 더 흐른 후에야 이루어졌다.

엘리자 밸로우 가필드는 1888년 1월 21일 여든여섯 살의 나이로 오하이오에서 아들을 따라 하늘나라로 갔다.

진줏빛 생명 속에 오색의 무지개를

미티 불로크 루스벨트 여사

시어도어 루스벨트(재임 1901.9.14~1909.3.4)

미티 불로크 루스벨트(Mittie Bulloch Roosevelt) 여사

진줏빛 생명 속에 오색의 무지개를

미티 불로크 루스벨트 여사
Mittie Bulloch Roosevelt

당신은 저에게 늘 선량했고, 제 말이면 뭐든 들어주셨잖아
요. 저의 일이라면, 언제라도 함께 생각해 주셨고요. 난 당
신이 너무 자랑스러워요. 그리고 항상 당신을 존경하고, 당
신에게 모든 영광을 돌리고 싶어요.

열다섯 살 때 미티 불로크(Mitty Bulloch)의 미모는 뭇
남성들을 뇌쇄하기에 족할 만큼 매혹적이었다.

마치 동화 속에나 나올 것 같은 이상한 나라 ─ 1850
년 그녀의 가족이 살던 조지아주 이들의 농장을 이렇게
밖에는 달리 표현할 수 없다. ─ 에서 살던 그녀는, 소녀
가 누릴 수 있는 생활의 모든 즐거움과 아름다움을 만끽
하고 있었다.

그 해 뉴욕으로부터 고매한 이상과 인식을 지닌 한 청
년이 이 농장에 와 있었는데, ─ 그는 훌륭한 소개장을

갖고 있었다. — 이 젊은이 역시 소녀 미티의 매력 앞에는 어쩔 수 없이 매혹되고 말았다.

그는 난생처음 남부지방을 여행하고 있었는데, 처음 이 농장에 머무는 동안 불로크 가의 매우 극진한 대우를 받았다. 특히 매혹적인 소녀 미티의 남다른 호의와 각별한 후대에 사랑의 싹을 틔웠다. 하지만 아무도 그를 동정할 필요 따위는 느끼지 않아도 되었다. 왜냐하면 그가 다시 북쪽을 향해 떠날 때, 이미 그와 미티는 아무도 모르게 결혼하기로 약속한 것이다.

이제 열아홉에 접어든 시어도어 루스벨트 — 이 사람이 바로 미티와 공동으로 노력, 협조하여 대통령을 낳게 되는 바로 그 고결한 청년이다. — 는 로스웰(Roswell)의 가슴속 깊숙이 흐르고 있던 깊은 감정의 흐름에 대해서는 미처 알지 못했다.

노예를 부리는 곳이라면 어디든 고통 거리가 쌓여 있게 마련이지만, 이 농장은 나름의 독특하고 기이한 역사를 간직하고 있었다.

그러나 유명한 전설의 딕시랜드(Dixieland)와는 달리 이 불로크 필 원더랜드는 부정할 수 없는 현실에 깊이 뿌리박고 있었다. 적어도 사랑에 관한 한 그 감미롭고 풍부한 분위기는 상상하기 어려울 것이다. 이들의 경우가 이토록 특이한 것도, 사실 알고 보면 별로 이상한 일도 아니다.

불행히도 미티의 아버지 제임스 스테펜 불로크(James Stephens Bulloch)는 수년 전 주일학교에서 학생들을 가르치다가 뇌출혈을 일으켜 그 자리에서 쓰러진 후 곧 숨을 거두었다.

그러나 그의 정신만은 장중하게 버티고 서 있는 이 저택의 돌기둥처럼 면면히 흘렀다. 그는 관대하고 점잖은 농장 주인으로, 스코틀랜드의 훌륭한 혈통을 이어받은 후손으로서 뛰어난 가문임을 자랑하고도 남았다.

예컨대 조지아주 초대 지사가 그의 할아버지였던 것을 비롯하여, 그의 집안에서 많은 인재를 배출하였다. 그렇다고 이 멋지고 잘생긴 사나이에게 스캔들의 입김이 스치지 않았다는 이야기는 아니다.

사실 제임스 불로크는 사바나(Savannah)에서 치욕스럽게 추방당한 것이나 다름없었다. 그 이유는 다른 사람도 아닌 장모와 결혼한, 당대 보기 드문 기사도적 업적(?)을 용감무쌍하게 이루었기 때문이었다.

하지만 이 에피소드는 기괴하기보다는 로맨틱한 배경을 안고 있었다. 그는 처음부터 마사 스튜어트(Martha Stewart)를 흠모했다. 게다가 그녀의 아버지는 혁명 당시 용맹한 장군이었기에, 이들 두 사람의 결합을 아무도 못마땅하게 여기지 못했다.

그러나 열여섯 살 ― 수줍음과 부끄럼이 많아서 그랬던 건지, 아니면 다른 동기가 그녀에게 작용했는지는 도저히 짐작할 수 없지만 ― 마사는 젊은 제임스의 소망을 무참하게 꺾어 버렸다.

그러자 그는 오래지 않아 성급하게 다른 아가씨와 서둘러 결혼하였다. 이 아가씨의 아버지는 조지아주 출신 미합중국 상원의원 존 엘리어트(John Elliott)이고, 당시 그는 홀아비였다.

가혹한 신의 장난인지, 불과 일 년 뒤 마사 스튜어트가 바로 이 상원의원 나리와 결혼한 것이다. 그러니까 더 정확하게 이야기하면, 그녀의 옛 구혼자 제임스의 의붓장모가 된 셈이다.

그러나 운명의 손은 엘리어트 상원의원과 그의 딸을 한꺼번에 죽음의 암흑 속으로 데려갔다.

그 후 엘리어트 부인이 그녀의 사위, 즉 옛 구혼자 불로크를 받아들였을 때, 사바나의 사교계는 발칵 뒤집혔다. 이 신혼부부와 단교의 장막을 치고 아무도 보려 하지 않았다.

그리하여 두 사람은 사회적 기후가 더 건전하고 관대한 곳을 찾아 정처 없이 이주의 길을 떠났다. 마침내 애틀랜타 바로 서쪽에 연이은 고지대의 농장에 정착하였다. 두 사람은 이미 갖은 고초와 비난과 괴로움을 견뎌낸 뒤였기에, 이곳 로스웰에서는 함께 행복한 삶을 누릴 수 있었다. 남들이 보기엔 마치 그리스 신화에 나오는 '엘리시움의 낙원'과 같은 생활을 새로이 창조해 나갔다.

그러나 지난 과거는 그들에게 여전히 뿌리 깊은 원한과 증오의 정념으로 남아 아직도 이따금 두 사람의 마음을 아프게 멍울지게 하는 것은 틀림없었다.

또 흘러간 옛날의 아픈 기억을 깡그리 잊어버리고 태연하게 지낼 수만도 없었을 것이다. 그 큰 이유로 그들에게는 각기 첫 번째 결혼에서 낳은 아이들이 딸려 있었다.

마사 스튜어트 엘리어트 불로크(Martha Stewart Elliott Bulloch)는 천부적으로 깊고 한없이 넓은 본능적 모성애로 아이들을 대했다. 그래서 이들의 2세는 아무런 말썽 없이 성장할 수 있었다.

이것은 분명 그녀가 존 엘리어트를 진심으로 사랑했다는 증거이리라. 이 점에 관한 기록이 있는 것은 아니지만, 우연히 발견한 그녀의 짧은 편지를 보면 짐작할 수 있다.

"이 세상의 모든 일 중에서도 사랑 없는 결혼만큼 불행하고 고통스러운 것은 없을 거야."

그러나 그녀의 두 번째 결혼은 이러한 범주를 완전히 벗어나 있었고, 아이들을 기르는 데는 누구보다 훌륭했다. 이 아이 중에서도 이들 부부가 한결같이 사랑하고 변함없는 애정을 쏟은 것은 대단히 아름답고 섬세한 어린 소녀였다. 그 아이는 1835년 6월 8일 숙명적인 연인들의 사랑이 맺은 첫 번째 결실로 세상에 태어났다.

이 아기는 어머니 쪽의 이름을 따서 로스웰 사람들 대부분이 미시(Missy)라고 불렀으나, 나중에는 미티(Mitty)로 바꾸었다.

근원이 어디건 간에 이 예쁜 애칭은 정말 잘 어울렸다. 미티는 주위 사람들의 보호를 한껏 받으며 하고 싶은 대로 하는 응석받이로 자라서 마사라는 이름과는 도저히 어울리지 않을 만큼 매력적이고 황홀한 숙녀로 성장했다.

그녀의 머릿결은 비단결같이 매끄럽고 까맣게 빛났다. 마치 촛불의 아련한 불빛에 반사되는 듯 엷은 황갈색을 띠었다. 피부는 이 세상에서 그보다 더 순수하고 밝은 이는 아마 없을 것이다. 크림색의 흰 빛이 아니라 달빛같이 창백한 아스라한 빛을 띠었고, 두 뺨은 장미꽃보다 더 붉게 빛났다.

그녀는 이런 섬세하고 화려한 개화는 물론, 누구에게서도 찾아보기 힘든 대단한 기품을 지니고 있었다. 취미와 기호도 특별했다. 미티는 승마의 명수였다. ― 마치 아라비안나이트의 한 페이지에서 튀어나온 꿈 같은 전설의 주인공처럼 어깨 너머로 케이프를 던지기도 하고 모래로 뒤덮인 산과 들을 미친 듯 달리기도 했다. 그리고 피로에 지치고 우울한 듯 전설 같은 고목에 매달아 놓은 해먹에 푹 잠겨서 디킨스의 소설을 읽었다.

아버지의 죽음도 그렇게 오랫동안 멍울지는 큰 상처로 남지는 않았다. 그것은 늘 자상하고 상냥한 어머니가 그들의 천국에 고통의 그림자가 오래 머물게 두지 않았기 때문이다. 미티는 우울하고 슬픈 순간을 금방 잊게 해주는 건전한 오락과 즐거움에 열중하기도 했다. 아무리 불쾌할 때라도 조그마한 발을 동동거리며 못마땅한 기색을 보인 적은 한 번도 없었다. 그런 일은 필요치 않았다.

이러한 양육이 과연 그녀의 훌륭한 성장에 얼마나 바람직한 밑거름이 되었는지 잘라 말할 수 없다. 그러나 어쨌든 그녀 자신이 훗날 밝혔듯, 부족한 것이라고는 전혀 없는 풍요로운 소녀 시절을 보낸 것은 틀림없다.

1천 마일이나 떨어진 조지아와 뉴욕에서 구혼 요청이 쇄도해 왔는데, 그 대부분은 우편을 통해 긴 사연을 적어 애정을 호소하였다.

그녀가 '사랑하는 그대'라는 호칭을 붙이며 주고받던, 그 기쁨에 불타는 편지들은 지금도 그대로 보존되어 있다.

미티는 '보다 더 강력하고 힘센 어떤 것'이 그들의 약혼을 방해하고 지연시키지나 않을까 몹시 걱정하기도 했다. 그러나 실제 그들의 결혼이 적절하게 진행되기까지 여러 중개자의 손을 거치며 오랜 시간을 기다려야 했다.

시어도어가 처음 로스웰을 방문한 이래 2년여의 세월이 흘러서야 이 약혼을 정식으로 허락받았다.

미티에겐 시어도어의 형제 중 하나와 이미 결혼한 이복 언니가 있었다. 이것이 시어도어가 처음 불로크 가의 농장을 찾아온 동기였다.

그리하여 미티가 열일곱 살 땐 그녀가 직접 필라델피아를 방문해도 좋다는 허락을 받았고, 시어도어와 그녀는 필라델피아에서 다시 만났다.

그때까지도 그녀는 옛날 시어도어와 약속한 사실을 감히 이야기하지 못하였다.

만약 로스웰을 영원히 떠나면, 그녀에게는 견딜 수 없는 커다란 슬픔과 불행의 파도가 밀려올 것 같았다. 어머니를 떠나 혼자 살아간다는 것은 도저히 생각하기가 어려웠다.

그러나 미티는 필라델피아에서 뭔가 특별한 감정을 느꼈는데, 이것은 고향으로 돌아간 바로 얼마 뒤 시어도어가 그녀에게 보낸 편지에서 쉽게 찾아볼 수 있다.

"미티가 앉았던 그 소파까지도 나에겐 너무나 성스럽게 느껴지는군……."

미티는 이 편지를 받기 전에 이미 용기를 내 어머니에게 두 사람이 결혼을 약속한 사실을 털어놓았다.

그리하여 1853년 6월, 시어도어는 연안 여객선을 타고 로스웰까지 다시 와서 정식으로 선을 보였다.

"난 당신 가족들이 지켜보는 앞에서라면 당신과 그저 악수나 하려고 단단히 마음먹고 있다오……."

라고 써 보냈다.

말할 것도 없이 그에겐 성공의 행운이 기다리고 있었다. 이 청년을 두고 전도유망하고 바람직한 남편감이라고 하는데 이의를 제기할 여지는 도무지 찾을 수가 없었다. 기어코 한 가지 흠을 잡자면 그가 미티를 데려가겠다는 곳이 너무 멀다는 것뿐이었다.

젊은 청년 시어도어는 대단히 교양 있고 품격을 갖춘 사람이었다. 훌륭한 자질에다 열성적인 마음씨와 좋은 인척들을 둔 그는 네덜란드의 뉴암스테르담 초기까지 거슬러 올라가는 명성 높은 훌륭한 가문의 직계 자손이었다. 이런 관계로 멀고 먼 이 남부에 사는 어머니까지도 주저하지 않고 그에게 딸을 맡길 수 있었다.

두 젊은 남녀에게는 미티 어머니의 이러한 배려가 진심인 것이 더할 나위 없는 기쁨이었다. 왜냐하면 어머니가 허락하지 않는 사람이라면 누구와도 결혼할 수 없을 것 같았기 때문이다. 그러나 미티의 '그대'가 보여준 열성적이고 기사도 정신이 투철한 마음씨는 그녀를 기쁘게 해주고도 남았다.

'퀴드릴' | 네 사람이 한 조로 추는 일종의 스퀘어 댄스| 과 피크닉을 즐기면서 숨이 멎을 것 같은 즐거운 시절을 보낸 뒤 시어도어는 그의 집안에서 경영하는 유리 수입 무역 일을 하기 위해 뉴욕으로 돌아가야 했고, 그곳에서 11월 — 로스웰에서 그해 11월에 결혼식을 올리기로 되어 있었다. — 까지는 참고 기다려야 했다.

시어도어가 떠난 뒤에 보낸 미티의 첫 번째 편지는 하녀 래인(Lane) 앞으로 발송했고, 편지를 정성들여 예쁘게 접고 또 접어서 아주 깜찍하고 바보스러우리만큼 조그마한 봉투에 넣었다. 그 편지는 이렇게 시작된다.

사랑하는 그대, 나의 당신에게.

당신이 떠날 때 내가 울음을 터뜨렸는지 말씀드리겠다고 약속했었죠. 될 수 있으면 눈물을 흘리지 않으려고 마음을 굳게 먹었었어요. 하지만 이젠 당신이 가 버리고 내 곁에 없다는 것이 견딜 수 없도록 끔찍한 공포가 되어 저의 온몸을 덮쳐왔고, 눈물이 마구 쏟아지는 것을 어쩔 수 없었어요. 얼른 어디론가 도망쳐 혼자 있고 싶었어요. 이젠 모든 것이 오직 당신과 연관된 것 같아요. 내 방으로 뛰어가면서 계단을 올라갈 때도 전 꼭 당신이 가까이 있는 것 같았어요. 어디선가 갑자기 나타날 것만 같았고, 손을 내밀면 금방 당신이 키스해 줄 것 같았어요. 사랑하는 그대, 당신은 제 존재의 한 부분이고, 전 오직 당신 안에서만 살아있다고 느껴요. 이젠 저의 깊은 사랑을 굳게 믿게 되었어요. 오늘 점심 식사하러 식당에 들어갔을 때 전 너무 슬펐어요. 이젠 제가 '일 인치의 4분의 1만 더 떨어져 앉아 주실래요?'라고 부탁드릴 분의 모습이 보이지 않았기 때문이에요.

시어도어를 사랑하지 않고는 존재의 의미가 없었지만, 왠지 그를 놀려주고 싶은 마음이 드는 것 또한 어쩔 수 없는 여자의 심사이기도 했다.

미티가 받은 공식적인 학교 교육이라곤 대농장 부잣집 딸들에게나 어울릴 상류 학교에서 불과 몇 년 공부한 것밖에 없다. 그러나 놀랄 만큼 훌륭하게 자기 자신을 다스리고 표현했고, 아울러 그녀의 필체도 대단히 섬세하여 보는 이들의 감탄을 자아내게 할 만큼 예뻤다.

미티는 매주 한두 번씩 여덟 장, 아니면 열 장, 때로는 열두 장에 이르는 장문의 편지를 써 보내면서, 이제 곧 떠나야 할 로스웰에서의 생활을 그림처럼 소상하고 생생하게 적어서 전했다. 물론 장차 그리게 될 아름다운 미래에 대한 그녀의 마음이 어떤지를 예쁘게 쓴 것은 말할 것도 없었다.

결혼식 날짜가 점점 다가오자, 그녀의 긴장감은 갑자기

최고도로 치솟았다. 미티는 어머니와 함께 조지아주 온 천장엘 갔다. 처음에는 도저히 마음이 내키지 않았지만, '그대'에 대한 사랑을 생각하고 아주 즐거운 한때를 보냈다. 미티는 시어도어에게 거듭 확신을 주려 애썼다.

"어머니만 빼고, 제가 사랑할 수 있는 모든 마음과 힘과 능력을 다 바쳐 오직 '그대'만을 사랑할 거예요."

그러나 이 아가씨는 정말 까다롭게도 결혼식을 11월에서 12월로 한 달 연기하였다. 그리고는 편지로 가슴의 고통이 너무 심하고 자꾸 두근거려 견딜 수 없노라면서, 틀림없이 심장에 병에 난 것 같다고 솔직히 고백하여 썼다.

그러나 미티는 혼자서 곰곰이 생각해 본 결과 이런 증상은 신경성이라는 결론에 도달했고, 실제로 그녀의 심장병은 긴장이 지나쳐서 온 하찮은 것이었다. 그녀가 12월에 들어서서 처음으로 보낼 편지를 쓰는 동안엔 심지어 신음까지 냈다.

"사랑하는 당신께 ― 전 정말 우리의 결혼식까지 남은 시간이 너무 길어 미칠 것 같아요. 차라리 결혼식을 모두 마치고 죽어버리고만 싶어요."

1853년 12월 22일 미티는 하얀 비단 웨딩드레스를 입고, 면사포를 드리우고 시어도어의 부축을 받았다. 미티 불로크 루스벨트(Mitty Bulloch Roosevelt)가 된 이 어린 신부는 그로부터 몇 주 후, 뉴욕시티 20번가 동부 28

번지의 좁고 어두컴컴하고 도저히 훌륭하다고는 할 수 없는 적갈색 토담집 여주인으로 들어섰다.

이 사랑의 집은 로스웰의 신부 댁 저택이 화려하고 뛰어나게 우아한 데 비하면 도저히 상상도 할 수 없을 만큼 초라하였다.

이때 미티는 훌륭한 성공을 거둘 남다른 예지 한 가지를 터득하였다. 그녀는 타고난 사랑과 웃음이 풍부한 재질로 이 멀고 먼 이주 생활을 완전히 극복했다. 이 점은 아무리 찬사를 보내도 결코 과장이라 할 수 없으리라.

유니언 스퀘어 한쪽 구석에 자리 잡은 어두컴컴하고 음울한 집에 따스한 온정이 잔뜩 스며든 것은 순전히 미티의 덕이었다고 인정해야만 했다. 비록 완고한 골수파 공화당원들은 순순히 인정하고 싶지 않겠지만 말이다.

가련하게도 미티 역시 다른 여러 가지 과제는 실패하였다. 물론 그녀가 연약하다거나 어리석다고 비난할 수는 없지만, 그녀에겐 역대 대통령의 어머니들이 보여주었던 일관성과 경영 능력이 부족했다.

미티는 결혼 생활 내내 젊은 처녀들에게서나 볼 수 있을 법한 특이한 림보 | limbo : 고성소苦聖所. 지옥과 천국 사이에 있는 변방. 기독교를 믿을 기회를 얻지 못했던 착한 사람, 또는 세례를 받지 못한 어린아이 등의 영혼이 머무는 곳 | 같은 상태 그대로 영영 머물고 만 것이다.

다시 말하면 일생을 열여덟의 꽃다운 처녀로 영원히 남아 있을 것 같았다. 즉 이러한 상태에 있었다고 해서 훌륭한 어머니가 될 자질이 전혀 없었다는 것은 물론 아니다.

만일 몇 가지 기본적이고 필수적인 요인이 갖추어지기만 하면 — 예컨대 훌륭하고 큰 도움을 주는 친척들이나 풍부한 자금 따위 — 이 어린아이 같은 여인도 얼마든지 훌륭한 어머니가 될 수 있다. 바로 미티 루스벨트가 이에 해당한다고 말할 수 있으리라.

하지만 뉴욕 20번가에서 보낸 첫 몇 달간 미티가 참고 견뎌야 했던 애처로움과 괴로움이란, 당연히 집안 살림을 꾸려나갈 책임을 맡고 또 잘 꾸려나가야 하는 것이라는 데에는 의심할 여지가 없었다. 그러나 처음에는 '그대'가 당연히 '그대의 부인'이 해야만 한다고 생각하는 일이라면 뭐든 다하려고 꼭 싸움닭처럼 용감히 덤벼들었다.

미티는 자신이 내리는 명령이나 부탁이라면 뭐든 가리지 않고 척척 들어주던 일 잘하는 고향의 검둥이 일꾼들이 그처럼 아쉽고 그리울 수가 없었다.

미처 생각지도 못한 일이었지만, 어려울 때마다 의지하고 기댈 수 있는 어머니와 언니 안나가 또 이렇게 아쉬울지 몰랐다. 더구나 그녀에겐 돈을 다루는 요령 같은 건 전혀 없었다. — 레이스 장식이 화려한 숄을 사들이고 은 장식 부채를 사거나 하면서 그녀의 손가락 사이로 돈이 날개가 돋은 듯 마구 새 나갔다.

시어도어는 도저히 마음이 내키지 않았지만, 어쩔 수 없이 가사일 중 꽤 많은 부분을 떠맡아야 했다.

이 시기를 살펴볼 수 있는 편지는 거의 남아 있지 않다. 그러나 시어도어 자신을 비롯하여 친척 여자들을 접대까지, 예를 들면 갈색 무늬로 치장한 방에 적당한 마호가니 가구를 들여놓는다든지, 심지어 식사 준비를 하거나 주문하는 일에 이르기까지 하찮고 자질구레한 일들을 거의 떠맡다시피 했다.

더구나 미티는 곧 아기를 가졌고, 그 후로는 한시도 쉬지 않고 끊임없이 도움을 요청하곤 했다.

로스웰에 있을 때부터 자신의 건강에 대해 지나치게 신경질적이고 늘 불안해하며 안달하던 미티가 이곳에 와서도 이런저런 증상을 주위 사람들에게 끊임없이 호소하며 불안해했다.

그러나 한 가지 다른 사람에게 자신의 시중을 들게 하는 데에는 보기 드문 비상한 재능이 있었다. 두통을 앓거나 소화불량으로 투덜거리다가도 누군가가 그녀를 즐겁게만 해주면 언제 그랬느냐는 듯 금방 회복하곤 하였다.

결혼 후 1년이 지난 어느 날, 미티는 그리 큰 고통 없이 눈동자가 매우 반짝이는 아주 예쁜 딸을 낳았다.

미티는 아기에게 그녀가 제일 좋아하는 언니의 이름을 따서 안나라고 지어주었다.

그러나 다른 사람들은 모두 이 아이를 바미(Bamie)라고 불렀다. 바미는 이탈리아어 밤비나(bambina)에서 따온 것으로, 새미(Sammy)처럼 운을 맞춘 것이었다.

바미는 아빠 엄마에게 기쁨도 안겨 주었지만, 가슴 아픈 일도 많이 만들어 주었다. 유모가 젖을 먹이거나 어르다가 떨어뜨리지나 않을까, 행여 아무도 모르는 사이 홍역에라도 걸리면 어쩌나 하는 걱정으로 젊은 아빠 엄마는 한시도 마음 놓고 지내지 못했다.

그러나 불행하게도 이 아기는 척추가 너무 약해서 자라서도 걷지 못할 것 같았고, 이들 어린 부모는 큰 시름에 잠겼다. 바로 이 슬픔은 미티와 시어도어가 부모로서 훌륭한 면모를 갖추었다는 것을 보여주는 계기가 되었다.

두 사람의 태도는 각기 달랐지만, 모두 이 아기에게 말로는 도저히 표현할 수 없을 만큼의 사랑과 깊은 주의력을 기울였고 한없는 끈기로 마침내 아기의 몸을 차츰 건강하게 회복시켰다.

의사의 비관적인 이야기를 듣지 않고 끈기 있게 자신의 믿음을 실천해 나간 시어도어의 자세는 그야말로, 훗날 그의 장남이 태어난 후부터 오랜 세월에 걸쳐 많은 정성과 노력이 필요할 때 커다란 본보기이자 힘이 되었다.

미티가 남편에게 첫아들을 선물한 것은 그로부터 거의 4년이 흐른 뒤였다.

당시엔 이미 북부와 남부 사이에 긴장이 점점 고조되고 있었고, 그에 따라 뉴욕 20번가도 더 불안해졌다.

그러나 미티의 결혼 생활만은 안정되어 있었다.

시어도어는 북부 연방 살마 지역의 전형적인 본보기로 백절불굴의 완강한 정신과 감정을 굳게 견지했고, 미티는 미티대로 조지아주에 대한 열광적인 애정을 어쩔 수 없이 드러냈다.

게다가 시어도어는 늘 더할 나위 없이 진지했고, 미티는 그렇지 못했다. 이런 상황에서 마찰과 갈등이 일어날 소지는 얼마든지 있었고, 그들 주위에 늘 맴돌았다.

그러나 이들을 묶어주는 사랑이 모든 시련과 고비를 참고 이겨 나가게 했다.

그들이 보여준 본보기가 당시 미국에 더 널리 퍼졌더라면 얼마나 좋았을까!

미티는 많은 괴로움을 느끼면서도 잘 꾸려 나갔다. 그녀가 참고 견뎌 나갈 수 있었던 중요한 이유 중 하나는, 1856년 로스웰에서 어머니와 안나가 예고도 없이 찾아온 덕이다.

불로크 여사는 이미 아이들을 모두 출가시켜 따로 살림을 내주고 정착하도록 했기에 거대한 농장을 팔고 뉴욕의 사랑하는 딸 미티와 함께 살려고 찾아온 것이었다.

그래서 어머니와 안나 — 안나는 집안일을 관리하는 솜씨가 어머니를 많이 닮았다 — 는 미티의 두 번째 임신으로 여러 번 발생한 위험한 고비와 말썽을 잘 처리하였고, 드디어 1858년 10월 27일 결정적인 순간이 왔을 때, 모든 일을 적절히 잘 해냈다.

불로크 여사가 그렇게도 흥미진진한 이벤트에 관해서 다음 날, 결혼해서 필라델피아에 사는 딸에게 소상하게 써서 보내지 않았더라면, 시어도어 루스벨트 대통령의 탄생에 관한 이야기는 오늘날 베일에 싸여 있을 뻔했다.

하인들은 의사와 간호사 수잔 뉴베리를 찾으러 허둥지둥 달려 나가고 없었단다. 나 혼자 미티 곁에서 내내 지켜보고 있었지. 안나는 바미를 데리고 리지 엘리스네 집으로 갔었지. 리지 엘리스를 데려오라고 보냈는데 몸이 너무 불편해서 올 수가 없다고 하더군. 그러니 내 곁에는 여자가 한 명도 없고, 그렇다고 생각하니 미칠 것 같더구나. 그래서 사람을 보내 루스벨트 부인을 부르라 했더니 다행스럽게도 정말 오셨더구나. 미티는 산통이 점점 심해져 참을 수가 없었던지 몹시 몸부림치더구나. 그리고 마침내 저녁 8시 15분 전쯤 아기가 울음을 터뜨리며 세상 빛을 보았지. 미티는 다행히 아무 일 없었지만, 너무 고통스러워하더구나. 아기라면 이젠 소름이 끼친다고 너한테도 꼭 얘기하라더구나. 미티의 말로는 꼭 지옥이라도 헤매다 온 것 같다더구나.

그러나 불로크 여사와 안나는 미티에게 이루 헤아릴수 없이 큰 힘이 되어 주었고, 특히 어린 티이디(Teedie) — 시어도어는 갓 태어나서부터 루스벨트 집안의 묘한 명명법에 따라 이렇게 불렸다. — 를 끔찍이도 귀여워했다. 그러나 아버지 시어도어는 가끔 이들에게 약간 적대적인 감정을 가지지 않았나 생각된다.

남북 간의 적대 감정이 점점 치열한 양상을 띠면서 위기가 닥쳐왔을 때, 시어도어는 자신이 한 지붕 아래에서 증오스러운 적군 선봉대와 머리를 맞대고 있는 듯한 느낌이 들었다. 심지어는 미티가 어느 날 20번가가 훤히 내려다보이는 창문 턱에 남부 연합군 깃발을 내걸었다는 이야기도 전해지고 있다.

그러나 이 남부의 여인들은 대체로 아버지 시어도어가 집에 없는 동안에만 남부 11주의 탈환을 지지하는 운동을 벌이기로 했다.

미티의 남자 형제 셋이 남부 연합군 장교로 전쟁에 참여하고 있었다. '그대'의 신념을 바꾸기 위해 아무리 설득해 보았자 소용없는 짓이라는 걸 미티도 잘 알고 있었지만, 그래도 사랑하는 그대가 남자 형제들이 소속되어 있는 남부군을 향해 총구를 들이댄다면, 그건 그녀를 죽이려는 것이나 다름없다며 울며 매달렸다.

그래서 시어도어는 전선에 직접 뛰어들지 않는 대신, 북군 병사들이 그들의 봉급에서 매달 얼마씩 떼어 고향에 남아 있는 부모 형제나 처자식에게 보낼 수 있도록 하는 봉급공제제도 제정을 위해 동분서주하기 시작했다.

이런 계획은 지금까지 한 번도 시도된 바가 없었고, 참 지루하고 위험하기 짝이 없는 모험이었다.

왜냐하면 이 계획을 제대로 실현하기 위해서는 북군의 부대란 부대, 진지란 진지는 다 찾아다니며 서명받아야 했기 때문이다.

시어도어는 오랜 기간 참 용감하고 헌신적으로 이 일을 해 나갔다. 아마 시어도어는 틀림없이 북군의 어떤 병사보다도 더 오랜 시간 말안장에 몸을 얹고, 포화 속을 뚫고 다녔을 것이다.

그러나 그는 훗날 좀 더 명예스러운 역할을 하지 못한 것을 후회했다. 그리고 아버지를 따르고 흠모했던 그의 아들도 훗날 이것이 아버지의 완벽한 면모 가운데 찾을 수 있는 유일한 실책이었다고 지적했다.

하지만 아버지가 전선을 헤집고 다니며 집을 떠나있는 동안 어린 티이드는 이제 제법 소년 태가 나리만큼 자라서 재미있는 놀이를 만들어 즐기곤 했다.

그 무렵 남부 출신의 세 여인은 광주리에다 집에 있는 음식과 의복, 돈 꾸러미까지 가득 채워 넣는 일이 잦았다. 어린아이들에겐 절대 입을 열지 못하도록 무섭게 을렀다. 아이들 — 엘리어트 | Elliott, 애칭으로는 엘리(Ellie) | 가 1860년에 태어났고, 코린느 | Corinne 줄여서 코니(Conie) | 가 그다음으로 1861년에 태어났다. — 은 겁을 먹은 채 무슨 일이 일어나는지 영문을 알지 못했다.

아이들은 그저 멍하니 엄마와 이모, 외할머니가 하는 일을 쳐다만 보면서 곧 센트럴 파크로 소풍이라도 가는 줄로만 여겼다.

그러나 막상 이 광주리들은 다릿목 언저리에서 북군의 경계망을 뚫고 온 여러 중개인의 손에 건네졌다.

어린 티이디가 조직하여 놀던 병정놀이 — 이 아이는 젖먹이 시절을 갓 면하고부터 천부적인 조직가였다. — 는 주로 이 문제의 다리 주변을 열심히 뛰어다니고 헐떡거리며 숨고 하는 짓들을 즐기는 괴짜였다.

티이디의 설명에 따르면, 이 놀이의 이름은 '봉쇄망 격파 작전'이다.

어린 시절 티이디는 병도 많이 앓았다. 감기라면 사철 가리지 않고 밥 먹듯 걸렸고, 소화불량과 복통도 친구처럼 따라다녔다. 더욱 심각한 것은 종종 천식 발작을 일으켜 주위 사람들이 보기에도 지긋지긋하기 짝이 없을 정도였다. 그런데도 티이디는 여전히 강력한 에너지로 똘똘 뭉쳐진 아이 같았다.

아이는 늘 병에 걸린 창백한 모습이었고, 다리는 성냥개비처럼 가늘고 비비 꼬인 데다 이는 유난히 컸다. 그래서 그의 모습을 보노라면 아찔한 현기증이 느껴질 정도였다. 천식 발작을 일으키면 곧 쓰러질 듯 괴로워하기 일쑤인데, 이 고통만 사라지면 이상하게도 곧 산이라도 뛰어넘을 듯 기운이 펄펄해졌다. 어떤 필요에 의해서였는지는 모르지만, 티이디는 책벌레이기도 했다.

특히 곤충이나 동물에 관한 책이라면 뭐든 즐겨 읽었다. 취향이나 기호는 어머니를 그대로 빼다 박은 듯이 닮았는데, 기질은 아버지의 강인하고 열성적인 면을 고스란히 가지고 있었다.

티이디는 또 지독히 꼼꼼하고 까다로운 성미였는데, 아버지 시어도어의 깐깐한 성격과 비교해 보면 그래도 티이디는 유머가 있고 꽤 부드러운 맛이 있었다.

미티는 아무리 어렵고 고통스러운 노력을 요구하는 일이라도 이 아들을 위해 헌신적인 노력을 기울였다.

티이디가 심한 기침으로 숨을 제대로 못 쉬고 헐떡거리며 고통스러워하면, 어머니 미티는 며칠 밤이든 잠을 자지 않고 그의 곁에서 뜬눈으로 지새우곤 했다.

어린 티이디가 가엽게도 몹쓸 병으로 괴로워하는 동안, 어머니는 아들의 우습고 늙은이 같아 보이는 얼굴을 무릎에 올려놓고는 어루만지고 흔들어 주기도 하면서 천식을 가라앉히려고 무진 애를 썼다.

자신이 먼 옛날 어린 시절 로스웰에서 들었던 『샬로드 엄마와 루크 아빠』의 우스운 이야기를 들려주기도 하였다.

또 뉴욕 20번가 흑인 고아원 원아들이 흑인 민요 악사들의 생활 이야기를 복음처럼 전해 들으며 자랐다면, 미티가 네 아이에게 어머니로서 들려준 이야기는 이 세상에서 상상할 수 있는 최고의 복음이었고, 가장 사랑이 넘치는 행위였던 것만은 틀림없는 사실이다.

어머니 미티에게서 이기적인 면모를 찾아볼 수는 없지만, 그녀에게는 외견상 이해하기 힘든 기묘한 버릇도 있었다. 훗날 미티의 아들 티이디보다 두 해 먼저 태어난 비엔나 출신의 한 의사는 이들에게 큰 존경을 받았는데, 미티에게는 심한 신경과민 증세가 보였다고 술회했다.

미티는 사람들과의 약속을 지키는 데도 매우 신경질적이었고, 결벽증이 있었던지 목욕을 꼭 두 번씩 했는데, 한 번은 몸을 깨끗하게 하는 것이고, 두 번째는 가볍게 기분을 전환하는 것이었다.

침대 곁 마룻바닥에 밤마다 새하얀 시트를 깔아두었는

데, 이건 하나님께 기도드릴 때 티끌만큼의 더러움도 느낄 수 없이 깨끗하고 편안한 마음을 갖기 위해서였다.

미티는 또 며칠씩 소화불량으로 고통받곤 했는데, 밤에 깊이 잠들었다가도 복통으로 깜짝 놀라 벌떡 일어나는 일이 많았다. 또 극심한 두통을 느낄 때가 많아서 중요한 일을 하다가도 밖으로 뛰어나가 머리에 찬 수건을 동이고 몇 시간씩이고 끙끙 앓아눕곤 했다.

이런 것으로 보아도 아빠 시어도어가 이끌어가는 그들 가정의 이모저모가 얼마나 힘들고 벅찼던가를 짐작할 수 있을 것이다.

또 한편으로는 미티가 힘든 일을 피하기 위한 구실로 두통이나 복통이라는 묘책을 짜낸 것이 아닐까 싶다.

실제로 미티는 힘든 일은 잘도 피해 나갔다. 그러면서도 그녀를 하늘같이 떠받드는 남편과 아이들의 극진한 신뢰에 전혀 손상이 가지 않도록 잘 피해 나갔다.

아빠 시어도어는 미티를 주의 깊고 소중하게 간직해야 할 대단히 섬세하고 아름다운 예술품처럼 대했고, 아이들 역시 아버지의 태도를 그대로 답습해 갔다.

아이들이 미티를 그냥 어머니라고 말한 예는 거의 없었던 것 같다. 적어도 두 개 정도의 형용사를 '어머니' 앞에 꼭 붙였다. 그중에서도 활기에 넘치는 어린 시어도어가 유난히 눈길을 끌었다. 그는 어머니에게 보낸 편지에서 어머니를 이렇게 부르며 시작한다.

'사랑하는 어머니, 작고 귀여운 나의 어머니께.'

이같이 생각할 수 있는 모든 각도에서 미티의 기호와 취향이 그대로 주위에 영향을 끼쳤다.

집에서 마실 술을 살 때도, 우선 미티가 먼저 술의 진미를 감정한 다음이라야만 구매를 허락했다.

그러나 이런 괴벽스럽고 기묘한 습성을 가진 그녀도 도저히 어찌할 수 없는 신경성 환자로 전락하는 것만은 다행히도 면했다.

남북전쟁이 끝난 후 시어도어 일가는 유럽 여행을 두 차례 했다. 그들 나름대로는 일종의 탐험 여행으로 당시의 상황으로는 믿기지 않을 만큼 놀라운 가족 여행이었고, 미티도 이 여행에 열성적으로 참여했다. 이 여행은 아버지 시어도어의 아이디어로 교육 여행으로 계획되었고, 미리 가족과 함께 일정을 연구해서 표를 짜기도 하고, 여행하는 동안 그들을 도울 일단의 수행원을 동반시키기도 했다. 물론 당시는 비행기도 없고 효율적인 화물 운송도 제대로 되지 않던 시절이고 보면, 이것은 세상 사람들의 큰 주목거리였고 시어도어 가족 역시 마음이 한껏 부풀어 있었을 것이다.

그들의 탐험은 잉글랜드와 스코틀랜드를 비롯하여 네덜란드, 룩셈부르크 등 지금의 베네룩스 3국 일대와 독일, 오스트리아의 나일강 일대를 답사하고 스위스까지 가 보기로 했다. 이들 '탐험 가족'이 여행 중 프랑스와 이탈리아 깊숙이까지 침공(?)해 들어갔음은 말할 것도 없다. 두 번째 탐험 여행에서는 이들 지역을 더 깊숙이 뚫고 들어가서 살펴보았고, 그 외에도 다하베의 배 '아부에르단(Aboo Erdan)'을 타고 나일강 상류를 오르내렸다.

나일강 탐험은 두 달의 시일을 소요한 대탐험이었다. 또 3주일에 걸쳐서 말과 텐트를 이용하여 팔레스타인 일대를 탐험하기도 했다. 온갖 종류의 교통 운송 수단을 동원하여 베이루트와 다마스커스, 스미르와 콘스탄티노플 등지를 두루 돌아다녔다. 그리고 멀리 그리스를 원정하고 다뉴브강을 따라 비엔나로 돌아온 다음, 다시 유럽 문명의 중심지를 돌아보았다.

이 기간에 미티는 땀과 먼지, 심한 피로에 이질과 설사까지 겹쳤지만, 이 모든 것을 잘도 참아냈다.

애초에 이런 해외여행을 제안한 당사자가 미티였다. 처음에는 그녀도 이렇게 대규모의 '탐험 이야기'가 엮어지리라고는 생각지 않았고, 그저 유럽 문명의 중심지들을 훑어보자는 정도로 생각했었다.

1864년 어머니 불로크 여사가 돌아가셨다. 그리고 나서 다정한 언니 안나도 곧 제임스 그레이시(James K. Gracie)와 결혼했다.

미티는 몹시 좋아했던 두 남동생이 너무 보고 싶었다. 두 동생은 남부 연합군이 패배한 이후 리버풀에 정착해 있었다.

그러나 미티의 '그대'는 아주 철저해서 1872년 두 번째 여행에서 예정했던 탐험과 관광 여행을 모두 마치자, 아이들을 독일계 학교에 입학시키려 했다.

그러나 한 가지, 티이디가 이때까지도 천식을 앓았기 때문에 크게 골치를 앓았다.

해외 탐험 여행 때는 그로 인한 지장을 크게 받지 않았고, 그래서 '탐험'을 계속했다.

그러나 아이들의 정규 학교 공부는 커다란 장애에 부딪혔다. 이 무렵까지 아버지 시어도어는 물론, 이모 안니 | Annie : 아이들은 안나를 이렇게 불렀다| 가 자청하여 아이들을 가르쳐 왔다. 이모 안니는 대단히 열성이었고, 아이들에게 늘 다정하게 굴었다.

아버지 시어도어는 여행 중 캠프에서 밤을 지낼 때도 『모히칸족의 최후(The Last of Mohicans)』를 구해 와서 캠프파이어 불빛에 비춰가며 큰 소리로 아이들에게 읽어줄 만큼 열성이었다.

하지만 이젠 티이디의 대학 입학 문제 | 여기서 대학은 오늘날의 대학과는 많은 차이가 있음. 역자주 | 를 재고할 때가 닥쳐왔기 때문에 시어도어는 많은 대학을 둘러보고 고심한

끝에 드레스덴 대학이 어떨까 생각했다. 이 대학에서라면 아들 티이디가 강의실이라는 한정된 공간 안에서 공부와 생활을 영위해 나갈 수 있을지 시험해 보기에 적당할 것 같았다.

이 시도는 곧바로 실천에 옮겼고, 꽤 만족할 만한 성과를 보았다. 어린 세 동생은 마음씨 좋은 독일인 가족과 함께 생활하였다.

아버지 시어도어는 마음 놓고 사업을 계속 이어가기 위해 뉴욕으로 돌아갔다.

어머니가 맡은 열일곱 살 바미는 이곳저곳의 유명한 온천이나 광천을 두루 다니고 쇼핑도 하면서 지냈다.

이미 오래전부터 바미는 이 세상에서 보기 드문 특별한 여성의 모습을 보여왔다. 그녀는 대단히 깊은 긍지와 자신감에 차 있었고, 늘 사람들의 지도적인 역할을 하면서 위세를 부렸다. 그러나 결코 다른 사람을 불쾌하게 하지는 않았다.

바미는 티이디가 죽은 동물 표본 수집하는 일을 끈기 있고 열정적으로 계속해 나가도록 도와주었다.

20번가 시어도어 가에서 집안 운영에 필요한 돈 일체도 그녀가 완전히 장악하고 마음대로 요리하였다.

그러나 미티가 파리와 런던 등지에 머무는 동안 많은 돈을 낭비하고 사치를 즐긴 것은, 바미도 제지하지 못했다. 수를 헤아릴 수 없을 만큼 많은 상자와 물건들이 뉴욕으로 마구 밀려 들어왔고, 그 내용물도 다양했다.

한 가지 예를 들어보면, 미티는 그녀가 거느리고 있는 마부의 제복 감으로 적당하다고 여겨지는 자줏빛 계통의 모직류를 얼마나 많이 사들여 뉴욕으로 보냈던지, 그 정도의 부피라면 버킹엄 궁전 왕실 호위대 전원에게 유니폼을 만들어 입히고도 남을 분량이었다.

하긴 미티의 이런 야단스러운 쇼핑도 구실이 없었던 것은 아니다. 시어도어가 가족을 뉴욕 번화가로 이사시키기로 하였고, 57번가 웨스트 6번지의 새집이 그들을 기다리고 있었다. 이 새집 단장을 위해 많은 물품이 필요했다.

그러나 미티는 이사하는 데 드는 경비를 전부 변상할 때까지 물품 구매를 보류할 수도 있다는 생각은 도저히 하지 못했던 것 같다. 그녀는 이사비용에 할당된 돈까지도 모두 써 버렸다.

그러자 '그대'가 도저히 참을 수 없었던지, 아주 신랄하고 단호하게 그녀를 나무라는 편지를 써 보냈다. 미티가 찾을 수 있는 회피책은 단 한 가지뿐이었다. 그녀는 이렇게 답장을 썼다.

난 당신을 사랑해요. 이 세상 누구보다도 당신을 기쁘

게 해드리고 싶단 말이에요. 당신은 정말 저에겐 완벽하리만큼 너무 사랑스러운 존재이고, 또 언제나 절 아끼고 사랑해 주셨잖아요. 당신은 한결같이 저에게 선량했고, 제 말이라면 뭐든 들어주셨잖아요. 저의 일이라면 깊이 생각해 주셨고요. 난 당신이 참 자랑스러워요. 그리고 당신을 존경하고 늘 당신에게 모든 영광을 돌리고 싶어요. 절 너무 나무라지 말아주세요. ― 당신만의 작고 귀여운 미티가.

이때 그녀의 나이는 서른여덟이었다.

그러나 미티는 그 이후로도 그녀의 습성을 바꾸려 들지 않았다. 1870년대 뉴욕 57번가는 아직 교외나 다름없었고, 미티는 아름다운 숲으로 둘러싸인 전원의 분위기에 젖어 들자, 그녀의 나태한 생활 방식에 다시 빠져들었다. 그녀에게 인생이란 즐거움의 연속일 뿐이었다.

티이디의 골칫거리인 천식도 이젠 거의 치유되었다. 아버지 시어도어가 일러준 방법대로 오랫동안 보디빌딩 훈련을 열심히 해온 덕분이었다.

이젠 티이디도 아주 건장한 모습이었고, 하버드 대학 생활에 잘 적응할 수 있을 것 같았다. 그리고 바미는 워낙 자기 일을 잘해서 신경 쓸 일이라곤 전혀 만들지 않았다. 코니는 아주 다정하고 상냥한 아이로 자라고, 귀엽고 사랑스러운 엘리는 풍부한 재능을 지녔을 뿐 아니라, 개성이 아주 뚜렷하여 자기의 목표를 충분히 달성할 수 있을 것 같았다.

미티에게는 이 시절이 참 평온했고, 시끄럽고 분주한 소용돌이를 잘도 피해 나간 그녀의 방식이 효과적인 성공을 거두었음을 의미했다. 시어도어네 가족이 어떤 특별한 분야에 굉장한 흥분을 느낄 정도로 사로잡혔던 것은 아니지만, 아버지 시어도어가 설정해 놓은 평상시의 생활 루틴만 보아도 같이 지내는 사람이라면 누구나 기진맥진할 만큼 극성스럽고 열렬했다.

또 그는 롱 아일랜드 오이스터 베이(Oyster Bay)에다 커다란 레저 하우스를 장만하고, 여름철이면 늘 이 집을 사령부로 삼아 여러 유흥을 즐기며 소일하곤 했다. 특별히 의식하여 꾸민 것은 아니지만, 이 집을 '평안의 집'이라고 이름 붙이기도 하였다.

루스벨트 가의 여름철은 가지각색의 놀이 — 보트나 요트 유람부터 제스처 게임, 아마추어 박제품 만들기까지 — 로 실로 야단스러울 만큼 분주하여, 루스벨트 가의 사람이 아니고선 체력이 제아무리 강하고 집요한 정신력을 소유했더라도 오래지 않아 지쳐 두 손 들고 말 정도로 요란했다.

그런가 하면 미티의 남편은 자선 사업과 여러 가지 공

공 사회사업 일정이 꼭 짜여 있어서, 원래 그의 사업 일정보다도 그런 업무에 더 바삐 쫓기고 있었다. 평범한 사람이라면 생각만 해도 지칠 정도였다. 다행히 이런 아버지 시어도어의 동행자로는 바미가 적격이었다.

바미는 여성으로서 늘 아버지와 동반해 다니면서 온갖 일을 함께 처리하고 즐겼다. 이 무렵의 어느 토요일에 대해서 바미가 묘사했듯 그녀의 업적은 실로 대단하였다.

토요일은 으레 승마를 즐기는 일로부터 시작되었다. 말을 타고 정신없이 한 바퀴 돌고 나면 제대로 옷을 갈아입을 틈도 없이 곧바로 이곳저곳으로 시찰을 나가야 했다. 우선 미술관과 자연사 박물관을 점검한 뒤 아동 복지 협회가 주관하는 학교 중 하나를 골라서 두루 점검해야 했다. 언제나 느지막이 점심 식사하러 집으로 돌아오곤 했는데, 함께 점심을 즐기면서 즐거운 대화를 나눌 수 있는 고귀한 신분의 저명인사를 초청하기도 하였다. 아주 즐거운 한때를 보내면서 점심 식사를 마치고는 곧장 공원으로 차를 몰고 나가거나 병원을 찾아 위문하러 다녔다. 추운 겨울날 온갖 일들을 처리하기 위해 아빠와 함께 뛰어다니다가 겨우 숨 돌릴 수 있는 시간은 대개 오후 다섯 시쯤이었고, 나는 산산이 부서진 난파선처럼 기진맥진하여 제대로 움직일 수조차 없는 상태로 바쁜 일과를 끝낼 수 있었다. 이런 내 모습을 엄마가 보시곤, '로마인의 휴일'을 멋있게 장식해 주기 위해 도살당한 맹수 꼴이라고 놀리기도 했다. 아닌 게 아니라 아빠의 즐겁고 멋진 '한나절' 덕분에 토요일 저녁이면 언제나 난 한 번씩 죽었다 살아나곤 했다. 그래도 그 모든 것은 교육적으로 굉장히 가치가 있었다.

토요일뿐만이 아니었다. 일요일에는 시어도어가 지원해 주던 신문팔이 소년들의 집을 한 번씩 찾아가곤 했다. 수많은 활동을 하는 다혈질다운 '과잉 활동' 외에도 이 무렵에는 또 다른 개혁파들의 공익사업 위원회와 더 많은 분야에서 사회 활동을 전개했다. 이런 덕분에 루더포드 B. 해이즈 대통령(Ruther ford B. Hayes) — 1876년 과감한 개혁정치 풍토 속에서 당선되었다. — 이 뉴욕 항구 세관의 책임자로 시어도어를 지명하였다.

그러나 이 일은 구파 이권 운동자들을 격분하게 했고, 합중국 상원에서 격렬한 논쟁을 치른 끝에 마침내 상원은 루스벨트의 비준을 거부했다.

미티에게는 이런 모든 진통이 사랑하는 그녀의 남편에게 놀랄 만큼 커다란 변화를 불러일으킨 것처럼 느껴졌다. 그의 생애에 처음으로 지친 느낌을 받은 것이다.

고통은 점점 깊어져 갔다. 이로부터 불과 몇 달이 지나지 않아 이 초인은 최대 불행인 복부 암으로 쓰러지고 말았다. 수술도 불가능했다. 그는 1878년 2월 9일 마흔여섯에 세상을 등지고 말았다.

딸 바미의 절대적인 도움이 없었더라면, 미티는 이 엄청난 충격에서 벗어나지 못했을 것이다. 그러나 시간은 치유의 위대한 은총을 그녀에게 내리기 시작하여 흐르는 세월과 함께 그 옛날 소녀 시절의 명랑한 마음씨를 조금이나마 되찾게 해주었다.

1880년 어느 봄날 저녁 미티는 조그만 디너파티를 즐기고 있었다. 이 파티는 사실 은밀하게 혼인을 추진하는 자리이기도 했다. 파티의 원래 의도는 스물다섯 살 난 바미를 위한 것이었다. 바미는 말할 것도 없이 이젠 혼기가 찼고, 어머니 미티도 진심으로 그녀가 결혼하길 바랐다.

그러나 이 자리에 초대받은 남자 손님은 참 이상하게도 쉰두 살이나 먹은 홀아비였다. 그는 루스벨트 가문의 허드슨강 지파에 속한 시어도어 루스벨트의 12촌이었고, 굉장히 재미있고 뭇 여성의 눈길을 끌기에 족했다. 그러나 이 디너파티에서는 바미가 아닌 다른 여인에게 더 어울릴 듯싶었다.

마흔다섯 번째 생일을 앞둔 미티는 아직도 소녀다운 몸가짐과 언행을 하고 있었다. 게다가 고운 자수를 놓아 장식한 새하얀 모슬린이 그녀의 젊음을 더욱 돋보이게 했다. 이 모슬린 드레스는 최신 유행이 아님에도 미티가 늘 좋아하는 옷이었다.

이런 미티의 모습은 어느 젊은 여성보다도 한층 깊고 강렬한 매력을 풍겼다. 이것만은 부정할 수 없는 사실이었다.

하지만 그날 밤 제임스 루스벨트(James Roosevelt)의 눈길을 사로잡은 여성은 뜻밖에도 바미의 다정한 친구, 미스 사라 델라노(Sara Delano)였다.

정말이지 만에 하나라도 이들 두 사람의 아들이 훗날 대통령이 되리라고는 상상도 할 수 없었다. 그러나 미티의 아들 시어도어의 앞날에 커다란 영광이 기다리고 있다는 걸 어렴풋이 짐작은 하였을지도 모른다.

같은 해 시어도어는 하버드 대학을 졸업했고, 어릴 적부터 품어온 박물학자의 꿈을 포기했다. 그리고는 곧 앨리스 리(Alice Lee)와 결혼했다.

이 아가씨는 미티와 비슷한 가정환경과 성품을 가졌고 매우 사랑스러웠다.

"어머니, 우울하게 생각하지 마세요. 다정하신 어머니, 전 앞으로 어머니를 더 사랑할 거예요."

그가 사랑한 앨리스가 그의 구애를 받아들였을 때, 시어도어가 보스턴에서 보낸 편지의 한 구절이다.

신혼부부는 오래지 않아 뉴욕 57번가로 옮겨가 미티와

함께 살았다.

그로부터 이들 가족의 관심사는 오직 정치뿐이었다. 불과 1년 남짓 시간이 흘렀을 때, 시어도어는 뉴욕 주의회에 뛰어들었고, 정치에 대한 굳은 결의에 차 있었다. 당시의 정치 판도와 흐름을 산산이 부수고 아버지 시어도어 생존 시에 수모를 준 정치인들에게 복수의 포화를 퍼부을 작정이었다.

시어도어는 우선 첫 출발로 주의회 하원 대변인 자리를 노렸다. 어떻게 이 직위를 따내느냐로 부심腐心했고, 어머니 미티까지 아들의 기발한 정치적 아이디어와 주장을 들어주느라 지칠 정도였다. 하지만 미티는 그가 적어도 이곳 알바니(Albany)에서만 머물지 않고 훨씬 더 넓은 데로 나아가리라는 것을 예견한 것이 분명하다.

시어도어 루스벨트는 정치 생애를 일관하여 너무나 소년 같은 특유의 박력과 풍부한 언행으로 가까운 사람들을 깜짝깜짝 놀라게 하는 일이 잦았다.

"대통령께서는 아직 일곱 살 소년이라는 걸 기억하십시오."

여러 가지 일로 백악관을 방문하는 사람들은 꼭 이런 경고를 한 번씩 들어야 했다. 시어도어는 그런 그의 '영원한 사춘기 소년'으로서의 면모도 어머니를 무척 닮았지만, 그에겐 자신을 타고난 천재로 보이게 할 만한 강력한 목적의식이 있었고, 미티도 이 점을 충분히 의식했다.

미티는 아직도 둘째 아들 엘리어트에게 커다란 희망을 걸고 있었다. 이 아들은 일찍이 차원 높은 목표의 정점에서 몇 번씩이나 뒷걸음쳤다. 그러나 이 때문에 크게 실망한 것은 그의 아버지였지, 어머니 미티는 아니었다.

그녀는 여전히 그의 과실을 기꺼이 용서하려 마음먹었고, 심지어 그가 폭음하기 시작했을 때도 그에 대한 희망을 잃지 않았다.

그 무렵 엘리어트는 사랑스러운 아가씨 안나 홀(Anna Hall)과 약혼하였고, 이로써 그의 생활도 크게 안정된 것처럼 보였다. 엘리어트는 아무래도 어머니 쪽의 천성을 많이 물려받았고, 아버지 쪽의 성품은 별로 이어받지 못한 것 같다. 사랑스러운 여인과의 결혼도 그에게는 영원한 치료책이 되질 못했다. 오래지 않아 엘리어트는 구제 불능 알코올 중독자로 전락하였고, 서른세 살의 나이로 세상을 떠났다.

하지만 미티도 작은아들의 이런 비참한 종말을 슬퍼할 만큼 오래 살지는 못했다. 엘리어트는 어머니 미티의 하염없는 사랑의 손길을 외면하고 죽음의 늪으로 침몰했다. 가엾게도 어린 딸을 하나 남겼는데, 이 아이의 이름이 바로 안나 엘리노어(Anna Eleanor)였다.

훗날 제임스 루스벨트와 사라 델라노 루스벨트의 며느

리가 되었다.

미티의 막내딸 코린느(Corinne)는 어머니에게 작은 걱정도 끼치지 않았다. 이 딸은 시어도어가 결혼할 무렵과 거의 같은 시기에 더글라스 로빈슨(Douglas Robinson)의 부인이 되었다. 모두 이 결혼을 아주 만족스럽게 여겼고, 결과적으로 이들 가문에 대단히 유능한 회계 고문을 들여놓은 셈이 되었다.

그리고 집안에 여러 가지 긴급한 일이 생길 때마다 바미가 나서서 잘 처리해 나가곤 했다. 바미는 서른다섯이나 되어서 자상한 멋쟁이 해군 신사 카울즈(Cowles)와 결혼하였다. 이 결혼 사건은 가족들을 깜짝 놀라게 했지만, 바미는 결혼 후에도 가문에 헌신적인 충성을 아끼지 않았다.

그러나 이 무렵까지 시어도어 일가는 무서운 비극을 겪고 있었다.

1884년은 출발부터 아주 상서로웠다. 시어도어가 알바니에서 일약 명성을 얻으며 부상하기 시작했다. 그의 사랑스럽고 어린 부인도 이제 막 그녀 집안의 유산 상속인이 되어 시어도어에게 큰 보탬을 주었다. 이런 상황에서 부인 앨리스 리는 의회 의사일정이 진행되는 동안 남편을 따라 주 수도까지 가지 않고, 57번가의 시부모 가족과 함께 머물렀다.

남편 시어도어는 의회가 진행되는 중에도 틈만 나면 기차를 타고 불같이 달려와서 아내와 몇 시간씩 정겨운 한때를 보내곤 했다. 이런 아련한 기다림의 나날 속에서 아내 앨리스는 물론 어머니 미티도 한결같이 건강하고 훌륭한 정신적 행복을 누리는 것처럼 보였다.

그러나 그해 2월로 접어들자, 미티는 심한 감기에 걸려 고생하였다. 미티는 감기쯤이야 하고 신경도 쓰지 않았다. 가족의 눈앞에 닥쳐온 혹독한 시련의 계절이 훨씬 더 중요했다. 시어도어가 건강한 딸을 낳았다는 전보를 받았을 때만 해도, 어머니가 병석에 누워 있으리라고는 생각지도 못했다.

그가 서둘러 부랴부랴 집으로 달려와 몇 시간 뒤 대문 앞에 이르렀을 때, 엘리어트가 나와 대문을 쾅 소리 나게 열어젖혔다.

엘리어트가 울부짖으며 소리쳤다.

"이 집안에 저주가 밀어닥쳤어. 어머니도 앨리스도 모두 죽을병을 앓고 있단 말이야……."

그건 사실이었다. 미티는 감기가 악화하여 악성 장티푸스로 발전했고, 시어도어가 돌아온 지 불과 2시간 뒤인 1884년 2월 13일 이른 새벽에 숨을 거두었다.

꼭 6년 전 사랑하는 남편 시어도어가 마지막 숨을 헐떡이던 바로 그 침대에서 그녀는 마흔아홉 해 짧은 생애의 막을 내렸다.

바로 그날 이후 불행은 짝을 지어 찾아왔다. 시어도어
의 아내 앨리스가 신장염의 일종인 브라이트 씨 병으로
갑작스럽게 죽음의 사신에게 몸을 맡기고 말았다. 예기
치 못한 일이었다. 앨리스 리 — 그녀의 나이 이제 꽃다
운 스물둘이었다.

이 두 사람의 겹 장례를 함께 주재했던 목사도 애도하
며 모여든 조객들에게 이런 일은 그의 일생 중 처음 겪는
비극이라면서 눈물지었다. 목사는 자신의 감정을 다스릴
길 없어 떨리는 목소리에 울음 섞인 표정으로, 이렇게 젊
고 아름다운 부인을 앗아가다니, 정말 이해할 수 없고 끔
찍한 불행이라고 말했다.

다른 한 여인 — 미티 여사는 비록 나이는 아직 얼마
안 되었지만, 그래도 그녀가 하고 싶은 일은 다 이뤘다고
간주해도 좋을 것이라고 했다. 아이들은 모두 훌륭하게
교육받았고, 좋은 가정에서 품격 높은 부모의 양육을 거
쳐 이젠 모두 장성한 사회인이 되었으니 여사에게 남은
짐이라곤 특별히 없다는 것이었다. 그러니까 그때 그녀
는 이미 평생의 본분을 다한 것 아니냐는 것이었다.

슬픈 일이었다. 하지만 목사의 말은 진실이었다.

향기로 사는 세월에 드높은 깃발을

루이자 토리 태프트 여사

윌리엄 하워드 태프트(재임 1909.3.4.~1913.3.4.)

루이자 토리 태프트 (Louisa Torrey Taft) 여사

향기로 사는 세월에 드높은 깃발을

루이자 토리 태프트 여사
Louisa Torrey Taft

깊은 교양을 갖춘 마음씨야말로 얼마나 귀중한 자원인지 넌
알고 있니? 지성과 교양을 갖추지 못한 사람들이 늙고 병들
면 무슨 일을 할 수 있겠니? 난, 언제나 너의 아버지를 즐겁
게 모실 수 있단다.

보스턴에 사는 마흔네 살의 사무엘 대븐포트 토리는
자신의 폐가 나빠졌다고 확신하고는 곧 사업에서 은퇴할
마음을 먹었다.

이미 무역업으로 상당한 재산을 모은 그는 부인과 딸
들을 데리고 1831년 매사추세츠주 밀버리로 이주했고,
이곳에서 여든여덟에 뇌일혈로 죽을 때까지 수많은 문제
에 관해서 확신에 찬 여러 가지 견해들을 제시했다.

이 기간에 미스 제인 오스틴(Miss Jane Austen)이 토
리 가문을 지켜볼 수 있었더라면 얼마나 좋았을까? 그랬

다면 오직 그녀만이 올바른 판단과 적절한 묘사를 할 수 있었을 테니 말이다.

이미 『오만과 편견(Pride and Prejudice)』과 같은 유의 작품을 내놓았던 오스틴이었던 만큼 대서양 건너 저 멀고 먼 나라에서 그녀의 작품과 너무도 닮은 자연환경과 그 자연의 역할을 보았다면 진정 즐거워했을 것이다.

토리에게는 딸이 넷 있었는데, 딸 중의 하나인 델리아(Delia)는 평생 독신으로 지냈고, 다른 한 딸은 루이자 마리아(Louisa Maria)로 성장하여 알폰소 태프트(Alphonso Taft)와 결혼했다.

청년 태프트가 작품에 나오는 가공의 인물 다시(Darcy)와 비교가 되지 않는다는 말은 아니다. 만일 작품 속의 다시가 오만불손한 귀족이 아니라 청렴 강직한 실제 공화당 인물로 바꾸어 놓는다면 결과는 마찬가지로 세상의 이목을 사로잡았을 것이다.

물론 다시는 우리가 알고 있는 바와 같이 이상 왕국을 건립하지는 못했다. 그러나 이들 두 영웅 — 알폰소와 그의 가공의 적수 — 모두 유사한 결함을 지니고 있었는데, 그것은 그들 각자 결혼한 젊고 유쾌한 여인들의 눈을 통해서 본 것을 빼고는 영웅으로서의 절대적인 면모를 충분히 발휘하지 못했다는 점이다.

루이자 토리를 엘리자베스 베네트(Elisabeth Bennet)

에 필적한다고 말하면 과장일지 모르나, 루이자에 델리아를 합치면 분명 필적하고도 남음이 있다. 바로 이런 점이 아주 좋은 의미에서 알폰소를 차지할 수 있었던 이유가 된 것이다.

사실과 소설의 줄거리가 다른 부분은, 토리 가의 딸들은 어리석은 어머니를 가지지 않았다는 점이다.

토리 가의 어머니는 약간 괴벽스럽고 극성스러웠으나, 우아한 아름다움을 지니고 있었다.

이 어머니는 천문학에서 그녀의 그리스식 석주 받침의 저택을 개조할 충동을 느꼈을 때, 도끼로 거침없이 벽을 찍어 무너뜨린 열정을 지녔다. 그러면서도 그녀는 대단히 분별력이 있고, 자신의 성격을 평가하는 일에 이르기까지 늘 사려 깊은 면모를 보여주었다.

재기 넘치고 지성 있는 젊은 여교사 시절 그녀는 청년 토리에게 분명하고 깊은 지성을 갖춘 사람이 무엇 때문에 결혼하겠느냐고 결혼을 완강히 거부하기도 했다.

마침내는 미스터 토리의 열정이 논리를 지배하고, 이들 두 사람의 결혼 생활이 아주 평탄하지는 않을지 모르지만, 소동과 분란만큼 큰 보람이 따르기도 했다.

이런 이야기를 할 수 있는 것은 토리 부부가 굉장한 열성을 들여 서신 왕래를 한 덕분이다 | 이런 습관은 태프트 가문도 마찬가지였다 | .

당시 다른 집안에서도 이들만큼 서신을 많이 교환했는지는 모르나, 그들은 미합중국의 대통령을 만들어 내지는 못했다. 따라서 그들의 편지는 도표로 정리되지도 출판되지도 않았다.

미국에 두 대통령을 안겨준 저 유서 깊은 태프트 일가의 서신이 이런 형태의 문서 기록 중 부피가 가장 큰 점은 눈여겨볼 일이다.

냉정한 역사의 눈으로 보면, 윌리엄 하워드 태프트(William Howard Taft)는 연방 대법원장을 역임한 유일한 대통령이라는 점 때문에 두드러져 보일 뿐 | 하긴 그의 육중한 몸집만은 예외로 해야 한다 ― 그는 역대 미국 대통령 중에서 최고 헤비급이었다. | 그 외에는 누구에게나 호감을 품게 하는 훌륭한 인품과 소양을 지녔다.

그의 외할아버지와 외할머니도 누구에게나 사랑받은 이들이었다. 그들이 주고받은 편지들이 자연스러운 등불이 되어 그들의 과거를 밝게 조명해 주고 있는데, 우리가 어린 시절 초등학교에서 배운 퓨리턴의 전설 같은 이야기와는 판이하다.

물론 뉴잉글랜드 잭슨파의 정통 교리가 미국의 초기 식민지로서의 다양성에 비추어 별로 큰 문제를 일으킬 것처럼 보이진 않지만, 그래도 수잔 워터즈 토리(Susan Waters Torrey)처럼 유니테어리언 교도 | 신교의 일파

로 삼위일체설을 반대하고 유일신을 주장하고 그리스도의 신성을 부인한다. | 가 되는 것은 커다란 물의와 질시의 대상이 되었다.

그녀는 보스턴의 자유롭고 활달한 환경에서 고향으로 돌아올 때, 이러한 감정을 분명히 느꼈다. 우연히 도끼를 들고 휘둘렀다가 도끼잡이가 되듯, 이 수잔이 바로 윌리엄 태프트의 외할머니가 되었다. 이분은 조합교회주의를 재차 기꺼이 받아들이려고 여러 가지 노력을 기울였다. 그러면서도 밀버리에서 즐겁고 유쾌하게 생활하도록 하는 데도 자기 몫을 톡톡히 했고, 이런 일들을 모두 말썽 없이 해냈다.

수잔의 친척들은 포닐 홀(Faneuil Hall)에서 서쪽으로 40여 마일 떨어진 조그마한 읍에 살고 있었다. 그래서 청년 토리가 훗날 이곳을 은퇴 후의 은거지로 선택하였다.

수잔의 밀버리 친척들은 아주 다정하였고, 이 점에서는 토리의 친척들에게보다 더 친밀감을 느꼈던 모양이다.

밀버리는 보스턴에서 약간 북쪽이었고, 밀버리에서 주요 인물로 주목받는 사람이라면 누구나 워터즈 가에서 태어난 수잔과 인척 관계에 있을 정도였다.

그녀의 오빠는 에이서 워터즈 소령(Colonel Asa Waters)으로 그 지방 최고의 산업체 — 무기 공장으로 미합중국 군대와 매년 굉장한 양의 계약을 맺고 있었다 — 를 운영한 덕분에 유복하고 여유로운 생활을 누렸다. 그는 매주 제일 조합 교회에서 찬송가 반주로 플루트를 연주하기도 하고, 그의 넓은 응접실은 무도회를 위해 자주 개방하였다.

토리 가의 딸들은 부모님은 물론, 길 바로 건너편에 사는 이 에이서 아저씨에게서 아주 자연스럽고 개방적인 교육을 받았다. 루이자 마리아 | 1827년 9월 11일 보스턴에서 출생 | 와 델리아 | 루이자 마리아보다 2년 먼저 출생 | 외에도 훨씬 나이 어린 두 여동생이 있었는데, 수지(Susie)와 안나(Anna)였다.

수지와 안나는 사실상 언니들과는 세대가 달랐다. 왜냐하면 언니들이 출생한 지 십 년도 더 지나서 태어났기 때문이다. 그들이 일식과 월식을 구경하기 위해 밤잠을 자지 않고 하룻밤을 꼬박 새우려, 홈즈 박사(Dr. Holmes)를 모시고 저녁 식사를 하며 그에 관한 이야기를 듣느라 정신이 없을 무렵, 그들의 어머니는 이 도시를 찾아온 리세움(Lyceum) 연사를 집으로 초대하여 가족과 함께 식사하는 것을 최대의 즐거움으로 삼았다.

이 무렵 그들의 두 언니는 가끔 외출하여 무대 공연을 즐기기도 하고 정원을 산책하거나 소풍을 즐기기도 했다. 또 얼마 지나지 않아서 미스 메리 라이언(Lyon)이 새로 설립한 마운트 홀리오크(Mount Holyoke) 여성 학교로 떠났다. 델리아는 그때 열여덟이었고, 그녀의 누이 — 대부분은 루이즈(Louise)라고들 불렸는데 — 는 열여섯 살이었다.

"이런 멋지고 깨끗한 학교에 소개받아 오다니, 난 정말 말할 수 없이 즐거워요."

루이즈는 도착하자마자 집으로 편지를 써 보냈다. 하지만 잇달아 알게 된 여러 가지 사실 때문에 그녀의 기분은 바뀌었다.

왜냐하면 원래 라이언의 계획은 젊은 아가씨답게 건강도 증진하고 장차 가정주부로서 가사를 배우는 여성 본래의 훌륭한 교육을 받고 싶어 하였다.

이러한 마음가짐으로 기숙사 생활을 시작한 그녀에게 어려움이란 있을 수 없었다. 그래서 루이즈는 어머니에게 하루에 빵 굽느라 한 시간 십오 분 정도 보내는 것은 그리 어려운 일이 아니라며, 다른 여자아이들처럼 마루를 걸레질하거나 테이블보를 세탁하는 일을 맡지 않게 되어 다행이라고 했다.

하지만 일은 물론 이뿐만이 아니었다. 모든 학생에게 조금도 틈을 주지 않는 학과 암송과 기도회, 기타 조직적인 공부를 요구하여, 모든 학생이 다 같이 고된 노력을 기울이지 않으면 안 되었다. 여섯 달이 지났을 때, 루이즈는 고향으로 이렇게 편지를 써 보냈다.

학교 기숙사 생활에서 가장 즐거운 것 중 하나는 학생들끼리 서로 사귀고 사교 활동할 기회가 무척 많은 거라고 전 늘 생각했어요. 하지만 우리는 요즈음 너무 규칙에 얽매여서 그런 기회는 생각도 할 수 없어요. 미스 라이언은 우리의 특전을 하나씩 둘씩 잘라 나가면서 끊임없이 새로운 규칙을 만들고 있어요. 빨리 집으로 돌아갔으면 좋겠어요. 집에서라면 소곤소곤 낮은 목소리로 이야기하지 않아도 되고, 또 자로 잰 듯이 규칙 바른 걸음걸이로 걷거나 하지 않아도 될 것이고 말이에요.

델리아는 언니로서, 또 루이즈보다 정신적으로 훨씬 바르고 재치 있었으나, 학교생활을 견디지 못해 두 손 들고 말았다. 델리아는 심한 복통으로 곧잘 애를 먹다가 1학년을 겨우 마친 그다음 해 4월에 마운트 홀리오크를 영영 떠났다.

그러나 루이즈는 그 학기가 끝날 때까지 계속 머물다가 다음 가을이 되면 돌아가고 싶다고 대담하게 자기의 의사를 밝혔다. 루이즈의 이 결단을 어머니보다는 아버지가 오히려 더 기뻐했다.

물론 토리의 재정 상태는 그의 폐만큼이나 건실하게 유지되고 있긴 했다. 그러나 많은 딸을 가진 다른 아버지들처럼 그도 딸들을 먹여 살리고, 교육해야 하고, 더욱 힘든 것은 그들에게 맞는 새 옷을 늘 입혀줘야 하는, 언제까지 계속될지 모르는 이런 어려움을 느끼고 경각심을 느꼈기 때문이다.

루이즈가 교육과정을 다 마쳤더라면 — 당시는 2년제였다 — 졸업증서를 받고 교사로서 자신의 생활비를 벌 자격을 얻을 수 있었을 것이다. '하지만 제 생각엔 말이에요.'라고 그녀는 어머니에게 편지를 썼다.

어머니는 딸의 문학적인 재능을 계발해 주기 위해서 그녀를 뒷바라지했다.

"만약 제가 연구와 노력에 심혈을 기울인다면 교사로서 힘들게 학생들을 가르치지 않아도 될 듯해요. 펜만 들고서도 얼마든지 편안하고 유복하게 꾸려나갈 수 있을 테니까요. 웃지 마세요, 어머니……."

토리는 이럴 때마다 얼굴에는 짐짓 험상궂은 표정을 지어 보이면서도 딸들에게는 마음껏 자유를 누리게 해주었다. 그래서 루이즈가 마침내 라이언과는 더 이상 같이 지내지 못하겠다고 선언했을 때도 그는 별로 반대하지 않았다.

가끔 축복받은 다른 아버지들처럼 토리도 딸들에게 둘러싸여 지내는 것이 즐거웠다. 비록 그의 젊은 '숙녀'들은 옷치장을 즐기며 새 의상을 사들이는 일을 이해할 수 없을 정도로 즐거워하긴 했지만, 딸들 역시 그들의 어머니와 마찬가지로 어리석지는 않았다.

이 말은 곧 불완전하고 거짓투성이의 인간 세상에서 그 딸들보다 더 훌륭한 동반자나 친구들을 만나기란 좀처럼 쉽지 않다는 것을 의미하기도 한다. 그런데도 그의 부인이 델리아와 루이즈의 공부를 마치게 하려고 다른 대안을 제의했을 때 토리는 선선히 승낙했다.

사실 그 자신도 속으로는 무척 기뻤을 것이다. 왜냐하면 그 계획은 그저 두 딸을 뉴 헤븐(New Haven)의 이모에게 보내는 것이었기 때문이다.

그 여동생의 남편에겐 어떤 학교 교장으로 있는 누이가 있었다. 따라서 두 딸은 이 아주머니와 함께 숙식하면서 그녀가 운영하는 학교에서 수업을 들을 수 있다.

무엇보다도 반가운 것은 유명한 예일 대학 역시 뉴 헤븐에 있다는 사실을 자상한 토리가 간과하지는 않았을 것이다.

루이즈와 델리아 두 젊은 아가씨는 장차 이곳에서 공부하는 젊고 유능한 인재들 사이에서 그들의 존재를 부각할 수 있으리라고 기대했다. — 적어도 이 분야에서만큼은 루이즈가 언니보다 훨씬 유리한 고지를 점령하고 있었다.

아주머니 해리에트 다튼(Harriet Duttom)이 이 두 아가씨를 한동안 관찰한 뒤 토리 부인에게 써 보낸 편지에 의하면, 루이즈가 한결 훌륭한 신붓감으로 눈에 두드러져 보인다며 다음과 같이 썼다.

한편으로는 자신에 대한 신뢰감 때문이고, 또 다른 한편으로는 그녀의 음악적 재능과 훌륭한 몸매와 매너를 익힌 것이 놀라웠습니다.

루이즈가 지녔던 이런 사교적인 자산은 말할 것도 없이 대단히 유익했다. 해리에트 다튼이 받아들인 학생들은 모두 각기 나름대로 값진 재능이나 소양을 갖추고 있었다.

이 학생들은 자연과학과 철학 소양을 쌓기 위하여 ― 젊은 남학생들은 말할 것도 없고 ― 매일같이 예일 대학의 여러 강의실에 들어갈 수 있는 특전 비슷한 자격을 가지고 있었다.

델리아와 루이즈는 그들의 아버지가 원래 의도했던 바대로 꼭 그랬던 것은 아니지만, 그런대로 뉴 헤븐에서 많은 것을 배우고 도움도 받았다.

톡톡 쏘아붙이기 잘하는 성미의 델리아는 훌륭한 사나이를 정복하는 행운을 잡지 못했다. 그러나 그녀는 자기 나름대로 사회와 사교 생활을 충분히 해 보았기 때문에 차라리 교사가 되어 학생들이나 가르치고 즐거운 여행이나 하는 편이 훨씬 행복하리라고 생각하였다.

루이즈는 언니보다 키도 크고 용모도 아름다웠다. 그녀는 머릿결이 새까맣고 숱이 많았는데, 이 이색적인 머리를 갈라 뒤로 단정하게 빗어 넘겨 아주 우아하게 땋아 늘어뜨렸다. 이런 그녀에게는 특히 홀아비들의 감탄이 담긴 눈길이 쏟아졌고, 루이즈 역시 그들과 어울려 농담하고 장난치는 것이 즐거웠다. 그러나 그런 홀아비와 결혼한다고 생각하면 조금도 즐겁지 않았다.

"제가 많은 취미와 기호를 가지고 있다는 건 모르셨죠? 지금 제가 무지무지하게 하고 싶은 것은 기타 연주예요. 전 아주 열성을 다해서 배울 거예요."

하고 그녀는 약간 까불거리면서 고향으로 편지를 보내기도 했다.

루이즈는 열아홉 살 때 언니 델리아처럼 독신으로 지내는 편이 훨씬 낫다는 생각을 가졌지만, 스물여섯에 이르자 이런 생각은 잘못된 것이었음을 깨달았다.

여러 해가 지나는 동안에 루이즈와 델리아는 아직 늙지 않은 '젊은 노처녀'로 만족할 만한 생활 방식을 창조해 냈다.

교사 생활 — 하지만 알맞게 — 이라는 것을 그들 두 사람은 똑같이 해 보고 싶어 해서 몇 학기 동안 교편을 잡았다. 그 후로는 시간을 내어 여행을 다니기도 했다.

나이아가라 폭포, 퀘벡, 뉴욕 시티를 둘러보았다. 때로는 적당한 에스코트를 받기도 했지만, 그들 두 사람만 행동하는 때가 더 많았다.

이런 자유분방한 생활을 부모들은 반대하지 않았고, 좀 지나치다 싶으면 상냥하면서도 조리 있게 성숙한 두 딸을 타이르곤 했다.

그 당시 조그마한 사립학교 여교사가 받을 수 있는 봉급은 델리아와 루이즈가 그들의 생활을 마음껏 누리기에는 도저히 못 미치는 금액이었기 때문에 아버지에게 이따금 도움을 요청하지 않을 수 없었다.

언젠가 한 번은 루이즈가 뉴 헤븐의 해리에트 아주머니를 방문하기 위해 혼자 여행에 나설 때, 새로 유행하는 프랑스식 밀짚모자 하나 살 돈을 타내려고 고향 집으로 편지를 보내야겠다고 생각했다. 그리곤 델리아에게 보내는 다른 쪽지에다가는 약간 심술궂게 이렇게 썼다.

"만약 아버지께서 우리가 돈을 너무 많이 쓴다고 생각하시게 되면 더 큰 문제야. 우린 할 수 없이 결혼해야 할지도 몰라. 그렇게 되면 큰일 아냐? 지긋지긋한 노릇이 될 테니까 말이야. 앞으론 절약해야 할 것 같아."

그러나 막상 해리에트 아주머니네 집에 갔을 때 루이즈는 마음을 고쳐먹지 않을 수 없었다.

루이즈는 스물여섯 번째 생일이 가까워졌을 때 또 한

번 뉴 헤븐으로 놀러 가서 해리에트 아주머니와 사무엘 아저씨네 집에 머물렀다. 그때 한 신사가 그들의 집을 방문했다.

이 신사는 지난날 사무엘 아저씨의 예일대학 시절 동창생으로 멀리 떨어진 신시내티에서 막 도착한 참이었다. 그의 이름은 알폰소 태프트였고, 키는 6피트를 훨씬 넘었고 몸은 굽지 않았고 또 어디 이상한 데도 없어 보였다. 그뿐 아니라 그의 당당하고 우람한 체구와 마주 앉아 있노라면 오히려 측은한 마음이 들었다.

그의 외모에 관한 한 도무지 흠잡을 곳이 아무 데도 없는 것 같았다. 하지만 정말 본의 아니게 그는 루이즈에게 아주 코믹하고 우스운 느낌으로 다가왔다.

미스터 태프트는 최근 부인을 잃고 홀아비가 되었다. 그런데 불행하게도 어린 아들을 둘이나 남겨 놓았다. 이 슬픈 처지는 물론 누군가의 따뜻한 동정으로만 위안받을 수 있는데, 이 신사가 당시에 보여준 언행은 완전히 딴판이었다.

그는 순수한 뉴잉글랜드 혈통으로 그의 전공이자 평생 직업으로 법률을 택했고, 대학을 마친 후 동부에 머물지 않고 법률사무소를 개설하여 자기의 삶을 개척하기 위해 멀고 먼 신시내티로 떠났었다.

그런데 그가 루이즈에게 이것저것 두서없이 캐묻는 것

을 듣던 중, 그녀는 이 사내가 한여름에 불원천리 코네티컷까지 찾아온 이유는 두 번째 부인을 빨리 구해야 한다는 시급한 과제를 해결하기 위해서라는 것을 재빨리 간파했다.

그러자 루이즈는 이 사나이를 놀려주고 싶은 마음을 억누를 수 없었다.

루이즈의 버릇없고 약 올리는 것 같은 대답도 이 신사의 중대 문제에 대한 열의를 식히지는 못했다. 소설의 주인공 미스터 다시와 달리, 홀아비 태프트는 커다란 행운이 자기 앞에 있음을 즉시 알아차렸고, 이 기회를 놓치지 않으려고 몹시 안절부절못했다.

그러나 결과는 루이즈의 심술궂은 장난기를 더욱 부채질할 뿐이었다.

밀버리로 돌아온 지 얼마 되지 않아 루이즈는 몹시 다급해 보이는 해리에트 아주머니의 편지를 받았다. 그 편지에는 미스터 태프트가 루이즈는 이미 다른 사내에게 정을 주고 있는 게 아니냐고 편지로 물어왔다고 씌어 있었다. 그러면서 해리에트 아주머니는 이렇게 썼다.

두 번째로 그가 어려워하는 문제는 너의 성격에 관한 것인데, 이건 네가 그 사람에게 보였던 심술궂은 언행 때문인 것 같구나. 그는 네가 한 말이 모두 진실인지, 네가 말한 미스터 D인지 하는 사람에 관해서 알고 싶다더구나. 네가 그 사람에게 내보인 것처럼 마음씨 헤프고 사치스럽고 낭만적인 분위기를 좋아하며 가정적인 소양이 없고 억세기만 한데 어떠냐는 거야. 그리고 그는 네가 어떤 형태로든 연애 사건에 정말 깊이 얽혀 있는 건 아닌지 알고 싶다는구나. 우습지 않니, 루이즈?

우습고 말고, 정말 웃기는 일이긴 하다. 그러나 루이즈의 마음속에는 그저 즐겁다는 느낌 외에 미스터 태프트에 대한 뭔가 다른 예리한 반응이 가슴 속 깊은 곳에 닻을 내리고 있음을 이미 느꼈을 게 틀림없다.

그런 기분은 해리에트 아주머니에게도 전달되었을 것이다.

결론적으로 그가 말하길 '루이즈가 훌륭한 여자라는 이야기는 더 들을 필요가 없습니다. 남자가 자랑스러워할 만한 여자라는 이야기 말입니다. 전 그녀가 내가 바라는 평생의 동반자가 되기를 진심으로 바라고 있습니다. 또 공평하고 어울리는 짝이 될 수 있길 바랄 뿐입니다. 그녀도 그러한 생각을 하고 있는지는 무척 궁금하지만요.' 그러면서 그가 뭐라고 했는지 아니? '아무리 훌륭하고 고귀한 여자라도 가정을 꾸려나갈 소양이 없으면 정말 부인으로선 슬픈 일생을 보내고 말듯 합니다. 하지만 전 루이즈 양은 그런 소양을 가진 것으로 믿고 있습니다. 저의 이런 생각이나 믿음은 아주 잠깐의 어설픈 관찰에서 유추한 것일 뿐입니다.' 그래서 그는 나에게 '잘 생각하셔서 의견을 전해 주길' 바란다는구나.

그리하여 태프트는 결과적으로 이들의 중대한 관심의 대상이 되지 않을 수 없었고, 해리에트 아주머니는 그녀의 조카가 해야 할 합당한 조치를 제시해 주었다. 그러면서 아주머니는 루이즈에게 부디 미스 다튼과의 이야기라든가 서신 교환이 있었다는 사실을 그가 눈치채지 못하게 하라고 당부하면서 끝을 맺었다.

그도 그럴 것이 만약 루이즈의 성격에 관해 묻는 답장을 받게 되면, 그는 이번엔 직접 루이즈에게 편지를 보낼 것이 틀림없고, 또 아주머니의 답장은 뉴 헤븐에서라면 신시내티까지 며칠 안 걸려 도착할 테니까, 아무것도 모르는 척하고 가만히 기다리고만 있으라는 것이었다.

그 해에 미스터 태프트는 또 한 번 동부 지방으로 여행하게 되어 루이즈와 자리를 함께하였다. 루이즈는 두 번째의 만남에서 그가 자신과 잘 어울리는 대단히 개방적인 성격임을 알았다. 그는 법률적으로 여성들의 정치적 권리를 훨씬 광범위하게 해주는 것이 바람직하다고 생각한다고 밝힌 것이다.

특히 종교 문제에 관해서는 거의 유니테리언에 가까워서, 루이즈에게는 중요한 실마리가 되었다.

그러나 무엇보다도 더 가능성을 엿본 것은 그의 외모였다. 나이가 마흔네 살인 데도, 그는 남자로서 훌륭한 체격과 기품을 지니고 있었다. 그래서 루이즈는 그가 유머 감각이 떨어진다는 사실을 까맣게 몰랐다.

그 후 추수감사절이 다가왔고, 태프트는 밀버리에 와서 토리 가의 가족들과 함께 만찬을 가졌다. 이 흥겨운 잔치 석상에서 루이즈 마리아 토리는 이제 곧 자신의 이름을 고칠 마음을 먹었노라고 선언했다. 이로써 축제의 분위기는 한결 돋우어졌다.

루이즈는 앞으로 다가올 두 사람의 행복한 결혼을 알리는 오랜 약혼 기간은 그와의 결혼을 결심하는 순간 어리석은 바보짓이라고 생각했다.

또 태프트는 신시내티에 있는 그의 법률사무소를 가능한 한 오래 떠나있지 않아도 되는 것이 좋기도 했다.

이런 두 사람의 생각에 따라 결혼 날짜는 그 해 크리스마스 다음 날로 정했다. 그날까지는 4주가 남아 있었다.

루이즈의 아버지 토리는 이제야 사위를 얻게 되었다는 마음에 흐뭇했고, 다른 식구들은 신부를 위한 바느질에 열을 올렸다.

1853년 12월 26일 루이즈는 부모가 사는 집 응접실에서 알폰소 태프트의 부인으로 재탄생했다.

그 이후 루이즈는 평온하고 행복한 결혼 생활을 누리는 데 그치지 않고, 신시내티에 도착하자마자 한 여성으로서 할 일들을 재깍재깍 처리해 나갔다. 그녀는 일들을 훌륭하게 성공적으로 처리했다. 그녀가 지닌 재능과 정성을 감안하면 전혀 이상할 게 없었다.

태프트 일가는 그녀가 들어오기 전까지 근 이백 년 가까이 대대로 목수를 해오다가 농장 경영에 성공하여 간신히 중류층으로 올라섰다. 그 후 몇몇 훌륭한 인재와 치안 판사 정도를 배출한 신흥 중산층이었다.

그녀가 낳은 세 아들은 한층 뛰어난 인물로 성장했다. 셋째인 막내아들은 명문 학교의 설립자가 되었고, 둘째 아들은 뉴욕에서 기업법을 관장하면서 천금을 벌었고, 장남도 여기서 여러 차례 언급된 바와 같이 미합중국의 대통령이자 대법원장에까지 이르렀다.

그러나 이것이 전부는 아니다. 남편도, 두 의붓아들 중 하나까지 상당히 긍지를 느낄 만큼 큰 성장을 보여주었다. 그리고 참 아깝게 대통령의 자리를 놓친 한 손자는 그래도 상원에서는 독보적인 존재였고, 태프트라는 이름을 가진 또 다른 손자들도 오하이오와 워싱턴의 정계에서 모두 나름대로 독특한 역할을 해 나갔다. 모두는 이것을 루이즈 태프트의 은공으로 돌리기를 주저하지 않았다. '기회를 최대한으로 선용하자.' — 이것이 그녀의 어머니가 늘 새겨 주던 교훈이다. 루이즈는 이 교훈을 후세에게 가르쳤을 뿐 아니라 몸소 실천했다. 이보다 더 건전한 교훈을 과연 여러분은 생각할 수 있는가?

물론 루이즈는 이 말을 꼭 진지한 목적을 가지고서만 한 것이 아니다. 즐겨 유머러스하게 써먹었고, 알폰소를 제외한 태프트 가의 몇몇은 이 훌륭한 미덕이 부족했다.

그러나 태프트 가문 사람들 대부분은, 심지어 성공적으로 성취해야 하는 결혼과 같이 실질적으로 매우 중요한 인생의 중대사까지도 그녀가 남긴 이 교훈을 놀라우리만치 잘 적용했다.

지금까지 알려진 바로, 루이즈는 그녀의 남편을 꼭 미스터 태프트라고 불렀다. 그녀는 다른 사소하고 세부적인 이야기를 꺼내는 법이 없었다. 심지어 델리아에 관한 이야기도 들먹거린 적이 결코 없었다. 오직 미스터 태프트와 그녀 자신과 관련된 사항들만 이야기하였다.

그러나 죽은 그의 첫째 부인은 그와 결혼한 직후 한때, 이 지상에 살아있는 모든 여인 중에서 그녀 자신이 가장 행복한 사람이라고 편지를 쓴 적이 있었다. 그리고 루이즈 역시 오래지 않아 그와 같은 느낌을 그녀의 언니에게

만 털어놓은 적이 있다. 이런 이야기를 종합해 보건대, 미스터 태프트는 결혼 생활에 대해 남다른 비상한 태도를 지녔다고 생각하지 않을 수 없다.

그는 이런 찬사에 충분히 보답했다. 그는 델리아에게 '훌륭하신 언니에게'라고 편지를 써 확고하게 말했다.

"이 결혼을 할 수 있었던 저보다 더 행운아는 없을 것입니다."

그녀가 새로운 상황에 익숙해지기까지는 감정이 많이 요동쳤고, 그것을 도저히 가라앉힐 수 없었던 사람은 바로 이 가련한 델리아였다.

호레이스 그리일리(Horace Greeley)는 최근 이 일을 대담하게 설명한 다음 덧붙여 말했다.

"오, 루이즈! 루이즈! 너 없이 내가 어떻게 살아간단 말이냐? 나는 한쪽 날만 남은 가위처럼 쓸모없는 신세가 되고 말았구나."

그러나 델리아는 멀지 않은 여름에 신시내티를 방문할 계획을 세웠다. 비록 매사추세츠가 그녀의 변함없는 고향이긴 했지만, 그녀의 심정은 저 멀리 오하이오까지 나래를 펴고 있었다.

루이즈가 낳은 한 아이는 그녀 없이는 어떤 계획도 세우지 못했다. 오랜 세월이 지난 훗날 심지어 그중 하나가 대통령으로 출마할 때도, 가장 먼저 델리아 아주머니와 상의하지 않고는 아무 성과도 이룰 수 없었다.

그래서 알폰소와 그의 아들들은 모두 델리아의 예리하고도 신랄한 비평의 덕을 보았다. 델리아의 예리한 지적은 루이즈의 온화하고 부드럽고 순종적인 기질과 대조되어 점점 더 뚜렷한 면모를 띄었다.

"미스터 태프트가 오락이나 여흥을 즐기기 위해 사업을 등한시하길 바라느니, 차라리 시내의 자동차들이 모두 차선을 벗어나 제멋대로 달리는 것을 생각하는 게 나을지도 몰라……."

라고 비꼬아 댄 것은 델리아였다.

루이즈는 감히 남편을 비평한다는 생각조차 하지 못했다. 그녀가 자기의 성격을 완전히 죽이고 가라앉혔기 때문만은 아니었다.

루이즈는 누군가의 그림자에 묻혀 빛을 잃고 사라져버리기에는 너무 아까운 어머니를 닮았다. 하지만 그녀는 알폰소 태프트 부인이라는 현실을 너무 소중히 생각한 나머지, 여성의 권리를 도모하는 행사나 집회 같은 데 참여할 흥미를 잃어버렸다. 미스터 태프트와 아들들의 출세를 뒤에서 내조하고 돕는 일 외에 루이즈가 자신에게 남은 힘으로 한 일은 유치원에서 YWCA에 이르기까지 모든 시민이 개선하고 개량해야 할 여러 가지 사항들에 관한 의견을 제시하는 것이었다.

"어머니, 여성의 분야가 넓어지게 되면 말이죠, 어머니 같은 분은 철도 회사의 사장쯤은 되셔야 해요."

아들 윌 | 윌리엄의 애칭 | 이 그녀에게 보낸 편지 중 한 도막이다.

"어머니는 분명히 훌륭한 사장님이 될 수 있으리라고 믿어요."

그러나 루이즈는 자기 자신의 본분을 지켜나가는 데서 더 큰 기쁨을 찾았다. 그건 결코 폭이 좁은 일이라고 여길 수는 없었다. 사실 루이즈에게는 미스터 태프트가 전처에게서 얻은 나이 많은 두 아들, 또 노령에 접어든 양친, 그녀가 낳은 세 아들 외에도 어린 딸 하나가 더 있었다. 이들 모두를 위해 그녀가 훌륭하게 뒷바라지하고 꾸려나가야 할 뿐 아니라, 무엇보다도 남편 알폰소에게 헌신하고 도움을 주어야 했다.

그녀가 이끈 가정은 이 정도면 대단한 것이고, 그녀와 알폰소가 규칙적으로 밀버리에 부친 수많은 편지들을 차근차근 검토해 가노라면, 루이즈가 이 많은 가족을 어떻게 잘 꾸려나갔는가 백과사전식으로 아주 정확하게 음미해 볼 수 있다. 루이즈의 모성애에 관한 화제라면 특히 기록이 더 풍부하다.

1855년 2월 7일 알폰소가 그의 장인에게 보낸 편지의 한 부분을 살펴보자.

오늘 아침 9시 30분 루이즈가 잘생긴 아들을 낳았습니다. 체중이 9파운드나 나갔습니다. 산통도 그리 심하지 않았고, 의사나 간호사가 오기도 전에 낳았습니다. 루이즈는 혼자서도 정말 잘 참아내며 이겨내는 것 같았습니다. 우리 모두에겐 정말 놀라운 일이 아닐 수 없습니다. 루이즈는 그 아기를 놀랍도록 튼튼하고 귀엽다고 말합니다. 이 아이에겐 정말 큰 기대를 하고 싶고 훌륭한 이름을 가질 만하다고 생각해서, 그 아이를 사무엘 대븐포트 태프트(Samuel Davenport Taft)라고 부르기로 했습니다.

그러나 새미 | Sammie : 사무엘의 애칭 | 는 토실토실하고 건강하게 보였지만, 첫돌이 지난 지 얼마 되지 않아 백일해로 죽었다. 하지만 고맙게도 루이즈는 곧 또 임신하였고, 1857년 9월 5일 또 한 아들을 세상에 태어나게 했으니, 이 아이의 이름이 윌리엄 하워드 태프트다.

루이즈는 동생 델리아에게 이렇게 써 보냈다.

내 두 손과 두 발 모두가 이 아기에게 연결된 것처럼 느껴져. 어머니라면 그건 잘못된 생각이라고 하실지 모르지만, 난 말이야, 그 애가 혼자서 자기 자신을 보살피도록 한다는 건 이해할 수가 없어……

그의 두 눈은 깊고, 짙고, 눈동자는 아름다운 푸른 빛이고, 또래 아이들과 비교해서 체격이 놀랍도록 훌륭했다. 알폰소가 점잖게 이 아기의 '식사를 바꾸어야 한다'라고 이야기했을 무렵, 진작부터 건강하고 활기 넘쳐 보이던 윌리는 13개월째에 접어들었고, 그의 어머니는 또 임신하였다. 이때 루이즈가 델리아에게 보낸 편지를 보면 알 수 있다.

언니는 '아주 쉴 틈이 없구나' 하고 생각하겠지. 그래, 정말 그런 시간 낭비가 없어요. 언니, 난 말이야. 아기를 많이 낳는 게 하나도 두렵지 않아. 너무 늦게 시작했잖아. 난 말이야, 대가족을 거느리게 되면 훨씬 더 즐거울 것 같아.

그녀의 어린아이 양육에 관한 개인적 의견이랄까 철학에 대해서는 루이즈가 어머니에게 쓴 편지를 보는 게 좋을 듯하다.

전 우리 아이들에게 아무리 사랑을 많이 주어도 지나치지 않다고 믿어요. 우린 아기들에게 줄 수 있는 거라면 어떤 형태이든, 안락이든, 기쁨이든 다 주어야 한다고 생각해요. 아이들이 우리와 함께 있는 동안은 설사, 그 아기를 포기하지 않으면 안 되는 일이 닥친다고 해도 아주 짧은 동안이나마 우리와 함께 있어 준 천사와 같은 아기가 탄생한 축복을 우린 깊이 감사해야 하리라 믿어요. 하지만 말이에요, 전 아이들을 올바르게 키우고 가르치는 데 점점 더 큰 책임감을 깊이 느껴요. 저 윌리는 말이죠, 언제나 끈기 있게 한결같이 보살펴 주어야 하고요, 또 고쳐야 할 것도 많아요. 그래서 늘 올바른 일을 해내려면 굉장한 주의력과 굳건한 마음 자세가 필요한 것 같아요. 저는요, 우리 아이들에게 좋은 영향을 불어 넣어 준다는 생각보다 그들의 발전을 도모하는 더 강력한 방법은 있을 수 없다고 느껴요. 그들에 관한 한 말이죠. 그 아이들의 인생에 우리가 훌륭한 인상을 줄 수 있는 것은 어떤 일을 하고, 어떤 직업에 종사하느냐가 아니고, 우리가 과연 어떤 사람인가 하는 것이라고 봐요. 우리가 어떤 직업을 가지든, 훌륭한 사회적 지위와 업적을 아무리 쌓는다 해도 그 애들은 장차 우리의 약점을 찾아내고야 말 테니까요.

루이즈 자신이 본보기로서 실로 고상했다면, 알폰소도 그에 못지않았다. 그는 엄격하면서도 다정하고 자상한 마음씨를 가진 선량하고 훌륭한 아버지였고, 한편으로는 위엄과 압도적인 권위를 갖춘 남편의 모습을 여실히 보여주었다.

그와 루이즈는 그들의 아이들이 알폰소의 업적과 경력을 훨씬 뛰어넘기를 기대했다. 미합중국의 대법원장까지 이르는 것이 알폰소의 꿈이자 야심이었는데, 자신이 그 포부를 달성할 수 없다는 것이 분명해지자, 이 목표를 윌이 그대로 물려받았다.

알폰소가 그토록 대담하게 높은 목표를 둔 것은 전적으로 비현실적인 것만도 아니었다. 그는 새로운 공화당 노선에 양심적이면서도 헌신적으로 충성한 아주 유능한 법률가였고, 나중에 더 발전하여 오하이오주 대법원장 자리까지 올랐다.

그 이후 수십 년간 오하이오주에 훌륭한 자질을 갖춘 공화당원들이 그렇게 많지만 않았어도 알폰소가 늘 오르고 싶어 하던 자리에 임명되었을지 모른다.

하지만 사실은 그렇지 못했다. 결과적으로 그는 그랜트 장군(General Grant)의 내각에서 봉직하는 약간 모호하고 뚜렷하지 않은 명예를 얻었을 뿐이다.

처음에는 그랜트 장군의 국방성 장관으로, 그다음엔 법무부 장관을 역임했다. 훗날 체스터 아더(Chester Arthur) 대통령 때, 미스터 태프트에 대한 보상으로 그를 기꺼이 해외로 내보냈다.

처음에는 비엔나 주재 미합중국 대사로, 그다음엔 상트

페테르부르크 대사였다. 하지만 당시 이런 직위는 거의 형식상에 불과했다. 그렇기에 한낱 경치 좋은 풀밭에 나가서 놀도록 한 조치나 다름없었다.

이 무렵에는 루이즈 태프트도 그녀가 할 일은 거의 끝냈다. 루이즈는 이제 그녀가 길러낸 다섯 아들 모두 예일 대학에서 대단히 훌륭한 성적을 내고 공부를 마쳤거나 이어가는 중이었기 때문에 평온한 마음으로 워싱턴의 사교계, 그다음은 유럽의 사교계에서 여러 가지 다양한 즐거움과 명성을 누릴 수 있었다.

저 불쌍하고 가여운 새미를 잃고 고통스러워하다가 얻은 첫째 아들이기 때문에 그랬는지 어떤지는 아무도 모르지만, 어쨌든 루이즈는 윌에게 그녀가 가진 최대의 소망을 걸었다. 그리고 이 점에서는 온 가족이 마찬가지였다. 그런데 윌은 그 자신이 앉은 자리를 박차고 못마땅하게 여기기에는 마음씨가 너무 부드럽고 상냥했다.

그는 법과대학을 졸업한 후, 일찍이 그의 아버지가 20년 전 종사했던 것과 같은 법관으로서 검찰 차관의 직위까지 올랐고, 그다음엔 워싱턴 정계까지 진출하였다. 윌은 그의 어머니가 평생 그에게 바라왔던 소망 그대로 길을 밟으며 부상해 갔다.

꼭 한 아들만 제외한 다른 네 아들은 모두 하나같이 그녀의 소망과 믿음을 그대로 실현해 주었다.

훗날 그녀의 아들 헨리 워터즈 태프트는 뉴욕 한 회사의 고문 변호사가 되었는데, 그는 월에게 막후에서 막대한 영향력과 도움을 주었다.

그녀의 아들 호레이스 다튼 태프트(Horace Dutton Taft) 역시 법률가로 활동하다가, 도저히 이해하기 어려웠지만, 법률가를 집어치우기로 하고 코네티컷주에 태프트 소년 학교를 건립하여 순수한 시민의 모습을 훌륭하게 부각하였다.

또 알폰소가 전처에게서 얻은 두 아들 중 장남 찰스 펠프스 태프트(Charles Phelps Taft)는 유수 공공사업을 후원했을 뿐 아니라, 신시내티에서는 으뜸가는 신문사의 발행인이 되었다.

찰스의 동생 피터 로슨 태프트(Peter Rawson Taft)만 가문의 명예에 필적하는 훌륭한 삶을 살지 못했다. 그는 예일 대학에서 경탄해 마지않는 좋은 성적을 기록했으나 (그가 따낸 성적은 그때까지는 유례가 없는 것이었다), 그 후 우울증을 비롯한 일련의 정신 질환에 시달리며 점점 더 고통받고 허덕이다가 마침내 한 요양원에서 서른 세 살에 숨을 거두었다.

이 의붓아들의 죽음과 어린 새미를 잃은 두 사건이 루이즈 태프트가 늙어 백발 할머니가 될 때까지 늘 가슴 아파했던 슬픔이었다.

그러나 또 한 가지 겉보기에는 도무지 나이를 먹는 것처럼 보이지 않던 남편이 상트페테르부르크에 체류해 있을 무렵, 건강을 아주 해치는 불운을 만났다. 장티푸스와 폐렴이 동시에 그에게 내리 덮쳤고, 게다가 심한 천식 합병증까지 생겨 그는 쓰러지고 말았다.

한동안 투병 생활을 한 끝에 병을 물리치고 회복하기는 했지만, 옛날의 활력을 되찾지는 못했다. 대사직을 사임한 것은 말할 것도 없고, 본국으로 돌아와 여생을 고향에 묻혀 살기로 했다.

여행하는 동안 변덕스러운 나쁜 날씨 때문에 또 한 차례 진통을 겪었다. 고향에 도착한 그에게는 무엇보다도 따뜻한 기후가 시급하게 필요했다. 그래서 루이즈는 남편을 데리고 캘리포니아로 가서, 따뜻하고 온화한 기후 속에서 샌디에이고 항구가 굽어 보이는 산 위 작은 집 한 칸을 얻어 최후의 순간이 닥쳐오기를 기다리며 여러 달을 함께 보냈다.

"깊은 교양을 갖춘 마음씨야말로 얼마나 귀중한 자원인지 넌 알고 있지? 지성과 교양을 갖추지 못한 사람들이 늙고 병들면 무슨 일을 할 수 있겠니? 난 언제나 너의 아버지를 즐겁게 모실 수 있단다."

이것은 루이즈가 아들에게 보낸 편지 일부이다. 1891년 5월 2일 알폰소는 마침내 그의 삶과의 투쟁을 마쳤다.

당시 그의 나이는 여든이었고, 루이즈는 예순셋이었다. 그 후, 그해 여름 동안 루이즈는 월의 아내 넬리를 도우며 나날을 보냈다. 넬리(Nellie)는 둘째 출산을 앞두고 있었다.

그러나 똑같이 한 남자를 발견하고 사회적 출세를 위해 몸 바쳐 정성을 쏟은 이 두 여인은 한 집안에서 서로 쉽게 융화되지 못했다.

넬리 헤론 태프트는 그녀의 불꽃 같은 야심을 제외하면 아무것도 볼 것 없는 그저 그런 여인으로 생을 마감했으리라. 넬리가 월을 독촉하여 적어도 당분간은 연방 대법원에 관해서는 잊어버리고 차라리 대통령 자리를 겨냥하라고 끈기 있게 설득했다는 것은 의심할 여지가 없다.

그래서 루이즈와 늘 변함없이 충절을 지키던 그녀의 언니 델리아는 오랜 옛날 그들이 즐기던 생활 방식과 비슷한 새로운 생활을 다시 찾기 시작했다.

두 사람은 그해 겨울 보스턴에서 음악 연주를 듣는 그들의 취향을 한껏 즐기면서 보냈다. 어쩌면 뉴욕으로 가서 그들이 너무나도 좋아하는 머레이 힐의 하숙집에 머물면서 여행과 나들이를 즐겼는지도 모르겠다.

이와는 또 다른 이유에서 두 여인은 코네티컷의 태프트 스쿨부터 신시내티로, 그리고 캘리포니아까지 방랑자처럼 여유만만하게 유람을 즐겼다.

그때 그들이 캘리포니아를 찾았을 때는 놀랍게도, 루이즈의 딸 패니(Fanny)가 알폰소를 치료해 주었던 외과 의사와 결혼하여 정착해 살고 있었다. 노년의 이들 두 여인은 '설립자의 날 기념식'에 참석하기 위해 마운트 홀리오크를 방문하였고, 이 일은 그들을 훨씬 즐겁게 해주었고, 분명 큰 위안이 되기도 했다.

그들은 생각했던 이상으로 이곳에서 즐거운 나날을 보냈는데, 그 이유 중 하나는 아마 옛날 여자 동창생들 여럿이 이제는 그녀와 언니 델리아보다 훨씬 늙고 찌든 모습으로 사는 걸 본 게 아닌지 모르겠다.

하지만 루이즈는 자신의 본분을 잊거나 마음을 흐트러뜨리지는 않았다. 그 무렵 그녀가 윌에게 보낸 편지의 한 부분을 보면 그녀의 마음을 알 수 있다.

노년이란 역시 늙는 거야. 어쩔 수 없는 것 아니겠니? 그건 분명 그믐달이지, 초승달은 아니잖니? 하지만 난 불평이나 불만은 토하지 않을 테다. 난 나의 호시절을 누렸으니. 미래는 '흐리터분한 혼란'의 모습을 한껏 지니고 있지만, 난 나 자신이 나의 희미한 미래에 작긴 하지만 책임질 수 있으리라 생각하니 기쁘구나.

한편 루이즈는 언제나처럼 세상의 변덕스러운 일들과

엉뚱하고 기발한 사건에 흥미를 잃지 않고 즐거움을 얻었다. 그녀가 일흔네 살 때 시어도어 루스벨트 대통령이 윌에게 대단히 미묘하고도 착잡한 임무를 주었다.

당시 태프트 판사는 막 돌아와, 당시 필리핀에 머물던 스페인의 말썽꾸러기 탁발 수도승들이 일으킨 난처한 문제들에 관해서 보고한 직후였다.

루스벨트는 태프트 판사를 그다음엔 로마로 보내고 싶어 했다. 로마의 두통거리 신부들을 적절히 다스릴 적당한 묘책을 모색할 수 있는지 정황을 살피라는 분부였다.

"전 세계 가톨릭 신도들의 불같은 노여움이 너에게 닥칠지 모른다."

루이즈는 아들에게 주의할 것을 당부했다.

"가톨릭 세계는 서로 헐뜯고 싸우고 있긴 하지만 말이다, 우리 미국 민주당처럼 외부 문제나 제삼자들에겐 똘똘 뭉쳐 철저히 대항하는 법이거든."

윌은 루스벨트 대통령의 지시를 수락했고, 어머니의 주의를 듣지 않고 이 여행을 결행하기로 했다.

그의 외견상 우람한 그 몸집 — 그의 아버지는 체중이 이백 파운드를 넘었고, 위풍 넘치게 당당한 모습이었다. 그런데 이 아들은 무려 삼백 파운드도 넘는 굉장한 거구로 미국 헌정사상 기념비를 세워 줄 만했다. — 에도 불구하고 윌은 귀로에 열대 기후로 인해 지치고 풍우風雨에

찌든 때를 쉽게 벗지 못하고 있었다.

그의 부인도, 그의 어머니도, 이 아들이 바티칸으로 향하는 중대한 외교적 임무로 인한 몹쓸 긴장을 이겨낼 만큼 건강을 지킬 수 있을지 걱정이었다.

델리아가 그의 식사와 여행 일정을 보살피기 위해 함께 따라가려고 했지만, 항해를 시작하기 직전 아이 하나가 성홍열에 걸려 앓아누운 탓에 집에 머물지 않으면 안 되었다.

이런 사정을 멀리 밀버리에서 듣고 알게 된 루이즈는 이제 자신이 또 필요하다는 걸 알고 기뻐했다. 불과 24시간도 안 되어 루이즈는 짐을 꾸려 뉴욕항 부두에서 윌을 맞이했다.

그녀는 적어도 외교적인 일에서 안주인의 역할이라면 쉽게, 훌륭히 해낼 수 있었다. 그러나 로마에서 머문 그 한 달이 그녀에게는 세계를 마지막으로 누린 위대한 향유였다.

그 이후 루이즈는 델리아와 함께 델리아가 상속받은 밀버리의 토리 가 저택에 주로 머물렀다. 다른 두 여동생은 루이즈에게 지지 않으려고 경쟁이나 하듯 노처녀로 홀아비들에게 시집갔고, 매사추세츠에서 상당히 떨어진 곳에 정착했다.

뉴잉글랜드의 유서 깊은 가문의 훌륭한 전통에 따라

루이즈와 델리아는 계보 혈통을 연구하느라 바쁜 나날을 보냈다. ― 그건 토리 가와 태프트 양가를 포함한 것으로, 델리아는 귀에 보청기를 꽂고, 루이즈는 하얀 레이스로 예쁘게 장식한 모자를 쓰고서 분주했다.

루이즈는 그 외에 가족의 '가위 편집인' 역할에 많은 시간을 들였다.

윌에 관한 신문 기사들은 모두 가위로 오려 스크랩북을 만들었다. 이즈음에는 루이즈도 델리아만큼이나 신랄하고 날카로운 언행을 보였고, 윌에게 까다로운 부탁을 하여 그를 곤혹스럽게 만들기도 했다.

1906년 당시 윌은 국방성 장관으로 재임하고 있었고, 루이즈는 이제 일흔아홉이 다 되었다. 루이즈는 아들에게 시골에 있는 친척 한 사람을 군부대 운송 담당 총책으로 임명해 달라고 부탁했다. 윌이 어머니의 말씀에 따르자, 루이즈는 감동하여 아들에게 편지를 썼다.

"그 사람이 그 직책에 어울릴 만한 사람이길 바란다. 그가 적합한 인물인지에 관해서는 우리가 책임질 수 없는 거지."

이것이 윌의 신경을 잔뜩 건드렸던지 즉시 답장을 써 보냈다.

어머니와 델리아 아주머니 같은 민간 서비스 개량주의

자들이라면 어떤 직위에 어떤 사람을 추천하지 말았어야 했다고 전 분명히 느꼈어요. 더구나 그 직책이 수십만에서 수백만 달러에 이르는 정부 재산을 관리하는 중대한 자리라면 더 말할 필요도 없지요. 그 사람이 유능한 해군이었고, 또 유능한 항해사였고, 자질이 우수한 해양 전문가라는 사실을 모르면 말이에요! 이런 일이라면 소위 개혁론자들이 종래 그들이 지닌 이념이나 원칙은 잊어버리고 지엽적인 이권 운동자로 전락하는 또 한 예라고 보아도 지나치지 않잖아요? 그러면서 그의 친구들은 사회의 구정물에 빠져 매장당할 될 수도 있는데 말이에요.

루이즈는 일흔아홉 번째 생일을 보낸 뒤 갑자기 급성 맹장염을 앓았고, 의사들은 수술해야 한다고 말했다. 그러면서도 의사들은 난처한 표정으로 머뭇거리면서 그녀의 나이로 보아 그 수술은 생명에 큰 위험 부담이 있다고 덧붙여 말했다.

"언제 수술하시는 게 좋겠어요? 난 이미 마음의 준비가 다 되었어요."
하고 그녀는 조용히 말했다.

다행히 루이즈는 병석에서 일어났다. 비록 초연하게 별다른 흥미를 불러일으키진 못했지만, 넬리가 남편에게 그토록 열렬히 갈망하고 기다리던 위대한 자리로 윌이 한층 더 가까이 접근해 가는 모습을 지켜볼 수는 있었다.

1907년 초 시어도어 루스벨트 대통령은 다음 해로 다가온 대통령 후보 지명 대회를 겸한 공화당 전당 대회에서 과연 누구를 후보로 지지하느냐 하는 문제를 놓고 거듭 노심초사하고 있었다.

물론 그가 직접 나서고 싶었지만, 경솔하게도 삼 년 전 차기에는 대통령 후보로 출마하지 않겠다는 발표를 한 바 있었다. 루스벨트는 그 약속을 깨뜨리고 싶지 않았기 때문에, 엘리후 루트(Elihu Root)와 태프트 중 누군가를 선택하려고 고심 중이었다.

태프트 가에서는 윌이 어느 길로 가야 과연 옳으냐 하는 문제로 연일 토의하고 비밀회의를 끊임없이 계속했다. 루이즈와 델리아는 대여섯 사람과 의견을 같이하며 그가 대통령 자리를 겨냥하는 것에 반대하고 나섰다. 그리고 윌 자신도 법관의 삶이 그에게 더 적합하다는 점에서 그들과 의견을 같이했다.

하지만 그 후 일어난 일련의 사태가 이들 세 사람의 생각을 고수해 나가기에는 너무 큰 격랑激浪으로 몰아쳤다. 특히 찰스와 해리 — 그즈음 찰스는 신시내티에서, 해리는 뉴욕에서 각각 상당한 정치적 영향력을 행사할 수 있을 만큼의 거부를 이룩해 놓고 있었다. — 가 그들의 모든 관심사와 사업을 팽개치고 오직 윌의 당선을 위해 두 팔 걷어붙이고 나선 것이다. 하지만 루이즈는 1907년 초 윌에게 경고하지 않을 수 없었다.

'루스벨트는 훌륭한 투쟁가이고 또 투쟁을 즐기는 사람이다. 그러나 정치적 악의나 원한은 너를 비참한 궁지로 몰아넣을지도 모른다. 그들은 너를 자신들의 지도자로서 추대하고 싶어 하는 것이 아니다. 단지 너보다 더 적절하고 힘 있는 사람을 찾지 못했을 뿐이다.'

그러나 윌은 이제 어머니의 충고를 더 이상 받아들일 수 없는 처지에 놓였다. 그의 형제들이 불러일으킨 거센 회오리바람 같은 동력과 추진력에 밀려 그는 마침내 지명을 위한 운동을 적극적으로 전개하기 시작했다.

그러나 루이즈는 사적인 자리에서도 그랬지만, 공적으로 대중 앞에서까지도 자기의 뜻을 조금도 굽히려 들지 않았다. 여든 번째 생일을 5개월 앞둔 어느 날, 루이즈는 캘리포니아에 있는 딸을 만나보려고 여행길에 올랐다. 이때 복병처럼 튀어나온 한 기자가 그녀에게, 대통령 후보로 꼽고 있는 사람은 과연 누구냐고 물었다.

"엘리후 루트!"

그녀는 한 마디로 단호하게 잘라 말했다.

그녀가 이와 달리 생각한다면, 그것은 자신의 올바르고 훌륭한 판단을 깨뜨리는 게 될 뿐 아니라, 필생의 충성을 바쳤던 알폰소에게도 불충한 소견이 될 것 같았기 때문이었다. 이것이 아주 유별나고 침울하게 들릴지도 모르지만, 만약 엘리자베스 베넷이 나이 들어 늙어가는 정경을 지켜볼 수 있었다면, 그녀가 마치 숙녀 캐더린(Lady Catherine de Bourgh) 같은 처지에 놓였다는 걸 알았을지도 모른다.

루이즈 태프트의 아들이 대통령의 자리에 앉으려고 기울이는 노력을 중단해야 한다고 억세게 고집을 피웠다는 뜻만은 아니다. 루이즈는 서부로 여행하는 동안 극심한 피로를 느꼈고, 그 뒤부터 날이 갈수록 급속도로 쇠약해졌다. 델리아는 그해 가을 마침내 윌이 간접적이긴 하지만 대통령 선거를 겨냥한 물밑 작업으로 결행하려던 해외여행을 보류하길 간절히 바랐다. 루이즈는 알폰소에 대한 그녀의 충성과 자랑스러운 마음을 아들에게 유감없이 털어놓으면서 아들을 만류했다.

"안 된다, 윌! 내가 알기로 지금까지 태프트 가의 누구도 자신의 개인적 욕망을 충족시키기 위해 공적인 의무를 등한시한 사람은 아무도 없었다."

이것이 그녀가 남긴 마지막 충고였다.

그러나 윌은 예정대로 항해의 길을 떠났다. 1907년 12월 7일 그의 어머니가 마침내 마지막 숨을 내쉬었을 때, 그는 대서양 한복판에 있었다.

어머니 루이즈는 여든 번째의 생일을 두 달 앞두고 있

었다.

　그때 루이즈는 다행히도 아들 윌이 대통령으로서 연출한 혼란과 뒤숭숭한 상황을 보지 않아도 되었다.

　아들 윌은 결국 대통령 재임 후 그의 원래 고향이자 더 안전한 곳, 대법원장을 지내던 시절의 항구로 돌아갔다.

누가 그 사랑에 빛을 주는가

제시 우드로 윌슨 여사

토머스 우드로 윌슨(재임 1913.3.4~1921.3.4)

제시 우드로 윌슨 여사 (Jessie Woodrow Wilson)

누가 그 사랑에 빛을 주는가

제시 우드로 윌슨 여사
Jessie Woodrow Wilson

학문적인 문제에서 제시는 남편에게 기꺼이 양보했다. 남편
윌슨 박사는 토미의 눈물을 비명하고 길고도 사려 깊은 에
세이를 써서 아들에게 보냈다.

제시 우드로처럼 훌륭한 교육을 받고 자란 소녀라도
고대 테베 왕국 조카스타(Jocasta)에 관한 연구는 별로
하지 못했을 것이다. 제시가 학창 시절 이수 받은 교과
과정 대부분에는 그리스·로마 신화에서 볼 수 있는 이
교도적 고전의 바탕에 심취해 있음을 엿볼 수 있다.

그러나 장로교 계통의 여학교나 신학교 어디도 근친상
간 문제를 제시하고 도덕적인 면에서 살펴보지는 않았다.

조카스타와 그녀의 아들 오이디푸스(Oedipus)가 지은
죄는 여성들의 마음에 비추어 적당한 화제가 될 수 없는
건 분명하다. 이런 엄청난 경우 외에도 젊은 여자들에게

경종을 울리고 주의를 환기할 필요가 있는 다른 죄목들도 당시 사회에는 얼마든지 존재하는 분위기였다.

불행하게도 제시가 위대한 미국판 오이디푸스 비극의 중심인물로 유명해진 것은 사실, 우리 인간의 새로운 정신 교화 이야기에서나 볼 수 있는 엄청난 아이러니 중 하나일 것이다.

다른 사람도 아닌 사학계의 권위자 지그문트 프로이트 박사(Dr, Sigmund Freud)가 뒤늦게 이런 말을 했다.

조카스타의 왕관은 1966년에 이르러서야 연약하고 가냘픈 제시의 이마 위에 올려졌다. 이 '영예(?)'로 제시의 놀라움과 당황스러움이 어떠했을지는 상상에 맡길 도리밖에 없다.

우드로 윌슨 어머니의 죄를 프로이트가 문장으로 분명히 규정한 것은 아마도 이 방면의 연구에 함께 참여한 그의 동료들에 힘입은 것이라 여겨진다. 그러나 프로이트의 명성은 대단했기에 그는 별생각 없이 문장으로 발표했을지는 모르겠다. 그러나 사람들은 충격적인 사실로 받아들였다.

그렇다고 세상 모든 사람이 다 그렇게 생각한 것은 아니다. 윌슨의 생애와 경력에 관련된 기록과 서류를 보존하고 있는 프린스턴에서는 프로이트의 폭로에도 반응이 미미했고 거의 관심조차 기울이지 않았다.

파이프를 입에 문 점잖은 한 신사가 다른 사람에게 말하는 것을 들었다.

"당신은 저 비엔나 숲 | Vienna woods : 프로이트가 태어난 오스트리아를 의미 | 에서 전해진 옛날이야기를 들어본 적 있소?"

제시 우드로 윌슨이 조카스타의 죄악을 실제로 되풀이했다고 해서 비난의 화살을 받는 것은 아니다. 오늘날 우리 세대와 같이 더 소피스틱한 문화 체제에서는 '의도'를 결정적인 요인으로 간주한다. ― 제시는 조카스타의 역할을 연출한 것으로 질시의 초점이 되었다. 이것은 오늘날 새로운 독단적인 비난과 죄악의 근거가 된다.

정말 그럴까? 그녀에 관한 기록을 충분히 더듬어 봄으로써 더 관대하고 너그러운 판정에 도달할 수 있으리라.

제시 우드로는 영국 칼라일(Carlisle)에서 1830년 12월 20일 태어났다. 몸집이 호리호리하게 가냘프고 머리숱이 성긴 소녀였다. 또 근본적으로 나쁜 인상을 주기 쉬운 순수 스코틀랜드 혈통이었다. 지성을 갖춘 장로교 신자였으며, 외향적으로는 엄숙하고 엄격한 풍모를 지녔다. 그러면서도 그녀의 가족 모두의 가슴 속은 우유처럼 순했다.

만약 제시가 종교의 영역을 초월한 어떤 열정적인 확신이라도 가지고 있었다면, 그것은 그녀의 교육과 관련

있을 게 틀림없다. 제시는 종교와 교육 두 가지 문제에 관한 한은 아버지의 견해를 무조건 받아들였다.

제시의 아버지는 박학다식한 학자풍의 목사였다. 그는 성경을 히브리어, 그리스어, 라틴어 등으로 읽을 수 있는 어학 실력을 보유하고 있었다. 그는 자기가 이야기하는 사물에 대해 조금도 흐트러짐 없이 오로지 마음을 집중하였다. 그래서 그의 안경은 늘 흘러내려 콧등에 걸려 있었다.

그는 아이를 여럿 낳았고 어려운 시절이 닥쳐오리라 예감했다. 그래서 경제 침체로 허덕이는 조국을 떠나 다른 데로 이주해야 하는 시련을 겪었다.

그는 스코틀랜드에서 5백 년에 걸쳐 이어오던 그의 가문을 두고 조국을 떠난 최초의 우드로 | Wodrow : 당시에는 이렇게 표시했음 | 이었다고 전해진다.

제시는 그의 여덟 남매 중 다섯째로, 가족이 잠시 머물던 영국에서 태어났다. 영국에 머문 기간은 아주 짧았다. 왜냐하면 토머스 우드로 박사(Dr. Thomas Woodrow)가 글래스고 대학교에서 존경은 상당히 받았지만, 충분한 수입을 얻지 못하는 사실을 이내 깨달았기 때문이었다.

그는 어떤 큰 성곽 뒤편에 붙어 있는 초라한 오막살이 한 채를 겨우 얻었고, 그의 아들들은 그 큰 성벽에 공을 튕기며 놀았다.

그러나 그는 그가 바라는 대로 아이들을 교육할 바른 길을 도저히 찾을 성싶지 않았다. 그래서 결국 신천지 미국으로 향했다.

1835년 가을 그들이 리버풀(Liverpool) 항을 떠날 때 제시는 다섯 살도 채 되지 않은 어린아이였다. 하지만 그녀는 그 거칠고 몸서리나는 바다 여행을 훗날까지 기억했고 바다를 영영 싫어했다.

오랜 세월이 지난 후 낳은 그녀의 두 아들은 해군 병정이나 해군 제독 놀이를 즐겼는데, 이런 짓을 말리느라 몹시 애를 먹기도 했다. 제시의 주장 — 그녀의 오빠도 이 이야기를 뒷받침해 주고 있는데 — 은, 그들이 리버풀에서 타고 떠난 화물선이 도중에 지독한 폭풍우를 만나 무시무시한 곤욕을 치렀고, 뉴펀들랜드 해안을 보고는 아일랜드로 되돌아왔다고 착각할 만큼 바다를 헤맸다. 시간이 두 달 이상 지나서도 뉴욕항에 들어서지 못했다.

그런 후 불과 몇 주일 뒤 제시의 어머니는 이 험난하고 고통스러운 항해 때문에 목숨을 잃었다. 어린 자식 여덟을 남편의 손에 맡겨 놓고 한스러운 저승길로 떠났다.

우드로 박사는 이 문제를 즉시 해결했다. 그것은 오래지 않아 처제 중 하나와 재혼하는 방법이었다.

제시의 아버지는 캐나다에서 교회를 하나 세우려고 마음먹었다. 그러나 온타리오(Ontario)의 기후는 너무 거칠었고, 다른 여러 가지 문제가 잇달아 일어났다.

그래서 캐나다를 포기하고 오하이오 칠리코드(Chillic-othe)로 이사했다. 여기서 그의 처제이자 두 번째 부인은 자식들을 훌륭하고 학식이 풍부한 장로교 신자로 길렀고, 딸들은 신앙심 깊은 남자들과 짝을 맺어 주었다.

제시는 열아홉 살 때 순수하고 정결한 기품이 있었다. 당시 전도유망한 젊은 신학도가 그녀에게 반했는데, 그 역시 굉장히 멋진 청년이었다.

조셉 러글스 윌슨(Joseph Ruggles Wilson)에게서 받은 첫인상은 남자다운 박력이 극적이었다. 먼 훗날 영화배우 존 웨인이 남북전쟁 이전의 한 목사로 분장하고 무성영화에 출연했다면 틀림없이 그와 똑같았을 것이다.

제시가 처음 그에게 끌린 것은, 그가 손이 상하지 않도록 가죽 장갑을 끼고서, 그의 집 마당에서 바람결을 따라 떨어져 뒹구는 낙엽들을 긁어모으고 있을 때였다.

당시 제시는 오하이오주 스튜벤빌(Stebenville)에서 명성 높은 여자 신학교 기숙사에서 생활하고 있었다.

조셉은 그 도시의 한 남학교에서 교편을 잡고 있다가, 잠시 휴가를 얻어 쉬고 있었다. 그는 그 학교에서 학자의 생활이 어떤 것인지 체험 삼아 적응해 나가고 있었고, 설교와 교편을 잡고 학생을 가르치는 두 가지 일을 맡고 있었다.

비판적인 사람들이 보기에, 조셉은 늘 허황하고 우유부단했다.

그러나 제시는 그를 결코 그런 시선으로 보지 않았다. 그녀에게 조셉은 신과 같았고, 그녀가 멍하니 가만있도록 놔두지도 않았다. 그는 분명 평범한 사람들이 지닌 이상의 재능을 지닌 것처럼 보였다.

조셉은 북아일랜드 출신으로 활기와 박력이 넘치는 사내의 막내아들이었다.

그의 아버지는 이 신대륙에 건너와, 작은 도시이긴 하지만 인쇄공으로 출발하여 신문사 사장으로 성장했고, 민주당 당원으로 정치에 참여하여 넘치는 정력과 활달한 품성으로 오하이오 주의회에서 연속 7번 주의원으로 활동한, 신대륙 아메리카에서 일약 성공한 사람이었다.

윌슨 가 사람들은 조셉이야말로 가문 내에서도 가장 훌륭한 지성을 갖췄다고들 입을 모았다. 그는 펜실베니아 대학을 수석으로 졸업했고, 졸업생을 대표한 고별사는 감동적이었다고 할 만큼 대단히 인상적이었다.

그 후 그가 프린스턴 대학에서 신학 학위를 또 받자, 그의 장래가 크게 촉망된 것은 말할 것도 없었다. 그는 장래가 유망하다는 점을 조금도 의심치 않았고, 제시 역시 그를 믿어 의심치 않았다. 게다가 제시는 조셉이 좋아하는 무조건적 순종과 애교까지 풍부히 지니고 있었다.

마침내 두 사람은 1849년 6월 7일 제시 아버지의 주례로 혼례식을 올렸다.

결혼 후 제시는 펜실베니아 근처 어떤 마을 목사관에서 주부로서 살림을 꾸려 나갔다. 그녀는 1851년 가을 첫딸을 낳았다. 제시는 딸의 이름을 어머니와 같이 매리언(Marion)이라고 지어 부르기로 했다.

그 후 얼마 지나지 않아 조셉은 중요한 결정을 하기에 이르렀다. 버지니아주 햄프든 시드니 대학교(Hampden Sydney College)가 제의한 교수직을 수락한 것이다. 그는 그 후로도 몇 년에 한 번씩 계속 이사할 운명을 안고 있었다. 그러나 그의 방랑 경로에서 어떤 순간도 이때의 결단만큼 큰 의미를 갖지는 못했다.

왜냐하면 이 대학 교수 자리를 응낙한 것이 바로 그를 남부인으로 만들었기 때문이다. 종교에서 그랬던 것처럼 이런 전향에 대한 열정은 한편으론 대단했다.

제시는 그녀 나름대로 심지를 굳혀갔다. 상당한 세월이 흐른 뒤 맏아들에게 써 보낸 편지에서 이렇게 말했다.

"결국은 말이지, 남부 사람들에겐 내가 싫어하는 요소가 많은 것 같구나. 난 북부 사람들보다 이 남부 사람들을 억지로 좋아하는 것뿐이란다."

슬픈 사실이지만, 바로 여기서 우리는 그녀의 성격에 대한 열쇠를 찾아볼 수 있다. 제시는 가족 외에는 잘 어울리지 못했고, 실제로 잘 어울린 적도 없었다. 당시의 어법에 비추어 그녀의 말은 좋게 해석되지 않았다.

그러나 안전한 그녀의 가정으로 일단 돌아오면 제시는 헌신적이고 충절로 가득 찬 마음씨와 다정함이 넘쳤다.

그녀의 편지들을 보아도 이런 점을 유추할 수 있는 대목이 많다. 그녀의 편지들은 관심이 있는 독자라면 대단히 가치 있을 것이다. 왜 그런가 하면, 둘째로 또 딸을 낳고, 그 뒤 또 이주했고 — 버지니아주 쉐난도 계곡에 있는 아주 정다운 마을 스타우노튼(Staunoton) — 이곳에서 제시는 1856년 12월 28일 사내아이를 낳았다. 이 아이에게는 그의 외할아버지의 이름을 붙여주었다.

토머스 우드로 윌슨이 그의 어머니를 몹시 좋아하며 따른 것은 말할 것도 없다. 그는 '엄친아'에 해당하는 두드러진 예였고, 그 자신도 그 사실을 잘 알고 있었다.

언젠가 그가 아내에게 보낸 편지에는 이런 내용이 담겨 있다.

난 정말이지, 우리 어머니에게 얼마나 꽉 매달려 있었는지 모른다오ㅣ사람들이 나만 보면 낄낄 웃으며 '마마보이'라고들 놀렸지ㅣ. 내 기억으론 꽤 성장해서 어른이 다 되었을 때까지도 그랬던 것 같소. 하지만 여성에게서 볼 수 있는 최상의 사랑을 나에게 내려주었고, 그것은 어머니의 앞치마를 통해서 내 심장으로 스며들어 온 것이라오.

그러나 사람들이 그의 이런 고백을 곧이곧대로 받아들이지 않고, 이 주인공이 정말 그의 아버지를 살해하고 어머니와 잠자리를 함께하고 싶어 한 것이나 아닌가 하고 생각하게 된 것은 정녕 슬픈 일이다.

자, 그러나 이와 같은 사람들의 질시가 실제로 부인할 수 없는 진실이었다고 할지라도 그것은 어린 토미 윌슨과 그의 부모에게는 일부분만 진실이다.

다름 아닌 문제의 정신분석학에서도 모든 문제를 넘어서, 사랑이야말로 한 어린아이가 필요로 하는 안전과 안정감을 준다는 사실, 사랑과 아낌을 받는 아이는 인생에서 가장 고귀하고 값진 교훈을 한 푼의 노력과 어려움 없이도 배운다는 사실을 가르쳐 주고 있다.

윌슨네 가족이 살았던 목사관 여러 곳에는 이런 풍부한 사랑이 늘 가까이에서 넘치고 있었다.

집안사람들 하나하나, 조시(Josie)에 이르기까지 — 조시는 조셉 러글스 윌슨 2세(Joseph Ruggles Wilson Jr)를 가리킴. 그는 토미가 거의 아홉 살쯤 되었을 때 태어났다. — 누구 할 것 없이 이런 사랑의 향연에서 자기의 몫을 충분히 받았던 것으로 보인다.

두 부모는 그들의 자식들에게 편지를 쓸 때, 특히 아들에게 쓸 때도 항상 '나의 소중한 아들'이라고 썼다. 여자 아이들은 '나의 사랑스러운 오빠(또는 동생)'라고 썼다.

무려 5, 6십 년의 세월에 걸친 수백 통의 편지에서 넘치도록 보이는 그들 가족 하나하나의 감정과 사고를 보면, 토미와 그의 아버지가 난처하거나 어색함을 느낄 만큼, 마치 연인 같은 서한을 주고받았다는 주장은 전혀 근거가 없어 보인다.

온 가족이 이런 약간 이상한 생활 감정에 동참하고 있었던바, 이것이 현대 예민한 감각의 소유자들에게는 자연스럽지 못한 것으로 여겨질지도 모른다. 그러나 당시 억눌리며 살던 시대에는 그리 드물지 않은 일이었다.

대중에게는 공인의 행동 또는 품행의 기준이 훨씬 더 엄격했지만, 당시의 사람들은 그들의 아주 가까운 친척들에게 그들의 감정을 토로하는 일에 오늘날보다는 자의식을 덜 느꼈던 것으로 보인다.

무엇보다도 사람들의 관심을 집중시킨 윌슨 가문만 해도 서로 상대로부터 확신과 재확신을 얻어낼 필요가 있었고, 거기에는 분명 충분한 이유도 있었다.

제시는 목사의 아내로서 자신을 찾아오는 숙녀들과 실질적이고도 진정한 접촉을 할 수 있는 아름다운 자질이 부족했음은 부인 못할 사실이었다. 조셉은 충분히 그럴 만한 자격을 갖추고 있었음에도 곧잘 우울한 기분에 빠지는 일이 많았다. 게다가 토미는 섬세하고 연약하여 매사에 자신이 없어 보였다.

토미는 아홉 살까지 읽기도 제대로 못 했다. 그에게는 글자를 거꾸로 본다든지 하는 어려움이 따랐는데, 묘한 우연의 일치인지는 모르지만, 그의 어머니가 또 아기를 가져 그에게 그전처럼 끈기 있고 조심스럽게 큰 소리로 책을 읽어주지 못하게 되자, 얼마 지나지 않아 이런 문제들은 스스로 해결하였다.

그러나 토미는 아직도 학교에 갈 만큼 튼튼하지 못해서 몇 년 더 집에서 기다려야 했다. 이런 시절을 거치는 동안 그는 깜짝 놀랄 만큼 복잡하고 어지러운 병정놀이와 전쟁놀이를 하면서 시간을 보낸 것 같다. 흔히 장난감 함대를 만들어 용감무쌍한 해군 제독으로 지휘했다.

그는 자신이 해군 제독쯤은 당연한 것으로 여겼는데, 그것은 그의 부모가 그에게 위대한 사람이 될 능력과 자질을 갖추고 있다고 말했기 때문이며, 이것은 옳은 말이었다.

토미가 갖추어야 했던 적의에 찬 감정들을 과연 어떻게 처리했는지 조사 연구하기 위해서 얼마나 많은 탐구와 연구가 그의 정신 상태에 집중되었든 간에, 제시와 조셉은 이 아들에 관해서는 올바른 판단을 내리고 있었던 것 같다. 토미는 진정 비범한 능력을 갖추고 있었다.

토미 윌슨에게는 적어도 천재적인 면모가 엿보였다. 물론 그가 성장하는 동안 가족 이외의 다른 사람들은 그의 천재성을 좀체 믿지 않았다.

이상한 일이지만, 남북전쟁과 같은 참담한 전화의 소용돌이도 그의 의식 구조를 별로 침해하지 못한 것으로 보인다. 당시 그의 가족은 조지아주 오거스타에 살고 있었는데, 이 지역은 남북연합군의 주요 물자 공급기지로 주위에는 전쟁의 포화가 쉴 사이 없이 계속 맴돌았다.

토미의 아버지는 남북연합군의 열렬한 지지자였고, 그의 교회를 임시 비상 병원으로 바꾸었다. 그러나 그 무렵에도 토미의 시야는 여전히 목사관을 뒤덮고 있던 목련과 향기로운 꽃 숲에 가려져 있었다.

그가 열여덟 살이 되어 노스캐롤라이나주 산간 지방에 있던 엄격한 장로교 파의 교육 기관, 데이비드슨 대학에 입학하여 집을 떠날 무렵까지도 여전히 어머니의 치맛자락에만 매달려 있었다. 그의 대학 생활과 함께 어머니에게 의지하는 이런 습성도 끊었지만, 한편으로 이것은 그리 쉽지는 않은 일이었다. 그는 그 당시에도 어머니에게 다음과 같은 편지들을 끊임없이 받았다.

사랑하는 아들에게.

너의 감기가 몹시 걱정되는구나. 어쩌다가 그런 몹쓸

감기에 걸렸니? 겨울옷을 어디 다른 데다 치워두고 못 입고 있는 건 물론 아니겠지? 불은 꼭 피우도록 해라. 요 즘같이 추운 날 밤에 불도 안 피우다간 큰일 날 거다.

하지만 토미는 데이비드슨 대학 1학년 야구팀에서 투수로 활약했다. 그가 평생 주먹 다툼 한 번도 해 보지 않았다는 프로이트 측의 주장은 이것으로도 정확하지 못하다는 것이 입증되는 것이다.

그가 데이비드슨에서 보낸 생활은 훨씬 광범위한 의미에서 그에게 커다란 반발을 불러일으켰다. 그는 이 기간에 자신의 아버지처럼 목사가 되려던 생각을 버리고 자기 나름대로 진로를 자유롭게 결정하려고 마음먹었다.

박사이자 목사인 아버지 윌슨이 아들에게 큰 영향을 준 것은 틀림없다. 자신에게 크게 실망을 느끼던 그는 모든 정성과 노력을 이 아들에게 쏟았다.

그는 학문적인 그의 모든 감각을 토미에게 쏟았고, 많은 것 중에서도 특히 대중 앞에서의 효과적인 연설법 같은 것을 조목조목 자세히 가르쳤다. 그러나 일생일대의 근본적 선택을 하는 데는, 간접적이긴 하지만, 그의 어머니의 영향이 절대적이었다.

이렇게 말할 수 있는 중요한 한 가지 근거는 제시의 영국적 취향이 그녀의 아들이 지닌 상상력을 크게 부채질

했다는 점을 들 수 있다.

토미가 해군 병정놀이할 때도 그가 만든 전함은 늘 영국 해군이었고, 자신의 미래를 꿈꾸면서 본보기처럼 여길 인형이나 모형을 택할 때는 항상 정치가를 택했다.

그는 목사의 설교단을 피하려고 결심한 때부터, 그리고 복음주의 이념에 준거하여 정치적 입신을 하려고 마음먹은 이후, 늘 그의 방 벽에 당시의 영국 수상 글래드스톤(Sir Gladstone) 경의 초상화를 걸어두었다.

이 모든 결정은 그가 데이비드슨 대학에 재학하던 시절에 이루어진 것으로, 이 대학에서 학창 시절을 보내는 동안 아주 훌륭한 성적을 거두었다. 덕분에 폭넓고 고차원적인 교육을 받을 수 있는 소양을 쌓았다.

이 무렵까지도 토미와 그의 어머니는 아주 특별한 친밀감을 계속 유지하고 있었다. 제시는 학문적인 문제들은 남편에게 기꺼이 양보했다.

남편 윌슨 박사는 토미의 논문을 비평하는 사려 깊은 에세이를 써서 아들에게 보냈다.

제시는 토미가 무슨 일을 시도하든 언제나 훌륭히 해낼 것을 확신한다고 거듭거듭 격려하고 채찍질하는 것으로 만족했다. 그러나 제시와 토미는 동정이나 공감 이상의 것, 체격과 체질 면에서 더 많은 공통점을 지니고 깊게 결속되어 있었다. 이런 점에서 보아도 토미는 윌슨 쪽보다는 우드로 가 쪽에 훨씬 가까웠다.

토미는 어머니와 똑같이 약간 검은 빛을 띤 좋지 않은 안색에 허약한 체질이었다. 아버지와 같은 남성스러운 아름다움은 없었다. 이런 사실을 솔직히 수긍이라도 하듯 토미는 프린스턴 대학을 졸업하자, 곧 그의 이름을 고쳐 쓰기 시작했다.

그는 자신을 T. 우드로 윌슨(T. Woodrow Wilson)이라고 바꿨고, 대학 친구에게 보내는 편지의 맺음말에 이렇게 설명하면서 덧붙였다.

추신 : 내 서명이 잘못되었다고 생각하진 말게. 우리 어머니의 특별 요청, 그러니까 이 이름 속에는 우리 가문 모두의 이름이 포함된 까닭에 쓰는 것뿐일세.

제시가 무척 기뻐했으리라는 것은 말할 것도 없다.

"토미란 이름은 성인에겐 확실히 어울리지 않는 이름이야."

제시는 이리 말하고, 이후로는 우드로라고 부르도록 노력을 기울이기로 약속했다.

자신을 성인으로 생각한다는 것은 두 사람을 기쁘게 했지만, 그들은 아직 정서적, 감정적 구분을 명확하게 하지 못한 것이 아닌가 생각된다.

남부 지방 여러 도시 사람들을 공포의 도가니로 몰아넣고 매년 여름이면 큰 불안을 안겨주던 말라리아 열병이 제시를 엄습했다.

　이에 제시는 병세가 점점 깊어갔고, 이즈음 토미는 집에 있는 동안 어머니 대신 매일 아침 시장을 보러 다녔고, 집안의 온갖 허드렛일을 다 처리했다.

　그들 집 건물에 조그마한 곁방을 달아낼 때, 아버지는 끊임없는 교회 관계의 집회와 활동을 하느라 무척 바빴기 때문에, 토미가 카펫을 깔고 가구도 들여놓아 집안을 새로 단장했다. 두 누이가 이즈음에 결혼하자, 토미에게는 훨씬 더 많은 일이 돌아와 쌓였다.

　누이 중 하나는 목사에게로, 다른 여동생은 의사에게로 각각 시집갔다. 토미는 자신이 누이들처럼 독립해서 새살림을 차린다는 것은 아주 비현실적이라고 생각했다.

　그는 프린스턴 대학을 졸업한 뒤 곧 버지니아 대학교 법과대학에 등록했다. 당시 토미의 나이는 스물셋이었고, 한 여인을 들먹거리기 전에 우선 자신의 생활비를 언제쯤이나 스스로 벌어서 쓸지 아득하기만 했다.

　그뿐이 아니었다. 그의 건강도 썩 좋지는 않았다.

　"너는 딱 한 가지에 대해서는 아무 얘기도 해주지 않는구나."

　토미가 법대에 다닐 때 제시는 이렇게 써 보낸 적이 있었다.

"넌 도대체 식사로 무엇을 어떻게 먹니?"

모든 어머니가 이런 질문을 하는 것은 당연하지만, 제시는 한층 깊고 극성스러웠다.

토미가 샬로트 빌(Charlottes ville)에 있을 무렵 위장이 몹시 나빠지기 시작했다. 소화가 잘되지 않고 고통스러웠기 때문에 마침내는 2학년 중간쯤에 학업을 중단하고 집으로 돌아와서 어머니의 간호를 받았다.

그와 어머니가 주고받은 편지를 보면, 두 사람은 토미의 아버지가 있는 자리에서는 서로의 병을 최소한으로 줄여서 얘기하려고 애썼음을 알 수 있다. 서로의 증상은 가능한 한 두 사람만 아는 일로 숨기려 한 것이다.

제시는 날이 갈수록 몸이 점점 더 허약해지고 건강이 악화해 갔다. 그러나 토미는 다행히 건강을 되찾아 법률 활동을 시작할 채비를 하기 시작했다ㅣ거의 같은 시기에 그의 동생은 대학에 입학했고, 훗날 큰 명성은 얻지 못했지만, 상당히 존경받을 신문 기자 준비를 착실히 해 나가고 있었다ㅣ.

토미가 변호사 간판을 내건 곳은 작은 도시 애틀랜타였다. 하지만 셔먼(Sherman) 폭동으로 혼란하고 엉망이 된 도시에서는 장차 대통령이 될 젊은 변호사를 고용해 주는 이가 없었다. 게다가 토미는 법률 절차의 세세하고 복잡한 일들이 몹시 신경에 거슬려, 마침내 그의 계획을 근본적으로 수정할 것인지 심사숙고하기 시작했다.

법률 활동을 정치가의 길로 가는 기수로 이용할 것이 아니라, 명성이란 점에서는 오히려 못할지도 모르지만, 행정학에 관한 강의에 전념하리라 결심하였다.

그리하여 그가 실제로 법률을 포기하기 전에 직업을 바꾸는 것보다 그의 인생을 결정적으로 변화시키는 한 사건과 맞닥뜨렸다. 삐딱한 성정을 가진 그의 어머니가 바로 이 사건의 핵심이었다.

어머니 제시의 한 오빠가 남긴 문제의 유언 때문에 생긴 복잡한 소송사건을 해결하기 위해 스물일곱 생일을 앞둔 그해 여름 토미는 여행길에 올랐다. 목적지는 조지아주 롬(Rome)이었다. 이곳에 머물던 친척들과 함께 주일이면 교회에 나가는 것도 당연한 일과가 되었다.

예배가 시작되기를 기다리면서 자리에 앉아 있는 동안 그의 기분은 한없이 경건했다. 그곳 교회 목사의 딸이 나타나길 기다리는 동안 그의 마음은 들떴다.

'그렇게 명랑하고 예쁠 수가 없었습니다. 아! 그토록 반짝이는 장난기 어린 웃는 두 눈, 아! 난 지금도 기억이 생생합니다.'

토미가 나중에 쓴 편지의 일절이다.

이 얼굴과 눈의 주인은 엘렌 루이즈 액슨(Ellen Louise Axson), 그러니까 미스 엘리 루(Ellie Lou : 엘렌의 애칭)였고, 약 2년 후 두 사람은 결혼했다.

그동안 토미는 존스홉킨스대학에서 연구 과정을 마치고 대학교수 자격을 갖추었다.

제시는 이들의 결혼을 무척 기뻐했다.

"엘리 루에 관한 이야기는 많이 들었다만……."

우드로가 그의 소망을 밝힌 뒤, 제시는 즉시 아들에게 장문의 편지를 썼다.

이 세상에 그 처녀보다 더 다정하고 순수한 아이는 없을 거라고 보이는구나. 그래 네가 그 애를 얻기만 한다면, 장차 언젠간 말이지, 누구보다도 내가 더 기쁠 것 같구나.

이것이 진정이었음은 훗날 제시의 태도에서도 명백히 드러났다. 그녀는 가장 열렬한 마음으로 엘리 루를 맞아들였다. 그녀의 이런 대단한 호의와 환영도 결코 놀랄 일은 아니다. 그도 그럴 것이 어머니가 골라주고 싶었던 꼭 그런 여자를 아들이 선택했기 때문이다. 이 세상의 어느 어머니가 기뻐하지 않겠는가?

그리고 실제로 엘렌 액슨은 바로 제시가 아들에게 쏟은 것처럼 포근히 감싸주는 깊은 정을 보여주었다. 게다가 그녀에겐 제시가 너무도 고맙게 여기는 신선한 즐거움과 명랑함이 있었다.

마침내 적절한 시기가 왔을 때, 토미가 그의 마음에 오아시스 같은 애정의 원천을 그토록 자연스럽고도 성공적으로 옮기게 된 것도 따지고 보면 결국은 그의 어머니의 덕이 컸다. 어머니의 치맛자락에만 머물러 있던 아들 토미의 애정도 마침내는 어머니 덕분에 옮아간 것이다.

그로부터 3년 후 제시는 치명적인 병에 걸렸다. 그러나 토미에 대한 그녀의 마음은 평온하기만 했다. 그녀가 바라던 대로의 보호와 애정을 아들이 받게 될 것을 너무도 잘 알고 있었기 때문이다.

제시는 1888년 4월 15일, 남편이 신학을 강의하던 테네시주 클락스 빌(clarks ville)에서 세상을 떠났다. 그녀의 나이는 쉰일곱이었다.

만약 이상과 같은 기록이 우드로 윌슨에 대한 오이디푸스적 진단 결과를 정당화하는 것이라 해도 어쩔 수 없다. 그러나 이야기는 아직 끝나지 않았다.

어린 시절의 토미에게서 오이디푸스 콤플렉스의 전형적인 징후를 아무리 많이 보았다 하더라도, 성인이 된 우드로 윌슨은 일반적인 신경성 환자의 증세와는 현격한 차이를 보였고, 그 자신도 놀랄 만큼 훌륭히 극복하였다.

그가 어떤 특별한 비법이나 요법 없이도 잘 극복했다고 프린스턴 대학생 일단은 지금껏 한결같이 확신하고 있다는 사료를 찾아볼 수 있다.

훗날 그는 중년에 이르러 정치 무대에 등장했는데, 수만의 동료와 시민들이 그를 대통령으로 선출하는 데 주저하지 않았다. 그의 두 번의 결혼을 두고 프로이트 학파는 이런 상태를 신경증 환자의 초기 증세라는 등의 이해하기 어려운 주장을 하지만, 실제로 그의 결혼 생활은 두 번 다 대단히 행복했고 성공적이었다.

이상하게도 그의 실제 결혼 생활은 프로이트의 이름으로 출판된 윌슨 연구서 어디에서도 토론하지 않고 있다.

그러면서도 이들 프로이트류의 사람들이 민주주의의 생존과 번영에 대해 그토록 이상적이고도 집요하게, 또 어쩌면 순진하게까지 이 세계를 지키고 보호하려고 애썼던 미합중국의 대통령을 자신들의 예수 그리스도처럼 생각하면서 평생 굉장한 고통과 고뇌 속에서 살았다고 간단히 결론짓는 건 우습지 않은가?

결과적으로 그가 인류의 새로운 구세주가 되지 못했다고 해서, 우드로 윌슨과 그의 부모를 그렇게 가열차게 공격하는 사실 정당하지 못하다.

허드슨강 강변에 노을 진 모성

사라 델러노 루스벨트 여사

프랭클린 델러노 루스벨트(재임 1934.3.4~1945.4.12)

사라 델러노 루스벨트(Sara Delano Roosevelt) 여사

허드슨강 강변에 노을 진 모성

사라 델러노 루스벨트 여사
Sara Delano Roosevelt

우리 모두의 감사를 당신에게 드립니다. 당신은 정녕 위대
한 여인, 우리의 땅에 그토록 고귀한 아들을 준 분이기에.

예부터 끊임없이 흐르는 강물을 굽어보며 자리 잡은 아름다운 공원 기슭에 나이 어린 한 소녀가 여러 오빠 언니들 사이에 끼어 살고 있었다.

아이들은 서로 다투는 일이라곤 없이 사이좋게 지냈다. 혹시 말다툼이라도 일어날 기미가 보이기만 하면, 이들의 아버지는 단 세 마디로 즉시 아이들을 말리곤 했다.

"쯧쯧, 그만들 둬."

그러면 아이들은 하던 행동을 그만 멈추었다. 바로 이것이 사라 델러노 루스벨트가 떠올리기 좋아하는 어린 시절의 광경이다.

사라 루스벨트가 행복한 이 어린 시절 대부분을 보낸 웅장한 저택은 알고낙(Algonac)성이라 불렸다. 사라는 이 성에서 걷는 맵시를 배우고, 목소리를 아름답게 가다듬는 예의범절을 배우기도 했다. 또 여자 가정 교사들이 여럿 있어서 그들에게 교육받았다.

이 거대한 저택 안 모닝 룸이 아이들이 공부하는 스터디 룸으로 쓰일 때는 꼭 등받이가 곧은 의자들만 사용했다. 이것은 어린아이들이 쓰러지거나 자세가 나빠지지 않도록 하려는 배려였다.

아버지 워렌 델러노가 딸 샐리(Sallie : 사라의 애칭)의 먼 미래를 일찍 예견했을지라도 그보다 더 훌륭한 교육과 훈육을 할 수는 없었을 것이다. 아버지는 샐리가 미합중국 최초의 '황태후'가 될 수 있도록 아주 이상적으로 교육했다.

'황태후'라는 명칭은 물론 공식적인 것은 아니지만, 적어도 십여 년간 불려온 그녀의 대명사였고, 아무도 이를 의심하지 않았다.

그녀가 보낸 옛 시절부터 항상 지켜온 가정 규율과 예의범절을 훌륭하게 지켜나가지 않았더라면, 1930년대 그녀의 아들이 수행했던 뉴딜 정책(New Deal Policy)에 자극받은 많은 국민은 커다란 고통과 어려움을 겪었을 것이다.

아들의 친구들까지도 위엄과 존귀한 품위를 갖춘 고령의 루스벨트 여사에게서 항상 확신과 크나큰 믿음을 얻었다.

델러노 집안은 그녀가 태어나기 전까지는 매사추세츠 주의 한 지방에서 살았다.

물론 루스벨트 여사의 선조는 분명 네덜란드계로 필립 드 라 노이(Philippe de la Noye)가 미국으로 이민을 온 후부터 새 역사는 시작되었다.

필립은 폴란드에 임시로 정착해 살다가 프랑스로 추방된 유그노(Huguenot) 가문에서 태어났고, 1621년 미국으로 이주하여 플리머스에 상륙했다.

그 후 그의 후손들이 어찌나 신중하게 혼인 관계를 맺어 나갔던지, 훗날 제31대 미국 대통령의 가문은 메이플라워호를 타고 최초로 신대륙으로 건너온 승객 7인과 약간이나마 혈연관계가 있다고 주장할 수 있었다.

루스벨트 가 사람들에게 바다란 너무 매력적인 존재였다. 사라의 할아버지는 중국과 무역하던 상인으로 배 여러 척을 소유하고 직접 선장 노릇도 했다.

사라의 아버지 역시 무역으로 대단히 큰 이윤을 올렸다. 사라의 아버지는 불과 서른세 살에 홍콩에서 대단한 부를 축적했고, 이때부터 뉴욕 시티 항구 연안에 투자하기 시작하여 재산을 형성해 나갔다.

그는 매사추세츠주 한 판사의 딸과 결혼했고, 월가 근처에 신혼살림을 차렸다. 그들이 결혼하고 처음으로 가진 집은 라파이에트 플레이스(Lafayette Place)에 자리 잡고 있었다. 존 제이콥 애스터(John Jacob Astor)의 아들과는 정반대였다.

그러나 늘 정답고 상냥하며 온순한 아내가 계속해서 아이를 여럿 낳자, 그는 도시의 번잡하고 천박한 소용돌이로부터 아이들을 보호하기 위하여 가족을 이주시키기로 하였다. 그곳에서 멀리 떨어진 안심할 만한 곳으로 옮기려고 마음먹은 것이다.

그가 선택한 곳은 거대한 허드슨강이 유유히 흐르는 가운데 커다란 굽이를 도는 한 모퉁이를 끼고 포근히 내려앉은 60에이커의 숲과 과수원이었다.

푸른 강물과 녹색 들판과 산이 한눈에 보이는 경치가 대단히 아름다운 곳이었고, 붉은 벽돌과 다른 색 벽돌로 쌓아 올린 저택이 미려한 경관 한가운데에 자리 잡았다.

하지만 이 저택은 우아함이 약간 덜했기 때문에 건물과 정원을 대폭 고쳐 다시 지어 올렸다. 이렇게 개조하는 데는 유명 디자이너의 도움을 받았다.

그 디자이너는 워싱턴 백악관과 국회 의사당의 기초를 설계한 사람으로, 주위의 조망과 저택 등을 깊이 고려하여 설계해주었다.

이 귀족의 새 궁성 알고낙에서 1854년 9월 21일 사라 델러노가 태어났다.

'사라'라는 이름은 숙모의 이름을 따서 지은 것인데, 그 숙모와 혼동을 피하려고 샐리라고 불렀다. 천박하다거나 경박스럽다거나 하는 이유가 있는 것은 결코 아니었다.

샐리는 늘 부모님의 말씀에 순종했다. 어머니가 이제 날씨가 따뜻해졌으니 벗어도 된다고 이야기할 때까지 늦은 봄인데도 플란넬 페티코트를 그냥 입고 있었다. 아빠가 중국에서 가져온 응접실 화병에 꽃꽂이할 때면 늘 지체하지 않고 어머니를 도와드렸다.

그러나 매일매일 반드시 할 일과 의무만으로 채웠다고 생각해서는 안 된다. 작고 예쁜 망아지를 타고 근처를 돌아다니거나 하는 아주 건전하고 건강에 유익한 활동을 하는 데에도 규칙적으로 시간을 할애하였다.

겨울에는 즐거운 썰매놀이도 하고, 비 오는 날에는 매일 똑같은 메인 하우스를 벗어나 두 개의 방으로 꾸며진 플레이 하우스│놀이를 위한 아이들의 집│에서 한나절을 즐기기도 하였다.

이들 델러노 집안의 아이들 외에도 가끔 사촌이나 친구들 대부대와 함께 어울리기도 했다. 델러노 가의 아이들은 어려서 죽은 두 아이까지 포함해서 모두 열하나에 이르렀다.

샐리는 형제들 가운데 딱 중간인 다섯째였고, 위로 언니 셋과 오빠 하나가 있고, 아래로 여동생 셋과 남동생 하나가 있었다. 이런 환경에서 자란 샐리가 좋은 일을 많이 하여 사람들의 총애를 받은 것도 충분히 있을 법한 일이다.

언젠가 링컨 대통령 휘하의 한 병사에게 보낼 스웨터를 뜨는데, 샐리 혼자 처음부터 끝까지 한 바늘도 실수하지 않고 다 뜬 것을 보고 식구들은 모두 깜짝 놀랐다.

셔츠는 '일곱 살 난 어린 소녀가 만듦'이라는 쪽지를 붙여 그 사병에게 전달하였다.

그 후 남북전쟁의 포화로부터 어린 샐리의 세계를 완벽히 보호할 수는 물론 없었다. 그러나 가까이 다가와 있는 좋지 못한 일들과 해로운 대부분의 사물로부터 조심스럽게 보호하였다.

그들의 가족 일기를 보면, ― 델러노 일가는 모두 끈기 있게 일기를 쓰고 있었다. ― 샐리의 아버지가 이런 에피소드를 쓴 것을 볼 수 있다.

○월 ○일

캐더린 모리 씨, 월 14달러를 주기로 하고 요리사로 채용, 오늘 도착함.

오늘 아침 일찍 제임스 맥긴이 마구간에서 행방불명되

어 모습을 감추었다.

캐더린 모리 씨가 나룻배로 뉴욕을 떠났다. 37번가 308 E번지 성 가브리엘 성당 클라우리 신부의 조력을 받아 상당히 중요한 일을 하도록 했음.

그 신부는 자기의 마부를 설득하여 이 요리사와 결혼시키려 했으나 결국 실패한 것이 틀림없다. 왜냐하면 그로부터 며칠 뒤의 기록에서 이 문제를 매듭지으며, 미스터 델러노는 이렇게 기록했다.

저 매춘부 같은 요리사, 캐더린 모리 씨가 우리의 도움과 호의를 저버리고 뉴욕으로 달아났다. 6개월씩이나 우리와 함께 살았고, 항상 친절하고 다정하게 대했고, 어려운 일도 많이 도와주었는데, 이런 은혜를 뻔뻔하고 불만스러운 듯 아무렇게나 팽개치고 가버렸다.

불쌍한 케이트 | 캐더린의 애칭 | 의 운명이 왜 비참해졌는지, 샐리가 그 이유를 모르도록 하려고 조심했지만, 그 이후부터는 그의 아버지도 그녀를 보호해 줄 수 없는 시련이 닥쳐왔다.

샐리가 뉴 베드퍼드(New Bedford) 근처 할아버지 댁에 놀러 갔다가 그곳에서 백일해를 앓은 것이다. 그러나 대단하지는 않았다.

샐리는 키가 컸고 어린아이들이 잘 걸리기 쉬운 병들을 용케도 피해 갔다. 훗날 그녀는 70년 동안 아파서 앓아누웠던 날을 기억할 수 없다고 자랑할 정도였다.

샐리의 평온한 나날은 느닷없이 닥쳐온 돈 문제 때문에 깨졌다. 그때까지의 너무도 평화스럽던 생활에 중대한 변화가 일어났다.

그러나 샐리는 물론 다른 아이들도 가족이 왜 갑작스럽게 멀고 먼 중국 땅까지 이사하게 되었는지 도무지 눈치채지 못했다.

실은 워렌 델러노의 재산이 1857년 경제 대공황의 여파로 증기처럼 사라져 버렸다. 이런 커다란 불운을 몇 년간은 숨길 수 있었지만, 결국엔 자신이 완전히 망했다는 것을 솔직히 인정하지 않을 수 없었다.

그는 알고낙의 저택을 토지매매 중개인을 시켜 팔았다.

그러나 가족을 데리고 순순히 찢어지는 가난뱅이 생활을 하면서도 점잖은 신사인 체하지 않고, 쉰 살에 홍콩으로 돌아갔다. 그는 홍콩에서 생애 두 번째 행운을 잡았다. 그는 곧 사람을 보내 가족들을 홍콩으로 데려오도록 했다. 그때 샐리는 여덟 살이었고, 홍콩행이 좋아서 팔짝팔짝 뛰었다.

샐리의 인생에서 새로운 시대가 눈앞에 펼쳐졌을 때,

그녀는 이 새로운 환경을 몹시 기대했다. 그녀는 그저 '품위 있는' 소녀들과는 달리 훌륭한 면이 있었고, 자신의 이미지를 만드는 일은 결코 새로 적응하는 것이 아니었다. 적어도 이런 일에는 필적할 만한 상대가 없었다.

오히려 위엄과 품위를 완벽하게 갖춘 그녀의 용모가 그녀에게는 더 잘 어울렸다.

그러나 겉으로 드러나는 부자연스러운 근엄한 자태 밑바닥에는 모험을 즐기고 싶어 요동치는 속 마음이 깊숙한 곳에 도사리고 있었다. 샐리와 가장 친한 사람들만 겨우 짐작할 수 있었던, 이 속마음은 그녀가 아들에게 물려준 고귀한 선물 중 하나였다.

그다음의 선물은 말할 것도 없이 '의지'였다. 아들의 턱이 어머니처럼 뾰족하게 튀어나온 것을 모르는 사람은 없다. 그러나 F.D.R을 숭배하는 사람 중에서도 그의 밝고 쾌활한 기질은 그의 어머니에게 물려받은 것이라는 사실을 아는 사람은 그리 많지 않다.

사라 루스벨트가 지금부터 100년도 더 전에 그녀의 나이 여든이 훨씬 넘은 고령으로 대서양을 횡단하는 쾌속정 서프라이즈(Surpise) 호를 타고 바다를 여행하면서 배운 뱃노래를 부르는 것을 들은 사람은 없을 것이다.

"달려라 달려. 황소같이 억센 사나이들아. 달려라 달려. 대서양 저 끝까지……."

저 멀고 먼 옛 시절 그들이 홍콩에 머무는 동안 '홍콩의 백인 | 사라의 아버지 | '이 짊어지고 있던 부채는 오래지 않아 다 청산하였고, 샐리의 아버지는 알고낙의 그 웅장한 저택을 되찾았다.

비록 반더빌트(Vanderbilt) 장군과 경쟁하고 싶어 하던 오랜 꿈은 더 이상 지켜나갈 수 없었지만, 딸 샐리에게는 거의 백만 달러에 이르는 유산을 물려주려고 했다.

이 액수는 샐리가 결혼한 노신사의 총재산인 삼십만 달러와 비교하면 굉장한 금액이었다. 그러나 그녀의 유산도 결혼도 아직은 먼 미래의 일이었다. 샐리는 도중에 유럽에 들러 2년간 여러 가지 교육적인 견학을 하고 미국으로 돌아왔다.

알고낙으로 돌아온 이후 그녀의 생활은 한 세기가 흐른 훗날에도 믿기 어려울 만큼 옛날의 생활 양식과 비교해도 거의 아무것도 변한 것 같지 않았다.

이제 아이들이 나이가 들어 한 사람 한 사람 적합한 배필을 골라 결혼하기 시작했다. 따라서 옛날의 썰매놀이 대신 아마추어 연주 같은 취미를 즐기긴 했다. 세월이 흐르면서 그들의 생활 내용이 달라졌어도, 한편으로는 옛 시절과 같은 분위기는 그대로 남았다.

그들은 알고낙에서의 즐거운 한때를 프랑스 말로 대화 나눌 때가 많았다. 또 해마다 해외여행을 즐기며, 유럽

곳곳에서 프랑스 어법이나 어휘를 적절히 가미하여 아주 교양 높은 사람들로 인정받았다.

샐리는 이런 집안의 환경과 교육 방침을 따라 마침내 젊고 오만할 만큼 훌륭한 소양을 갖춘 숙녀로 성장했다.

델러노 가의 자매들은 모두 미녀로 손꼽혔다. 하지만 샐리는 미녀라기보다는 잘생겼다고 하는 편이 더 적절한 표현이다.

샐리의 도덕적 기품도 다른 언니나 여동생들보다는 훨씬 뛰어났다.

키도 다른 자매들보다 훨씬 컸다. 샐리의 키는 5피트 10인치로 큰 편이었고, 걸음걸이도 의젓했다. 그뿐만 아니라 행동 하나하나에도 당당한 기품을 갖추고 있었다.

갈색 머리를 뒤로 빗어 모아 단정하게 묶은 모습은, 이미 위엄이 가득 찬 왕후 같은 자태를 보여주기에 넉넉했다. 그러면서도 사진 속 인물처럼 판에 박힌 딱딱한 모습은 아니었다.

샐리는 착한 마음씨를 가지고 있었고, 끊임없이 독서를 계속하여 많은 소양을 갖추었다. 다양한 종류의 음악과 연주회를 즐기기도 했다.

하지만 그토록 훌륭한 사교적, 도덕적 미덕을 많이 갖추었으면서도 그녀와 아버지가 다 환영할 만한 남편을 구하는 일만은 꽤 어려웠다.

샐리에게는 그녀와 비슷한 처지에 있는 여자친구들이 많았다. 그녀와 같이 안락하고 남 부러울 게 없는 생활을 누리는 계층에서는 처녀들이 결혼을 일찍 서둘러야 할 필요를 그다지 느끼지 않았다. 노처녀에게는 불리한 점도 물론 많았지만, 유리한 혜택 역시 많았다.

미스 사라 델러노도 훌륭한 교육을 받은 덕분에 이 점을 잘 알고 있었을 것이 틀림없다.

샐리의 가장 다정한 친구 중에 철철 넘치도록 많은 재능을 갖춘 처녀가 뉴욕 시티의 남쪽에 살고 있었다. 그녀는 홀어머니를 모시면서 집안일을 도왔고, 한편으론 남동생의 출세를 위해 헌신적인 노력을 기울이는 효녀였다.

그녀 남동생의 이름은 시어도어 루스벨트 | Theodore Roosevelt : 26대 대통령 | 이었고, 그는 공화당 중진 정치가들 사이에서 믿기지 않을 만큼 좋은 평을 들었다.

다행히 그의 누나는 이 미래의 대통령을 위한 여러 가지 일을 진행해 나가는 데 그리 깊이 빠지지는 않았던지, 1880년 봄 샐리 델러노를 자기 집으로 놀러 오라고 초대하기를 잊지 않았다.

샐리는 벌써 스물여섯 번째 생일이 다가오고 있었지만, 자신이 아직 독신이라는 것 때문에 투덜대지는 않았다. 알고낙의 전원생활 중 기분전환을 하고 싶을 때는 언제든 결혼한 언니와 함께 외국 여행을 즐길 수도 있었고,

뉴욕 시티에서 음악회나 연주를 보면서 몇 주일씩 보내기도 했다.

샐리는 시어도어 루스벨트의 누나가 집으로 초대한 일을 특별한 기대 없이 수락하였다.

그러나 우연히 샐리가 이 집에 머무는 동안, 어느 날 저녁 식사 때 루스벨트의 사촌뻘 되는 사람이 찾아왔다.

그는 구레나룻이 덥수룩하였고, 샐리보다 나이가 곱절은 많았다.

그와 샐리는 놀랄 만큼 서로 잘 어울려 보였다.

그의 이름은 제임스 루스벨트(James Roosvelt)였고, 샐리의 아버지와 무척 닮았다.

사실 이들 두 사람은 이미 여러 차례 자선기관이나 박애 단체의 만찬회에서 자리를 함께 한 일이 있었다. 물론 그 무렵까지는 그들의 사이가 허물없이 지낼 만큼 친숙한 분위기로 무르익지는 않았다.

샐리는 뉴욕에서 돌아온 후 곧 아버지에게, 시어도어 루스벨트의 어머니와 누이가 하이드 파크에서 일주일간 함께 묵자고 간청했었다고 말했다.

그녀의 아버지 워렌 델러노는 적잖이 놀라고 당황하지 않을 수 없었다.

하지만 이즈음 샐리는 50년도 더 지난 후 그녀의 아들에게 써 보낸 편지에서 표현한 바와 같이 느꼈음은 짐작하기 어렵지 않다.

"만일 그때 내가 하이드 파크로 가지 않았더라면, 난 아마 몹시 슬픈 인생을 살았을 것이고, 지금도 '노처녀 미스 델러노'로 남아 있을 것이다."

제임스 루스벨트의 의도가 과연 어떠한 것인지에 대한 샐리의 궁금증은 하이드 파크에 초대받은 그 조용한 일주일이 끝나갈 무렵의 어느 날 아침에야 풀렸다.

루스벨트는 델러노에게 점심 식탁에 놓을 꽃꽂이를 좀 해주지 않겠느냐고 물었다. 그때처럼 점잖고 고상한 자세를 귀하게 여기던 사회에서 이 이상 솔직한 말은 도저히 할 수 없었을 것이다.

이제 두 사람에게 남은 다음 일은 루스벨트가 예의를 갖추어 알고낙을 방문하는 일이었다. 실제로 루스벨트가 알고낙으로 찾아와 몇 주일간 머물렀다.

그리고 난 후에야 비로소 결혼에 관한 이야기를 언급하였다.

결혼 이야기가 나왔을 때 샐리의 아버지는 너무 놀라고 어이가 없어서 말문이 막혔다. 그는 루스벨트가 자기와 어울리는 것이 즐거워서 알고낙으로 자주 찾아오는 줄로만 알았다.

하지만 델러노는 이들의 결혼을 반대할 근거가 없었다. 루스벨트 가문의 계보는 멀리 1640년대의 뉴 네덜란드로 거슬러 올라간다. 그들은 경건한 신자들이며 애국심에 불타는 훌륭한 시민인 동시에 명성 높은 상인의 직계 후손이었다. 그의 성품도 인격도 흠잡을 데가 없었다.

딱 한 가지 정치적 결함을 제외하고는 — 그는 민주당에 표를 던지고 있었다. — 이러한 탈선까지도 점잖게 보아 넘길 수 있었다.

"제임스 루스벨트야말로 나에게 민주당 당원 중에도 신사가 있다는 걸 깨닫게 해준 최초의 사람이었다."

델러노는 이렇게 말한 적이 있었다. 눈 딱 감고 넘겨버릴 수 없는 유일한 장애물이 있다면, 그것은 이 사내의 나이였다.

샐리가 이 세상에 태어나기도 전에 그는 이미 신랑이 되었고, 그의 첫 번째 부인에게서 낳은 샐리만큼 나이 든 아들이 있었다. 이런 격차는 사실 매우 부당하고 받아들이기 어려웠다.

마침내 델러노는 벌컥 화를 냈고 격분하여 도저히 용납할 수 있을 것 같지 않았다.

그러나 샐리는 난생처음 그녀의 한없이 강인하고 끈질긴 의지로 아버지를 설득하여 승낙을 얻어냈다.

1880년 10월 7일 알고낙에서 사라 델라노와 제임스 루스벨트는 결혼식을 올렸다. 당시 샐리는 스물여섯, 제임스 루스벨트는 쉰두 살이었다.

그들의 결혼 생활은 아주 행복했다. 샐리는 결혼하기 전부터 아버지에게 순종하고 무슨 일이든 따르는 것이 천성처럼 그녀의 몸과 마음에 배어 있었다. 결혼 후에는 그 충성 대상을 아버지에서 남편 제임스로 바꾸어 헌신적으로 봉사했다.

사실 젊은 시절 사라가 나이 든 사람들에게는 당연히 충절과 경애를 바쳐야 한다는 생각을 단 한 번도 의심 없이 그대로 받아들인 그것이, 훗날 자신이 나이 들었을 때는 끊임없는 마찰과 불화를 초래하는 원인이 되었다.

하지만 샐리가 젊은 시절 내내 그토록 나이 든 사람들에게 기꺼이 바친 충성과 봉사의 정신을 젊은 사람들에게 기대한다고 해서 그녀를 탓할 사람은 아마 없으리라.

제임스가 너무 늙고 구식이어서 늘 한결같고 변함없는 관심과 보살핌이 필요했던 것은 아니다. 그는 여러 해 동안 활기차고 훌륭한 남편의 역할을 충분히 수행하였다.

그는 사람들에게 품격이 아주 고상하고 관대한 남편이라는 인상을 주었고, 항상 재미있는 일화가 따라다녔다. 농담 한마디 던지고는 머리를 뒤로 젖히고 어찌나 기분 좋게 껄껄 웃어대는지 구레나룻이 덜덜 떨릴 정도였다.

그가 하는 주된 일은 철도 부설 사업이었다. 또 다른 사업도 관리했지만, 가능한 한 시간을 내어 자기의 농장 일을 살펴보러 말을 타고 나가는 일도 많았다.

그는 영국의 시골 귀족 같은 이런 스타일을 고수하면서 그에 어울리게 지방 학교의 이사회에 참석하기도 하고 병원의 여러 위원회에 참석하기도 했다.

그의 친척 중 하나는 통렬하게 비꼬아 말하기도 했다. "제임스는 랜즈다운(Lansdowne) 경과 같은 풍모를 보이려고 무척 애썼지. 짧은 구레나룻이고 뭐고 할 것 없이 모두. 하지만 실제로 그의 꼴이란 꼭 랜즈다운의 마부 같단 말씀이야."

물론 제임스의 신부 샐리가 기분 좋아했을 리는 없다.

샐리는 해가 갈수록 제임스를 더더욱 우상처럼 떠받들었다. 물론 제임스가 그녀 관심사의 전부는 아니었다.

샐리는 결혼식을 올리자, 바로 그날부터 그녀의 부모가 했던 것처럼 일기를 쓰기 시작했다.

유럽 밀월여행에서 추억에 남는 이야기들을 썼고, 하이드 파크에서의 평온한 일상생활에 관해서 썼다. 그리고 한동안 공백이 보인다.

그다음에 쓴 글은 제임스 루스벨트의 필적으로 1882년 1월 30일 자로 씌어 있었다.

'9시 15분 전, 나의 사랑 샐리가 체격이 대단히 훌륭한 큼직한 사내아이를 낳았다. 체중은 10파운드나 되었다.'

샐리는 이 아들에게 워렌 델러노 루스벨트라는 이름을 붙여주려고 했다. 그러나 오빠 하나가 반대하고 나섰다.

그 오빠의 아들도 이와 똑같은 이름을 가지고 있었는데, 갑자스럽게 죽은 것이다. 똑같은 이름을 다른 사내아이에게 지어준다는 것이 그들에게 참을 수 없는 고통의 감정을 불러일으키게 되리라고 생각하였기 때문이다.

결국 샐리는 오빠의 간청을 받아들여 삼촌의 이름을 따서 지었다. 덕분에 훗날 세계 사람들이 W.D.R라는 어색한 두 문자頭文字를 쓰지 않아도 되었다.

그러나 샐리는 이 어린 아기 앞에 닥칠 장래의 일들을 정확하게 예견하지는 못했다.

그녀는 이 아들이 자라 그의 아버지가 걸어온 것과 같이 재산을 모으는 데 급급한 삶을 살지 않기를 바라며, 그렇게 되지 않도록 무척 애썼다.

사실 그녀의 공헌이란 60여 년에 걸쳐 아들의 일생을 아주 세세한 것까지도 조정하려고 애쓴 것이다. 그 덕분에 사라 델러노 루스벨트는 자신도 모르는 사이에 아들에게 장애를 극복하는 더없이 훌륭한 연습을 시킨 셈이 되었다.

그녀는 남편에게는 한 남자의 아내로서 마땅히 존경과 신뢰로 일부종사하였다. 그러나 프랭클린에게는 광범위한 영역까지 그녀의 강인한 의지력을 발휘할 필요가 있었다. 프랭클린이 그녀에게는 하나뿐인 외아들이 될 것 같았고, 그래서 그대로 완벽을 향해 그녀의 모든 노력과 비상한 정열을 오로지 프랭클린에게만 쏟아 부었다.

그러나 이 두 모자를 구제한 것은 그들 모두가 지녔던 유머 감각이었다. 어떤 놀이를 하더라도 프랭클린은 초반부터 요령이나 속임수보다도 어머니를 가볍고 화사하게 놀림으로서 그녀를 쉽게 감탄하게 할 수 있음을 깨달았다.

프랭클린은 다섯 살이 채 되기 전부터 편지에 아주 뻔뻔스럽도록 어머니에게 '사랑하는 샐리에게'라고 써 보냈다. 샐리는 프랭클린의 어린 시절을 보여주는 자료로 다른 스크랩과 함께 이 편지를 보관하고 있었다.

그러나 프랭클린은 열네 살 때까지 한 번에 두세 시간 이상 어머니와 떨어져 있은 적이라곤 없었다. 이런 환경 탓이었던지 샐리가 발휘한 보옥 같은 능력은 그 범위가 꽤 한정되어 있었다. 샐리는 거의 매년 상당 기간 제임스와 함께 여행을 즐겼다. 제임스의 체력이 점점 약해지기 시작했으므로 대부분은 유럽의 휴양지로 향했다. 프랭클린도 늘 함께 따라다녔다.

프랭클린은 태어난 지 얼마 되지 않아 그로톤(Groton)에 새로 설립된 최상급 학교에 입학을 허락받았다. 그러나 샐리는 그와 헤어지기가 싫어서 프랭클린의 학령기인 열두 살에 이르러서도 2년이나 더 자기 옆에 두고 학교에 보내지 않았다.

프랭클린은 어른들하고만 너무 오래 같이 지내고 자기 나이 또래의 소년들과 어울린 적이 없었기 때문에 그로톤 학교에 입학했을 때는 많은 문제에 부딪혔다. 집에서 함께 어울려 본 아이라곤 하이드 파크 바로 건너편에 살던 유조선 선장의 아들뿐이었다.

이미 집에서 상당한 교육을 받았던 터라 학과 공부에는 별 어려움이 없었다. 그러나 겨우 하룻밤 만에 친구를 어떻게 만들 것인지 곰곰이 생각하지 않으면 안 되었다.

프랭클린은 이미 오래전부터 마치 어린 폰틀로이 경과 같은 예법과 몸가짐으로 어른들의 감탄을 자아내는 기술을 완벽하게 습득하고 있어서 나이 든 사람들에게는 항상 좋은 인상을 주었다.

그러나 그는 평생에 걸쳐 늘 더 폭넓은 사람들의 인기를 얻기 위해 끊임없이 노력해야만 했다.

그로톤에서는 무엇보다도 무서운 질병의 위협과 싸워야 했다. 이곳에 오기 전까지는 사실상 다른 아이들과는 완전히 격리되어 있었기 때문에 이런 질병은 쉽게 피할 수 있었다. 프랭클린이 학교 진료소나 병원에 갈 때마다 어머니는 허둥지둥 달려가곤 했다.

한번은 프랭클린이 성홍열 때문에 다른 아이들과 격리될 처지였는데, 사다리를 구해다 줌으로써 격리를 피할 수 있었다. 매일같이 그 사다리에 올라가 창문을 통해 프랭클린이 어떻게 하고 있는지 들여다보기도 했다.

샐리가 어머니로서 한 이러한 헌신적인 노력이 프랭클린에게 더욱 집중된 것은 하버드 대학에 입학하고 나서였다. 이 돌연한 태도 변화는 사랑하는 남편이 쇠약해져 일흔두 살 되던 해에 심장병으로 죽은 뒤부터였다.

프랭클린에 대한 샐리의 집착은 놀라웠다. 제임스는 그의 유언장에 이렇게 썼다.

나는 여기에 나의 아내를 아들 프랭클린 델러노 루스벨트의 순수한 보호자이자 후견인으로 지정해 둔다. 그리고 아들 프랭클린은 어머니의 보호와 지도를 따를 것을 바란다.

하지만 제임스가 과연 그의 아내의 영향력이 실제로 드러난 것처럼 그토록 지속적이고 위력적일 것을 미리부터 예감하였을까.

제임스 루스벨트가 이 아들에게 끼친 영향을 측량하기란 대단히 어렵다. 그의 첫 번째 부인에게서 난 아들 — 제임스 루스벨트, 이름을 2세(Jr)라고 부르는 것을 꺼려서 택한 이상한 이름이었다. 그래서 그랬던지 그는 대체로 로우지라고 불렸다. — 은 훗날 그의 아버지를 무척 닮아 갔다.

그는 뛰어난 마술가馬術家이자 사교가로서 애스터 부인 (Mrs. Astor)의 딸과 결혼하여 세인의 주목을 받기도 했다. 그러나 프랭클린은 아버지 제임스가 너무 힘에 부쳐 도저히 그런 활동을 계속할 수 없을 때까지 몇 해 되지는 않지만, 아버지와 함께 승마나 요트 놀이, 아이스 보팅을 즐기는 행운을 누렸다. 아버지와 아들은 좋은 파트너로 서로 마음이 맞는 벗이기도 했다.

그러나 모든 단계에서 프랭클린을 이끌고 뒷바라지한 것은 그의 어머니였다.

미망인이 된 샐리는 분명 그녀가 지상에 살아 있는 동안은 프랭클린에게 좋은 영향을 주려고 쉼 없이 온갖 정성을 다 쏟았다.

제임스가 세상을 떠난 후 하이드 파크는 처음 몇 달간은 견딜 수 없을 만큼 적적했고, 샐리는 너무 외로워 견딜 수 없는 나머지 보스턴에다 집을 한 채 얻어 주말마다 프랭클린이 그녀와 함께 지낼 수 있도록 했다.

샐리는 마음속으로 언젠가는 그녀와 프랭클린이 하이드 파크에서 다시 함께 살 수 있으리라 생각하면서 마음을 달랬다. 그러면서도 샐리는 매년 2, 3개월씩은 프랭클린과 함께 뉴욕 시티에 내려가 지내거나 여행하면서 보냈다.

프랭클린의 열정적인 마음에 더 큰 자극이 필요했다면,

그건 분명 점잖고 품위 있는 법률 활동이었으리라.

그러나 그녀가 자신의 의지만큼이나 강인한 영향력을 이미 프랭클린에게 깊이 심어 주었다는 사실을 곧 깨달았다.

아이러니하게도 프랭클린에게 그의 계획 중 한 부분에 그의 십이 촌 친척 하나를 포함하도록 제의한 것은 바로 샐리였다.

"프랭클린의 어머니는 날 무척 안됐다고 생각한 모양이야."
라고 엘리아노르 루스벨트는 오랜 세월이 흐른 훗날, 그녀의 큰 특징을 살려서 자기를 비하하여 쓴 적이 있다. 아마도 그녀의 시어머니는 사촌 시어도어의 남동생 엘리어트 루스벨트가 수줍음을 잘 타는 성격을 몹시 동정한 것 같다.

엘리어트 루스벨트는 이미 그 전에 사라에게 애걸하여 스스로 프랭클린의 대부가 되어 한몫하기로 약속한 터였다. 하지만 사라는 그 당시 이미 고인이 된 엘리어트를 그녀의 대를 이을 자식 프랭클린의 장인으로 삼고 싶은 마음은 전혀 없었다. 프랭클린도 하버드 대학 4학년을 시작할 무렵 똑같은 생각을 하고 있었다.

엘리아노르 루스벨트는 그녀의 회고담을 쓰면서 너무 감정적으로 표현하여 자신을 '못난 오리 새끼' 같았다고 묘사했다. 그래서 많은 이들은 프랭클린이 그녀를 택한 이유는 어떤 이상한 비실제적이고 공상적인 사회 개량 본능에서였을 것이라 단정했다.

훗날 그녀가 전 세계 사람들에게 보여주었던 그 보기 드문 우아한 아름다움을 스무 살이 채 되기도 전에 식별력이 있는 사람들의 눈에 드러났고, 프랭클린 역시 그런 엘리아노르의 아름다움을 바로 보았다.

그는 곧 진정한 사랑에 빠졌다. 프랭클린은 대학 졸업 반 추수감사절 때 어머니에게 사실을 고백했고, 케임브리지로 돌아간 직후 어머니에게 편지를 써 보냈다.

사랑하는 어머님께

전 돌아온 후 마음이 너무 급해져서 어찌할 바를 모르겠습니다.

사랑하는 어머니! 제가 얼마나 큰 괴로움을 어머니에게 안겨드렸는지 잘 알고 있습니다. 제가 정말 달리 어떻게 할 수만 있었더라면 결코, 그렇게는 하지 않았을 것이라는 사실을 어머니도 아시잖아요.

어머니가 원하시는 그대로 전 따르겠어요. 제가 할 수 있는 말은 이게 전부예요. 전 제 마음을 잘 다스리고 있어요. 그리고 오랫동안 저 자신을 생각해보았어요. 그리고 도저히 달리 생각할 수 없었다는 것도 잘 알아요.

결론을 말씀드리겠어요. 전 지금 이 세상에서 가장 행복해요. 그리고 가장 행운아이기도 하고요. 그리고 어머니! 사랑하는 어머니에게는 말이죠. 이 세상 어떤 것도 지금까지 어머니와 저 사이에 있었던 모든 것, 그리고 장차 존재할 모든 것을, 결코 변화시킬 수 없다는 것을 어머니도 잘 아시잖아요. 다만 이제는 말이죠. 어머니는 어머니가 사랑하시고 사랑할 아이가 둘이 되었다는 걸 아셔야 해요. 어머니도 잘 아시겠지만 엘리아노르는 언제까지라도 어머니의 진실한 딸이 될 거예요.

전 일요일까지 줄곧 이곳에서 공부하고 있겠습니다.

어머니의 변함 없는 아들 F. D. R

그해 여름 사라는 프랭클린과 노스케이프로 바다 여행을 떠나려 했다. 그러나 프랭클린이 마음을 바꾸기는커녕 여행을 거절하였다. 그러자 사라는 그들의 정식 약혼 발표를 1년간 연기해야겠다며 맞섰다. 이미 타협에는 명수가 되어 있던 프랭클린도 이에 동의하였다.

결혼식은 1905년 3월 17일 성 패트릭에서 올리기로 약속했다. 하필 이날을 택한 것은 엘리아노르의 가장 가까운 친척이 그 무렵 백악관의 주인이 되었고, 그가 뉴욕으로 올 기회가 마땅치 않았기 때문이었다. 엘리아노르의 삼촌 시어도어는 이날 조카딸을 시집보내기 전에 결혼식 퍼레이드를 지켜보았다. 역사상 가장 예외적이고 이상한 결혼식으로 참 잘 어울리는 출발이었다.

엘리아노르가 프랭클린에게 시집온 후, 사라 루스벨트는 적어도 첫 20여 년간 마치 전제군주처럼 이 며느리를 혹독하게 다스렸다.

이런 이야기는 이미 여러 번 공개되었다. 물론 여러 채의 집과 한 아들과 숱한 충고 세례까지, 시어머니가 주는 많은 선물(?)을 부담감 없이 진정 고마운 마음으로 받아들인다는 것은 그리 쉬운 일이 아니다.

그러나 엘리아노르에게 이 문제는 간단하지 않았다. 프랭클린이 어머니와의 사이에 어느 정도 선을 그어놓고 있다는 걸 알고 있었을 게 틀림없다.

1910년 프랭클린은 법률업무에 싫증을 느꼈고, 마침 하이드 파크에 민주당 출신 정계 인사들 몇이 방문하여 프랭클린에게 공직에 출마할 것을 권유했다.

그의 아버지는 이런 제의를 몇 차례 단호하게 거절한 바 있었다. 프랭클린은 그들에게 이렇게 말했다.

"우선 어머니와 먼저 상의하고 싶습니다."

그러나 더치스 카운티 | 네덜란드 세력이 지배적인 주, 즉 뉴욕을 중심으로 한 그 일대 | 의 민주당 대변인이 계속해서 재촉해댔다.

"프랭크, 당 수뇌부에서는 당신의 대답을 기다리고 있

습니다. 당신 어머니에게 가부를 묻지 않으면 안 된다는 말을 듣고 싶어 하지는 않을 것입니다."

그러자 프랭클린은 즉석에서 그해 가을에 뉴욕주 상원의원에 출마하겠다는 의사를 밝혔다. 그리고 그는 어렵지 않게 승리했다.

이것은 물론 시작에 불과했다. 사라는 그에게 수차례에 걸쳐 훌륭한 사람이라면 누구나 신문에 자기 이름이 들먹거려지는 것을 고통스러워하는 법이라고 타일렀다.

그러나 프랭클린은 너무 효과적으로 요령 있게 우드로 윌슨(Woodrow Wilson)을 공개적으로 지지했다. 덕분에 그는 윌슨의 해군성 차관으로 임명받았다. 그래서 그와 엘리아노르와 하나씩 늘어가는 개구쟁이 아이들을 데리고 워싱턴으로 이사했다.

사라는 거의 매일같이 편지를 써 보냈고, 종종 수표도 동봉해 보냈다.

그 후 프랭클린에게는 없었으면 차라리 나았을 보상이 하나 주어졌다.

1920년 부통령으로 지명된 것이다. 그의 어머니는 정치라는 커다란 영역에서는 '높은 지위에 따르는 도덕적 의무'를 생각해야 할 경우가 있음을 이해할 만큼 정치 에티켓을 아직 충분히 마스터하지 못했다. 비록 민주당 티켓은 그 기회를 잡기가 좀체 어렵지만, 어쨌든 프랭클린으로서는 그의 정당과 좋은 유대 관계를 지속해 나가는 것이 절대적으로 필요했다.

그러나 사라는 그녀 나름대로 '높은 신분에 오른 자의 도덕적 사교 의무'를 사람들에게 과시해 보였다. 그녀는 아들의 부통령 지명을 축하하기 위해 몰려든 축하객 5천 명을 그녀가 몹시 아끼던 하이드 파크의 잔디밭을 망쳐 가면서까지 영접한 것이다.

사라의 정치적 사교 경험은 이제 비로소 출발한 셈이었다.

그러나 그보다 먼저 닥쳐온 것은 프랭클린의 소아마비라는 커다란 시련이었다. 사라는 1921년 여름 유럽에 머물고 있었는데, 이런 끔찍한 사태가 벌어지고 있을 줄은 꿈에도 생각지 못했다. 뉴욕에서 그녀의 오빠를 만났을 때 비로소 프랭클린이 병에 걸린 사실을 알게 되었다.

그녀가 가족 휴양지인 메인주 해변 캄포벨로(Campobello)에 도착했을 때, 사태가 얼마나 치명적인지 알고 심한 충격으로 몸을 가누지 못했다. 프랭클린은 소아마비 외에 또 다른 소아 질병에 걸려 이중의 고통을 받으며 서른아홉에 그의 두 다리는 완전히 못 쓰게 되었다.

하지만 어머니와 아들, 며느리도 결코 절망에 빠져 있지만은 않았다. 모두 그들에게 부여된 이 운명을 맞이하여 각자 대단히 훌륭하게 역할을 감당해 나갔다.

사라는 뉴욕에 있는 오빠에게 보내는 편지에 다음과 같이 쓴 적이 있다.

난 어제 한 시 삼십 분에 이곳에 도착했어요. 그리고 용감하게 미소 짓는 나의 사랑스러운 아들과 다시 만나게 되었죠. 그 애는 말했어요. '어머니, 돌아오셔서 기뻐요. 어머니를 위해서 이 파티를 꾸몄어요.' 그 애는 말끔히 면도하고 아주 명랑하고 밝은 표정이었어요. 하지만, 그 애는 말이에요, 허리 아래는 전혀 움직이지 못했어요. 내가 늘 자랑스럽게 여겨 오던 그의 두 다리가 말을 듣지 않는 거예요. 한 자세로 오래 있으면 두 다리가 아파서 자주 자세를 바꾸곤 했어요. 그 애와 엘리아노르는 그런데도 금세 그런 비극을 털고 명랑한 모습으로 지내려고 애쓰고 있었어요. 그래서 집안의 분위기는 여전히 온통 행복으로만 가득 찬 것 같았어요. 그래 나도 그 애들의 행복에 빠져들었고, 그 애들의 영광스럽고 기특한 본보기를 따르려 하고 있어요.

이 절대적 위기의 순간에 사라는 진정 두 아들과 며느리의 인도에 따르기만 했다. 그녀는 조그만 울타리 같은 것에 의지한 채 겨우 서 있었고, 의사가 방금 도착해 엘리아노르와 프랭클린과 함께 있었고, 그들 모두는 닫힌

문 뒤에서 쾌활하게 웃고들 있었다고 썼다.

그중에서도 엘리아노르의 웃음소리가 가장 컸다는 얘기를 도저히 참을 수 없었던지 함께 썼다. 그러나 처음의 지독히 고통스러운 며칠이 지나자 사라는 어쩔 수 없이 스스로 자신을 컨트롤해 나가려고 애썼다.

프랭클린에게 걸었던 그녀의 기대도 의심도 명확했다. 그녀는 프랭클린이 아버지가 설정해 놓았던 그 정확한 패턴을 그대로 따라 주기를 바랐고, 프랭클린이 가지고 있던 열정적이고 너무나 훌륭한 꿈 — 그의 모든 동포의 생활과 운명을 하이드 파크 지역 내에서 함께 살게 된 그의 동료들처럼 훌륭하게 개선하겠다는 — 은 가능한 한 제한하고 싶었다.

그는 자신이 불구이면서도 여전히 지역 병원 이사회에서 활동하였고, 우표를 모으고 정리하기를 즐기고, 모형 배를 수집할 수도 있지 않겠느냐고 말하기도 했다.

사라는 프랭클린이 그의 불구를 운명으로 받아들이지 않으면 안 된다고 거듭 말했다. 분명 다른 어떤 것이 그의 체력과 정신력을 위험하게 좀먹어 들어갈 것이라고 느낀 것이 확실하다. 그러나 그녀의 생각이 정말 자기를 생각하지 않는 무사 무욕인 것만도 아니었다.

사라는 자기 생각에 나쁜 영향이나 충격을 줄 것 같은 의학적 견해들은 뭐든 무시하고 싶어 했다. 그녀는 아직도 여전히 아들의 지극한 충성을 얻기 위해 필사적으로 투쟁하고 있었다. 프랭클린이 체력을 다시 회복하면서, 사라가 적합한 조치라 보았던 그대로, 그의 지시나 명령을 철회했던 뉴욕 시티 하우스의 이 방 저 방을 거침없이 쏘다녔다. 그 당시는 진정 무시무시한 소름 돋는 혹한의 겨울이었다.

그러나 시어머니가 그녀를 윽박질렀기 때문에 엘리아노르는 한때 몹시 운 적도 있었다. 그녀는 이제 시어머니와 마주 대항하여 싸웠고, 프랭클린도 마찬가지였다.

생각해 보건대, 어머니에게 지지 않고 오히려 어머니 사라를 꺾어 누르겠다는 모든 노력을 이들 두 사람이 이런 식으로 나타냈기 때문에 미처 예측할 수도 없었고, 정반대의 결과를 가져오기도 했다.

그들이 가지고 있는 모든 잠재 능력을 모두 발현시킬 수 있도록 하려면 어떤 인자들이 필요한가 하는 문제에 대해서는 결코 완전한 해답을 얻지 못했다.

그러나 기록에 따르면, 1924년 프랭클린 델러노 루스벨트는 민주당 전당 대회 연단에 다시 나타났다. 그는 똑바로 서 있을 수 있도록 고통스럽지만 두 다리에 부목을 대고, 얼굴에는 수백만 국민의 가슴을 울린 그 유명한 그 특유의 미소를 함빡 띠고, 4년 후 그는 뉴욕 주지사로 출마한 알 스미드를 대통령 후보로 지명했다.

이 선거는 그야말로 피를 뽑을 만큼 치열한 접전이었다. 거의 모든 사람이 선거 다음 날 아침 일찍부터 민주당 선거 본부를 떠나고 없었다. 아주 근소한 차이이긴 했지만, 이 선거에서 프랭클린 루스벨트의 패배가 확실해 보였기 때문이었다.

그러나 등이 빳빳하고 위엄있어 보이는 할머니 한 분은 아직도 혼자 라디오 곁에 앉아 떠날 줄 몰랐다.

만약 그의 아들이 정치 무대에 다시 오르기만 한다면, 그녀가 할 수 있는 모든 노력을 기울여 그를 도울 것이다. 아들 프랭클린이 이겨야 한다는 그녀의 의지가 낳은 결과일까? 프랭클린은 결국 아슬아슬한 득표 차로 승리의 감격을 안았다. 그 승리와 득표수가 사라에게 있었던 건지 아닌지는 사람들의 추리에 맡기자.

"헬로! 야, 이 사람, 감자떡 같은 친구야!"

은퇴하는 지사 알 스미드가 즐겨 내뱉던 부드러운 인사말 중 하나가 이것이었다.

그의 후계자 취임 선서하는 알바니 취임식장에서 알 스미드는 사라 루스벨트 여사를 보고는 가슴이 뭉클해와 참을 수가 없었다. 그의 야비하고 투박한 말투도 그랬지만, 그의 담배 연기까지 그녀를 얼마나 지겹고 언짢게 하는지 잘 알고 있었다.

하지만 이제 그는 사라 여사와의 사이에 가로 놓인 커

다란 마음의 강을 건너 그녀에게 축하를 건넸고, 그의 어머니도 그가 똑같이 선서할 때 얼마나 기뻤던가를 이야기해 주었다.

루스벨트 여사도 이번엔 그를 쫓지 않았다. 그녀는 오히려 이번만은 종래 권위적인 그녀에게서 볼 수 없었던 파격적인 모습으로 일어서서 알 스미드의 축하를 받았다. 다음 날 여러 신문에서 루스벨트 여사가 알 스미드에게 답례할 때, 그녀의 두 눈에 눈물이 고였다고 보도했다.

프랭클린을 대통령 후보로 출마시켰을 때, 그녀의 기쁨은 더욱 컸으리라. 대통령 선거 기간 중 그녀에게 부여된 어머니의 의무에 그녀는 진정 위대한 활동과 위력을 보여주었다.

사라 여사는 AP(연합 통신사)와 함께 그녀의 희망차고 호언장담을 즐기는 스타일로 많은 공헌을 했다. 여사는 자필로 아들 프랭클린의 승리에 대한 성명서를 준비해 두고 있었다.

"모든 미국의 어머니가 프랭클린을 돕고 그를 북돋아 주도록 하나님께 기도드려 주십시오. 난 정말 기뻐서 뛸 것입니다."

사라 루스벨트 여사는 영국에서 절대적으로 신성시되는 메리 여왕(Queen Mary)과 그 용모가 놀랄 만큼 닮았고, 그녀에게 주어지는 모든 일을 거의 본능적이라고 할 만큼 즉석에서 알아차렸기 때문에 그녀 나름대로 국민적 영웅이 되어 있었다.

프랭클린이 백악관의 주인이 된 후 루스벨트 여사에게는 믿어지지 않을 만큼 수많은 편지가 쏟아져 들어왔다. 그 편지 중에는 루스벨트 여사에 관한 창작시가 많았다.

여사는 이런 시들을 모두 보관했는데, 그중 여기 브롱크스(the Bronx)의 로즈 스베르들리크(Rose Sverdlik)가 써 보낸 송시를 보자.

우리 모두의 감사를 모아 당신께 드리옵니다.
당신은 정녕 위대한 여인
우리 땅에 그토록 고귀한 아들을 주신 분이기에

루스벨트 여사가 이런 예찬의 문장들을 읽고 어떤 심정이었을지는 오직 상상에 맡길 수밖에 없다. 그러나 다른 여러 경우 그녀의 감정은 별로 비밀스럽지 않았다.

언젠가 하이드 파크의 오찬회에 휴이 롱(Huey Long)을 어쩔 수 없이 초대해야 했을 때, 여사는 그의 폭언과 거친 언행을 참고 있다가 아주 잠잠해질 때를 기다려 나직이 속삭이듯 말했다. — 그럴 마음만 있었다면, 이 세상의 누구보다도 더 큰 소리로 떠들어 댈 수도 있었다.

"저쪽에 우리 아들 바로 곁에 앉아 있는 저 꼴불견 같은 사람은 누구죠?"

그녀의 취향과 품격대로라면 여사야말로 한 개인의 가정에서 당대의 권력과 권위의 상징인 대영제국의 왕과 왕비의 권세를 누리는 미국 최초의 여인이 되었다. 하긴 만약 그들이 그녀의 어떤 방침에 맡겼다면 핫도그가 아닌 다른 음식으로 그들을 대접했을 것이 분명하지만 말이다. 핫도그는 엘리아노르가 잘 만드는 음식이었다.

이들 두 여인 사이의 갈등과 긴장에 루스벨트 여사는 완전히 가라앉히거나 진정하였던 때가 거의 없었던 것 같다. 당연히 짐작 가는 일이지만, 어려운 갈등 대부분은 사라의 다섯 손자 손녀들을 둘러싸고 일어났다.

사라는 이 아이들을 아주 난폭하고 버릇없는 아이들로 계속 만들어갔다. 아이들이 몇 번씩이나 교통 규칙을 위반하여 말썽을 일으키자, 엘리아노르는 차를 몰고 다니는 것을 완전히 금지했다.

그런데 시어머니 사라는 생일 선물로 아이들에게 자동차를 곧잘 사 주었다. 그래서 또 말썽을 일으켰고, 사라도 이런 말썽에 대한 책임을 면하지 못한 적도 있다.

또 가끔 언어 구사에서 훌륭한 어법 문제를 놓고 아이들에게 그녀의 당당한 견해를 가르치느라 많은 시간을 보내기도 했다. 결과는 아무 성과도 없었지만, 그래도 그녀는 애들을 붙잡아 가르치길 계속했다. 예컨대, '손에 때가 묻었다'라고 할 수는 있지만, '손이 더럽다'라고 할 수는 없다는 것을 끈질기게 지적하며 설명하는 식이었다.

사라는 여든다섯 고령을 지나서도 여전히 정정한 체력과 사물에 대한 올바른 식별력을 가지고 있었다.

어느 날 하이드 파크 지역 한 레스토랑에 들렀을 때, 건물 정면 현관에 붙어 있는 공고문을 보고 그녀는 즐거워했다. 그 공고문은 반바지를 입은 신사나 저고리를 제대로 차려입지 않은 사람은 입장을 허락하지 않는다는 경고였다. 그녀의 입술에 몹시 흐뭇해하는 웃음기가 감돌았고, 그날 밤 그녀를 수행했던 사람들은 성공작이었음을 금방 알 수 있었다.

그러나 사라도 여든여섯 살이 되고부터는 그전처럼 움직임과 사고가 유연하지 않았다. 그 무렵 엘리아노르 루스벨트가 한 친구에게 이렇게 말한 적이 있다.

즉, 프랭클린이 그의 어머니의 죽음으로 대단히 큰 충격을 받고 슬픔에 빠진 것은 사실이지만, 두 사람이 같은 방에 있게 되면 삼십 분도 견디지 못하고 말다툼하곤 했다는 것이다.

대통령의 어머니에게 이런 유의 재능이 있었다는 것을 증명해 보일 수 있는 사람은 많지만, 그중에 한 젊은 민주당 피임명자가 신문사 인터뷰 기자에게서 역사를 떼어

놓으려고 애쓰다가 무참하게 호통 받고 물러선 사람도 있다.

사라 델러노 루스벨트가 공개 석상에서 한 말들은 예외 없이 평범하고 상투적인 것들이었지만, 가끔 자기 자신만의 독창적인 언어를 구사하는 것도 참 좋아했다. 그래서인지 쓸데없이 참견하고 나선 민주당의 젊은이에게 여사는 오싹 두려움을 느끼게 하는 투로 말했다.

"여보게, 젊은이! 난 말이에요, 당신 같은 사람이 세상에 태어나기 전부터 신문기자들과 이야기했었다고요."

1941년 9월 7일, 노환으로 인한 종말이 그녀의 인생에 덮쳤다. 그저 몸이 전반적으로 몹시 쇠약해졌을 뿐 특별히 어떤 병을 앓지도 않고, 여든일곱 번째 생일을 불과 석 달 앞둔 날 아침 하이드 파크에서 숨을 거두었다.

루스벨트 도서관에는 그녀의 지난날들을 기록한 기사 스크랩들이 네 개의 큰 상자에 보관되어 있다. 하지만 그 모든 기록을 뒤져봐도 그녀의 일생을 공정하게 기록한 비문碑文 감은 도저히 찾을 수가 없었다.

올바른 기록을 남길 수 있는 것은 아마도 그녀뿐인가 싶다.

그녀의 아들이 대통령에 두 번, 세 번 연속 출마하여 미국 헌정의 전통을 깨뜨리려 했을 때 써 보낸, 마치 일국의 여왕이 신하에게 보내는 것 같은 편지를 주목할 필요가 있다. 그 편지는 F.D.R이 처음 두 번의 대통령 선거를 치르는 동안, 고도의 정치적 역량을 지닌 아일랜드 출신 선거운동 총책 제임스 A 파알리(James A. Farley)에게 보낸 짤막한 쪽지였다.

제임스 파알리는 이제 다시 프랭클린 루스벨트를 지지하고 나서는 일에 고삐를 다잡고 있었고, 자신의 때가 왔다고 생각하고 있었다. 루스벨트 여사는 이렇게 썼다.

친애하는 미스터 파알리에게

내 누이동생이 죽은 후 당신이 보내준 친절한 서한에 감사하는 편지를 나는 써 보냈다고 기억합니다. 이제는 내 아들의 선거를 당신이 다시 맡아서 치러줄 것을 진정으로 바란다고 이야기하고 싶습니다. 나는 당신을 그만큼 깊이 신뢰하고 있습니다.

언제나 변함없는 사라 루스벨트

백 년 후에 부르고 싶은 노래

마사 영 트루먼 여사

해리 S 트루먼(재임 1645.1.20~1953.1.20)

마사 영 트루먼 여사(Martha young Truman)

백 년 후에 부르고 싶은 노래

마사 영 트루먼 여사
Martha young Truman

언제나 자연이라고 하는 열쇠를 놓치지 말고 지켜라. 선량
한 사람이 되어라. 그리고 용감한 사람이 되어라. 비판하지
말라. 그대가 비판받지 아니하려거든…

해리 트루먼이 대통령에 취임한 직후 한 달간 겪었던
만큼 어렵고 혹독한 경험을 한 사람은 없을 것이다.

프랭클린 루스벨트의 죽음이 전 세계를 경악하게 한
것은 1945년 4월 초였다. 세계 역사상 가장 많은 참극을
빚었던 이 전쟁에서 최후의 승리를 그의 후계자에게 맡
기고 프랭클린 루스벨트는 세상을 떠났다. 그러나 다행
스럽게 그 해도 5월, 여느 해와 다름없이 어머니날을 맞
았다.

이런 소용돌이 속의 불안한 몇 주간 미주리 출신의 이
작은 사내가 민주주의의 생존을 위한 병기고의 열쇠를

맡은 주인이 된다고 생각하니 얼마나 얼떨떨하고 당혹했겠는가. 그러나 이러한 어려움에는 그럴만한 이유가 충분히 있었다.

미국 민주주의 전통에 도전하듯 F.D.R | 프랭클린 델러노 루스벨트의 약자 | 은 최근 막 그의 네 번째 임기를 맞이했다. 미국 국민은 루스벨트 이전의 백악관 주인에 대한 기억이 분명치 않을 정도로 그의 이미지는 미국 사회에서 너무 강력하고 깊게 뿌리 내려 있었다. 루스벨트를 미워하고 반대하는 사람들까지도 세기의 거인이 사라졌다며 슬퍼했다.

또 이는 윈스턴 처칠의 심정이기도 했다. 트루먼도 이러한 국민 대중의 깊은 관심을 받지 않을 수 없었다. 대통령으로 취임 선서를 한 다음 날 기자들과의 인터뷰 중, 그는 이렇게 말했다.

"여러분이 지금까지 기도해 본 적이 있다면, 이제는 제발 나를 위해서 기도해주시오."

그에게 가장 절실히 필요했던 것은 지도자의 이미지였다. 사실 해리 트루먼은 강력한 대통령으로서의 요건과 자질을 모두 갖추고 있다는 자기 나름의 면목을 그의 집무실에서는 유감없이 발휘하기 시작했다. 그러나 국민 대중이 그의 이런 모습을 보고 이해할 것인가에 대해서는 여전히 의문이 없지 않았다.

바로 이 문제의 해결을 위해서 아흔두 살의 해리 트루먼 대통령의 어머니가 나섰다. 그녀가 혼자서 해낸 일은 미리 계획하고 충분히 검토한 언론이나 매스컴도 이룰 수 없었으리라.

5월 어머니날, 아들 해리가 미주리까지 찾아올 수 없었기 때문에, 어머니 마사가 워싱턴으로 갔다. 해리가 어머니를 모셔 오도록 대통령 특별 전용기 '성우(聖牛 ; The Sacred Cow)'를 보낸 것이다. 특별기가 착륙하자, 해리는 벌떡 일어나 어머니를 모시고 백악관 현관으로 안내했고, 그곳에는 사전에 주의를 단단히 받은 사진기자들이 떼를 지어 그녀를 기다리고 있었다.

그러나 수천 장의 사진보다도 그녀의 짤막한 몇 마디가 훨씬 더 값졌다. 사진기자들의 열광적인 셔터 세례를 뚫고 어머니 마사는 칼칼하고도 매서운 말로 한 기자에게 쏘아붙였다.

"아이고, 이런 시시껄렁한 짓들 좀 그만둬! 이따위 소동이나 피울 줄 알았다면, 여기까지 오지도 않았을 텐데……."

이 한마디에 전 미국은 마음을 놓았다. 미국 정부의 수뇌부에는 이제 더 이상 진공 상태는 없었다. 직업적인 정치가들은 사태의 진전을 미처 깨닫지 못했다. 그들 직업 정치가들은 국민의 진의를 알기까지에 많은 시간이 걸렸다. 바로 이 점이 그들의 불행이었다. 유권자들은 이미 그들에게 필요한 가장 중요한 열쇠를 본 것이다.

게다가 허드슨강 출신의 점잖고 고귀한 신사 | 뉴욕 출신 F.D.R을 뜻함 | 와 너무 오랫동안 기다려온 국민은 한결같이 '넓은 진흙투성이의 땅 | 해리 트루먼의 미주리주를 뜻함 | '에서 온 사내의 소박하고 숨김없는 이야기를 듣고 싶어했다.

트루먼이 의회를 향해 잘 알려진 무뚝뚝하고 퉁명스러운 말투로 비난을 퍼부었을 때 시민들은 외쳤다.

"의회를 혼내주시오. 정신이 번쩍 들도록 말이오, 해리!"

그리고 국민은 또 다른 뉴욕 출신 후보를 따돌리고, 이 작고 소박한 사내를 정식 대통령으로 선출함으로써 다른 정치 전문가들을 거부한 것이나 다름없이 되었다.

마사 알렌 영(Martha Allen Young)은 소녀 시절부터 설탕과 양념 | 애교 있고 상냥하면서도 예리하고 매서운 데가 있음을 비유 | 이 잘 버무려진 섬세하고 총명한 여인이었다.

물론 아들 해리가 링컨 대통령이 그 옛날 걸어 다녔을 복도가 있는 백악관으로 그녀를 초대하기까지는 참 오랜 세월이 걸렸다.

마사는 링컨이라는 사내에 대한 혐오감을 도저히 씻지

못했고, 이 일리노이주 출신의 전 대통령이 사용했던 침대에서 주무시게 될 수 있다고 해리가 은근히 놀려 대자, 차라리 마룻바닥에서 자겠노라고 말했다.

마사의 양친도 그녀와 마찬가지였다.

마사의 아버지는 농부 솔로몬 영(Solomon Young)이었는데, 당시 금광을 찾아 미친 듯 서부로 몰려드는 개척자들을 상대로 교묘히 이득을 본 재주 많은 사람이었다.

어머니는 매사 적극적이면서도 약간 급한 성미였고, 빨간 머리였다. 이들 두 사람은 고향을 떠나 켄터키로 밀려가는 개척자들을 따라 멀리 미주리까지 이주해 왔다.

마사 알렌은 이 미주리주에서 1852년 11월 25일 아홉 남매 중 여덟째로 태어났다. 당시 마사가 태어난 농가는 훗날 오랫동안 캔자스시티 시유지가 된 땅에 지은 무허가 건물이었다.

솔로몬은 이곳에 정착한 후로 더 이상 가족을 이끌고 다른 곳으로 떠날 생각을 버리고 차츰 많은 땅을 사들였고, 얼마 후에는 거대한 농장을 갖게 되었다. 그리고 훌륭한 저택을 지었다. 이 집터에는 훗날 현대식 쇼핑센터가 세워지기도 했다.

또 한편으로 그는 대형 트레일러를 직접 몰고 다니며 화물을 운반하기도 하고, 금광 러시로 캘리포니아로 몰려가는 이주민들의 가축 떼를 운반해 주기도 하면서 많은 돈을 벌어들였다. 그는 흑인 노예는 고용하지 않았지만, 노예 해방을 놓고 남북 간에 거대한 논쟁과 싸움의 불길이 번졌을 때 남부 편을 들었다.

이런 엇갈린 의견이 결국 전쟁으로 파급되기에 이른 마흔다섯 살 되던 해, 그는 전쟁에는 참여하지 않고 가축 무역을 계속해 점점 더 많은 재산을 모아들였다.

그가 먼 지방으로 장사를 떠나 집을 비운 어느 날, 북군의 한 침공부대가 이곳까지 진격해 왔다.

그들은 붉은색 각반을 두르고 있었기 때문에 '짐 래인(Jim Lane)의 붉은 군대'라고 불렸다.

이 북군의 붉은 군대가 영의 농장까지 몰려와서는 마사 알렌의 어머니에게 손이 부르트도록 비스킷을 굽게 하였다. 그리고 4백 마리나 되는 돼지를 도살하여 먹어치웠고, 심심풀이 미치광이 짓으로 수많은 닭을 공중에 던지고는 총으로 쏘아 죽이고, 곳곳에 쌓여 있던 건초더미에 불을 지르기도 했다.

그때 겨우 아홉 살이었던 마사 알렌은 그날 이후 정치에 관해서라면 이를 갈 만큼 치를 떨었다.

그래서 그는 늘 이런 말을 자주 했다.

"당시 미주리주 서쪽 지방에 살면서 민주당 당원이 되지 않은 사람들은 누구 할 것 없이 머리가 텅 빈 돌대가리거나 바보들이라고……."

이 약탈 사건보다 더 공포에 떨게 한 일은, 당시 남부 11개 주 탈퇴론자들인 열성분자들이 취한 모종의 행동에 대하여 북군의 한 장군이 취한 보복 조치였다. 그 장군은 미주리주 4개 군에 걸쳐서 혐의가 조금이라도 있어 보이는 가족은 모조리 붙잡아다 휘하의 푸른 제복 병사들을 시켜 난폭하게 취조하도록 명령한 사건이다.

그로부터 무려 반세기가 지난 어느 날, 해리가 미주리 주민 군의 푸른 제복을 입은 것을 본 마사는 그를 집 밖으로 내쫓기까지 있을 만큼 미워했다.

영의 가족이 이렇게 도망자 비슷하게 일종의 망명 생활을 한 덕분에 상당한 이득도 있었다는 것을 잊어서는 안 된다. 솔로몬은 이러한 전쟁의 소용돌이 속에서도 가계를 부유한 유지할 수 있었기 때문에, 그 험난하고 고통스러웠던 삼 년간 다른 가족들처럼 쫓겨 다니며 난민수용소에서 고통받는 생활은 하지 않았다.

그리고 훗날 캔자스시티의 메트로폴리스로 발전한 훌륭한 요지에서 평안하고 안락한 생활을 누릴 수 있었다.

당시의 학교라곤 선생이 하나뿐인 시골의 오두막 교실이 고작이었는데, 마사는 다른 오빠 언니들과 함께 훨씬 훌륭한 학교 교육을 받을 수 있었다. 덕분에 전쟁이 끝난 후에도 다른 미래 대통령의 어머니들이 어린 시절, 혹은 처녀 시절을 어렵게 꾸려나가면서 대학 생활을 했던 것보다 좋은 환경에서 고등 교육을 이수할 준비가 되어 있었다. 전쟁 후 아버지 솔로몬은 마사를 렉싱턴의 세례 교에서 운영하는 여자 대학에 보냈다.

마사는 당시 눈물을 머금고 일해야 했던 많은 농사꾼 딸들의 운명과는 달리, 집에서 그 지긋지긋하고 힘겨운 농사일과 집안의 온갖 허드렛일을 하지 않아도 되었다. 그녀는 어머니와 함께 스무 명에 이르는 일꾼들의 치다꺼리를 돕기는 했지만, 부엌의 힘든 일은 따로 검둥이 하인들이 도맡아 했기 때문에 아버지가 가지고 있던 말 중에서 제일 예쁘고 젊은 놈을 골라 타고는 마을 주변의 아름다운 곳을 찾아다닐 여유가 있었다.

멋진 여성용 안장을 사용했음은 말할 것도 없지만, 그래도 그녀는 여자다운 맵시가 나는 치마를 즐겨 입었다. 이러한 그녀의 습관은 노년에 이르러서도 바지를 입고 다니는 젊은 여자들을 보면 마치 클럽에 들락거리는 놈팽이들처럼 보인다면서 경멸했다. 하지만 춤추는 것만은 조금도 반대하지 않았다.

세례교인들 대부분은 매우 완고하고 엄격하지만, 그녀는 자신을 이렇게 표현한다.

"난 발걸음이 경쾌하고 가벼운 세례교인이었죠."

이 말의 근원을 찾아보면, 처녀 시절 마사는 일주일에 세 번씩 어떤 이웃집의 곡식 창고에서 빠른 박자의 경쾌한 음악에 맞추어 추는 춤을 즐겼다고 한다.

마사가 스물아홉이나 되어서 결혼한 것은 어떤 연유인지 알 수가 없다. 그러나 당시 그녀는 단정한 맵시에, 누구나 호감을 품는 허리가 잘록한 소녀 같은 용모였다. 또 그녀의 갸름한 얼굴에 회청색의 두 눈동자가 맑게 빛나고 있어 독특한 매력을 더해 주었다.

이렇듯 그녀의 두 눈에는 항상 마음속에 있는 것을 가득 담고 있었고 평생, 그러니까 거의 1세기에 걸쳐서 그 반짝거리는 아름다운 눈빛을 그대로 간직했다.

마사는 넉넉한 생활환경에서 마음만 먹는다면 아침부터 내내 독서 하면서 지낼 여유가 있었다. 또 훌륭한 피아노로 자신의 가득 찬 꿈과 소망을 마음껏 연주하며 혼자만의 황홀함에 젖을 수 있었다. 이런 여가와 풍요로움을 잃고 싶지 않아 결혼을 서두르지 않았는지 모른다.

언니들이 모두 남자를 만나 시집간 뒤로 매트 | 마사의 애칭 | 와 어머니는 서로 정다운 동무 사이가 되었기 때문에, 영영 결혼하지 않고 평생 집에 머물러 있을 것처럼 보이기도 했다.

하지만 집요하고도 끈덕지게 구혼하는 한 작은 사내가 그녀를 그냥 내버려 두지 않았다.

이 열렬한 존 앤더슨 트루먼은 매트보다 나이는 한 살 위였으나, 키는 반대로 2인치나 작았다. 그래서 이 사내는 평생 '땅콩'이라는 별명을 감수해야 했다.

그의 양친 역시 켄터키주 쉘비(Shelby) 군 출신으로 매트의 부모와는 동향인데다 미주리주의 같은 지방에 정착하여 살았기 때문에 매트와 존은 아주 어린 시절부터 잘 알고 지내는 사이였다. 영의 집안만큼 부유하지는 않았지만, 트루먼 일가도 그 지역에서는 그런대로 존경받는 이웃으로 알려져 있었다.

솔로몬 영은 자기 농토의 한 부분을 떼어 존 트루먼의 아버지가 집사로 봉직하던 블루릿지 세례 교회에 헌납한 일이 있다. 이런 인연이 있어서 그런지, 장차 미국의 제 33대 대통령이 될 사람의 부모로서 신랑과 신붓감이 친해진 것도 이 교회의 웅장하고 우람한 정문 밖에서 일요일마다 만났기 때문일 것이다.

존은 매트를 설득하여 결혼 언약을 받을 무렵 어머니를 잃고 홀아비 신세가 된 아버지를 도와 트루먼 농장을 경영하는 데 힘쓰고 있었다. 하지만 매트는 농장의 주부로서의 무거운 짐을 지고 싶어 하지 않는 것 같았고, 존 역시 그녀에게 그런 일을 맡겨 고생시키고 싶지 않았다.

훗날 그들의 딸 메리 제인은 이 이야기를 간결하면서도 함축성 있게 묘사했다.

"난 암소 젖을 짜본 적은 한 번도 없었죠. 아빠 말씀이, 소젖 짜는 일을 배우지 않으면 훗날에도 젖 짜는 일은 할 필요가 없을 거라더군요."

존은 한 걸음 더 나아가서 자기 가족을 위해서, 또 자기 자신을 위해서 더 야심만만한 계획을 세웠다. 그의 장인 솔로몬 영의 성공에 자극받은 것이 분명하지만, 그도 가축 무역으로 대성할 야욕을 불태웠다.

두 사람은 1881년 12월 28일 영의 집 응접실에서 목사를 주례로 모시고 결혼식을 올렸다. 그러나 막상 결혼 기념 촬영을 할 때는 두 사람의 키 차이가 너무 나서 이 불명예스러운 모습을 감추려고 두 사람이 함께 포즈를 취할 땐 늘 그랬듯 쪼그려 앉은 모습으로 사진을 찍었다.

결혼식을 치른 후 존은 신부네 마차를 빌려서 신부 매트와 연로한 아버지를 태우고 남쪽으로 멀리 떨어진 작은 마을 라마르로 향했다. 이 라마르가 바로 존이 그의 사업 기지로 선택한 곳이었다.

존이 멀리 남쪽으로 100마일씩이나 떨어진 곳으로 가지 않고, 만일 캔자스 일대에 그냥 머물러 있었더라면 트루먼에 관한 이야기도 사뭇 달라졌을지 모른다. 왜냐하면 이 강 연안의 항구 도시 캔자스시티는 그 이름처럼 실제로도 하나의 대도시로 폭발하듯 번창하고 있었고, 가축 산업이 도시의 가장 주요 산업 중 하나로 성장하고 있었기 때문이다.

그러나 존 트루먼은 수소 대신 노새를 취급하기로 마

음먹었고, 따라서 저 거대한 메트로폴리스의 캔자스시티를 버리고 이 졸고 있는 듯한 남쪽 마을을 그의 목표로 정한 것이다.

존은 사실 대사업가나 일세의 투자자에게 요구되는 천부적인 여러 자질을 풍부히 갖추고는 있었지만, 기본적인 한 가지 요소가 부족했다. 그것을 운이라고 해야 할지 실용적인 상식이라고 해야 할지 모르겠지만, 어쨌든 그는 결정적인 기회를 늘 놓쳤다.

그가 라마르를 선택한 것이 결과적으로 영영 떠돌아다니는 방랑객의 길로 접어들게 하였다. 어쨌든 라마르에 정착한 이래 2년여의 세월이 흐른 후, 폭이 불과 여섯 자 반밖에 안 되는 좁은 침실 하나에 보잘것없고 형편없이 작은 오두막집에서 매트는 아기를 사산하였다. 이 일은 그녀의 평생에 시커먼 거미줄 속에 갇힌 듯 침울한 추억으로 남았다.

하지만 매트는 곧 또 임신하였고, 1884년 5월 8일 흐뭇할 만큼 크게 울면서 태어난 건장한 아들을 보았다.

매트는 이 아들에게 그녀가 가장 좋아하던 오빠의 이름을 붙여주고 싶었다. 이 오빠는 아직 총각 신세로 그 여동생의 집에 곧잘 놀러 왔었다. 오빠는 자기의 경험에 비추어 동생에게 늘 주의를 상기시켰다.

"이 애를 해리슨(Harrison)이라고 부르지 말아라. 결국엔 사람들이 해리라고 부를 테니까 말이야."

　그래서 아기의 이름은 해리가 되었고, 가운데 이름의 두 문자는 아주 명료하게 'S'를 썼다. 친할아버지는 이 'S'를 솔로몬에서 따온 것이로구나 하고 생각할 것이고, 외할아버지 쪽에서는 트루먼 가의 옛날 선조의 이름이었던 쉬프(Shippe)에서 따왔다고 생각할 테니, 이거야말로 꿩 먹고 알 먹는 기막힌 아이디어였다. 누구도 불만을 표시하지 않으리라고 생각했다.

　이런 꾀 많고 재치 있는 해결책은 매트의 아이디어였던 게 분명하다. 남편 존에게는 이런 재치가 전혀 없었다. 그러나 그는 정치에 관해서만은 진지하고 엄격한 견해를 보였다. 만약 선거 때가 되어 공화당 쪽 후보가 하는 얘기라도 우연히 듣거나 지껄이는 것을 보기만 해도 대수롭지 않은 내용으로 치부하고 아예 상대하려 들지 않았다.

　자그마한 체구에도 불구하고 길에서 우연히 공화당의 당원이라도 만나게 되면 존은 그 사내가 어떤 사람이든 실컷 두들겨 패고 싶어 했다. 이런 호전적인 기질은 세월이 감에 따라 약간 수그러들긴 했지만, 그의 맏아들 해리의 성격에도 분명히 영향을 주었다.

　그 좋은 예로 누구건 아버지 존이 실패자였다는 소리를 하거나, 그런 내용을 약간이라도 비치면, 해리 트루먼의 눈에서 무섭게 이글거리며 타오르는 불꽃을 그의 안경 너머로 두 눈에 번뜩이는 것을 보게 된다.

해리가 두 살 때, 매트는 아기를 낳아 비비안(Vivian)이라는 이름을 붙여주었다. 그 역시 귀여운 아들이었다. 이때는 이미 다른 마을로 옮겨와 있었고, 또 한 차례 노새 사업에 실패하여 쓴맛을 보았다.

그로부터 2, 3년 후 그들의 셋째 아이이자 막내인 메리 제인을 낳을 무렵, 이 젊은 트루먼 일가는 어쩔 수 없이 솔로몬 영의 농장으로 되돌아가 있었다.

이 무렵엔 할아버지 트루먼도 이 농장에서 함께 살았다. 이 모든 일에 대해서 마사는 어떤 생각을 품고 있었는지는 지금도 알 수 없는 그녀만의 비밀이기도 하다.

트루먼 일가는 역대 대통령 가족들에게서 보기 드문 과묵한 특성이 있으며, 특히 개인적인 일이나 집안에 관한 사적인 일에 대해서는 좀체 입을 열지 않았다.

훗날 마사가 거침없이 지난날의 이야기들을 털어놓자 기자들은 그녀의 주변에서 펜대를 놀리느라 바삐 쫓아다녔다. 그들의 결혼 초기의 생활에 관해서는 단편적인 이야기만 추리할 수 있을 정도로 말하기를 꺼렸다.

마사의 아버지 솔로몬 영은 만년에 이르러 큰 농장을 관리하고 경영하기에는 너무 늙어 체력적 정신적으로 도무지 감당해 나갈 수 없다는 구실을 내세워 사위 존 트루먼이 가족을 데리고 돌아오도록 재촉했다.

존은 분명히 나무를 심고 가꾸고 거두고 하는 농사일을 활기 넘치게 척척 잘 해냈다. 그는 어떤 고된 일도 서슴없이 했다. 매트 역시 고된 일도 마다하지 않고 남편을 도왔다. 매트의 어머니가 여전히 식사며 부엌 허드렛일을 도와주긴 했지만, 세 개구쟁이가 어찌나 소동을 피우는지, 도무지 데니슨의 시 한 줄도 마음 편히 읽을 짬이 없었다.

이 세 아이 중 마사 트루먼의 눈길과 주의를 가장 많이 끈 것은 해리였다. 갓난아기 때부터 매트와 해리는 유난히 정답고 친해서 모두 해리는 엄마의 아들이고, 비비안은 아빠의 아들이라고 놀릴 정도였다.

그들의 가족은 물론 막내 메리 제인도 이런 이야기를 언짢게 여기지는 않았다. 이렇듯 해리는 동생들에게 착하고 다정한 형이자 오빠였을 뿐 아니라, 엄마를 잘 돕고, 몇 시간씩이나 메리 제인의 요람을 흔들며 놀아주기도 했다. 그리고 제인이 조금 자라서는 어머니가 빗겨주는 만큼이나 정성들여 그녀의 머리를 예쁘게 빗겨주었다.

그 무렵 해리는 어머니의 지극한 사랑을 받고 관심을 끌었다.

매트는 일찍부터 해리에게 알파벳과 읽기를 가르쳤는데, 다섯 살이 되자 집에 있는 커다란 성경책을 들고 큰 소리로 줄줄 읽었다. 글자가 신문 활자처럼 조그맣게 인쇄되어 있어 줄을 바꿔 읽기도 했다.

어느 해인가, 7월 4일 미국 독립기념일 밤하늘에는 휘황찬란한 불꽃이 가득 흩어지고 있었고, 매트는 해리의 모습을 지켜보고 있었다. 요란한 폭죽 소리와 함께 불꽃이 밤하늘 높이 피어오를 때, 어린 해리는 좋아하며 손뼉 치고 펄쩍펄쩍 뛰었다. 그러나 무수히 찬연燦然하게 빛나는 별 무리에는 별 흥미가 없는 듯 보였다. 그때 매트는 어린 해리의 눈에 분명히 이상이 있음을 깨달았다.

다음날 매트는 해리와 함께 마차를 불러 타고 캔자스시티의 안과 의사에게로 달려갔다. 안과 의사가 진찰하고서, 매트가 두려워하던 일이 사실임을 말해 주었다. 해리의 두 안구는 보통 사람에게서는 볼 수 없는 아주 납작한 모양의 기형 동공이었고, 두툼한 교정 렌즈 없이는 어떤 물체도 정확히 보지 못했다. 그리하여 해리는 여덟 살 때부터 보기에 딱할 만큼 두꺼운 안경을 쓰기 시작했다.

당시는 어떤 종류의 안경이든 그것을 쓰고 다니는 아이를 사람들은 아주 호기심에 찬 표정으로 보았다. 이상하게도 사람들은 안경 쓴 것을 약간 부러워하기도 했다.

해리는 이 안경 때문에 제법 나이가 들어 보였다. 그때까지만 해도 해리는 주위의 사물을 볼 때 시야가 흐릿하고 몽롱했다.

그랬기 때문에 어머니는 해리에게 거의 매달려 있다시 피 했고, 해리는 한순간도 안경을 떼놓을 수 없었다.

훗날 그가 솔직히 인정했듯이 '안경만 벗으면 두더지처 럼 한 치 앞도 못 보는 신세'였다. 예를 들면 공놀이 같은 운동은 전혀 생각할 수도 없었다. 무엇보다도 비싼 안경 을 깨뜨리면 크게 곤란해지기 때문이었다.

그래서 해리는 책벌레가 되었다. 이 무렵 존 트루먼의 아버지가 노환으로 세상을 떠났고, 아들에게는 돈 수천 달러를 남겨주었다. 존은 이 돈으로 사업에 착수하려고 덤볐다. 이번이 그에게는 세 번째 도전이었다.

존은 캔자스시티 솔로몬 농장 부근 그랜드 뷰 마을에 서 20마일도 되지 않는 활기 넘치는 마을 인디펜던스 | Independence : 독립, 미국 독립을 기념하여 붙여진 마을 이름 | 를 택했다. 인디펜던스는 역사책에 완전히 매료된 한 소년 이 학창 시절을 보내는 데는 훌륭하고 좋은 환경이 되어 주었다.

일 년 후, 아이젠하워 가족이 정착한 아빌렌처럼, 1890 년대의 인디펜던스에도 자랑할 만한 역사가 있었다. 오 레곤 트레일과 산타페 트레일이 이곳에서 출발했고, 몰 몬교 교도들이 이 땅에 새로운 예루살렘을 건립하려 애 쓰고 있었다.

당시에는 곳곳에서 갱단이 출몰했는데, 그중에서도 유

명한 제스 제임스 갱단이 이곳을 거점으로 삼고 있었다. 이런 일은 어린 소년이 생각하기에는 버거웠다. 어머니 매트는 해리의 마음을 평온하게 안정시켜 주고 싶었다. 그래서 빨간 표지로 된 책 4권을 사 주었다. 이 4권은 『위대한 남자들과 유명한 여자들』이라는 제목을 단 교훈 전기 시리즈였다.

그는 이 책들을 평생 매우 소중하게 간직하며 두고두고 읽었다. 그는 이 책과 인디펜던스 공립도서관에서 빌려 볼 수 있는 많은 책에 완전히 매혹되었다. 그리하여 또래의 아이들이 밖에서 공놀이와 낚시질로 시간을 보내는 동안에도, 해리는 꼼짝하지 않고 부엌 마룻바닥에 앉아 종일 책만 읽곤 했다.

그 무렵 도시 생활을 시작한 지 얼마 되지 않은 해리와 비비안은 혹독한 디프테리아에 걸렸다. 비비안은 오래지 않아 회복하여, 아버지가 기르는 염소 5백 마리를 울타리 안으로 몰아넣는 일을 도왔다.

그러나 해리는 약간 회복했다가는 다시 악화하는 고통 속에서 그의 두 팔과 다리가 마비 증세를 일으켰다. 그래서 그는 아홉 살 때부터는 어린이용 유모차를 타고 휠을 굴리며 마을을 돌아다닐 수밖에 없을 만큼 병세는 점점 악화해 갔다.

여러 해가 지난 뒤 그때의 일들을 기억하는 한 부인이,

해리가 영원히 불구가 되지나 않을까 하고 어머니가 몹시 겁을 먹지 않더냐고 비비안에게 물었다.

"엄마는 쉽게 놀라지도 않고 겁내지도 않았어요."

비비안은 태연하게 웃으며 대답했다는 후문이다.

해리가 차차 회복하여 팔과 다리를 다시 쓸 수 있게 된 후에도 여러 달간 사고를 곧잘 일으키고 말썽을 빚어 식구들을 놀라게 했다.

한번은 머리를 빗다가 의자에서 굴러떨어져 늑골이 부러진 적도 있다. 또 언젠가는 지하실 문을 닫다가 문에 발가락이 끼어 살점이 떨어진 적도 있다. 또 한번은 해리가 복숭아를 먹다가 잘못하여 커다란 씨가 그만 목에 걸려서 숨도 못 쉬고 하얗게 질려 죽어가자, 미처 의사를 부를 사이도 없었기 때문에, 매트는 엉겁결에 두 손가락을 목구멍에 집어넣어 복숭아씨를 억지로 안으로 밀어넣어서 겨우 해리의 생명을 구한 사건도 있었다.

해리는 곧잘 아버지를 어리둥절하게 만들기도 했지만, 두 사람은 닮은 데가 많았다. 존은 농담을 아주 즐겨 했는데, 해리와 어머니 매트도 그의 농담을 곧잘 받아주었다. 존은 장난에도 명수여서 남의 모자를 툭 쳐서 떨어뜨리고는 시치미를 뚝 떼고 모른 체 했다.

그러나 영원한 사춘기 소년 같은 아버지와 몸집 작은 늙은이처럼 보이는 아들을 맺어 준 끈끈한 유대는 정치에서 비롯되었다. 두 부자는 정치에 매료되었다.

그로우버 클리블랜드가 4년간의 공백 기간을 거친 뒤 정계로 다시 돌아와 두 번째 선거에서 승리하여 두 번째로 백악관에 들어선 대통령이 되자, ― 그 때문에 미합중국 역사상 대통령이 몇 명 있었는지 정확한 숫자를 세는 데 늘 헷갈리곤 했다. ― 존 트루먼은 몹시 흥분한 나머지 지붕 위로 기어 올라가 지붕 꼭대기의 풍향계에다 성조기를 내걸었다. 그리곤 횃불을 들고 거리로 뛰어나가 퍼레이드를 벌였다.

그때 해리는 아빠 뒤를 터벅터벅 걸어서 따라갔다.

해리 트루먼을 잘 아는 사람들은 여러 해가 지난 후, 어린 시절의 그는 사내아이이면서도 다른 아이들과 치고받고 하는 주먹 다툼을 한 번도 해 본 적이 없기에, 호전적이어서 늘 말다툼이나 주먹다짐을 마다하지 않는 아버지를 몹시 존경하고 좋아했다고 말했다.

어쨌든 소년 해리가 남자답지 못한 아이로 성장한 것은 아니었다. 이런 점은 '어머니의 아들'이 걸어가야 할 운명이라고 생각되었다.

아버지 존 트루먼은 비록 평생에 남긴 업적도 별로 없는 건달 비슷한 싸움꾼이긴 했지만, 그가 남긴 전반적인 인상이 해리에게는 어머니가 전해 준 더 나은 훌륭한 지식을 남자다운 근육의 힘으로 사용해 나가는 조화를 가르쳐 준 것 같다. 하지만 해리는 콘서트의 피아노 연주자가 되기에는 적합하지 못하다는 곤란한 사실을 알아야 했다.

어머니 마사 트루먼이 정말로 이 아들을 음악가로 만들고 싶어 했는지는 기록이 남아 있지 않아 단언할 수 없지만, 당시 그녀의 언행으로 보아 그랬던 것 같다.

매트는 아이들 셋 모두 피아노 건반 앞에다 나란히 앉혀 놓고는 음악 레슨을 시켜보려고 무척 애썼다. 그러나 비비안은 도저히 어쩔 수 없어 끝내 그만두고 말았다.

"어머니가 던진 그물은 나를 잡을 수 있을 만큼 크진 않았거든요."

비비안은 득의만만한 표정을 지으며 말했다.

그러나 해리는 열 살부터 열다섯 살 사이에 그 그물에 잡히고 말았다. 새벽 5시만 되면 일어나서 아침 식사하고 학교 갈 때까지 매일 두 시간씩 연습했다.

해리는 이런 연습을 한 끝에 마침내 캔자스시티의 훌륭한 선생님의 제자로 간택되는 영광을 누리게 되었다. 그 선생님은 해리에게 바흐의 곡도 연주할 수 있게 가르쳤다. 해리는 공화당원 대부분이 인정하는 그 이상의 천부적 재질을 가지고는 있었지만, 대가로서의 천재적 기질은 부족했다. 그 스스로 열다섯 살에 이 사실을 깨닫고 갑자기 레슨을 집어치웠다.

그러나 이렇게 연습하는 데 보낸 오랜 시간을 두고 어머니를 탓하지 않았고 음악을 탓하지도 않았다. 훗날 해리는 누이동생 메리와 모일 때면 늘 둘이 함께 앉아서 듀엣으로 피아노 연주를 하곤 했는데, 이것은 정말로 행복한 순간이었다.

해리가 당장 음악을 완전히 팽개쳐 버린 것은 아니지만, 그 후 얼마 지나지 않아 음악을 잊어버린 것 같다. 그것은 극심한 경제적 난관에 봉착했기 때문이다.

존 트루먼은 한동안 전에 볼 수 없던 상승일로로 사업을 펼쳐 나갔다. 곡물 투자사업으로 단번에 3천 달러가량 벌었다. 당시 3천 달러는 적지 않은 액수였다.

투자를 계속하다 몇 차례 판단을 그르치면서 사정은 급속도로 악화하였고, 결국 가진 돈을 모두 날렸다. 그나마 인디펜던스에 있던 집마저도 잃었다.

그뿐이 아니었다. 솔로몬 영이 노환으로 죽은 뒤 마사가 유산으로 물려받은 160에이커에 이르는 농장도 모두 물거품으로 사라지고 말았다.

그러나 마사의 마음을 슬프게 한 것은, 해리를 대학에 진학시켜 고등 교육을 받게 할 수 없게 된 것이었다.

해리 트루먼도 드와이트 아이젠하워처럼 웨스트포인트로 가서 돈 들이지 않고 공부할까 하는 생각도 해 보았지만, 시력이 나빠서 입학 허가를 받을 수 없을 것 같았다.

그들 가족은 캔자스시티의 조그마한 집으로 이사했지만, 아버지의 몰락은 다시는 회복할 수 없을 만큼 치명적이었다. 존은 쉰한 살에 어떤 공장 경비원으로 전락해 버렸다. 해리는 물론 그의 뒤를 이어 비비안까지 은행 서기로 취직하여 어려운 집안을 돕지 않으면 안 되었다.

그러나 어려움 속에서도 한 가지 기쁜 일은 외삼촌 해리슨 영이 어느 날 찾아와서 누이동생 마사에게 할머니 영을 위해서라도 고향 집으로 돌아가지 않겠느냐고 물은 것이다. 그 당시 할머니 영은 살림이 더 유복해지고 건강도 좋았지만, 트루먼네 가족이 필요하다고 여긴 것이다.

어느 편이 더 절실했건 간에 고향의 농장으로 다시 돌아간다는 것에 모두 기뻐했고, 큰 도움을 받았다.

"해리가 그의 정상적인 사고와 분별력을 되찾은 것은 이 농장에서였죠."

하고 마사는 분명히 말했다.

"도시에 있을 때 그 아이에게선 훌륭한 상식이라는 것을 찾아보기 어려웠어요."

그 이후 마사 트루먼은 그녀의 생애를 마칠 때까지 이 그랜드뷰 농장에서 거의 살았다.

먼 옛날 1867년에 할아버지 솔로몬 영이 집과 도로변 사이에 심은 단풍나무 숲은 여전히 상쾌한 그늘을 드리우고 변함없이 아름다운 모습을 간직하고 있었다. 마사와 나무들이 그대로 함께 머무는 동안 다른 모든 상황은 심한 변화의 소용돌이를 겪었다.

첫째로 할머니 영이 나이 아흔한 살에 고요히 세상을 떠났다. 할머니 영은 마지막 날까지도 망령 기 없이 자세 하나 흐트러지지 않고, 변함없이 딸 마사의 좋은 동무로 있어 주었다.

트루먼 일가가 할머니의 죽음을 슬퍼하며 몹시도 그리 워했다. 그러나 할머니 영의 존재를 잃어버린 사실보다 도, 그녀가 떠나고 없는 세상은 트루먼 가족 모두에게 바로 고통스러운 문제를 안겨주었다.

살아있는 영의 자식들 일곱은 아버지 솔로몬의 유언에 따라서 각각 160에이커씩 땅을 물려받았다. 홀로 남은 어머니 영에게는 600에이커의 땅과 집을 남겨주었었다.

그리고 이번에는 영이 죽으면서 자립해 사는 아들들에 게는 한 사람당 5달러씩만 남겨주고, 남동생 해리슨과 마 사 엘렌에게는 15만 달러에 상당하는 농장을 똑같이 반 분하여 가지도록 물려주었다.

훌륭한 상류 가정에서 가끔 일어나는 일처럼, 길고도 지긋지긋한 소송이 제기되었고, 결국 권리를 약간씩 포 기하는 복잡한 절충 단계를 거쳐서 이 오랜 집안 분쟁은 해결되었다. 그러나 누구도 특별히 만족스러워하지 않는 가운데, 이 소송은 근 십 년 가까이 끌었다.

결국 마사는 농장을 소유하는 대신 거액의 근저당을 설정받았고, 권리 청구자들에게 돈을 완전히 치를 때까지 설정된 근저당은 한없이 유지되었다.

이런 일련의 소동이 오래 지속되는 동안 해리는 혼자서 농장 일을 아주 잘 꾸려 나갔다. 두꺼운 안경알이 그가 가진 재산 전부였으나, 너무 충직하고 양심적으로 농장 일을 꾸려 나갔기 때문에, 아버지 존은 자기 시간 대부분을 그 지방의 정치 일에 바칠 수 있었다.

비비안은 해리보다 훨씬 더 훌륭한 천부적인 농부의 자질을 타고났고, 근처에 자기의 농장을 만들어 경영하면서 뿌리를 내렸다.

존 트루먼의 죽음과 잇달아 일어난 제1차 세계대전은 이 시대의 종말을 알렸다.

존은 예순세 살에 약간의 정치적 활동을 할 기회를 얻었다. 그는 당시 집권당인 민주당의 한 지방 분파를 위해 과거에도 약간 공헌한 적이 있는데, 그 덕분에 잭슨 카운티 36개 도로 현장 감독의 한 사람으로 임명된 것이다.

존은 정말 기특하게도 이 자리를 진지하게 지켰다.

그러다가 1914년 어느 여름날 간선 도로 한복판에 어디서 굴러떨어졌는지 모를 커다란 바윗돌이 교통을 방해하고 있는 것을 발견하고, 이것을 치우느라 진땀을 뺐다. 너무 무리하게 애쓴 탓인지 불행하게도 내장에 상처를 입어 외과수술을 받아야 했다.

그러나 차츰 회복되어 가는 것처럼 보이던 그가 이 사고의 여파로 잇달아 생긴 여러 합병증이 겹쳐 불과 몇 주 후 어느 날 허무하게도 인생의 종말을 맞고 말았다.

사실상 해리가 가장 노릇을 하게 되었다. 그러나 3년이 채 되기도 전에 그는 주민 병대의 일원으로 훈련받기 위해 전쟁터로 떠나야 했다.

그는 실제 전투에는 참전하지 않아도 되었지만, 자진해서 전투를 택했다.

해리는 훗날 '어머니와 누이동생에게는 굉장한 충격이었지요.'하고 그 당시의 상황을 털어놓았다.

그 무렵 메리는 스물여덟 살 완숙한 여인이 되었고, 마사가 그녀의 어머니 영에게 한 것과 마찬가지로 훌륭하고 기특한 동반자로서 전쟁이 끝날 때까지 농장 일꾼들을 훌륭하게 감독했다.

해리가 해외의 전쟁터에 나가 있는 동안 다음 4반세기를 위한 기본 패턴을 수립한 것이다.

해리는 제대하고 다시 사회로 나오자마자 — 그는 제대할 당시 소령이었고, 터프한 장교로서 그의 부하들까지 강인한 사병으로 이름 나 있었다. — 결혼하여 인디펜던스에 있는 신부의 가족들과 함께 살 계획이라고 말하였다.

마사 트루먼은 적이 놀랐다. 그녀는 그 옛날 가족 모두가 인디펜던스에서 살 때, 해리가 주일학교에 다니던 시절 만난 한 곱슬곱슬한 노랑머리 소녀에게 얼마나 깊은 인상을 받았는지 아마 몰랐을 것이다.

그러나 해리와 베스 발레스(Bess Vallace)는 고등학교 시절 라틴어를 함께 공부했고, 트루먼 가족이 이사하여 떨어져 있게 된 후로는 그녀를 만나려고 이루 헤아릴 수도 없을 만큼 많이 기차로, 마차 편으로 여행하여 인디펜던스로 달려갔었다.

물론 베스가 해리의 청혼을 받아들이지 않을 것이라는 말이 나돌기는 했다. 그도 그럴 것이, 베스는 아주 풍요로운 가정에서 어느 것 하나 부러울 것 없이 자랐고, 해리 같은 남자는 베스의 눈길을 끌지 못했기 때문이다.

하지만 이런 이야기는 적어도 마사에게는 별 소용없었다. 마사 역시 유복한 가정에서 귀하게 자랐고, 남부러울 게 없었다. 그녀가 안 딱 한 가지 문제는, 왜 해리와 베스가 그렇게 오랫동안, 두 사람의 나이가 서른다섯이나 될 때까지 결혼을 미루어 왔는가 하는 점이었다.

이 점에 관해서 만큼은 마사의 경험 — 존 트루먼의 구애를 오랫동안 거들떠보지 않았던 — 깊숙한 곳에서 끌어낼 수 있었다. 마사가 얻은 해답은 그때까지는 베스가 아직 해리를 받아들이지 않았을 것이라는 사실이었다.

또 하나, 이들의 결혼은 농장 대부분을 소작인들에게 세를 받고 내주어야 한다는 것을 의미했다. 메리 혼자서 이렇게 큰 농장을 한없이 이끌고 나갈 수는 없을 테니까.

그러나 마사는 아무런 반대도 하지 않았다. 결혼식을 마친 직후, 아들 해리의 군대 동료 중 하나가 말했다.

"트루먼 여사님, 이젠 아드님 해리를 잃게 되었군요."

그 순간 마사의 두 눈동자가 반짝 불을 뿜었다.

"결코 난 잃지 않아요. 저 애를……."

그녀는 정말로 아들을 잃은 것이 아니었다. 왜냐하면, 그 후로 해가 가고 달이 바뀌어도 해리는 일요일만 되면 인디펜던스에서 달려와서 오후 한때를 함께 보내곤 했기 때문이다.

해리는 신사용 장신구류 가게를 열었다가 실패하여 몹시 괴로운 처지에 빠진 일이 있었고, 또 군 지도자 자리를 겨냥하여 출마했을 때는 정신없이 바쁘기도 했다. 그러나 이 일요일의 방문만은 어김없이 지켰다.

어머니 마사는 일요일만 다가오면 해리와 배스, 그리고 얼마 안 있어 태어난 예쁜 아기 메리 마가렛을 위해서 통닭 요리를 만들곤 했다. 어머니는 연설장에서도 해리와 함께 앉아 있곤 했다. 그럴 때면 흔히 어떤 연사가 진정 해리를 위하고 있는지, 어떤 연사가 엉터리 허풍선이인지를 살펴, 해리의 옆구리를 슬쩍 찌르며 알려주었다. 어머니의 성격과 기질에는 알알한 후추알같이 매서운 데가 있어 모든 사람을 놓치지 않고 끈기 있게 관찰했다.

언젠가 해리가 군 지도자의 직책에 있는 동안, 농장 한가운데로 도로가 개설되어 땅이 많이 줄어들게 되었다. 이때 그녀는 해리의 정치가로서의 장래를 염려하여 점유당한 토지 보상금을 달라고 독촉할 수가 없었다.

마사는 이 일을 두고 어떤 기자에게 불평한 적이 있다.

"내 아들이 군 재판관이 아니었다면, 11만 달러를 받을 수 있었는데 말이에요……."

해리가 상원의원으로 당선되어 워싱턴으로 떠난 후로는 옛날처럼 매주 규칙적으로 어머니를 찾아뵐 수 없었다. 그래도 어머니가 해리에게 보낸 눈길만은 변함없었다. 그녀는 해리에게 의회 의사일지(Congressional Record)를 보내달라고 했고, 여든 고개를 훨씬 넘어서도 이 기록을 매일 읽었다.

그 이후로는 기록 읽는 일이 드물어졌지만, 그것도 결코 관심이 줄어서가 아니었다. 시력이 급격히 쇠약해져서 글자를 제대로 볼 수 없었기 때문이었다.

그 무렵부터는 딸 메리가 중요하다고 생각되는 부분을 큰 소리로 어머니에게 읽어드렸고, 어머니는 어깨에 라벤더 숄을 걸치고 앉아서 행여 공화당 쪽의 어떤 이야기가 그녀의 신경을 조금이라도 건드리면 앉아 있는 흔들의자의 팔 받침대를 손가락으로 두들겨대곤 했다.

1940년 해리가 상원의원 재선을 노리고 또 출마했을 때, 미주리주 민주당 내부에 심한 내분이 생겨 그녀의 마음을 더 아프게 했다.

해리를 비난하던 사람들은 어머니가 왜 여러 사람에게 주어야 할 돈을 오랫동안 미루고 주지 않았느냐고 헐뜯으며 덤볐고, 마침내 농장 저당권마저 말소하고 말았다.

나이 여든여덟에 어머니 마사와 집안 살림은 모두 길바닥에 팽개쳐지는 신세가 되었다. 아들 해리를 겨냥한 반대파 일당의 공작으로 어머니는 꼼짝없이 참담한 지경에 떨어지고 말았다.

부채 3만 5천 달러가 있는 것도 사실이었지만, 농장은 이 금액보다 훨씬 더 가치가 높았고, 사전에 경고만 한마디 해주었더라도 해리는 저당권 상실이라는 참담한 결과만은 어떻게든 모면할 자신이 있었다.

그러나 현실은 그렇질 못했다. 어머니와 메리는 쫓겨나서 떠나야만 했고, F.D.R이 차기 부통령으로 해리 트루먼을 손꼽고 있다는 소문이 나돌자, 기자들이 트루먼 일가를 탐색하러 다녔다. 그 결과, 두 모녀가 그랜드뷰의 노란 지붕의 작은 방갈로에서 살고 있음을 알았다.

당시 해리는 상원의 전쟁 조사위원회 의장으로 있었고, 그 자리에 그냥 머물러 있고 싶어 했다.

이에 어머니 마사는 너무도 신랄하게 말했다.

"해리는 그 직책에 있으면 훨씬 더 훌륭한 일을 할 수 있을 거예요."

하지만 해리는 말할 것도 없이 부통령이라는 그늘진 자리에 오래 묻혀 있을 운명은 아니었다. 몇 달 지나지 않아, 어머니 트루먼은 아들 해리가 국가 최고의 직위에 갑작스레 오르게 된 것을 어떻게 생각하는지 물으려고 기자들이 마사의 방갈로에 몰려왔다.

"루스벨트 대통령의 서거로 해리가 대통령이 되었다는 사실이 그렇게 기쁘지만은 않아요. 해리가 정당하게 투표로 당선된 것이라면 당장 나가서 국기라도 흔들며 기뻐하겠지만, 지금으로선 그리 기뻐할 수도, 깃발을 흔들며 좋아할 수도 없어요. 정정당당하게 승리한 것 같지 않으니까요."

새로운 숱한 걱정과 고민 속에서도 해리 트루먼은 일주일에 한두 번씩은 꼭 그랜드뷰에 전화를 걸었고, 한편으로는 어머니와 메리에게 편지를 써 보냈다. 그가 백악관에 들어선 지 며칠 되지 않았을 때, 그는 어머니에게 이런 편지를 보냈다.

어머니, 어제 아침 워싱턴 포스트 지에 어머니 사진들이 실려 있더군요. 너무 훌륭한 기사도 함께 말이에요.

저의 언론 담당 보좌관이 그러더군요. 이 세상에서 가장 훌륭한 신문이나 통신사도 이보다 더 멋진 기사를 쓸 수는 없으리라고 말입니다. 난 보좌관들에게 말했죠. 우리 가족은 모두 언제 어디서이건 진실을 이야기해 왔다고요. 그러므로 신문사도 신문기자도 필요치 않다고요.

어머니 트루먼에게 신문기자 따위는 필요하지 않았다. 그녀는 뜰 가장자리에 높고 튼튼한 울타리를 둘러치고 살고 싶어 하지는 않았다. 그녀는 정부의 첩보기관이나 재무성 비밀 검찰부를 가리켜 늘 말했다.

"그들은 정말 이웃 같지를 않아."

그녀는 해리에게 충고 삼아 주던 가장 좋아했던 격언을 새로운 상황에 맞추어 고쳐서 말했다.

"언제나, 자연이라는 열쇠를 놓치지 말고 지켜라." 라는 것이 그녀가 아이들에게 즐겨하던 말이었다. 그러나 그녀는 이런 말도 곧잘 했다.

"선량한 사람이 되어라. 그리고 용감한 사람이 되어라."

이 무렵 5월 어머니날이 왔으나, 해리는 여느 해처럼 어머니를 뵈러 갈 수 없는 형편이었다. 그랬기 때문에 그녀는 92년 생애에 처음으로 즐거운 비행기 여행을 하게 되었다.

비행기 여행도, 워싱턴에서의 시끄럽고 법석대는 소동과 흥청거림도 모두 즐겁기만 했다. 어머니 트루먼과 메리는 미주리로 돌아오는 길에는 열차 편을 이용했다.

"난 오히려 땅에 머물러 있는 게 좋아. 더 많은 걸 볼 수 있거든……."

그리고 돌아와서는 그녀의 편안한 흔들의자에 앉아 라디오 방송을 통하거나, 그녀의 사적인 소식통을 통해서 현재 일어나는 모든 사태와 경과를 끊임없이 주시했다.

해리 트루먼은 백악관에서 일본의 무조건 항복을 공표한 30분 후, 수화기를 들고 어머니와 이야기를 나누었다. 통화를 끝내고 수화기를 내려놓자마자 어머니 트루먼은 곁에 서 있던 기자들에게 말했다.

"해리가 전쟁을 끝내려고 결심해서 기뻐요."

그녀의 말은 약간 편파적인 느낌을 주기는 하지만, 일리도 있었다. 원자탄을 사용하기로 한 그 운명의 결단은 바로 그녀의 아들이 한 일이었고, 많은 사람이 그가 잘못했다고 생각했다. 그러나 누구도 그에게 — 어머니 트루먼의 아들에게 — 책임을 회피하려 했다고 비난할 수는 결코 없었다.

그녀의 아흔세 번째 생일날 어머니 트루먼은 앞으로 한 세기 — 백 살까지 살겠다는 의사를 공표했다. 이 기쁜 소식을 AP통신사가 미국 전역에 전했다. 그러나 그녀는 아흔네 살이 되던 해 1947년 2월, 침실에서 미끄러져 넘어졌고, 엉덩이뼈 한쪽이 부러졌다.

이 사고는 그렇게 치명적이지 않았지만, 그녀와 같은 고령의 환자에게는 합병증이 무서운 것이라 심각한 우려를 낳았다. 대통령은 다음날 그의 주치의를 대동하고 비행기 편으로 급거 그랜드뷰로 향했다.

의사의 진단은 처음에는 대단히 희망적이었다. 그리고 대통령을 안심시켜 워싱턴으로 돌아가게 했다. 그러나 몇 주 후 위험하기 짝이 없는 합병증 폐렴이 발병하고 말았다.

어머니 트루먼의 병세는 전 국민의 전폭적인 관심과 눈길을 끌었다. 뉴욕 타임스는 매일같이 그녀의 병세와 사진을 상세히 보도했고, 때로는 전면에 걸쳐 이 일을 기사로 다루었다.

그녀가 원기를 약간 회복하여 저녁 식사로 폭찹을 먹었으면 좋겠다고 말했을 때, 이 일을 대서특필했고 대단한 주목과 희망을 불러일으켰다. 나중에야 백악관 측근 참모들이 밝힌 대로, 당시 어머니 트루먼은 다음과 같이 물을 정도로 원기를 회복했었다고 한다.

그것은 그녀가 몹시 혐오하는 저 태프트(Taft) 상원의원이 정말로 공화당의 지명을 받아서 해리와 대항하여 대통령에 출마하려고 하는가였다.

트루먼 대통령은 열이틀간 미주리에 머물렀다. 어머니의 병석을 살피기 위해 들러서는 틈틈이 국무를 수행했고, 임시 집무실을 근처 캔자스시티 호텔에 설치하였다.

"내게 어머니가 필요할 때면, 어머닌 나와 함께 밤을 새운 적도 많았습니다."

그는 기자들에게 진지한 표정으로 이렇게 말하기도 했다. 그리고 어머니가 위험한 고비를 넘기고 아들을 보내도 안심할 수 있겠다고 생각되자, 5월 말 워싱턴으로 돌아왔다.

그로부터 두 달가량 지난 어느 날, 메리에게서 빨리 오라는 전화가 걸려 왔다. 그는 급거 비행기를 타고 오하이오주 상공을 날고 있었다. 그때 기내에 설치된 라디오에서 특별 보도가 흘러나왔다. 한발 늦었다.

1947년 7월 26일 정오 무렵 마사 영 트루먼은 나이 아흔네 살로 그녀의 생애를 마쳤다.

백악관에는 해리 트루먼이 그린 어머니의 초상화 한 폭을 걸어두었다. 어머니에게 최후를 가져다준 병을 앓기 일 년 전 신문을 보고 그린 것이었다.

"훌륭한 분이셨죠!"

그는 백악관에 들르는 이들에게 늘 말하곤 했다.

"이런 어머니는 이 세상에 또 있을 수도 없을 거요. 어떤 여성이라도……."

만약 그의 어머니 마사 영 트루먼이 이 말을 들었다면, 결코 할 말이 없어서가 아니라, 그녀 생전 가장 좋아했던 성경 한 구절을 이 초상화에 담긴 모습 그대로 전해 줄 것만 같다.

그것은 마태복음 7장 1절 '비판하지 말라. 그대가 비판받지 아니하려거든…….' 이 말씀이리라.

폐허 속의 한 줄기 빛

아이다 스토우버 아이젠하워 여사

드와이트 D 아이젠하워(재임 1953.1.20~1961.1.20)

아이다 스토우버 아이젠하워(Ida Stover Eisenhower) 여사

폐허 속의 한 줄기 빛

아이다 스토우버 아이젠하워 여사
Ida Stover Eisenhower

어머니는 세상의 소금이었지요. 어머니의 평온무사함, 거리
낌 없는 밝은 미소, 그리고 모든 일에 있어서 다정하고도 부
드러운 태도와 임종하는 마지막 모습.

아이다 스토우버는 1862년 5월 1일 버지니아의 산간
마을 쉐난도 근교에서 태어났다.

드높은 푸른 하늘과 마른 건초더미가 타는 향긋한 풀
내음은 그녀가 기억할 수 있는 어린 시절의 아름다운 추
억 중 하나였다.

그녀가 태어날 무렵의 쉐난도는 참혹한 전쟁으로 온통
폐허가 되어 있었다. 과수원과 농장 여기저기에는 포탄
이 떨어진 자리가 볼썽사나웠고, 곡물을 쌓아두었던 창
고는 모두 불탔다.

아이다 스토우버는 이렇듯 태어날 때부터 짙은 화약

냄새와 황량하고 비극적인 역사 속에서 생을 맞이했다. 그러나 이 세상엔 그녀보다 더 행복한 삶을 누린 여인도 드물 것이다.

그녀가 태어나기 전 그들 가족에게 딸이라곤 없었다. 그녀가 태어났을 때, 위로 일곱 명의 오빠가 줄줄이 있었다. 오빠들의 나이는 세 살부터 열일곱 살까지였고, 1867년 어머니가 형제를 여럿 남기고 돌아가셨을 때, 아이다는 다섯 살도 채 되지 않았다.

남북전쟁으로 인한 참담하고 무의미한 파괴에 대한 분노가 끝내는 어머니의 죽음까지 몰고 왔다는 아이다의 생각은 그녀가 성장할 때까지 무섭도록 오래 기억에 남아 있었다.

아이다에게 전쟁이란 인류를 멸망의 구렁텅이로 몰고 가는 악이라는 생각이 마음 깊이 사무쳤다.

훗날 그녀의 아들 중 하나는 군인이 되었는데, 이런 사실 한 가지만도 그녀를 비참한 심정으로 만들기에 충분했다. 그러나 그녀는 괴로움과 슬픔을 훌륭히 참아낼 수 있는 인내력을 갖고 있었다.

버림받은 듯한 이들 가정에 비극은 파도처럼 또 몰려왔다. 어머니가 돌아가신 몇 년 후, 실의에 찬 나날을 보내던 아버지마저 세상을 등진 것이다.

그녀는 혼자 힘으로는 아이들을 제대로 기를 수가 없

었고, 잿더미로 변해 버린 농장도 복구하지 못했다. 하는 수 없이 아이들을 모두 몇 마일 떨어진 외할아버지댁으로 보냈다.

아이다가 이 소박하면서도 검소한 외갓집에서 보낸 어린 시절의 추억은 동화 작가 그림 형제가 쓴 옛이야기와 흡사했다.

그로부터 고난과 역경의 80여 년이 지난 뒤에야 아이다 아이젠하워는 그 당시의 이야기를 풀어 놓았다.

"난 계집아이였기 때문에 사람들 앞에서 말도 함부로 하지 못하고, 그저 옆에서 듣기만 했어요. 게다가 학교 같은 것은 꿈도 꾸지 못했어요."

아이다는 오빠들을 위해서 온종일 부엌에서 빵을 굽거나 손수 음식을 만드는 등 온갖 허드렛일을 해야 했다. 또 부엌에는 벽돌로 만든 커다란 벽난로가 있었는데, 이것은 지옥의 문처럼 때때로 그녀를 괴롭혔다.

"내가 뭘 태우거나 덜 익힌 것을 꺼냈다가는 호되게 벌을 받았어요."

하지만 이런 아이다에게도 즐거운 한때가 있었다. 오빠들과 함께 말을 타고 놀아도 된다는 허락을 받았을 때, 그녀는 정말 기뻤다.

"오빠들과 함께 숲속을 돌아다니다가는 말에서 내려 빙 둘러앉아서 우리 형제들의 앞일을 의논하곤 했지요."

아버지가 돌아가신 뒤 아이들에게 약간의 유산이 남겨졌다. 이것은 그들이 법적으로 성년이 되면 분배해 주도록 유언으로 남겨져 있었다.

덕분에 갈 곳 없는 이 가련한 고아들은 그들이 제일 좋아하는 숲속 나무 아래 모여 앉아서 곧잘 비밀회의를 열고 즐거운 한때를 보내며 나름대로 장래를 생각하고 계획을 세우며 앞날에 대한 희망에 부풀곤 했다.

그들은 어서 성년이 되어 아버지가 남겨준 유산을 물려받아 캔자스에 가서 새로운 삶을 개척하자고 결의하기도 했다.

지난날의 거칠고 절박했던 이야기들을 오늘에 이르러 아름다운 추억이라고만 여기기에는 너무나 슬픈, 잊어버리고만 싶은 세월이었다.

그러나 아이다 아이젠하워는 이런 옛이야기를 기억하기에는 나이가 너무 어렸다. 그러나 조금도 잊어버리지 않고, 마치 방금 라디오에서 들은 이야기처럼 정확하게 말하곤 했다.

때때로 그녀의 이야기는, 사람들이 다 그렇듯, 오랜 세월을 보내는 동안 아름다운 추억으로 너무 많이 각색되었는지도 모른다. 이 점에 대해서는 그의 아들 하나도 분명히 시인했다.

그러나 이야기의 본질은 정확했음을 이해해야 할 것이

다. 그녀의 묘비에 새겨진 비문이 그것을 잘 입증한다.

어쨌든 여하한 상황에서도 그렇겠지만, 이야기의 사실성보다는 얼마만큼 중요한 의미가 있었느냐에 도덕성이 있음을 알아야 할 것이다.

때로 드와이트 아이젠하워의 어머니가 혼자 시간을 보내려고 즐긴 일이 있다면, 그것은 혼자서 카드놀이를 하는 것뿐이었던 듯하다. 아이들이 다 성장하여 비로소 약간의 시간적 여유가 생기자, 아이다는 카드를 즐겨 손에 들었다. 그러나 아이다 혼자 즐기는 카드놀이는 그저 시간을 보내기 위한 쓸모없고 무익한 손장난만은 아니었다.

아이다는 카드놀이를 하면서 자기가 가장 좋아하는 성경 구절을 생각했고, 곧잘 드와이트에게 이 말을 전하곤 했다. 그럴 때면 그녀의 두 눈동자는 유난히 반짝였다.

"카드는 하나님만 다루는 것, 사람은 그저 그 카드를 바라볼 뿐이다."

이것은 그녀가 어린 시절에 받은 교훈이었다.

아이다에게 하나님은 현실적인 존재였다. 그녀는 여자 아이라고 해서 학교 교육도 받지 못하던 불행한 시절의 어려운 환경에서 자랐다.

그러나 아이다의 할아버지는 손녀딸에게 성경을 읽힐 필요를 느꼈다. 집안일 돌보기에도 바쁜데 틈틈이 성서를 읽는 일에나마 열중할 수 있었던 것은, 교양서적은 물론 문학 서적을 구해서 읽을 수 없었다는 데 더 큰 원인이 있었을 것이다.

마운트 시드니 근교의 한 작은 마을, 루터란 교회에 보관된 교구의 기록을 살펴보면, 아이다 스토우버는 6개월간 성경 구절 1,365행을 암송했다고 기록되어 있다. 이렇듯 성경은 그녀에게 어떤 사람의 목소리보다 소망과 필요에 답해주었다는 사실을 인정해야 한다.

성경은 아이다에게 적절한 때가 오면 이 세상의 모든 일은 주님의 뜻에 따라 완전하게 다스려지고 완벽한 평화가 깃들 것이라고 약속해 주었다. 그녀는 이것을 절대적으로 믿었다.

그러나 아이다가 그와 같은 어려움 속에서도 밝은 마음씨를 소유할 수 있었던 것은, 종교적 믿음보다 더 높은 무엇인가가 그녀를 이끌어 준 덕분이었으리라.

아이다 아이젠하워의 기질은 분명히 명랑하고 밝았고, 사물을 판별할 수 있는 정확한 통찰력을 아울러 갖추고 있었던 게 분명하다. 아이다는 그저 외할아버지 농장에서 식구들 시중이나 들면서 언젠가 오색 찬란한 유리구슬로 된 신발을 신은 왕자님이 찾아와서 그녀를 구해 줄 때까지 기다릴 수가 없었다. 또 부모님이 물려주신 유산 가운데 자기 몫을 받아 캔자스에 있는 오빠들을 찾아가려고 스물한 살이 될 때까지 기다리지도 않았다.

아이다는 스스로 고등학교에 가야겠다고 늘 생각했다. 또 무슨 일이 있더라도 대학엔 진학하리라고 굳게 결심하기도 했다.

이 무렵 아이다는 언제 어디서든 적절한 충고와 교훈과 위로를 주는 훌륭한 성인들의 말과 경구들을 모아서 마음속에 간직했다.

그녀는 열여섯 살이 되자, 마침내 이런 생각을 행동으로 옮겨 군청 소재지 스톤튼으로 뛰쳐나왔다.

군청 소재지인 조용한 이 소도시는 20여 년 전 토머스 우드루 윌슨이 태어난 곳이기도 했다. 아이다는 이곳에서 저녁밥을 지어주고 허드렛일을 도와주기만 하면 숙식을 제공하는 가정부 일을 어렵지 않게 구할 수 있었다.

아이다는 이 집에서 고된 나날을 보내며 마침내 소원하던 고등학교를 졸업했다. 학업을 마친 다음에는 시골 아이들에게 읽기, 쓰기, 셈하기와 같은 기초를 가르치는 일자리를 구했다.

드디어 기다리던 스물한 살이 되자, 그녀는 자기 몫의 유산을 받았다. 아이다는 이 돈에서 600달러라는 큰돈을 아낌없이 들여 흑단색 대형 피아노를 산 다음, 오빠들이 있는 캔자스를 향해 떠났다.

그때 아이다는 한 숙모와 함께 길을 떠났다. 이들 두 사람은 집단 이주를 계획한 메노(Menno)파 교도 | 간소함

을 존중하는 기독교 일파ㅣ들과 유사한 무리와 동반하였다.

이 '그리스도 안에서의 형제들'은 — 그들은 강물 세계를 좋아해서 때때로 '강의 형제들'이라 불리기도 했다. — 조직적이면서도 아주 능률적인 개척자들이었다. 그들은 집안 살림이며 가재도구 일체를 화물차 편으로 미리 보냈기에, 아이다는 소중한 피아노를 운반하는 데 크게 도움을 받을 수 있었다.

그리고 미리 연락해서 토페카에 정착해 살고 있던 오빠가 그녀를 맞아주기로 했다. 한 가지 더 기쁜 소식은 레콤프톤(Lecompton) 근처에 '강의 형제들'이 설립한 대학교에서는 여학생도 입학을 허가한다는 소식을 오빠에게 들은 것이다.

1883년 가을, 미스 아이다 스토우버는 피아노를 가지고 이곳에 도착했다. 그리고 곧 대학에 입학하여 음악, 역사, 문학 등 그 대학교에서 배울 수 있는 것이라면 무엇이든 가리지 않고 배우기 시작했다.

아이다가 받았던 교육의 폭이나 깊이가 그리 대단한 것은 아니었지만, 이 레콤프톤의 옛 교육기관은 인간성과 인간 정신을 존중하고, 끝없는 향학열에 불타는 스토우버를 데이비드 아이젠하워에게 소개하기도 했다.

데이비드 아이젠하워는 진지하고 엄격한 젊은이였고, 아이다가 상냥하고 다정했던 것만큼이나 냉담하고 무뚝뚝했다. 두 사람은 머리 색깔이나 눈빛도 정반대였다. 아이다는 금발에 갈색 눈동자였고, 데이비드는 검은 머리와 눈동자를 지니고 있었다. 아이다는 전형적인 미인 특유의 고전적 용모를 지니지는 못했다. 코는 천박하게 생겼고, 입은 얼굴에 도무지 어울리지 않을 만큼 컸다. 이런 그녀의 모습은 그녀가 웃을 때면 묘한 매력을 주었고, 데이비드는 이런 그녀의 알 수 없는 매력에 사로잡혔다.

데이비드에게는 머뭇머뭇 자신 없어 하며 수줍어하는 소년들에게서 흔히 볼 수 있듯 모성애를 자극하는 어떤 모습이 있었다. 여자라면 누구든 그를 보면 어머니같이 따뜻한 모성애를 발휘하고 싶은 충동이 일게 하는 그런 타고난 분위기를 풍기고 있었다.

실은 우연이긴 하지만, 데이비드는 아이다보다 1년 하고도 4개월이나 어린 총각이었다. 아이다가 처음 그에게 끌린 것은 마음의 안정과 포근함을 바라는 소년 다운 필요에서였는지도 모른다. 그러나 이들은 그저 외관으로 보이는 것과는 달리 정말 잘 어울리는 한 쌍이었다.

그들 두 사람의 혈통은 놀랄 만큼 유사했다. 아이다의 선조처럼 데이비드의 집안도 근원은 순수 독일계였다. 두 집안 모두 1750년 이전에 펜실베니아로 이주해 와 근검하고 절약하는 생활을 하는 농부의 후손들이었다.

아이젠하워 집안은 처음 이곳에 정착하면서부터 그들

의 아이들을 스토우버의 농부 겸 목사들에게 세례받게
했다. 그 아이들의 후손이 나중에 쉐난도 계곡을 거쳐 남
쪽 버지니아로 이주해 갔다는 것은 사실 기록상의 문제
일 뿐이다.

두 집안은 펜실베니아에서든 버지니아에서든 그들의
동족과 가까이에서 함께 살았고, 언제나 독일인으로서의
풍습과 생활을 고수했다.

한 세대 전 '강의 형제들' 집안과 서로 혼인한 것 때문
에 아이젠하워 가문은 루터란 교파를 떠나 메노교파에서
예배드리게 되었지만, 이것이 큰 장애가 되지는 않았다.

아이다 역시 캔자스로 올 때, 이들 메노교파 교인들의
보호를 받으며 동반했고, 데이비드와 똑같이 변화를 기
꺼이 받아들였다.

아이다는 그들의 풍습을 따르기는 했지만, 메노교 교인
이 즐겨 입는 질박한 가운이나 보기 싫은 부인모를 쓰지
는 않았다. 이런 점에서라면 데이비드 역시 턱수염을 길
게 기르는 그들의 풍습을 따르지 않았다. 두 사람은 그들
나름대로 각자 독립적이고 자주적인 신념이 강했기 때문
에 이런 것들을 무분별하게 따르고 받아들이지는 않았다.

두 사람은 선과 악에 대해서는 분명하고도 명쾌한 견
해를 가지고 있었다. 선한 일을 하는 것이 옳은 일이고,
남에게 해를 끼치는 것은 무조건 그르다는 식이었다.

나아가 두 사람은 2년간 함께 대학 생활을 한 뒤, 교육이 중요하기는 하지만, 그에 앞서 차원 높은 이상과 목표가 훨씬 중요하다는 생각에서 일치했다.

1885년 9월 23일 아이다가 스물세 살 때, 두 사람은 대학 부속 예배당에서 혼례식을 올렸다.

이 결혼은 신부 아이다보다 데이비드의 타협이 더 결정적이었다. 그는 벌써 이런 타협을 할 줄 알았다. 데이비드는 유능한 엔지니어가 되고 싶어 했다. 농사나 짓고 사는 일 외에 다른 무엇인가를 모색하던 그의 노력에 대한 보답으로서 이 새로운 직업에 늘 집착했다.

그러나 그의 아버지는 이런 아들의 야심을 도무지 이해하지 못했다. 데이비드의 아버지는 평생 펜실베니아에서 캔자스로 이주한 일을 경솔했다고 후회했다. 그런대로 괜찮았던 농장 일이 캔자스로 이주해 와서는 훨씬 나쁜 결과로 다가온 것이다. 새로운 것이라곤 변덕스러운 기후뿐이었다.

데이비드의 아버지는 이런 경험 때문에 아들을 동부로 보내 공과 대학에 다니게 하는 것을 엄두도 내지 못했다. 데이비드는 아버지의 이처럼 완고한 반대 때문에 별 전망도 혜택도 있을 것 같지 않은 레콤프톤에 머물기로 한 것이었다.

이곳 코오(Kaw) 강변 바로 옆에는 캔자스 주의회 의사당으로 쓰려고 지은 삼 층 건물 하나가 서 있었는데, 그 건물을 약간 개조하여 실험실과 강의실로 쓰고 있는 래인대학교가 최고 교육 기관이었다.

래인대학교라는 이름은 래인이 캔자스주 출신 최초로 미합중국 상원의원이 된 것을 기념해서 붙인 것으로, 그는 주 의사당으로 쓰려다 버려진 이 건물에 교육 목적 설비를 갖추도록 기부금 1천 달러를 내놓았다.

메노 교도들은 대학을 세우는 데는 대단한 열정을 가지고 있었지만, 돈이 얼마 없어서 모든 힘을 다해 이 교육 기관을 끌고 나갔다.

그러나 이 학교에 다니는 학생들 상당수가 그들의 수업료와 식사비로 주당 1달러에서 2달러밖에 내놓지 못해 학교 재정은 말이 아니었다. 그러므로 유능한 교수가 있을 리 없는 이 학교에서는 수박 겉핥기식의 공부밖에 할 수 없었기에, 데이비드는 고등 수학보다 그리스어에 열을 올렸다.

때로 이웃 사람들이 아이다와 이야기를 나누려고 그들의 집에 들렀다가, 그녀의 남편 데이비드가 그리스어 성경을 열심히 읽는 모습을 보고는 깜짝 놀라곤 했다.

그보다 훨씬 더 중요한 것은 데이비드 아이젠하워가 그 옛날 공학을 공부할 기회를 포기하지 않으면 안 되었던 시절의 비참한 심정을 훗날에도 잊지 않은 데 있었다.

그는 태어날 아들들에게는 어떤 진로를 택하든 괘념치 않고 찬성이나 반대도 하지 않으며 오직 그들의 판단에 맡기겠다는 것이 그의 신념 중에서도 으뜸이 되었다.

그 후 이들 부부는 이와 같은 생각을 고수하기로 마음 먹었지만, 고통스러운 처지에 놓이리라는 각오도 함께 해야 했다.

데이비드가 결혼하기로 결심할 때 했던 그의 투쟁 — 공학을 영원히 포기한 — 은 다만, 그럴 수밖에 없으리라 는 막연한 생각에 불과했다. 당시 데이비드는 불평 한마 디도 거역도 하지 않았다.

그의 아버지는 데이비드와 같은 젊은이들이 성장하는 과정에서 흔히 마주치는 결정적인 시기에 너무 동떨어진 생각이나 특이한 꿈을 가지는 것을 도무지 못마땅하게 생각했다. 데이비드 역시 분별력 있는 착실한 젊은이들 처럼 농장 일이나 물려받기를 몹시 바랐다.

데이비드도 그의 형제들과 조금도 다를 바가 없다고 생각하고 그에게 토지 1백 60에이커와 현금 2천 달러를 주어 가축과 집을 사서 독립적으로 농장 일을 시작하도 록 해주려고 했었다.

데이비드는 아버지와 논쟁을 벌이진 않았다. 그러나 그 는 자신의 의도대로 실천해 나갔다. 데이비드는 아이다 의 헌신적인 동의를 받아 땅과 가진 돈을 한 푼도 남기지 않고 모두 털어 넣어서 동업으로 식료품 잡화점을 시작했다. 이 점포는 '호프호프'라는 아주 상서로운 이름을 달고 캔자스의 한 교차로에 자리 잡았다.

그로부터 오랜 세월이 흐른 뒤, 아들 몇은 아버지는 사업하는 두뇌는 없고, 가진 것이라곤 성마르고 고지식한 기질뿐이라고 투덜거렸다. 이 때문에 아들 몇은 아버지의 분노에 찬 호통을 들어야 했다.

하지만 데이비드의 상점 경영에서 가장 유감이고 동정받을 일은, 그가 경험이 너무 없어, 농사꾼들이 외상을 갚아주길 기다리는 일이 얼마나 오래 걸리고 힘든 것인지 잘 모르는 것이었다.

농사꾼들은 작물을 수확해야 현금을 손에 쥘 수 있었고, 데이비드는 그때까지 기다리는 것이 무척 힘든 노릇이었다. 게다가 그의 동업자는 또 얼마나 간교한지 장사가 제대로 되는 동안에 자기 몫은 단단히 챙겼다.

데이비드는 대금을 청구하는 공급업자들의 독촉장과 청구서 더미에 빠졌고, 고객들에게는 그들이 밀 경작을 잘해야 외상값을 제대로 받을 수 있었다.

결국 점점 불어난 외상값은 심한 경영난으로 이어졌다. 이때 아이다는 아이 — 아이더, 나중에 은행가가 되었다 — 를 낳았다. 얼마 안 있어 또 아이를 가졌고, 남편에게는 더 이상의 도움을 기대할 수 없었다.

데이비드는 고심 끝에 이런 곤경을 벗어날 유일한 방법은 복잡한 모든 골치 아픈 문제는 변호사의 손에다 맡기고 자신은 다른 좋은 일거리를 찾는 일이라 생각했다.

그 일자리란 텍사스 남쪽 철도공작창의 기계공이었고, 어쨌든 그는 그곳을 떠났다.

아이다는 혼자서 남편이 저질러 놓은 모든 일을 감당하기로 결심하고 그대로 남아 둘째 아들을 낳았다.

변호사가 처리하니 계산이 한결 명료해졌고, 아이다는 그 변호사가 공정하게 계산한 대로 돈을 줄 것이라 여겼다. 그러나 사실은 그렇지 않았고, 결국 변호사는 아이다에게 돌아갈 몫은 한 푼도 없다고 아주 그럴듯하게 설명을 늘어놓았다. 아이다는 그의 말을 믿을 수가 없어 일생처음 노여움을 터뜨리고 말았다.

아이다는 변호사의 농간에 속지 않으려고 스스로 해결해 보기로 하고 나섰다. 그러나 두 아들을 길러가면서 — 둘째 아들은 그녀가 몹시 좋아했던 에드가 앨런 포우의 이름을 따서 에드가(Edgar)라고 이름을 지어주었다. — 어려운 법률적 문제를 해결하기란 정말 힘들었다.

상황이 너무 어렵긴 했지만, 남편의 어리석도록 착한 점을 이용해서 남의 재산을 가로채려는 협잡꾼들로부터 가족을 보호하기 위해서 틈나는 대로 법률 공부를 했다.

그녀가 한 일은 단순한 법률 공부가 아니라 어려운 소

송 싸움이었다. 설상가상 생활고까지 겹쳐 그 고통은 이루 말할 수 없었다. 에드가 — 그는 나중에 법률가가 되었다. — 를 낳고 난 뒤부터는 인정 많은 이웃들의 도움을 받아 꾸려나가지 않으면 안 되었다.

마침내 아이다는 갓난 에드가를 품에 안고 큰아들은 치맛자락을 붙잡게 하고는 기차를 타고 멀리 텍사스를 향해 떠났다. 그녀는 셋째 아들 데이비드 드와이트 아이젠하워를 이 텍사스 남부 데니슨에서 낳았다.

1890년 10월 14일, 집이라고 할 수도 없는, 겨우 꼴만 갖춘 창고 같은 건물이었다. 얼마 후 새로 태어난 이 아들의 이름이 아버지 데이비드와 자주 혼동되었다. 아이다는 데이비드 드와이트의 순서를 바꾸어 드와이트 데이비드 아이젠하워로 고친 다음, 데이브 | 데이비드의 애칭 | 라고 부르지 못하게 했다.

아이다는 별명을 지어주는 데는 재주가 없었던지, 큰아들 아더에게는 아트(Art), 둘째 에드가에게는 에드(Ed)라는 짤막한 애칭을 붙여주었다. 이런 이름들이 어쩐지 어색하고 언짢았기 때문에 그 이후로는 남들이 줄여서 부를 수 없도록 단음절의 이름을 지어주기로 마음먹었다.

그런데도 나중에 사람들이 드와이트를 아이크라는 이름으로 부르는 것을 보고 아이다가 얼마나 진저리치며 못마땅해했는지 아무도 짐작하지 못할 것이다.

아이다는 웬만해서는 남의 말에 쉽게 수긍하거나 찬성하지 않는 성미였고, 덕분에 고초도 많이 겪었다.

드와이트가 태어난 환경에 관한 것이 아니라면, 아이젠하워 가족이 텍사스에서 살던 시절은 그리 대단하지도 않다. 그도 그럴 것이 이곳 텍사스에선 겨우 이 년밖에 머물지 않았기 때문이다.

텍사스에서 그들이 살던 허술한 집도 아이젠하워 가문의 역사에서는 드와이트의 출생지로서는 기념비적인 곳이지만, 아이젠하워를 숭배하고 예찬하는 사람들의 진정한 메카 — 성자 탄생지 — 는 캔자스 아빌렌(Abilene)이다. 이곳은 하나님을 공경하고 법률을 준수하며 안락하기 그지없는 전형적인 시골 마을이다.

데이비드와 아이다 아이젠하워 부처는 아들들을 훌륭하게 양육하기 위해 미국 천지 다녀 보지 않은 곳이 없을 정도였다. 그래도 아빌렌보다 더 좋은 곳은 끝내 찾지 못했다.

아빌렌은 작은 마을로서는 보기 드물게 자산으로 여길 만큼 깊은 역사적 배경을 지니기도 했다. 남북전쟁 직후 아빌렌은 기계화 덕분에 더 유니온 퍼시픽 |미국 태평양 및 대서양 연안을 연결하는 동서로 뻗은 대철도 | 으로 발전한 철도 서편 종착역이 되었다.

정거장 근처에는 가축을 대량으로 거래하는 상인들이

축사를 지어놓았다. 그러자 아빌렌에는 죄와 함께 번영하는 영광의 시대가 도래했다. 뿔소들을 텍사스에서 이곳까지 몰고 오느라 지치고 굶주렸거나 가진 것을 다 털리고 달려온 카우보이들이 함성을 지르며 이 마을로 밀려들었고, 이들을 맞이해 흥청거리는 동안 정거장의 가축 축사 바로 건너편에는 '지옥의 반 에이커'라고 알려진 유흥지대가 생겨났다. 그 당시 신화 같은 존재로 명성을 떨친 와일드 빌 히콕크가 이 마을의 보안관이었고, 마을의 질서를 잘 유지하고 있었다.

그러나 이러한 아빌렌의 영광스러운 시절도 아이젠하워 가족이 이곳으로 이주해 왔을 때는 이미 그 열기가 식어가고 있었다. 일단 철도는 서쪽으로 계속 연장하여 도지 시티(Dodge City)로 뻗어나갔고, 텍사스의 가축 떼들은 모두 이 새로운 종점을 향해서 움직였다. 그도 그럴 것이 아빌렌은 사람에게도 가축에게도 너무 시끄럽고 법석거렸다. 게다가 전염병 예방을 위하여 격리 및 교통 차단 조치가 이곳에선 엄격히 시행되었고, 강력하게 법이 집행되어 활기에 넘치는 카우보이들이 싫어한 것이다.

이러한 것이 1890년대 아빌렌이 온화하고 문화적인 마을로 가는 과정이었고, 훗날 한 사내는 틈날 때마다 이 마을을 추억하고 역사를 이야기하면서 정말 정이 넘치는 훌륭한 곳이었다고 유쾌하게 일화를 회고하였다.

데이비드 아이젠하워가 이런 자극을 그리워해서 아빌
렌을 택하긴 했지만, 이 자극이나 선동적인 정서는 이곳
에 그의 가정을 안착시키려는 결정과는 관련이 없었다.

아빌렌은 데이비드의 아버지가 옛날에 살고 싶어 했던
곳이고, 이런 가족적인 배경이 있기에 그가 이곳에 일자
리를 구하자, 서둘러 그를 달려오게 한 것이다.

데이비드는 기계나 도구를 만지고 수선하는 일이 늘
재미있었고, 하고 싶어 하는 일이었기에, 그의 누이동생
아만다(Amanda)는 남편이 간부 사원으로 있던 크림 공
장에서 기계를 다루고 수리할 사람을 구한다는 소식을
데이비드에게 주었다. 보수는 한 달에 50달러도 채 되지
않았지만, 데이비드는 이 제의를 받아들였다.

이렇게 적은 돈으로 아이다가 어떻게 그렇게 많은 일
을 해냈는지는 설명하지 못할 것 같다. 하긴 당시는 지금
보다 물가도 훨씬 싸고 필요한 생활용품도 적긴 했지만,
'물에 빠져 죽든가 아니면 헤엄을 쳐라.'라는 말은 아이다
가 가장 좋아하는 격언 중 하나였다. 어쨌든 아이다는 빠
져 죽고 싶은 생각은 없었던 모양이다.

아이젠하워 가족이 아빌렌으로 이주해 온 후 처음 7년
이 그들에게는 가장 어렵고 힘든 시기였다. 그들은 눈물
겹도록 조그마한 오두막에서 살았는데, 좁은 공간에 침
대도 제대로 들여놓을 수 없는 틈바구니에서 다섯 아들

을 길러야 했다. 넷째 아들은 로이(Roy) — 훗날 약사가 되었다 — 였고, 그다음 다섯째가 폴(Paul)이었다. 이 막내 폴은 디프테리아에 걸려 불행하게도 첫돌을 맞기도 전에 죽었다. 어머니 아이다에게는 가슴 아픈 일이었다.

이 무렵 한 친척이 큰 경비를 들이지 않고도 어려운 처지를 개선할 좋은 기회를 만들어 주었다. 그 친척은 자기가 소유하고 있던 집을 헐값에 아이젠하워 가족에게 내주었다. 집은 그리 크지는 않지만 2층은 자랑스러울 만큼 훌륭했다. 정원은 넓이가 3에이커나 되었다.

그러니 아이다는 그녀가 지닌 본래의 특성을 발휘하기 시작했다. 아들 드와이트가 훗날 발휘한 가장 큰 장기는 수많은 사람의 능력을 각기 최대한 살려 효율적으로 배치하고 활용하는 것인바, 이런 것은 모두 그의 어머니에게서 그 기초와 설계를 배웠다 해도 과언이 아닐 것이다.

아이다는 그녀의 가족이라는 소규모 군대를 조직하고 지휘한 것이다. 야전 사령관은 엄격하게 부대원들을 통솔했다. 하긴 아이다가 그녀의 부대, 그러니까 그녀의 아들들을 중심으로 한 가족에게 이미 웬만큼의 훈련은 시킨 셈이다. 그즈음 그녀의 목표는 그녀가 마음대로 활용하고 구사할 수 있도록, 인력을 개인별로 거의 완벽하게 자활하도록 부리고 자치적으로 성장시키는 일이었다.

가족의 재산은 이제 불어나서 커다란 곡물 창고 하나

를 가지게 되었고, 잘 자라는 사과나무도 있었다.

아이다는 배곯고 목말라 하는 아이들이 마음껏 먹고 마실 수 있도록 잠재된 많은 가능성을 계발하여 그들이 할 수 있는 모든 것을 해내도록 하려고 부단히 애썼다. 식구들은 암소, 닭이며 오리, 돼지를 기르고, 사료용으로 여러 종류의 채소까지 재배하기에 이르렀다. 이제는 성장한 여섯 아들이 아이다의 훌륭한 부대원이 되었다.

얼(Earl) — 훗날 엔지니어가 됨 — 과 밀톤(Milton) — 훗날 대학 총장이 됨 — 은 20세기에 접어들기 직전인 1888년과 1889년 연년생으로 태어났다.

어머니 아이다가 집안일을 꾸려나가는 방식은 이러했다. 아이들은 바깥일과 집안일을 번갈아 가면서 교대로 하도록 했는데, 아이들은 집안일을 훨씬 더 하기 싫어하고 재미없어했다. 새벽 4시 반만 되면 눈을 비비며 침대에서 일어나 부엌에 불을 지피는 일부터 시작해야 했기 때문이다. 물통을 들고 다니며 빨래할 물을 길어오는 것도 인기 없는 종목 중 하나였다.

어린 시절의 드와이트는 어떤 일도 좋아하지 않았다.

"난 정말 떠들썩한 아이였지요. 매일 울고불고 떠들고 고함치고 다녔었으니까요."

드와이트 아이젠하워는 이렇게 옛날을 회고했다.

"난 오로지 그런 집안일들로부터 도망치려고만 했거든

요. 그래서 언젠가는 이웃의 어떤 아주머니가 집 안으로 들어오시더니, '아이다, 저 애는 도대체 뭘 하는 거예요?' 하고 묻지 않겠어요. 그러니까 어머니 대답이, '아, 저 애 말이죠? 이제 불만 붙었다 하면 저 애도 달라질 거예요.' 그 말대로 정말 난 불만 붙으면 만사 오케이였답니다."

그러나 아이들의 훈육 문제까지 모두 스스로 해결하도록 한 것은 아니었다. 아니, 그건 오히려 정반대였다. 누구든 할 일을 게을리하거나 학교 공부를 제대로 하지 않았다간 여지없이 매를 맞았다. 아이다는 즉각 벌을 내릴 필요가 있다고 판단될 때는 거침없이 아이들에게 벌을 주거나 매를 대기도 했다. 그러나 이 벌을 받을 '미결수'들을 아버지 데이비드가 저녁 식사하러 집에 돌아올 때까지 기다리게 하는 것을 더 좋아했다. 적어도 그녀의 마음속에는 데이비드가 최후의 심판자였기 때문이다.

그러나 아이다가 과연 자기 자신의 권위에 대해서 올바르게 인식하고 있었느냐 하는 점에는 의문의 여지가 있다. 그녀의 권위는 남편 데이비드에 비해서, 아이다 자신은 못 느꼈지만, 훨씬 강력하고 무서운 것이었다.

아이다 아이젠하워는 일하면서도 찬송가를 부르고, 그녀의 운명에 그저 만족하는 정도를 넘어 캔자스로 이사한 후에도 신데렐라처럼 늘 행복하게 살았다. 아이다는 이틀에 한 번씩 식구들이 먹을 빵 아홉 덩이를 구웠다.

"사악한 자들에겐 평화가 없는 법이야."

아이다는 소매를 걷어붙이고 밀가루 반죽을 치대면서 유쾌하게 목청을 높였다.

남편 데이비드는 말할 것도 없이 굉장히 근면하였다. 데이비드가 보여준 본보기도 그의 아들들에게는 분명 근면 성실의 중요성을 인식시키기에 충분했다.

그는 아침 여섯 시 반이면 집을 나서 저녁 여섯 시가 되어야 돌아왔다. 저녁 식사를 하고 나서는 무슨 특별한 경우가 아니면 앉아서 책을 읽거나 이집트의 피라미드를 손수 그린 커다란 도형을 연구하곤 했다. ― 데이비드는 그 피라미드의 건축술과 관련하여 나름의 신기한 이론을 가지고 있었다. 그는 자기의 이론대로 피라미드의 비밀을 풀든가 증명해 보려고 애썼고, 이런 시간을 즐겼다.

보통 대통령의 가족이나 가문에 대해서는 늘 일화나 얘깃거리가 한없이 쏟아져 나오기 마련이지만, 데이비드의 경우 나쁜 짓을 하거나 게으름을 피운 아들에 대한 최고 형 집행인의 역할을 제외하고는 아버지와 아들들과의 관계나 영향을 추리할 만한 사건이나 행동은 찾아볼 수 없다. 데이비드는 아들을 데리고 사냥 가거나, 오래도록 기억에 남을 만한 말로 아들들에게 충고하거나 하지는 않은 것으로 보인다.

훗날 아들들은 한결같이 아버지와 어머니 두 분은 서

로에게 이상적인 배우자였다고 입버릇처럼 말하지만, 남편 데이비드는 너무 조용하고 말 없는 동반자였다고 결론짓지 않을 수 없다.

그렇다고 해서 그의 영향력을 무시해도 좋다는 말은 결코 아니다. 그의 성장한 아들들 — 아이다가 백문이 불여일견이라고 말했을 법한 — 은 모두 훌륭하게 성장했고, 사회적으로도 높은 지위에 오른 믿음직한 시민들이었다. 아들들은 이구동성으로 그의 아버지에게 이 모든 공을 돌리고 있다.

다른 많은 대통령의 경우와는 달리 드와이트 아이젠하워에게 말썽꾸러기 형제는 없었다. 드와이트는 그 사실에 대해서 자신이 직접 설명하기를 주저하지 않았다.

"그 대답으로 내가 생각하기에, 우리 가족의 가정생활에서 부모님은 싸우는 예가 없었고, 외적으로 번지르르하게 치장하지는 않았지만, 진정한 사랑으로 가득 차 있었던 것 같습니다."

또 어머니 아이다와 같이, 어린아이들은 할 일이 많을 때 훌륭한 시민으로 성장할 소지가 크다는 의견에는 드와이트 아이젠하워도 전적으로 동의했다.

이 모든 일에 아버지 데이비드 아이젠하워가 크게 기여한 것은 틀림없다. 그러나 그의 가장 큰 공헌은 아마도 그의 아버지를 닮지 않으려는 노력이었을 것이다.

아이들이 미래의 자기 계획을 세우고 실천해 나가는 데 어떤 영향도 미치지 않고 간섭도 하지 않으려고 애쓴 것이야말로 아이들에게 줄 수 있는 최대의 선물이었다.

한편, 아이다는 늘 쉽게 드러나는 영향력으로 아들들에게 한결같이 작용했다. 드와이트는 심지어 생김새까지 어머니를 닮았고, 성격이나 기질도 닮았다. 웃음까지 아이다와 똑같았다. 그들의 체구와 남성과 여성이라는 차이를 제외하곤 어느 것 하나 닮지 않은 데가 없었다.

아이다는 아주 가벼운 농담이나 우스갯소리까지 정열적이라고 할 만큼 기분 좋게 깔깔 웃어대곤 했는데, 이것이 훗날 드와이트의 온몸으로 웃는 듯한 너털웃음의 본보기가 되었다.

그 외에도 어머니에게서 받은 영향에 대해 드와이트는 한 텔레비전 인터뷰에서 이렇게 말한 적이 있다.

"어느 해 할로윈(Halloween 10월 31일) 저녁에 일어난 일이었습니다. 열 살 때였는데, 형들과 함께 외출 금지 명을 받았지요. 그런데도 나는 포복으로 기어서 마당을 빠져나가다가 그만 사과나무 그루터기에 스쳐 주먹이 부르텄고, 끝내는 아버지에게 들켜 회초리로 실컷 얻어맞고는 침실에 갇혔습니다. 한 30분쯤 지나니까 어머니가 방으로 들어오시더니 이야기했습니다. 어머니는 성경 구절을 인용하시면서 사람이 누군가에게 화가 몹시 나면 자기 자신도 어찌할 수 없게 된다고 이야기해 주셨습니다. 그동안 어머니는 내 손을 씻겨주시고, 상처 난 손에다 연고를 바르고 붕대로 싸매어 주셨습니다. 이 사건이 내 일생에서 가장 중요한 순간 중 하나였습니다. 그 이후 나역시 여러 번 화를 낸 적이 있지만, 나는 노여움을 밖으로 드러내지 않으려고 무척 노력해 왔습니다."

그 외에도 여기서 굳이 드러내 보일 필요가 없는 여러 가지 이야기들, 우리가 잘 알고 있는 가훈이나 가르침을 드와이트는 잘 따랐다. 그러나 아이다 아이젠하워가 어떤 점에서는 아들들에게 크게 영향을 미치긴 했지만, 그들의 장래를 결정할 중요한 순간이 닥치면, 남편 데이비드와 마찬가지로 순전히 아이들의 자유로운 선택과 결정에 맡겼다.

아이들이 어렸을 때는 하루에 한 번씩 모두 모여서 기도회를 하고, 성경을 번갈아 가며 읽기도 했다. 그러나 아들들이 다 자라서 이제 그들 나름대로 종교적 관점이나 철학을 가질 나이가 되었을 때부터는 아버지도 어머니도 이러한 의식이나 관습을 강요하는 법이 없었다.

가끔 트럼프 놀이를 하기도 했다. 또 세월이 흐르면서 담배를 피우는 것도 허용했다. 그런가 하면 그때까지도 응접실에 고이 간직한 아이다의 피아노에서는 때로 종교적이고 고상한 음악이 흐르는가 하면, 또 어떤 때는 세속적이고 흥겨운 가락이 퍼져 나오기도 했다.

이 모든 것은 현실적인 의미에서 장차 그들을 기다리고 있는 것들에 대한 준비였던 셈이다.

아이다와 데이비드는 자신들이 맛보기만 하고 그쳤던 대학을 아들들은 완전히 졸업까지 할 수 있기를 바랐다. 물론 아들들 모두는 대학을 다니기 위해서 스스로 경제적 문제를 해결해 나가지 않으면 안 될 처지였다.

데이비드는 늙어서 직장을 그만둘 때까지도 한 달에 150달러 이상 벌어본 적이 없었다. 그러나 아들들은 아주 어린 시절부터 온갖 허드렛일과 궂은 경험을 많이 해보았기 때문에 이런 경제적 부담을 잘 해결해 나가리라 여겼다.

맏아들 아더는 장차 대학 교육을 받는 데 걸리는 시간을 줄여 하루빨리 성공하고 싶은 마음이 너무 앞서서 고등학교를 마치자 캔자스시티로 일자리를 찾아 떠났다.

부모의 가슴은 이 때문에 몹시 쓰라렸지만, 그의 마음을 애써 돌리려고는 하지 않았다.

둘째 에드가는 법률을 공부하기로 결심했고, 이 분야에 매진하기 시작했다. 식구들은 모두 그가 의사를 택하는 것이 훨씬 좋을 것이고, 그에게도 더 바람직하다고 생각했지만, 아이다도 데이비드도 그저 축복과 함께 그의 길을 가도록 허락했다.

드와이트의 차례가 되자 훨씬 힘든 난관이 생겼다. 드와이트도 대학 교육을 받는다는 데는 이의가 없었지만, 고등학교 졸업 무렵까지도 특정한 목표를 정하지 못한 것이다. 그래서 그는 형 에드가와 번갈아 일하면서 서로 돕기로 굳게 약속했다.

우선 먼저 에드가가 공부하는 2년간 드와이트는 열심히 돈을 벌어 에드가에게 몽땅 부쳐주었고, 그다음엔 역할을 바꾸어서 드와이트가 공부하고 에드가가 돈을 벌기로 했다. 그러나 이 2년이 채 되기도 전에 드와이트는 그에게 아주 적당해 보이는 기회를 발견했다. 그것은 웨스트포인트 | 미국 육군 사관 학교 | 였다.

부모는 그의 이러한 결정에 큰 충격과 실망을 느꼈지만, 그를 설득하여 다른 길로 가게 하려고 하지는 않았다. 그의 의사를 꺾는 말이라곤 한마디도 하지 않았다.

어머니 아이다는 이 일만은 자신을 억제하기가 힘들었고, 평생 가장 힘들게 자기와 싸워야 했다. 아이다는 군인이 되어 전장에 나선다는 것은 바로 세상에서 가장 사악한 일을 하는 것이라고 굳게 믿어왔기 때문이다.

데이비드도 아이다만큼이나 진지하고 열열한 평화주의자였다. 그래도 그는 드와이트의 계획에 담긴 뜻을 이해할 수 있었다. 드와이트의 '웨스트포인트 계획'은 돈이 들지 않는 고등 교육을 의미했기 때문이다.

아이다는 전쟁에 대한 증오가 너무 깊어서 이런 논리로는 도저히 마음이 움직이질 않았다. 그래도 그녀는 자신의 증오감을 마음속 깊이 묻어두고 악착스럽게 말로 표현하지 않았다. '네가 선택한 것이라면…….'하고 아이다는 드와이트에게 말했고, 이 문제에 관해서 한 말이라곤 이게 전부였다.

드와이트가 옷 가방이며 짐을 꾸려서 몇 마일 떨어진 그 옛날의 유니온 퍼시픽 정거장으로 갈 때, 아이다는 현관 문턱에 서서 멀어져가는 아들에게 손을 흔들었다.

밀톤이 아이다 곁에 서 있었고, 아이다는 드와이트의 모습이 시야에서 완전히 사라질 때까지 눈물 한 방울 흘리지 않았다.

드와이트가 더 이상 보이지 않자, 비로소 아이다의 두 뺨에 눈물이 비 오듯 쏟아졌고, 그녀는 이층으로 뛰어 올라가 그날 온종일 꼼짝하지 않고 울기만 했다.

그녀의 마음속에서 드와이트는 이제 잃어버린 자식이라는 소리가 생생하게 울려 나왔다. 착하고 훌륭한 사내아이로 길렀는데, 이제 국가의 손에 맡기다니, 그녀의 심정은 찢어지는 것만 같았다.

하지만 그녀는 세상일의 슬프고 어두운 면만 오래 보고 있지 못하는 성미였고, 비록 평생 군인 정신이라는 뜻을 예찬해 본 적도 없었지만, 마침내 드와이트의 결정과 행동에 긍지를 느끼게 되었다.

아이다는 드와이트를 다른 아들들보다 특별하게 생각해 본 적은 없었다.

먼 훗날 세계 역사상 위대한 군인이나 장군 중에서도 유례를 찾아볼 수 없는 '개선하는 위대한 영웅'을 맞이하여, 고향 아빌렌은 갑자기 시소(seesaw) 한쪽의 무게가 커져 온 마을이 들어 올려진 듯했을 때, 한 기자가 아이다에게 아들이 진정 자랑스럽지 않으냐고 했다.

이에 아이다는 '어느 아들 말이에요?'라고 되물었고, 정말 누구를 가리키는지 몰라 어리둥절해했다.

아이다에게 아들들은 이제 모두 한결같이 선량한 사람으로 성장해 있었고, '선량하다는 것'이야말로 그녀에게는 다른 무엇보다도 소중한 가치였다.

비록 아빌렌 같은 조그마한 마을과는 도저히 비교가 안 될 만큼 높은 위치에 올라 있었지만, 드와이트는 어머니 아이다에게만은 여전히 착한 아들로 남아 있었다.

V-E Day로부터 20년이 지난 어느 날, '폐기 서류'라는 도장이 찍혀 군사기밀 문서철에서 빠진 '연합군 최고 수뇌부'의 작전 사령부에서 사용하던 노란색 메모지 한 장이 드와이트의 효성이 어떠했는지 잘 알려준다.

이 서류에는 원래 '일급비밀'이라는 도장이 찍혀 있었다. 프랑스 상륙 작전을 불과 한두 주 앞둔 1944년 5월,

한 사령부 수뇌가 발송한 편지였던 만큼 당연히 일급비밀로 처리되었을 법하지만, 사실 이 특별 명령은 캔자스에 있는 아이다 아이젠하워 여사에게 어머니날을 맞이하여 인사를 전하라는 내용이었다.

전쟁을 치르는 동안에도 드와이트의 편지는 한두 달에 한 번씩은 아이다에게 계속해서 날아왔고, 그는 언제 어느 곳에 머물든 기대하지도 않은 소포 꾸러미를 우송하곤 했다. 그 소포에는 드와이트가 스코틀랜드에 있을 때 어떤 사람이 그에게 준 손수건과 기념품 따위가 들어 있었다.

드와이트의 명성이 점점 높아져 감에 따라, 그에 따른 반동으로 그의 가족에 관한 기사가 신문과 라디오 등에 실리는 일이 많아졌다. 드와이트는 어머니에게 기자나 사진기자들과 자주 만나지 마시라고 말씀을 전했다. 어머니가 너무 지칠 것 같아서였다.

그래도 드와이트는 지금까지 여섯 아들과 그의 아버지만 알고 있던 사실 — 어머니 아이다야말로 이 세상에서 가장 위대한 여인이라는 — 을 더 많은 이들이 알게 된 것이 무척 기쁘다고 말하기도 했다.

아이다가 드와이트에게 보내는 편지는 또 별개였다. 드와이트의 명성이 한창 퍼져나갈 무렵, 아이다의 인생은 사뭇 다른 고비를 맞고 있었다.

이때 아들들을 모두 성장시켜 세상에 내보낸 후 아이다와 데이비드 아이젠하워는 이제 평온하고 조용한 축복받은 생활을 즐기고 있었다.

1935년 두 사람의 금혼식을 맞이하여, 아들들과 며느리들이 모두 고향으로 돌아와서 축하해 주었다.

데이비드는 만년에 그 지방의 한 공공사업 회사로 일자리를 옮겨 한동안 일했는데, 여기서는 동료들의 연금과 보상 업무를 맡았다. 그의 수입은 많지는 않았다. 그러나 멋있는 벽난로며 냉장고, 조그마한 자동차까지 살 만큼은 되었다.

이제 여가가 많아진 아이다는 정원의 꽃이며 딸기 가꾸기에 시간을 내어 손질하기도 했고, 코바늘로 소형 장식용 냅킨과 테이블 세트 따위를 짜기도 했다.

얼마 후 데이비드도 직장에서 은퇴한 후로는 수공예품을 만드는 데 재능을 보였다.

1942년 초 데이비드는 80회 생일을 얼마 앞두고 세상을 떠났다.

아이다는 한 일주일가량 미칠 것 같은 슬픔의 구렁텅이에 빠져 있었다. 그러나 이내 마음의 안정을 되찾았다. 하지만 그 대가는 혹독하게 치러야 했다.

그때 이후로 아이다는 모든 옛 추억과 기억을 잊어버린 것 같았다. 그녀는 여전히 즐겁고 유쾌한 나날을 보냈고, 옛일들을 잘못 기억하여 놀림을 받는 일까지도 즐거워했다.

그 무렵 캔자스 주립대학 총장으로 있던 밀톤이 이따금 일요일 만찬에 아이다를 자동차로 모셔가곤 했다. 그럴 때면 밀톤은 곧잘 식사를 마치고 일어서면서 아이다에게 물어보았다.

"어머니, 오늘 저녁에 우리가 뭘 먹었죠?"

아이다는 잠시 생각하는 듯하다가는 곧 화사한 미소를 띠며 대답하곤 했다.

"참 훌륭한 식사였어, 그렇지 않아?"

밀톤은 가끔 다른 식으로 아이다를 놀리기도 했다.

"어머니, 난 말이죠, 어머니가 여섯 아들의 이름을 순서대로 외우실 수 있는지 궁금해요."

"그건 네가 잘 알잖니? 네가 알고 있듯이……."

그녀는 만족스러운 표정으로 대답했다.

아들들은 아이다가 혹시라도 갑작스러운 불행이나 사고를 당하지 않도록 훌륭한 간호사를 붙여두고 늘 시중들게 했다. 드와이트를 비롯한 아들들에게 규칙적으로 편지를 써 보낸 것은 이 간호사였다. 그녀의 편지는 양딱총나무들이 잘 자라고 있다든지, 제라늄을 화분에 보기 좋게 심었다든지, 쇼를 보러 외출했다든지 하는 평범하면서도 평화로운 이야기들을 적었다. 그러나 이런 것이 이들 두 여자의 활동 내용 전부는 아니었다. 아이젠하워 여사는 만년에 정신적 혼란과 미혹에 빠졌다.

그녀의 생애 초기, 그러니까 드와이트가 웨스트포인트로 떠나기 훨씬 이전, 아이다도 데이비드도 교회의 전통적인 예배나 의식에 큰 불만을 품고 있었다. 비슷한 생각을 하는 이들과 작은 그룹을 만들어, 매주 사람들의 집을 번갈아 다니며 성경 연구회를 가진 적도 있다. 또 세월이 흐르고 나중에는 다른 지역의 유사한 단체나 그룹들과 서신을 교환하였고, 여러 가지 정기 간행물을 구독하기도 했다. 그리고 언젠가부터 철저한 회원은 아니지만, 그들은 '여호와의 증인'과 손잡고 거기에 가입했다.

물론 아들들도 이 사실을 잘 알고 있었다. 그런 것이 비밀이 될 수는 없을 테니까. 아이다와 데이비드가 아들들의 결심을 바꾸려고 애써 노력하지 않은 것처럼, 아들들도 그들 부모의 생각을 고치려고 권유하거나 설득할 생각은 추호도 하지 않았다.

대체로 '여호와의 증인' 교파의 특징은 강력한 복음주의에 입각한 것이었지만, 아이젠하워 부처는 달랐다.

아이다와 데이비드는 그 옛날 '강의 형제들' 시절에도 긴 가운을 걸치거나 수염을 길게 기르지 않은 것처럼, 그들의 종교적 신념을 고치고도 여호와의 증인의 메시지를 사람들에게 전파하거나 전도하러 다니지는 않았다.

그러던 언젠가부터 아이다가 여든도 훨씬 넘은 나이에, 그녀의 생각은 아니었지만, 그녀의 동반자 - 충실한 간호사 - 의 집요한 설득으로 캔자스주 일대를 자동차를 타고 돌아다니며 가가호호를 방문하여 여호와 증인의 선전물과 책자를 배포하기도 하고, 노상에서 다정한 미소를 지어 보이며 사람들에게 전단지를 나누어 주었다.

아들 드와이트가 미합중국 군대를 이끌고 유럽에서 승리를 거듭하는 동안, 어머니 아이다는 사람들에게 '성조기'에 경의 표하기를 거부하도록 설득하였다.

그러던 중 마침내 옛 아빌렌 시절의 한 친구가 아들들에게 그녀의 행적을 소상히 알려주었고, 아들들은 지체하지 않고 곧장 어머니를 찾아왔다.

예의 동반자 간호사는 즉시 해고하고, 품위 있고 몸가짐이 훌륭한 장로교의 한 숙녀를 아이다의 말벗 겸 간호사로 일하게 들였다. 그 이후로는 아이젠하워 여사도 장로 교회의 성경 연구반에 다시 참석하였다.

그러나 아들들이 반대한 것은 어머니의 신념이나 종교적 이념이 아니었다. 그것은 어머니 아이다가 이 교파에서 살아있는 동안은 광고 매체로 이용당한 어처구니없는 상황에 분개한 것이다. 이 사건은 즉각 평온하게 마무리되지는 않았다.

여러 해가 지나 드와이트 아이젠하워가 백악관의 주인

이 된 후에도 미국 각처에서 문의 편지가 날아들곤 했다. 그것은 아이크의 어머니가 여호와 증인이었다는 것이 사실인지 묻는 것이었고, 만일 그것이 사실이라면 어떻게 드와이트 아이젠하워 대통령이 이 사실을 공개적으로 인정하려 들지 않는가 하는 점이었다.

이런 편지에 적절하고도 교묘한, 그러니까 '외교적' 응답을 짜내는 일은 대통령의 비서들이 감당한 가장 불유쾌한 업무 중 하나가 되었다.

그 당시로서는 그러지 못했는지 모르겠지만, 훗날 드와이트 아이젠하워는 추억에 잠기면서 이 문제를 적절한 견지에서 관찰하여 공개적으로 이야기한 적이 있다. 적어도 어머니 개인의 종교적 소신이나 감정은 오직 어머니 자신과 그녀가 믿는 하나님만의 문제라는 것이었다.

"어머니의 평온무사함, 거리낌 없는 밝은 미소, 그리고 그녀의 모든 일에 대한 다정하고도 부드러운 태도와 인종하는 마지막 모습……"

드와이트 아이젠하워에게는 이런 것이 중요하였다.

그러나 아이다 아이젠하워가 1946년 9월 11일 나이 여든네 살 때, 잠자던 중 평화롭고도 고요히 이 세상을 떠난 뒤, 아빌렌 사람들은 이 문제를 두고 그들 나름대로 결론지었다.

"아이다는 세상의 소금이었지요."

진실한 사랑의 불빛을

로즈 피츠제럴드 케네디 여사

존 F. 케네디(재임 1961.1.20~1963.11.22)

로즈 피츠제럴드 케네디 여사(Rose Fitzgerald Kennedy)

진실한 사랑의 불빛을

로즈 피츠제럴드 케네디 여사
Rose Fitzgerald Kennedy

> 난, 늘 얘기하곤 했죠. 많은 여인이 한 대통령의 어머니이긴
> 했지만, 둘 또는 세 대통령의 어머니였던 여인은 지금까지
> 한 번도 없었다고 말이죠. 그래서 난 바쁜 거죠. 언제나 말
> 이에요.

보통의 평범한 사람이라도 결혼을 앞두면 장차 자식들
의 어머니가 될 훌륭한 자질을 갖추고 있다고 여겨지는
여성을 고르려고 고심하는 법이다.

하물며 조셉 패트릭 케네디와 같이 비범한 남자에겐
이 문제가 훨씬 더 어려웠던 것도 무리는 아니었다.

조셉 패트릭 케네디에게는 행운이 따라 주었다. 그리고
그에게는 그런 행운을 붙잡을 줄 아는 지혜와 재치가 있
었다. 청년 조셉 케네디가 로즈 피츠제럴드 양에게 들이
댄 구혼 작전보다 더 기이하고 멋들어지게 작전을 전개

해 본 일은 그의 평생 두 번 다시 없을 것이다.

이 둘은 고등학교 시절 메인주 한 과수원 옆 해변 오솔길에서 만났다.

케네디가의 전설적인 이야기는 셰익스피어의 작품에 비유되거나, 그저 놀라운 가십거리로만 치부되거나 한다. 어떻든 케네디에 관한 이야기가 가져다준 충격은 한 세대에서는 측량할 수 없을 만큼 전설적이었다.

어떤 바보 같은 사람은 햇볕이 따스하게 비치는 해변 오솔길에서 만난 젊은 연인들의 획기적인 꿈같은 이 이야기를 기념할 만한 표적을 그들이 만났던 자리에 세워야 한다고 제의할지도 모른다.

어쨌든 두 남녀가 연기하는 드라마의 제1막은 여전히 많은 이들의 흥미를 자아내고도 남을 것이다.

이야기의 본질은 로미오와 줄리엣 비슷한 요소를 품고 있다.

우선 첫째로 이 두 젊은이는 그들 또래의 젊은이들과는 판이한 선망의 빛과 기묘한 자질을 갖추고 있다는 것이었다. 로즈는 검은 머릿결을 지닌 그저 예쁜 정도의 소녀가 아니라, 모든 사람이 선망할 만큼 아름다운 용모를 지닌 사려 깊은 아가씨였다.

조는 몸집이 크고 얼굴에는 주근깨가 만발한 빨간 머리 소년이었는데, 귀족 출신의 양키 소년소녀들 | 여기서

는 뉴잉글랜드 지방 사람들을 가리킴 | 은 그를 임원으로 선출
하여 학급의 여러 직책을 맡겼다.

그러나 이들이 처음 만난 그 시절 양가에는 두 젊은이
가 생각지도 못한 문제가 도사리고 있었다.

막 20세기 초로 접어든 이 시절에 보스턴 아일랜드 지
방 출신 주민들은 그 옛날 베르나 | 이탈리아 북부의 도시로
로미오와 줄리엣의 무대 | 사람들과는 판이했지만, 조와 로
즈 아버지 사이에는 분명 한 가닥의 불화와 반목이 가로
놓여 있는 것은 사실이었다.

둘은 모두 현실의 바탕 위에서 신사의 체통을 갖추었
고, 그들이 서로를 몹시 싫어하는 감정을 그들 나름의 인
격과 교양으로 숨기려 했다. 오히려 그들은 자기들이 사
는 도시의 민주주의 발전이라는 더 큰 이익을 위해 사적
인 일들을 잊고 협조하는 터였다.

그러나 외부 행사나 모임에서 마주치면 격렬하게 토론
을 벌일 뿐 로미오와 줄리엣처럼 칼 들고 싸우지는 않았
다. 이렇듯 두 사람 사이의 반목과 질시는 날이 갈수록
점점 도를 더해 갔다. 그것은 두 사람 다 정치에 몸담고
있었는데, 그 정치적 스타일이 다른 데서 기인하였다.

그들은 어떤 결과를 초래할지 잘 알면서도 묘한 관계
에서 빠져나오지 못했다.

또 한편 두 사람은 공통점도 많이 가지고 있었다. 둘

다 굶주림과 헐벗음으로 허덕이다가 미국으로 건너온 이민의 후예였고, 더 발전하고 싶어 하는 강렬한 욕망과 의지를 갖고 있었다. 그러니 두 사람은 권력을 두고 다투는 쟁쟁한 라이벌이 아닐 수 없었다.

그러나 이런 부류의 정치가들, 즉 자신을 내세우고 자기가 옳다고 떠들어대는 수많은 경쟁자가 있기에 피차 정치적 라이벌이라는 사실도 잊을 수 있었으리라.

그러나 조의 아버지 패트릭 조셉 | 줄어서 PJ라는 약칭으로도 불렸다 | 은 사실 보스턴을 움직이는 전략 위원회에서 남의 말을 즐겨 경청하였고, 배후의 조종자로서 상당한 지위에 있는 냉정하고 빈틈없는 인물이었다.

한편 로즈의 아버지 존 F 피츠제럴드는 대화나 토론 석상에서는 매우 익살스럽고 유머가 풍부한 언변을 구사하며 남들을 곧잘 웃겼다. 그는 또 자기의 이러한 언행이 매우 효과적이라고 생각했다.

이런 그의 익살이나 우스꽝스러운 언행이 패트릭 조셉은 도무지 마음에 들지 않았다. 그렇지만 그 익살 덕분에 피츠 | 피츠제럴드의 애칭 | 는 연방의회 의원으로 선출되었다. 그로부터 무려 50여 년이 지나 그들의 손자 잭크 | 존 F. 케네디 | 가 이 자리를 거쳤다. 같은 자리였다.

로즈와 조가 만날 무렵 피츠는 보스턴 시장으로 재임하고 있었다.

그러니 세상 사람들의 통속적 안목에 따르면 로즈는 굉장히 훌륭한 가문 출신이 분명했다.

그녀가 갓난아기였을 적, 이 2, 3년간은 그리 중요한 시기는 아니었지만, 빈민가의 시끄럽고 지저분한 곳에서 산 적이 있긴 했다.

이 빈민가를 아버지 피츠는 '정다운 북쪽 거리'라고 불렀고, 이 말은 이주해 온 아일랜드 사람들의 영광을 고취하려고 기회 있을 때마다 자주 써먹은 탓인지, 훗날 자칭 '북쪽 사람들'이란 이름을 붙인 한 조직이 만들어져, 피츠가 시장 자리를 겨냥하고 움직이기 시작했을 때 결정적 공헌을 하기도 했다. 그러나 시장이 되기 전부터도 그는 첫아이 로즈에게 최고 명문이자 훌륭한 아버지의 딸임을 늘 주지시키기를 게을리하지 않았다.

그 반면 패트릭 조셉은 자기 아들 조가 고작 1달러의 참된 가치를 충분히 알기를 바랐고, 살롱을 경영하며 다른 여러 사업을 — 물론 모두 합법적이고 바람직한 일들이었다 — 함께 경영하여 상당히 큰 수익을 올렸다. 그러면서도 좀 좋은 집에 살긴 했다. 예부터 어울려 지내던 이웃을 떠나지 않고 함께 살았다.

피츠의 활동이 과연 법조문을 중시했던 만큼 준법정신을 존중했는지 어떤지 분명하게 말할 수는 없다. 하지만 당시 보스턴에는 투표함에 부정한 방법으로 투표하더라도 모르는 체하고 눈감아 버리는 좋지 못한 정치 풍토가 만연하여 있던 때였으므로, 만일 피츠가 그런 풍토에 대한 반사작용을 이용한 것이라면 숱한 지지를 얻었을 수도 있는 일이다.

그러나 이야기의 주제는 로즈의 자상하고 사랑이 넘치는 아버지 피츠에 관한 것이므로, 그가 얼마나 딸에게 애정을 가지고 기대했는지 살펴보자.

어떤 사람 앞에서건 그의 극성스러운 딸 칭찬을 한 번쯤 근사하게 늘어놓지 않고는 발길을 돌리지 못할 만큼 딸 사랑이 지극했다.

당시 대통령이던 클리블랜드는 그의 이런 태도를 경시하며 찬탄의 미사여구를 별로 늘어놓지 않았다. 그다음 대통령 맥킨리는 로즈와 그녀의 여동생 아그네스 앞에 설 때면 꼼짝없이 아주 정중한 찬사를 퍼부었다고 한다.

피츠는 겨울에 플로리다로 피한 여행을 하던 중 잠깐 워싱턴에 들러 가족과 함께 백악관을 방문하여 대통령을 두 차례나 만날 기회가 있었다.

이렇게 로즈는 조 케네디를 만나기 훨씬 이전에 이미 두 대통령과 악수 나눈 적이 있음을 기억할 것이다.

그로부터 먼 훗날 로즈의 안목으로 보면 당시의 피츠제럴드는 그다지 호사스럽게 산 것도 아니었다. 피츠가 세 차례 연방의회 의원으로 재직하는 동안, 가족들은 보스턴 근교의 비교적 검소한 집에서 살았다.

그러나 피츠가 보스턴 시장이 되고서는 시내 돌체스터 구역의 훨씬 훌륭한 저택으로 이사했다. 이 집은 점점 불어나는 식구에 걸맞게 건물과 정원도 크고 훌륭했다.

그곳엔 로즈의 어린 남동생들이 야구 시합도 할 수 있을 만큼 넓은 공터가 있었고, 그녀가 전용으로 쓸 수 있는 테니스 코트가 있었다. 하지만 로즈는 돌체스터 고등학교, 나중에는 올드 오처드 비치에 간 것을 제외하곤 밖에 나돌아다닌 일이 없었다.

로즈와 조가 양쪽 집안의 가족들이 메인주의 어느 해변에서 한철을 지내기 이전부터, 이미 서로 만나 알고 지냈다고 말하는 사람도 있는데, 가족 중 누구도 그런 일을 알지 못했다. 하긴 전부터 만났다는 말이 사실일지도 모른다.

왜 그런가 하면, 사실 로즈가 1890년 6월 | 무슨 이유에선지 모르지만 정확한 생일을 밝히기를 꺼렸다 | 이 세상에 태어난 그날 이후, 피츠는 늘 이 사랑스러운 딸을 데리고 다니며, 그의 유권자들이나 친구들에게 자랑하고 뽐내며 즐거워하는 유별난 구석이 있었다.

그런 탓에 로즈가 정치적 의례나 행사에 친근했던 것은 먼 훗날 그녀의 아들들이 주장한 것만큼 굉장했다.

훗날 잭크 | 존 F. 케네디 | 는 여성 청중들 앞에서 꼭 즐

겨하는 말이 있었다.

그것은 그의 어머니가 먼저 여성 청중들에게 인사하고 경의를 표하며 몇 마디 간단한 말을 한 뒤,

"나는 오늘 이 자리에서 우리 어머니에게 무한한 감사를 드립니다. 우리 어머니께서는 무려 70년이나 이런 일을 계속해 오셨으니 너무 훌륭하고 익숙하십니다."

바비 | 로버트 케네디의 애칭 | 는 훗날 선거운동을 할 때도 그와 똑같은 화제를 꺼내어 그의 선거 유세를 멋있게 장식하곤 했다.

"자, 어머니 보세요. 어머니가 처음 선거 유세를 시작하셨을 때는 누가 백악관의 주인이었죠? 에이브러햄 링컨 아니었습니까? 자, 말씀해 보세요. 그렇죠?"

로즈가 조숙했던 것은 너무 일찍부터 이런 정치적 활동에 발을 들여놓았기 때문이며, 그것이 순전히 그의 아버지 탓만은 아니었다.

아버지 피츠는 세인의 주목을 한 몸에 모아 각광脚光 받기를 무척이나 즐겼다.

그의 부인은 그에 반비례하여 남의 이목을 몹시도 꺼렸다. 피츠의 부인은 사랑스럽고 부끄럼 많은 시골 처녀였다.

언젠가 피츠가 정치계 클럽 회원들을 이끌고 딸기 파티를 즐기기 위해 도시를 멀리 벗어나서 야외로 놀러 갔

다가 우연히 한 예쁜 소녀를 만났다. 피츠가 이 예쁜 아가씨 조세핀 메리 해넌을 매혹해 아내로 삼으려고 어찌나 열심히 뛰어다녔는지는 여기서 별로 중요치 않으니 그냥 지나가기로 하자.

어쨌든 조세핀 메리는 피츠에게 헌신적이고 충성스러웠다. 그녀는 훌륭한 지각을 갖춘 동반자로서 1964년 아흔아홉 살의 천복을 다 누리고 세상을 떠날 때까지 신문기자나 매스컴의 눈길에서 벗어나 있고 싶어 했다.

그녀는 정녕 훌륭한 아내였고, 남편 피츠에게는 다시 없는 조력자이기도 했다.

"나는 나의 가정이 가족 모두에게 훌륭한 격려와 용기를 북돋아 주는 곳이길 늘 바라요."

라고 조세핀은 아주 드물게 한 몇 번의 인터뷰 중 어떤 잡지 기자에게 말한 적이 있다.

"난 어떤 점에서든 가정을 위한 가정의 여자예요. 나에게 한 가지 소망이 있다면, 그건 우리 가정을 나의 남편과 아이들에게 이 세상에서 가장 행복하고 아름다운 곳으로 만들어 주고 싶어요."

수많은 정치가의 부인들처럼 그저 말로만 듣기 좋은 소리를 하는 것은 아니었다. 조세핀 메리 피츠제럴드에게 이와 같은 말은 진실로 진정에서 우러나온 말이었다. 그리고 이러한 이유로 딸 로즈가 일찍부터 정치 무대에 등장하게 된 계기가 되기도 했다.

새 배의 발진식이나 테이프를 끊는다든가 하는, 아버지 피츠가 부산떨며 정치적 성공을 위해 동분서주하는 모든 행사나 의식에 참석한 그의 곁에는 엄마를 대신한 어린 로즈가 화사하게 미소 지으며, 언제 어디서든 떠날 줄 모르고 서 있었다.

비록 이런 일이 여성 유권자의 표가 정치적 타산과 전략에 지대한 영향을 미치는 중요한 요소로 등장하기 수십 년 전의 일이긴 하지만, 이미 피츠는 자신이 행복한 한 가정의 아버지로서의 이미지를 세상 사람들에게 보여 주는 것이 굉장히 중요하다는 것을 잘 알고 있었다.

그래서 로즈는 십 대 소녀로 성장했을 무렵, 이미 수많은 군중이 지켜보는 자리에서 자기가 어떤 태도로 임해야 하는지 깨닫고 번개처럼 군중 사이를 뛰어다니며 감동케 하는 내적인 신비한 어떤 빛을 지니고 있음을 보여 주었다.

그것은 그녀의 아들 잭크가 정치 무대에 막강하게 등장했을 때, 사람들은 이를 가리켜 카리스마 | charisma : 신이 한 인간에게 특별히 부여한 은총이나 재능으로 일반 대중의 열광적인 지지나 후원받는 힘이나 권위 | 라고 했다.

그러나 로즈가 비록 만인이 찬탄하고 찬사의 눈길로 지켜보는 가운데 화려한 나날을 보내긴 했다. 그렇다고 해서 그녀가 여성스럽지 못하다는 말은 결코 아니다. 로즈는 모든 사물에 강한 호기심을 품고 있었다. 이 점은 아버지 피츠를 닮았다.

그러나 이보다 훨씬 더 중요한 점에서 그녀는 틀림없는 어머니 조세핀의 딸이었다.

로즈는 어머니에게서 깊고도 지칠 줄 모르는 풍성한 신앙심을 물려받았고, 이것은 또 제멋대로 자연의 법칙에 뛰어들어 아무 일에나 간섭하고 싶어 하는 모든 유혹으로부터 그녀를 굳건하게 지켜주었다.

로즈는 날 때부터 타고난 열정적인 탐구 의욕 덕분에 열다섯 살에 고등학교를 졸업했다.

그녀가 만일 사내아이로 태어났더라면 로즈 피츠제럴드, 그녀야말로 자신의 개성적인 야심 — 지성이건 정신이건 정치이건 — 을 가장 소중하게 여기고 강력하게 추구했을지도 모른다.

하지만 그녀는 여성으로 이 세상에 태어났기 때문에 그녀의 유일한 소망은 오직 그녀 주위의 남성을 위한 것이어야만 한다고 스스로 굳게 믿어 의심치 않았다.

그녀의 어머니와 그녀가 다닌 교회는 장차 자신의 미래를 위한 굳건한 발판이 되어 주었고, 이것은 도저히 깨뜨릴 수 없는 절대적인 힘이 되었다.

그러므로 조 케네디가 메인주 북쪽 해변에서 만난 소

녀는 놀랄 만큼 예쁘고 날이 갈수록 예뻐지기만 했고, 나 이답지 않게 매사 신중하고 사려 깊었다. 로즈는 이때부터 이미 정치적으로 날카롭고도 예리한 현실주의적 사고를 하였지만, 다행히 이기주의에 물들지는 않았다.

조 자신도 스스로 행운아임을 의심하지 않았다.

조는 곧 로즈와 사랑에 빠졌고, 그녀 역시 불타는 조의 사랑 앞에 차차 이성에 눈뜨기 시작했다. 그들 두 사람이 함께 연출한 길고도 깊은 사랑의 인생, 그 기록을 더듬어 곰곰이 생각하노라면, 바로 이것이 결국 오랜 훗날 그들에게 찾아온 진정한 성공의 열쇠였고 첫 출발점이었음을 알게 된다.

두 사람 모두에게 내려진 믿을 수 없으리만큼 풍부하고 출중한 재능 없이 사랑만으로 이들 두 사람이 모든 일을 성취할 수는 없었을 것이다. 그러나 이처럼 진실한 사랑이 없었다면 그것으로 게임은 이미 끝났을 것이고, 그들의 인생은 전부 의미를 잃고 말았을 것이다.

그들 두 사람이 신성한 결혼식 제단 앞에 서기까지 그들의 결합을 방해하는 장애물은 한두 개가 아니었다. 이 모든 장애를 훌륭히 극복한 오랜 시간 뒤 로즈는 그들 두 사람이 결합하는 데 양가 가족의 반대가 없었느냐는 질문을 받은 적이 여러 번 있었다.

그럴 때면 로즈는 도저히 알 수 없는 야릇한 미소를 지으며 말하였다.

"글쎄요, 별로요."

그러나 로즈와 조가 졸업반 학생들의 무도회에서 함께 춤춘 후부터, 어느 해 아름다운 가을날 그들이 결혼식을 올릴 때까지 9년이란 긴 세월을 사랑의 줄을 타듯 보낸 후였다. 이 긴 세월이 흐르는 동안 그녀는 케네디가의 한 여자로 선택된 여인으로 성장해 있었다.

로즈 피츠제럴드와 재클린 부비어 둘 다 스물네 살에 신부가 된 사실은 순전히 우연의 일치일 것이고, 또 그들 두 사람에게는 현격한 세대 차 외에도 여러 가지 서로 다른 점이 많았다.

또 한편으로는 불가사의한 기묘한 공통점도 많았다.

열다섯 살 나던 해, 그녀의 아버지가 로즈에게 고등학교 졸업장을 건네줄 때, 그녀는 이미 한 인간으로서 또 한 여성으로서 모든 것을 갖추고 있었다.

로즈는 그 고등학교 역사상 가장 나이 어린 졸업생이었지만, 우등상을 받으며 졸업했고, 같은 반 학생들이 그녀를 보스턴에서 가장 아름다운 여학생으로 뽑기도 했다. 늘 뽐내며 의기양양하게 몰려다니는 양키들에게 아일랜드 사람 중에도 진짜 숙녀가 있다는 것을 보여주기 위해서 세운 첫 번째 계획은 가을에 웰레슬리 대학에 입학하는 일이었다.

훗날 이 계획에 관해 이야기할 때 로즈의 음성에 한 가닥 후회의 빛이 어리는 것으로 보아, 그 계획은 자기의 생각이었음을 짐작할 수 있다.

하지만 로즈는 우아한 숙녀로 행세하기엔 아직 이르다는 부모의 충고를 수용해야 했고, 그녀의 계획을 포기하는 대신 뉴잉글랜드 음악 학교에서 레슨을 받았다.

그리고는 카믄웰슨 애비뉴의 성심축일(Sacred Heart) 수녀원에서 몇 학기를 보내고, 그다음엔 뉴욕 맨해튼 빌에서 공부했다. 로즈는 초등학교 시절부터 줄곧 종교에 대한 열정을 조금도 줄이지 않고 여러 학교를 번갈아 다니며 공부한 것이다.

아버지 피츠의 의도는 로즈에게 차원 높은 품위와 세련미를 갖추게 하려는 것이었고, 로즈도 기꺼이 아버지의 뜻에 따랐다.

그러나 그녀는 여전히 무겁고 엄격한 정통 고전 음악과 '스위트 아델라인' 같은 경쾌한 현대 음악을 즐겨 들었다. 이때 피츠도 딸 로즈한테서 이 노래를 배웠다.

피츠는 언젠가 전당 대회가 있기 직전 로즈가 이 노래를 피아노로 서툴게 연주하는 것을 듣고 가사를 가르쳐 달라고 했었다. 피츠는 이 노래를 그날 밤 연설대에서 부르려 마음먹은 것이다. 청중의 반응을 이해하기 위해서는 그 당시 보스턴에서 유행하던 한 시구의 첫머리를 떠올려 보는 것도 도움이 되었을 것이다.

하니 피츠, 정다운 피츠는 눈을 감고도 어떤 이야기든 할 수 있지. 재미있는 얘기라면, 어떤 것이라도 좋아.

이런 노래가 시민들 사이에 퍼진 후로 피츠는 대중의 요구에 부응할 줄 아는 지혜를 갖게 되었고, 어떤 경우에는 연설 대신 노래를 부르기도 했다. 피츠는 로즈에게 배운 '스위트 아델라인'을 너무 자주 불러댔기 때문에 나중엔 이것이 그의 십팔 번이 되어 대명사처럼 굳어졌다.

심지어 그는 로즈와 아그네스 두 딸에게 구세계(the Old World)의 문화적 배경과 혜택을 가르쳐 주기로 결심하고 그들을 데리고 영국행 여객선을 탔는데, 그 배의 갑판에서도 이 노래를 불러댔다.

그의 풍부한 유머와 해학에 두 딸은 매료되었다. 특히 만 리 이국땅 영국에서 거둔 통쾌한 그의 승리에 두 딸의 마음은 사뭇 흡족했다.

영국의 토머스 리튼 경은 보스턴을 자주 방문했는데, 그 역시 아일랜드 출신이었다. 그는 차茶 무역으로 많은 재산을 모았고, 요트를 즐기는 멋진 풍류객이기도 했다. 그래서 보스턴 시장인 피츠와는 아주 잘 어울리는 친구였던 듯하다. 심지어 세간에서는 이 예순 살이나 된 토머스 경이 로즈를 신부로 맞으려 한다는 소문까지 돌았다. 이 소문은 전혀 근거가 없는 것이었지만, 꽤 심심찮게 구설에 올랐다.

이 일은 성가시게 그의 신경을 건드렸다. 그래서였는지 영국으로 항해하던 중 토머스 경이 그의 요트 에린 호ㅣ'에린'은 아일랜드의 별칭ㅣ를 타고 영국의 한 요트 경기에 참석한다는 기사를 읽고, 피츠는 서둘러 배에서 내렸다.

부두에 올라선 세 부녀는 항구 저 멀리 바다 한가운데 떠 있는 토머스 경의 요트를 찾았다. 이들 세 사람이 멀리 바다를 바라보고 있을 때 론치ㅣ소증기선ㅣ한 척이 부두 쪽으로 들어왔다.

그러자 피츠는 마침 잘 됐구나 하고 보스턴에 있을 때와 같이 장난기를 발동했다. 피츠는 자기와 두 딸은 토머스 경의 친구들이라고 말하고, 에린 호로 옮겨 타고 싶다고 말했다.

이 론치는 영국 왕의 소유로, 바보 같은 영국 사람들은 왕족만 탈 수 있는 것으로 알았다. 피츠는 조금도 어려워하지 않고 너무 당당하게 말했기 때문에, 갑판장은 당황한 나머지 이 보스턴 패거리가 배에 오르는 것을 승낙하였다.

바다 저쪽 에린 호 선상에 있던 토머스 경은 망원경으로 이 왕실의 론치가 자기 쪽으로 다가오는 것을 보고 깜짝 놀라 소동을 일으켰다. 그는 정신없이 서둘러 승무원들을 모두 불러 요트 앞쪽에 정렬시키고, 대영제국의 왕과 왕비를 영접할 태세를 갖추었다.

이때 요트에 타고 있던 미국인 귀빈 대여섯은 당황하며 토머스 경에게 왕과 왕비에게 하는 예법을 빨리 가르쳐 달라고 간청했다.

토머스 경이 한참 부산을 떨며 무릎과 허리를 굽혀 인사하는 법을 가르치고, 왕에 대한 다른 예법을 설명하려는 순간, 론치는 아주 가까이 다가와 있었다.

그제야 토머스 경은 뱃머리에 의젓하게 서 있는 세 사람을 살펴볼 수 있었다. 그는 깜짝 놀라서 눈을 부릅뜨며 외쳐댔다.

"이런, 젠장 기가 막히는군! 저건 보스턴의 내 친구 존 피츠제럴드와 로즈, 그리고 아그네스 아니야!"

그 후 로즈는 유럽 대륙의 한 수녀원 학교에 다녔다. 이 학교에는 유럽 군소 귀족의 딸들이 다녔기 때문에 별로 흥미로운 자극은 받지 못했다.

그러나 로즈는 꼭 그렇게만 생각하지는 않았다.

실은 프랑스의 수녀원을 다니고 싶은 마음이 간절했지만, 프랑스계 수녀원은 교회와 정부 사이의 어떤 마찰 때문에 모두 폐쇄되어 있었다. 그래서 그녀는 동생 아그네스와 함께 독일에서 '성심축일聖心祝日의 자매들'과 함께 공부하게 되었다.

그 후로 로즈는 불어나 독일어로 짧긴 하지만 듣기 좋고 상냥한 연설을 하게 되었다. 피아노 연주로 금메달을 받은 적도 있고, 오페라에 깊은 흥미도 두게 되었다.

학생들은 이런 일에는 그리 엄격한 제한을 받지 않고, 참가하고 즐길 수도 있었다.

언젠가 학생 여럿이 한 조를 이루어 크리스마스 휴가 동안 독일의 문화 중심지를 순회하며 둘러보는 여행을 한 일이 있었다.

이때 이들을 돌보고 감독하던 샤프롱 |원래 의미는 사교계에 나가는 젊은 여성을 따라다니며 시중이나 보호하는 부인 | 은 어느 날 밤, 한 오페라에 학생들을 데려가기 위해 좌석을 예약해 두었는데, 마침 그날따라 독일 황제 카이저가 로열박스에서 이 오페라를 보기로 되어 있었다. 그러자 이 엄격하고 고집 센 노처녀 샤프롱은 여학생들의 드레스 앞자락을 가위로 싹둑싹둑 잘라 버렸다. 황제의 가족이 있는 자리에서는 네크라인을 높이 치켜올려 입는 것이 금지되어 있다는 것이다.

로즈는 유럽에 머무는 동안 많은 것을 배웠다. 아그네스도 나름대로 배웠겠지만, 불행하게도 그녀는 로즈의 그림자에 영원히 가려져 있어야 하는 운명을 타고났는지도 모른다. 하긴 언젠가 딱 한 번 아그네스가 로즈보다 더 돋보인 적이 있었다. 맥킨리 대통령은 이들 두 자매 중 아그네스를 더 예쁘다고 생각했다고 한다.

하지만 맥킨리 대통령은 말할 것도 없이 공화당 출신이었다. 그래선지 이는 신빙성 없는 이야기로 전해지고 있다. 로즈는 동생을 무시하거나 자기보다 더 좋은 평가를 받지 못하도록 애쓴 적은 없었다. 또 그런 흔적은 찾아볼 수도 없다.

어쨌든 세월이 지남에 따라 이들 자매 사이의 분위기는 피할 수 없는 숙명적 느낌이 감돌았다.

아그네스는 어머니처럼 수줍음 잘 타는 조용한 성격이었다. 언니 로즈가 결혼한 다음에 그녀도 결혼했는데, 제2차 세계대전이 일어나기 전 애석하게도 세상을 떠났다.

이들 두 자매의 우애를 짐작할 수 있는 가장 좋은 열쇠는 수십 년 후 조 케네디가 뇌출혈로 쓰러졌을 때, 몇 년이나 끈기 있게 간호하고 정성껏 보살펴 준 미스 앤 가건이 바로 아그네스의 딸이었다는 사실이다.

그러나 아그네스 역시 유럽에서 첫 번째로 체류하는 이 동안 자신의 교양을 쌓기 위해 온갖 노력을 기울인 것은 틀림없는 사실일 것이다. 왜냐하면 수도원에서 함께 공부하던 학생들 대부분은 프러시아군 장성들의 딸들이었고, 몸맵시와 교양도 그리 훌륭하지 않았기 때문이다.

그러나 당시 프랑스에는 실로 우아하고 멋진 여성들이

수도 없이 많았고, 로즈는 이런 멋진 여성들 틈에서 더 큰 경쟁심을 느끼지 않으면 안 되었다.

그러한 경쟁심은 그녀에겐 벅찼지만, 그리 괴로울 정도는 아니었다. 로즈는 볼품없는 검은색 수도원 유니폼을 입고서도 멋을 훌륭하게 보여줄 줄 알 만큼 가히 전문가적 옷맵시를 갖추었다. 고향 미국으로 돌아오는 중에는 파리에 들러 오우뜨 꾸뚜르 | 새로운 유행이나 양재 기술, 또는 무드를 창조해 내는 살롱 | 를 찾아다녔다.

이렇게 하여 로즈가 보스턴으로 돌아왔을 때, 그녀는 온 가족의 시선을 한 몸에 받았다. 부모가 기대하는 숙녀로서의 소양을 갖추었다는 데 의심의 여지를 남겨두지 않았다. 로즈가 프랑스제 깃털이 달린 멋진 모자를 쓴 맵시는 놀랄 만큼 아름답고 자신감이 넘쳤다.

"핑크 티 | 여성들의 사치스러운 다과회 | 같은 건 딱 질색이에요."

하고 그녀가 말했다.

로즈는 핑크 티 같은 다과회에 참석하지 않는 대신, 노스 엔드의 빈민가에서 어린이들에게 가톨릭 교리 문답을 가르치는 데 전념했다. 얼마 지나지 않아 보스턴 공립도서관 도서 선정위원회의 가장 나이 어린 위원이 되었고, 여러 복지 사업 단체를 방문하기도 했다.

물론 전통적이고 틀에 박힌 백 베이의 양키 사회에서

로즈 같은 지성을 갖춘 처녀는 아일랜드 출신 정치가의 깜짝 놀랄 만큼 멋있고 화사한 딸로만 여겨졌고, 아무도 그녀에게 여성회 | Junior League : 미국 젊은 상류층 부인들로 조직되어 사회복지사업 따위의 봉사 활동을 벌임 | 에 가입해서 같이 어울리자고 하지 않았다.

그런데도 보스턴 가톨릭 사회에서는 그녀가 '고귀한 아일랜드 사람'인 데다 굉장히 훌륭한 여성이라고 알려졌다. 그러므로 로즈를 에스코트하는 동반자는 늘 최고급의 아일랜드식 무도회에서 굉장한 눈길과 찬사를 받았다.

에스코트하던 그 인물이 대체로 조 케네디는 아니었다. 그런데도 조의 마음과 로즈의 가슴에 어떤 중대한 변화를 일으키진 않았다.

이들 두 젊은이가 똑같이 가진 감정은 현실을 정확하게 파악하고 현재에 충실해야 한다는 것이었다.

그들의 로맨스가 처한 현실은, 피츠가 패트릭 조셉의 아들 조 케네디가 유망한 청년임을 확신할 때까지 기다려야 한다는 것이었다. 조 케네디가 아직은 별다른 주목을 받지 못하는 무명의 껍데기를 언젠가 깨뜨리고 멋진 기회를 잡을 수 있을 것이라는 데 대해서 한순간도 스스로 의심하는 것 같지는 않았다. 그러나 그가 본격적으로 활동할 때까지는 몇 년을 기다려야 했다.

조의 부모는 그를 하버드 대학에 보내기로 했다. 하버

드 대학은 살롱 주인의 아들 조에게 별 큰 관심도 호의도 베풀지 않았다. 그러나 조는 그가 만나본 여느 시시한 인물들과는 판이한 청년으로 비교가 안 될 만큼 훌륭한 자질을 보여주기 시작했다.

그는 대학 생활을 통해 훌륭한 친구들을 많이 사귀었고, 그 친구들은 졸업 후 조에게 많은 도움을 주었다. 그 친구들 대부분은 은행계에 투신했고, 이런 상황은 거부를 꿈꾸는 그의 야심을 충족하기 위한 연구를 철저히 할 기회가 되었다. 조는 이런 좋은 인적 유대와 아버지의 친구들까지 합세하게 하여 훌륭한 계획을 하나 세웠다.

은행가로서의 전통적 입지가 조에게는 그의 종교 문제와 상충하여 어려운 점이 많았다. 그는 고심 끝에 '출세로 가는 뒷문'을 찾아냈다. 그는 일 년 반 동안 주립은행 심사원으로 활동했다.

이때 그는 대수롭지도 않은 연봉 1,500달러를 받으며 수십 개 은행의 장부를 심사하는 업무를 맡아 했다.

그러나 조는 이 기간이 끝나갈 무렵 은행의 자금 유출입 상황을 완벽하게 숙지하였다. 그랬기 때문에 그는 보스턴 동부의 어느 조그마한 은행을 맡아 운영하는 직책을 따내는 기막힌 성과를 올렸다. 조 케네디는 불과 스물다섯에 매사추세츠 — 아니, 그 자신은 '전 세계에서'라고 했지만 — 에서 가장 나이 어린 은행 총재가 되었다.

이 이야기는 피츠에게도 퍽 인상적이었다. 로즈의 아버지는 성심껏 추천한 사장 후보 한두 명을 이미 거절한 상태였고, 이제는 정말로 로즈를 결혼시켜야 할 나이였다. 그래서 그녀의 부모도 마침내 축복과 함께 두 젊은이의 결혼을 승낙했다.

1914년 10월 7일, 로즈와 조는 그의 큰 집 근처 어느 개인 교회에서 오코넬 추기경을 주례로 모시고 결혼식을 올렸다. 두 사람은 화이트 설퍼 온천에서 2주일간 밀월여행을 즐겼다.

조셉 P. 케네디 부처가 된 이들은 브루클린 지구 비일즈 가 83번지에 조그마한 집을 구하여 신혼살림을 꾸렸다. 그 집에서 그들은 아이를 넷 낳았다.

두 사람의 인생 경로는 훗날 돌아보면, 웅장하고 화려하면서도 굉장히 복잡다단했다. 비일즈 가에 살던 이 당시를 보면, 케네디 부부의 결혼 초기는 목가적 향취를 듬뿍 풍기는 소박하고 순수한 생활이었다. 그 당시만 해도 시가지는 그리 붐비지도 않았고, 분위기는 기분 좋을 만큼 한적했고, 두 사람의 회색 집 바로 앞과 옆에는 넓은 공터가 새로 건물이 들어서길 기다리고 있었다. 교회나 전철역까지는 걸어서 5분 만에 갈 수 있었다.

가정부는 주당 7달러만 주면 집안일을 거들어주었다. 아기의 유모도 하나 필요했는데, 이 여자에겐 7달러의 절

반만 주어도 충분했다. 신문은 한 부당 1페니였고, 케네디 부인이 사 입는 최고급 이브닝드레스라야 2백 달러 정도면 충분했다. 오늘날의 2, 3천 달러에 비하면 터무니없이 싼 가격이었다.

이런 이야기는 그로부터 50년도 더 지난 훗날, 케네디 여사가 이 작은 집에서 살던 시절, 평소 생활이 어떠했느냐는 질문을 받고 아련한 향수에 젖으면서 한 얘기다.

"아! 정말 아름다운 시절이었어요. 우린 둘 다 그 생활을 사랑했었어요."

하고 여사는 덧붙여 말하곤 했다.

그러나 로즈도 그녀의 남편도 이 시절을 그저 평온하고 조용하게만 지낸 건 아니었다. 그의 열성적 노력과 훌륭한 처세로 그의 두 손엔 많은 돈이 쏟아져 들어왔다.

로즈는 가정부도 아이를 돌보아 주는 유모도 있었지만, 할 일이 무척 많았다. 결혼 후 1년이 채 지나지 않아 그녀는 건강한 첫째 아들을 낳아, 아버지의 이름을 따서 조 2세라고 지어주었다.

조 2세는 태어난 순간부터 부모의 깊은 소망과 희망을 한 몸에 받으며 자랐다. 그의 어머니 로즈는 어떤 자식보다도 이 아이에게 많은 정성을 쏟으며 양육했고, 훌륭히 교육하기 위해 온갖 노력을 기울였다.

"내 생각은 첫째 아이를 바라는 대로 잘 양육해서 올바른 길로 나아가게 하면, 그다음 아이들은 저절로 그를 본받고 따라간다는 거예요."

하고 로즈는 말했다.

이는 언젠가 둘째 아들 존이 그녀의 소신을 충분히 입증해 보였을 때 한 말이다.

존 피츠제럴드 케네디는 조 2세가 태어난 지 2년 뒤인 1917년 5월 20일 세상에 태어났다. 그다음 로즈 마리가 1919년, 캐슬린이 1920년에 태어났다.

상쾌한 날이면 어머니는 그들을 모두 데리고 산책 다니곤 했다. 그러노라면 조금씩 자란 애들은 토닥토닥 예쁜 걸음으로 귀엽게 걸어가고, 이제 갓 태어난 막내는 유모차에 태우고 다녔다.

오랜 세월이 흐른 후 그녀는 이때를 회상하며 말했다.

"난 아이들을 데리고 매일 교회를 방문하려고 했어요. 난 우리 아이들이 하나님을 섬기고 종교적 신앙심을 다듬어가는 과정을 그들의 일상생활 중 한 부분으로 만들어 좋은 습관을 형성할 수 있게 해주려고 했죠. 물론 이런 일은 반드시 주일主日에만 해당하는 건 아니거든요."

이런 일은 그녀의 프로그램 중 한 부분에 불과했다.

"가지나 줄기는 물론이고, 뿌리를 잘 보살펴야 하는 법이죠."

그녀의 말처럼 아이들 하나하나에 철저한 주의를 기울

이고 관찰해 나갔다.

"천천히, 그리고 아주 주의 깊게 옳고 그른 것에 대한 사고와 개념을 심어 주어야 해요. 그리곤 사회적 개념이나 지식, 더 나아가 응용 능력을 길러야죠."
하고 그녀는 말한다.

이런 이야기를 실제 그녀의 생활에 대입해보면, 아이들을 데리고 플리머스 록크나 콩코드 브리지, 벙커 힐과 같은 유서 깊은 곳으로 소풍이나 여행 다니는 일이었다.

할아버지 피츠제럴드도 손자 손녀들을 데리고 퍼블릭 가든에서 백조 보트 | 유람선의 일종 | 를 타기도 하고, 레드 삭스의 경기를 보러 가기도 했다.

아버지 조도 이따금 애들을 데리고 외출했고, 눈 오는 날이면 오렌지 나무로 손수 만든 썰매에 아이들을 태우고 거리를 돌아다니기도 했다.

그러나 5~6년이 지나는 동안 주위 환경은 이 가정의 아늑하고 정겨운 목가적 생활을 더 이상 계속할 수 없게 바뀌었다.

그 무렵 조 케네디의 수입은 날로 늘어났고, 아이들은 또 하나둘 더 태어나 좀 더 큰 집으로 이사해야 했다.

로즈는 1921년에는 유니스를 낳고, 1924년에는 패트리샤를 낳았다. 그리고 1926년에는 로버트까지 낳았다. 케네디 가의 이 아이들은 이때부터는 리무진 자동차에 운전사를 두고 살았다. 또 그들은 이웃 사람들이 뒷마당 같은 데에다 빨래를 내다 널고 초라한 모습으로 살아가는 걸 볼 기회가 없었다.

이 새로운 시절, 로즈 케네디는 누가 홍역에 걸렸는지, 누구에게 왁진 예방 주사가 필요한지, 누가 건강하고, 누가 어떤 질병을 앓는지 예상하고 적절히 대비하기 위해 아주 효율적인 파일링 시스템을 고안하여 이용했다.

1920년대에 조세핀 가의 번영을 위해 이런 파일을 편리하고 효과적으로 사용했다면, 1950년대에 로즈가 이 방법을 다시 사용할 때는 더 편리하고 효과적이었다.

당시 잭크는 상원의원에 출마했고, 어머니 로즈가 카드를 이용하며 해주는 다정하고 재치 있는 조언과 그녀의 성경 이야기들은 잭크를 위한 세상을 열어주었다.

그러나 우리는 이런 너무 호사스러운 주장이나 이야기에 귀 기울일 필요는 없다. 지칠 줄 모르게 의욕 왕성한 한 아버지 — '차선이란 곧 패배자의 이름'이라든가, '세상이 거칠고 힘들어질수록 강한 자만이 앞서 나간다.' 등 — 조 케네디를 미화하고 꾸며대는 온갖 선전에도 불구하고 한 가지 분명한 사실은, 이 케네디 가의 아이들을 양육하고 형성해 나가는 여러 해 동안, 그는 집에서 아이들과 함께 있는 시간보다 떨어져 있는 시간이 압도적으로 많았다는 것이다.

결국 아이들은 로즈의 분신이고 책임이었다. 조 케네디의 의무는 돈을 벌어들이는 것이었다. 1927년 아버지 조 케네디가 집을 떠나있는 시간이 너무 많고 그의 활동 무대가 보스턴을 벗어나 이젠 완전히 가정과 분리될 상황에 이르렀을 때, 조는 가족을 뉴욕으로 이사시켰다.

처음에는 브롱크스 리버데일 지구의 부유한 동네에 있다가 그다음에는 더 부유한 재벌들이 모여 사는 브롱크스 빌의 웨스터 체스터 저수지 쪽으로 옮겼다. 그러나 이 무렵 조 케네디의 처지는 이제 월가에만 몸담고 있을 수 없었다. 그는 이즈음 영화 산업에도 깊게 관여했다. 그래서 연중 시간 대부분을 할리우드에서 보냈다.

가족의 화합과 단결을 유지해 나간 것은 그의 부인 로즈였다. 잭은 훗날 이렇게 증언한 적이 있다.

"어머니는 아교와 같이 끈기가 있었어요. 아버지만큼 강력하고 위엄이 있지는 않았지만, 어머닌 바로 아교와 같은 분이었지요."

로즈는 아이 아홉을 놀랄 만큼 훌륭히 결속시키고 화목한 형제자매로 기르는 이상의 많은 일 | 1928년에 지인을 낳고, 1932년에는 에드워드를 낳았다 | 을 해냈다.

로즈 케네디도 조 못지않게 차선이나 이등은 도저히 참을 수 없는 노릇이었으므로, 그녀의 남편이 수백만 달러를 겨냥하여 맹활약을 전개하는 동안, 그 자신은 이 사회의 승리자들을 만들어 내기 위하여 아이들 양육에 온 정성을 다 쏟았다.

그녀 역시 멋있고 화려한 것이라면 누구 못지않게 좋아하고 풍부한 소양을 지닌 터였다. 그녀의 남편이 서부 태평양 연안에서 글로지아 스완슨과 호화로운 생활을 즐기는 동안, 로즈는 저녁마다 오페라 구경을 하였다.

그 대신 그녀는 집에서 저녁 식사를 항상 두 번씩 차려야 했다. 한 번은 어린아이들과 또 한 번은 좀 자란 아이들과 함께 식탁에 앉아 어울리는 것이었다. 로즈는 아이들 각자의 나이에 맞는 화제를 고르고, 아이들 각자의 수준에 맞추어 대화를 이끌어 가야 했기 때문이다.

"캘리포니아의 도시들은 왜 산타 모니카나 산타 바바라 같은 이름이 붙었지?"

라고 로즈는 물어보곤 했다.

그렇지 않으면, '신부들은 왜 그날 아침 자줏빛 조끼와 저고리를 입고 있었느냐?'라든가, '일식이 있을 때는 왜 하늘이 어두워지느냐?' 등의 질문을 아이들에게 하기도 했다.

이런 모든 행위에는 특별한 계획이 있는 것도 아니고, 무슨 신비한 기술이 있는 것도 아니었다. 그러나 로즈는 여느 훌륭한 교사들이라면 당연히 할 일들을 스스로 해 낼 뿐이었다. 이렇듯 그녀는 보통의 어머니들이 할 수 있는 것보다 훨씬 많은 일을 한 것이 틀림없다.

예를 들면 로즈는 아이들 간의 다툼이나 소동을 차분히 말리고 가라앉혔는데, 아이들은 말다툼과 논쟁을 벌일 때가 많았고, 식당을 벗어나서는 서로 주먹으로 치고받는 일도 서슴지 않았다.

이럴 때 그녀는 아이들의 사사로운 다툼을 그리 나쁘게 생각하지는 않았다. 단지 애들이 너무 과열되어 이성을 잃을 만큼 심하게 싸우거나 훌륭한 매너를 보이지 않을 때는 단연 윗사람으로서 지도하며 위엄을 발휘했다.

또 로즈는 아이들에게 어떤 일을 허락할 때 매우 엄격하기까지 했다. 돈 문제도 아이들의 용돈에 대해 너무 엄격한 아버지 조보다 훨씬 더 가혹하고 엄했다. 그러나 조 케네디가 집으로 돌아올 때마다 아이들은 기다렸다는 듯이 두 팔을 활짝 벌리고 달려들었다.

조는 그때마다 아이들에게나 로즈에게서 놀랄 만큼 깊고 풍성한 애정을 느끼곤 했다. 이런 모든 것이 로즈 케네디의 찬탄할 만한 업적이었다.

로즈의 남편 조는 이 세상에서 누구보다도 노련하고 세련된 사나이였다. 그러나 그의 그런 강철 같은 면모 이면에는 무한한 인정과 따뜻한 마음씨가 잠재해 있었다. 그가 사업이나 유통시장, 금융가에서 터뜨리는 노여움은 모두 그의 아이들에게 걸고 있는 희망 때문이기도 했다.

아이들이 십 대에 접어들고부터는 어머니가 아니라 아버지 조가 아이들을 맡았다. 적어도 어느 학교에 보내고, 어떤 진로와 과정을 택할 것인가 등의 중요한 결정만큼은 더욱더 그리했다.

로즈는 지금까지의 경험으로 봐서, 가톨릭 계통의 학교들이 아이들 모두에게 가장 좋을 것이라 믿었지만…….

조는 아이들의 진로 결정에 관한 한은 현모양처인 로즈의 생각을 여지없이 깔아뭉갰다. 조는 아들이라면 당연히 그가 다닌 하버드 대학에서 더 크고 넓은 경험을 쌓아야 한다고 생각했다. 무엇보다도 그는 로즈가 옛날에 그랬던 것처럼 외국으로 나가서 교육 경험 쌓는 것을 좋아하고 찬성하는 취향도 무시했다. — 그녀는 아이들을 옥스퍼드나 케임브리지 대학에 진학시키고 싶어 했지만, 유학에 관한 조의 생각은 사회주의적 경향을 띤 런던 에코토믹스 스쿨을 선택하고 싶어 했다.

"아이들이 점점 나이를 먹어가면 돈도 벌게 될 텐데 말이야. 그 애들이 가지지 못한 가난한 사람들의 사고방식이 어떤 것인지 알아두는 게 좋을 거란 바람이거든……." 라는 것이 조의 말이었다.

하지만 옛 금언에도 자식에게 좋은 영향을 주는 부모들이 즐겨하는 세 마디, '모범 또 모범, 그리고 모범'이라는 말이 있듯이, 맏아들 조 2세는 아버지를 존경하여 그와 같은 사람이 되기를 갈망하는 것처럼 보였다.

잭크보다 체격이 훨씬 크고 힘도 셌던 조 2세는, 동생과 나이 차이는 겨우 두 살밖에 안 나지만, 동생 잭크와 다른 동생들 모두에게 압도적인 권위로 대했고, 의젓한 인격을 형성하고 있었다.

동생들은 그가 위에서 억누르는 듯한 이런 권위에 분개하기는커녕 우상처럼 떠받들고 존경했다.

조 2세는 학교엘 가도 언제든 먼저 가고, 재미있는 여행을 가도 제일 우선이고, 편지 한 통이라도 그에게 먼저 갖다주는 데 대해서 누구도 시기하지 않았다고 로즈 여사는 말한다. 그도 그럴 것이 아이들 모두는 항상 조 2세가 첫째, 그다음은 잭크, 그리고 보비, 그다음 마지막이 테디 | 에드워드의 애칭 | 라는 사실을 이해하고 받아들였기 때문이었다.

이러한 이유로 훗날 더 큰 문제가 발생했을 때도 이 가족은 똑같은 논리를 적용했다는 것이다. 이런 예는 과히 놀랄 일도 아니다.

조 2세가 제2차 세계대전 중 해군 비행단 파일럿으로 복무하다가 전사하는 비극이 일어났을 때, 잭크는 아버지보다도 어머니를 더 많이 닮았다는 것이 드러났다. 예컨대 잭크가 분명하고 명확하게 구사하는 언어는 완벽하게 그의 어머니를 닮았다.

케네디가의 오랜 지인도 '잭크와 이야기하다 보면, 그의 어머니가 하는 말 그대로를 잭크의 목소리를 통해 듣는 것과 같았습니다.'라고 말할 정도였다.

잭크가 전쟁 중에 등과 허리를 다쳐 몹시 고통스러웠는데도 그 끈기 있고 놀랄만한 인내로 말 한마디 없이 참아낸 것은 그의 어머니를 본받은 것이라는 것은 더 중요하고 의미 있는 내용이다.

조 케네디도 그녀의 끈기와 용기를 솔직히 인정했다. 결혼 46년째 되는 날, 조는 이렇게 말했다.

"우리가 결혼 생활을 시작한 이래, 지금까지 난 로즈가 불평하는 소리를 한 번도 들어본 적이 없습니다. 또 한 바도 없고요. 이런 점은 아이들이 그대로 이어받아도 좋은 본보기이기도 했습니다."

그러나 로즈 케네디는 사람들이 그녀의 용기를 의심해볼 사이도 없이, 잭크가 어머니인 그녀에게서 물려받은 것과 같은 굉장한 매력을 과시할 좋은 기회를 맞이했다.

프랭클린 루스벨트 대통령은 구식사상을 가진 아일랜드 혈통의 사내를 세인트 제임스 대법원 주영 미국대사로 부임하게 하려고 했다. 이에 조 케네디 역시 영국 부임을 매우 흡족하게 생각했다.

"여보, 로즈! 이건 정말, 우리가 이스트 보스턴에 있을 때와는 정말 다를 거요."

하고 두 부부는 영국 왕과 왕비가 윈저궁에서 베푸는 만찬회에 참석하기 위해 정장을 차려입을 때, 조가 말했다.

물론 그의 임명은 단순히 선거를 성공적으로 끝낸 보상 차원이 아니라, 정치적인 것이 주된 이유였다.

왜냐하면 조 케네디는 프랭클린 델러노 루스벨트를 대통령에 당선시키고, 1936년 재선에도 크게 이바지했을 뿐 아니라, 증권계의 조종자로서 증권 및 외환 담당 위원회 제1 서기장으로서 월가의 증권 및 금융 시장을 정책적으로 관리하는 데 훌륭한 업적을 쌓은 덕분이다.

그가 영국에서 재임하던 10년간, 그러니까 히틀러가 폴란드를 침공하기 직전까지 그의 고립주의적 견해가 런던에 있는 그에게 어떤 활동을 하게 했는지는 여기서 별 관련이 없지만, 로즈 케네디는 대사 부인의 역할을 훌륭하게 해냈다. 몰리눅스에게 가운을 하사받고, '다정한 피츠'의 교육을 받고 자란 그녀와 그녀의 매력적인 아이들은 대서양을 사이에 두고 미국과 영국, 양국 사진기자들을 열광하게 하기에 충분했다.

로즈는 아이를 아홉이나 낳았는데도, 여전히 팔등신의 균형 있는 몸매를 그대로 간직한 천부적인 미인이었다.

루스벨트 대통령의 사위가 런던의 영국 대사관에 들렀을 때, 그는 '난 정말이지 황새의 이야기 | 구미에서는 어른들이 어린아이들에게 아기는 황새가 갖다주는 선물이라고 말한다고

함ㅣ를 믿지 않을 수가 없다.'라고 말했다고 한다.

로즈는 영국 황실과의 격의 없는 교제가 너무 매혹적이었다. 그러나 이것이 장차 그들의 운명에 참혹한 복수를 불러오게 될 줄은 몰랐다.

조 케네디는 1940년 가공스러운 전쟁의 위험과 관련해 연설하면서, 영국에는 그의 아들딸 아홉이 언제 죽을지 모를 처지에 놓여 있다며 청중들의 주의를 환기한 바 있다. 그 후 불과 10년도 되기 전에 로즈는 그들 중 세 아이를 잃었다.

그들 부부를 떠난 첫 번째 자식은 로즈 마리였다. 그녀는 죽음 때문이 아니었다. 로즈 마리는 갓난아기 시절부터 모든 사물을 다른 아이들처럼 빨리 배우지 못했다. 그러나 로즈와 조는 이 아이는 도저히 가망이 없다는 의사들의 절망적인 말을 들으려 하지 않았다.

로즈 마리는 자라면서 정신박약精神薄弱 증상이 점점 뚜렷하게 나타났다. 런던에 가 있는 동안 로즈는 하루에도 수십 번씩 쉴 사이 없이 그 아이를 지켜보아야 했다. 어머니 로즈도 로즈 마리의 식지 않는 고열 때문에 결국 딸을 포기할 수밖에 없었다. 그래서 조와 로즈는 1941년 아무에게도 알리지 않고, 이 딸을 중서부 어느 가톨릭 기관에다 맡겼다. 로즈가 평생 신앙생활을 한 이유도 가히 짐작할 수 있는 대목이다.

그로부터 3년 후에는 조 2세가 전투에서 목숨을 잃었고, 그들 부부에게 아픔을 가져다주었다.

그리고 또 1948년에는 다정하고 상냥한 딸 캐슬린 — 그녀는 이미 몇 년 전 잘생긴 영국의 신교도인 어느 후작의 장남과 결혼했으나, 불과 3개월 만에 전쟁미망인이 되는 슬픔을 맛보았다. 이들 부부는 이 딸 때문에 몹시 마음 아파했고, 고통당했다. — 이 비행기 사고로 죽었다.

그녀를 몹시 닮은 잭크처럼, 로즈 케네디 여사는 이런 상황 속에서도 꼭 해야 할 일들은 꾸준히 해 나갔다. 잭크가 서른다섯에, 그 옛날 할아버지가 확보했던 하원의 원의 자리를 힘들이지 않고 편안히 고수하는 대신, 상원의원 자리를 겨냥한다고 대담하게 자기의 결심을 밝혔을 때, 어머니 로즈는 파리에서 비행기 편으로 급거 귀국하여 아들의 손을 잡고 격려해 주었다.

여동생 유니스는 매사추세츠주의 모든 도시와 마을에서 다과회를 열자는 훌륭한 아이디어를 내놓았고, 다른 여동생들도 크게 도움이 되어 주었다.

그러나 이 선거운동 기간 중 조셉 P. 케네디의 부인이 이룬 공적을 능가할 이는 아무도 없다.

이 이야기는 훗날 당시 보스턴 지구당 책임자에 의해 알려졌는데, 선거운동 기간이 몇 주밖에 남지 않았을 무렵 케네디 대사는 이 사람을 불러 도움을 청하려 했다.

"난 조 케네디 대사에게 보스턴만은 염려 없다고 얘기했죠."

하고 신사는 당시의 이야기를 꺼냈다.

"난 그에게 말했죠. '조, 상황이 악화하고 있습니다. 인기를 끌어올리기 위해선 뭔가가 필요합니다.' 나는 그에게 케네디 여사를 이용하게 해 달라고 요청했습니다. 그랬더니 그는 '하지만 쟈니, 그녀는 이제 할머니야 !' 하고 대답하는 게 아니겠습니까? 그래서 난 그랬죠. '그래요, 하지만 그런 건 아무래도 좋습니다. 그녀는 골드 스타일의 어머니죠. 전쟁영웅의 어머니이자 하원의원의 어머니죠. 게다가 대사의 부인이고. 어디 그뿐입니까? 시장의 딸이기도 하지 않습니까? 아울러 굉장한 미인이시고, 또 케네디 가의 인물 아닙니까? 부디 부인을 등장시키게 해 주십시오.' 그러나 그는 내 이야기를 듣고 곰곰이 생각하더니, 마침내는 입을 열어 승낙하더군요. '좋소, 무리한 활동은 하지는 않도록 해주시오.'"

로즈 케네디 여사는 말할 것도 없이 일대 센세이션을 불러일으켰다. 그녀는 필요한 소도구들을 설치한 리무진에 올라타고 마을을 돌아다녔다. — 부유한 시골 부인들 앞에서는 밍크 스토울을 목에 걸었고, 그보다 덜 부유한 여성들 앞에서는 그저 진주 목걸이만 걸고, 모자도 골라서 적당히 쓰고 다녔다.

로즈 케네디 여사는 어떤 청중들 앞에서도 자기 아들은 누구보다도 자신이 제일 잘 알고, 그가 어떤 상원의원이 될 것인지 잘 안다고 말했다. 그리고 이 무렵 등장한 것이 바로 옛날 파일이었다.

거기서 시작하여 보스턴에서부터 멀리 떨어져 있는 낯선 사람들에게 더 많은 이야기를 하는 것뿐이었다. 1960년 잭크를 대통령으로 끌어올리기 위하여 표를 모으면서, 그녀는 남부 노스캐롤라이나에서 기묘한 선거운동을 하기도 했다. 어떤 대학 구내식당으로 비집고 들어가서는 커피를 마시며 앉아 있는 한 교수의 테이블 앞에 섰다.

"저, 여보세요. 제가 존 F. 케네디의 엄마입니다."

로즈 여사는 그 교수를 바라보며 말을 걸었다. 그러나 교수는 이상하다는 눈초리로 그녀를 알 수 없다는 듯이 올려다보며 말하는 게 아닌가.

"죄송합니다. 내 강의를 듣는 학생 중에 그런 이름은 도무지 기억이 나질 않는데요."

로즈는 나중에 이 이야기를 자기 입으로 하기도 했다.

나이 이미 70을 넘어선 여자라면 어떤 귀부인을 데려와도, 그녀의 아들 잭크의 취임 축하 무도회에 참석한 조셉 P. 케네디 여사만큼 우아하고 화려한 용모를 지니지 못했으리라. 그녀는 이 무도회에서 23년 전 영국에서 황제 부처를 알현할 때 입었던 레이스 가운을 입고 있었다.

가운데는 은빛과 금빛의 파이아트가 수 놓여 있고, 옛날의 그것과 한 가지도 달라진 것이 없었다.

그녀의 젊고 우아한 며느리 재클린은 말할 것도 없고, 어느 곳의 어떤 여자라도 로즈 여사가 이렇게 훌륭한 자태로 아들의 성공을 지켜볼 수 있으리라고는 상상도 못 했으리라.

잭크가 백악관으로 들어선 이후 어머니 로즈가 해야 할 역할은 그녀의 정신적 지지에 관해서 거리낌 없이 사람들에게 이야기하는 일이었다. 그것이 로즈 마리에게 보상할 수 있는 케네디 가의 방식이었다. 이제 로즈 마리의 어머니는 누구에게든 숨김없이 털어놓고 이야기할 수 있었다.

"우리에겐 훗날 대통령이 된 둘째 아들 잭크 다음에 일 년 반의 터울로 태어난 딸이 하나 있었습니다."

사회적 정치적 축하연에서 모두 그랬듯이, 수많은 자선 기관이나 박애 단체에서도 그녀에게 눈길을 쏟았다. 여사는 그 이후 유명해진 케네디 가에 대한 명언을 들었다.

뉴욕 어떤 병원의 자선기금을 모집하는 연회석에서 병원장의 아들 라이 스티븐슨은 온화하게 그녀를 소개하는 말을 다음과 같이 했다.

"모든 것을 출발시킨 여성 — 미국에서 가장 훌륭한 직업소개소 회장님!"

로마나 리비에라 해변에서, 매년 겨울이면 팜 비치에서, 또 여름철에는 케이프 카드에서 대통령의 어머니는, 다른 여느 여성이었다면 그녀 생애의 절반도 견디지 못하고 기력을 탕진하고 말았을 대단히 힘들고 어려운 인생을 여전히 누리고 있었다.

1963년 11월 22일 정오 무렵, 로즈 여사는 그때까지 케네디 가의 대내외 활동의 주요 기지 역할을 담당했던 케이프(cape)의 흰색 저택 근처 클럽에서 골프를 치고 있었다. 이 집은 곧 추수감사절 축제를 즐기기 위해 비행기로 몰려드는 아이들과 손자 손녀들로 크게 법석을 떨 것이었다. 비록 남편 조는 거의 일 년 전부터 뇌출혈로 차마 볼 수 없을 만큼 노쇠했지만, 로즈 케네디는 그래도 감사드려야 할 많은 임무를 부여받았다.

로즈가 골프 코스에서 돌아왔을 때, 조카딸 앤 가건이 그때 마침 라디오에서 터져 나온 소식을 로즈에게 전해 주었다.

그러나 로즈는 이 엄청난 비극을 딛고 다시 일어섰다. 그날 이후 로즈는 그를 가리켜 꼭 '대통령'이라고만 불렀다. 대통령이 아닌 잭크의 이야기는 좀처럼 입에 올리지 않았다. 그녀는 아들의 죽음을 '비극'이라고만 언급할 뿐이었다. 그녀의 신앙심이 아니었더라면 로즈는 아마 도저히 위안의 손길을 받을 수 없었을 것이다.

그녀는 어디를 가든 미사 참석으로 하루를 시작했다. 그러나 세월은 흐르고 로즈는 또 연설대로 돌아와 있었다. 셋째 아들 보비를 위해서, 그리고 막내아들 테디를 위해 그녀는 마이크 앞에 섰다.

1967년 어느 기자와의 인터뷰에서 그녀는 이런 말을 했다.

"난 늘 이야기하곤 했죠. 많은 여인이 한 대통령의 어머니이긴 했지만, 둘이나 세 대통령의 어머니였던 여인은 지금까지 하나도 없었다고 말이죠. 그래서 난 바쁜 거죠. 언제나 말이에요."

그리곤 재빨리 이건 그저 농담이라고 로즈 여사는 덧붙였다.

하지만 1968년 민주당 대통령 후보 지명을 위해 출마하여 운동하던 보비가 암살당했다. 로즈 여사는 거듭된 참혹한 이 비극도 견뎌냈다.

그러나 그녀의 남편 조셉 P. 케네디는 도저히 회복 불능으로 치달아 결국 그다음 해 파란만장한 그의 삶에 종지부終止符를 찍었다.

로즈 케네디 여사는 그 몇 달 뒤, 그토록 유명한 며느리(재클린)의 두 번째 남편이 된 사람의 요트를 타고 바다 위를 떠가고 있었다.

"우린 함께 갑판 난간에 기대 서 있었죠."

재클린 오나시스는 이 순간을 회고하며 말했다.

"우린 무엇인가에 관한 이야길 주고받았어요. 그녀의 마음을 아프게 하는 바로 그 무엇 말이죠. 갑자기 그녀의 목이 메었어요. 말을 계속할 수가 없었던 것이죠. 그러자 그녀는 내 손을 잡고 힘껏 꼭 쥐면서 말하더군요. '아무도 나를 가련한 여인이라고 생각하지는 않을 거야. 누구도 나를 불행한 여인이라고 동정할 필요는 없어. 아무도……' 그리고 고개를 들어 하늘을 바라보더군요. 난 생각했죠. 하나님, 오, 하나님! 이렇게도 순종적이고 이렇게도 기품이 고귀한 분을……"

사랑의 여울 속에 핀 열망

레베카 바인즈 존슨 여사

린든 B 존슨(1961.1.20~1969.1.20)

레베카 바인즈 존슨(Rebekah Baines Johnson) 여사

사랑의 여울 속에 핀 열망

레베카 바인즈 존슨 여사
Rebekah Baines Johnson

너는 언제나 나의 기대와 나의 소망과 나의 꿈을 실현해 주
었고, 그게 올바르다는 것을 보여주었지. 네가 나에게 얼마
나 소중한 존재인지, 넌 아직 모를 거다. 사랑하는 내 아들
아! 내가 일생을 바쳐 애정을 기울인 내 아들아! 너는 나의
힘이고, 나의 위안이다.

미스 레베카 바인즈가 결혼할 당시만 해도 세상은 훨
씬 단순했다. 그녀가 살던 고장 젊은 처녀들의 나날이란
태양이 뜨고 지는 일만큼이나 평범한 인생 행로이며, 아
주 자연스럽고 평화로운 일상이었다.

아무리 똑똑하고 훌륭한 가문의 처녀라도 베갯잇을 매
만지고, 레이스를 짜고, 빵을 굽고, 어쩌면 먼 훗날 대통
령의 아버지가 될지도 모를 유망한 청년에게 시집가기
위하여 온갖 정성을 기울이는 모범적 생활을 요구하는

시대였다.

미스 레베카는 놀랍도록 총명하였다. 그녀 역시 현실주의자였고, 이 자연의 섭리를 거역할 아무 이유가 없다고 생각했다.

그녀는 여자로서 마땅히 지켜야 할 도리를 조금도 벗어나지 않은 생활을 함으로써 바라는 모든 것을 그대로 이룰 수 있었다.

물론 그녀가 몹시도 염원한 것은 남자들의 야심과는 달랐다. 남자란 존재는 권력이나 부를, 처음엔 어떤 이념이나 주의를 내세워 정당하게 실현하려고 할지 모르지만, 일단 권력을 얻고 나면 급기야 그것을 힘으로 삼아 즐기려는 것이 권력자의 속성이다.

레베카 바인즈 존슨의 목표는 그런 이기적인 흔적을 찾아볼 수 없는 여자다운 꿈이 분명 깃들어 있었다. 그녀는 아들을 훌륭한 인물로 만들고 싶은 목표를 가지고 있었다. 그 영광은 자신을 위해서가 아니라 더 큰 다른 의미로 표출하고 싶어 했다.

레베카가 자기의 뜻으로 쌓아 올린 영광을 돌리고 싶어 한 사람이 있었으니, 그는 바로 그녀의 아버지였다.

레베카의 아버지 조셉 윌슨 바인즈는 방랑벽이 있는 한 세례 교회 목사의 여섯 아들 중 셋째였는데, 그는 노스캐롤라니아에서 남쪽 지방으로 내려오며 전전하다가 텍사스까지 흘러오게 되었다.

이렇게 떠돌아다니는 동안 식구도 하나둘씩 불어났다. 남북전쟁이 일어났을 때만 해도 몸이 호리호리하고 곱슬머리인 조(조셉의 애칭)는 막 청년기에 접어들었고, 텍사스 방위군 사병으로 2년간 전쟁에 참여했다.

그는 전쟁이 끝나자 남루한 모습으로 고향에 돌아왔다. 이때부터 그는 법률에 관심을 두기 시작했다.

법학은 손으로 하는 일이 아니라, 두뇌로 싸우는 분야라는 점에서도 바인즈 가의 전통에 어울렸다. 바인즈 가의 선조들 면면을 살펴보면 멀리는 스코틀랜드까지 거슬러 올라가게 된다.

그들 가운데는 성직자가 여럿 있었는데, 이들은 일상적인 설교와 교회 일에만 온몸을 바친 것이 아니다. 훌륭한 교육을 받고 한편으로 신문을 편집하거나, 교편을 잡고 벽지에 대학을 건립하려고 노력하였다.

조 바인즈는 자신의 종교적 신앙에 대해서 약간의 회의감을 갖고 있었던 반면, 정치 분야에서 입신출세하기를 열망하는 맹렬 여성이었다.

"난 세례 교인이기도 하지만, 또 한편으론 민주당 당원입니다."

하고 조는 자기의 신분을 밝혔다.

텍사스에서는 그런대로 훌륭한 활동이 기대되었다. 그

러나 한 가지 슬픈 사실은 역경에 처할 때마다 그의 건강도 나빠진다는 점이었다. 그는 주의회 의원으로 선출되어 한 번의 임기 동안 활약했고, 모종의 정치 활동의 보답으로 텍사스주 행정장관으로 임명되어 4년간 일했다.

그 결과에 힘입어 그는 민주당 거물 몇 사람의 선거 운동용 전기를 쓰기로 약속했다. 이런 일은 과히 어렵지 않은 작업일 것이었다.

그는 법률사무소 일 이외에도 그 지방의 한 주간지에서 집필을 계속해 온 경험이 있기에 가능했다. 그러나 정작 조가 연방의회 의원으로 출마할 길을 모색할 때는 철저한 좌절을 맛보고 쓰라린 고통을 겪었다.

조 바인즈는 인민당원 | 미국 인민당은 1891년에 결성되어 농민 보호 정책을 주장했다 | 으로서 훌륭한 자질을 보여주었고, 의심할 바 없이 선량하기도 했다.

그러나 그의 위대함을 찾아볼 만한 흔적은 별로 남겨 놓지 못한 것 같다. 오직 그가 평생 애지중지하며 사랑했던 딸 레베카의 증언만으로, 우리는 그에 대한 단면을 더 들어 볼 수 있을 뿐이다.

레베카는 1881년 6월 26일 댈러스 북쪽 맥킨니 마을에서 태어났다. 출생 이후 아버지 조와 장녀 레베카 사이에는 말로 표현하기 어려울 만큼 애정과 사랑이 넘치는 나날을 보냈다. 딸 레베카의 아버지 자랑을 들어보면 다음과 같다.

"이제 겨우 갓난아기를 면했을까 말까 할 때부터 아버지는 나에게 글을 가르쳐 주었죠. 또 아버지께선 공부하는 방법이랑 사고 방법, 그리고 인내심을 불어넣어 주었습니다. 그는 내게 '거짓이란 주 하나님을 거역하는' 것이고, 또 전 세계의 모든 진실한 사람들이 가장 미워하는 점이라고 늘 강조하셨습니다. 그는 나의 사랑하는 아버지로서, 또 존경하는 스승으로서, 그리고 너무 재미있고 훌륭한 친구이자 동반자로서 내 인생의 지배적인 존재이셨지요."

하지만 이 이야기가 전부는 아니다. 만약 조 바인즈가 그저 맥킨니 마을에서 평온한 생활에 만족하며 여생을 보냈거나, 이웃 주민들의 존경과 가족의 사랑에 안주하여 그대로 만족했더라면, 아마도 근세 미국 역사의 판도는 완전히 달라졌을 것이다.

그러나 조 바인즈, 그에게는 뭔가 더 강력하고 차원 높은 것에 대한 갈망이 늘 가슴 속에 자리 잡고 있었다. 연방의회에 진출하는 것이 그의 생애 최대의 목표였다. 그러나 결국 뜻을 이루지는 못했다.

그는 좌절과 실의 속에서 부동산 평가조사 같은 법률 사무를 처리해 주면서 중년을 보냈고, 또 벌어놓은 재산을 모두 잃어버리는 불운 속에서 1906년 나이 60세에 인생의 비참한 패배자로 세상을 떠났다.

아버지의 죽음은 레베카에게 슬픔과 노여움으로 몸이 떨리는 너무도 큰 충격이었다. 그녀는 자신의 일생을 아버지가 당한 곤욕과 고통을 갚아드리는 데 바치기로 결심했다. 그녀의 아버지가 당한 패배와 좌절이 레베카의 마음과 영혼에 커다란 압박감으로 작용했고, 그것은 그녀가 이 세상에 존재하는 밑바탕 중심에 자리 잡았다.

레베카도 이를 시인했고, 세월이 흘러감에 따라 그녀의 이런 마음은 행동으로 드러났다.

아버지 조 바인즈가 마지막 숨을 거두었을 때, 레베카는 스물다섯 살이었다. 청혼을 숱하게 받긴 했지만, 아직 미혼이었다. 그녀는 중부 텍사스에서 보기 드문 미인으로 소문날 만큼 용모와 피부 빛깔이 순백으로 빛났다. 마치 저 태평양 깊은 물빛을 연상케 하는 새파란 두 눈동자를 가졌고, 갈색이 약간 섞인 금발이었다. 레베카는 이 보기 좋은 머릿결을 정성껏 손질하여 늘 그녀의 아름다운 얼굴과 잘 어울리도록 꾸몄다.

레베카는 어머니를 무척 닮았다. 그녀의 어머니는 한 시골 의사의 사랑스럽고 마음씨 고운 딸이었다. 어머니는 겨우 열다섯 어린 나이에 신랑 조 바인즈와 결혼식을 올렸고, 무려 12년이나 기다려서 첫째인 레베카를 낳았다. 레베카를 품에 안은 어머니의 기쁨과 애정이란 말할

수 없이 컸고, 레베카 다음으로 아들 하나와 딸을 더 낳
았다. 남편 조와 마찬가지로 맏이였던 레베카에 대한 애
정이 유달리 큰 것은 어쩔 수 없었으리라.

그런가 하면 레베카는 어머니의 화사하고도 다정한 마
음씨와 구김살 없는 명랑한 품성을 그대로 물려받았다.

레베카가 왜 일찍 결혼하지 않았는지, 더 깊은 이유가
어디 있는지는 모르지만, 적어도 그녀에게는 분명 그럴
듯한 표면상의 이유가 있었다.

약간 색다르긴 하지만, 그녀는 가정을 꾸려 정착하기
전에 더 훌륭한 교육을 받고 싶은 욕구가 있었다.

마침 같은 마을에 그녀와 같은 생각을 가진 한 처녀가
있었고, 두 사람은 굳게 결심하고 함께 공부하기 위해 마
을을 떠나 베일러로 갔다.

그 후 몇 학기가 지났을 때, 레베카에게 슬픈 소식이
전해졌다. 그것은 인생에서 절망적으로 패배하여 생의
마지막 날을 기다리는 아버지를 간호하는 일이었다.

아버지의 죽음과 그녀의 결혼은 불과 9개월 남짓한 시
간을 사이에 두고 이루어졌다. 사실 조 바인즈는 평생 사
랑했던 딸에게 주는 마지막 선물로 레베카를 심부름 보
내 샘 이얼리 존슨 2세와 안면을 트도록 했다.

이 몰락한 패배자의 가족이 불행한 나날을 보내던 집
은 오스틴 서쪽 마을 프레데릭스버그의 초라한 오두막집

이었다. 면사 가격이 폭락하기 전까지만 해도 그들은 주수도에서 50마일가량 떨어진 곳에서 이층 석조 건물의 큰 저택에 살았다.

그러나 면사 가격이 폭락하자 집을 내놓고 법률 사무가 활발할 것이라는 희망을 걸고 프레데릭스버그로 이사를 결심했다. 그러나 법률가 바인즈는 손님을 찾아다닐 기력도 없었다.

레베카는 이런 경제적 곤궁을 벗어나기 위해 자신도 뭔가 한몫해야만 되겠다고 절실히 느꼈다. 웅변이나 연설에 관해 강의도 하고, 신문사에 글을 기고하기도 했다.

그녀는 이 산간 마을에서 일어나는 크고 작은 사건과 각종 행사에 관한 글을 써서 댈러스나 샌안토니오, 오스틴 같은 도시의 여러 신문사에 우송했다.

이 무렵 그의 아버지 조 바인즈는 딸에게 부디 미스터 샘을 찾아가서 인터뷰하라고 권유했다.

이 젊은 청년은 최근 지역 대의원으로 선출되어 주의회에서 활약하고 있었고, 가뭄 극복에 관한 그의 생각과 구상은 주민들로부터 큰 호응을 얻었다.

그와의 인터뷰는 신문 특종 기삿감으로 여겨졌다. 그러나 막상 결과는 저널리즘의 편에서 보면 그리 대수로운 게 아니었다.

훗날 레베카는 당시를 회상하며 술회했다.

"난 그에게 꽤 많은 걸 물었죠. 하지만 그이는 그때만 해도 빈틈없고 무척 조심스러웠어요. 그래서 난 아무런 언질이나 약속도 받아내지 못했어요. 난 그 사람에게 지독한 분노를 느꼈었죠."

레베카가 첫 대면에서 매혹되었음을 알 수 있는 대목이다.

샘은 흙냄새가 물씬 풍길 만큼 투박하고 세속적이었지만, 한편으로는 아주 명석했다. 그는 몸집은 크고 사고방식은 모순투성이의 오만 덩어리였다.

나이는 이미 서른에 가까웠지만, 무릎과 팔뚝 따위의 사지 관절이 체구에 어울리지 않게 울퉁불퉁 튀어나오고 팔다리가 보통 사람보다 길어서 마치 열다섯 살 먹은 소년 같이 어색한 모습이었다.

그의 걸걸하고 거칠기 짝이 없는 웃음소리는 야수와도 같아서 천상 사내였고, 눈매 또한 야성적으로 타오르고 있어 형용할 수 없는 이질감이 느껴졌다.

그런데 이상하게도 그의 이런 거칠고 우락부락한 외모와 품행에도 불구하고 눈빛과 표정에는 사람의 마음을 사로잡는 부드러움이 깃들어 있었다.

샘은 바인즈 가와는 전혀 다른 선조와 혈통을 가졌다. 그의 집안은 거칠고 떠들썩한 소몰이꾼이었다. 샘의 아버지와 삼촌은 조지아 출신 목동으로 텍사스의 뿔이 긴

소 롱혼 떼를 캔자스 치스홀름 트레일까지 몰고 가는 일을 하고 있었다.

바로 이 사람들이 존슨 시티 근교에 최초로 통나무집을 지은 사람들이기도 하다.

샘은 다행히도 학교에서 교육받았고, 정치에 관심을 가지고 활동하기 전에는 잠시 교편을 잡기도 했다. 한편으로는 대대로 내려오는 집안의 농사일도 돌보았다.

레베카는 샘의 거칠고 우람한 면모에서 곧 그의 정치적 성공이 보장되는 어떤 요소가 숨어 있는 것을 보았다. 샘은 레베카와 같은 훌륭한 여성의 내조가 필요하긴 했지만, 그것은 약간 분에 넘치는 것처럼 여겼다.

하지만 지적 능력이라는 두뇌의 면을 떠나서 그녀는 분명 샘에게 강렬한 매력을 느끼는 것이 분명했다.

샘도 이성 레베카에 대한 첫인상을 신념과 성실로 받아들였다. 그에게 레베카의 매력은 부드러운 인상에서 비롯되었다.

한편 레베카는 그를 몹시 놀라게 했다. 그것은 레베카가 정치에 굉장한 흥미와 열의를 보인 것이다.

샘은 그녀가 사는 곳을 찾을 기회가 여러 차례 있어, 레베카와 남부연방 재결합을 위한 대연회에 참석하였다. 이곳에서 두 사람은 텍사스가 큰 자랑으로 여기는 은빛 목소리의 조셉 W. 베일리 상원의원의 연설을 듣고 크게 감동했다. 그리고 샘은 레베카를 차에 태우고 오스틴으로 달려가 윌리엄 제닝스 브라이언이 주의회에서 하는 연설을 들었다.

만약 이때 레베카의 감정이 아버지 조의 죽음 이후 몇 달간 몹시 뒤흔들리는 격렬한 혼돈 속에 있지 않았더라면, 이 두 사람의 친분은 더 이상 무르익지 않았을지도 모른다. 그러나 샘은 레베카가 아버지를 잃은 슬픔과 외로움에 빠진 것을 보고, 그녀를 진심으로 보호하며 사랑을 주었고, 1907년 8월 20일 조촐하게 결혼식을 올렸다.

샘과 결혼 생활을 시작하고 얼마간의 시간이 흐르자, 레베카는 남편 샘의 정치적 잠재 능력을 너무 과대평가했다는 사실을 뒤늦게 깨달았다. 그와 생활한 지 채 1년도 되지 않아 이런 회의를 느꼈으리라 짐작된다.

샘은 자신이 정치적으로 크게 부상하지 못하리라는 불안을 감추려고 늘 큰소리치며 위세와 허풍을 떨었다.

그러나 레베카는 조금도 실망하지 않았다. 샘의 두 눈동자가 약속이나 한 듯이 그녀를 너무 뜨겁고 고마운 애정으로 늘 감싸주었기 때문이다. 게다가 레베카는 오직 사물의 밝고 좋은 면만 보는 전형적인 남부인의 아내 자질을 충분히 지니고 있었다.

그 이후 30년간 레베카는 불평 한마디 입 밖에 내지 않았고, 힘든 일이든 좋은 일이든 오직 그를 위해 노력하고 참으며 슬기롭게 견디어 냈다. 그녀는 샘과의 결합을 늘 행복으로 여겼다. 그러나 이것이 그녀가 존재하는 이유의 핵심은 되지 못했다.

결혼 후 1년 하고도 이레가 지난 어느 날, 레베카는 자신이 이 지상에 보내진 이유를 깨달았다.

그녀의 말을 인용해 보자.

"먼동이 틀 무렵이었다. 1908년 8월 27일 목요일 새벽, 길리스파이 카운티 스토운월 부근 페데날레스강을 끼고 있는 샘 존슨의 농장, 젊은 샘 존슨 부부의 한적하고 해묵은 농장에는 램프 불빛이 밤새 밝게 빛났다. 이윽고 동녘에서 거대한 또 다른 빛이 떠오르고, 깊은 정적이 광활한 대지를 덮고 있었다. 너무 깊어 뼛속까지 스며드는 고요 속에서 삼라만상도 우리의 역사에 귀를 기울이는 것 같았다. 바로 그때, 귀를 찢을 듯 날카롭고 우렁찬 울음소리가 들려왔다. 아! 그것은 인간의 청각이 느끼는 것 가운데 가장 경건하고 행복한 소리였다. 새로 태어난 아기의 울음소리, 샘 이얼리와 레베카 존슨의 첫아기가 아메리카를 찾아 세상에 나온 것이다."

레베카 바인즈 존슨은 갓 태어난 사랑스러운 아기의 두 눈동자를 들여다보고 첫눈에 분명히 알았다. '깊은 결의와 진정한 고결함'을 본 것이다. 이것은 그녀의 아버지 조 바인즈의 눈빛에 담겨 있던 바로 그것이었다.

레베카는 이 순간부터 인간과 신을 동격으로 보는 신인동형동성론(神人同形同性論 Anthropomorphism)의 충성스럽고도 사랑스러운 신봉자가 되었다.

이 믿음은 지금까지 한두 차례 그에 필적할 만한 다른 이론과 맞물리기도 했다. 그러나 이 이론을 능가할 수 있는 그 어떤 것도 찾아보기 어렵다.

레베카가 몸 바쳐 봉헌한 신과의 프로젝트를 '인간의 모습을 닮은 신의 창조'라고 해도 과히 우습게 들리지는 않을 것이다. 이런 시도는 더 큰 의미에서 레베카도 실패하였다. 그러나 그녀가 시도하고 성취한 모든 것에 우리는 놀라움을 금할 길이 없다.

존슨 시티와 그 주변의 상황을 훑어보면, 그 결과야 어찌 되었건, 레베카가 시도한 모험이 얼마나 대담했는지 놀라지 않을 수 없다. 이곳 풍경은 그야말로 인간의 운명에 대한 낙관주의적 견해와는 차원이 완전히 달랐다.

훗날 그녀의 전 생애에 걸쳐서 주요 활동 무대가 된 이 마을은 기껏해야 주민이 4, 5백 명밖에 안 되는, 그야말로 황량하기 짝이 없는 곳이었다.

1906년경에 찍은 메인 스트리트 사진을 보면, 마치 형편없이 조잡한 서부 활극의 한 장면을 보는 것 같다. 보통의 서부 영화와는 달리 박진감이나 생동감은커녕 지저분한 느낌만 있다.

텍사스 사람들이 '산의 나라'라고 부르는 황무지 복판에 한산한 존슨 시티가 볼품없이 널려있고, 주위의 산이나 언덕도 보잘것없어 풍경마저 실망감을 주었다.

또 산이라고 일컫는 지형은 코네티컷 어느 한구석에 버려진 쓰레기더미처럼 암석층 지대보다 낮았고, 그나마도 움푹움푹 꺼져 있었다.

농장은 물론 언덕과 산등성이의 토질은 조약돌과 자갈이 많은 사막처럼 누런 암갈색이 섞인 우중충한 빛깔을 띠고 있어 이 마을은 더 칙칙하게 보였다. 자기의 땅을 개간해 나갈 만한 돈이 없는 사람에게는 가슴 아픈 불모지나 다름없었다.

바로 샘 존슨에게도 땅을 개간할 돈이 없었다.

그러나 이렇게 좋지 않은 상황도, 구역질 날만큼 더러운 환경도, 끝없이 뻗어나간 하늘 아래에 인간의 노력과 힘으로 개척된 곳은 한 군데도 찾아볼 수 없고, 문명의 혜택도 거의 받지 못한 이런 여건도 레베카를 멈추게 하지는 못했다. 아쉽고 필요한 것은 늘 새로 만들었다.

다른 것보다도 우선, 사랑스러운 아기에게 어떤 이름을 붙여줄지 결정하는 데 레베카는 꽤 애를 먹었다.

물론 아버지의 조셉이란 이름이 맘에 들었지만, 이를 그대로 쓸 수는 없었다. 조셉 존슨을 줄여서 '조 존슨?', 이 이름은 좀 곤란했다. 생각 끝에 샘이 친구이자 변호사인 W. C. 린든(Linden)의 이름을 따는 것이 어떠냐고 제의했고, 레베카도 좋다고 했다.

레베카는 'Linden'보다는 'Lindon'이 듣기에 훨씬 낫다고 생각하고, 마침내 아기의 이름을 린든 존슨(Lindon Johnson)으로 짓기로 했다.

공평하게 말해서, 그의 아들 린든이라는 한 인간을 형성하는 데 샘이 담당한 역할을 간과할 수는 없지만, 그렇다고 뭐 그리 강조할 만한 것도 못되었다.

샘은 태어날 때부터 타고난 성격으로 굉장히 치열한 경쟁심이 있었다. 샘은 해가 뜨기도 전에 아들의 두 어깨를 잡고 마구 흔들어 깨워서는 큰 소리로 호통치곤 했다.

"빨리 일어나란 말이야, 린든 ! 다른 애들은 다 일어나서 너보다 한 시간이나 먼저 일을 시작했어. 이래 가지곤 그 애들을 따라잡을 수가 없어 ! "

샘은 어떤 일에나 경쟁하길 좋아했고 시합을 걸지 않고는 못 배기는 성미였다. 그런데도 상을 받은 적은 별로 없었다.

린든이 다섯 살도 되기 전에 샘은 농장 사업에 실패하였다. 그러자 샘은 존슨 시티 시내로 이사했고, 그의 넘치는 힘과 활력의 분출구가 될 만한 일을 찾던 끝에 부동산 거래를 시작하였다. 흥정하며 시끄럽게 떠들고 주거니 받거니 흥청대는 일이 샘의 기질에는 잘 맞았다.

어느 날 저녁인가, 샘은 일거리를 가지고 집으로 왔다. 그것은 그 지방 주간신문에 어떤 증서를 발표하는 문안 이었다.

"여보, 당신이 이 서류를 신문에 실어주면 좋겠소." 하고 그는 레베카에게 부탁했다.

레베카는 이미 여러 해 동안 이런 일을 해 왔다. 레베카는 글을 쓰거나 광고를 모집하고 린든은 구식 수동인 쇄기를 돌렸다.

샘은 정치에서 주의회 의원을 몇 차례 더 하였고, 매년 2개월씩 오스틴에서 일을 봐주는 대가로 하루 5달러씩 받았다. 그러나 더 이상의 큰 기회는 오지 않았다. 샘은 언제 어디서나 늘 낙천적이었지만, 그런 그도 식품을 살 돈이 부족하여 원래 할아버지 존슨이 가지고 있던 권리 나 청구권 일부를 떼어 팔기도 했다. 그럴 때마다 그는 위축되지 않을 수 없었다.

이런 예는 감수성이 예민한 아들 린든에게 결코 좋은 본보기는 아니었던 것 같다. 린든이 초등학교 3학년 때 학예발표회에서 발표한 글을 보면, '나는 차라리 엄마의 아들이 되고 싶어요.'라는 제목을 붙인 글이 있다.

실제로 그는 어머니의 아들이었다. 채 두 돌이 되기 전 부터 어머니 레베카는 린든에게 알파벳을 가르쳤고, 세 번째 생일을 맞기 전까지 롱펠로의 시를 외우도록 했다.

그로부터 불과 일 년 뒤 만 네 살이 되었을 때는 학교에 입학시켰다.

장차 이 어린아이가 위대한 인물로 성장할 것이라는 신념은 레베카 혼자만의 것은 아니었다.

"나는 활기차고 훌륭한 손자를 두었어. 너도 그 애를 보면 깜짝 놀랄 만큼 맘에 들 거야."

백발이 성성하고 수염을 허옇게 늘어뜨린 할아버지 존슨은 저 먼 서부에 사는 딸에게 이렇게 써 보냈다.

"정말 그 애는 나이 마흔도 되기 전에 미합중국 상원의원이 될 거야. 암, 되고말고."

그러나 이처럼 굳은 신념으로 소년 린든을 채찍질한 최고의 인물은 바로 그의 어머니 레베카였다.

만일 완벽히 외우라고 시킨 구구단을 제대로 외우지 않고 아침 식탁에 나왔다간 호되게 경을 치곤 했다. 레베카는 린든에게 아침도 굶기고, 다른 사람들이 맛있게 식사하는 자리에서 가혹하리만치 단련시켰고, 어딜 가나 함께 따라다녔다. 길을 걸어도 같이 걷고, 학교엘 가도 따라다니며 철저히 외워서 어떤 공부를 완전무결하게 마스터했다고 보일 때까지 한 발자국도 마음대로 움직이지 못하게 했다.

이러한 레베카의 극성스러운 행동도 한편으로는 고상하고 경건하기까지 했다. 레베카는 아들을 때린 적은 한 번도 없었다. 그녀는 아들이 그의 육체와 영혼 속에 존재하는 의지에 따라서 살도록 정성을 다해 타이르고 애원했다. 그녀가 아들 린든이 남에게 비난보다는 찬사와 존경을 받기를 염원한 것은 당연하다. 어머니 레베카는 한순간도 아들 린든이 스스로 자신은 지도자가 될 운명임을 추호도 의심하지 않도록 배려했다.

레베카는 2년 남짓한 터울로 린든의 동생들을 낳았다. 딸 레베카와 그 아래 조세파, 그다음 샘 후스턴 존슨, 막내딸 루시아였다. 레베카는 자식들 하나하나가 특별한 나름의 자질이 있음을 알았고, 누구 할 것 없이 모두를 똑같이 사랑한다고 스스로는 생각했다.

그러나 앨범에 가족들의 사진을 정리할 때, 린든의 우스꽝스럽고 귀여운 사진을 항상 가장 먼저 붙이고, 눈길을 끌도록 정리했다.

레베카는 린든이 어린 남동생을 껴안고 있는 사진 아래쪽에 '린든이 동생을 보호하려는 의젓한 자세'라고 써넣기도 했다. 갓난아기 루시아는 말로 표현할 수 없이 사랑스럽고 예뻤지만, 언니들과 마찬가지로 린든만큼 귀여움을 받거나 눈길을 끌지는 못했다.

"린든은 늘 우리 식구의 대장 노릇을 했죠. 두목도 되고, 왕 노릇을 하며 횡포 부릴 때도 있었다고요. 아마 오빠는 자기가 뭐, 아빠라도 된 것 같은 기분이었나 봐요."

린든의 한 여동생은 많은 세월이 흐른 뒤 이런 말을 하기도 했다.

레베카 바인즈 존슨은 이웃 사람들이 보기에 특별한 여자 같은 인상은 없었다. 한편 이웃들의 입에선 너무 폭넓고 깊은 그녀의 인내심 한 가지를 빼놓고선 어떠한 말도 나오지 않았다.

당시의 존슨 시티라면 인간의 고귀한 정신을 함양할 만한 것이라곤 도저히 찾을 수 없는 척박한 환경이었다. 그러나 적어도 몇 가지 소박한 미덕만은 대단한 가치를 부여하고 귀중하게 여겼다. 그것은 인내와 친절, 겸양, 세 가지 기본 덕성으로, 그토록 한정된 좁은 사회에서도 이것만큼은 가장 귀중한 시민의 양식으로 존중하였다.

레베카야말로 이런 세 가지 미덕을 한 몸에 지녀, 사람들의 찬사를 받는 것도 무리는 아니었다. 레베카는 의무적 자세를 초월하여 존슨 시티의 찌들고 위축된 현실을 극복하고 희망적이고 발전적인 삶의 비전을 제시했다.

레베카는 당시의 유행이나 사람들의 기호를 찾아 몸소 댈러스 같은 곳까지 두루 살펴보고, 자신은 물론 어린 딸들에게도 아주 우아한 여성으로 돋보이는 옷차림을 했다.

레베카네 응접실에 모여서 『마을의 대장간(The Village Blacks mith : 롱펠로의 유명한 시)』을 배우고 암송했던 사람들의 추억 속에는, 현관 포치의 격자 창문 앞에 늘 만발해 있던 아름다운 장미꽃 같은 레베카의 옅은 금발의 모습이 오래도록 자리 잡고 있을 것이다.

그녀는 다정한 표정과 열띤 음성으로 학생들에게 웅변을 가르치기도 하고, 교회에선 시가행진이나 무도회 같은 것을 코치하기도 하면서, 남을 꾸짖기에 앞서 늘 칭찬하고 찬사 보내기를 잊지 않았다.

"레베카는 정녕 고결한 귀부인이었죠."

이것은 그녀와 함께 오랫동안 이웃하여 산 주민들이 한결같이 하는 말이다.

그러나 레베카는 언제 어디서든 린든의 공부와 노력에 대한 채찍질만은 한순간도 늦추지 않았다. 어디 그뿐이랴. 어린 린든을 뒤에서 떠받치며 채찍질도 서슴지 않고 앞날의 향방에 대해서도 세심한 주의와 정성을 기울여 계획을 세웠다.

일찍부터 그녀의 응접실 서가에는 『토머스 제퍼슨 전집』이 번듯하게 꽂혀 있었다. 끊임없이 댈러스로 사람을 보내 새 책을 구해 오도록 했다.

경제적으로 아무리 곤궁해도, 형편이 여의찮아서 허리띠를 졸라매는 한이 있어도 책을 구하는 일만은 조금도 게을리하지 않았다.

린든은 고등학교에 입학하고부터 언행이 거칠고 떠들썩한 분위기를 좋아하는 성향이 두드러졌지만, 레베카는 괴로워하지 않았다. 이 점만은 린든이 아버지 샘을 닮았기 때문이다. 사람들은 하나같이 입을 모아 린든이 아버지처럼 키가 훤칠하게 크고, 팔다리도 어색할 만큼 호리호리해져 간다고들 했다. 그러나 레베카는 이 아이의 마음과 정열에 대해서는 만족스러워했다. 이런 면에서 아버지를 닮았다는 사실이 조금도 싫지 않은 것이었다.

그러니 레베카는 어떤 여자도 부러워하지 않았다.

옛날 레베카와 함께 공부하러 베일러로 갔던 옛 친구 메리도 존슨 시티의 어떤 사람과 결혼해서 살고 있었다.

그녀는 레베카의 집에 놀러 올 때마다 낡아서 삐걱거리는 부엌 난로를 힐끗힐끗 보면서 놀리곤 했다.

"레베카! 우리도 아주 돈 잘 버는 목사님과 결혼할 걸 그랬지?"

하지만 린든의 어머니에겐 세속적인 의미에서 훨씬 더 좋은 사람을 만나 한층 더 잘 살 수도 있었을 걸 하는 따위의 생각은 조금도 문제가 되지 않았다. 사실이 그러했고, 적어도 린든은 그녀에게 정말 완벽한 선물이었고 완전무결한 존재였다.

지금은 그렇지 않다고 해도 그녀의 헌신적 도움으로 결국에는 꼭 그렇게 될 것이었기 때문이다.

그런데 이러한 그녀의 지위에 또 다른 어떤 자리가 필요하단 말인가? 이 문제에 관해서는 레베카와 가장 가깝고 친숙했던 사람들이 먼 훗날에서야 재미있는 이야기들을 들려주었다.

텔레비전 방송 도중이나 여러 차례의 인터뷰 중에 린든 B. 존슨이 두 눈에 눈물을 글썽이며 어머니 이야기를 한 적이 있다.

어머니 레베카는 린든이 고등학교를 졸업한 후부터 부려온 온갖 말썽과 반항을 너무 고결하게 참아낸 것이다.

린든은 캘리포니아 대학을 다니다가 중도에 때려치우고 고향으로 돌아와, 그저 막노동자 패거리들과 어울리거나 거리의 불한당들과 어울려 다녔다.

어머니 레베카는 온 마음을 다 바쳐 헌신적으로 그의 생각이 다시 더 높은 목표를 지향할 수 있도록 배려했고, 린든이 그토록 골치 아파하던 기하학을 밤을 꼬박 새워가며 몸소 아들의 머리에 주입해 주었다. 그리하여 마침내 산 마르코스의 사우스웨스트 주립 사범 대학 입학시험에 합격시킬 수 있었다.

그리고 어머니 레베카는 얼마나 끈기 있게 '사랑의 갠지스강 강물'과 같은 애정을 그에게 쏟아 부었던가! 레베카는 멀리 떨어져 대학 다니는 아들에게 매일같이 편지를 써 보내어, 워싱턴을 겨냥하도록 용기를 북돋웠다.

약간 멜로드라마 같지만, 며느리 버드 여사도 여느 시어머니와 며느리 사이에서는 좀처럼 보기 드문 따뜻한 애정을 담아 시어머니를 찬양하는 말을 아낌없이 했다. 이런 어머니가 아들과 헤어지는 순간이면 형용할 수 없는 슬픔이 차올라 불화가 생기는 게 당연하다. 그러나 시어머니에게서 며느리에게로 넘어가는 세대교체는 1934년에 별 어려움 없이 이루어진 것 같다. 마치 한 남자가 교묘한 술책으로 한 여자를 떠나서 다른 여자에게로 사랑을 옮아가는 사전 공작을 치밀하게 한 것처럼 말썽이 전혀 없는 결혼이었다.

제35대 미국 대통령의 신부는 적어도 외면적으로는 아주 우아하고 내면적으로는 강철과 같이 굳은 외유내강의 여성이어야 한다는 점에서 시어머니와 무척 닮았다. 신부는 사랑하는 아들을 새로운 여성에게 맡기기를 주저하지 않는 시어머니에게도 깊이 감사드렸다.

그렇다면 이 이야기는 옛날 그저 질투만 많던 여편네들이 아니라면, 오늘날 새로이 등장한 정신분석학의 의기양양한 비평이나 분석에 새 차원을 제시해 주는 것 아닐까?

그렇다. 정녕 한 사람의 개인적 업적과 성취를 그 궁극 목표로 간주하는 한은 말이다.

레베카는 평온한 마음으로 늙어가면서 자기의 세계와 영혼이 거의 완벽에 가까운 평화에 이르러 있어, 한 점의 회한도 남기지 않고 조용히 은퇴할 수 있었다.

레베카 바인즈 존슨은 아주 평온한 심정으로 찬송가 제23장을 읽으며 미소를 머금었다. 그녀는 아들 린든이 워싱턴 정계에서 일취월장하여 마침내 하원의원에 오르는 것을 지켜보면서, 삶의 잔이 넘치도록 채워지는 크나큰 기쁨을 맛보았다.

어떤 관념에 깊이 사로잡힌 사람은 사악한 정신에 빠져 있거나 망상에 물든 사람이며, 레베카 존슨이 비록 의식적으로나 의도적으로 누구에게도 악한 일을 할 수 없었더라도 그녀 역시 강박의 망상에 사로잡혔던 것은 사실이다.

레베카는 1937년 린든이 연방의회로 가는 첫 번째 출마에서 승리의 기쁨을 안았을 때, 아들에게 써 보낸 편지에 이런 점을 드러냈다. 이 편지는 격렬한 감정의 소용돌이를 이기지 못해 마구 휘갈겨 씌어 있었다.

내 사랑하는 아들에게

'하원의원님, 축하합니다.'라는 말 외에 이렇게 기쁘고 이토록 즐거운 너의 성공에 대해 내가 또 무슨 말을 할 수 있겠니? 내가 너에게 써 보냈던 모든 편지에서처럼 이 편지에서도 난 같은 주제만 쓸 뿐이다. 그건 내가 너를 사랑한다는 것, 너를 믿는다는 것, 그리고 너에게 위대한 업적을 기대한다는 염원이다.

너의 승리가 훌륭하고 만족스러운 아들을 가진 한 어머니로서의 나의 긍지를 온전히 채워주었고, 너 자신이 너의 성공을 기뻐하는 것과 마찬가지로 나도 말할 수 없이 기쁘단다.

하지만 또 한 가지 너의 승리는 한편으로 내가 어렸을 때 너의 외할아버지가 방금 네가 치른 것과 똑같은 레이스에서 처절하게 패배했을 때, 내가 사랑하는 나의 아버지에게 느꼈던 모든 슬픔과 절망을 보상해 주는 것이기도 하단다.

사람들의 올바른 판단을 굳게 믿던 나의 신념은 그때 아버지가 아닌 다른 사람의 당선을 보고 슬프게도 산산조각이 났다.

이제 오늘에야 마침내, 오늘에 와서야 내 믿음은 부활했구나. 아! 내 사랑하는 아버지가, 내 귀중하고 고귀한 아버지께서 당신의 첫째 딸의 첫째 아이인 네가 당신이 그토록 희구하던 자리에 올랐다는 걸 아신다면 얼마나 기뻐하고 행복에 겨워하실까!

저 선량하고도 훌륭한 우리 아버지가 그토록 소중하게 간직했던 이상과 이념들을 이제 네가 성취해 나갈 수 있게 된 것이 난 정말 울고 싶도록 기쁘구나.

난 너에게 아버지의 이름을 붙여주려고 했었지. 난 언제나 너에게서 아버지의 뜻을 실현하게 하려고 노력해 왔단다.

넌 언제나 나의 기대와 소망과 꿈을 실현해 주었고, 그게 올바른 것임을 보여주었지. 네가 나에게는 얼마나 소중한 존재인지 넌 아직 모를 거다. 사랑하는 아들아! 내가 일생을 바쳐 애정을 기울인 내 아들아! 넌 나의 힘이고, 나의 위안이다.

애야, 몸조심하거라. 매사 신중히 하거라. 린든! 내게 곧 편지를 보내주려무나! 내가 널 사랑하고 있다는 것을, 그리고 너에게 어떤 일이 닥쳐오더라도 내가 너의 뒤에 서서 지켜보며 너를 위해 기도하고 있다는 것을 잊지 말아라. 나를 대신해서 워싱턴에 있는 사랑하는 우리 아이들에게 키스해 주렴.

가장 귀한 사랑으로 어머니 씀

이 편지에서 가장 이상하게 느껴지는 것은, 정말 이상하다는 점이다. 그건 바로 샘 이얼리 존슨에 관한 것이다. 새 하원의원을 낳은 아버지였고, 근 30년간 그녀의 남편이었던 이 사내에 관한 것이다.

그녀가 편지에 어떻게 썼건 샘 존슨도 지금까지 그들 가정의 가장으로서 가장 격렬하고 치르기 힘든 경쟁을 끈기 있게 이겨냈다.

이때 샘은 격심한 심장마비 증세와 그에 따른 합병증

으로 고생하다 거의 회복 단계에 이르러 요양 중이었다.

그러나 그의 몸과 정신은 곁에서 보기에도 측은할 만큼 쇠약해져 있었다. 이런 그에게는 무엇보다도 경쟁이나 시합에서 얻은 승리만이 유일한 위안이 될 터였다.

그러니 레베카가 아들에게 써 보낸 편지에, 샘의 이러한 실상에 관해 일언반구도 언급하지 않은 게 소름이 끼칠 만큼 이상하지 않으냐는 의문이다.

린든이 보궐선거의 남은 임기를 채우기 위한 특별 봄 선거에서 승리한 지 불과 2주일 뒤, 그의 아버지 샘은 또 한 차례 심장마비를 일으켰다. 샘은 여름 한 철 생명이 꺼져가는 혼미한 상태로 연명하다가, 마침내 그해 10월 세상을 떠났다.

레베카에게는 샘이 죽은 후로도 20년이라는 생애가 더 남아 있었다.

그동안 레베카에게는 여러 면에서 여유가 생겼기 때문에, 오스틴의 조그마하고 아늑한 집에 들어앉아서 그녀가 하고 싶은 일을 하면서 몇 해를 보냈다.

레베카는 그동안 가족의 역사를 기록으로 남기려고 남편 샘에 관한 이야기를 썼다. 여기에는 남편에 관한 무척 훌륭한 이야기와 찬사를 바쳤다. 레베카는 골동품, 특히 손잡이 달린 유리 술잔 모으는 일에 크게 흥미를 느꼈지만, 이런 가족의 역사를 보존하기 위한 자료를 모으고 편찬하는 일도 큰 즐거움으로 삼았다.

어쨌든 지난날 그녀가 생각 없이 남편을 무시한 일은 이런 그녀의 회고담에서 훨씬 더 심각하게 나타났다.

불행하게도 남편 샘은 실패를 거듭했고, 아내 레베카는 다른 두 남성에게 마음이 기울어져 있어서 고통받았다고 한다. 이런 점에서 훌륭한 부인이라는 그녀의 이미지에 의문을 품을 수밖에 없다.

더구나 레베카 바인즈 존슨에게는 아들이 둘 있었다는 사실에 주목해야 한다. 그중 한 아들은 훗날 미국 대통령이 되었다. 불행히도 그녀는 아들이 대통령 취임 연설 연습을 하는 것까지 지켜보지는 못했지만, 상원 다수당 총재에 오르는 것은 그녀의 두 눈으로 직접 지켜보았다.

하지만 이것은 한편으로 레베카가 다른 아들을 너무 무시했다는 인상과 함께 그녀의 인간상을 흐리게 하는 요소가 된 사실은 부인하지 못할 것이다.

린든의 남동생 샘 후스턴 존슨은 어머니의 사랑과 관심을 별로 받지 못했다. 만약 어머니 레베카가 큰아들의 성공에 이바지한 헌신적 사랑과 노력에 대해 높은 평가를 받는다면, 다른 한편으로 작은아들의 실패에 대한 책망과 책임을 면할 길은 없을 것이다.

샘 후스턴은 소년 시절 하루도 빠짐없이, 자신이 아무리 출세하고 어떤 훌륭한 업적을 이루어도 형 린든만큼 어머니의 주목과 관심을 받을 수 없다는 사실을 잘 알았고, 그 때문에 늘 압박감을 느꼈다.

세 누이 역시 샘 후스턴과 비슷하게 편애나 불리한 상황에서 자랐지만, 그래도 그보다는 형편이 나았고 | 결과적으로 모두 결혼해서 아이를 낳거나 양자를 하나씩 들였다. | , 또 맏형보다 낮은 위치에 있어야 한다는 데 대해 좀 더 철학적으로 생각하라는 가르침을 받기도 했다.

존슨 시티 사람들의 증언에 의하면, 샘 후스턴은 명석하고 얌전하고 조용하여 누구나 호감을 품었다고 한다. 새벽마다 불평 한마디 없이 일찍 일어나 부엌 스토브에 불을 지피는 것으로 일과를 시작했다는 이야기도 있다.

그 당시에는 그에게서 패배감에 젖은 모습 따위는 찾아볼 수 없었다. 산 마르코스에서 대학을 다닌 뒤 켄터키 윌리엄버그의 캄벌랜드 유니버시티에서 법학을 공부했다. 하지만 법률 활동을 한 적은 없었다.

그 무렵 린든은 이미 의회에서 한 자리 차지하고 있었고, 샘 후스턴은 그 후 20여 년간 린든의 워싱턴 사무실에서 간간이 일했다.

그러던 어느 날, 샘 후스턴은 불행한 사고를 당해 불구가 되었고, 사고 이후 워싱턴에서 영원히 종적을 감췄다.

그 이후 린든은 마침내 부통령에 올랐다. 아마도 이것은 바인즈 가의 그 옛날 신비스러운 예언일까, 운명이 맞았는지, 드디어 그는 미국 행정부 최고 수반인 백악관의 주인으로 들어앉았다.

이러한 신비로운 수수께끼를 판단한다는 것은 역시 인간이 해야 할 일은 아닌 것 같다. 그리고 우리 인간은 거미집 같은 복잡한 인생 경로와 삶의 내용을 개개인의 사정에 따라 정확하게 분리해 낼 만큼 현명하지는 못하다.

그래도 레베카 바인즈 존슨이 그녀의 두 아들에게 얼마나 지대한 영향을 미쳤던가는 가히 추량할 수 있을 것 같다.

1958년 9월 8일 레베카의 나이 일흔일곱에 마침내 오스틴의 아늑한 집에서 마지막 숨을 거두고 페더날레스 강가의 가족 묘지에 영원한 안식처를 잡았을 때, 린든 존슨은 어머니에 대해 다음과 같이 평가했다.

'어머니는 조용하고 수줍음을 잘 탔고, 늘 차분하였다. 그리고 내가 지금까지 보아온 사람 중 가장 강인한 분이기도 했다.'

고난의 세월을 영광으로 꽃 피운 성녀

하나 말하우스 닉슨 여사

리처드 M 닉슨(재임 1969.1.20~1974.8.9)

하나 밀하우스 닉슨(Hannah Milhous Nixon) 여사

고난의 세월을 영광으로 꽃 피운 성녀

하나 밀하우스 닉슨 여사
Hannah Milhous Nixon

내가 극심한 고통 속에서 보낸 여러 달 동안, 난 희생과 고통의 의미와 교훈을 배웠어요. 그리고 영혼이 무엇인지 더 잘 이해할 수 있게 되었지요. 하나님은 언제나 인간의 지성과 오성을 넘어서서 그분의 성령과 섭리를 베풀어, 하나님의 주관으로 세상의 모든 일들을 꾸려 나가신다고 믿습니다.

1923년경의 일이다.

미연방 정부 '티포트 돔(Teapot Dome)' 석유 비축관리를 담당하는 정부 고위층의 부정 축재 및 독직 사건에 관한 기사가 모든 신문 지면을 꽉 메우고 있었다.

어린 한 소년이 벽난로 앞에 엎드린 채 읽던 신문에서 눈을 들며 말했다.

"엄마 !"

"왜 그러니, 리차드?"

"난 법률가가 되고 싶어요. 정직한 법률가 말이에요. 부정부패에 물들지 않고, 돈에 매수되지도 않는 그런 정직한 법률가가 되고 싶어요."

하나 밀하우스 닉슨이 1967년 죽음을 맞기 전까지 누린 '훌륭한 어머니'로서의 명성은 그리 굉장하지는 않았다. 아들이 부통령으로 재임하던 아이젠하워 대통령 시절, 그리고 그 후 존 F. 케네디와 맞서 선거운동을 벌여 패배의 고배를 마시는 동안, 하나 닉슨은 대중 앞에 좀체 모습을 드러내지 않았고 인터뷰한 적도 거의 없었다.

그녀가 늘 즐겨 이야기하던 티포트 돔 사건 당시의 일화에서 보이는 것처럼 워터게이트 사건 이후 이 여인을 묘사하기란 정말 어려웠고, 이 기묘한 아이러니를 피할 수 없었다.

그러나 공정하게 역대 대통령의 어머니들 가운데 아주 독특한 몇 사람 중 하나로 하나 닉슨을 손꼽을 만하기에 그녀를 이야기하지 않을 수 없다.

리차드 닉슨은 백악관을 떠나던 마지막 날 눈물 흘리며 어머니 하나 닉슨을 성녀라 찬양하며 힘주어 말했다.

그의 비극적인 퇴진을 지켜보던 수천만 텔레비전 시청자 중에는 그의 말을 믿지 않는 이도 분명히 있었으리라. 그러나 그녀를 성녀라고 말한 이면에는 너무나도 많은 인상적인 이야기들이 숨겨져 있다.

하나 밀하우스의 인생은 평온했다. 그녀는 1885년 3월 7일 인디애나에서 태어나 자랐다.

제닝스 카운티 군의 남쪽 지방 버틀러 빌 마을 외곽 지대를 통과하는 유료도로 가에 빨간 페인트칠을 한 큰 대문이 눈에 띄었다. 대문을 거쳐 안으로 들어서니 소나무 숲에 풀밭으로 둘러싸인 큼직한 벽돌집 한 채가 한가로이 자리 잡고 있었다.

하나는 기억을 더듬으며 지난날을 이렇게 들려주었다.

"아버지와 어머니는 사랑과 신앙심이 매우 두터우면서도 낙천적 기질을 가지고 계셨다. 나는 두 분이 실의에 빠져 있는 모습을 본 기억이 없다. 아버지는 음악을 사랑해서 교회 성가대의 일원으로 찬송가를 부르고 오르간 연주도 하셨다. 나중에는 아코디언을 즐겨 연주하는 취미를 보이셨다. 아버지는 저녁이면 곧잘 찬송가를 부르고, 우리에게 큰 소리로 책을 읽어주시곤 했다. 아버지가 제일 좋아하셨던 이야기는 '제임스 휘트코움 릴리의 곰 이야기'였다."

아버지의 이름은 프랭클린 밀하우스, 'J. V. Milhous and Sons'라는 호칭으로 주변에 잘 알려진 부유한 과수 종묘 사업가 집안의 아들이었다.

하나의 어머니 알미라 버어찌 프랭클린은 그의 두 번째 아내였다. 그녀가 이 마을에 사는 홀아비에게 시집올 때, 그녀의 나이 이미 서른의 성숙한 여인이었다.

알미라는 정열적인 시 애호가였고, 학교에서 교편을 잡고 있었다. 그녀는 날씨가 어떻든 항상 말을 타고 학교에 출근하는 유별난 행보를 보였다.

알미라는 프랭클린을 받아들이기로 작정하고, 그의 두 어린아이도 함께 맡았다. 그리하여 전처가 남긴 남매에다 자신이 낳은 딸 다섯과 한 아들을 길러야 하는 임무를 선택한 맹렬 주부가 되었다. 에디드, 마샤, 그다음이 하나, 에즈라, 제인, 그리고 로즈, 올리브까지.

그 당시 그토록 유명한 격언이 있었는데도, 이 집은 '매를 아끼는' 집안이었다.

"아버지는 우리를 한 번도 때린 적이 없었어요."
라고 하나는 말했다.

하지만 어머니는 딱 한 번 하나의 종아리를 사과나무 회초리로 때린 적이 있다. 그것은 하나가 다섯 살 때, 두 살 위 오빠와 함께 부모님이 허락하지 않을 거라는 걸 잘 알면서도 '다리를 걷고 건너도 괜찮다고 말했다.'라고 거짓말하고 근처 위험한 시냇물을 건넜기 때문이다.

"사실 뭐, 그렇게 대단한 벌도 아니었지만요."
하나는 거의 70년이 지난 후에야 그 이야기를 꺼냈다.
"그때 겁을 잔뜩 먹고 벌벌 떨었어요."
인디애나 시절의 이러한 목가적 정취를 더한 것은 하

나가 다녔던 하니 힐의 붉은색 지붕의 작은 학교였다.

밀하우스 집안에서는 교육을 대단히 중시하였고, 진지하게 자녀 교육에 임했다.

프랭클린이 그의 두 번째 부인을 위해 지은 그 훌륭한 집에서 반 마일도 떨어지지 않은 곳에 개인 도서실이 있었는데, 이곳에선 어린아이들을 늘 환영해 주었다.

할머니 엘리자베스 밀하우스는 퀘이커 교파의 성직자였는데, 그에게는 다른 아들과 딸이 있었다. 그 딸은 손녀 제스민 웨스트를 낳았다. 그러니까 제스민의 어머니와 하나는 조부모의 혈통이 같은 사촌지간이었다.

제스민 웨스트는 그녀의 어머니가 들려준 이야기를 토대로 후에 『우정어린 설복(The Friendly Persuasion)』이란 소설을 써서 일약 유명해졌다. 영화에서는 게리 쿠퍼가 할아버지 역할로 등장했다.

그녀는 실제 이야기에 매우 충실했을 뿐만 아니라 상당히 진실성이 있어서, 퀘이커 교도들은 음울하고 아주 엄격하다고 알고 있는 사람들을 어리둥절하게 했다.

여자 퀘이커 교도들은 주일 모임에 항상 우중충한 담갈색 계통의 옷을 입고 나갔고, 남자 교도들과는 따로 떨어져 앉았다. 그러나 그들의 일반적인 생활 양식은 미국 전통에 주된 뿌리를 두고 생활하였다.

하나의 가문에 명성이 찾아든 이후 혈통 계보 학자들

은 옛 독일의 종교개혁가들이 영국의 왕당파와 싸우던 올리버 크롬웰을 돕기 위해 일찍이 영국으로 건너왔으리라고 추측했다. 싸움을 도왔던 큰 공로로 독일의 종교개혁가들은 아일랜드 티마호 | Timahoe 1969년 닉슨이 대통령에 취임하던 날, 가족 리셉션에서 제스민 웨스트의 제안으로 닉슨 일가는 그들의 아일랜드 측 세터를 킹 티마호라고 명명했다. 역자주 | 의 봉지를 하사받았다. 티마호는 더블린에서 북서쪽으로 약 20마일 떨어져 있었고, 이곳에서 일단의 종교개혁가들은 퀘이커교로 개종했다. 이것은 아마도 윌리암 펜이 새 종파로 선언한 것으로 보인다.

그 후 토머스 밀하우스가 종교의 자유를 찾아서 아내 사라와 어린 세 아이를 데리고, 1729년 대서양을 건너 스페인의 식민지로 이주하였다.

그 뒤를 이어 수십 년 동안 그의 후손들은 펜실베니아에서 오하이오로 이주했고, 마침내 19세기 중반 후지어 | Hoosier : 인디애나의 주민을 가리킴. Indiana State를 Hoosier State라는 별칭으로 부르기도 함. 역자주 | 를 구성했다.

그들은 검소하고 경건한 생활을 영위하면서 같은 사고 방식을 지닌 족벌끼리만 결혼하였다. 하나는 이런 바탕에서 소녀 시절을 보내며 성장했다.

그녀의 일가친척들은 세속적 찬사를 얻기 위해 노력하지는 않았다. 오직 그들의 교회와 공동 사회에 양심적으로 봉사하고 이바지했다.

하지만 하나의 아버지는 현실 문명에 따른 진보가 그의 곁을 그냥 스쳐 가도록 내버려 두지는 않았다.

그 당시 캘리포니아는 많은 이들에게 매력적인 동경의 땅으로 변모하기 시작했다. 감리교도들뿐 아니라, 퀘이커 교도들도 이 새로운 땅의 유혹에 이끌려 하나둘 떠나기 시작했다. 그리하여 얼마 후에는 퀘이커 교도의 수가 크게 줄었다.

따라서 그 지방 대학들은 문을 닫거나 폐교까지 고려하였다. 프랭클린과 알미라는 미래 자식들의 교육 문제를 걱정했다. 퀘이커 교도의 독특한 특성 중 하나는 아들 딸 구별 없이 동등하게 교육한다는 사고방식이었다.

게다가 프랭클린은 기관지가 나빠져 고통받기 시작했다. 부부는 캘리포니아의 온화한 기후라면 프랭클린의 지병도 크게 나아지리라 생각했다.

프랭클린은 1893년 아버지가 세상을 떠나자, 산타페의 열차 편으로 캘리포니아를 조사하기 위한 여행을 떠났다.

그는 난잡한 비어 홀과 마을이 완전히 분리된 새로운 모습의 로스앤젤레스를 확인하고는 매우 기꺼워했다.

로스앤젤레스에서 동으로 16마일 거리인 휘티어(Whittier)에는 아주 아늑하고 독립적인 곳에 퀘이커 교도들이 정착해 마을을 이루고 있었다.

마을 이름은 그들 중 한 시인의 이름을 따서 붙였는데, 그곳에는 전망 좋은 훌륭한 교육 기관도 있었다. 이곳은 사과가 아니라 오렌지가 주요 품종이긴 하지만, 과수 재배에 흥미가 있는 사람들에게는 매력적인 땅이었다.

프랭클린은 이주할 것을 대비하여 땅을 사 두었다.

1897년 하나가 열두 살 되던 해, 식구들은 열차에 몸을 실었다. 하나는 인디애나를 떠나는 것이 슬퍼서 견딜 수 없었지만, 아무 말도 하지 않았다.

그렇게 정든 고향을 떠나는 것이 생각보다 그리 고통스럽지는 않았다. 그도 그럴 것이, 인디애나에 살던 수많은 사람이 밀하우스 가족과 함께 떠났기 때문이다.

투지 있고 패기만만한 밀하우스 가족은 심지어 문틀이며 창문까지 떼서 가져갔고, 그들 전통 양식의 집을 짓기 위해 인디애나에서 잘 말린 목재도 충분히 가지고 갔다. 인디애나의 집에서 기르던 말이며, 가축들도 유개 화차에 실었다.

또 농장에서 일하던 흑인 일꾼도 그들의 이주를 돕고 지켜보아 주었다. 여러 해 동안 알미라를 도왔던 존 딕크만과 엘라 부부도 그들을 따라나섰다. 딕크만의 가족은 물론, 다른 사람들도 다 그랬지만, 한 식탁에서 함께 식사하고, 밀하우스 가족이랑 같은 칸에 자리 잡았다.

사람의 피부색이나 용모에 관심이나 차별을 전혀 두지

않는 것이 퀘이커 교도들의 특징이기도 했다.

뒤를 이어 수많은 친구와 친척들이 이주해 왔기 때문에 그들의 확신은 더욱 굳어졌다. 그로부터 얼마 후 휘티어 남쪽에 교회와 학교 ┃휘티어 아카데미 : 나중에 휘티어 쿼드 쇼핑센터가 세워진 땅┃ 의 중간쯤에 이층집 하나를 올렸다.

그런 다음 인디애나에서와 같이 아침 식사를 알리는 종소리와 함께 하루를 시작하고, 온 가족이 조용히 모여 앉아 아침 기도를 드렸다.

프랭클린과 알미라가 성경 한 부분을 선정하면 식탁에 둘러앉은 이들이 차례로 돌아가며 한 구절씩 낭독했다.

물론 주일에는 말할 것도 없이 예배에 참석했다. 그들은 안식일 대부분을 인디애나에서 살 때와 마찬가지로 종교적 의식과 행사에 바쳤다. 가끔은 야외로 나가서 이 매혹적이고 아름다운 새 터전의 해변과 산과 들을 찾아다니기도 했다.

"우리 캘리포니아의 경치와 정경보다 더 사랑스럽고 아름다운 곳이 이 세상 어디에 또 있겠습니까!"

휘티어 상공회의소에는 독선적이고 애교 있는 광고문을 내걸고 관광객을 유치했다.

그로부터 오륙십 년이 지난 오늘날, 진보하는 시대의 흐름이 옛날의 상쾌하고 깨끗한 공기와 눈 부신 햇살마저 다른 모습으로 바꾸고, 향기로운 오렌지 농장 한복판을 포장도로가 꿰뚫고 지나가도록 만들어 놓고 나서는 그 말이 정녕 지당함을 절감했으리라.

그러나 하나가 소녀 시절을 보내던 그 당시만 해도, 그녀의 부모들을 괴롭혔을지 모르는 유일한 공해는, 그들이 오랫동안 젖어 있던 로스앤젤레스에서의 생활에서 추구하던 도덕적 윤리적 다양성이 쉽게 변모될 수 없다는 점이었다.

또 휘티어 아카데미학원 설립 취지에 밝힌 바와 같이, 순수한 순결을 기본 이념으로 한 학교는 좀체 찾아볼 수 없을 만큼 이색적이었다. 무엇보다도 이 학교의 프로그램은 모든 면에서 대단히 우수했고, 교육의 깊이와 폭은 어떤 학원과도 비교할 수 없을 만큼 미래지향적이었다.

하나가 학교에 입학하기 직전에 이 교육 기관은 휘티어 대학으로 승격했다.

하나는 이 대학에서 그녀의 어머니처럼 교사가 될 목적으로 공부하였다. 그러던 중 1908년 성 발렌타인 기념일에 한 모임에 참석하게 되었다. 그때 그 모임에서 프랜시스 안토니 닉슨을 만났다.

"난 하나를 만난 뒤론 그때까지 데이트하던 다섯 여학생들과 돌아다니는 걸 일절 그만두었습니다. 그리고 난 매일 밤 하나를 만났죠."

여러 해가 지난 뒤 프랭크 닉슨이 한 말이다.

하나는 그녀의 연애와 결혼에 관해 인터뷰한 적은 한 번도 없지만, 어쨌든 프랭크 닉슨에게 완전히 매료되었던 것만은 틀림없는 사실이다. 만난 지 4개월이 지난 1908년 6월 25일 하나와 프랭크는 결혼했다.

어떻게 이 규방 깊숙이 숨겨져 있던 스물세 살의 아가씨가 서른 살이나 먹은 성급하고 뻔뻔스러운 데다 수다스럽기까지 한 사내에게 마음이 끌렸는지 이해하기는 과히 어렵지는 않을 것이다.

프랭크는 대단한 열정이 있었고, 이것만으로도 충분히 어필하고도 남았을 것이다.

제스민 웨스트의 말에 의하면, 닉슨은 두 뺨이 이글이글 불타고 목소리가 우렁차게 울리는 '열정적이고도 정력적'인 주일학교 선생이었다. 제스민은 또 그를 밀하우스 가의 지배적 스타일이나 양식과도 비교하였다.

"난 프랭크 닉슨이 무슨 일이든 반쪽짜리 열성을 가지고 일할 사람이라고는 생각지 않는다. 타고난 기질로 보아 그는 적어도 민주당 당원이고, 철저한 감리교 신자였다. 그의 성격은 때로는 조용하고 차분하게 가라앉아 있었다. 어떤 문제건 아주 세밀하게 관찰하는 주의력 깊은 나의 일가친척들과는 판이했다.

프랭크는 한 면만 격정적으로 보았는데, 그건 바로 그 자신이었다. 그 대신 상대방에 대해서는 무엇이 잘못되었는지 주저 없이 즉각 직선적으로 털어놓곤 했다. 거칠고 난폭하기까지 한 그의 외관과는 달리, 이상하게도 그는 시끄럽고 거칠지만 싹싹하고 다정다감한 면도 있었다.

그는 어머니를 만날 때마다, 어머니는 용모 그저 수수한데도 항상 낄낄거리며 떠들어댔다.

'야아, 정말 우아하십니다. 만날 때마다 더 예뻐지시는군요. 놀랍습니다. 어떻게 그렇게 날이 갈수록 아름다워지십니까? 오셔서 저도 한 번 안아주세요.'

어머니는 그런 말을 듣고 늘 못마땅한 투로 투덜대시곤 했다.

'프랭크가 그런 식으로 날 놀리고 어쩔 줄 모르게 만들다니, 도대체 뭘 바라는 것이지?'

어머니는 기분이 얼떨떨해지긴 했을지 모르지만, 한편으론 은근히 좋아하기도 했다."

물론 하나의 마음과 표정은 기쁜 정도가 아니었다. 즐겁고 행복한 마음은 늘 하늘을 떠다니는 것 같았다. 그러나 그녀의 부모는 그를 그리 대단한 존재로 여기지 않는 눈치였다.

우선 첫째로 프랭크는 감리교 신자였다. 그가 퀘이커교를 받아들이겠다며 대단한 열성을 보였지만, 그 정도로 하나의 부모를 즐겁게 하지는 못했다. 그보다 더 심각한 이유는 어린 나이에 조실부모하여 천애 고아가 된 후 일가친척들의 틈바구니에서 자란 데다, 지난 15년여 동안을 거리에 굴러다니는 조약돌처럼 떠돌이 생활을 한 사윗감이 눈에 찰 리 없었다.

사실 그의 집안은 원래 아일랜드 태생으로 근면한 농사꾼이었다. 미국으로 이주한 후 펜실베니아와 오하이오를 거쳐 이곳 캘리포니아에까지 흘러온 것이다.

프랭크는 1878년에 태어나 학교 교육을 불규칙하게 받았다. 그나마도 열네 살 때는 완전히 집어치우고 말았다. 그래서인지 그의 말과 글은 문법이 틀린 표현이 많았다. 무엇보다도 가장 곤란한 것은 일정한 직업을 가지고 끈기 있게 일하는 성격이 아니었다.

어떤 때는 목수를 하다가 페인트공도 하고, 때로는 농장 막일꾼 노릇도 했다. 또 콜럼버스로 돌아가 전차 운전사 노릇도 했다.

그는 바로 아래 남동생처럼 단정한 유니폼 입는 것을 즐거워했다. 그의 동생은 성실하게 학교를 마치고 고등교육까지 받은 후 원예 분야에서 전문가로 일하고 있다.

하지만 프랭크는 전차 운전사가 되기 위해 비가 오나 눈이 오나 온종일 플랫폼에 서 있어야 했다. 그래서 발에 동상 걸려 모진 고생을 했다.

이런 어려움을 겪다가 마침내 1907년 따뜻한 기후를 찾아서 캘리포니아로 온 것이다.

이곳에서 그는 로스앤젤레스와 휘티어를 오가는 퍼시픽 일렉트릭 사의 크고 빨간 자동차를 운전하면서 생활했다. 하지만 불행하게도 그가 막 하나를 만났을 즈음, 뜻하지 않게 충돌 사고를 일으켜 회사에서 쫓겨났다.

그와 하나가 결혼하고 나서 프랭크는 휘티어 동쪽 조던 목장의 일꾼으로 일했다. 목장 한구석에 다 쓰러져가는 오두막집을 겨우 마련하여 두 사람의 신혼살림을 차렸다. 이것이 그들의 첫 번째 집이었다.

하나는 늘 조용하고 차분하고 아름다웠다. 그러나 그녀의 눈썹은 왠지 어둡고 우울한 빛을 띠고 있었는데, 이런 용모는 둘째 아들에게 그대로 대물림했다. 그녀의 결혼 기념사진을 보면, 평상시처럼 생각에 잠긴 듯한 표정이라기보다는 상념에 싸인 듯하다.

결혼 후 처음 몇 해는 그렇게 어렵고 힘들지만은 않았다. 하나 부모님의 끈질긴 권유로 다음 해 6월, 안락하고 포근한 밀하우스 가로 돌아와 장남 해럴드를 낳았다.

하나와 프랭크는 해럴드를 낳은 다음 근처 린드세이 마을로 이사했다. 여기엔 하나 아버지가 소유한 약간의 토지가 있었는데, 프랭크는 이곳이 오렌지 재배에 가장 알맞은 땅이라 믿었다. 그러나 이 모험은 2년도 채 지나기 전에 실패하고 말았다.

프랭클린이 또 자금을 지원한 것은 요르바 린다(Yorba

Linda)에 이제 막 들어서기 시작한 황량한 마을이었다.

로스앤젤레스에서 동쪽으로 30마일쯤 되는 곳에 아직 사람의 손이 닿지 않은 미개발 처녀지가 있었다. 벌거숭이 민둥산에는 방울뱀들이 득실거렸고, 엉겅퀴나 명아주 같은 잡초의 마른 검불들이 산타나의 음산한 바람에 날리는 황무지나 다름없는 곳이었다.

그러나 최근 한 토지개발 회사가 스페인 태생의 모험가 베르나르도 요르바의 후손에게서 5, 6천 에이커의 땅을 사들여 이곳에 관개용수를 끌어들이기 시작했다.

프랭크는 10피트 폭의 관개용 수로에서 얼마 떨어지지 않은 곳에 손수 설계하여 방갈로를 지었다. 또 집 안팎을 흰 페인트로 칠했다.

1913년 1월 9일 지독히도 추운 밤 하나는 이곳에서 둘째 아들을 낳았다.

훗날 할머니 알미라의 회고에 의하면, 리차드는 몹시 시끄러운 울보였다. 하지만 일 년 남짓 지나 남동생 도널드가 태어날 무렵에는 제법 얌전해졌고 아장아장 발걸음을 떼어놓기 시작했다.

그들이 심은 레몬 나무가 자라서 열매를 맺을 때까지, 프랭크는 목수 노릇을 하며 돈 몇 푼을 벌어왔다.

하나는 그 쥐꼬리만 한 돈으로 어린 세 아들을 제대로 먹이기 위해서 배를 주리며 아껴야 했다. 또 어린아이들이 물에라도 빠질까, 그들 돌보기에 여념이 없었다.

이런 실정에도 하나는 요르바 린다 여성 동맹 창립 멤버가 되었고, 나중엔 그 동맹의 교육 분과 위원회 책임자가 되기도 했다.

이웃 사람들 대부분이 그랬지만, 닉슨 일가도 새로운 퀘이커 교회와 깊이 연관되어 있었다. 프랭크는 이 교회의 주일학교에서 어린아이들을 가르쳤다. 그들의 생활이 어렵고 고되긴 했지만, 노력한 만큼의 보상은 있었다.

1918년 하나는 넷째 아들 아더를 낳았다. 아마 공주같이 귀여운 딸은 그들과는 인연이 없었던 모양이다.

경제적 어려움은 좀체 가시지 않았고, 생활은 여전히 궁핍했다. 사람 수라고 해야 기껏 이백여 명밖에 안 되는 이 신생의 보잘것없는 마을에서 때 묻은 동전 한두 푼 아끼고 모은다고 해서 그리 큰돈이 될 리도 없었다.

어쨌든 프랭크는 운도 나빴고 사람들의 충고도 받아들일 줄 몰랐기 때문에 앞날은 더욱 암담했다. 외상으로 사들인 비룟값조차 치를 수 없어 마침내는 염치없이 장인에게 또 한 차례 도움을 받았다.

이런 고달픈 일상생활 중에 그들이 가끔 즐겼던 닉슨가의 흥겨운 여흥이란 자동차를 타고 하나의 양친과 함께 어울려 소풍 다니는 것이었다. 그럴 때면 모두는 외할아버지가 소유한 곳은 물론, 심지어 멀리 샌프란시스코나 요세미티 국립공원까지 가곤 했다.

그러나 1922년 새해를 맞자, 프랭클린은 애써 모은 돈을 쓸모없는 땅에다 처넣은 것이 부질없는 바보짓이었음을 인정하지 않을 수 없었다.

프랭크는 레몬 재배를 실패한 것은 토양 때문이라고 말했다. 그래서 다른 농사나 과수 재배 외의 다른 사업을 찾지 않으면 안 될 처지에 놓였다.

마침 당시는 자동차가 대중에게 널리 보급되던 시절이었으므로 휘발유 장사가 어떨까 진지하게 검토해 보았다.

하나는 가문의 전통에 따라 산타페 스프링스 교차로 부근이 좋을 것 같다고 했다. 그러나 프랭크는 말을 듣지 않았다. 그로부터 2, 3년 뒤 바로 그 자리에서 석유가 솟아 그 일대 소유주들은 하루아침에 벼락부자가 되었다.

그러나 프랭크는 당시 휘티어 동쪽 외곽에 사업체를 벌여놓긴 했으나 빈손으로 젊은 시절과 노년을 가난하게 보내지 않으면 안 되었다.

그러나 하나는 이곳에서 사반세기를 보낸 뒤, 성녀라고 불릴 만큼 끈덕진 인내를 미덕으로 명성을 얻었다.

닉슨 가의 비극은 남부 캘리포니아의 화사하고 찬란한 태양 아래서 더욱더 비참한 가시밭 생활을 헤쳐 나가야 하는 형편이었다.

1925년 여름, 이제 일곱 살이 된 아더가 목이 아프다고 칭얼거리며 울었는데, 아이는 얼마 되지 않아서 그저 잠자는 것 외에는 몸을 움직일 기력조차 없었다.

닉슨 가를 돌봐주던 의사는 처음에 어린 아더가 단지 유행성 독감에 걸렸다고만 생각했다. 그러나 증세가 심해지고부터 다시 진찰한 결과 놀랍게도 아더의 병은 결핵성 뇌막염 진단이 나왔다. 그 당시는 너무 큰 충격이었다. 그로부터 몇 주일이 지나지 않아 하나는 막내아들의 죽음을 지켜보았다.

"가끔은 하나님이 하시는 섭리를 이해하기 어려울 때가 있어요."

하나는 이웃에게 이렇게 말하기도 했다.

"하지만 주님께서는 어떤 큰 계획이 있고, 우리 각자에게는 최선의 손길을 내리는 거겠죠."

그러나 그 후 5년도 되지 않아서 하나의 믿음은 또 한 번 큰 시련에 부닥쳤다. 맏아들 해럴드에게 폐결핵이란 병마가 덮친 것이다. 이제 갓 스물한 살 패기만만한 젊은이에게 이런 병이 왜 찾아왔는지 아무도 몰랐다.

가까운 친지들은 입을 모아 캘리포니아의 더할 나위 없이 좋은 기후가 폐에 나쁜 영향을 미쳤을 리 없으니 삼천 마일이나 떨어진 메사추세츠 학교에서 힘든 기숙사 생활을 했기 때문이리라고 추측할 따름이었다.

해럴드는 지방 고등학교에 다니면 받을 수 있는 장학

금 혜택을 받기 위해 멀리 떨어진 마운트 허먼의 뉴잉글랜드 학원에 다녔다. 한편 부모는 성장기의 해럴드에게 모범적 규율이 필요하다고 생각하여 보낸 것이다.

닉슨 가의 사람들이 이 아들을 두고 이러니저러니 말이 많았던 것은 아니다. 해럴드는 아버지를 너무 많이 닮아 집안에서 한가롭게 시간을 보내는 성질이 아니었다.

해럴드는 아픈 몸으로 집에 돌아온 후에도 부모와 가족들의 만류에도 아랑곳하지 않고 근처 비행장 부근을 배회하거나 아버지의 간곡한 타이름에도 비행기 조정법을 배우기도 하고, 밀감밭에 불을 피워 훈증 소독하는 위험한 일자리를 구해 일하며 몸을 돌보지 않았다.

의사가 그런 일은 기침도 나고 폐에도 나쁘고 건강을 해치는 일이라고 경고했다. 그러나 그는 누구의 말도 듣지 않는 고집불통이었다.

마침내 1930년 봄이 되자, 그의 병은 치명적일 만큼 악화하였고, 어머니 하나도 몸이 몹시 쇠약해져 자리에 눕는 일이 많았다. 또 설상가상 하나는 마흔다섯에 그녀의 다섯째 아들 에드워드를 낳았다.

하지만 하나는 주저하지 않았다. 어쩌면 그 지방 사람들에게 널리 퍼진 소문처럼, 뜨겁고 건조한 기후가 이어지는 애리조나로 가면 해럴드는 회복할 수 있을 것 같았다. 그래서 하나는 처절하리만큼 극적인 계획을 제의했다. 하나의 아버지가 돌아가신 후로 가족이 경제적 조력을 얻을 데라곤 아무 데도 없었다. 더구나 당시는 그 유명한 경제 대공황의 시기였으니만치 달리 아무런 방책도 세우지 못했다.

하나는 그들의 점포와 주유소가 들어서 있는 얼마 안 되는 땅을 떼어 팔자고 주장했다. 그 돈으로 프레스코트의 집 한 채를 세 얻으려 했다. 하나는 해럴드 외에 환자 대여섯 명에게 숙식을 제공하고 푼돈이라도 받아서 아들의 치료비를 감당하자는 생각이었다.

그래서 프랭크 닉슨은 리차드, 도널드와 함께 휘티어에 남고, 하나는 갓 낳은 젖먹이와 해럴드를 데리고 애리조나로 떠났다. 이로써 가족은 사실상 나뉘게 되었다.

병든 큰아들과 젖먹이를 돌보는 애리조나에서의 2년간은 몸서리나는 시련과 생활고로 고통스러운 나날이었다.

"아씨시의 성 프란치스코 같은 신앙과 믿음이 없었다면 견딜 수 없었을 거예요."

어떤 이웃 사람은 거의 50년이 지난 옛날을 회고하며 이렇게 중얼거리기도 했다.

그러나 하나의 거룩한 희생은 모두 헛수고로 끝났다.

1933년 하나가 맏아들 해럴드와 막내아들을 캘리포니아로 데리고 돌아온 바로 그 이듬해에 해럴드는 숨을 거두었다.

"우린 그 애에게 큰 희망을 걸었어요."

어떤 기자와의 인터뷰에서 하나는 울먹이며 이야기한 적이 있다.

"하지만 우린 하나님의 결정을 의심해서는 안 돼요. 내가 해럴드와 함께 극심한 고통 속에서 보낸 여러 달 동안 난 희생과 고통의 의미와 교훈을 배웠어요. 그리고 영혼이라는 것이 무엇인지도 더 잘 이해하게 되었지요. 하나님은 언제나 인간의 지성과 오성을 넘어서 그분의 성령과 섭리를 우리 모든 인간에게 베풀고, 하나님만의 섭리로 세상일을 꾸려나가는 거죠. 하나님은 우리 아들 해럴드가 받는 그 큰 고통을 통해서 나에게 가르침과 교훈을 주고, 또 사랑과 자비의 정신을 갖도록 해주셨어요."

하나 닉슨은 10년 사이에 두 아들을 죽음에 맡겨야 했지만, 그보다도 더 견디기 힘든 일이 또 있었다.

그녀의 남편 프랭크가 처음에는 생활고로 인한 수많은 풍파로 안정되지 않고 불안하긴 했다. 그래도 자기의 잘못을 늘 뉘우치고, 항상 활기차고 풍부한 매력을 지닌 것 같았다. 그러나 세월이 흐르면서 희망이 하나씩 둘씩 사라지고 오직 실망과 회의만 남고부터 그는 야비하고 천박하게 타락하여 악한 사람으로 전락하였다.

하지만 하나는 남들에게 그런 이야기를 한 적이 없다.

"그이가 조심성 없이 함부로 지껄이고, 사교적 소양이

부족한 건 사실이에요."

하나도 이렇게 물러서긴 했다.

"그이의 마음은 언제나 활짝 열려 있었어요."

그러나 다른 사람들은 하나만큼 동정적이지 않았다.

특히 워터게이트 사건 이후, 저명한 정치 기사 분석가 시어도어 화이트는 1975년 그가 어떻게 리차드 닉슨의 성격을 오판하게 되었는지, 그 이유를 규명해 보려고 휘티어로 찾아간 적이 있다. 그는 그곳에서 최근 사직한 대통령의 고등학교 시절 토론 클럽 코치를 찾았다.

이 선생의 말에 의하면, 딕크ㅣ리처드의 애칭ㅣ가 질문할 때면 항상 어딘가 야비한 구석이 있었다고 말했다. 그러면서 이렇게 덧붙이기도 했다.

"딕크의 아버지 역시 야비한 사람이었습니다. 난 닉슨의 집 근처에 살았는데, 딕크의 아버지가 아이들에게 호통치며 성질을 부릴 때는, 몇 블록 떨어진 곳에서도 그의 고함이 들릴 정도였으니까요. 그의 성격은 난폭하기 이를 데 없었고, 불같이 끓는 특이한 언행에 사람들은 놀라워했습니다."

그런데도 하나가 그녀의 남편 프랭크를 여전히 사랑했던 건 사실이었다고 믿어야 할 것 같다.

한편 남편 프랭크가 하나에게 지독한 고통을 안겨주었다는 것은 의심의 여지가 없다. 하나는 거짓말을 하거나 꾸며서 말하는 성미는 아니다.

언젠가 한 번은 추억에 잠겨 옛일을 더듬으며, 그녀는 자기도 모르게 지난날 프랭크가 성미를 부리며 마구 고함칠 때의 심정을 털어놓은 적이 있다. 그녀는 아무리 기억을 더듬어 봐도 자기 부모들은 단 한 번도 아이들이나 다른 사람에게 고함을 지르거나 명령조로 말한 적이 없을 뿐만 아니라 큰 소리로 싸운 기억도 없었다.

"그래서 난 우리 아이들에게 큰 소리로 나무라거나 호통치는 일이 없도록 몹시 애썼어요. 어린아이들에게는 큰 영향을 미칠 수 있거든요."

하고 그녀는 말했다.

리차드 닉슨의 주가가 한창 오를 당시에도 그의 아버지에 대한 휘티어 사람들의 증언만은 어쩔 수 없었다. 은폐할 수도, 미화할 수도 없는 사실이었다.

이미지 쇄신의 일환으로 프랭크의 주유소는 닉슨 가족에게 수입의 원천이었고, 하나와 아이들이 경영하던 식품 가게는 그저 약소한 부업 같은 인상을 주었다. 그러나 많은 이웃 사람들의 기억으로는 프랭크가 운영하는 주유소는 그저 식품점을 드나드는 사람들이 편리하게 이용하는 정도였고, 프랭크가 손님들에게 대들어 큰 소동이 일면 싸움을 말려주는 구실을 했을 뿐이었다.

"손님들은 말이죠, 멀리서 전화로 주문할 때도 언제나

하나와 애기하고 싶어 했지, 프랭크와는 말도 하길 꺼렸습니다."

프랭크에게 참을성은 먼 이야기이고, 그저 심술궂고 싸우기 좋아했다. 세월이 흐를수록 그의 이런 성격은 발작처럼 점점 더 잦아졌다. 마음씨 곱고 이해심 많은 사람은 그의 이런 난폭한 언행을 프랭크의 신체적 결함이나 병 탓으로 돌리려고도 했다.

당시 프랭크는 위궤양과 관절염으로 몹시 고생하고 있었는데, 설상가상 귀마저 점점 멀어져 나중엔 보청기를 끼고도 남의 말을 잘 알아듣지 못했다. 하지만 동정도 이해도 한계가 있어서, 그의 이런 무례하고 사나운 언행은 어쩔 수 없이 경원시 되었다.

오랫동안 휘티어에서 살아온 한 노인의 말을 빌리면, 그에 대한 인심이 어떠했는지 예측할 수 있으리라.

"프랭크 닉슨은 누구에게서도 동전 한 푼 동정 받지 못할 사람이었지요."

그래서인지 하나는 휘티어 읍내 한구석에 자리 잡고 있던 식품 가게를 25년간 운영하면서 줄곧 사람들의 기분 나쁜 감정을 달래고 무마하려고 무던히 애썼다. 어떤 이웃 사람의 말로는,

"하나는 동네 부인들이 시장을 볼 동안 아기를 안아주기도 하고, 아기의 홍역이나 다른 걱정거리들을 귀담아

들어 주곤 했죠. 하나를 좋아하지 않는 사람은 한 명도 없었어요."

하나는 매일 새벽 다섯 시 전에 일어나 농익어 물렁물렁해진 과일들이 썩거나 못 쓰게 되지 않도록 파이를 굽고, 온종일 손님들 시중을 들다가 어쩌다 틈이 나면 집안일을 꾸려 나갔다.

식구들은 이 가게의 뒤편에 살고 있었는데, 아이들이 어릴 때는 비질을 하거나 자질구레한 일들을 도와주었다. 아이들이 자라서 한두 살씩 나이를 먹자, 리차드는 과실 판매를 도맡았고, 도널드는 고기를 도맡아 팔았다. 하지만 훗날 유명한 이야깃거리가 된 '놀 짬도 없이 죽도록 일만 했다.'라는 이야기는 사실 틀린 것이다. 지미 카터의 형제들처럼 ┃적어도 이 점에서는 상통한다 ┃ 닉슨네도 건물 바로 뒤편에 아이들 손으로 만든 테니스 코트가 있었다.

그러나 이 가족에게는 인생살이가 여느 사람들처럼 평탄하지는 못했다. 냉정하고 간접적인 측면의 정신분석학 관점에서 살펴보면, 리차드 닉슨에게는 분명한 성격적인 결함 몇 가지가 두드러졌다는 것을 부인할 수 없다.

그 주된 이유는 그의 양친 사이에 언제나 도사리고 있던 위험하고 팽팽한 긴장감 때문이었다. 게다가 불과 스물네 살에 죽은 형 해럴드는 같은 부모에게서 났지만, 전혀 다른 괴상망측한 인생관과 편력을 가지고 있었다.

아더는 일곱 살에 죽었기 때문에 특징적인 인상은 남겨놓지 못했다. 살아남은 세 아들 중 도널드는 훗날 그의 이름과는 달리 별로 주목할 만한 특징 없이 기회주의적인 사업가가 되었고, 막내 에드워드는 해군 비행 분야에서 조용히 출세 기반을 닦았다. 하지만 지금은 어떤 과학적 적용을 해서라도 리차드 닉슨의 특이한 현상에 대한 적절한 설명을 찾을 수 없는 것 또한 사실이다.

어머니 하나의 자리에서 생각해 보는 것이 그녀의 너무 엄청나고 비밀스러운 고통을 조금이라도 이해하는 지름길이 될 것이다. 어머니 하나가 이 아들을 도우려고 얼마나 애썼는지는 말로 다 할 수 없으리라.

하지만 멀리서 외관만 보는 사람들은 이 두 사람이 이따금 보여준 전혀 예상 밖의 암시와 계시를 보고 그 후의 일과 의미를 추측할 뿐이다. 성인이라도 때로는 역겨운 반응을 불러일으킬 수 있으나, 어머니 하나가 딕크에게 가진 애정에는 이런 모든 일을 초월한 위대한 모성이 깃들어 있었다.

또 리차드 닉슨의 처지에서 보면, 그를 추리하고 이해할 수 있는 단서를 스스로 제공하고 있다. 예를 들면 그가 즐겨 자기의 자화상이라던 선거운동 녹화 필름을 보면서 즉흥적으로 중얼거리는 독백 따위가 그것이다.

어린 시절 고향 집에서 끊임없이 받은 가정교육에 대

해 그는 이렇게 말했다.

"내 동생, 나중에 죽었지만, 어린 아더가 언젠가 한 번은 옥수수 수술을 말아 피운 적이 있었지. 그때 이웃 처녀가 나에게 일러주기에, 아더를 찾아서 정말 그랬느냐고 물어봤거든! 그랬더니 녀석의 대답이 걸작이야. '안 그랬어.' 그러더니 뒤이어 한다는 말이 '음, 혹시 엄마가 아시게 되면 | 어머니가 이 사실을 알게 되면 물을 것도 없이 감당하기 어려운 일이고, 아더도 이 점을 알고 있었다. | 말이야, 무조건 날 때리라고 해 줘. 나한테 뭐라고 하지 말라고 해, 제발, 응?' 이렇게 말하는 게 아니겠어? 그 애 말은 '난 엄마가 나를 말로 나무라는 건 싫어. 정말 참을 수가 없어.'이었어. 사실 우리 식구들은 누구 할 것 없이 어머니가 말로 꾸짖지 말고 때려주는 편을 좋아했지. 어머니는 나중에 말씀하시길, 우리 형제들한테 매 한 번 대본 적 없다고 하셨어. 정말 그랬는지, 지금 나는 확실히 모르겠어. 아마 그랬을지도 모르지. 어쨌든 난 잘 알고 있었지. 우리 형제들은 아버지의 손바닥보다도 어머니의 혓바닥을 훨씬 더 겁냈거든. 그건 공포의 대상이었어. 어머니의 말이 날카롭고 호되어서가 아니라, 그저 가만히 앉아서 아주 차분하고 조용하게 말씀하시곤 했지. 마침내 어머니가 말씀을 마치고 나면, 항상 뭔가 특별한 정서적 체험을 하곤 했지. 우리의 영혼을 빼앗겨 버린 느낌이었어."

정말로 이 아들이 정서적으로 어머니에게 얼마나 매달려 있었던가는, 리차드가 열한 살 되던 해에 하나에게 써 보낸 편지에서 그와 같은 면모를 찾아볼 수 있다.

1959년 하나가 허가받은 공화당 소속의 한 작가에게, 리차드가 어릴 때부터 얼마나 총명했던가를 보여줄 증거를 찾으려고, 지난 시절의 추억거리와 기념물들을 모아둔 그녀의 구두 상자 속 소장품들을 샅샅이 뒤질 때만 해도, 다음과 같은 어린 소년의 편지에 대해 불편부당한 독자들이 과연 어떤 해석을 내릴지 상상도 못 했으리라.

'나의 사랑하는 주님에게' 하고 이 편지는 시작된다. 그리곤 그의 어머니 하나가 집을 떠나있는 하루 동안 두 형제가 얼마나 고약하고 나쁜 행실을 했는지 줄줄이 불평만 늘어놓다가 마침내 이런 서명을 하고서 끝낸다.

'주님의 착한 개 리처드 올림'

하지만 하나는 어리석지도 소심하지도 않았다. 1916년 대통령 선거 때의 일이다. 당시 캘리포니아에서는 여성에게도 투표권을 주었다. 다른 주에서는 이러한 시도는 위험하다고 보고 남성에게만 투표권을 주던 시절이다.

리차드 닉슨의 어머니는 직업 민주당 당원이었던 우드로 윌슨(Woodrow Wilson)에게 투표했다. 당시 유럽에서 불붙은 제1차 대전의 소용돌이로부터 미합중국을 지켜주리라 믿었기 때문이다. 하나는 구식 퀘이커 교도로 자기 어머니에게도 '그대는'이라든가 '그대를'이라는 말을 썼고, 다른 어떤 문제보다도 평화를 소중히 여겼다.

그러나 하나의 남편 프랭크 닉슨은 윌리엄 맥킨리(Wililam McKinley)가 어떤 시가 행렬에서 타고 있던 말을 극찬할 때까지만 해도 민주당 당원이었다.

그러나 맥킨리가 말을 극찬하는 말을 들은 이후 열렬한 공화당원이 되어, 퀘이커교보다도 공화주의를 더 철저히 신봉하였다.

하나의 정치적 이론은 결국 그를 격분하게 했다.

프랭크의 이야기를 가볍게 듣고 넘겨 버릴 수도 있다. 그러나 티포트 돔 사건 때 그가 고래고래 고함을 지르며 격분해 마지않던 일이나, 부정하다고 생각되는 정치적 인물들에게 폭언을 늘어놓았던 것은 그의 둘째 아들이 진로를 선택하는 데 결정적인 역할을 했을 게 틀림없다.

하나는 무슨 이유인지 한 번도 밝히지는 않았지만, 리차드가 콘서트의 피아니스트가 되면 아주 훌륭히 해 내리라고 생각했다. 그래서 그녀는 리차드를 누이동생 제인에게 보내 여섯 달간 함께 지내게 하면서 음악 지도를 받게 한 일이 있었다. 그러나 이 일만은 하나의 열성적인 뒷바라지도 별 소용이 없었다.

나중에 리차드가 법률을 전공하기로 결심했을 때, 그녀는 정성과 힘을 다하여 리차드를 뒷바라지하고 끊임없이 격려해 주었다.

1937년 하나와 프랭크, 도널드와 에드워드, 여든아홉의 할머니 알마라는 프랭크가 운전하는 1930년형 자동차 쉐비에 타고 리차드의 졸업을 축하하러 갔다.

리차드는 풀 스칼러십을 받은 덕분에 미대륙 반대편 노스캐롤라이나까지 가서 명문 듀크대학 법과를 졸업하였다. 그 후로도 수십 년이 흐르는 동안 기회 있을 때마다 하나와 리차드는 어린 시절의 꿈이나 에피소드를 이야기하곤 했다.

과연 그 옛날 열 살밖에 되지 않은 소년이 법적 부정에 혐오를 느끼고, 또 이런 혐오감을 어머니 하나가 강조한다는 이상한 기운을 느끼지는 못했을 것이다.

어떤 사람들은 법률을 전공하겠다는 리차드의 굳은 결의를, 그의 두 형제의 죽음 탓으로 돌리기도 했다. 아마 리차드는 어머니에게 아들 셋의 몫을 감당해야 한다는 압박감이나 충동을 받았으리라는 예측이다.

하지만 하나는 자기가 리차드에게 미친 큰 영향을 부인했다.

리차드가 제2차 세계대전 당시 해군 장교로 군에 복무하려고 결심했을 때, 리차드와 그의 집안은 퀘이커교를 믿었다. 그래서 평소 종교적 이념과는 상충하는 견해를 갖고 있었다.

하나는 이 문제에 대해 아들의 행동을 어떻게 생각하느냐는 질문을 받고 이렇게 답변했다.

"그 애는 늘 자기 자신의 이념에서 모든 지침을 받고 인도받지요. 난 그에게 한 번도 물어보거나 만류한 적이 없어요."

물론 하나는 그녀의 아들이 두 번이나 부통령에 취임하는 것을 지켜보았고 그때마다 하나에 대한 사람들의 주목과 관심은 커졌다. 그에 따라 하나 자신의 세계관은 물론 사물에 대한 관찰도 그녀 주변의 좁은 시야를 벗어나 더 크고 넓은 세계로 향하게 되었다.

그 이후 리차드가 1960년 백악관의 주인이 되겠다는 목표를 두고 줄달음치던 해에 차기 미국 대통령이 될지도 모를 이 사내의 어머니는 여러 차례 몇몇 작가들과 만나 이야기할 기회를 얻었다. 그러나 이런 회견에서 밝힌 그녀의 말들이 후일에는 아무것도 아닌 일까지 참 아이러니하게 회자되었다.

"난 우리 아들을 딕크라고 부른 적이 한 번도 없어요."

훗날 하나 닉슨은 미국 연합 통신사(AP) 기자에게 이렇게 말하기도 했다.

"그저 그 애를 나는 항상 리차드라는 한 사람으로만 여겼을 뿐이에요. 그렇지 않으세요. 당신은?"

하나는 '닉슨 가의 새로운 인물'의 부상을 감지한 학자들과 의견이 같을까?

"그렇지 않아요."

그녀는 어떤 선거운동 전기 작가에게 확고하게 말한 적이 있다.

"그 애는 늘 똑같은 모습이었고 변함이 없었어요. 난 그렇게도 변함없는 사람은 이제껏 보지 못했어요."

아들의 선거운동을 위해 몸소 나서서 활동을 전개할 것인가 하는 질문에 그녀는 한층 더 비밀스럽고 묘연하게 답변했다.

"리차드가 태어난 날 이후로 난 항상 선거운동을 했죠. 그가 살아있는 한 난 항상 그의 선거운동원이니까요." 하고 하나는 말했다.

하나는 1960년에 일흔다섯이었고, 이따금 공식 행사나 의식에 참석하여 깜짝 놀랄 만큼 유쾌하고 매력적인 웃음을 지어 보이는 일 외에, 그녀의 아들이 선거에서 이기는 데 별로 노력하거나 공헌한 것이 없었다.

그즈음 그녀의 어머니나 할머니는 90세 넘까지 아주 정정하게 건강을 누리고 살았지만, 하나 자신은 말초적 상황에 길들어 있었다.

세월을 거슬러 올라가 1947년, 프랭크는 마침내 모든 일에서 손을 뗐다. 당시 리차드는 의회 초년생으로 활약하고 있었고, 도널드가 집안의 생계인 점포를 맡아 운영하였다.

하나의 남편이 무슨 이유로 펜실베니아 요오크 근처 한 친척의 농장에 은거했는지는 끝내 수수께끼로 남았다.

만약 그가 워싱턴DC에서 두세 시간만 달려오면 리차드와 패트, 귀여운 손녀딸을 만나볼 수도 있었으나, 농장에서 5년을 보낸 프랭크는 휘티어로 돌아와, 라 아브라(La Habra) 근처 치장 벽토를 바른 조그맣고 아담한 집에 정착하였다.

프랭크의 건강은 날이 갈수록 악화했고, 마침내 침대에 누운 체 꼼짝도 할 수 없는 지경에 이르렀다. 그래도 프랭크는 그의 아들 리차드가 두 번째로 부통령에 지명되었다는 기쁜 소식은 들었다. 이 기쁜 소식과 함께 그의 육체는 급속도로 허물어져 갔다. 1956년 10월 4일 마침내 파란 많은 생애의 막을 내렸다.

이제는 모든 것이 사라지고 남은 것이라곤 그녀가 '지미'라고 이름 붙여준 애완용 잉꼬 한 마리뿐이었다. 하나는 몸서리쳐지는 외로움 속에서 이제는 빵도 파이도 구울 필요가 없었다.

그러나 새벽 다섯 시면 눈을 떴다. 도널드의 처 클라라 제인이 자주 들렀고, 옛친구들이 찾아오기도 하였다.

리차드가 처음 법률사무소를 내고 활동을 시작했을 때, 그의 비서로 활약한 에벨린 돈도 자주 찾아와 부통령의 어머니에게 이것저것 탄원도 하고 탄원서를 읽고 답장 쓰는 걸 도와주었다.

하나는 1년에 대여섯 번 위싱턴과 시애틀을 방문했고, 가끔 손자나 손녀가 와서 며칠씩 함께 지내기도 했다.

물론 하나도 아들 리차드가 대통령이라는 필생의 목표를 성취하기를 바랐다. 조그마한 집에 그녀와 함께 세월을 보낸 낡고 빛바랜 인디애나 가구들 사이를 지나 올라가는 계단 한구석에 리차드의 거대한 입체 브로마이드가 자리 잡고 있었다. 전선이 연결되어 있어서 전원을 켜면 초상화가 불빛에 환하게 밝아졌다.

그러나 1960년 선거가 끝난 다음 날 아침, 결국 케네디가 승리하여 대통령 자리에 오르게 되었다는 소식이 전해졌다. 패배자의 어머니는 가만히 침묵을 지키고 있었으나, 로스앤젤레스 닉슨 사령부 산하의 사람들은 모두 눈물에 젖었다. 하나는 그저 나직하게 깊은 곳에서 스며 나오는 한숨과 같은 기도를 하였다.

"그분은 정말 강인한 여성이었죠."

하고 에벨린 돈은 말했다.

하지만 리차드 닉슨이 패배한 이후 몇 해 동안 그의 어머니의 몸은 급속도로 쇠약해져 갔다. 리차드는 또 한 차례 쓴 고배를 마셨다.

이번에는 캘리포니아 주지사 선거에서였다. 선거운동

기간에 하워드 휴즈(Howard Hughes)에게서 선거 자금을 끌어내는 데 크게 기여한 클라라 제인과 도널드는 이제 뉴포트 비치로 가서 눌러앉았고, 리차드와 패트는 뉴욕으로 이사했고 에드워드와 게이린은 시애틀로 갔다.

1965년 하나는 이제 바깥출입조차 하기 곤란할 정도가 되었고, 모두 모여서 상의하여 어머니 하나를 휘티어의 양로원에 모시는 게 좋을 것 같다고 의견을 모았다. 2년이 지난 1967년 9월 30일 어머니 하나는 나이 여든두 살에 마침내 양로원에서 숨을 거두었다.

1964년 베리 골드워터가 많은 표 차로 무참히 패배한 후 리차드 닉슨은 정치적 컴백을 계획하기 시작했다. 빌리 그레함이 하나 밀하우스 닉슨의 장례식에서 설교한 것도 사실은 이러한 정치적 이유가 배경에 있었다.

하나의 일생일대에 가장 큰 의미가 될 공헌에 대해, 그녀의 생애를 잘 알던 휘티어 목사는 이렇게 말했다.

"하나 닉슨은 퀘이커교의 성녀입니다."

목사 해럴드 워커는 하나의 죽음을 무려 10여 년이나 앞두고 어떤 기자에게 말한 적이 있다. 더욱더 묘한 흥미를 불러일으키는 이야기가 있다면, 하나의 아들 리차드 닉슨의 수차례에 걸친 선거운동을 줄곧 도맡아 취재해 오던 로스앤젤레스 타임즈의 한 기자가 한 말이다.

그가 리차드 닉슨에게 연설이나 강연을 부탁하려고 하

나의 집을 방문할 때마다, 그녀가 밥상을 차려주며 따뜻하게 권하던 몇 번의 아침 식사를 평생 잊을 수 없노라고 했다. 칼 그린버그는 그녀를 '만인의 연인'이라고 불렀다.

하나는 아들 리차드가 대통령으로 당선되는 모습을 지켜보지 못하고 세상을 떠났다. 그렇기에 아들의 영광과 치욕에 대해 어떤 반응을 했을지 아무도 알 수 없다.

하지만 잊어서는 안 될 것이 있다.

하나는 근 20년간 아들 리차드의 정치 생애를 면밀하게 지켜봤고, 이 20년에 걸친 닉슨의 정치 활동 중에는 막장 멜로드라마가 예견되는 몇 가지 조짐이 이미 싹트고 있었다. 그 유명한 체커즈 연설도 하나는 지켜보았다.

당시 리차드 닉슨은 그의 부인이 입은 검소하고 수수한 공화당의 전통 코트에 대해 그럴듯하고 번드레하게 말을 늘어놓으며 불법적 재정 지원에 대한 신랄한 비난을 물리쳤다. 훗날 그의 어머니 하나는 어떤 기자에게 이 문제에 대한 논평을 부탁받고 이렇게 말했다.

"그 점에 대해서 리차드가 그의 사적으로 쓴 비용 항목을 조목조목 열거하며 설명할 때, 난 사실 그 말을 사실로 받아들이지 못할 것 같았어요."

내 소망의 한 줄기 빛

릴리안 고디 카터 여사

제임스 얼 카터(1977.1.20~1981.1.20)

릴리안 고디 카터(Lillian Gordy Carter) 여사

내 소망의 한 줄기 빛

릴리안 고디 카터 여사
Lillian Gordy Carter

내가 내 아이들에게 바라는 한 가지 소망이 있다면, 그건 너
희가 각자 한 인간으로서, 또 하나의 개체로서 커다란 의미
를 갖는 인생의 목표를 향해 담대하게, 그리고 힘차게 걸어
가서 일해 달라는 것이다. 모든 사람을 위해서 너희가 할 수
있는 최선을 다해 일하기를 바란다.
『고향을 떠나서(Away From Home)』에서

'아메리카 합중국은 그대를 부른다(Uncle Sam wants
You) !'

전통적인 미국인 복장과 모자를 쓴 신사가 강렬한 표
정으로 미국의 젊은이들을 전장으로 불러내는 이 유명한
포스터를 모른다면, 미국 시민이라고 할 수 없을 것이다.
그러나 베시 릴리안 고디는 좀 달랐다.
1917년 그녀는 19살 어린 처녀의 몸으로 종군 간호사

로 전쟁터로 달려 나가기로 결심하였다. 당시 베시는 조지아 남서부 처녀들의 화려한 꿈과 여자로서의 길을 단호히 거부했다.

베시의 결심은 부모님의 마음을 온통 뒤흔들어 놓았다.

그때 베시의 양친은 그녀가 여느 처녀들과는 다르다는 것을 알았을까? 무려 60년이 지난 지금에 와서 대통령의 어머니가 된 베시 카터 여사는 옛날을 조용히 회고하며, 그 자신이 결코 평범한 처녀가 아님을 스스로 믿었다고 밝혔다.

언젠가 히긴스(Higgins) 교수가 여사에게 지난 처녀 시절의 성이나 경칭을 쓰지 않고 이름만 부르는 사람이 있었느냐고 물은 적이 있다.

이 교수의 의도는 여사의 젊은 시절 좋아했던 사람이라도 있었느냐고 넌지시 찔러본 것이었다. 그러나 그의 엉큼한 질문은 여사의 부정적이면서도 교묘하기 그지없는 가벼운 대답으로 말문이 닫혀 버렸다.

"누구든 내 이름 부르는 걸 절대 허락하지 않았어요."

여사는 도저히 짐작도 못 할 묘한 웃음을 입가에 가득 담았다.

그러면서 이렇게 대답하였다.

"우리 집에 베시라는 암소 한 마리가 있었거든요."

어쨌든 그녀가 육군성으로부터 종군 간호사로서 참전

승인을 얻어냈을 무렵 휴전조약이 체결되었다. 그러자 릴리 | 베시 릴리안의 애칭 | 는 전쟁보다 극적이지는 않지만, 이십여 마일쯤 떨어진 플레인스의 조그만 도시에서 운영하는 간호사 양성 훈련에 자진해서 발 벗고 나섰다.

그녀가 살던 리치랜드는 인구가 겨우 천오백 명밖에 안 되지만, 행정구역으로는 그래도 도시였고 넓은 면적을 차지하고 있었다.

당시 리치랜드는 삼십여 년에 걸쳐 세 차례나 철도가 건설된 덕분에 큰 혜택을 입은 행운의 도시이기도 했다.

그 첫 번째는 1885년 앨라배마주 몽고메리에서 시작하여 남부 연안의 사바나를 연결하는 철도가 바로 이 작은 마을 한복판을 꿰뚫고 지나간 것이다. 마을 사람들은 이 철도를 '슈 플라이(쇠파리)'라고들 불렀다.

그다음에는 조지아의 거점 도시 콜럼버스와 알바니를 연결하는 철도가 이 마을을 대각선으로 뚫고 지나갔다.

마지막 세 번째로는 리치랜드에서 남쪽의 플로리다에 이르는 또 하나의 노선이 개설되었고, 이후로 마을은 점차 번성하기 시작했다.

릴리가 학교에 다닐 무렵에는 마을의 각 농장에서 거두어들인 면화, 땅콩, 돼지 따위를 화물 열차에 싣느라 부산했고, 승객을 고작 여남은 명 태운 기차가 뚜욱뚜욱 내는 기적 소리를 하루도 빠짐없이 들었다.

이 마을은 여기저기에 철도가 놓이고부터 교통의 중심지가 되었다. 어느 철도가 어느 노선인지도 분간키 어려울 정도였다.

이 무렵 마을 공원에서는 매주 토요일 저녁이면 매그놀리아 밴드가 정기적으로 연주회를 열었고, 웅장한 대리석 기둥 저택들이 들어서자 부를 더 과시하게 되었다.

이렇게 급변하는 새 모습의 마을 변두리 참나무 그늘 밑에 초라한 오두막집 한 채가 있었는데, 릴리는 바로 이 집에서 1898년 8월 15일에 태어났다.

릴리에겐 두 언니와 오빠 하나가 있고, 밑으로 남동생 셋과 여동생 둘이 더 태어났다. 그러나 이 9남매 중 둘은 양자와 양녀로 맞아들인 고아였다. 하지만 누구도 이런 사실을 조금도 개의치 않았고 동복 형제자매처럼 정답기만 했다. 릴리의 양친 두 분은 동정과 자비를 말로만 가르치고 설교한 것이 아니라, 실제로 실천하였다.

릴리의 어머니 메리 아이다 니콜슨은 이 소도시에서 약간 북쪽에 자리 잡은 차타후치 군의 좋은 가문 출신이고, 릴리의 아버지 짐 잭크 고디는 이 고장 학교의 선생님이었다. 두 사람은 차타후치에서 만나 결혼했다.

양가는 영국과 아일랜드 출신으로 미국 독립전쟁을 전후하여 메릴랜드와 델라웨어로 이주해 점차 남쪽으로 옮겨왔고, 남북전쟁 무렵 조지아의 토박이로 정착하였다.

그러므로 귀족 계급도 아니었고, 그렇다고 천민 출신은 더더욱 아니었다. 모범 시민으로서의 공적 의무와 학문을 중시하는 세례 교인들이었다.

릴리의 숙모 중 하나는 라틴어를 가르쳤다. 그러나 어린 릴리는 배울 생각이 전혀 없었다.

이러한 부모와 가정환경에서 자란 릴리는 그녀의 가문과 혈통에 대해서는 아무 관심이 없었다.

"난 계통학이나 혈통 따위에는 전혀 관심이 없어요."

릴리는 맏아들 지미 카터의 선조와 혈통에 관해 사람들이 커다란 흥미를 느끼고 떠들어대는 모습을 보고 늘 이렇게 말하곤 했다.

또 릴리는 두 언니와 경쟁하고 다투는 일 따위에도 흥미가 없었다.

두 언니는 결혼 전 그 지방의 조그마한 대학에 다녔다.

"난 학교라면 지긋지긋했고, 몹시 싫증을 느꼈죠."
하고 릴리는 설명했다.

그 대신 릴리는 리치랜드 우체국에서 근 5년간 일했다.

그녀는 봉급으로 매달 63불 33센트를 받았다.

"그 돈은 그때의 나에겐 큰 재산이었어요!"

그녀는 우체국 부국장 직책에 있었다. 무엇보다도 다행이었던 것은 그녀의 상관, 그러니까 우체국장은 다른 사람이 아닌 바로 릴리, 그녀의 아버지였다.

릴리는 아버지를 무척 따르고 소중한 존재로 여기며 우상처럼 받들었다.

"난 아빠만 졸졸 따라다니는 계집아이였죠. 난 정말 아버지와 늘 같이 있고 싶어 했거든요."
하고 릴리는 옛 시절을 그리워하였다.

우체국장 짐 잭크는 대단한 인물이었다. 남아 있는 문헌이나 세태에 가장 둔감한 공적 기록에서만 그를 공식적으로 제임스 잭슨 고디라고 불렀다.

그를 이렇게 정식으로 부르는 이유는, 그가 그 유명한 인민당(People's party)의 인민주의자였던 톰 왓슨 의원의 둘도 없는 친구였기 때문이다.

지미 카터의 외할아버지인 우체국장은 왓슨의 선거운동에 크게 이바지했을 뿐 아니라, 톰 왓슨을 시켜 지금도 미합중국 전역의 시골 사람들이 우편물을 편리하게 받을 수 있도록 '지방 자유 배달 제도'를 성공적으로 정착하게 한 배후의 인물로 꼽힌다.

이런 일로 하여 짐 잭크의 우체국은 너무 활기차고 쾌활한 분위기였다. 이 지역에 병원 하나만 있었더라도 그가 가장 사랑하고 아끼는 딸 릴리가 리치랜드를 떠나는 일은 결코 없었을 것이다.

릴리는 일단 간호사로서 새 삶에 열중하였고, 종군 간호사의 낭만이나 보람찬 일을 할 기회는 놓치고 말았다.

그런데도 그녀는 간호사 자격증을 따기로 마음먹었다.

리치랜드에는 의사 다섯 명과 은행 세 개, 2층짜리 호텔이 있었다. 당시의 사진을 보면 매우 큰 도시였는데도, 릴리가 열망을 품고 기다리던 기회는 제공하지 못했다.

그러나 이상하게도 기차를 타고 동부 플레인스로 가보면 릴리가 원하는 그런 병원이 있었다.

당시의 플레인스에는 단선 철도가 있고, 인구 6백 명이 채 안 되는 보잘것없는 곳이었다. 그러나 이곳에는 '현자'라 불리는 의사가 셋 있었다.

이들 세 의사는 작지만 훌륭한 임상 진료소와 의료 상담실을 두고 환자들을 돌보았다. 또 당대 의학계에서 저명한 인사들이었다.

어떤 사람들은 마치 마이요 형제가 미네소타에 안겨준 영광과 명성만큼이나, 현명한 이들 세 의사가 조지아에 명예를 가져다주리라고 열광적으로 칭송하기도 했다.

비록 이들의 치료와 의료 사업은 쇠퇴일로를 걷고 있었지만, 반세기가 지난 오늘날에도 독특한 역할을 한 사람들로 주목받는다.

왜냐하면 그들 덕분에 지미 카터가 병원에서 태어난 최초의 미국 대통령으로 국가 영구보존 기록으로 남겨질 것이기 때문이다.

물론 그 이전에 여러 다양한 예비 단계를 거친 것은 말할 필요도 없다. 이때, 이 조그마한 사회에서 꽤 독특하고 두드러진 존재였던 제38대 미국 대통령의 어머니 미스 릴리안은 아들의 아버지가 될 사람을 참으로 우연한 기회에 만났다.

두 사람이 처음 만난 것은 플레인스에서 북쪽으로 4마일쯤 떨어진 매그놀리아 스프링스ㅣ목련 원시림ㅣ가 우거진 온천 지대로 소풍 가서였다. 이 세 의사 중 릴리에게 가장 각별하고 훌륭한 스승이었던 샘 박사(Dr. Sam)는 그녀의 일생을 좌우하는 충고와 교훈을 주었다.

"미스 릴리안! 이제 앞으로는 어떤 사람에게도 당신의 삶을 낭비하지 말도록 하시오."

하고 조용하게 말했다.

릴리는 이 충고를 받아들인 것을 평생 후회한 적이 결코 없었다.

플레인스의 다른 사람들과 마찬가지로 닥터 샘도 제임스 얼 카터의 주위에 감도는 일종의 영적인 기운을 보고 그의 성공을 예감한 것이다.

이것은 얼이 굉장한 후광을 가지고 태어났거나 대단한 재력을 가진 집안에서 태어났기 때문은 아니었다. 사실 얼은 이런 것과는 상당히 거리가 먼 사람이었다.

얼의 아버지는 플레인스에서 남쪽으로 50여 마일 떨어진 조그마한 농장의 품격을 갖춘 농부였다.

원래 얼의 할아버지 킨드러드 카터 대인 1750년경에
는 노스캐롤라이나에서 살았다. 좀 더 거슬러 올라가 보
면, 그는 1637년에 영국에서 버지니아로 이주해 왔다.

홋날 대통령 찬미론자들의 주장으로는, 토머스 카터는
어쩌면 영국 왕실의 후계일지도 모른다고들 했다.

혈통보다 그의 고유한 속성이나 성격을 살펴보면 얼이
물려받은 자질은 참 겸손했다. 또 재산면에서도 보잘것
없었다.

얼의 아버지 킨드러드가 가진 자산 중 가장 두드러진
것은 그의 불같이 화끈하고 급한 성미였다.

그는 어떤 이웃 사람과 가구 하나를 놓고 서로 그 소유
권을 다투다가, 이 일로 마흔다섯 살에 죽은 불행한 사람
이었다.

이 슬픈 사건은 얼이 1894년 9월 12일에 태어나 아홉
살 되던 해의 일이었다.

그 이후 얼의 어머니 니나는 남편을 불시에 잃고 홀로
네 아이를 돌보지 않으면 안 되었다. 그때 제일 큰 아이
가 겨우 열다섯 살이었다.

설상가상 미망인이 된 지 2, 3개월 후 아버지의 얼굴도
모르는 예쁜 유복녀를 낳았다.

형제 중 유난히 사이좋게 지내던 얼의 삼촌 하나가 슬
픔에 잠겨 있는 이들을 세심하게 돌보아 주었고, 어머니

니나 카터와 상의한 후 농장을 팔아 플레인스로 이사하게 했다.

모든 살림과 재산을 처분하여 마련한 돈으로 플레인스의 삼촌 집 근처에 새 농장을 사서 소작인들에게 나누어 주고, 거기에서 나오는 소작료로 아버지를 잃은 이들 식구가 먹고살도록 해주었다.

그런데도 니나의 두 아들은 아주 어린 나이에 가사를 돌보아야 하는 무거운 짐을 지게 되었다.

얼은 이런 어려운 상황에서 천신만고 끝에 10학년까지 학교 교육을 마쳤다. 이것은 카터 집안사람들이 2백 년 이상의 세월에 걸쳐 받아온 교육 중 최고의 고등 교육이었다. 훗날 얼의 맏아들로 태어난 지미 카터는 이런 사실을 오히려 기쁘게 생각했다.

얼 카터는 제1차 세계대전 중에는 육군 중위 계급장을 달았고, 전쟁 후에는 정말 정력적으로 활동을 개시했다.

플레인스 사람들은 그의 존재를 뚜렷이 인식하기 시작했다.

얼 카터는 그로우서리 상점과 세탁 공장을 경영하는 한편, 보험사업은 물론 비료와 종묘에까지 사업을 확장하였다. 그는 토지에도 큰 관심을 보였다. 그가 릴리안 고디를 만났을 무렵에는 땅 몇 에이커를 사들일 계획을 하고 있었다.

그러나 릴리를 매료시킨 것은 얼의 전도가 유망했기 때문은 아니었다. 그는 외모 역시 훌륭했다. 나중에 아들 빌리가 그를 꼭 빼닮았다.

얼은 훌륭한 운동선수답게 자연스럽고 꾸밈없는 멋과 매력을 지녔고 체구가 아주 크고 튼튼했다.

얼은 그 지방 야구팀의 피처였는데, 릴리는 그의 경기라면 하나도 빼놓지 않고 구경했다.

이런 것 외에 그는 또 어떤 사람이었을까? 아들 지미의 증언에 따르면,

"아버님은 늘 잘 웃으셨고, 거의 모든 이들이 그를 받들며 좋아했습니다."

미스 릴리안은 더 결정적인 말로 그를 표현한다.

"난 그이와 사랑에 빠져 있었거든요."

릴리가 얼을 사로잡은 일은 크게 문제 될 것이 없었다. 장난기 넘치는 개구쟁이 같은 매력이 있는 그녀의 푸른 눈은 수많은 남성의 눈길을 끌고도 남았다. 그로부터 몇 달이 지나지 않아 얼과 릴리는 약혼하였다. 릴리는 당장 결혼식을 올리고 싶어 했지만, 얼은 아주 신중했고, 릴리가 간호사 교육을 먼저 마쳐야만 한다고 그녀를 설득했다. 얼은 릴리가 한 가정의 정숙한 처녀로 그저 온전히 집안에만 틀어박힌 채 자란 아무것도 모르는 아가씨라면 정말 쓸모없는 존재가 될 것이라는 걸 잘 알고 있었다.

현자로 일컬어지는 의료 진료소에는 환자용 침상 60개가 놓여 있었다. 릴리는 닥터 샘을 비롯하여 닥터 테드와 보우먼에게 간호에 필요한 모든 가르침과 교육을 받았다.

게다가 실제로 릴리는 60개 침상의 환자를 살피면서 돌보고, 환자실과 병동을 관리하는 실제 경험을 충분히 쌓았다.

이들 세 의사는 사실 친형제이고, 그 지방 내과 의사의 아들로 태어나 뉴올리언스 툴래인 의과대학에서 박사 학위를 받았다. 그들의 치료 방법은 질적이나 효과적인 면에서 당시 농촌 의사들과는 비교가 안 될 만큼 우수했다. 환자들을 치료하는 데 사용한 그들의 독창적인 시술 방법은 그 시대를 훨씬 앞서가는 것으로, 특히 환자의 영양 섭취 강조와 방사능 요법을 이미 적용하고 있었다는 것은 특기할 사항이었다.

그러나 닥터 샘은 릴리안에게 애틀랜타로 가기를 권했다. 플레인스에서보다 부인과와 소아과 질병에 대한 훨씬 나은 교육을 받을 수 있고, 따라서 자격시험을 보는데도 크게 도움이 되리라는 것이었다.

그래서 릴리는 4년의 교육을 마친 뒤 동료 학생 몇몇과 함께 주 수도의 '그레이디 병원'에 등록하였다.

이곳에서 부인과와 소아과에 필요한 전문 간호를 교육받고 자격시험에 대비하려는 목적이었다. 이 계획은 적중했다. 마침내 릴리는 면허 시험에서 주 내에서 가장 훌륭한 성적을 받은 몇 사람 중 하나가 되었다.

릴리는 시험 답안지를 제출하자마자 달려가서 열차에 몸을 실었다. 그때 그녀의 어머니는 딸이 결혼식 때 입을 웨딩드레스를 만들고, 모든 채비를 서두르고 있었다. 처음부터 화려한 예식을 올릴 계획은 없어 보였다.

1923년 9월 28일 릴리안 고디와 제임스 얼 카터는 플레인스의 한 세례 교회에서 가까운 친지와 친구들이 참석한 가운데 결혼식을 올렸다.

스물다섯이라는 신부의 나이는 그 당시로서는 과년하였다. 그러나 릴리는 결혼한 여성에게 가장 중요한 일 가운데 하나인 훌륭한 아내의 역할을 감당하기에 부족함이 없었다.

릴리는 결혼 3개월 만에 임신하였다. 그래도 여전히 병원 일을 계속했고, 배가 불러 흰 간호사 제복이 몸에 맞지 않을 때까지 꾸준히 일했다.

그녀가 삼 교대제 근무로 벌어들이는 주급 6달러는 그리 대단한 액수는 아니었다. 또 그 돈이 신혼 생활에 절실히 필요한 것도 아니었다.

하긴 얼이 여러 가지 사업을 하면서도 매달 백 달러가량밖에 집에 들여오지 않았지만……

그러나 꽤 많은 돈을 농장을 사들일 때 은행에서 차용

한 빚을 갚는 데 지출하였다. 그러나 그녀는 꼭 돈이 필요해서 고된 병원 간호사 생활을 한 것이 아니다. 그저 집에 틀어박혀 자질구레한 일에 얽매이는 것이 지루하고 견디기 힘들었다. 더구나 정거장 건너편에 자리 잡은 커다란 낡은 이층집의 비좁은 구석방에서 지내기란 너무 지겨웠다.

이 집은 그들 두 사람만 사용할 수 있는 욕실도 없었다. 욕실이라야 세 든 다른 사람들과 공동으로 써야 하는 보잘것없는 간이 욕실이 전부였다. 그러나 그녀는 불평 한마디 하지 않았다.

곧 길 아래쪽의 아파트로 방을 옮겼지만, 그곳 역시 욕실은 따로 없었다. 결혼 첫해 두 사람은 무려 대여섯 번이나 집을 옮겨야 했다. 조금이라도 더 편한 집을 찾기 위해서였다. 첫째 아기를 어디서 낳았는지 확실히 기억할 수 없을 정도였다.

제임스 얼 카터 2세는 1924년 10월 1일, 흰 페인트칠을 한 해묵은 병원에서 태어났다. 그로부터 52년 후, 병원 건물은 이미 플레인스 요양원으로 바뀐 지 오래였다. 이렇게 긴 시간이 지나서야 끊임없이 밀려드는 관광객들의 카메라는 병원 정면의 한 창문을 피사체로 셔터가 수없이 눌러졌다.

아빠 얼이 식구들을 위하여 근근이 집을 장만했을 무

렵, 지미는 네 번째 생일을 앞두고 있었고, 동생 글로리아도 생겼다. 처음으로 갖게 된 그들의 집은 플레인스에서 서쪽으로 3마일쯤 떨어진 '궁터'라는 별명을 가진 기찻길 건널목 부근이었다. 지미는 소년 시절을 다 보낼 동안 이 집에서 줄곧 살았다.

이 집 역시 예외는 아니었다. 상하수도는 물론 전기마저 들어오지 않았다는 이야기는 이미 널리 알려진 사실이다. 그러나 대부분의 전설이 그러하듯 충실하고 근면한 『허클베리 핀』과 같은 소년 시절을 보낸 이 맨발의 농장 소년에 대한 전설적인 이야기나 무용담도 대부분은 사실임을 알아야 한다.

선거운동을 전후하여 쏟아져 나온 카터에 관한 기록이나 책들은 하나같이 그 작은 시골집에 붙어 있던 테니스 코트에 관한 이야기를 빼놓았다. 그것이 고의적인 실수는 아니었으리라.

아버지 미스터 얼은 농장 일꾼들을 시켜 농장 한구석을 갈고 다듬어 예쁜 테니스 코트로 만들고, 아들 지미와 네트 하나를 사이에 두고 규칙적으로 테니스를 쳤다.

아버지 얼은 아들 지미를 늘 핫(Hot)이라고 불렀다. 핫은 핫샷 | Hotshot : 대성공을 거둔 사람, 수완가, 급행열차, 소방대 따위의 다양한 뜻이 있음 | 을 줄인 약어로, 지미는 테니스에만 열중한 것이 아니라, 옥수수자루를 따 모으고 목

화밭의 해충을 잡는 등 농장의 궂은일을 맡아 하며 몸을 아끼지 않았다.

얼은 더 많은 토지를 계속 사들여 | 처음 은행 빚을 내어 땅 수 에이커를 매입한 뒤로는 모두 현금으로 치렀다 | 모두 오륙천 에이커에 이르렀다.

물론 말할 것도 없이 땅콩이 주 작물이었다. 그렇게 넓은 땅에다 훌륭한 농장 경영 기술까지 갖추었으니, 다른 몇 가지 작물을 함께 재배하는 것도 필연이었으리라.

당시만 해도 현금은 그리 대단한 것이 아니었다. 그러나 대공황의 늪에서 받는 생활의 고통은 이루 말할 수 없었다. 참으로 고통스럽고 힘든 하루하루를 보내야 했다. 특히 뉴딜정책의 실현으로 농촌에 전기가 들어오기 전까지의 몇 해 동안은 더 힘들었다.

얼은 그 지역에서 단연 으뜸가는 활동가이자 민완가답게 플레인스 지방 일대의 전화 사업 계획 초대 고문으로 추대되어 시설의 기반을 닦았다. 그 외에도 여러 해 동안 지방 학원 이사회의 일을 맡아 지역 발전에 이바지했다.

얼이 평범한 가정의 소년이었다면, 어린 지미 역시 부모를 닮아 지역 사회에서 나긋나긋하고 말 잘 듣는 지도자로 성장하였을 것이다.

아니면 좀 더 큰 포부를 가지고 경건하고 신앙심 깊은 흑백 인종 분리주의자로 조지아주 상원의원이 되어 워싱턴 정계의 한 인물이 되는 것으로 만족했을지 모른다. 그렇게 되었다면 어머니 릴리도 플레인스 사람들 모두가 찬양하는 부유한 백인 여성의 귀감龜鑑이 되었을 것이다.

평범한 가정주부로 남편과 아이들을 소중하게 여기면서, 궂은일은 모두 쥐꼬리만 한 돈을 주어 흑인들에게 떠맡기고, 그저 안락과 사치나 적당히 즐기면서, 고작 하는 일이란 브릿지 클럽 임원들을 점심 식사에 초대하고, 테이블 장식이며 꽃꽂이나 즐기는 그런 부류 여성들의 귀감이자 지도자가 될 수도 있었을 것이다. 오히려 그러는 편이 더 당연하게 보였으리라.

하지만 릴리는 오로지 자기 나름의 생활 방식에 따라 열심히 살았고, 바로 이 점이 그녀의 아들 지미가 훗날 미국 대통령이 되는 데 많은 도움과 용기를 주었다.

무엇보다도 릴리가 아침 식사 때마다 읽어 준 많은 책은 그녀의 일상생활과 가정을 이끌어가는 데 강력한 흐름을 만들었다.

무엇보다 릴리는 그녀가 자주 어울리는 독서 클럽에서 정기적으로 보내주는 두툼하고 그럴듯한 책들보다는 『타잔의 모험』을 읽을 때가 훨씬 재미있고 즐거웠다.

릴리는 리치랜드에서 소녀 시절을 보내는 동안은 정상적인 학교 공부나 정규적인 독서에 대해 지긋지긋하게 여겼다. 그랬던 그녀가 이제 훌륭한 일을 찾고 난 뒤로 흥미진진한 내용의 책이 없으면 토마토케첩 병에 붙어 있는 성분표라도 꼼꼼히 들여다보아야만 직성이 풀리는 아주 열정적인 독서가가 되었다.

물론 식탁에서 책을 읽는다는 건 어떤 문화에서건 훌륭한 예의가 아닐지 모른다. 그러나 훗날 릴리안의 손녀 에미가 카터 행정부 초기 시절, 백악관의 만찬회 석상에서 접시 앞에 책을 활짝 펼쳐놓고 있는 사진이 신문에 보도되었을 때, 사람들은 아주 이상하게 생각했다. 릴리안 역시 손녀딸의 매너가 좀 세련되지 못한 인상을 주었다는 점에서 몹시 언짢아했다.

릴리는 이런 습관을 모두 그녀의 남편이 식사를 너무 빨리 해치운 탓으로 돌렸다. '궁터 농장'에서는 오전 6시 30분에 아침 식사를 하러 온 가족이 식탁에 둘러앉곤 했다. 얼은 눈 깜짝할 사이에 식사를 마치고 그날 할 일을 위해 서둘러 나가 버렸다.

하지만 스쿨버스는 식사를 마치고도 45분가량 더 기다려야 집 앞을 통과하기 때문에, 그동안에는 별수 없이 아이들과 함께 식탁에 앉아서 책을 펼쳐보았다.

그러자 릴리안뿐 아니라 아이들 모두, 지미와 글로리아, 루스, 빌리까지 똑같은 습관을 붙였고, 마침내 이런 버릇 때문에 아무 데서나 닥치는 대로 책을 펼치는 일이 잦아졌다.

"어떻게 애들이 열심히 책을 읽도록 했느냐고들 묻죠."

릴리안은 이해할 수 없다는 표정으로 말하곤 했다.

"어떻게 하면 애들을 책에서 좀 떼어놓을 수 있죠?"
하고 때때로 반문하기도 했다.

그렇지만 릴리안은 이렇게 죽자 살자 책을 읽은 적은
한 번도 없었다고 꾸밈없이 털어놓았다. 얼은 약시였기
때문에 두꺼운 안경을 끼고 신문만 읽어도 눈이 금방 피
로해서 오래 읽지 못했다. 그러니까 지미가 그렇게 책을
좋아하고 많이 읽게 된 것은, 순전히 어머니 릴리안 덕분
이었다.

지미가 열두 살쯤 되었을 때, 그의 학교 선생님은 『전
쟁과 평화(War and Peace)』를 읽을 수 있을 만큼 독서
력이 훌륭하다고 칭찬하기도 했다.

"하지만 난 정말이죠, 그 애가 그 책을 끝까지 다 읽어
내리라곤 꿈에도 생각지 않았어요."

릴리안은 솔직히 시인했다.

"우리 지미는 그 책이 무슨 카우보이나 인디언에 관한
이야기책인 줄 알고 덤볐거든요."

지미가 톨스토이를 끈기 있게 읽어 나갈 뿐 아니라, 릴
리안 자신이 무척 아끼던 『믹키 스필래인』이나, 그녀가
가장 좋아하던 신비의 책 『예언자』까지 꽤 깊이 심취하
여 읽었다는 사실을 도저히 믿을 수가 없었다.

『예언자』는 소박하면서도 깊이 있는 인생의 지혜를 희구하는 수많은 사람의 심금을 울리며 마음에 감동을 주는 책으로, 50여 년 전 그저 어렵고 교묘한 말장난이나 좋아하는 사람들과 학자들, 작가들의 눈을 놀라게 하면서, 굉장한 판매 부수를 올린 전무후무한 책이다.

지미의 독서 영역을 넓히는 데 릴리안의 역할과 영향은 절대적이었다고 해도 과언이 아니다.

그때 플레인스 전역을 압도하던 정통파 기독교주의 | 성경의 창조설을 확신하고 진화설을 전적으로 배격하는 정통파 | 에도 불구하고, 릴리안은 자기의 주장과 뜻을 아이들에게 전달하고 행동으로 실천하도록 가정교육을 이끌었다.

"난 어떤 책이든 아이들에게 못 읽게 한 적은 결코 없었어요."

그보다도 한 걸음 더 나아가 그저 플레인스를 둘러싸고 있는 황톳빛의 들판과는 판이하고, 무한히 다양한 이 세계의 모든 곳에서 전해지는 새로운 사실과 교훈을 모두 지미에게 전달하고, 그가 습득할 수 있도록 늘 주의를 기울였다.

그중 예를 하나 들어보면, 조지아주 토양의 특색인 풍요롭고 비옥한 붉은 땅에 한없이 길게 줄지어 뻗어나간 새파란 땅콩 줄기만큼 아름다운 풍경도 없었지만, 릴리안은 미 해군 수병이었던 막내 남동생에게 세계의 바다를 돌아다니며 이 지구에서 구할 수 있는 항구와 각 나라의 그림엽서는 뭐든 지미에게 부쳐주라고 했다.

그래서였는지 지미는 이미 고등학교에 진학하기 전부터 늘 아나폴리스 | Annapolis : 미국 메릴랜드주 수도로 미국 해군 사관학교가 있는 곳 | 로 갈 꿈을 꾸었다.

그러나 릴리안이 아들 지미에게 준 선물과 가르침의 진수는, 단순히 모성애에서 우러나온 자극과 채찍질만으로 가정교육의 척도를 삼는 그런 것을 초월한 깊은 인내심이었다.

지미 카터가 성장하는 십수 년간 남부지방 전역에 훌륭하고 명예로운 백인이 많이 살았던 것은 틀림없는 사실이다. 그러나 그들은 무엇보다도 자신들의 지도자가 내뱉는 거짓말의 밑바닥에 얼마만큼의 진실이 있는가 냉철하게 살피기도 했다. 그러나 사람들 대다수는 그저 두 눈 감고 침묵하면서 현실을 외면하지 않았던가?

마침내 지미 카터가 대통령의 자리를 얻은 후에도 플레인스의 많은 이들은 여전히 그들의 마음속에서 일어나고 있는 묘한 반전의식을 깨닫지 못하고 있었다.

그들은 참 예의 바르고 공손했기 때문에 겉으로 드러내 놓고 지미의 어머니를 비방하는 따위의 짓은 하지 않았다. 그러나 어깨를 움칫거리거나 빙긋이 웃음을 띠면서 '카터 가의 사람들은 누구보다 겸손하고 소박한데 말이지.' 하는 식으로 입 속으로 중얼거리는 게 고작이었다.

'릴리안이 피부 빛이 검은 이웃들에게 크리스천처럼 행동하도록 힘쓴 것은 바로 그녀의 자만심이야.'라는 식의 표정들을 지었다.

처음 궁터의 농장으로 옮겨왔을 때만 해도 릴리안은 하마터면 구식 면화 농장 여주인으로 만족할 뻔했다. 어쩌다가 간혹 백인 가족이 가까이 이사 와서 잠시 이웃으로 지내는 일도 있긴 했다.

그러나 그 먼지투성이의 길 아래쪽에 흩어져 살던 흑인 아이들과 그 부모들은 이백 명이 넘었다. 그들 대부분이 그녀의 남편 얼의 농장에 종속한 흑인들이었다.

얼은 흑인들에게 당시 남부 어디서나 주는 만큼의 급료를 주었을 뿐이다. 이 돈을 받은 흑인 가족들은 기껏해야 농장 주인 얼이 경영하는 물품 보급소에서 최저 수준의 필수품을 사들이는 게 다였다.

릴리안은 남편 얼과 다투지는 않았다. 아이들을 돌봐주고, 가사 대부분을 도맡아 처리해 주는 애니 메이 홀리스 덕분에 그녀는 크리스마스이브에 선물 광주리나 들고 돌아다니는 일 외에 더 많은 다른 일을 할 수 있었다.

애니 메이나 다른 이웃들이 질병이나 기타 건강상의 문제를 문의해올 때마다 릴리안은 닥터 샘을 찾아가서 의논하곤 했다. 꼭 필요하다고 생각되는 경우 닥터 샘은 자신이 직접 달려왔고, 급한 환자가 발생했을 때는 부엌용 테이블 위에서 응급 수술하는 일도 있었다.

때로는 닥터 샘의 지시에 따라 그녀 나름대로 꾸려나가고 처리했다. 물론 병든 흑인들이 병원에서 제한된 최소한의 치료를 받을 수 있는 비공식적인 방법이 있긴 했다. 그러나 병원을 찾는 흑인은 거의 없었다. 치료비를 낼 길이 없었다는 것은 말할 필요도 없다.

릴리안은 그녀의 조그마한 간호용 가죽 가방을 메고 다니며 여기저기서 환자들을 정성껏 보살펴 주었다. 그 가방 속에 든 약병에는 가격 표시 따위는 물론 없었다.

얼은 꽤 동정심이 강한 사람이었기 때문에 그때마다, 당시 남부 백인들의 여론에도 불구하고, 릴리안이 하는 착한 일을 남몰래, 그러나 약간은 으스대며 뒷돈을 대주곤 하였다.

물론 릴리안이 너무 정에 치우쳐서 더 큰 세태의 흐름을 망쳐버리지 않기를 바라는 마음도 갖고 있었으리라.

남부지방은 예부터 흑백 인종 차별주의로 백인이 흑인을 마음대로 지배하는 게 당연하다는 지독한 보수주의자들은 1976년까지, 한 여자가 전통적 사고방식에 완강히 거부하는 충격을 제대로 받아들이지 못했다.

그 무렵, 메디슨 스퀘어 가든에서 열린 민주당 전당 대회에서 차기 대통령 후보를 지명하기 불과 몇 주일 전 어느 날, 한 흑인 작가는 『뉴욕 매거진』에 다음과 같이 기고하였다.

나는 안트 베시라는 한 여인의 말을 듣고 지미 카터가 어떤 곳을 향해 가고 있는지 알았습니다.

아직도 여전히 프랭클린 루스벨트를 인정하지 않는 이 일흔여섯 살의 흑인 여성은 평생 공화당원이었음에도 순전히 지미 카터의 어머니를 보아 카터에게 투표하겠다고 말했습니다.

이 여자는 지미 카터의 출생지에서 가까운 조지아 프레스톤에서 뉴욕으로 건너왔는데, 뉴욕의 베드퍼드 스튜이베슨트 아파트에서 아주 기쁜 표정으로 일장 연설을 나에게 하는 게 아니겠습니까?

"당신들 젊은 친구들은 아무것도 몰라요. 뭐, 제대로 아는 게 있어요, 도대체. 훌륭한 마음과 자질을 갖춘 백인도 있다는 걸 당신들은 모르죠? 물론 백인 대부분은 다들 저질이긴 하지만요. 그렇지만 릴리안 카터는 그녀가 살았던 조지아 마을의 흑인 반수 이상을 간호하고 보살펴 주었다는 사실을 모르죠?"

그러나 지미 카터인지 지미 뭣인지 하는 사람이 대통령 예비 선거에서 지명받기 위해 동분서주하던 몇 달간,

릴리안은 인터뷰를 통해 그녀를 높이 칭송해 마지않는 사람들이 남편을 깎아내리고 평가 절하하는 발언은 용납하지 않았을 것이다.

간혹 그런 의미의 말을 비추기라도 하면,

"얼은 그 시대의 사람이었으니까요."

하고 릴리안은 항변하고 나서기를 주저하지 않았다.

"그래요, 여러 가지 이야길 그이도 했었죠. 얼은 흑인이 열등한 존재라고 믿었죠. 하지만 주위의 모든 사람, 그리고 이제야 흑인에 대한 편견이나 부당한 언행을 한 일이 전혀 없는 것처럼 위장하고 다니는 모든 미국 시민과 조금도 다를 바가 없는 거예요. 생각이 바뀐 다른 사람들처럼 얼도 심경이 달라졌겠지요. 그이가 그저 단순히 어떤 특정한 시기에 살았던 남부 사람으로만 단정하고 그를 비난하는 말을 들으면 난 참을 수 없이 화가 치밀어요."

그녀가 노여워하는 주된 이유 중 하나는 아마도 얼이 짧고도 허무하게 생애를 마친 사실에 기인하는 것이 분명했다.

1953년 초, 그때까지만 해도 늘 젊어 보이고 어떤 젊은이보다도 활기에 넘치던 얼에게 청천벽력과도 같은 선고가 내렸다. 복부암 진단을 받은 것이다.

그녀는 얼이 암 때문에 지독하게 고통받는 것을 지켜

보며, 차라리 죽는 편이 훨씬 나으리라고 생각하였다.

얼은 그의 쉰아홉 번째 생일을 두 달 앞둔 1953년 7월 22일에 숨을 거두었다. 릴리안은 처참한 심경으로 몸을 가누지 못했다.

릴리안은 자주적이고 독립 의식이 강했지만, 남편의 죽음과 함께 그녀의 인생도 끝나버린 기분이 들었다. 장차 릴리안의 남은 인생 여행이 평범한 사람들의 그것과는 판이하리라는 것은 쉽게 알 수 있었다.

얼은 그가 죽기 바로 전 해인 1952년에 조지아 주의회 의원으로 선출되었다. 미망인이 된 릴리안에게 그 자리를 계승해 달라는 제의가 들어왔다. 그러나 그녀는 깨끗이 거절하였다. 그 뒤에도 한두 번 더 간곡한 부탁을 받았지만, 릴리안은 단호하게 거절했다.

주위 사람들은 그녀가 경솔하고 성급하지 않았나, 훗날 후회하지나 않을까 하는 기우를 하였다.

그녀 역시 남편 얼과 마찬가지로 어떤 관점에서는 시대적 산물이고, 그 시대의 전형적 존재였음을 어찌할 수는 없었던 것 같다. 정치는 그녀에게 흥밋거리이긴 했지만, 그녀 자신이 그런 북새통 같은 싸움판에 끼어들고 싶은 마음은 없었다. 그녀는 얼이 생전에 경영하던 사업도 떠맡고 싶은 생각이 전혀 없었다.

막내아들 빌리는 이제 겨우 열여섯 살이었고, 그렇다고

모든 사업체의 운영을 대신 맡아 줄 사위도 양자도 없었다. 그러므로 이 모든 책임은 필경 장남의 두 어깨에 지워지게 되었다.

그 무렵 지미는 아나폴리스 해군 사관학교를 마치고 릭오버 해군 제독 휘하에서 원자력 잠수함 개발을 도우며 보람 있고 유쾌한 생활을 꾸려가고 있는 현역 장교였고, 이미 어린 세 아들과 아내를 거느린 기혼자였다.

그의 아내 로잘린 스미드는 플레인스로 돌아가는 일을 아주 근심스럽게 생각하였다. 그 이유 중 한 가지는 플레인스 사람들 사이에 떠도는 소문 때문이었다.

그런 이야기들이 사실인지, 헛소문에 불과한 것인지 자세히는 알 수 없지만, 카터 집안의 로잘린이 늙은 어머니까지 모시고 있는 터라 아들 지미의 신붓감으로는 부족하게 여긴다는 이야기였다.

하긴 로잘린의 입장에서는 남편이 어린 시절을 보냈던 작은 촌락으로 되돌아가서 살기보다는 해군 장교의 아내로 세계 전역에 걸친 흥미진진한 여러 곳에서의 생활을 동경했던 것만은 틀림없는 사실이었다.

그러나 이런 모든 사정에도 불구하고 지미는 해군을 사직하였다.

이때 로잘린은 남편의 뜻에 따라 그를 돕기 위해 자신의 소망을 아낌없이 버렸다.

그때 시어머니 릴리안은 더할 나위 없는 감사의 뜻을 며느리 로잘린에게 전했다.

언젠가 한 번은 그녀가 쓸쓸해 하는 모습을 보고 노모를 모셔다가 함께 살면 되지 않겠느냐고 물은 적이 있었다. 그 말에 릴리안은 재빨리 대답했다.

"그럴 필요 없어요. 두 여자가 함께 살 만큼 큰 집이 없거든요."

그 후 지미와 그의 아내 로잘린이 플레인스로 돌아오자, 릴리안은 모든 것을 세심하고 조리 있게 설명해 주고, 집안일을 아들 내외에게 모두 맡기고 지체하지 않고 정든 플레인스를 떠났다.

그들 집안에 그런 사람이 또 있었다. 언제나 맏형 할샤트 지미의 그늘에 묻혀 있던 열두 살 아래의 동생 지미는 고등학교를 졸업하자, 곧바로 해병대에 지원 입대했다.

그러자 약속이나 한 것처럼 막내 빌리마저 그의 열여섯 살짜리 애인 시빌 스콰이어즈와 결혼하여 독립을 선언했다. 빌리의 이런 성급한 행동은 20년이 지난 오늘날에 이르러서도 늘 맥주나 퍼마시는 말썽꾸러기 검은 염소의 이미지를 단편적으로 보이는 돌발적인 행동이었다.

다시 한번 집안의 상황을 살펴보면, 실상은 그 의견처럼 단순하지 않았다.

빌리가 무슨 이유로 매일 술이나 마시며 못된 염소처

럼 행동했는지 플레인스 사람들은 알지 못했다. 그러나 빌리가 집안일을 세심하고 정성껏 돌보지 않았더라면, 지미는 대통령은 고사하고 조지아주 지사로 출마하지 못했을 것은 분명하다.

이 괴벽스러운 동생이 기회가 왔을 때 일거에 큰 이득을 보고 싶어 광분하는 모습을 카터 집안에서는 물론 플레인스 사람들조차 나무라거나 욕할 입장이 못 되었다. 매사에 거칠고 참을성 없이 몰아붙이는 성격으로, 또 다른 면에서 빌리의 행동은 이웃 사람들에게 그의 아버지를 연상하게 했다. 두 사람은 닮은 점이 많았는데, 형 지미도 어머니 릴리안도 이 점만은 솔직히 시인했다.

지미가 정치적으로 부상한 이후, 빌리와 시빌은 릴리안이 가장 크게 의지할 수 있는 가족이 되었다. 모터사이클리스트로 이름을 떨치던 딸 글로리아는 플레인스 교외 한구석에서 농장을 경영하는 남편과 살고 있었으나, 빌리만큼 믿음직스럽지는 않았다.

한편 노스캐롤라이나주 한 수의사의 아내였던 루스는 남편의 평화로운 신앙 치료 방법을 전파하기 위해 지미가 선거 유세하러 돌아다니기 전부터 이미 전국 방방곡곡을 두루 여행하는 터였다.

이미 지나간 일이지만 빌리가 열여섯 살 때, 그는 형 지미 때문에 갑작스럽게 집을 떠나지 않으면 안 될 형편에 놓였다. 그러자 끓어오르는 분노를 이기지 못해 형과 맞싸우려고 했으나, 마침 병적 편입으로 입대가 결정되어 이런 분위기는 간신히 해소되었다.

그 직후 릴리안은 앨라배마 오번 대학의 카파 알파 프래터어나티 | 미국 대학의 남학생 사교 클럽 | 에서 기숙사 보모 노릇을 하며 어렵고 힘든 생활을 꾸려 나갔다.

실은 릴리안의 여동생 하나가 오번 대학에서 비슷한 직책을 맡고 있었는데, 그녀의 말로는 이런 일이야말로 남편을 잃어버린 참담한 심정을 달래주는 훌륭한 해독제 역할을 할 것이라며 적극적으로 권한 것이었다.

하지만 지미는 남들이 그의 어머니가 돈이 꼭 필요해서 고된 보모 일을 한다고 생각할까 두려워한 나머지 사업적으로 이윤을 거의 내지 못하는 실정임에도 고급 캐딜락을 한 대 사드리겠다고 고집했다. 그래서 기숙사의 학생들이 깜짝 놀라기도 했다. 호화롭고 멋진 자동차는 릴리안이 갖고 싶어 했던 유일한 사치품으로, 이런 멋진 차를 타고 드라이브하노라면 상상할 수 없으리만큼 기분이 상쾌해지는 것은 변명의 여지가 없었으리라.

릴리안은 그로부터 7년이라는 긴 세월을 오번 대학에서 보냈다. 그 7년간은 그런대로 그녀에겐 보람 있고 위안이 되는 날들이었다.

그렇듯 어머니 릴리안에 대해서는 크게 걱정할 일이

없었다. 그랬기 때문에 지미와 로잘린은 그들의 사업에서 많은 개선과 발전을 이룩하여 마침내 거대한 현대식 땅콩 처리기 및 가공 설비를 갖추게 되었다.

한편 남학생들이 웃고 떠들며 생활하는 대학의 활기찬 분위기 속에서 릴리안은 아주 기분이 누그러졌고, 남편을 잃은 고통에서 점차 벗어날 수 있었다. 그래서인지 '죽음을 극복하고 싶다면, 오직 일하라.'라는 말이 그녀가 가장 좋아하는 격언처럼 되기도 했다.

마침내 그녀는 너무 떠들썩하고 시끄러운 대학 생활에 지치고 신경이 날카로워져 고향으로 돌아왔다.

고향은 커다란 축복을 받은 곳과 같았다. 하지만 얼마 지나지 않아서 삶이 병처럼 지루하고 무료한 생각이 들기 시작했다.

그녀의 일상이란 낚시와 카드놀이 외에는 할 일이 없었다. 너무 지루하고 따분한 나머지 허물이라도 벗어 버렸으면 하는 극단의 생각을 할 정도였다.

이때 어떤 사람이 조지아주 남쪽 한 작은 마을 요양원을 사들여 릴리안에게 운영을 대신 맡아달라고 간곡히 요청했다. 그 덕분에 그녀는 블레이클리로 가서 요양원 경영을 하며 2년을 보냈다.

환자 대부분이 그녀보다 훨씬 젊고 오히려 더 생기가 있었다. 그리고 마침내 그곳을 그만두었다.

다시 플레인스로 돌아왔을 때, 그녀의 나이는 예순일곱을 넘었고, 또 지루하고 무료함으로 미칠 것 같은 나날이 이어졌다.

그러던 어느 날 밤엔가, 텔레비전에서 잭 파르 쇼를 보던 중 '평화봉사단'에 관한 광고가 막간에 흘러나왔다. 연령 제한이 없다는 것이다.

이 평화봉사단의 일원이 되기 위한 전제 조건으로 애틀랜타 정신과 의사와 상담해야 한다는 것이 있었다.

여기서 정신과 의사와 릴리안 카터와의 인터뷰는 미국 역사의 흐름을 설명하는 데 크게 도움이 되리라 믿는다.

애틀랜타 정신과 의사는 창밖을 내다보고 있다가 이 백발의 노부인이 번쩍거리는 신형 화이트 캐딜락을 건물 밖에다 세우는 광경을 본 것 같다.

그리고 그는 저 노부인의 아들이 조지아주 의회에서 몇 차례의 임기를 마치고, 이제 막 조지아주 지사의 직위를 겨냥하고 민주당의 지명을 얻기 위한 예비 선거에 출마한 사실도 이미 알고 있었다.

그렇다면 이 고귀한 노부인이 안락한 생활을 누리고 있다는 것쯤은 쉽게 알 수 있는 일이었고, 그 지역 일대에선 상당히 존경받을 것도 틀림없는 사실일 터였다.

그런데 이 고장의 이런 처지의 귀부인이 4만 리나 떨어진 저 멀고도 먼 인도까지 가서 고생하려고 평화봉사단에 지원하다니, 그런 일이 대체 있을 수 있는가?

릴리안이 더운 기후를 좋아하고, 피부가 검은 사람들 틈에서 일하는 것이 소망이라고 대답한 표면상의 이유였다. 이 고된 봉사 활동을 맡고 싶어 하는 애절한 충동을 설명해 줄 만한 적합한 말이라곤 이것 이외에 지금까지 공개된 것이 하나도 없다.

젊은 정신과 의사가 자기의 이익과 영달을 위해서는 어떠한 죄악과도 타협하는 이 시대에, 결국은 이해할 수 있노라고 말한 이유를 추측하기란 그리 어렵지 않으리라.

그리하여 릴리안 고디 카터는 68세의 나이로 시카고에서 마라치어 | 인도어의 한 종류 | 를 공부하고, 동시에 정신 질환 여부를 진단받았다.

그리고 마침내 애틀랜타 텔레비전 방송단이 법석을 떨며 중계하는 가운데 인도 뉴델리로 향하는 비행기 트랩에 올랐다. 뉴델리에서 기차로 또 열세 시간을 달려 폼페이 북쪽 어느 집단 공장에 도착하였다.

지구의 반을 돌아서 온 미지의 땅에서 그녀에게 부여된 임무는 임상 진료소의 보조 간호사 역할이었다.

인도 특유의 찌는 듯한 더위와 습기 찬 몬순 기후, 젊은이들도 견뎌내기 어려운 육체적 정신적 고통과 끊임없이 싸워가며, 그녀는 이곳에서 2년에 걸친 보람된 세월을 보내고, 마침내 진실한 생의 일흔 번째 생일을 이역만리 이국땅에서 홀로 맞이하게 되었다.

릴리안은 모든 일을 혼자 처리해 나갔다. 이곳에 오기 전 시카고에서 교육받을 때, 한번은 마라치어로 하나에서부터 쉰까지 세는 구두시험을 치른 적이 있다. 그리고는 몸집이 작고 통통하게 살찐 인도 토박이 선생에게 다음과 같은 내용의 말을 마라치어로 해야 했다.

"내 이름은 릴리안 카터이고, 미합중국 조지아주 플레인스 출신입니다. 나는 여러분에게 가족 계획에 대해 가르쳐 드리기 위해서 비행기를 타고 인도까지 왔습니다."

릴리안이 이 말을 마라치어로 더듬거릴 때, 인도 여선생은 깔깔 웃으면서,

"맙소사, 릴리! 난 당신이 무슨 말을 하는지 도무지 한마디도 알아들을 수가 없습니다."

하고 말했다.

그러나 릴리안을 합격시켜 주었다. 이것은 릴리안이 지닌 세례교인 특유의 유머 감각 덕분이었고, 이런 재치 있는 유머가 그녀의 삶을 지켜주는 일이 많았다.

릴리안은 '외과 의사는 정말 지긋지긋하게도 싫구나.'라고 고향에 있는 딸 글로리아에게 써 보내기도 했다.

"하지만 난 그 지독히 어려운 인도말로 간신히 몇 마디 중얼거리고 의학 용어도 겨우 더듬거리는데, 내 말을 알아듣는 사람은 아무도 없어."

한편 릴리안이 언제나 지키고 간직해 온 종교적 신념이 무엇보다도 더 그녀를 지탱하는 힘이 되었고, 약간의 우월감이나 승리감까지 맛보게 해주었다.

"……난 그저 '하나님, 당신이 저를 이곳에 보내셨으니 저와 늘 함께 머물러 주시기를.' 하고 기도한단다. 그러면 하나님은 곧 나에게 모든 어려움을 뚫고 나갈 수 있도록 힘을 주신단다."

그런데 인도인들과 생활하면서부터 기독교인으로서 이 역만리 타국 인도까지 지키고 간직해 온 자아에 대한 모든 감각을 차차 초월하게 된, 정말 기적이라고 할 만큼 놀라운 일이 일어났다.

"어떻게 된 일인지 잠든 듯한 휴면 상태의 내 마음속으로 힌두교의 정신이 스며들어 오고 있어. 어쩌면 이것은 나의 재생이 틀림없어."

릴리안이 한센병에 걸린 아이들을 조금도 두려워하지 않고 손을 대 치료할 수 있게 된 것은 그녀의 영혼이 깨끗하게 정화되었기 때문이라는 것을 이해하려면 그녀가 쓴 『고향을 떠나서(Away From Home)』을 읽어 볼 필요가 있다.

그녀가 플레인스로 보낸 편지들을 딸 글로리아가 정리하여 작은 책자로 출판하였다. 이 조그마한 책을 꾸민 것은 영혼을 다시 부여받아 새로 태어난 듯 생의 충만함에

벅차하는 릴리안이 맏딸에게 준 훌륭한 선물이기도 했다.

맏딸 글로리아는 그녀의 외아들 때문에 노여움과 고통으로 점철된 삶을 살고 있었다.

그 외아들은 외삼촌 지미 카터가 조지아주 지사 관저에서 호화롭게 생활하던 때에도 마약법 위반으로 감옥살이하였다.

릴리안도 지미의 관저에서 함께 지낸 적이 있다. 그녀는 어깨뼈가 부러져 완전히 치료될 때까지 움직일 수 없었고, 또 양쪽 눈은 위험한 수술을 받아야 했다.

그러나 사실 릴리안이 애틀랜타의 그 소란스럽고도 법석대는 나날을 견딜 수 있었던 진정한 이유는 손녀 에미 덕분이었다.

에미는 할머니 릴리안이 이역만리 이국에 있을 때, 지미와 로잘린 사이에 태어났다. 지미와 로잘린은 이 딸을 애지중지하며 귀여워했다. 릴리안에게는 귀엽고 사랑스러운 손자 손녀가 열 명도 넘었다. 그래도 이 에미만은 물어볼 것도 없이 그녀에게 아주 특별한 존재였다. 또 에미에게는 할머니가 절대로 필요한 인물이었다.

한 어머니로서 그녀가 지미의 출세 가도에 지대하게 공헌한 바가 있다면, 그것은 이 어린 손녀딸 에미를 부모들이 줄곧 여행하느라 정신없는 동안 옆에서 보살펴 준 일이었다.

릴리안은 틈만 나면 에미와 함께 플레인스 북쪽으로 삼 마일가량 떨어진 소나무 숲속에 한 폭의 그림처럼 아늑히 안겨있는 폰드 하우스로 가 한나절을 보내곤 했다.

이 집은 지미와 다른 식구들이 어머니이자 할머니인 릴리안을 환영하는 뜻으로 깜짝 놀랄 만큼 예쁘게 지은 집이었다.

이 작은 집을 세운 동기는 그녀가 인도에서 돌아온 지 그리 오래 지나지 않아서 우연히 사용하게 된 소액 수표 덕분이었다. 그 수표의 금액은 소액이긴 했지만, 그녀의 아들 지미를 대통령으로 만드는 데 큰 몫을 했다.

릴리안은 신문 기사에서 마틴 루터 킹 목사의 측근 참모였던 한 흑인 사내가 애틀랜타 중심가에서 의회 의원을 목표로 출마해 활약하고 있다는 것을 알고 즉각 수표한 장을 그에게 띄워 보냈다. 그것은 릴리안이 순전히 자발적으로 한 일이었다. 어떠한 부탁이나 요청도 받지 않은 순수한 격려 기증이었다.

그 흑인 사내란 바로 앤드루 영이었다. 이 일은 1970년으로 거슬러 올라간다. 영은 백인 여자에게 이런 큰 도움을 받게 되리라고는 꿈에도 생각하지 못했기 때문에, 무척 놀라워하면서도 기뻐했다.

그때까지만 해도 '남부 조지아, 특히 플레인스에는 쓸 만한 인물도 바람직한 어떤 일도 있을 수 없다.'라는 것이 그의 지론이었다. 따라서 이 여인의 아들 지미를 주지 사로 지지하는 데도 몹시 회의적이었다.

수표 선물 덕분에 앤드루 영의 호기심은 급작스럽게 강렬해졌다. 릴리안은 얼마 지나지 않아 직접 그를 찾아 가서 만나보았다. 그녀는 영에게 평화봉사단에서의 활동 과 경험을 이야기해 주었다. 그러자 영은 그녀에게 완전 히 매혹되고 말았다.

훗날 그는 지미 카터가 조지아의 백인 정치가 중에서 유별나고 비범한 존재라고 생각하는 이유를 물어올 때마 다 단정하듯 말했다.

"릴리안이야말로 누구나 사랑에 빠질 만큼 매력적인 여자거든요."

많은 박식한 이들의 견해에 따르면, 앤드루 영이 흑인 유권자들 사이에서 막대한 영향력을 미치지 못했다면, 릴리안의 아들이 화이트 하우스로 갈 기회는 결코 잡지 못했을 것이라고 한다.

아들 지미가 백악관에 자리 잡은 모습을 릴리안도 몹 시 자랑스럽게 생각했을 것은 당연하다. 그녀는 그런 날 을 위해 그녀 나름의 생각을 가지고 열성으로 일했다. 앤 드루 영이 폰드 하우스로 그녀를 찾아왔을 때도 그녀는 몹시 반겨주고, 늘 자랑스러워했다.

"난 말이죠, 이젠 늙고 별 쓸모없는 인간이 되어가고

있다는 생각이 들 때마다 자극적인 일을 만들어서 원기를 북돋우곤 해요."

그녀는 지미를 위해서 폰드 하우스에서 수많은 사람을 맞을 때마다 서슴없이 말했다.

마침내 지미가 선거를 마치자, 그녀 역시 이젠 나이를 먹었다는 생각을 피할 수가 없었다. 나이 일흔여덟에, 지미의 승리가 확정된 후 흥분과 열정에 들뜬 그 몇 달간 릴리안은 자기를 만나려고 전국 각지에서 찾아오는 수많은 여행자와 방문객들을 맞이하고, 또 그들을 측근에 머물게 하려고 그녀의 체력으로는 너무나 과중하게 일했다.

그래서 일단 지미가 취임하고 나서부터는 적절하게 사람들의 이목을 피해 즐기고 좋아하는 일들을 했다.

두 달에 한 번 정도는 꼭 워싱턴이나 뉴욕으로 여행했다. 이것은 그녀에게 항상 활기를 불어넣어 주었다. 릴리안은 미국 시민들이 아들 지미의 이름을 알기 훨씬 전부터 남편 얼과 함께 매년 여름이면 뉴욕의 양키 스타디움에서 야구나 축구 구경을 하면서 일주일씩 보내곤 했다.

하지만 이제는 아들 지미를 위해서 민주당 전당 대회 기간 중 그녀에게 깊은 호의와 친절을 베풀어 주었던 레스토랑을 다시 찾아가기를 즐겼다.

그 레스토랑 중 '21세기'와 '스테이지 델리커테슨'은 릴리안이 특히 좋아하는 음식점이었다.

이런 식으로 며칠을 보낸 뒤 다시 폰드 하우스로 돌아와서 더 기쁜 마음으로 그녀의 안락한 일과에 충실하였다. 그녀는 비밀 경호원 같은 존재를 몹시 싫어했다.

그 대신 조지아주의 전직 경관으로 일했던 사람이 한 식구처럼 그녀를 호위하며 귀찮고 성가신 관광객들을 쫓기도 하고, 그녀가 방문하고 싶은 곳은 어디든지 데려다주었다.

또 그녀가 '내 친구 릴리안 플란케트'라고 소개하는 그 지방의 한 흑인 여자가 아침마다 찾아와 집안의 온갖 허드렛일을 두어 시간씩 도와주었다. 하긴 그 친구가 도착할 때쯤 릴리안은 이미 일어나 집안을 정돈해 놓고 있었다고 웃으며 주장하긴 했지만…….

매일같이 몇 부대의 우편물이 쏟아져 들어온 것은 말할 것도 없다. 그녀는 될 수 있는 한 많은 편지를 읽어보려고 애썼고, 그 가운데 그럴듯하고 가치 있는 요청을 백악관 메인 룸에 전하기도 했다. 그러나 답장을 쓰는 일엔 금방 싫증을 느껴 끈기 있게 하지는 못했다.

하루하루가 날아가는 화살처럼 빠르게 지나갔다. 다른 가정주부들처럼 그녀도 하루 두어 시간 정도는 TV 화면에 등장하는 몇몇 여주인공들과 흡사한 파란만장한 인생살이에 어울리도록 열성적으로 노력을 기울였다.

하지만 릴리안은 그녀의 인생이 진정 기적에 가까우리

만큼 극적이어서, TV 스타들의 소설 같은 인생을 훨씬 넘어선 것이라는 생각에서 좀체 벗어날 수 없었다.

그녀의 말이 그녀의 인생을 가장 적절하게 요약해 줄 것이다. 인도에서 고향 플레인스에 띄운 마지막 몇 통의 편지 가운데 하나에 릴리안은 다음과 같이 썼다.

나는 오늘 일흔 번째의 생일을 맞이했다. 난 지금 내가 어디에서 무엇을 하고 있으며, 무엇 때문에 존재하는지 생각하고 있다.

얼이 죽었을 때, 내 인생도 의미와 방향을 잃었다. 내 생애 처음으로 살고 싶은 삶의 의지를 잃었다. 그 후로 나는 늘 나의 인생이 어떤 의미가 있도록 항상 노력해 왔다. 오번 대학에서 카파알파 프레터어니티의 말썽꾸러기들이지만 상냥하고 유쾌했던 남학생들의 보모 노릇을 할 때, 나 자신이 유용하고 쓸모 있는 존재라고 느꼈다. 요양원에서 일할 때도 난 기뻤다. 그러나 이제 하나님은 내가 다시는 한 사람의 마음속에서만 살게 해주시지는 않는 것 같다.

난 정말 꿈에도 생각하지 못했지. 이 멀고도 먼 지구의 한구석에 와서, 내가 늘 꼭 필요한 존재라고 여겨왔던 사람들과의 생활, 환경, 그 모든 것에서부터 이렇게 멀리 떨어져서야 비로소 인생이 무엇인지, 그 진정한 의미를 깨닫게 되리라고는 정말 상상조차 하지 못했다. 나 자신을, 나의 자아를 다른 사람의 자아와 함께 나누어 가지고, 그들이 다른 사람들의 사랑을 받아들이는 희생이야말로 가장 값지고 귀중한 인생의 선물이라는 것을……

내가 내 아이들에게 바라는 한 가지 소망이 있다면, 그건 너희들 각자가 한 인간으로서, 또 하나의 개체로서 큰 의미를 갖는 인생의 목표를 향해 담대하게, 그리고 힘차게 일해 달라는 것이다.

모든 사람을 위해서 너희들이 할 수 있는 최선을 다해 일하길 바란다. 모든 사람을 다 기쁘게 할 수는 없을지라도 봉사와 희생은 삶을 꽃피우는 희망의 밑거름이란다.

저 높은 곳을 향하여

넬리 윌슨 레이건 여사

로널드 레이건(재임 1981.1.20~1989.1.20)

레이건 대통령의 가족사진

저 높은 곳을 향하여

넬리 윌슨 레이건 여사
Nelle Wilson Reagan

수풀이 우거진 작은 마을, 조금밖에 되지 않는 주민들의 삶
과 죽음에는 어떤 신비스러움이 깃들어 있었다. 나는 여기
서 미천한 사람들의 진수를 발견하고 배웠다.

대통령의 어머니라고 해서 필부필부匹夫匹婦의 어머니
들보다 특별히 위대하며 훌륭했다고 말할 수는 없다. 어
머니의 사랑과 고마움은 누구에게나 무한하고 무엇과도
비교할 수 없는 신비한 힘이다. 그렇기에 어머니에 관해
서는 동서고금을 통해 끝없는 찬사와 비유가 넘쳐난다.

헤르만 헤세는 『데미안』에서 어머니를 이렇게 그리고
있다.

모두가 똑같이 생겨난 생의 고향, 그곳은 바로 어머니
이다. 우리는 꼭 같은 바탕에서 태어난 존재다. 그러나

한 가지 분명한 사실은 꼭 같은 바탕에서의 시도이며, 하나의 돌팔매질로서 제 나름의 목표를 향하여 노력해 가는 삶의 여정이 있을 뿐이다.

그런가 하면 J. F. 헤르바르트는 '훌륭한 어머니 한 사람은 백 사람의 교사에 필적한다'라고 말했다. 또 셰익스피어는 '약한 자의 이름은 여자'라고 일컬었고, 빅토르 위고는 '그러나 어머니는 강하다'고 말했다. 이제 유명한 교육자 페스탈로치의 어머니에 대한 의견을 들어보자.

여성에게는 본능적으로 모성애가 있다. 어머니의 자식에 대한 사랑에는 아름답고 위대한 지혜가 있다. 그러나 본능적인 사랑만으로 자녀를 훌륭하게 키울 수는 없다. 의지를 감정과 합쳐서 모성애를 다듬어 폭을 넓혀야 한다. 어머니 자신의 마음이 깨끗하지 않고서는 자녀들을 올바로 인도할 수 없다. 어머니 자신이 총명하고 어질고 굳센 의지를 갖고 용감히 활동하는 힘을 보이면, 입으로 말하지 않아도 자녀들은 자연스럽게 벅찬 감화를 받을 수 있다. 이것이 바로 어머니의 삶이다.

칠순에 미국의 제40대 대통령이 된 로널드 레이건 역시 어머니에 대한 무한한 그리움을 잊지 않고 있다.

지난 1981년 1월 21일 그는 미국 역사상 처음으로 워싱턴 국회 의사당 서편에 마련된 취임식장에서 어머니가 남겨주신, 어머니의 체취와 추억이 가득 담긴 성경에 손을 얹고 대통령 선서를 했다. 낡은 그 성경에는 어머니가 낙서하듯 쓴 시구가 몇 구절 적혀 있었는데, 이것이 늙은 레이건의 마음을 센티멘털하게 한층 더 사로잡았다. 중서부 지역에서 톰 소여의 모험 같은 소년 시절을 보낸 향수가 레이건의 마음을 더 뭉클하게 한 것이다.

"……보살핌이 필요한 불안한 영혼들이, 그들의 올바른 길에서 이탈하지 않고 잘 인도받을 수 있도록 해야 할 일을 찾아서……."

로널드도 누구 못지않게 어머니의 깊은 사랑과 감화 속에서 성장했다. 모든 면에서 소박했던 그녀의 꿈은 아들을 대통령으로 만드는 게 아니었다. 그러나 뭔가 위대한 것, 진실한 것을 찾도록 꾸준히 일깨우고 인도하겠다는 깊은 종교적 신앙에서 우러나오는 그런 것이 있었다.

로널드의 어머니 넬리는 사업 실패를 거듭하여 알코올 중독이 되어가는 남편을 실의에 찬 눈으로 바라보면서도 항상 '주님께서 보살펴 주실 거예요'라고 말하면서 그 고통과 불행으로 점철된 격랑의 세월을 잘도 이겨냈다.

그녀의 독실한 신앙이 성장하는 자식들에게 깊은 감화를 준 것은 틀림없는 사실이다.

레이건은 라디오, 영화, 텔레비전, 고등정치라는 화려한 무대 위에서 각광 받았다. 그러나 중서부의 작은 촌락에서 가난한 집 둘째 아들로 태어나 수영 강습소 구조대원으로 일하며 학비를 마련하여 고학해온 초라한 소년시절과 청년 시절을 회고해 볼 때, 그에게 먼 훗날 이처럼 글래머러스한 생활이 펼쳐지리라고 예견한 사람은 아무도 없었다. 레이건의 가족은 문자 그대로 미국 중서부 일리노이에서 미국 중간 계층에 해당하는 환경에서 생활해 온 중산 계급이었다.

어머니 넬리 윌슨 레이건(Nelle Wilson Reagan) 여사는 당대에 이민을 온 스코틀랜드계의 평범한 여자였다. 그녀의 가족은 미국 이민사의 역사적 배경 그대로 종교의 자유와 삶의 터전을 찾아 대양을 가로질러 신대륙을 찾아온 프로테스탄트였다.

그에 반해 아버지 존 에드워드 레이건(John Edward Reagan)은 가난한 아일랜드계 이민의 후손으로 가톨릭 계통의 구교도였다.

천성적으로 부지런한 스코틀랜드 계통의 혈통을 이어받아서인지 넬리는 어렸을 적부터 다부지고 생활력이 강했다. 존과 결혼한 후 이들 신혼부부는 인구 1천 2백여 명의 한적한 시골 중서부의 개척 마을 탐피코에 신혼살림을 차렸다. 레이건을 낳은 것은 이들이 첫째 아이 닐을 낳은 지 2년 뒤인 1911년 2월이었다.

이들 신혼부부는 동네 잡화상 피트니상회 2층 다락방에 세 들어 살았다. 첫째 아들을 낳자, 다음번에는 예쁜 딸을 낳자고 약속했다. 그러나 하나님의 뜻에 따라 이들 가난한 신혼부부에게 안겨진 둘째 역시 사내아이였다.

어머니의 산고가 끝나고 둘째 아들이 태어났을 때 아버지 존 에드워드는 형 닐(Neil)을 데리고 다락방 산모의 침상 곁으로 갔다. 두 살배기 꼬마 형 닐은 애당초 엄마와 아빠가 약속한 여동생이 아니라 남동생을 낳았다는 데 실망한 나머지, 훗날 미국의 대통령이 될 유일한 이 동생을 거들떠보지도 않았다는 일화가 있다.

레이건이 태어난 지 얼마 안 되어 아버지는 잡화상 옥상의 셋방을 옮겨 철길 너머의 새집으로 이사했다. 이 탐피코 마을은 짤막한 포장도로를 중심으로 집들이 옹기종기 모여 있었고, 하루 두 차례 다니는 기차가 외부 세계와 연결해 주는 유일한 교통 통신 수단이었다.

레이건은 곡물 창고 옆에 한 폭의 그림처럼 떠오르는 조그마한 간이역을 지금도 잊을 수 없단다. 레이건은 이 한적한 시골을 몹시 사랑했는데, 언젠가 자서전 『내 몸의 다른 부분은 어디에 있는가(Where's the rest of me?)?』에서 그는 '수풀이 우거지고 조금밖에 되지 않는 주민의 삶과 죽음에는 어떤 신비함이 있었다. 사냥과 낚

시절도 잊을 수 없다. 나는 여기서 미천한 사람들의 진수를 발견하고 배웠다.'라고 술회한다.

근처에는 남북전쟁의 유물인 대포가 방치된 공원이 있었고, 문간에 요람을 매달아 놓고 한가한 저녁이면 흔들어 주곤 했다. 아래층에는 거실과 부엌, 위층에는 그럴싸한 침실이 3개나 마련되어 있었다. 그들 가족은 가난하기는 했으나 비교적 단란하고 평화로운 나날을 보냈다.

아버지 존은 자주 술을 마시긴 했으나 열심히 일했으며, 더 나은 직업을 찾으려고 항상 발버둥 쳤다. 즐거울 때도 많았다.

어머니는 아버지를 졸라 학교 학부모회에 나가곤 했는데, 학부모들의 학예발표회에서 가발을 쓰고 배우로 출연하기도 했다. 또 백 개의 객석이 마련된 마을 오페라 하우스에서 열릴 공연을 위해 연극 출연자들을 집에 초청하여 함께 연습한 적도 있다.

레이건과 다른 꼬마들은 구석에 모여 앉아 연습하는 광경을 지켜보곤 했다. 그리고 연습을 마치면 굴로 만든 수프로 파티를 벌이곤 했다.

레이건이 뒷날 배우로 출세 가도에 들어서게 된 것도 어머니의 영향이었다. 엄격한 청교도 정신으로 무장한 어머니 넬리는 이 작은 마을의 전통적 가치관인 근검과 절약, 보수적인 가치관과 도덕관을 심어 주었다.

아버지는 어린 자식들에게 인간은 평등하게 태어나며 어릴 때의 포부가 인생을 좌우한다고 늘 말했다.

뒷날 그가 공직 생활에 들어서고 나서도 여전히 자랑스럽게 여기던 보수적 가치관도 이때 형성된 것으로, 그런 분위기에서 성장한 자신의 과거를 영영 잊지 못했다.

레이건은 그의 어린 시절이 행복했는가 하는 질문을 받고 서슴지 않고 이렇게 말한 적이 있다.

"물론 그렇지요. 기쁨이 충만하고 목가적이지는 않았을지라도 장밋빛 같은 아스라한 과거를 회상해 보면, 우리는 비록 가난했지만 나는 그것을 느끼지 못했거든요."

그는 좀 더 철학적으로 말하며 어머니를 회고했다.

"오늘날 어딘가 잘못된 점은 정부가 사람들에게 당신은 가난하다, 가난하다고 끊임없이 말하는 데 있지요. 우리가 가난한 줄을 제대로 알지 못했던 것은 어머님의 보살핌 덕분이었어요."

레이건의 갸름한 얼굴과 우뚝 솟은 콧날은 어머니를 많이 닮았다. 그러나 성격 면에서는 아일랜드 혈통을 이어받은 아버지를 닮은 듯했다.

아버지는 버럭버럭 화를 잘 냈고, 육두문자가 섞인 상스러운 욕지거리도 잘했다. 레이건 역시 이른바 'Four Letter words'를 남발하는 경우를 종종 볼 수 있었는데, 나중에 배우로 생활하고, 어머니의 종교적 감화를 받아 많이 다듬어지고 유머러스하게 세련되어 갔다.

레이건의 유년 시절을 통해서 보면, 아버지는 진급과 더 나은 직업을 계속 갈구했기 때문에 그의 가족들은 일리노이 일대를 거의 끊임없이 이사 다녔다.

레이건이 두 살 나던 해 아버지는 마샬 필드 백화점에 일자리를 얻어서 시카고 남쪽으로 이사했다. 그러나 집이 융성하기는커녕 더 쪼들렸다. 아버지의 급료가 너무 적어서 어두운 가스등을 켜야 하는 다락방 같은 데서 살지 않으면 안 되었다.

일요일이면 형 닐은 고작 5전을 가지고 정육점에 가서 소 뼈다귀를 사 오곤 했다. 그리고 형은 집에서 기르지도 않는 고양이에게 주겠다면서 약간의 거짓말을 보태어 쇠간을 조금씩 얻어왔다.

어머니는 여기에 당근과 감자를 넣고 고아 일주일 내내 곰탕을 만들어 주기 일쑤였다. 아침은 거의 귀리와 우유로 끼니를 때웠는데, 이 곰탕 요리는 별미였다.

나중에 레이건이 배우와 주지사를 하던 시절에는 하루에도 여러 통의 팬레터를 받았다. 거기엔 향수가 어린 심금을 울리는 대목이 많았다.

한 번은 그의 어린 시절에 관한 질문 가운데 어머니의 요리 솜씨를 묻는 게 있었다.

"어머님이 돌아가신 지 오래되어서 나는 특별한 요리

솜씨를 *끄*집어내기가 어렵군요."

라고 대답했다. 한편, 다음과 같이 회상하기도 했다.

"사실 그때는 경제 공황이 휘몰아친 우울한 시절이었고, 우리 집 같은 데서는 맛있는 요리는 생각도 할 수 없었습니다. 아시겠어요? 사실 내가 좋아한 음식은 귀리에 고기를 약간 넣어 만든 오트밀이었지요. 그러나 그런 건 사치라고 믿었어요. 돌이켜 보면 햄버거를 잘라 오트밀에 섞어 프라이팬에 튀긴 다음, 그 위에 그레이비를 치는 그런 요리가 가장 맛있었던 것 같아요.

만일 그때 물가가 계속 올랐다면, 어머니의 그런 요리 솜씨도 누구의 입에나 잘 맞는 제일가는 솜씨라는 게 밝혀졌을 겁니다."

라고 덧붙여 말했다.

넬리는 가난에 쪼들리는 평범한 가정주부로서 가족 건강을 위해 여러모로 배려한 흔적을 우리는 찾을 수 있다.

아버지가 다른 직장을 얻어 어려웠던 2년간의 오두막집 다락방 생활을 청산하고 일리노이 게일스버그로 옮길 때까지만 해도 어린 레이건은 팝콘 장사라도 해야 했다.

인근 시카고 대학 운동장에서 미식축구 시합이 벌어질 때면, 어머니는 강냉이를 버터에 튀겨 팝콘을 만들어 애들에게 팔아오라고 했지만 벌이는 시원치 않았다.

아버지가 직장을 잃었을 때는 한국의 가난한 아낙네들

같은 강인한 생활력을 발휘하여 온종일 가족들의 옷을 꿰매는 것은 물론 삯바느질도 했다.

어머니는 독실한 기독교 신자로 틈틈이 병원과 교도소를 순례하며 연극 대본이나 성경을 읽어주는 부녀 클럽에 가입해 있었다.

앞서 이야기한 바와 같이 레이건이 배우가 되기로 결심한 것은 바로 이런 어머니의 영향이 컸고, 딕슨읍 고등학교 시절 연극반의 프레이저 선생 덕분이기도 했다.

어머니 넬리는 레이건이 1952년 현재의 부인 낸시 여사와 재혼한 뒤 첫딸 페트리시아 앤을 낳고 얼마 지나지 않아 작고했다. 그러니까 아들 레이건이 30년 뒤 세계에서 가장 부강한 나라 미국의 최고 통치자인 대통령이 되리라고는 꿈에도 생각지 못했을 것이다.

넬리 여사는 자신의 소망대로 아들이 배우로 출발하여 28년간 배우로 생활하던 중반기에 사망했다. 그것도 각광을 받기보다는 인기가 하락한 시기에 세상을 떠났다.

레이건은 어머니가 읽어주는 연극 대사와 성경 구절을 외우면서 자랐다. 그러나 당시는 상황이 매우 열악하여 많은 미국의 어머니들이 아들의 출세를 바라긴 했지만, 가난한 어머니들에게 자식이 대통령이 된다는 것은 이룰 수 없는, 어쩌면 생각도 못 할 꿈인 것은 사실이었다.

미국 건국 초부터 제6대 존 퀸시 애덤스 대통령까지는

대통령을 평범한 시민의 손으로 뽑지 않았다. 대통령 후보는 상원과 하원의 정당 간부들이 선정하고, 각 주의 주의회는 선거인들을 선정하여 이들이 선거인단을 구성하고 간접으로 대통령을 선출했다.

이런 제도 때문에 초기의 대통령들은 다량의 득표를 위해서 대중을 상대로 연설하거나 고개 숙일 필요가 없었다. 그 대신 귀족풍의 의회나 주의회 정치가들의 비위를 맞추거나 그들과 관계를 개선하는 데 열중했다.

오늘날과 같은 의미의 대통령 선거운동은 상상조차 하지 못했다. 따라서 조지 워싱턴, 존 애덤스, 토머스 제퍼슨, 제임스 메디슨, 제임스 몬로 대통령 등은 대중적 인기를 얻은 정치인이라기보다는 고답적인 귀족풍의 지식인, 장군, 정치가들인 셈이다.

이것이 1820년대 제7대 앤드류 잭슨 대통령 시대에 와서 본격적으로 대중적 선거로 변천되었다.

서민 출신의 앤드류 잭슨은 서민 대중의 지지를 받기 위해 적극적으로 선거운동을 펼쳐 귀족 출신이 아니라도 대통령이 될 수 있음을 입증했고, 대통령 선거는 차츰 의회 로비에서 길거리, 라디오와 텔레비전의 등장을 통해 서민 대중의 안방 깊숙이까지 파고들게 되었다.

이처럼 잭슨 대통령이 선례를 보인 후부터 많은 미국의 어머니들이 자기 자식도 대통령으로 키울 수 있다는 꿈을 갖게 되었으며, 실제로 훗날 적지 않은 대통령이 그들의 성공을 어머니의 공으로 돌리는 사례가 늘어났다.

어머니로부터 연극에 관한 이야기를 많이 들었던 레이건이 처음 연극에 뛰어든 것은 유레카 대학에 재학하던 시절이었다.

레이건이 어머니가 사 준 낡은 가방에 그녀가 다림질해 챙겨준 깨끗한 옷가지와 4백 달러의 장학금을 넣고, 이 고풍 찬연한 시골 대학에 들어섰을 때, 그는 뿔테 안경을 쓰고 황갈색 머리 중앙에 가르마를 탄 홍안의 미소년이었다.

그는 근시였다. 레이건은 어머니와 고교 시절 연극반 교사에게 연극에 관한 깊은 감화를 받고 연기에도 계속 관심을 기울였다. 연극 교수 엘렌 마리의 지도로 학생 파업 때 자신 있게 한 연설 경험을 살려 무대 매너에도 익숙해져 갔다.

학과 공부보다는 과외 활동에 더 열을 올린 레이건은 미식축구 외에도 교내 연극회원들과 매년 인근 노스웨스턴대학에서 열리는 단막극 경연 대회에 참가하기도 했다.

유레카 대학 연극반은 세인트 빈센트 밀레이의 전쟁 풍자극 『아리아 다 캄포(Aria da Campo)』로 결선까지 진출했다. 레이건은 비록 1등은 하지 못했지만, 큰 영광을 안았다. 나중에 학교 졸업하고 무엇을 해 볼까 궁리하던 끝에, 어머니의 이야기와 이 연극을 해 본 경험을 떠올리기도 했다.

그는 그때 개인 연기상 수상자로 호명되자, 자리에서 콩 튀듯 뛰어나와 단상에 올라갔는데, '사실 나는 뽐내기를 무척 좋아했던 것 같다.'라고 나중에 술회했다.

어머니가 이 소식을 듣고 기뻐한 것은 두말할 나위도 없었다.

레이건은 이렇다 할 대책도 없이 대학을 졸업하고 고향 딕슨 읍에서 빈둥거리며 놀다가 학창 시절 아르바이트했던 로웰 공원 수영구조대 대원으로 부업을 삼았다.

부인 낸시 여사의 말에 따르면, 레이건은 이때 퍽 난처한 처지에 놓여, '라디오 스포츠 아나운서가 되겠다는 생각은 하지도 못했고, 그저 우연한 계기였을 뿐'이었단다. 라디오도 흥행사업의 일종으로 연극배우가 되어볼까 하는 기대에 이 분야를 생각하게 되었다고 한다.

레이건은 중서부의 이름난 운동경기 중계 아나운서, 말하자면 무성영화 시대의 변사 비슷한 존재로 알려지기 시작했다.

레이건은 당시의 심경을 이렇게 토로했다.

"나는 운동경기 중계에서 상당한 성공을 거둔 것 같다. 그러나 배우가 되어보려는 소망은 사라져가는 것 같기도 했다."

전지훈련 간 시카고컵스 선수들 팀에 끼어 영화의 왕국 캘리포니아에서 생활하게 된 것이, 그가 영화와 인연을 맺는 계기가 되었다. 중서부 한적한 마을의 평범한 가정주부였던 넬리 여사에게 당시 아들을 일류 배우로 성장시킬 수 있는 능력과 계기가 마련되어 있었을 리 만무했다. 할리우드는 당시 이들 모자에게는 환상의 나라, 꿈의 저편에 있었다.

데모인의 레지스터 앤드 타임즈 사가 그 지방 출신 연예인이라 하여 레이건이 출연한 영화 필름을 가져다 시사회를 열고, 레이건의 부모를 특별 초청하였다.

즉 1937년 워너브러더스사에서 만든 그의 첫 작품은 뒷날 로스앤젤레스 타임즈가 간단히 보도한 싸구려 속성 영화였다. '재능을 발굴하지 않겠다는 워너브러더스사의 결별사는 『내면 이야기(Inside Story)』라는 작품에 잘 드러나 있다. 이 회사는 준 트래비스의 상대역에 데모인에서 라디오 스포츠 중계를 하며 기사를 써 온 로널드 레이건을 기용하여 실험하려는 것 같다.'라고 썼다.

그의 양친은 데모인 레지스터 앤드 타임즈 사의 특별 시사회에 초대되어 이 영화를 보았다. 그때 어머니는,

"저기 내 아들이 있군. 저 배우가 우리의 더취 | 레이건의 아명 | 란 말이야."

라고 부르짖고, 손수건으로 감격의 눈물을 닦으며 속삭

이듯 말했다.

"집에서 하는 그대로군요. 그 아이는 로버트 테일러는 아닙니다. 그 애는 바로 자기 자신이니까요!"

그러자 아버지 존도 덩달아 즐거워했다고 한다.

"레이건은 그대로야. 변하지 않았어."

그의 초기 작품들은 B급 이하로 곧 할리우드의 필름 저장소에 처박혔고 너무 졸작이어서 텔레비전에 방영되지 못했다.

그러나 어머니 넬리 여사는 중서부 시골뜨기가 자력으로 할리우드에 상륙하여 훌륭한 배우로 성장하리라 믿었고, 동네 아낙네들에게 자식 자랑을 쉬지 않았다. 분명히 그것은 소박한 미국식 생활 방식을 압축한 그대로였다.

비록 대통령은 되지 못할망정, 대통령은 꿈꿔 보지도 않았지만, 어떤 분야에서든 성실히 노력하여 제1인자가 되는 것, 즉 미국식 'NO. 1'의 꿈이 도사리고 있었던 것은 분명했다.

레이건의 어머니는 둘째 로널드가 어렸을 적부터 큰 기대를 걸었던 게 사실이다. 사전처럼 정확한 기억력을 가진 레이건은 형 닐에 비해 읽어주는 성경 구절이나 연극 대사를 또박또박 곧잘 외웠다. 이런 일화도 있었다.

8살 난 레이건은 당시 유행하던 턱받이 멜빵 옷을 입고 매일 2층 건물인 초등학교를 걸어 다녔는데, 학교에 여간 열성이 아니었다. 초등학교는 그런대로 마쳤지만, 중·고등학교 때부터는 스스로 일자리를 구해야 했다.

이는 레이건 집안의 경제적 어려움도 있었지만, 당시 미국 부모들이 자녀의 독립심을 기르는 교육 방법의 하나로 즐겨 사용하기도 했다.

형제간의 우애는 돈독했는데, 동생과 달리 형 닐은 공부하기를 싫어했다. 나중에 형 닐이 시멘트 공장에서 일하려고 대학에 진학하지 않으려 하자, 레이건은 어머니에게 형이 진학하도록 권유하라고 조르기도 했다.

2학년 말에는 체육 장학금과 아르바이트로 번 돈을 내놓으며 형에게 진학하라고 권하기도 했다.

이같이 어머니를 조르자, 어머니는 형 닐에게,

"더취는 네가 마음을 바꿔 진학할 것에 대비해서 가방을 네 방에 남겨두고 갔단다. 그 애는 상자에다 제 책과 물건들을 다 챙겨 가지고 갔단다……."

하고 간접적으로 꾸중했다.

닐은 동생의 너그러운 선물과 어머니의 독려로 자신도 진학하기로 결심했다.

"정 그렇다면 저도 학교에 가겠어요. 짐을 꾸려 내일 당장 떠나겠습니다."

하고 어머니에게 결연히 말했다.

이렇게 어머니와 동생의 격려로 대학에 진학하게 된

형 닐은 뒷날 동생의 1급 선거 참모가 되어 그를 적극적으로 도왔다.

40대 초반에 아버지와 어머니를 모두 여의었지만, 레이건이 어머니에게서 물려받은 가장 소중한 유산이 있다면, 그건 종교적 신앙일 것이다. 아버지는 가톨릭이었지만, 어머니는 프로테스탄트, 즉 어머니의 감화와 지도로 그리스도교를 믿었다. 그의 종교는 오늘날도 이 교파다.

레이건은 그의 어머니와 성경을 이야기하면서 이렇게 말한 적이 있다.

1968년 샌프란시스코의 챈들러 언론인 모임에서 '일생에 단 한 권의 책을 소개하고 싶다면, 또 곁에 두고 조용한 시간에 읽고 싶은 책이 있다면 무엇을 들겠는가?'라는 질문을 받고 그는 단연 성경을 꼽았다.

"내 어린 시절부터 지금까지 나에게 영향을 미친 책을 꼽으라면 그건 당연히 성경이지요. 그렇다고 내가 성경 공부를 열심히 한 신학도라는 말은 아닙니다. 어쩌면 성경의 영향을 절실히 느끼게 된 것은 최근인지도 모르지요. 우리 어머니는 신앙심이 매우 깊었고, 어린 시절에는 어머니를 따라 꼬박꼬박 교회나 주일학교에 나갔지요. 이제야 그때의 감화가 미친 영향을 알 것 같습니다."

레이건이 대통령 취임식 때 50여 년이나 묵은 어머니의 낡은 성경책을 손수 들고나와서 선서한 것은 별로 많지 않은 가보 중에서 이 성경을 얼마나 소중히 여겼는지 알 수 있는 대목이다.

레이건은 정치 생활을 시작하고 나서 어려움에 직면할 때마다 곧잘 성경을 인용하거나 기독교적 신앙에 관해서 말했다.

1968년 주지사에 당선되어 첫 취임 연설할 때도 그는 누구든지 지도자가 되면 그리스도의 교훈과 가르침을 마음에 간직해야 한다고 말했다. 누구나 그리스도의 교훈과 가르침을 다 실천할 수는 없다고 생각하지만, 다만 열심히 노력하면 될 것이라고 했다. 그때 그의 연단에 어머님의 성경책을 놓아두었던 건 아니다. 그러나 그의 마음속에는 깊은 신앙심을 가지고 가난한 아내이자 어머니로 살다 간 넬리 여사의 모습이 떠올랐는지도 모른다. 이런 점은 이전 대통령 어머니들의 모습과 유사하다.

윌리엄 잭슨 햄프턴 목사가 대통령들의 서신 연구를 바탕으로 집필한 책 『대통령과 그 어머니들(1952년)』에는, 어느 대통령이나 다 종교적 신념이 대단히 깊은 여인들의 손에 양육되었다는 사실을 제시하고 있다.

레이건은 미국식 생활 양식대로 부모를 떠나 10여 년간 떠돌이로 살았다. 그러나 할리우드에 정착하면서 첫 영화에 출연한 직후 부모님을 캘리포니아로 모셔 왔다. 약혼녀가 생겨 결혼을 앞두고 있기도 했다. 1~2년 뒤에는 형 닐도 합류했다. 그리고 1939년 스물네 살 난 미모의 여배우 제인 와이만(Jane Wyman)과 결혼했다.

그는 할리우드 부근 자기 아파트 옆에 조그만 집을 사서 부모님을 모셨고, 형 닐의 집도 그 부근에 마련했다.

레이건 역시 할리우드의 관습처럼 답습하던 이혼과 결혼을 거듭하면서 단란한 가정을 이루지는 못했다. 그래도 건실한 남편으로서 보수적인 가정생활의 숭고함을 간직하려 노력했다.

그러나 그의 노조 활동을 포함하여 정치에 관한 관심을 키워가자, 영화 배우 생활에 어려움을 느낀 아내 와이만은 8년의 결혼 생활을 청산하는 이혼 소송을 제기했다.

회고해 보면, 이 뜻하지 않은 이혼이 결국, 레이건이 뒷날 백악관으로 향하는 발걸음을 내딛는 데 아낌없는 후원을 하고 반려자가 된 낸시(Nancy Davis Reagan)를 만나는 계기가 되었다.

어머니 넬리 여사가 레이건에게 보수적 철학을 심어주는 데 적지 않은 영향을 미치고 그의 독립심을 길러주는 데 큰 역할을 했다면, 뒷날 그를 대통령으로 키워준 사람은 역시 낸시 여사라고 말해도 과언은 아니리라.

낸시 여사를 얻은 얼마 후에 어머니를 여읜 것은 레이건에게는 문자 그대로 불행 중 다행이라고 말하지 않을 수 없다.

와이만과 이혼한 후 그는 홀아비 신세가 되었다. 그의 아들과 딸을 기르고 돌보아 준 것은 할머니 넬리 여사였다. 아버지는 레이건이 낸시 여사를 만나기 전 1940년대 말에 별세했기에 넬리 여사는 홀로 지내고 있었다.

그녀는 노년에 아들이 촬영 중인 스튜디오를 찾아가 연기하는 모습을 구경하는 일을 낙으로 삼으며 여생을 보냈다.

낸시 여사는 시어머니의 인상에 대해 그녀의 자서전에서 간단히 언급하고 있다.

"로니 | 레이건의 애칭 | 의 아버님은 우리가 만나기 전에 돌아가셨지요. 그렇지만, 나는 그이의 어머님 넬리 여사를 몹시 좋아했답니다. 그분의 어머니 넬리 여사는 친어머니처럼 이 세상에서 가장 다정한 분이셨어요. 우리는 늘 아무나 데려와 다정하게 그들의 신세타령을 들어주었기 때문에, 어머니는 되도록 그렇게 하지 말라고 했었지요. 우리 둘만의 시간을 가질 수 있게 하시려던 겁니다. 로니의 어머니는 노약하여 결혼식과 신혼여행에도 오시지 못했습니다. 애석하게도 어머님은 우리 아들을 보지 못했습니다. 딸을 낳고 얼마 되지 않아 세상을 떠나셨으니까요."

레이건과 낸시가 1년간 데이트에 열중할 때도 이들은 가끔 넬리 여사를 찾아갔고 식사도 같이 나누었다.

배우 생활은 나중에 이들 새 부부 앞에 펼쳐질 정치 생활을 위한 좋은 훈련이 되었다. 그것은 어쩌면 연극에 일찍부터 관심을 두게 한 어머니 넬리 여사의 숨은 공인지도 모른다. 그는 배우였기에 기자 회견과 몰려드는 군중들에 익숙했으며, 정치인이 받는 것 못지않은 대중의 압박, 인기 유지 등에 세심히 신경 쓰고 이겨내는 힘을 기를 수 있었으리라.

그리고 낸시 여사의 말처럼, 영화나 정치를 하려면 든든한 가정을 갖고 안정된 생활을 해야 하는데, 레이건은 이 좋은 교훈을 딕슨 읍의 가난한 시절 어머니에게 배우고 몸에 익힌 것이다.

레이건이 주지사가 된 후 논란이 많던 복지 사업과 정부의 구휼 사업에 관한 기본적인 생각은 어머니의 영향으로 고착되었다.

어머니는 항상 자기 소득의 10분의 1, 즉 십일조를 주님께 바쳐야 한다고 가르쳤다.

레이건은 미혼 시절 목사님의 승낙을 받아 첫 월급 10달러를 그의 형에게 보내 보태 쓰도록 하고 나서야 길에서 만나는 거지들에게 커피값이라며 10센트씩 던져주곤 했다고 한다. 이런 식의 관용은 차츰 레이건 가정의 가훈이 되었는데, 특히 어머니의 영향이 컸다고 한다.

그의 가훈은, 가난은 노력으로 극복할 수 있으며, 일정한 소득이 생기면 그중 최소한은 약자를 위해 반드시 써야 한다는 것이었다. 다른 말로 표현하면 가난 구제 복지 사업은 사람들을 게으르게 만들기 때문에 노력한 만큼의 대가를 받으려 하기보다는 일할 능력이 있으면서도 하지 않으려는 공짜 인생을 길러내기 십상팔구라는 것이다.

따라서 '보조'라는 방편은 최소한에 그쳐야 하며, 그 최소한에 인색할 필요는 없다는 것이 그의 지론이다.

언젠가 케네디 행정부가 대통령의 매부 서전트 슈라이버를 내세워 연방 정부의 빈민구제사업을 주도하며 '빈곤에 대한 도전'을 확대하자, 그는 화가 난 나머지 '나는 중서부의 조그만 시골에서 태어나 부자들이 구제해주기 전에 가난 속에서 성장했다.'라고 소리친 적도 있단다.

그는 가난한 사람들은 자기의 어머니나 형제들이 한 것처럼 신발 끈을 졸라매고 열심히 일해야 한다고 믿었다. 즉 이웃 간에 약간의 동정을 주고받음으로써 어려움을 극복하는 것이, 정부의 거창한 공적 예산 지원보다 낫다고 생각했다. 그래서 각종 사회 복지 분야의 엄청난 지출을 삭감하였고, 그로 인하여 공격을 받은 적이 있다.

레이건이 이런 생각으로 주 행정을 밀고 나갈 무렵, 한 소년이 다음과 같은 항의 편지를 보낸 적이 있었다.

"지사님께서는 우리 어머니에게 주는 정부 보조금을 깎았습니다. 저는 아버지도 안 계시고 어머니는 불구이

신데 그 보조금마저 깎으면 어떻게 살라는 것입니까?"

그는 곧 배우 친구 프랭크 시내트라에게 전화해서, 마침 그 소년의 집과 시나트라의 집이 가깝다는 점을 들어, 소년의 집을 찾아가서 사정을 슬쩍 알아보아 달라고 부탁했다.

시나트라는 친구의 부탁을 받고 선글라스로 얼굴을 반쯤 가리고 그 집을 살펴보고 내력을 알아보았다. 소년의 주장이 근거가 있는 사실임을 확인했다.

레이건은 곧 정중한 사과 편지를 소년에게 보내 어머니의 복지연금이 삭감된 것은 순전히 행정상의 착오였음을 시인하고 즉각 정상화해 줄 것을 약속한 바 있다고 한다. 레이건이 이 소년과 자신의 과거를 어떤 식으로 동일시했는지는 모르나 '도움이 필요한 사람만 도우라.'라는 어머니의 가훈을 충실히 따른 것은 의심할 여지가 없다고 하겠다.

레이건은 그의 주지사 생활을 청산하면서 1977년 어느 날 회고 조로 캘리포니아 풀러톤에서 보내온 캐럴 부인의 서신에 이렇게 답변했다.

"주지사에 출마하려 하지 않았지만, 설득에 못 이겨 결국 본의 아니게 정치 생활에 발을 들여놓았습니다. 그러나 지사로서의 지난 8년간은 나의 전 생애를 통해 가장 값진 나날들이었습니다. 이 기간에 한 일 가운데 가장 자랑스럽게 생각하는 것 두 가지가 있는데, 그 하나는 납세자들에게 적자를 면하도록 57억 달러나 되는 세금을 환불해 준 것이고, 다른 한 가지는 당장 정부에서 원조하지 않아도 될 사람들을 대대적으로 정리하여 대상자를 40만 명이나 줄였으며, 그로 인해 납세자들의 부담을 20억 달러나 감했습니다. 그 대신 꼭 필요한 사람들에게는 지원금을 43퍼센트나 인상했다는 점입니다."

다른 많은 전직 대통령의 어머니들처럼 넬리 윌슨 레이건 여사 역시 아들이 대통령으로 당선되는 것을 보지 못했다. 특히 미국 역사상 최고령인 70대에 대통령이 되리라고는 상상도 못 했을 것이다. 그러나 역경을 이기고 독립하는 정신을 길러준 것만은 지하에서도 자랑스럽게 여길지 모른다.

레이건은 가장이 된 후에도 YMCA에서 하는 보이스카우트 훈련과 캠핑에 필요한 유니폼을 살 돈이 없어서 참가하지 못했던 쓰라린 경험과 고등학교 시절 어머니가 싸 주신 햄버거를 가지고 수영장과 록크 강변에 나가 수영 강습 조교 및 구조 대원으로 일하던 경험 등을 곧잘 이야기하곤 하였다.

솔직히 말해서 로널드 레이건이 정치 생활에 뛰어들리라고는 아무도 생각지 못했다.

어머니는 아들이 영화배우 노조에 가입하여 적극적으

로 활동하고, 조합 간부직을 맡은 것이 화근이 되어 첫
번째 결혼을 실패한 사실을 알고 있었다. 그러나 이때쯤
에는 그의 공·사생활에 어떤 영향력을 행사할 처지가 아
니었던 것으로 보인다.

큰아들보다 작은아들에게 더 애착을 느낀 것은 어머니
나름의 독특한 모성애 때문이었는지도 모른다.

아버지 존은 작은아들에게 정치적 영향을 약간 미치긴
했다. 그러나 평범한 가장으로서 큰아들 닐과 생계를 꾸
려 나가기에 바빴다.

레이건은 한때 프랭클린 루스벨트를 몹시 존경하여 민
주당 당원이 되었다가 나중에 공화당으로 당을 바꾸었다.

그는 아버지 존이 대공황기에 실직하여 소일거리가 없
다가 1932년 구직을 위해 루스벨트 대통령을 돕는 지방
민주당 선거운동원으로 일하고, 그 덕분에 이른바 '뉴딜
정책'의 일환으로 지방의 취로 사업 운영처 직원으로 일
하게 된 일련의 사실을 잘 기억하고 있었다.

사람들은 이런 인연이 그에게, 특히 루스벨트 대통령을
좋아하고 정치에 관심을 가지게 된 최초의 동기가 아니
었나 추측하기도 한다.

그러나 그의 개성의 형성은 크게는 미국 중서부의 가
치관과 도덕관, 작게는 어머니의 감화와 부인 낸시 여사
의 영향이라고 해도 무방하리라.

어머니와는 달리, 아버지의 약간 과격한 성격과 고집이 나중에 그의 정치 노선을 과격한 보수주의자로 치닫게 하는 한 원인이 되었다고 풀이하는 사람도 없지 않다.

　레이건의 어머니를 묘사하려 노력했지만, 사실 많은 다른 대통령의 어머니들처럼 그녀에게는 이렇다 할 가문이나 교육 배경도 없는 그저 평범한 시골 여자였다는 결론을 내리지 않을 수 없다.

　그러나 흔한 이야기로 우리는 평범한 가운데 위대함이 있고, 또 그 속에 진리가 있다는 점을 간과해서는 안 되리라. 삯바느질하고 강냉이를 튀기고 남들은 먹지 않는 뼈다귀를 고아 먹는 삶에서 넬리 여사는 동양적 모성애의 모습을 보여주었다고 우리는 말할 수 있으리라.

　레이건 대통령은 어느 면에서나 여성의 영향을 크게 받은 것도 사실이다. 이런 점에서는 보는 이의 관점에 따라, 어머니 넬리 윌슨 여사보다 현재의 아내 낸시 레이건을 더 높이 사는 사람도 있다.

　그의 정치, 사회의 공적 활동보다는 직업적 프로패셔널 ― 영화 배우 생활 ― 에 충실하지 않다는 이유로 이혼한 유명한 여배우 와이만에 비하면, 그의 이런 성격과 활동을 이해해 준 낸시 데이비스가 레이건에게는 훨씬 더 귀엽고 고마운 존재인지도 모른다.

　레이건은 언젠가 『코스모폴리탄』 잡지의 편집장에게

'어떤 아가씨든 귀하에게 해준 가장 멋진 일을 적어 달라.'고 요청받았다. 그는 서슴지 않고 이렇게 써 보냈다.

"어떤 아가씨가 일찍이 나에게 베풀어 준 가장 멋있었던 일은, 낸시가 나와 결혼하고 해가 갈수록 나의 생활에 기쁨과 따뜻한 애정을 가득 채워주고 있다는 사실이다."

이 자리는 영부인, 즉 퍼스트레이디에 관해 언급하는 자리는 아니다. 그러나 어머니 못지않게 미국 대통령의 생애와 생활에 중대한 영향을 미쳤다는 점에서, 끝으로 낸시의 이야기를 덧붙이고자 한다.

그녀의 이야기는 『낸시 — 내 인생의 이야기』라는 자서전에 잘 기록되어 있다.

낸시는 이렇게 쓰고 있다.

"평범한 주부로 살아온 나는 한 가정이 정치에 휘말리는 것이 싫었다. 그러나 사랑하는 남편 로니가 원하는 꿈을 실현하기 위하여 캘리포니아 주지사 선거에 출마했을 때, 나는 그를 격려해야 했다. ……나는 한 번도 정치가의 아내가 되겠다고 생각해 본 적이 없다. 그러나 정치 생활은 지금까지 내가 경험한 어떤 것보다도 흥미 있고 보람 있는 일 같다.

물론 정치 생활은 힘든 여정이다. 그러나 나는 이 생활을 다른 어느 것과도 바꾸고 싶지는 않다. 나는 가정이라는 한 요소가 강해야 한다고 믿는다. 가정은 우리 미국의 힘의 원천이라고 확신하기 때문이다. 나는 오랫동안 우리 조국을 병들게 하는 용기의 부재, 규범의 쇠퇴, 가치의 소멸, 질의 하락 등에 대하여 깊이 생각해 왔다. 도덕의 가치를 되살리고 싶다면 여러분이 그것을 고취해야 한다고 믿는다. 여러분은 결혼의 중요성을 인식하고 그것을 유지하기 위해서는 서로 양보할 의지가 있어야 한다. 나는 행운아임을 알고 있다. 나는 그가 정치인으로서, 인간으로서 성장하도록 매일 저녁 기도하고 있다. 나는 로니 없는 삶을 상상조차 할 수 없다."

레이건은 어머니 넬리 여사가 서거한 뒤 불운이 연속되었다. 할리우드의 영화산업은 새로 등장한 텔레비전의 위력, 늘어나는 제작비 등에 쫓겨 사양길을 걷고 있었고, 일류급의 영화 배우들도 실직하는 형편이었다.

레이건 역시 예외는 아니었다. 이 기간에 낸시는 영화 배우라는 직업을 버리고 가정으로 파고들었고, 레이건이 나이트클럽에 출연하고 단역과 조연으로 활동하다가 나중에는 일류 텔레비전 사회자로 부상할 때까지 그를 격려하고 감싸주었다.

그녀는 남편의 꿈을 살리기 위해 애지중지하던 목장도 팔고, 멀고 먼 정치 유세 길에 참모의 한 사람으로, 고문으로, 내조자로 가파른 길을 함께 걸어왔고 앞으로도 동행할 것이다.

편견 없는 사랑의 삶

스탠리 앤 던햄 여사

버락 오바마(재임 2009.1.20~2017.1.20)

스탠리 앤 던햄(Stanley Ann Dunham)과 어린 시절의 오바마

편견 없는 사랑의 삶

스탠리 앤 던햄
Stanley Ann Dunham

어머니는 저세상으로 가기 전 십 년간 당신이 사랑하던 일
을 하셨다. 아시아와 아프리카 여러 나라를 순회하며 그곳
여자들에게 재봉틀을 사서 일할 수 있도록 돕고, 남자들에
게는 젖소를 사 주어 기르도록 하는 일에 헌신했다. 아시아
와 아프리카 두 대륙은 한때 사랑하던 남자들이 있던 지역
이다. 어머니가 이 지역을 봉사하며 여행한 까닭은 자기의
삶에서 운명적으로 만난 남자들을 추억하는 여행이었는지
모른다. 분명 이것은 내 어머니의 사랑의 신화였다.

1. 복잡한 족보

초강대국 미국 대통령의 집안 내력이 불가사의할 만큼
복잡함은 대체 어디서 비롯된 것일까?

우리나라 같았으면 대통령 후보 단계에서부터 외면당
했을 가계도다. 우리나라라면 어림도 없을 일이 미국에

서는 아무렇지도 않게 일어났다. 과거 우리나라 대통령 중에도 그 핏줄이 문제가 된 적이 있었다. 시간과 사건에 밀려 흐지부지 지나가긴 했지만, 진실로 하자면 그 대통령의 성씨가 뭐라느니, 출생지가 어디라느니 하는 가십거리를 전 국민이 여론의 안주로 삼은 적이 있다.

인간 사회에서는 그 족보가 중요한 평가 자료가 되기도 한다. 사람은 DNA를 그대로 이어받고, 그 유전인자에 따라 성향이 결정되기 때문이다.

인간은 교육을 통해 형성된 후천성 인격도 중요하지만, 조상의 피를 타고나는 선천성 인성도 중요하다. 하물며 전 세계를 주도하는 미국의 대통령이야 더 말해 무엇하겠는가.

어쨌거나 전 세계의 주목을 한 몸에 받고 미국의 대통령이 된 오바마의 가계도는 이렇다.

아버지는 버락 오바마로 아프리카 케냐 벽촌 출신이다. 할아버지 온양고는 아내가 셋 있었는데 순서대로 헬리마, 아쿠무, 사라로였다. 아버지 버락 오바마는 두 번째 부인 아쿠무에게서 태어났다. 굳이 한국식으로 따지자면 집안을 이어받을 장손은 아니었다.

할아버지의 핏줄을 이어받았는지 오바마의 아버지 역시 네 명의 아내를 두었다. 그 순서대로 케지아, 앤, 루스, 자엘이다. 오바마 역시 운명이었는지 두 번째 아내 앤에게서 태어났다.

대통령이 된 버락 오바마에게는 아내 미셸과 두 딸 말리아와 나타샤가 있다. 두 딸은 아직 미성년이지만, 전 세계 매스컴을 사로잡은 미인들이다. 말하기 좋아하는 사람들은 미리부터 미셸을 걱정하기도 한다. 그 핏줄 내림대로라면 또 어떤 변수가 생길지 모른다는 괜한 입방아들이겠지만……

이왕 족보 이야기가 나왔으니 좀 더 짚어 보자.

오바마의 친어머니 앤은 인도네시아인 롤로 소에토로와 재혼해 여동생 마야를 낳았다. 그런가 하면 오바마의 아버지가 재혼해서 낳은 형제자매도 한둘이 아니다. 첫 번째 부인 케지아가 낳은 형 로이, 누나 아우마, 남동생 아보, 버나드, 세 번째 어머니 루스가 낳은 남동생 마크, 데이비드, 네 번째 어머니 자엘이 낳은 조지를 합하면 이복형제들이 무려 여덟이나 있다. 한 지붕 아래 한 가족이 아니라, 다섯 지붕 아래 여덟 남매이다.

이런 가계도는 진작부터 매스컴에 올라 있었다. 그러나 이슬람에는 아내를 네 명까지 둘 수 있는 관습이 있기에 그쪽 사회에서는 문제 삼는 이가 없다. 그런데도 이 이야기부터 짚어 보는 이유는 오바마의 성장 과정을 살펴보기 위함이다. 그리고 그런 환경에서도 어떻게 미국 대통령이 될 수 있었는지 불가사의한 그의 성공 비결을 캐 보기 위함이다.

과연 아이는 유전자대로 성장하는가? 아니면 맹모삼천지교를 본으로 보여준 맹자 어머니의 교육처럼 훈련에 의한 것인가? 과연 오바마의 어머니 앤은 자식 교육을 어떻게 하여 대통령을 만들고 위대한 여성이 되었을까?

2. 하와이에서 파도처럼 꽃 핀 첫사랑

태평양 한가운데 떠 있는 하와이 제도는 점점이 박혀 있는 진주알 같다. 수백 개의 섬이 이웃하듯 모여 하와이라는 이름으로 불리고 있지만 대부분은 무인도다. 사람 사는 섬 중 제일 번성한 곳이 오하우섬의 호놀룰루다. 세계 제2차대전 당시 가장 먼저 일본의 기습을 받은 진주만이 있어 더 유명하다.

여기에 하와이 대학이 있다. 미국 캔자스 출신의 열여덟 살 처녀 스탠리 앤 던햄(Stanley Ann Dunham)이 케냐의 루오족 출신 버락 오바마 시니어(Barack Obama Sr)를 만난 것은 운명이라고 말할 수밖에 없다.

얼마 전까지만 해도 미국 주州의 절반 이상이 백인과 흑인이 결혼하는 것은 법으로 금하고 야만적일 만큼 가혹한 중죄로 다스렸다.

그런데 이 두 청춘은 보자마자 한눈에 반해 결혼에 골

인해 버렸다.

훗날 거대한 미국의 신화를 예견이라도 한 것일까?

오바마는 하와이 대학이 생긴 이래 처음으로 유학을 온 흑인이었다. 그는 케냐 정부에서 보낸 유학생 1호로 많은 이들의 주목을 받았다. 당시 검은 아프리카 대륙의 흑인 청년이 백인 사회에 와서 공부한다는 것도 그랬고, 이 흑인 청년을 통해 세계 최하위 빈곤국인 케냐의 독립에 대한 강렬한 열정을 보았기 때문이다.

당시 케냐는 영국 통치하의 식민지였고, 하와이 대학 학생 대부분은 영국인의 피를 받은 미국 사람들이었다.

그런데도 그는 국제 학생연합회를 조직하여 연설하고 다녀 지역신문에 기사가 날 만큼 지명도를 높여갔다.

이들 사이에서 태어난 아이가 바로 버락 후세인 오바마 주니어(Barack Hussein Obama Jr)이다.

버락은 스와힐리어로 '신의 축복을 받은'이라는 뜻이다. 이름에서 알 수 있듯이, 그는 1961년 8월 4일 무슬림으로 태어났다. 하늘에서는 흰 갈매기가 그림처럼 날고 바다에는 물결이 일어 이 아이의 탄생을 축하하였다.

오바마의 운명은 여기서부터 조심스럽지만, 적극적인 삶의 머나먼 항해를 시작한다.

아버지 오바마는 공부를 마치자 사랑보다는 야망을 택하여 케냐로 돌아갔다.

케냐엔 첫째 부인 케지아가 부모와 함께 살고 있었다.

하와이에 작은 외딴섬처럼 남은 어머니 앤은 케냐로 떠날 채비를 하며 편지를 보냈다. 뜻밖에도 답장은 시아버지 되는 온양고에게서 왔다.

이미 정한 며느리 케지아와 함께 잘 지낼 수 있을지 묻는 내용이었다. 아내를 넷이나 둘 수 있는 자기네들에게는 아무 상관 없는 일이지만, 전통적 기독교도인 앤에게는 문제가 되지 않겠느냐는 뜻이었다.

"그 말은 곧 개종을 의미하는 게 아니겠느냐?"

앤의 아버지는 딸의 아픈 마음을 건드리지 않으려고 조심스럽게 말했지만, 그녀의 태도는 단호했다.

"신앙을 저버릴 순 없어요."

여기서 앤의 아프리카행은 주저앉고 만다. 신앙을 저버릴 수는 없는 일이었다.

"우리 아이에겐 신의 축복이 한없이 내릴 것이오."

오바마 시니어는 곧잘 그렇게 말했다. 그래서 신의 축복이라는 뜻인 '버락'이라는 이름을 붙여 준 것인데, 앤은 그 신이라는 게 여호와 하나님인지 알라신인지 미처 생각하지 못했다.

사랑 앞에 마주 선 젊음은 가끔 이런 시행착오를 하기 마련인가. 그래서 늘 불완전한 게 아닌가.

앤은 끝내 겨우 두 살 난 오바마를 끌어안고 하염없이

울었다.

오바마는 2004년 민주당 전당 대회 기조연설에서 이 두 분의 만남을 이렇게 술회한다.

아버지와 어머니가 함께한 사랑은 이루어지기 힘든 일이 아니었습니다. 두 분은 이 나라의 가능성에 대한 굳건한 신념도 함께했습니다. 저에게 '신의 축복을 받은'이라는 뜻의 '버락'이라는 이름을 지어 준 것만 봐도 알 수 있습니다. 비록 지금 두 분은 이 세상에 안 계시지만, 하늘에서 저를 내려다보시며 분명히 흐뭇해하실 것입니다.

이 말의 뜻을 살펴보면, 오바마는 아버지나 어머니를 원망하지 않는다는 것을 알 수 있다. 겨우 두 살 난 자식을 버리고 간 아버지에 대한 원망도, 곧 재혼해 새아버지를 따라간 어머니에 대한 원망도 나타나 있지 않다.

원망은커녕 그는 두 번째 자서전 『담대한 희망』에서 어머니를 이렇게 그리고 있다.

돌이켜보면 어머니의 이러한 정신들이 나에게 얼마나 깊은 영향을 주었는지 알 수 있다. 아버지가 없는 가운데서도 나를 지탱해 주었고, 순탄치 못했던 내 청소년기에 희망과 꿈의 나무를 심어 주었으며, 언제나 옳고 바른 길로 인도해 주었다.

오바마는 아버지 생각이 자기를 혼란하게 했다고 토로한다. 그리고 아프리카의 자유를 위해 어머니를 버리고 떠난 아버지, 그에 대한 그리움과 분노 혹은 사랑…….
질풍노도와 같은 이 감정을 다스릴 수 있도록 완충 역할을 한 것이 바로 어머니 앤이었다고 한다.
오바마의 어머니는 흑인과의 사이에서 '혼혈아를 낳은 여자'라는 주변의 시선에도 불구하고 두려워하거나 비겁해지지 않았다. 그녀는 오히려 당당하게 이들에게 인사하고 다정하게 웃어주었다.
오바마가 세계의 지도자가 될 수 있었던 가장 큰 장점은 바로 이 웃음이다. 매스컴을 통해서 보았듯이 그는 항상 웃고 있다. 웃어도 억지로 웃는 것이 아닌 천성적으로 몸에 밴 순진무구한 웃음이다. 이것은 어디서 온 것인가? 어머니에게서 물려받고 배운 것이다.
그는 회상한다.

어머니는 사람들의 선량함과 우리 모두에게 주어진 삶의 가치에 대한 기본적 신념들을 가지고 있었다.
그게 무언가? 사랑이다. 편견 없는 사랑이다. 인간은 피부색과 상관없이 사랑받기 위해 태어난다.

앤은 어린 오바마를 안고 늘 이렇게 말하곤 했다. 알아
듣건 말건 더 큰 사랑을 노래 삼아 한 것이다.

3. 외갓집에서 보낸 어린 시절

오바마는 어린 시절을 외갓집에서 보냈다.

외할아버지 스탠리는 오바마에게 있어선 어머니 이상
의 존재였다. 단 네 식구 사는 집안에 어머니와 외할머니
는 직장여성이었기 때문에, 자연히 외할아버지와 많은
시간을 보낼 수밖에 없었다.

"나는 열다섯 살 때 교장 선생님 코를 주먹으로 날려버
려 퇴학당했단다. 누가 너를 놀리면, 너도 그렇게 하려무
나. 할아버지가 가서 응원해 줄게."

혹시라도 아이들에게 놀림 받을까 외할아버지는 미리
방어술을 몸에 익히도록 가르쳤다.

그러나 어머니는 이렇게 타일렀다. '절대로 싸워선 안
된다. 차라리 맞고 오너라.' 폭력은 금물이었다.

그럴 때마다 외할머니가 중간에서 이야기를 부러뜨렸
다. '친구들과 싸우는 것은 나쁘다. 그렇지만 너를 두고
인종차별을 하거든 그땐 참지 마라.' 외할머니는 이렇듯
맹렬 여성이었다.

당시 하와이에는 수많은 인종이 유입되어 '인종의 도가

니'라는 말이 유행하던 때였다.

오바마는 아직 어렸지만, 이러한 외할아버지가 세상에서 가장 든든한 후원자였다. 외할아버지 역시 어린 외손자가 놀림을 받을까 특별히 신경 썼다.

하루는 어린 손자의 손을 잡고 공원을 산책하는데, 어떤 백인 남자가 물었다.

"그 애는 누구요?"

"내 외손자요."

"백인 집안에 흑인 손자가 있단 말이오?"

할아버지는 두말하지 않고 그 남자를 냅다 쳐버렸다. 그와 동시에 외할아버지의 고함이 터져 나왔다.

"그래서 어떻단 말이야? 안 되기라도 해? 법으로도 이미 흑인과 백인의 결혼을 승인했다는 걸 똑똑히 알아두라고……."

외할아버지는 집으로 돌아와서도 그 일을 자랑스럽게 이야기했다.

그러면서도 속은 편치 않았는지 혼자 기도실에 가서 우는 소리가 소년 오바마의 귀에 들렸다. 외할아버지는 딸이 혼자 사는 것도 안타까웠지만, 아버지도 없이 혼자 자라는 손자가 남들에게 손가락질받는 것을 더 못 견뎌 하는 것 같았다. 어머니 앤이 소리 죽여 흐느끼는 소리를 들으면 어린 오바마도 얼굴을 높이 쳐들고 소리 없이 울었다. 얼굴도 모르는 아버지가 한없이 그리운 것이었다.

아버지로부터 편지가 날아온 것은 그 무렵이었다. 내용은 대충 이런 것이었다.

가족도 소중하지만, 억압받는 아프리카의 자유를 위하여 이 한 몸 헌신해야 하니 나를 너무 원망하지 말라는 타이름과 용서를 구하고 있었다. 그러면서도 아들이 너무 보고 싶다고 하였다.

앤은 이 편지를 읽고 오바마를 끌어안고 또 울었다.

"우리도 아빠를 찾아갈까?"

그러던 어느 날 어머니 앤은 마음을 고쳐먹었는지, 동양인 남자를 데려와 가족들에게 소개했다.

"제 남자 친구예요."

롤로 소에토로(Lolo Soetoro), 인도네시아 사람이었다. 롤로 역시 국비장학생으로 하와이 대학에 유학을 온 학생으로 지질학을 전공하는 황인종이었다. 키는 작지만, 갈색 머리에 다부진 몸매였다.

어머니는 자주 이 동양인 학생을 집으로 데려왔고, 그는 오바마를 귀여워했다.

오바마는 네 살, 외할아버지와 체스를 두고, 야구공을 던지고 온 집안을 휩쓸고 다니며 귀염을 독차지할 만큼 자랐을 때였다.

"너 새아빠가 생겨도 괜찮겠니?"

어느 날 어머니 앤이 물었다. 오바마는 고개를 까딱거렸다. 아마도 청혼이 들어왔나 보다. 외할아버지도 이를 환영했다. 집안에 활기가 다시 솟기 시작했다. 학교 기숙사를 나온 새아버지가 집으로 들어온 이후 온 집안 식구들에게서는 웃음이 떠나지 않았다.

그러나 좋은 일은 항상 오래가지 않는 것이 인간의 삶이 아니던가. 인도네시아의 정권이 교체되면서 국비 해외유학생들에게 소환 명령이 떨어졌다.

'이번에는 혼자 보내지 않을 거야.'

앤은 어떤 불안한 정국이 기다리고 있을지라도 남편을 따라가야 한다고 생각하였는지 서둘러 짐을 쌌다. 그렇지만 생활 습관은 물론 말도 통하지 않는 미지의 나라에 대한 두려움으로 떨었다.

어린 오바마 역시 낯선 곳에 대한 막연한 불안감이 있기는 마찬가지였다.

그러나 오바마에게는 여섯 살부터 열 살까지의 유소년기를 보낸 인도네시아의 강한 기억이 평생 따라다녔다.

그동안 동생 마야도 태어나 가족이라는 개념이 새로워지기도 했다. 이국적 풍경, 강에서 빨래하고 고기 잡던 기억이며, 인력거가 지나다니는 비문명 세계의 깊은 인상이 남아 있기 때문이다. 이는 젊은 날의 그에게 자연에 대한 존엄성을 깨우치게 한 큰 계기가 되었다.

이 시기에 그는 자연 친화적인 온갖 경험을 쌓았다. 별안간 모자를 벗겨 도망가는 원숭이를 쫓아가 모자를 찾아온다든지, 강가에 나가 야생 악어 새끼를 잡는 대담성을 배운다든지, 개구리와 뱀은 물론이고 메뚜기 같은 것들을 마을 아이들과 어울려 구워 먹는 일들은 일상으로 하는 놀이 같은 것이었다.

이는 실제로 나중에 가난한 생활에 봉착했을 때 난관을 이겨내는 생존법이 되기도 하였다. 우리가 살아가는 데 있어 가장 중요한 것은 자연과 더불어 사는 공존법이다. 그는 어린 시절을 인도네시아에서 보냄으로써 이 문제를 수업료도 내지 않고 터득했다.

그렇지만 여기서도 인종차별은 피해 갈 수 없는 숙명적인 난제였다. 인도네시아 말에 서툰 오바마는 같은 반 아이들로부터 따돌림을 당했고 가끔은 얻어터지기도 했다. 새아버지는 그럴 때마다 펀치 날리는 법을 가르쳤지만 별 소용 없었다.

오바마의 어머니 앤은 폭력은 또 다른 폭력을 낳는다며 이를 결사반대했다.

"길거리에 다니는 사람들을 봐라. 모두 거지꼴이잖니? 그런 아이들이 불쌍하지도 않아? 저들이 널 놀리더라도 불쌍히 여기고 도와줘야지 주먹으로 갚으면 되겠니? 사랑은 매보다 힘이 더 강하단다."

어머니는 이를 손수 실천하여 가진 것들을 나눠주기까지 하였다. 새아버지 역시 이 점만은 공감하는지, 남을 돕는 일에는 적극 찬성이었다. 이들 두 인품의 결합이 소년기 오바마의 성격을 형성하는 데 적잖은 영향을 미쳤음을 우리는 엿볼 수 있다.

오바마는 3학년 글짓기 시간에 '대통령이 되는 게 꿈'이라고 적었다. 선생님이 이를 기특하게 여겨, 그러면 어느 나라 대통령이 될 것이냐 물었다. 한참을 생각한 후 오바마는 '그건 아직 정하지 않았다.'라고 대답했다.

이 이야기를 전해 들은 앤은 심각한 고민에 빠졌다. 아이의 정체성을 생각하게 된 것이다. 이 아이를 어떻게 키울 것인가? 인도네시아인으로 키울 것인가, 아니면 미국 시민으로 키울 것인가? 그도 저도 아니면 아프리카 사람으로 키울 것인가? 도대체 이 아이의 장래는 어떻게 될 것인가? 먼 훗날 아이는 어떤 모습으로 성장해 있을까?

어머니 앤은 심연 속에서 자라는 아이의 장래를 걱정하지 않을 수 없었다.

그런 가운데 동생 마야가 태어났다.

설상가상 집안 형편이 기울기 시작했다. 새아버지의 경제 활동이 시원찮아졌기 때문이다. 정부로부터 환영받지 못한 오바마의 새아버지는 군 복무까지 해야 하는 이중의 고역을 치러야 했다.

오바마는 하는 수 없이 명문 가톨릭 학교에서 보통 아이들이 다니는 이슬람 학교로 전학을 갔다.

당분간만 참아라. 이것이 너한테는 좋은 교훈이 될 수도 있을 것이다. 사람이 항상 좋은 자리에만 있을 수는 없지 않겠니? 부자로 살건 가난하게 살건 분수에 맞게 처신해야 한다. 못 이길 시련은 없다고 했으니 곧 좋은 일이 생길 거다. 희망을 잃으면 절망밖에 없단다.

어머니는 이 경제난을 극복하기 위해 일자리를 구해 집을 비워야 했다.

마침내 오바마는 공부에 흥미를 잃고 교실 구석 자리에 앉아 만화책 보기에 열중했다. 자연히 나쁜 아이들과 어울리고 늘 말썽이 끊이지 않았다. 물론 학교 성적도 떨어지고 행실도 말이 아니었다. 그런데도 어머니는 이렇게 타이를 뿐이었다.

"애야, 미안하다. 그렇지만 공부를 안 하면 어떻게 하니? 먹고 살기 위한 직장 일이 너무 바빠 널 제대로 도와줄 수가 없구나."

4. 미국식 교육을 받거라

하루는 이런 일이 있었다.

오바마가 아이들과 놀다가 팔을 베어 피를 흘리며 돌아왔다. 빨리 병원엘 가야 할 텐데도 새아버지는 이미 날이 저물었으니 자고 내일 가자고 한다. 이미 집안 형편이 기운 뒤라 병원에 갈 차가 없는 것이었다. 차가 있는 이웃을 깨워 억지로 병원엘 갔는데, 이번엔 또 의사가 보이지 않는다. 가까스로 의사를 찾아 팔을 꿰매기는 하였지만, 이 일로 두 부부는 심하게 다투었다.

어머니는 당신 아들이라면 그렇게 했을 것이냐 대들었고, 새아버지는 그렇게도 케냐 놈이 그리우면 당장이라도 돌아가라고 고함을 질렀다.

이런 다툼을 들은 오바마는 친아버지의 존재에 관해서 묻기 시작했다. 가슴 속에 묻혀 있는 친아버지에 대한 그리움이 한꺼번에 밀려드는 것을 참을 수가 없었다.

"네 아버지는 참으로 훌륭한 분이시다. 당신 개인보다 나라를 더 사랑하신 진정한 애국자이지."

어머니는 친부에 관한 이야기를 자세하게 들려주었다.

당시 케냐는 70여 년간 영국의 식민지 통치를 청산하기 위해 민족해방운동으로 자유를 쟁취하려던 중이었고, 아버지 오바마 시니어는 그 주역을 맡아 조국 해방에 앞장서기 위해 고국으로 돌아갔다는 이야기였다.

"어머니도 그걸 이해하셨나요?"

"그렇지 않으면 어떻게 사랑하는 사람을 보냈겠니?"

"그러면 왜 따라가지 않았나요?"

어머니는 아들의 이런 질문에 성심껏 답변했다. 아버지가 사는 나라는 이슬람교를 믿고, 미국 사람들은 기독교를 믿는다. 이슬람에서는 아내를 여러 명 둘 수 있는 관습이 허용되지만, 기독교에서는 윤리적으로 그럴 수 없다. 그러므로 함께 살 수는 없지 않겠느냐고 자세히 설명해 주었다.

"너도 앞으로 이 문제에 대해서는 잘 생각하거라."

"나 장가 안 가고 엄마하고 살면 되잖아!"

두 모자는 서로 껴안고 웃었다.

이때 오바마는 무언지 불분명한 열정이 끓어오르는 것을 느꼈다. 사랑이란 이런 것이구나. 개인적인 사랑도 있지만 민족과 국가를 위해 자기의 행복을 버리는 큰 사랑도 있구나. 그러면서도 끊임없이 들끓는 의혹과 갈등은 어쩔 수 없는 앙금으로 깊이 남았다.

나라와 가정 중 어느 것이 더 소중한가? 이후 그는 만화책으로 마틴 루터 킹 목사의 연설집을 읽기 시작했고, 흑인 영가 가수 마할리아 잭슨의 레코드판 같은 음악을 듣기 시작했다. 자신의 피부색에 대해 깊은 생각을 하게 된 것이다. 그러면 그럴수록 정체성에 대한 혼란이 그의 가슴을 메마르게 했다.

친아버지 생각이 떠오를 때마다 그는 자신이 흑인이라는 점을 곱씹었고, 흑인이라는 존재 자체에 대해 심각하게 생각하지 않을 수 없었다. 어렴풋이 자신의 미래가 그려지는 것 같은 불붙는 감정을 억누를 길이 없었다. 그럴 때마다 그는 아버지 이야기를 해달라고 졸랐다.

어머니는 그러한 아들에게 흑인으로서 살아가는 생존의 길을 가르쳤다. 그 방법과 선택은 정당한 미국인으로 살아가는 길이었음은 두말할 것도 없었을 것이다. 이럴 때마다 어머니는 외할아버지 이야기를 들려주었다.

"그때 우리는 텍사스에서 살았는데……."

외할아버지는 가구 판매원이었다. 그 가구점은 백인이 주인이었는데 가혹하리만큼 인종 차별주의자였다. 흑인과 라틴계 사람들은 영업시간이 끝나야 상점에 들어올 수 있었다. 게다가 물건을 사도 배달해 주지 않았다.

외할아버지 던햄은 그런 영업 방침이 마음에 들지 않았다. 영업시간이 다 끝난 후, 혼자서 흑인들 집에 물건을 배달해 주었다.

어머니 앤의 어릴 적 이야기이다. 앤이 같은 반 흑인 아이와 놀고 있는데, 개구쟁이 동네 아이들이 돌멩이를 던지며 그 흑인 아이를 놀리는 것을 외할머니가 보았다. 이 광경을 지켜본 할머니는 아이들을 피해 집 안에 들어와 놀라고 했지만, 이미 겁을 집어먹은 흑인 아이는 울며

달아났다.

이 이야기를 전해 들은 외할아버지가 교장선생을 찾아가 그 못된 아이들을 혼내 줄 것을 부탁하였지만, 오히려 욕만 얻어먹었다. 자기네 아이들은 유색인종과 놀지 않으니 오히려 딸 교육을 잘하라는 답변이었다.

"그때 엄마 기분은 어땠어?"

"아가야, 난 말이다……."

앤은 피부색으로 인종을 차별해서는 안 된다고 하였다. 다 같은 하나님의 자녀임을 강조하며 앞으로 아들이 자라서 할 일이 있다면 무엇보다도 이런 불평등의 차별을 타파하는 데 앞장서야 한다는 사명감을 심어 주었다.

앤이 새아버지를 따라 인도네시아로 온 이유 중 하나도 '흑인 아들을 둔 여자'라는 소리를 듣기 싫어서였기 때문이라고 속마음을 말했다.

앤은 아들의 정체성에 대한 혼란을 미리 막아주려고 노력을 많이 기울였다. 아울러 친아버지가 없다는 데 대한 불만이나 불안도 해소해 줘야 했고, 그와 동시에 모든 것이 열악한 인도네시아의 교육 환경도 걱정해야 했다.

아무래도 이 나라는 아이가 있을 곳이 아닌 것 같다. 편견 없는 사랑 때문에 아프리카 출신의 흑인 남성과 결혼한 것이 젊은 시절의 첫 번째 시행착오였다면, 질시와 반목을 못 참아 인도네시아인을 만나 두 번째 결혼을 한 것 또한 시행착오지 하는 생각을 해 보았다.

이 모든 게 사랑의 결실이라는 일념이 있었지만, 돈 떨어진 지금의 남편이 하는 행동을 보면 그 역시 착각이요, 시행착오였다는 자성을 하지 않을 수 없었다.

아이에게는 부모의 사랑과 상관없이 그가 누릴 수 있는 또 다른 선택권이 있지 않을까?

앤은 고심 끝에 드디어 중대 결정을 내렸다.

"외할아버지와 외할머니를 보고 싶지 않니?"

결국 오바마를 외할아버지와 외할머니가 있는 하와이로 도로 보내기로 하였다.

이때가 오바마의 삶에서 가장 혼란한 시기였다. 자카르타에서의 5년……. 이제 겨우 인도네시아 말을 배워 익히고 친구들을 사귀기 시작했는데, 또 영어를 배우고 새 친구들을 사귀어야 했기 때문이다.

모든 게 아시아식으로 변해 버린 오바마에게는 미국식으로 다시 돌아간다는 게 쉽지 않았다.

"야, 이놈! 촌놈이 다 됐네."

외할아버지는 잘못된 영어 발음을 바로 잡아주느라 애를 먹었다.

5. 꿈에 그리던 친아버지와의 재회 그 한 달

오바마는 하와이의 명문 사립 푸나호우 학교에 입학하여 공부보다는 농구에 열을 올렸다. 아프리카 넓은 대륙을 누비던 루오족의 핏줄이 흐르기도 했지만, 인도네시아 정글을 종횡무진으로 뛰어놀던 솜씨로 뛰기 시작했으니 아무도 그를 당해 내지 못했다.

그는 농구에 매달림으로써 그동안의 혼란과 흑인이기 때문에 겪는 열등감을 잊으려 했다. 그런데 이상하게도 그러면 그럴수록 거짓말이 늘었다.

"우리 할아버지는 용감한 추장이야. 추장이 뭔지 알아? 대통령과 같은 거야."

그러면 아이들은 더욱 바짝 다가앉으며 묻는다.

"그러면 너도 이담에 대통령 되겠네?"

"물론이지……. 그러니까 내 말 잘 들으란 말이다."

그러면서 그는 아이들에게서 과자 같은 것을 빼앗아 먹곤 했다. 여기서도 그는 공부에는 별 흥미가 없는 눈치였다.

그러한 어느 날 생각지도 않았던 기쁜 소식이 날아왔다. 친아버지 버락이 하와이에 온다는 것이었다. 그것도 아들을 보러 온다는 내용이었으니 얼마나 가슴 설레는 일인가.

할아버지 차를 타고 공항으로 마중 나갔다.

"오! 내 아들 버락……. 얼마나 보고 싶었는지?"

아들을 번쩍 들어 안는 아버지는 후리후리한 키에 눈빛이 반짝반짝 빛나는 신사였다.

선물로 농구공을 받았다.

오바마는 이 농구공을 가지고 아이들과 신나게 놀았다. 그러면서도 마음 한편으로는 조마조마한 걱정거리가 생겼다. 학교에서 아버지를 일일교사로 초청했기 때문이다.

그동안 오바마 집안이 대대로 내려오는 아프리카 추장이라고 아이들에게 잔뜩 거짓말을 해 놨는데 들통나면 어쩌나 하는 것이 걱정이었다. 그렇다고 처음 만난 아버지한테 아들을 위해 거짓말을 해달라고 할 수도 없는 일이었다.

그러나 오바마의 이런 고민은 곧 해결되었다.

강단에 올라선 아버지 오바마 시니어는 유창한 연설로 학생들을 사로잡았다.

"아프리카 초원엔 사자와 코끼리들이 뛰어놉니다. 그들과 함께 사람도 자유롭게 살아갑니다."

케냐는 식민지 생활을 청산하고 자유를 되찾았는데, 그 주역을 맡았던 아버지는 자신감에 넘치는 연설을 하였다.

오바마는 처음으로 아버지의 힘찬 연설을 듣고 평생토록 이날을 잊지 못하였다. 그는 수없이 많은 연설을 할 때마다 아버지에 대한 기억을 떠올리며 연설의 첫 대목을 풀어나간다. 연설은 첫 대목이 가장 중요하다. 핵심적이고 청중을 사로잡는 자신감 있는 태도를 보여야 한다.

"자신감을 가져라. 그러면 반드시 승리할 것이다."

오바마는 아버지로부터 자신감을 배웠다. 남자가 같은 남자에게서 배울 수 있는 모든 것이었다. 이는 어머니가 가르칠 수 없는 또 다른 교훈이었다.

어머니도 아버지를 만나려고 자카르타에서 날아왔다.

두 사람은 다투고 헤어진 것이 아니기 때문에 이들의 만남은 어느 만남보다도 애틋하고 소중하였다. 아버지도 새로 태어난 마야를 인정해 주었다. 그리고 사랑하는 마음이 가득했다.

어린 마야는 태평양의 푸른 파도를 너무 좋아했다. 온 식구가 모여 바닷가를 거닐거나 낚시며 드라이브를 즐겼다. 진주만에 묻혀 있는 해군 군함을 보고 전쟁의 참화慘禍에 관한 역사를 공부하였고, 다이아몬드 헤드에 올라 지질학 공부도 하였다. 꿈같은 시간이었다.

아버지는 교통사고를 당해서 그렇다며 지팡이를 짚고 있었지만, 실은 말하지 않은 게 있었다.

아버지는 그때 이미 케냐 정부로부터 따돌림당하고 있었고, 독립운동에 적극적으로 참여한 공로는 인정받았다. 이후 복구한 정부의 부정부패를 그냥 봐 넘길 수 없는 정

의감에 반정부 운동의 선도 역할을 하고 있었기 때문에
아웃사이드로 내몰린 것이다.

새아버지 역시 힘든 생활을 하는 터에 친아버지 또한
정권의 핵심에서 밀려나 고생하는 것을 보고 오바마는
무엇을 느꼈을까? 이때 이미 먼 훗날의 대통령을 준비하
지 않았을까? 어린 나이라 아무것도 몰랐을까? 모르긴
해도 이러한 환경이 그에게 대통령이 되게끔 떠밀어 올
렸을 것이라는 추측도 해 본다.

아쉬운 한 달이 지나고 아버지가 아프리카로 다시 떠
나면서 외할아버지에게 남긴 말이 있다.

"실은 오바마를 데려가려고 왔는데, 너무 잘 자라는 걸
보니 차마 함께 가자고 할 수 없습니다."

이 말은 꽁꽁 묶어두었던 이야기이지만, 나중에 오바마
가 이복누이 아우마를 만났을 때도 들은 것으로 확인된
다. 만약 이때 부자간의 정만 생각하고 오바마를 아프리
카로 데려갔다면 오늘날 미국 대통령은 누가 되었을까?
미국의 역사는 다시 써야 했으리라 생각해 보기도 한다.

교육이란 옆에 끼고 있어야만 효과를 기대할 수 있는
것은 아니다. 그렇지만 아이들은 역시 어머니가 곁에서
보살펴야 한다. 굳이 맹모삼천지교를 예로 들지 않더라
도 교육 환경은 중요하다. 지식을 갖추는 공부도 필요하
지만, 올바른 생각을 기르는 정서교육도 빼놓을 수 없는

덕목이다. 세상에서 가장 중요한 덕목은 자식을 낳기만 하는 게 아니라, 낳은 자식을 잘 기르는 데 목표를 두어야 한다.

6. 다시 어머니와 함께 보낸 삼 년

친아버지와 크리스마스를 보낸 다음 해, 어머니는 끝내 자카르타의 새아버지와 헤어져 하와이로 다시 돌아왔다. 오바마의 교육을 위해서 차라리 자신의 청춘을 불사르자는 뜻이었으리라.

이 무렵 오바마는 술과 마약에 손대기 시작하였고 농구에만 집착할 뿐 공부는 뒷전이었다. 이미 연로한 외할아버지와 외할머니는 감당하기 어려운 지경에 이르러 있었다. 이대로 두었다가는 대학은커녕 올바른 인생살이가 걱정스러울 만큼 위험 수위에 다다라 있었다.

"딸아! 잘 왔다."

딸의 인생도 중요하지만, 자식 교육이 더 중요하다는 외할아버지 말씀이다.

아이들은 커서 뭐가 될지 모르는 무한한 잠재력을 지니고 있다. 그러한 교육을 책임져야 할 어머니는 당연히 자식을 위해 희생해야 한다. 그게 모성애이고 책임감이다. 책임 없이는 자유도 없다.

외할아버지는 말로는 하지 않았지만, 이런 이야기를 딸에게 마음으로 전하였다.

오바마는 어머니가 돌아와 함께 생활하게 되자 한없이 불편을 느끼기 시작했다. 그간의 탈선이 발목을 잡았기 때문이었다. 그렇지만 차츰차츰 방황의 길에서 벗어났다.

어느 날은 어머니에게 이런 말을 했다.

"저 때문에 어머니가 외로워 보이는 것 같아요."

"난 괜찮다. 네가 마음만 다잡고 공부에 전념할 수 있다면……."

"나도 공부에 전념하고 싶은데 그게 잘 안 돼요."

아직도 마음 한구석 아버지의 빈자리를 채우지 못한 오바마는 자신도 알 수 없는 불안감을 달래보려고 애를 써 본다. 그렇지만 한 번 빠져든 악습에서 벗어나기란 쉽지 않다. 어머니 역시 사랑하는 사람들을 떠난 허전함을 달랠 길 없는 감정을 자신도 모르게 흘렸다.

"그래도 대학은 가야 하지 않겠니?"

이 말은 그래서야 대학도 갈 수 없는 낙오자가 될 수밖에 없다는 이야기로 들렸다. 어머니로서는 당연한 말이었다. 이때 외할아버지가 한 말씀 거들었다.

"젊었을 때는 내가 제일 잘난 줄 알았었다. 그래서 교장선생을 때려주고 학교를 그만둔 일을 지금은 크게 후회하고 있지. 화낼 일이 있으면 자기 자신에게 먼저 해

라. 남에게 화풀이하는 것처럼 어리석은 짓은 없다."

이러한 가족들의 따뜻한 보살핌에 힘입어 방황은 서서히 줄어들고 정신적 안정을 찾아가기 시작했다.

이 무렵 오바마에게는 또 충격적인 사건이 일어났다. 농구부원들과 밥 돌이 경영하는 사탕수수밭 견학을 갔는데, 여기서 노예처럼 일하는 인부들을 본 것이다.

밥 돌은 미국 본토에서 자본을 들여와 하와이에 사탕수수 농장을 크게 경영하고 있는 자본가였는데, 인부들을 가혹하게 부리는 걸로 인근에 소문이 자자했다.

여기서 그는 '야, 검둥이. 너도 여기 와서 일해 볼래?' 하는 감독관의 놀림을 못 참고 한바탕 소동을 일으켰다. 농구부원들이 합세하여 패싸움을 벌였을 것은 당연하다.

이 문제로 외할아버지가 경찰서에 불려가고 어머니도 학교를 찾아가는 곤욕을 겪었다.

그러나 그는 이 사건에서 큰 교훈을 얻었다. 아직도 이 세상에는 노예처럼 일하는 사람들이 있다는 사실이다. 인부들은 주로 한국, 중국, 일본을 비롯한 동남아 사람들이었는데, 피부색과 상관없이 돈에 매여 경제적 노예가 된다는 점이다.

'돈이 없으면 몸뿐만 아니라 정신까지도 팔아야 살 수 있는 비정한 현실……'

그는 여기서 두 아버지가 왜 그토록 자유를 위해 투쟁

하지 않으면 안 되었는지 이해할 수 있을 것 같았다. 따지고 보면 친아버지는 신생 독립국 위정자들의 부정부패와 싸우는 투사였고, 새아버지 역시 신군부 독재정권에 대한 저항으로 모든 것을 잃고 몰락해 가고 있었다.

어떤 이유건 간에 두 분 모두 자유를 갈구해 투쟁했다는 사실을 깨달은 그는 그러한 남자들을 사랑할 수밖에 없었던 어머니의 처지까지 이해할 수 있을 것 같았다.

어머니를 이해하게 되자, 길이 보이고 열정과 힘이 느껴졌다.

오바마의 결심은 때늦은 감이 없지 않았지만, 그래도 마지막 기회는 잡은 셈이었다.

마침내 그는 로스엔젤레스 옥시덴탈 대학 입학 자격을 얻었다. 비록 일류는 아니지만, 이제 드넓은 아메리카 대륙으로 건너갈 기회를 거머쥐는 계기가 되었다.

"장하다. 내 아들……."

"다 어머니 덕분이지요."

오바마는 서슴없이 다 어머니 덕분이라고 말한다. 자신의 사랑과 행복을 내던지고 인도네시아에서 하와이로 날아온 지 삼 년……. 두 모자에게는 또 헤어질 시간이 다가오고 있었다. 그러나 이젠 열여덟 살의 건장한 청년이 된 오바마를 두고 더 이상 걱정하는 사람은 없었다.

인품이 반듯한 이상 어디에 내놓아도 손색없는 청년으

로 성장한 외손자를 두고 할아버지는 이렇게 말했다.

"버럭, 성공을 빈다."

그동안 오바마는 아버지가 지어 준 이름 '버럭'을 두고 '배리'라는 별칭을 즐겨 썼다. 외할아버지가 다시 버럭이라 부른 데에는 그만한 뜻이 있었다. 피부색 같은 걸 가지고 기죽지 말라는 뜻이었으리라.

너 스스로 아프리카 추장의 후손임을 내세워 자랑했듯이 어디에 가더라도 그 나라 대통령 부럽잖게 행동하라는 격려의 말임이 분명했다.

7. 미국에서의 대학 생활

대학만큼 자유롭고 활기찬 생활이 어디에 있겠는가.

울창한 숲속에 자리 잡은 목가적 풍경의 옥시덴탈 대학(Ocidental College)은 이글 락(Eagle Rock)에 있었다. 이 학교는 학생의 50%가 백인이고 13%가량은 아시아인이었다. 그는 여기서 아프리카계 미국 학생들과 어울리며 스스로 '가깝게 지내며 여러 명이 뭉쳐 다니는 부족'이라 일컬었다.

그는 이 학교에 2년여밖에 다니지 않았지만, 분명한 것 한 가지는 자신감을 얻는 데 성공했다는 점이다. 인종차별에 대한 고민에 빠져 있기 보다는 이를 해결하고자 하는 의욕을 가진 것이다.

그 한 예로 그는 자신의 이름 '배리'를 버리고 '버럭'을 택했다는 것도 주목해야 한다. 이는 그의 정신적 주체성을 확보했다는 의미로 해석해도 무방하리라.

오바마가 처음으로 자기의 잠재력을 발견하게 된 사건이 일어났다. '투자 철회 운동(Diverstment Campaign)'에서 연설을 맡은 그는 한눈팔고 딴짓하던 청중을 완전히 사로잡아 인기 절정에 올랐다.

처음엔 어떻게 연설을 시작할까 망설였지만 푸나호우 학교에 다닐 때 들었던 아버지의 연설을 떠올리며 첫마디부터 청중의 귀를 잡아끄는 데 성공한 것이다.

"누군가는 지금도 싸우고 있다."

그는 연설의 첫머리에 '누군가는 지금도 싸우고 있다'라고 외치며 한참 뜸을 들인 후, '이 싸움은 비록 바다 건너에서 일어나고 있지만, 우리 모두의 투쟁'이기도 하다며, '이 투쟁은 우리가 알든 모르든 원하든 원치 않든, 우리에게 선택을 요구한다'며, '흑인의 편이냐 백인의 편이냐, 부자 편이냐 가난한 사람 편이냐가 아니라, 존엄이냐 굴종이냐, 실천이냐 외면이냐, 정의냐 불의냐!'라고 갈파했다.

이 연설의 성공은 오바마가 중대한 결정을 짓는 요인이 되었다. 그는 저 혼자만 호의호식하고 출세하여 높은 자리에 앉기보다는 가난한 사람들의 편에 서서 정의로운 일을 할 것을 다짐한 것이다. 그렇지만 두려움이 없는 것은 아니었다. 이 거대한 미국 사회에서 과연 이 나약한 목소리가 얼마나 더 먹혀들 것인가?

마침 그에게 더 좋은 기회가 왔다. 뉴욕 컬럼비아 대학교에서 편입생을 모집한다는 광고를 본 것이었다. 망설이지 않고 뉴욕으로 날아갔다. 자신의 꿈을 이루기 위하여 혼신渾身의 힘을 기울여 공부할 작정이었다. 지금까지의 방종과 아무런 목적도 희망도 없이 살아온 날들을 만회할 기회가 바로 지금이라 생각한 그는 오로지 공부에만 열중하였다.

그는 교수들이나 동료 학생들에게 성실한 인상을 주었고 늘 바른 자세를 잃지 않았다. 그러나 운명의 장난은 또 한 번 그에게 큰 실망을 안겨주었다. 아버지의 돌연한 죽음에 대한 소식이었다.

"아버지가 교통사고로 돌아가셨다."

나이로비에서 걸려 온 제인 고모의 전화였다.

오바마는 제일 먼저 어머니를 떠올렸다. 그가 뉴욕에 온 얼마 후 어머니는 동생 마야와 함께 다녀간 적이 있다. 그때도 어머니는 행여나 아들이 아버지를 원망하고 있을까 걱정하는 눈치였다.

그래서 아버지와의 만남부터 오늘날에 이르기까지 두

사람의 관계에 대해서 상세히 이야기했고, 아버지가 선택한 길에 대해서도 많은 이야기를 들려주었다.

"네 아버지는 결코 우리를 버리기 위해 떠난 것이 아니다. 그에게는 더 큰 일이 있었기 때문이다."

그 일이란 억압 받고 자유를 박탈당한 아프리카인들에 대한 사랑이며 그게 배운 사람이 할 수 있는 사랑의 실천이라는 것이었다. 그러면서 어머니는 아들의 장래 진로에 관해 묻기도 하였다.

오바마는 자신도 가난하고 억눌린 자들을 위해서 살겠다고 약속했다. 구체적으로 어떻게 할지는 아직 몰라도 대략 그 방향은 정치라고 했다.

그는 어머니에게 전화를 걸어 위로의 말을 전하고, 아프리카에는 장례식에 참석하지 못해 미안하다는 편지를 보냈다.

8. 지역 사회 운동가가 되다

오바마에게 또 충격적인 소식이 날아들었다.

"동생 데이비드가 죽었다."

이 사고 소식을 전한 사람은 이복 누나 아우마였다. 아우마는 한 번도 얼굴을 본 적은 없지만, 아버지가 죽은 이후 가끔 편지를 주고받는 사이가 되었다.

현재 독일에 유학 중이었는데, 방학을 이용해 오바마를 만나러 미국으로 건너오기로 약속한 참이었다.

오바마는 이 소식을 전해 듣고 아프리카행을 결심하게 되었다. 도대체 아프리카는 어떤 나라이기에 두 사람이나 연거푸 교통 사고사를 당한단 말인가? 끊임없는 의문이 들기 시작한 것이다. 혹시 무슨 음모가 있지나 않았을까? 아버지는 너무 강직하여 현 정부의 눈엣가시 같은 사람이라 하지 않았던가?

그러나 현실적으로 아프리카행은 여러 가지 어려움이 뒤따랐다. 이제 갓 취직해 월급을 받는 사회 초년생으로 장기간 여행할 형편이 못 되었다. 그러면서도 이 문제에 대해서 번민이 일어나는 것은 어쩔 수 없었다.

그러던 어느 날 아침 갑자기 고급 양복을 입고 출근하는 자기의 모습이 아주 우습게 느껴졌다.

'내가 지금 뭘 하는 거지? 이렇게 잘 먹고 잘살기 위해 태어났나?'

일단 이런 회의에 빠져들자, 자신이 하는 일들이 무의미해지기 시작했다. 사방을 둘러보아도 백인들뿐인 직장에서 그는 혼자 아닌 척하고 지내온 것이었다.

'이건 아니야.'

그는 갑자기 현실에 안주하는 자기의 모습이 싫어졌다. 빤짝빤짝 구두를 닦아 신고 몸에 착 달라붙는 양복을 입고 출근길에 오르는 자기의 모습에서 일종의 배신감을 느낀 것이다. 더 높은 지위를 향하여 오르고 또 오르면 사장도 되고 회장도 될 수 있으리라. 그럼 그다음은?

부자는 아무리 부자가 되어도 더 가지고 싶어 할 뿐이리라. 그 부를 어디에다 쓸 것인가? 돈이란 쓸 만큼 있으면 된다. 생각이 여기에 미치자 그는 한 가지 분명한 길을 발견하였다. 어렴풋하게 꿈꾸어오던 지역사회운동가로서의 길이다.

그러한 배경에는 아버지의 죽음과 데이비드의 죽음이 있었다. 그의 생애에 겨우 한 달간 함께한 아버지였지만, 그의 신념은 오바마에게 가장 강력한 정신적 지주로 남았다. 그를 그렇게 세뇌한 건 어머니의 역할이 컸다.

비록 한 가정, 한 지붕 아래 살지는 못했지만, 어머니는 아버지 이야기를 늘 인상 깊게 말해 주었다. 가족에 대한 사랑보다는 자유를 잃은 아프리카를 위해 일하는 아버지라고……. 거기 동참하지 못한 것은 어머니 자신이지 아버지의 잘못이 아니라고.

오바마에게는 어머니의 이 말들이 항상 귓전에 남아 자신이 할 일이 무엇인가를 결정하는 데 많은 도움이 되곤 했다. 내가 할 일은 가난하고 짓눌린 사람들을 위하는 것이고, 그것이 가장 소중한 목적 아닐까?

오바마는 다니던 회사를 그만두고 시카고로 날아가 마

티 카우프먼을 만났다.

마티는 시카고에서 지역사회운동을 펼 수습 직원을 모집하는 담당자였다.

그가 오바마를 면접했다. 그가 거침없이 물었다.

"당신은 하와이 출신인데, 시카고에 대해서 뭘 얼마나 알고 왔죠?"

오바마는 망설임 없이 말했다.

"시카고는 인종차별이 가장 심한 도시죠."

마티는 백인 시험관인 자기한테, 이렇게 말하는 흑인 응시자를 보고 매우 흡족해했다.

지역사회운동의 역할은 특정 사건으로 피해를 본 사람들을 단결시켜, 그들이 원하는 것을 정치가들에게 요구하는 일이다. 이제부터 오바마가 해야 할 일은 사람들의 불만을 행동으로 옮기도록 유도하는 일이었다. 그러자면 말을 조리 있게 잘해야 한다.

오바마는 여기서 탁월한 수완을 발휘해 능력을 인정받았다. 어려운 일들을 척척 잘도 해결해 나가는 오바마를 보고, 동료들은 앞으로 정치가가 될 거라고 농담 삼아 한마디씩 던졌다.

"당신의 말재주는 타고났어."

그럴 때마다 오바마는 거침없이 연설하던 아버지의 당당한 모습을 떠올렸다.

그러던 중 이복 누나 아우마가 그를 찾아왔다. 처음 만난 순간부터 마치 오랜 세월을 함께 보낸 사람들처럼 다정하게 팔짱을 끼고 시내 이곳저곳을 다녔다. 핏줄은 속일 수가 없는 천륜이 아닌가.

아우마는 아버지에 대한 여러 가지 이야기를 들려주었다. 미국에서 돌아온 아버지는 케냐의 독립운동에 앞장섰지만, 워낙 강직한 성품 때문에 독립 정부에서는 아웃사이드가 되어 차츰 권좌에서 밀려났고, 결국 의문의 교통사고를 당하여 죽은 이야기며, 하와이에 갔을 때는 '널 데려오마'라고 했었는데, '막상 가서 보니 네가 워낙 좋은 환경에서 잘 자라고 있어서 함께 가자는 소리를 못 했다'라고 했다는 이야기도 해주었다.

그러면서 너도 언젠가는 네 뿌리가 있는 고향에 한번 갈 기회가 있으면 좋겠다는 말을 끄집어냈다.

'내게도 가족이란 게 있었구나.'

오바마는 늘 혼자라는 생각에 불안해하곤 했었다. 그런데 아프리카에 많은 형제자매가 있고, 로이 형이 워싱턴에 와 있다는 이야기를 듣고 보니 외롭지 않다고 생각하게 되었다. 가족은 든든한 삶의 울타리가 아닌가?

아우마 누나와 헤어진 얼마 후 그는 워싱턴으로 날아가 로이 형을 만났다. 그러나 로이 형은 이미 술에 절어 있었고 대망의 큰 뜻을 품고 날아온 아메리칸드림을 잃은 철새처럼 보였다.

"너도 아프리카에 한번 가 봐라. 그게 어디 사람 사는 곳인지……."

세상에는 사람이 살 수 없는 곳도 있다. 그런 것도 모르면서 어찌 위대한 아메리카를 꿈꾸며 평화가 공존하는 세계를 꿈꿀 수 있겠느냐고 한다.

로이 형은 이미 주정뱅이가 되어 있었지만, 오바마에게는 그의 한 마디 한 마디가 충격이었다. 더군다나 마지막이 한마디는 삶 전체를 침몰시키는 포성 같았다.

"넌 네 뿌리도 모르면서 어떻게 사회운동을 하느냐?"

이 말은 흑인이면서 흑인인 줄도 모르고 마치 백인인양 우쭐댄다는 소리로 들렸다.

마침 알렉스 헤일리의 소설 『뿌리』를 읽은 직후라, 무언지 모르게 가슴을 들끓게 하는 소리가 들리는 듯하였다. 그야말로 소리 없는 아우성과 같았다.

9. 드디어 찾아낸 뿌리

아버지의 고향 키스무에는 칠이 벗겨진 양철지붕의 조그마한 집이 있었다. 친할머니 아쿠무와의 첫인사는 아우마 누나의 통역으로 이루어졌다. 할머니는 처음 보는 손자를 끌어안고 반가워했다. 여기서 오바마는 할아버지와 아버지의 유품들을 보았다.

그중에서 오바마의 가슴을 뭉클하게 한 것은 할아버지의 '하인 등록부'였다. 고용인들에 대한 일종의 평가서 같은 것이었는데, 할아버지에 대해서는 대체로 만족스럽다는 평이 적혀 있었다. 그러니까 할아버지는 평생 남의 집 하인으로 일한 것이다. 아버지는 하인의 아들로 태어나 미국 유학까지 했으니 그 노고가 얼마나 컸을까?

그보다 더 가슴을 내려치는 것은 아버지의 편지들이었다. 편지 내용은 미국의 각 대학에 보낸 것들이었는데, 추천서가 함께 들어 있었다.

그 내용은 한결같이 '오바마는 조국에 헌신할 열망을 품고 있다. 그러한 그에게 최소한 일 년이라도 공부할 기회를 주어야 한다'라는 정성스러운 글이었다.

오바마는 두 사람의 일생이 눈앞에 그려졌다. 가족의 의미를 찾은 것이다. 아버지가 왜 미국 교육을 받고도 케냐로 돌아올 수밖에 없었는지 그 이유를 알 것 같았다. 그러자 지금까지의 오해가 다 풀리는 느낌이었다.

무엇 때문에 하와이에 아내와 자식을 두고 고향으로 돌아갈 수밖에 없었는지? 왜 고향에 돌아와서도 정착하지 못하고 부정부패와 맞서 싸워야 했는지 그 이유가 분명해졌다.

오바마는 케냐 여행을 통해 자신의 정체성을 찾았다.

그리고 앞으로 자신이 해야 할 일도 찾은 것 같았다. 작은 묘비도 없는 아버지의 무덤 앞에 섰을 때 절실하게 깨달았다. 일종의 복수심이랄까, 사명감이랄까? 분명하게 알 수는 없었지만, 만인이 잘사는 세상을 만들겠다는 열망이 끓어오르는 것을 느꼈다.

그는 아프리카 여행에서 돌아와 거침없이 하버드 대학 로스쿨에 입학했다. 자신의 큰 꿈을 펼치자면 아무래도 공부를 더 해야겠다는 각오에서였다. 배움이야말로 가장 큰 재산이다. 재산이 있어야 하고 싶은 일도 할 수 있다.

그는 한때 방황했던 시절의 공백기를 만회하기라도 하려는 듯 공부에 열중했다. 흑인 최초로 『하버드 로 리뷰』지의 편집장을 맡았고, 박사 학위를 취득하고 졸업할 땐 수석이었다.

그는 마침내 공부를 마치고 시카고로 돌아와 가난한 사람들을 위한 인권변호사로 일하기 시작했다.

이때 하버드 로스쿨 동문인 미셸 로빈슨을 만났다.

어느 날 오바마가 말했다.

"미셸, 함께 저녁 먹으러 가지 않을래?"

"저한테 데이트 신청하시는 거예요? 그러지 않는 게 좋을걸요?"

미셸은 직장 동료로만 남고 싶다고 토로했다. 그래야만 일을 선명하게 처리할 수 있을 것이라는 이야기였다.

"그렇다고 저녁도 안 먹고 일할 거야?"

미셸은 미리 준비해 온 햄버거를 들어 보였다. 미셸의 태도가 이러하니 두 남녀 사이에 진전이 있을 리 없었다.

오바마는 시카고 대학에서 헌법학 강의도 겸해야 했고, 새로운 투표자 등록 운동원을 구성하느라 눈코 뜰 새 없이 바쁜 나날을 보냈다. 이제부터 무슨 큰일이라도 해낼 것만 같은 자신감이 넘쳐 올랐다.

아프리카 여행 이후 그의 마음은 사명감으로 끓어올랐다. 그에게는 일생일대 젊은 꿈의 향연이 연출되는 시기였다.

"애야, 일도 중요하지만, 이제 결혼해야 하지 않겠니?"

"아이참, 어머니도……. 지금 그런 게 문제예요?"

오바마의 어머니는 '남자에게 가장 중요한 것은 여자다.' 가정의 중요성을 이야기하였다. 아무리 일이 중요해도 가정이 우선이다. 남자가 태어나 성장하면 어머니 품을 떠나 자기 여자를 찾아야 한다는 근원적인 이야기였고, 오바마는 귀 기울여 그 말을 들었다.

어머니에겐 대체로 순종적인 아들이 되고 싶었을까? 법 앞에서는 추상같은 변호사였지만, 어머니 앞에서만은 순한 양이었다.

어느 날 오바마는 미셸을 데려와 소개했다.

"제 여자친구예요."

"친구가 동반자가 되는 거지."

앤은 미셸의 손을 잡고 악수 나누는 순간 이 여자야말로 아들의 동반자임을 느꼈다. 여자의 눈은 예리하고 직감은 적중하여 두 사람은 결혼식을 올렸다.

"이제 나는 내 할 일을 다 했어."

바통을 넘겨준 계주선수처럼 아들의 손을 잡아 신부에게 넘겨준 앤은 아버지 없이 홀로 자식을 키워 온 지난 세월을 되짚어보다가 기어이 눈물을 흘리고 만다.

미셸이 시어머니의 눈물을 닦아주며 이렇게 말했다.

"어머니, 이제 이 남자는 제가 보살필게요."

"그래, 남자는 자동차와 같은 거라서 운전하기에 따라 달라진단다."

앤은 이제 남자에 의해 움직여지는 여자가 아니라, 여자에 의해 움직여지는 남자를 그리며 말했다.

'세상의 여자들이여, 모름지기 사랑의 선을 쌓아두라.'

곳간에 쌓인 곡식을 퍼주듯 사랑을 베푸는 여자가 곁에 있을 때, 그 남자는 성공할 수 있다는 것이 앤이 지닌 삶의 철학이었다.

이후 오바마는 수많은 어려움을 극복하고 최초로 흑인 미국 대통령이 되기에 이른다.

10. 저세상으로 가기 전에

오바마를 대통령으로 만든 것은 어머니의 힘이다. 이러한 어머니를 그는 자서전 『내 아버지로부터의 꿈』 개정판 서문에서 이렇게 밝히고 있다.

나의 어머니는 이 책을 발간하고 난 몇 달 뒤 암이라는 악마에게 붙들려 돌아가셨다. 어머니가 이렇게 일찍 세상을 떠나실 줄 알았더라면, 나는 이 책과는 전혀 다른 책을 썼으리라 생각한다.

그 다른 책이란 무엇을 뜻하는가?

날마다 나는 내 딸들에게서 어머니의 모습을 본다. 어머니의 기쁨을 보고 어머니의 신비로움을 본다. 어머니는 내가 알고 있는 그 어떤 사람보다 친절하고 관대하셨다. 무엇보다도 중요한 것은 내가 지닌 모든 장점은 어머니로부터 물려받았다는 사실이다.

이 세상에 어머니를 찬양하지 않는 사람은 아무도 없을 것이다. 그러나 어머니의 사랑이 내 핏줄을 이루고, 다시 딸들로 이어지는 이 내림만큼 숭고한 힘이 또 있을까. 이것이 인류이다. 이 인류를 저버린 어머니들이 세상에는 얼마나 많은가?

오바마는 또 이렇게 회상한다.

어머니는 저세상으로 가기 전 십 년간 당신이 사랑하던 일을 했다.

아시아와 아프리카 여러 나라를 순회하며 여자들에게 재봉틀을 사서 일할 수 있게 도와주고 남자들에게는 젖소를 사서 기르도록 하는 일도 했다.

아시아와 아프리카가 두 곳 다 한때 사랑하던 남자들이 있던 지역이다. 이 지역들이 상대적으로 가난을 면치 못하는 곳들이긴 하지만, 앤이 이 지역을 여행한 까닭은 자기의 삶에서 운명적으로 만난 남자들을 추억하는 여행이었을지 모른다.

어쨌거나 오바마는 이러한 여행을 통하여 애써 외로움을 잊으려는 어머니의 모습을 보았고, 어머니는 병마와 싸우면서도 우아함과 쾌활한 모습을 잃지 않으려 애쓰며, 오히려 격려를 아끼지 않았다고 기억한다.

우리는 자주 보았고, 우리 사이를 이어주던 끈은 한 번도 끊어지지 않았다.

끊어지지 않는 끈으로 연결된 사이가 부모 자식의 관

계다. 자식이 어머니를 이렇게 기억하기도 쉽지 않지만, 이렇게 기억하도록 한 어머니의 역할도 대단했으리라.

특히 '우리는 자주 보았다'라는 말이 현대를 살아가는 핵가족 사회에선 주목해야 할 부분이 아닌가 한다. 자주 보게 한 어머니의 노력 또한 간과하면 안 될 것이다.

미국 최초의 흑인 대통령을 만들어 낸 백인 어머니!

새삼 여자는 약하지만, 어머니의 힘은 위대하다는 것을 실감한다.

인간은 위대해지지 않고서도
자유로울 수 있습니다.
그러나 자유롭지 못하면서
결코 위대해질 수 없는 존재입니다.
　　　　　－오바마의 어록에서

The Presidents' Mothers

The Presidents Mothers